SOPHIE KINSELLA

Wedding Shopaholic

GOLDMANN
Lesen erleben

Buch

Rebecca Bloomwood ist wahrlich zu beneiden: Sie hat es geschafft, aus ihrer Lieblingsbeschäftigung, dem Einkaufen, einen Beruf zu machen, und das auch noch in New York, der Metropole des Shoppens. Als Modeberaterin für vermögende Kundinnen verdient sie ihr Geld damit, das anderer Leute auszugeben. Sie genießt ihr Leben in vollen Zügen. Natürlich auch ihre Beziehung zu Luke Brandon, der wie Rebecca aus beruflichen Gründen von London nach New York gezogen ist. Als ihr Luke auch noch einen Heiratsantrag macht, scheint Rebeccas Glück perfekt. Ihrer Schwiegermutter schwebt eine grandiose Hochzeitsfeier im Plaza vor, inszeniert und arrangiert mit fachkundiger Hilfe und generalstabsmäßig geplant. Aber auch Rebeccas Mutter ist im englischen Oxshott heftig mit den Vorbereitungen für die Hochzeit ihrer einzigen Tochter zugange. Leider ohne von den Aktivitäten im fernen New York zu ahnen. Und Rebecca bringt es einfach nicht übers Herz, ihr davon zu erzählen. Je näher der Tag der Trauung rückt, desto aussichtsloser wird ihre Lage, bis nur noch ein Wunder Rebecca vor einer Katastrophe am schönsten Tag in ihrem Leben bewahren kann …

Weitere Informationen zu Sophie Kinsella
sowie zu lieferbaren Titeln der Autorin
finden Sie am Ende des Buches.

Sophie Kinsella

Wedding Shopaholic

Roman

Aus dem Englischen
von Marieke Heimburger

GOLDMANN

Die englische Originalausgabe erschien 2002 unter dem Titel
»Shopaholic Ties The Knot« bei Black Swan, London

MIX
Papier aus verantwortungsvollen Quellen
FSC® C014496

Penguin Random House Verlagsgruppe FSC® N001967

1. Auflage
Taschenbuchausgabe September 2021
Deutsche Erstveröffentlichung September 2003

Umschlaggestaltung: FAVORITBÜRO, München
Umschlagmotiv: Frau: © Maryia Naidzionysheva/Shutterstock,
Brautkleid:© ya_blue_ko/Shutterstock, Tisch HG: © rraya/Shutterstock
Karo:© TheTuna/Shutterstock
MR · Herstellung: kw
Satz: Satz: Uhl + Massopust, Aalen
Druck und Bindung: GGP Media GmbH, Pößneck
Printed in Germany
ISBN: 978-3-442-49192-6
www.goldmann-verlag.de

Besuchen Sie den Goldmann Verlag im Netz

Für Abigail,
der die geniale Lösung
natürlich sofort
eingefallen wäre.

SECOND UNION BANK
300 WALL STREET
NEW YORK NY 10005

Miss Rebecca Bloomwood
Apt B
251 W 11th Street
New York
NY 10014

7. November 2001

Konto-Nr.503925662319

Sehr geehrte Miss Bloomwood!

Wir freuen uns, Ihnen mitteilen zu können, dass Sie unter der o.g. Kontonummer nunmehr über ein gemeinsames Bankkonto mit Mr Luke J. Brandon verfügen, und übermitteln Ihnen anbei einige Informationen zu dieser Kontoform. Eine Kreditkarte wird Ihnen mit separater Post zugestellt.

Die Second Union Bank ist stolz auf ihre individuelle Kundenberatung und -betreuung. Sollten Sie zu irgendeinem Zeitpunkt eine Frage haben, wenden Sie sich bitte jederzeit an mich persönlich. Ich werde alles tun, um Ihnen zu helfen. Ich nehme jedes noch so gering erscheinende Problem meiner Kunden ernst.

Mit freundlichen Grüßen
SECOND UNION BANK

Walt Pitman
Leiter Kundendienst

SECOND UNION BANK
300 WALL STREET
NEW YORK NY 10005

Miss Rebecca Bloomwood
Apt B
251 W 11th Street
New York
NY 10014

12. Dezember 2001

Sehr geehrte Miss Bloomwood!

Vielen Dank für Ihr Schreiben vom 9. Dezember bzgl. Ihres gemeinsamen Kontos mit Mr Luke J. Brandon. Ich stimme Ihnen vollkommen zu, wenn Sie schreiben, dass zwischen einer Bank und ihren Kunden ein freundschaftliches, kooperatives Verhältnis herrschen sollte, und um Ihnen an der Stelle auch gleich Ihre Frage zu beantworten, meine Lieblingsfarbe ist Rot.

Ich bedauere jedoch sehr, Ihnen mitteilen zu müssen, dass ich mich außer Stande sehe, die Posten auf Ihrem nächsten Kontoauszug wie von Ihnen gewünscht umzubenennen. Der Posten, auf den Sie sich beziehen, wird auf Ihrem nächsten Kontoauszug als »Prada, New York« erscheinen. Er kann nicht in »Stromrechnung« geändert werden.

Mit freundlichen Grüßen
SECOND UNION BANK

Walt Pitman
Leiter Kundendienst

SECOND UNION BANK
300 WALL STREET
NEW YORK NY 10005

Miss Rebecca Bloomwood
Apt B
251 W 11th Street
New York
NY 10014

7. Januar 2002

Sehr geehrte Miss Bloomwood!

Vielen Dank für Ihr Schreiben vom 4. Januar bzgl. Ihres gemeinsamen Kontos mit Mr Luke J. Brandon. Vielen Dank auch für die Pralinen, die ich Ihnen aber leider zurückgeben muss. Ich stimme durchaus mit Ihnen überein, dass es schwierig ist, ständig über jede Kleinigkeit, die man einkauft, Buch zu führen, und es tut mir aufrichtig leid, dass es zwischen Ihnen und Mr Brandon zu einer »kleinen Unstimmigkeit« deswegen gekommen ist.

Ihr Vorschlag, die Kontoauszüge aufzuteilen und Ihnen die eine Hälfte und Mr Brandon die andere Hälfte zu schicken, sodass diverse Kleinigkeiten »unter uns bleiben«, ist leider nicht umsetzbar. Sämtliche Zahlungseingänge und -ausgänge werden auf einem gemeinsamen Kontoauszug aufgelistet.

Darum heißt diese Kontoform »gemeinsames Konto«.

Mit freundlichen Grüßen
SECOND UNION BANK

Walt Pitman
Leiter Kundendienst

EINS

Okay. Keine Panik. Ich schaffe das schon. Nichts ist unmöglich. Ist alles nur eine Frage der Technik. Ein bisschen nach links, ein wenig hochheben, ein bisschen fester schieben … Ich bitte Sie! Es kann doch wohl nicht so schwer sein, einen Cocktailschrank in ein New Yorker Taxi zu kriegen!

Ich packe das lackierte Holz etwas resoluter an, hole tief Luft und schiebe noch einmal kräftig. Vergebens. Der Himmel ist an diesem Wintertag in Greenwich Village herrlich blau, und die kalte Luft fühlt sich im Mund an wie scharfe Zahnpasta. Jeder Atemzug schnürt einem fast die Luft ab, und die Leute haben sich ihre Schals bis kurz unter die Augen um die Gesichter gewickelt. Die Einzige, die schwitzt, bin ich. Mein Gesicht ist hochrot, die Haare fallen mir wirr unter meinem neuen Kosakenhut heraus, und ich spüre ganz deutlich, wie die Leute, die auf der anderen Straßenseite in Jo-Jo's Café an den Fenstern sitzen, mir amüsiert zusehen.

Aber ich gebe nicht auf. Ich weiß ganz genau, dass ich es schaffen kann.

Ich muss es schaffen, schließlich sehe ich es überhaupt nicht ein, Unsummen dafür hinzulegen, dass mir das Ding nach Hause geliefert wird, wenn ich direkt um die Ecke wohne.

»Der passt nicht rein.« Der Taxifahrer steckt den Kopf zum Fenster raus und sieht mich unbeteiligt an.

»Doch! Zwei Beine habe ich schon drin …« Ich schiebe noch einmal verzweifelt. Wenn ich die anderen beiden Beine doch nur *irgendwie* ins Taxi zwängen könnte. Ich komme mir vor wie jemand, der seinen Hund zum Tierarzt bringen will.

»Außerdem bin ich nicht versichert«, fügt der Fahrer hinzu.

»Das macht nichts! Ich wohne nur zwei Straßen weiter. Ich halte ihn die Fahrt über fest. Wird schon gehen.« Der Taxifahrer zieht die Augenbrauen hoch und stochert sich mit einem ziemlich gebraucht aussehenden Zahnstocher zwischen den Zähnen herum.

»Und Sie meinen, dass Sie selbst auch noch reinpassen?«

»Ich mach mich ganz klein! Das haut schon hin!« Völlig frustriert schubse ich den Cocktailschrank noch einmal kräftig an. Er rammt den Beifahrersitz.

»Hey! Wenn an meinem Taxi was kaputtgeht, müssen Sie dafür bezahlen!«

»Tut mir leid«, sage ich atemlos. »Okay, wissen Sie was, ich probier's noch mal von vorne. Ich glaube, ich habe die Sache irgendwie falsch angepackt …«

Mit größtmöglicher Vorsicht hebe ich die Vorderseite des Cocktailschrankes aus dem Taxi und stelle das gute Stück wieder auf den Bürgersteig.

»Was zum Teufel ist das überhaupt?«

»Das ist ein Cocktailschrank aus den 30er Jahren! Sehen Sie mal, man kann ihn hier aufklappen …« Ich öffne den Haken der Klappe und platze fast vor Stolz, als die verspiegelten Art-déco-Elemente im Inneren des Schrankes zum Vorschein kommen. »Hier stellt man die Gläser hin … und hier sind zwei zum Schrank passende Cocktailshaker …«

Bewundernd streiche ich über die glatte Oberfläche. Kaum hatte ich diesen Schrank im Schaufenster von Arthur's Antiques gesehen, wusste ich auch schon, dass ich ihn haben musste. Gut, natürlich ist mir klar, dass Luke und ich eigentlich eine kleine Absprache getroffen haben, wonach wir vorläufig keine weiteren Möbel für unsere Wohnung mehr anschaffen wollen – aber das hier ist etwas anderes. Bestimmt. Ein echter Cocktailschrank, so wie in den Filmen mit Fred Astaire und Ginger Rogers! Dieser Schrank wird unsere gemeinsamen Abende vollkommen verändern. Luke und ich werden jeden Abend Martinis mixen, zu altmodischer Musik tanzen und den Sonnenuntergang beobachten. Das wird wahnsinnig stimmungsvoll werden! Wir müssen nur noch einen von diesen altmodischen Plattenspielern mit den riesigen Schalltrichtern kaufen und anfangen, Schellackplatten zu sammeln. Und ich werde mich mit umwerfenden alten Spitzenkleidern eindecken.

Und dann werden immer mehr Leute Abend für Abend auf einen Cocktail bei uns vorbeischauen. Wir werden für unsere geistreichen Soirées bekannt werden. Die *New York Times* wird über uns schreiben! Ja! *Die Cocktailkultur ist im West Village zu neuem Leben erwacht. Das stilbewusste, ursprünglich aus Großbritannien stammende Paar Rebecca Bloomwood und Luke Brandon …*

Ich höre ein dumpfes Geräusch, als die Taxitür sich

öffnet, und sehe etwas benommen auf. Der Taxifahrer steigt aus.

»Ach, danke«, freue ich mich, »ich könnte wirklich ein bisschen Hilfe gebrauchen. Wenn Sie ein Seil hätten, könnten wir den Schrank vielleicht auf dem Dach festbinden …«

»Ich hab kein Seil. Vergessen Sie's.« Er schmeißt die Hintertür zu, und ich sehe ihm entsetzt nach, als er sich wieder hinters Steuer setzt.

»Sie können doch nicht einfach so wieder wegfahren! Das ist verboten! Sie müssen mich mitnehmen! Das ist Vorschrift!«

»Es gibt aber keine Vorschrift, dass ich Cocktailschränke mitnehmen muss.« Er verdreht die Augen und lässt den Motor an.

»Aber wie soll ich ihn denn dann nach Hause schaffen?«, rufe ich empört. »Warten Sie! Kommen Sie *zurück*!« Aber das Taxi braust schon die Straße hinunter, während ich mutterseelenallein auf dem Bürgersteig zurückbleibe, mich an den Cocktailschrank klammere und überlege, was ich jetzt tun soll.

Vielleicht könnte ich ihn nach Hause tragen. So weit ist es ja nicht.

Ich mache die Arme so lang wie möglich und schaffe es tatsächlich, den Schrank zu umfassen. Ganz langsam hebe ich ihn hoch, mache einen Schritt nach vorn – und lasse das Ding sofort wieder fallen. Mann, ist der Schrank schwer. Ich glaube, ich habe mir einen Muskel gezerrt.

Okay, also dann trage ich ihn vielleicht doch nicht. Aber ich kann ihn trotzdem ganz einfach nach Hause bekommen. Ich könnte die Beine immer ein paar Zentimeter nach vorne schieben …

Ja. Das funktioniert. Wunderbar. Geht zwar ein bisschen langsam, aber wenn ich einfach immer weiter mache … wenn ich erst mal einen Rhythmus gefunden habe …

Der Trick dabei ist natürlich, nicht darüber nachzudenken, wie weit ich mit jedem Mal vorwärts komme, sondern ganz einfach gleichmäßig weiterzuschieben: Dann bin ich vermutlich in null Komma nichts zu Hause.

Zwei Teenagerinnen in dicken Daunenmänteln kommen an mir vorbei und kichern, aber ich bin viel zu beschäftigt, um darauf zu reagieren.

»Entschuldigen Sie«, blafft mich eine genervte Stimme von hinten an. »Würden Sie bitte nicht den gesamten Bürgersteig versperren!« Ich drehe mich um – und sehe mich einer Frau in Baseballkappe und Turnschuhen gegenüber, die ungefähr zehn Hunde unterschiedlichster Rasse und Größe an zehn einzelnen Leinen hat.

Oh, Gott. Ich verstehe einfach nicht, wieso die Leute nicht mit ihren *eigenen* Hunden Gassi gehen können. Ich meine, wenn man nicht gerne spazieren geht, dann wäre es doch sinnvoller, sich eine Katze anzuschaffen oder vielleicht ein Aquarium mit exotischen Fischchen, oder?

Und jetzt stürzen sie sich auch noch auf mich. Kläffen und bellen und zerren an ihren Leinen … Und da! Ich fasse es nicht! Ein Pudel hebt das Bein und pinkelt meinen wunderschönen Cocktailschrank an!

»Weg da!«, quietsche ich. »Holen Sie den Hund da weg!«

»Komm her, Floh«, sagt die Frau und wirft mir einen bösen Blick zu, als sie die Hunde weiterzerrt.

Ach, es ist hoffnungslos. Ich bin noch nicht mal ganz an Arthur's Antiques' Schaufenster vorbei und schon völlig erledigt.

»Na?«, erklingt hinter mir eine trockene Stimme. »Vielleicht soll das gute Stück doch nach Hause geliefert werden?« Ich drehe mich um und sehe mich Arthur Graham gegenüber, dem Inhaber von Arthur's Antiques. Er steht gepflegt in Anzug und Krawatte gegen den Türrahmen seines Ladens gelehnt da.

»Ich weiß nicht.« Ich lehne mich gegen den Cocktailschrank und bemühe mich, ganz lässig auszusehen. So, als wenn ich eine Menge anderer Optionen hätte – unter anderem die, einfach eine Weile so auf dem Bürgersteig stehen zu bleiben. »Vielleicht.«

»Fünfundsiebzig Dollar. Ganz gleich, wo in Manhattan.«

Ich wohne aber nicht ganz gleich, wo in Manhattan!, will ich jaulen. Ich wohne gleich hier um die Ecke!

Arthur lächelt mich unerbittlich an. Er weiß, dass er gewonnen hat.

»Okay.« Endlich gestehe ich meine Niederlage ein. »Ist vielleicht doch keine schlechte Idee.«

Ich sehe dabei zu, wie Arthur einen Mann in Jeans holt, der zu meinem Verdruss den Schrank anpackt und hochhebt, als wenn er aus Pappe wäre. Dann folge ich den beiden in das warme Durcheinander im Inneren des Geschäftes, wo ich mich sofort schon wieder dabei ertappe, wie ich mich interessiert umsehe. Dabei war ich doch erst vor zehn Minuten hier drin! Aber ich *liebe* dieses Geschäft. Ganz egal, wo man hinguckt, immer sieht man etwas, das man gerne haben möchte. Zum Beispiel der tolle geschnitzte Stuhl da drüben! Und der handbemalte Samtüberwurf! ... Und sehen Sie doch mal, die traumhafte Standuhr! Die haben hier wirklich jeden Tag neue Sachen.

Nicht dass ich jeden Tag hier wäre.

Ich ... Sie wissen schon. Könnte ich mir vorstellen.

»Da haben Sie wirklich ein Schnäppchen gemacht«, sagt Arthur und zeigt auf den Cocktailschrank. »Sie haben ein gutes Auge.« Er lächelt mich an und schreibt dann etwas auf einen Zettel.

»Ach, ich weiß nicht ...«, antworte ich und zucke bescheiden mit den Schultern.

Aber in Wirklichkeit glaube ich selbst auch, dass ich ein gutes Auge habe. Früher habe ich jeden Sonntag zusammen mit meiner Mutter den *Antiquitäten-Flohmarkt* geguckt, und wahrscheinlich ist mir da der Sachverstand einfach in Fleisch und Blut übergegangen.

»Wirklich ein exquisites Stück«, sage ich wissend und nicke in Richtung des großen, in einem vergoldeten Rahmen steckenden Spiegels.

»Ja, ja«, sagt Arthur. »Ziemlich modern natürlich ...«

»Natürlich«, beeile ich mich zu sagen.

Als wäre mir das nicht auch klar gewesen, dass das Ding modern ist. Ich meinte ja auch bloß, dass es ein exquisites Stück ist, *wenn man bedenkt, wie modern es ist.*

»Interessieren Sie sich für Original-Barzubehör aus den Dreißigern, mit dem Sie den Schrank ausstatten könnten?« Arthur sieht zu mir auf. »Highballgläser ...

Karaffen … Wir bekommen manchmal wunderschöne Stücke herein.«

»Au ja!« Ich strahle ihn an. »Auf jeden Fall!«

Highballgläser aus den Dreißigern! Ich meine, wer will denn schon aus irgendwelchen blöden neuen Gläsern trinken, wenn es viel schönere antike gibt?

Arthur schlägt ein großes, in Leder eingebundenes Buch auf, auf dem »Sammler« steht, und ich platze fast vor Stolz. Ich bin ein Sammler! Ich gehöre dazu!

»Miss R. Bloomwood … Barzubehör aus den Dreißigern. Ich rufe Sie dann an, wenn wir etwas hereinbekommen.« Arthur lässt den Blick über die Seite schweifen. »Sie interessieren sich auch für venezianische Glasvasen?«

»Oh! Ähm … ja.«

Das hatte ich ja fast vergessen, dass ich auch venezianische Glasvasen sammele. Offen gestanden, weiß ich auch gar nicht mehr, wo die erste Vase inzwischen gelandet ist.

»Und Taschenuhren aus dem neunzehnten Jahrhundert …« Er lässt den Finger über die Liste gleiten. »Shaker-Gussformen … Nadelspitzenkissen …« Er sieht auf. »Sind Sie an diesen Dingen immer noch interessiert?«

»Nun ja …« Ich räuspere mich. »Ehrlich gesagt, die Taschenuhren interessieren mich nicht mehr *ganz* so sehr. Und diese Shaker-Dinger auch nicht.«

»Verstehe. Und die viktorianischen Marmeladenlöffel?«

Marmeladenlöffel? Was zum Himmel wollte ich denn bloß mit einem Haufen alter Marmeladenlöffel?

»Wissen Sie was?«, sage ich nachdenklich. »Ich glaube,

ich halte mich in Zukunft einfach an das Barzubehör aus den Dreißigern. Ich konzentriere mich darauf und lege eine richtig schöne Sammlung an.«

»Sehr weise.« Er lächelt mich an und streicht die anderen Sachen in seinem Buch durch. »Bis bald.«

Als ich aus dem Laden auf die Straße komme, ist es klirrend kalt, und einzelne Schneeflocken segeln von oben herab. Aber ich bin hochzufrieden. Mal im Ernst, das war doch eine irre Investition! Ein Original-Cocktailschrank aus den Dreißigern – und bald habe ich auch noch das passende Zubehör dazu! Ich bin ja so zufrieden mit mir.

So. Warum war ich doch gleich kurz rausgegangen? Ach ja. Ich wollte zwei Cappuccinos holen.

Luke und ich leben jetzt seit einem Jahr zusammen in New York. Wir haben eine Wohnung in der West 11th Street, das ist eine richtig grüne, bezaubernde Gegend. Die Häuser haben alle so hübsche, verzierte Balkone, zu jeder Haustür führt eine Steintreppe, und alle paar Meter steht ein Baum im Bürgersteig. Uns direkt gegenüber wohnt einer, der Jazzklavier spielt, und im Sommer gehen wir dann immer hoch auf die Dachterrasse, die wir uns mit unseren Nachbarn teilen, und setzen uns mit Kissen auf den Boden, trinken Wein und hören zu. (Na gut, bis jetzt haben wir das erst ein Mal gemacht.)

Als ich zur Haustür hereinkomme, liegt im Flur ein ganzer Stapel Post für uns. Ich sehe ihn schnell durch.

Langweilig … Langweilig …

Die britische *Vogue*! Ha! Langweilig …

Oh. Die Rechnung für meine Kundenkarte bei Saks Fifth Avenue.

Ich sehe den Umschlag einen Moment an, ziehe ihn dann aus dem Stapel und stecke ihn in die Handtasche. Nicht, weil ich etwas zu verbergen hätte. Aber es gibt nun mal keinen wirklich einleuchtenden Grund, weshalb Luke diese Rechnung sehen sollte. Ich habe neulich einen richtig guten Artikel in einer Zeitschrift gelesen, der hieß »Zu viel Information?«. Es ging darum, dass man das, was man im Laufe eines Tages so erlebt hat, filtern sollte, und dass man seinem Partner (oder seiner Partnerin) bloß nicht jede klitzekleine Kleinigkeit erzählen sollte, weil das ihn (oder sie) nur unnötig belasten würde. In dem Artikel stand, das Zuhause sollte ein Zufluchtsort sein, ein Ort der Ruhe und der Geborgenheit, und dass niemand *alles* wissen muss. Eigentlich ganz schön vernünftig, wenn man mal drüber nachdenkt.

Darum habe ich in der letzten Zeit eigentlich eine ganze Menge herausgefiltert. Natürlich nur so öde und profane Dinge wie … na ja, wie Kundenkartenrechnungen zum Beispiel oder den genauen Preis für ein Paar Schuhe, das ich mir gekauft habe … Und wissen Sie was? Der Artikel stimmt. Unsere Beziehung verläuft seitdem nämlich viel harmonischer.

Den Rest der Post klemme ich mir unter den Arm, und dann gehe ich die Treppe hoch. Keine Briefe aus England, aber für heute hatte ich auch keinen mehr erwartet. Weil wir nämlich heute Abend … jetzt raten Sie mal! Wir fliegen nach Hause! Zur Hochzeit meiner besten Freundin Suze! Ich kann es kaum abwarten.

Suze heiratet Tarquin, einen wirklich süßen Kerl, den sie schon ihr ganzes Leben lang kennt. (Genau genommen ist er ihr Cousin. Aber es ist legal! Sie haben das überprüfen lassen.) Die Hochzeit findet in ihrem Elternhaus in Hampshire statt, es wird massenweise Champagner geben, sie werden in einer Pferdekutsche fahren ... und das Beste von allem ist, dass ich Brautjungfer sein werde!

Allein der Gedanke daran löst eine fast unstillbare Sehnsucht in mir aus. Ich freue mich *so* darauf! Nicht nur darauf, dass ich Brautjungfer sein werde, sondern auch darauf, Suze zu sehen, meine Eltern und meine Heimat. Gestern fiel mir auf, dass ich schon seit über einem halben Jahr nicht mehr in England war, und auf einmal kam mir das wie eine Ewigkeit vor. Ich war gar nicht dabei, als Dad endlich an die Spitze des Golfclubs gewählt wurde – davon hatte er sein Leben lang geträumt. Und ich habe den Skandal verpasst, als Siobhan die Kollekte aus der Kirche stahl, um damit nach Zypern zu fliegen. Aber was das Schlimmste war: Ich war nicht bei Suzes Verlobung dabei. Suze war aber so nett, zwei Wochen später mal eben nach New York zu kommen, um mir ihren Ring zu zeigen.

Nicht dass mich das irgendwie bedrücken würde – mir geht es ja wirklich fantastisch hier in New York. Mein Job bei Barneys ist perfekt, unser Leben im West Village ist perfekt. Ich liebe es, durch die winzigen Straßen zu spazieren, samstagmorgens in der Magnolia-Bäckerei Cupcakes zu kaufen und über den Markt zurück nach Hause zu laufen. Im Grunde liebe ich alles, was ich hier in New York habe. Na ja, bis auf Lukes Mutter vielleicht.

Aber trotzdem. Daheim ist daheim.

Als ich im ersten Stock ankomme, höre ich durch unsere Wohnungstür Musik, und auf einmal habe ich so ein freudiges Kribbeln im Bauch. Das ist bestimmt Danny! Sitzt bei uns und arbeitet. Wahrscheinlich ist er jetzt endlich fertig! Mein Kleid ist fertig!

Danny Kovitz wohnt in derWohnung über uns bei seinem Bruder, und er ist einer meiner besten Freunde hier in New York. Er ist ein begnadeter Designer, wirklich ein Riesentalent – er hat nur noch nicht den entsprechenden Erfolg.

Also, um ehrlich zu sein, er hat überhaupt keinen Erfolg. Er hat vor fünf Jahren die Modeschule abgeschlossen, und seitdem wartet er auf den großen Durchbruch. Aber wie er mir immer wieder erklärt: Sich als Designer zu etablieren ist noch viel schwerer, als sich als Schauspieler zu etablieren. Wenn man nicht die richtigen Leute kennt oder zufällig einen Ex-Beatle zum Vater hat, kann man es eigentlich genauso gut vergessen. Er tut mir so leid, weil ich wirklich finde, dass er Erfolg verdient hat. Und darum habe ich ihn sofort nachdem Suze mich gebeten hatte, ihre Brautjungfer zu sein, gefragt, ob er mein Kleid machen möchte. Auf Suzes Hochzeit wird es nämlich nur so wimmeln vor reichen, wichtigen Gästen. Und die werden mich dann hoffentlich alle fragen, wer mein Kleid gemacht hat, und dann geht die Mundpropaganda los, und Danny ist ein gemachter Mann!

Ich kann es kaum abwarten, das fertige Kleid zu

sehen. Die vielen Entwürfe, die er mir gezeigt hat, waren echt beeindruckend – und so ein handgenähtes Kleid ist natürlich von einer viel höheren Qualität und fällt viel detailreicher aus als eins von der Stange. Das Oberteil zum Beispiel wird eine handbestickte Fischbeinstäbchenkorsage sein – und Danny hat vorgeschlagen, einen winzigen Liebesknoten aus den Monatssteinen aller Angehörigen und Freunde der Braut zu fertigen und darauf anzubringen – ist das nicht originell?

Meine einzige leichte Sorge – wirklich nur eine winzige Beunruhigung – ist, dass die Hochzeit in zwei Tagen stattfindet und ich das Kleid noch nicht mal anprobiert habe. Geschweige denn gesehen. Heute Morgen habe ich bei ihm geklingelt, um ihn daran zu erinnern, dass ich heute abreise, und nachdem er sich schließlich und endlich an die Tür geschleppt und aufgemacht hatte, versprach er mir hoch und heilig, das Kleid bis mittags fertig zu haben. Er erklärte mir, dass er seine Ideen immer bis zur allerletzten Minute reifen lasse – und dass er dann einen Adrenalinstoß bekomme, der wiederum einen Inspirationsschub auslöse, und dass er dann unglaublich schnell arbeite. So sei es nun mal bei ihm, versicherte er mir. Und dass er noch immer seine Termine eingehalten habe.

Ich mache die Tür auf und rufe fröhlich »Hallo!«. Keine Antwort. Ich öffne die Tür zu unserem multifunktionellen Wohnzimmer. Madonna plärrt aus dem Radio, auf dem Fernseher zuckt MTV, und Dannys neuer Roboter-Hund versucht, aufs Sofa zu krabbeln.

Danny liegt mit dem Oberkörper auf einer Wolke goldener Seide über der Nähmaschine und schläft.

»Danny?«, sage ich entsetzt. »Hey, aufwachen!«

Danny schrickt auf und reibt sich das magere Gesicht. Seine Locken sind völlig zerzaust, und seine hellblauen Augen sind noch mehr gerötet als heute Morgen, als er mir die Tür aufmachte. Sein dünner Körper steckt in einem alten grauen T-Shirt und das eine knochige Knie guckt aus dem Riss in seiner Jeans hervor – komplett mit der verschorften Wunde, die er sich letztes Wochenende beim Rollschuhlaufen zugezogen hat. Er sieht aus wie ein zehnjähriger Junge mit Bartstoppeln.

»Becky!«, sagt er getrübten Blickes. »Hi! Was machst du denn hier?«

»Ich wohne hier. Schon vergessen? Du arbeitest hier, weil in deiner Wohnung eine Sicherung durchgebrannt ist.«

»Ach. Ja.« Benommen sieht er sich um. »Stimmt.«

»Alles in Ordnung?« Ich beäuge ihn misstrauisch. »Ich habe Kaffee geholt.«

Ich reiche ihm einen Becher, und er trinkt gleich mehrere große Schlucke. Dann erblickt er den Stapel Post in meiner Hand und macht zum ersten Mal heute einen einigermaßen wachen Eindruck.

»Hey, ist das die britische *Vogue*?«

»Äh… ja«, sage ich und lege sie außerhalb seiner Reichweite ab. »Und – wie geht's meinem Kleid?«

»Hervorragend! Alles unter Kontrolle!«

»Kann ich es schon anprobieren?«

Kurze Pause. Danny guckt den Haufen goldener Seide vor sich an, als wenn er ihn noch nie in seinem Leben gesehen hätte.

»Nein, noch nicht«, sagt er schließlich.

»Aber es wird rechtzeitig fertig?«

»Natürlich! Selbstverständlich.« Er tritt auf das Pedal, und die Nähmaschine rattert augenblicklich los. »Weißt du was?«, ruft er mir zu, um den Lärm zu übertönen. »Ich könnte wirklich ein Glas Wasser vertragen!«

»Kommt sofort!«

Ich eile in die Küche, drehe den Wasserhahn auf und warte, bis kaltes Wasser kommt. Die Wasserleitungen in diesem Haus sind ein bisschen exzentrisch, und wir liegen Mrs Watts, der Vermieterin, ständig in den Ohren, dass die Dinger repariert werden müssen. Aber sie lebt ja Tausende von Kilometern von hier entfernt in Florida und hat anscheinend nicht das große Interesse. Aber abgesehen davon ist unsere neue Bleibe ein Traum. Unsere Wohnung ist für New Yorker Verhältnisse riesig, hat Holzfußboden und einen Kamin und große, vom Fußboden bis zur Decke reichende Fenster.

(Mum und Dad waren natürlich gar nicht begeistert, als sie uns besuchten. Erstens verstanden sie nicht, wieso wir nicht in einem eigenen Haus wohnen. Dann verstanden sie nicht, wieso die Küche so klein ist. Dann fingen sie an darüber zu reden, wie schade es sei, dass wir keinen Garten haben – und ob ich schon gehört hätte, dass unser Nachbar Tom jetzt in einem Haus mit einem 1000 m^2 großen Grundstück wohnt? Also ehrlich. Wenn jemand in New York ein Grundstück von 1000 m^2 hätte, würde man da sofort zehn Büroblocks draufknallen!)

»Okay! Und wie läuft's –« Als ich das Wohnzimmer betrete, versagt mir die Stimme. Die Nähmaschine schweigt und Danny liest die *Vogue*.

»Danny!«, jaule ich. »Was ist mit meinem Kleid?«

»Hast du das gesehen?«, fragt Danny und haut auf die aufgeschlagene Seite. »›Hamish Fargles Kollektion zeigte wieder einmal, wie talentiert und geistreich der Designer ist‹«, liest er laut vor. »Ach, hör schon auf! Der hat doch null Talent! Null. Der war mit mir auf der Modeschule. Hat sich ständig meine Ideen abgeguckt –« Er sieht zu mir auf und kneift die Augen zusammen. »Führt Barneys den etwa?«

»Öh … weiß ich nicht«, lüge ich.

Danny ist wie besessen davon, seine Kollektion bei Barneys unterzukriegen. Das ist sein absoluter Wunschtraum. Und nur weil ich da als persönliche Einkaufsberaterin arbeite, glaubt er anscheinend, dass ich irgendwelche Treffen zwischen ihm und unserer Chefeinkäuferin arrangieren könnte. Das heißt, ich habe sogar schon Treffen zwischen ihm und unserer Chefeinkäuferin arrangiert. Beim ersten Mal kam er eineWoche zu spät, und sie war inzwischen nach Mailand gereist. Beim zweiten Mal zeigte er ihr eine Jacke, und als sie sie anprobierte, sind sämtliche Knöpfe abgefallen.

Oh, Gott. Wie kam ich bloß darauf, mein Kleid von ihm nähen zu lassen?

»Danny, sag mir jetzt bitte die Wahrheit. Wird mein Kleid rechtzeitig fertig?«

Lange Pause.

»Muss es denn wirklich heute fertig werden?«, fragt er schließlich. »Ich meine, wirklich und buchstäblich *heute*?«

»Mein Flug geht in sechs Stunden, Danny!« Meine Stimme verzerrt sich zu einem Quietschen. »Ich brauche das Kleid in weniger als …« Ich breche ab und schüttele den Kopf. »Weißt du was, ist schon okay. Dann ziehe ich eben was anderes an.«

»Was anderes?« Danny lässt die *Vogue* sinken und starrt mich entgeistert an. »Was willst du denn damit sagen?«

»Na ja …«

»Sag mal, willst du mich etwa *feuern*?« Er sieht mich an, als hätte ich ihm gerade mitgeteilt, dass unsere zehnjährige Ehe vorbei ist. »Nur weil ich ein kleines bisschen zu spät dran bin?«

»Ich feuere dich nicht! Aber ohne Kleid kann ich wohl kaum Brautjungfer sein, oder?«

»Und was willst du stattdessen anziehen?«

»Na ja …« Ich verknote verlegen die Finger. »Ich habe da noch so ein kleines Reservekleid im Schrank …«

Ich kann ihm ja schlecht sagen, dass ich sogar drei habe. Und zwei habe ich sicherheitshalber bei Barneys zurücklegen lassen.

»Von wem?«

»Äh … Donna Karan«, gestehe ich schuldbewusst.

»Donna Karan?« Ihm bricht die Stimme, so sehr trifft ihn der Verrat. »Du trägst lieber ein Kleid von Donna Karan als eins von mir?«

»Natürlich nicht! Aber das Kleid ist wenigstens hier, und es ist schon zusammengenäht und alles …«

»Trag mein Kleid.«

»Danny –«

»Trag mein Kleid! Bitte!« Er schmeißt sich auf den Boden und kommt auf Knien zu mir gerutscht. »Es wird fertig. Ich werde Tag und Nacht daran arbeiten.«

»Aber wir haben nicht mehr Tag und Nacht Zeit! Wir haben noch ungefähr … drei Stunden.«

»Dann arbeite ich eben die ganzen drei Stunden daran. Das schaffe ich!«

»Du kannst innerhalb von drei Stunden eine bestickte Fischbeinstäbchenkorsage herstellen?«, frage ich ungläubig.

Danny sieht mich verschämt an.

»Na ja … also … vielleicht müssten wir das Design dann doch noch mal ein klein wenig verändern …«

»Und wie?«

Er trommelt eine Weile mit den Fingern, dann sieht er auf. »Hast du ein schlichtes weißes T-Shirt?«

»Ein *T-Shirt*?« Ich kann meine Enttäuschung nicht verbergen.

»Es wird klasse. Versprochen.« In dem Moment hören wir einen Lieferwagen vorfahren. Danny sieht aus dem Fenster und fragt: »Hey, hast du wieder was bei dem Antiquitätenhändler gekauft?«

Eine Stunde später betrachte ich mich fasziniert im Spiegel. Ich trage einen langen, üppigen Rock aus goldener Seide – und dazu mein altes weißes T-Shirt, das jetzt nicht mehr wiederzuerkennen ist. Danny hat die Ärmel abgerissen, Pailletten darauf genäht, hier gekräuselt und dort gerafft, Falten kreiert, wo gar keine waren – und ganz einfach das fantastischste Top daraus gemacht, das ich je gesehen habe!

»Ich bin begeistert.« Ich strahle Danny an. »Ich bin absolut begeistert! Und ich werde die coolste Brautjungfer der Welt sein!«

»Ja, nicht schlecht, oder?« Danny zuckt ganz lässig mit den Schultern, aber ich sehe ihm an, wie stolz er auf sich ist. Ich trinke noch einen kräftigen Schluck von meinem Cocktail und leere dann das Glas. »Köstlich. Wollen wir noch einen trinken?«

»Was war denn in dem drin?«

»Ähm …« Ich schiele in Richtung der Flaschen, die sich auf dem Cocktailschrank aneinanderreihen. »Weiß nicht so genau.«

Es hat ein bisschen gedauert, bis wir den Cocktailschrank die Treppe hinauf und in unsere Wohnung geschafft hatten. Offen gestanden ist er ein klein wenig größer, als ich ihn in Erinnerung hatte, und ich bin mir nicht mehr so sicher, ob er wirklich in den kleinen Alkoven hinter dem Sofa passt, wo ich ihn hinstellen wollte. Aber er sieht trotzdem genial aus! Steht jetzt gerade mitten im Wohnzimmer, und wir haben ihn bereits gebührend eingeweiht. Kaum war das gute Stück da, ist Danny auch schon nach oben gegangen und hat die Bar seines Bruders Randall geplündert, während ich sämtlichen Alkohol, den ich in unserer Küche finden konnte, holte. Bis jetzt haben wir beide eine Margarita und einen Gimlet getrunken und meine eigene Erfindung, einen Bloomwood, der aus Wodka, Orangensaft und M&Ms besteht, die man mit einem Löffel herausschaufelt.

»Gib mir noch mal das Top. Ich möchte die Schulter noch etwas enger ziehen.«

Ich schäle mich aus dem Top, gebe es Danny und nehme mir meinen Pulli, ohne mich auch nur ansatzweise genant zu geben. Ist ja bloß Danny. Er fummelt einen Faden durchs Nadelöhr und fängt ausgesprochen geschickt an, am Saum des T-Shirts herumzustochern. »Jetzt erzähl doch mal von diesen seltsamen, intra-familiär heiratenden Freunden von dir«, sagt er. »Worum geht es da eigentlich?«

»Die sind nicht seltsam!« Doch dann zögere ich einen Moment. »Na gut, okay,Tarquin ist ein klein wenig seltsam. Aber Suze ist überhaupt nicht seltsam. Sie ist meine beste Freundin!« Danny zieht eine Augenbraue hoch.

»Ja, und – konnten die beiden denn partout niemand anderen finden? Müssen sie denn unbedingt jemanden aus der eigenen Familie heiraten? Nach dem Motto: ›Okay, Mum ist schon vergeben … meine Schwester ist zu fett … der Hund … hm, da gefällt mir die Haarfarbe nicht …‹?«

»Hör auf!« Aber ich muss trotzdem kichern. »Sie haben halt einfach plötzlich gemerkt, dass sie füreinander bestimmt sind.«

»Wie in *Harry und Sally*.« Danny verstellt die Stimme zu einer dramatischen Kino-Erzählerstimme: »Sie waren Freunde. Sie stammten aus dem gleichen Genpool.«

»Danny …«

»Okay.« Er nimmt sich zurück und schneidet den Faden ab. »Und was ist mit dir und Luke?«

»Was soll mit uns sein?«

»Meinst du, dass ihr heiratet?«

»Ich … Keine Ahnung!« Ich spüre, wie mir eine sanfte Röte ins Gesicht steigt. »Darüber habe ich noch nie nachgedacht.«

Und das ist die absolute Wahrheit.

Na gut, okay. Es ist nicht die *absolute* Wahrheit. Vielleicht ist es mir doch schon vereinzelte Male durch den Kopf gegangen. Vielleicht habe ich doch schon ein-, zweimal »Becky Brandon« auf meinen Block gekritzelt, nur um zu sehen, wie das aussieht. Und möglicherweise habe ich auch schon mal flüchtig eine von diesen Hochzeitszeitschriften durchgeblättert. Aus reiner Neugierde.

Vielleicht ist mir auch schon mal der Gedanke gekommen, dass Luke und ich schon viel länger zusammen sind als Suze und Tarquin, und dass Suze jetzt heiratet.

Aber Sie wissen schon. Nicht dass das ein Problem wäre. Ich halte auch gar nicht viel von Hochzeiten. Und wenn Luke mich fragen würde, würde ich sogar höchstwahrscheinlich Nein sagen.

Obwohl ... Okay. Ich würde wahrscheinlich Ja sagen.

Aber der Punkt ist, dass es ohnehin nicht dazu kommen wird. Luke will nämlich »in den nächsten Jahren ganz sicher nicht heiraten, und möglicherweise überhaupt nicht«. Das hat er vor drei Jahren in einem Interview mit dem *Telegraph* gesagt, das ich neulich in seiner Pressemappe fand. (Ich habe nicht geschnüffelt. Ich war auf der Suche nach einem Gummiband.) In dem Interview ging es in erster Linie um sein Geschäft, aber natürlich wurde er auch ein paar private Sachen gefragt – und dann haben sie sein Bild unterschrieben mit *Brandon: Heiraten ist das Letzte, woran ich denke.*

Und damit habe ich absolut kein Problem. Das ist auch das Letzte, woran ich denke.

Während Danny mein Kleid fertig stellt, widme ich mich der Hausarbeit. Was so viel heißt wie: Ich stelle das schmutzige Frühstücksgeschirr zum Einweichen in die Spüle, wische einen Fleck auf der Arbeitsplatte weg – und verbringe dann eine ganze Weile damit, die Gewürzgläser im Gewürzregal neu zu arrangieren. Dieses Mal nach Farbe. Eine wirklich befriedigende Arbeit. Fast so gut wie Filzstifte sortieren. Damals.

»Findet ihr beiden es eigentlich schwierig zusammenzuleben?«, fragt Danny, der in die Küche kommt und mich beobachtet.

»Nein.« Überrascht sehe ich ihn an. »Wieso?«

»Meine Freundin Kirsty hat versucht, mit ihrem Freund zusammenzuwohnen. Das komplette Desaster. Haben sich nur noch gestritten. Sie hat gesagt, sie hat keine Ahnung, wie das überhaupt irgendjemand auf die Reihe kriegen kann.«

Ich schiebe das Kumin-Glas neben das Glas mit Fenchelsamen und empfinde eine leichte Selbstgefälligkeit. Luke und ich haben nämlich so gut wie gar keine Probleme miteinander gehabt, seit wir zusammengezogen sind. (Na ja, abgesehen von der Geschichte, als ich das Badezimmer neu angestrichen habe und aus Versehen etwas von der Farbe mit dem Goldglitzer auf seinem neuen Anzug landete. Aber das zählt eigentlich gar nicht, weil Luke nämlich hinterher selbst eingesehen hat, dass er völlig überreagiert hat und dass es natürlich offensichtlich war, dass die Farbe noch nicht trocken war.)

Jetzt, wo ich darüber nachdenke, könnte es natürlich sein, dass wir auch schon mal einen winzig kleinen Disput darüber hatten, wie viele Klamotten ich so kaufe. Es könnte sein, dass Luke schon mal meinen Kleiderschrank geöffnet und verzweifelt gefragt hat: »Wann willst du das eigentlich alles tragen?«

Vielleicht haben wir hin und wieder auch schon mal darüber gestr… diskutiert, wie viel Luke arbeitet. Luke hat ein eigenes, ausgesprochen erfolgreiches PR-Unternehmen, Brandon Communications, das Zweigstellen in London und New York hat und ständig expandiert. Er liebt seine Arbeit, und vielleicht habe ich ihm schon ein- bis zweimal vorgeworfen, seine Arbeit mehr als mich zu lieben.

Aber unter dem Strich sind wir nun mal ein reifes und flexibles Paar, das in der Lage ist, miteinander zu reden. Neulich sind wir zusammen Mittag essen gegangen und haben sehr lange miteinander geredet, und ich habe ernsthaft versprochen, in Zukunft weniger einzukaufen, und Luke hat ernsthaft versprochen, etwas weniger zu arbeiten. Dann ist Luke zurück ins Büro gegangen, und ich war bei Dean and DeLuca, um fürs Abendessen einzukaufen. (Dabei stieß ich auf dieses tolle extra native Olivenöl mit gepressten, biodynamischen Blutorangen, für das ich bei Gelegenheit *unbedingt* mal ein Rezept finden muss.)

»Zusammenleben muss *gestaltet* werden«, doziere ich weise. »Man muss flexibel bleiben. Und man muss genau so viel geben wie nehmen.«

»Ach, ja?«

»Oh, ja. Luke und ich zum Beispiel, wir haben eine gemeinsame Kasse, und wir teilen uns die Hausarbeit… Teamwork heißt das Zauberwort. Der springende Punkt ist nämlich, dass man nicht davon ausgehen darf, dass alles einfach so weiterläuft wie bisher. Man muss sich schon anpassen.«

»Ach, ja?« Danny sieht mich interessiert an. »Und wer von euch meinst du passt sich mehr an? Du oder Luke?«

Ich denke einen Moment nach.

»Schwer zu sagen. Ich glaube, das hält sich in etwa die Waage.«

»Das heißt … dieser ganze Kram hier.« Danny lässt seinen Blick über die vollgestopfte Wohnung schweifen. »Ist das vor allem deiner oder seiner?«

»Äääähmmm …« Ich sehe mich um. Da sind die Aromatherapiekerzen, die auf alt gemachten Spitzenkissen und die vielen Zeitschriftenstapel. Eine Sekunde lang muss ich an das blütenreine, minimalistische Apartment denken, das Luke seinerzeit in London hatte.

»Ach, weißt du …«, sage ich schließlich. »Sowohl als auch …«

Und das stimmt auch irgendwie. Ich meine, Luke hat schließlich immer noch seinen Laptop im Schlafzimmer.

»Der Punkt ist, dass es zwischen uns überhaupt keine Reibereien gibt«, setze ich meinen Vortrag fort. »Wir denken immer das Gleiche. Wir sind eine Einheit.«

»Klasse«, sagt Danny und nimmt sich einen Apfel aus der Obstschale. »Da habt ihr ja ein wahnsinniges Glück.«

»Ich weiß.« Ich sehe ihm tief in die Augen. »Weißt du, Luke und ich sind so miteinander im Einklang, dass da manchmal fast so was wie … ein sechster Sinn zwischen uns besteht.«

»Wirklich?« Danny starrt mich an. »Im Ernst?«

»Ja, sicher. Dann weiß ich genau, was er jetzt gleich sagen will, oder ich *spüre* förmlich, dass er in der Nähe ist…«

»So wie *Die Macht* in *Star Wars*?«

»Kann schon sein.« Ich zucke lässig mit den Schultern.

»Ist so etwas wie eine Gabe. Ich hinterfrage das normalerweise nicht genauer –«

»Sei gegrüßt, Obi Won Kenobi«, ertönt eine tiefe Stimme hinter uns, und Danny und ich erschrecken uns fast zu Tode. Ich wirbele herum – und sehe Luke mit einem amüsierten Grinsen im Gesicht in der Tür stehen. Er hat ganz rote Wangen von der Kälte, seine dunklen Haare sind voller Schneeflocken, und er ist so groß, dass der Raum auf einmal viel kleiner erscheint.

»Luke!«, quietsche ich. »Hast du uns erschreckt!«

»Tut mir leid«, sagt er. »Ich dachte, du würdest meine Gegenwart spüren.«

»Ja. Also, ich habe auch irgendetwas gespürt…«, versuche ich mich zu verteidigen.

»Aber natürlich.« Er gibt mir einen Kuss. »Hi Danny.«

»Hi«, sagt Danny und sieht dabei zu, wie Luke seinen dunkelblauen Kaschmirmantel auszieht, dann die Manschettenknöpfe öffnet und gleichzeitig die Krawatte löst, und das alles mit den gleichen zielgerichteten, flinken und geschickten Bewegungen, mit denen er immer alles macht. Einmal, als Danny und ich tierisch betrunken waren, fragte er mich: »Ist Luke im Bett eigentlich genau so, wie wenn er eine Flasche Champagner aufmacht?« Und obwohl ich empört aufschrie, Danny mit Fäusten bearbeitete und ihm sagte, dass ihn das gar nichts angehe, konnte ich doch irgendwie verstehen, was er meinte. Luke fackelt nie lange herum oder zögert oder sieht verwirrt aus. Er weiß immer ganz genau, was er will, und im Großen und Ganzen bekommt er das auch immer – ganz gleich, ob es darum geht, eine Flasche Champagner geräuschlos zu öffnen oder einen neuen Kunden anzuwerben oder im Bett eine …

Ähem. Wie dem auch sei. Lassen Sie es mich so formulieren: Seit Luke und ich zusammenwohnen, hat sich mein Horizont erstaunlich erweitert.

Jetzt nimmt er die Post in die Hand und sieht sie schnell und zielsicher durch. »Und, wie geht's, Danny?«

»Gut, danke«, sagt Danny und beißt vom Apfel ab. »Und wie geht es der Welt der Hochfinanz? Hast du meinen Bruder heute gesehen?« Dannys Bruder Randall arbeitet bei einem Finanzunternehmen, und Luke hat schon ein paarmal mit ihm zu Mittag gegessen.

»Heute nicht, nein.«

»Okay, aber wenn du ihn das nächste Mal siehst«, sagt Danny, »dann frag ihn mal, ob er zugenommen hat. So ganz nebenbei. Sag einfach so was wie ›Sag mal, Randall, du siehst ja ganz schön füllig aus‹. Und dann könntest du vielleicht noch einen Kommentar zum Fettgehalt seiner Vorspeise abgeben. Randall ist zurzeit total paranoid und glaubt, dass er fett wird. Ich lache mich tot.«

»Geschwisterliebe«, sagt Luke. »Ist das nicht wunderbar?« Luke ist am Ende des Poststapels angekommen und sieht mich mit gerunzelter Stirn an.

»Ist der Kontoauszug für unser gemeinsames Konto noch gar nicht gekommen, Becky?«

»Äh… nein. Noch nicht.« Ich lächele ihn entwaffnend an.

»Kommt bestimmt morgen!«

Das stimmt nicht ganz. Der Kontoauszug ist nämlich eigentlich gestern gekommen, aber ich habe ihn schnurstracks in meine Unterwäscheschublade befördert. Es gibt da so ein paar Posten, die mir ein klein wenig Sorge bereiten, und ich möchte mir lieber in Ruhe überlegen, wie ich diese Ausgaben rechtfertigen kann. Offen gestanden finde ich die Sache mit dem gemeinsamen Konto nämlich ganz schön lästig. Ganz gleich, was ich vorhin zu Danny gesagt habe.

Verstehen Sie mich nicht falsch. Ich finde es ganz toll, wenn Paare ihr Geld teilen. Und wenn ich ganz ehrlich bin, finde ich es total klasse, dass Luke sein Geld mit mir teilt. Echt cool. Weniger klasse finde ich es allerdings, wenn er dann plötzlich fragt »Was hast du denn für siebzig Dollar bei Bloomingdales gekauft?« und ich mich nicht mehr daran erinnern kann. Und aus genau diesem Grund habe ich mir eine ganz neue Taktik ausgedacht. Die ist so simpel, dass sie geradezu brillant ist.

Die Taktik lautet: Irgendetwas so auf dem Kontoauszug verschütten, dass er ihn nicht mehr lesen kann.

»Ich gehe duschen«, sagt Luke und nimmt die Post mit. Er ist schon fast zur Tür hinaus, als er plötzlich innehält. Er dreht sich ganz langsam um und betrachtet den Cocktailschrank, als würde er ihn zum ersten Mal sehen.

»Was ist das?«, fragt er langsam.

»Das ist ein Cocktailschrank!«, antworte ich fröhlich.

»Wo kommt der her?«

»Der … ähm … also, den habe ich heute gekauft.«

»Becky …« Luke schließt die Augen. »Ich dachte, wir hätten gesagt, dass Schluss ist mit diesem Plunder.«

»Das ist kein Plunder! Der ist original aus den 30er Jahren! Mit dem können wir jeden Abend grandiose Cocktailpartys feiern!« Sein Gesichtsausdruck macht mich ein klein wenig nervös, darum fange ich an, wie ein Wasserfall zu plappern. »Ja, ich weiß, wir hatten gesagt, dass wir keine Möbel mehr kaufen. Aber in diesem Fall ist das etwas anderes. Ich meine, wenn man eine so einmalige Gelegenheit wie diesen Schrank sieht, muss man einfach zuschlagen!«

Ich verstumme und beiße mir auf die Lippe. Luke geht schweigend auf den Schrank zu. Er streicht über das Holz und nimmt dann schmallippig einen Cocktailshaker in die Hand.

»Ach, Luke, ich dachte, ich würde dir damit eine Freude machen! Ich dachte, er würde dir gefallen. Der Typ in dem Laden hat gesagt, ich hätte ein wirklich gutes Auge …«

»Ein wirklich gutes Auge«, wiederholt Luke in merkwürdig ungläubigem Tonfall.

Mir stockt der Atem, dann schreie ich, als er den Cocktailshaker in die Luft wirft, und ich zucke schon prophylaktisch zusammen, bevor der Shaker mit lautem Getöse auf dem Holzfußboden landet – was er aber nicht tut, weil Luke ihn souverän auffängt. Danny und ich reißen die Augen auf, als Luke den Shaker noch einmal hochwirft, sich einmal um die eigene Achse dreht und den Shaker dann seinen Arm herunterrollen lässt.

Ich fasse es nicht. Ich bin mit Tom Cruise zusammen!

»Ich habe mal einen Sommer lang als Barkeeper gearbeitet«, sagt Luke und lässt sich zu einem Lächeln hinreißen.

»Das musst du mir zeigen, wie man das macht!«, rufe ich aufgeregt. »Ich will das auch können!«

»Ich auch!«, sagt Danny. Er schnappt sich den anderen Cocktailshaker, fängt an, ungelenk damit herumzuhantieren, und wirft ihn dann mir zu. Ich versuche, ihn zu fangen, aber er landet auf dem Sofa.

»Gott, wie ungeschickt!«, ärgert Danny mich. »Also, hör mal, Becky. Da musst du aber noch ein bisschen üben, um bei der Hochzeit den Brautstrauß fangen zu können!«

»Nein, muss ich nicht!«

»Natürlich. Du willst doch die Nächste sein, oder?«

»Danny …« Ich lache leichtherzig auf.

»Ihr beide solltet unbedingt heiraten«, macht Danny weiter und ignoriert meine bösen Blicke. Er nimmt den Cocktailshaker und wirft ihn von Hand zu Hand. »Ist doch alles perfekt. Guckt euch doch mal an. Ihr wohnt zusammen, ihr wollt euch nicht gegenseitig umbringen, ihr seid nicht miteinander verwandt … Ich könnte dir ein *atemberaubendes* Kleid machen …« Etwas abrupt stellt er den Shaker ab und sieht auf einmal sehr ernst aus. »Hör mal, Becky. Du musst mir versprechen, dass ich dein Kleid machen darf, wenn du heiratest.«

Das ist doch wohl das Letzte. Wenn er so weitermacht, denkt Luke noch, ich wollte ihn zu irgendetwas drängen. Er könnte ja sogar auf den Gedanken kommen, dass ich Danny aufgetragen habe, das Thema ganz direkt anzusprechen.

Ich muss jetzt ganz dringend die Bombe entschärfen.

Ganz schnell.

»Ach, weißt du, Danny, eigentlich will ich überhaupt nicht heiraten«, höre ich mich selbst sagen. »Jedenfalls nicht die nächsten zehn Jahre.«

»Was?« Danny sieht mich entsetzt an. »Im Ernst?«

»Wirklich?« Luke sieht mich mit einem undeutbaren Ausdruck in den Augen an. »Das wusste ich ja gar nicht.«

»Ach, nein?« Ich versuche, ganz lässig zu klingen. »Na, dann weißt du es ja jetzt.«

»Und warum willst du die nächsten zehn Jahre nicht heiraten?«, fragt Danny.

»Ich … ähm …« Ich räuspere mich. »Also, da sind noch so viele Sachen, die ich vorher unbedingt machen will. Ich will mich auf meine Karriere konzentrieren, und ich will … mein Potenzial voll ausschöpfen … und … herausfinden, wer ich wirklich bin … und … eine ganze … öm … abgerundete Persönlichkeit werden.«

Ich verstumme und begegne leicht trotzig Lukes verwundertem Blick.

»Verstehe«, sagt er und nickt. »Klingt sehr vernünftig.« Er sieht auf den Cocktailshaker in seiner Hand und stellt ihn ab. »Ich fang dann mal an zu packen.«

Moment mal! Er sollte mir doch nicht *beipflichten*!

ZWEI

Am nächsten Morgen um sieben Uhr kommen wir in Heathrow an und holen unseren Mietwagen. Auf dem Weg zu Suzes Eltern in Hampshire blicke ich aus dem Fenster auf die verschneite Landschaft, die vielen Hecken, Felder und kleinen Dörfer, als wenn ich all das vorher noch nie gesehen hätte. Nach Manhattan wirkt das alles hier so winzig und irgendwie … niedlich. Jetzt wird mir endlich klar, warum die Amerikaner immer alles in England reizend nennen.

»Wohin jetzt?«, fragt Luke, als wir wieder mal an eine kleine Kreuzung kommen.

»Ähm, also hier musst du ganz klar links abbiegen. Ich meine … rechts. Nein, ich meine links.«

Während der Wagen die Richtung ändert, suche ich in meiner Tasche nach der Einladung, um noch mal die genaue Adresse zu überprüfen.

Sir Gilbert und Lady Cleath-Stuart
Bitten um die Ehre Ihrer Gesellschaft …

Gebannt starre ich auf die schwungvolle, elegante Schrift. Mein Gott, ich kann es immer noch nicht glauben, dass Suze und Tarquin heiraten.

Ich meine, natürlich *glaube* ich es. Schließlich sind

die beiden jetzt schon über ein Jahr lang zusammen, und Tarquin ist im Grunde genommen in die Wohnung mit eingezogen, in der ich früher mit Suze wohnte – obwohl die beiden anscheinend immer mehr Zeit in Schottland verbringen. Die beiden sind total süß und echt cool, und alle finden, dass sie total gut zusammenpassen.

Aber ab und zu, wenn ich mich gerade mal nicht richtig konzentriere, schreit es förmlich in meinem Kopf: »Waaaaaas? Suze und Tarquin?«

Schließlich war Tarquin immer Suzes seltsamer, freakiger Cousin. Jahrelang war er nichts anderes als der unbeholfene Kerl in der Ecke, der immer in einer uralten Jacke herumlief und in aller Öffentlichkeit Wagner-Arien vor sich hin summte. Er war der Typ, der sich nur äußerst selten aus dem sicheren Hafen seines schottischen Schlosses herauswagte – und als er es doch mal tat, hatte ich mit ihm das allerschlimmste Date meines Lebens (aber darüber sprechen wir nicht mehr).

Und jetzt ist er auf einmal … na ja, Suzes Freund. Er ist immer noch etwas unbeholfen. Und er trägt immer noch gerne die von seinem alten Kindermädchen selbst gestrickten Pullis. Er ist immer noch ein bisschen schmuddelig. Aber Suze liebt ihn, und das ist das Einzige, das zählt.

Genau wie ich meinen ollen Teddy liebe.

Oh, Gott, ich kann doch nicht jetzt schon anfangen zu heulen! Ich muss mich zügeln.

»Harborough Hall«, liest Luke laut vor, als er vor einem Paar in Auflösung begriffener Steinsäulen zum Stehen kommt. »Ist es das?«

»Ähm …« Ich schniefe und versuche, geschäftsmäßig zu gucken. »Ja, das ist es. Fahr einfach rein.«

Ich bin zwar schon tausendmal bei Suze gewesen, aber ich vergesse doch immer wieder, wie imposant das Haus ihrer Eltern ist. Wir fahren eine breite, lange Allee entlang, die in eine geschwungene Kiesauffahrt mündet. Das Haus ist riesig und grau und sieht mit den Säulen an der Front und dem Efeu, der es überwächst, uralt aus.

»Hübsches Haus«, sagt Luke auf dem Weg zur Haustür.

»Wie alt ist es?«

»Weiß nicht«, lautet meine präzise Auskunft. »Ist schon seit Jahren in Familienbesitz.« Ich ziehe an der Klingelschnur, um herauszufinden, ob das Ding – was höchst unwahrscheinlich ist – inzwischen mal repariert worden ist. Ist es aber anscheinend nicht. Ich klopfe ein paarmal mit dem schweren Türklopfer an, und als sich auch daraufhin nichts tut, betrete ich eigenmächtig die riesige geflieste Eingangshalle, in der ein alter Labrador vor dem knisternden Kamin schläft.

»Hallo?«, rufe ich. »Suze?«

Auf einmal bemerke ich, dass auch Suzes Vater neben dem Kamin schläft. Er sitzt in einem großen, ausladenden Sessel. Ich habe ein bisschen Angst vor Suzes Vater, und ich will ihn ganz bestimmt nicht aufwecken.

»Suze?«, wiederhole ich etwas leiser.

»Bex! Dachte ich es mir doch, dass ich etwas gehört hatte!«

Ich sehe auf – und da steht Suze auf der Treppe, in einem Hauskleid im Schottenmuster, mit offenen Haaren, die golden über ihren Rücken fallen. Aufgeregt lächelt sie mich an.

»Suze!«

Ich stürze die Treppe hinauf und falle ihr um den Hals. Als ich mich wieder von ihr löse, haben wir beide ziemlich gerötete Augen, und ich lache etwas wackelig. Mein Gott, ich habe Suze ja viel mehr vermisst, als mir selbst klar war.

»Komm mit in mein Zimmer!« Suze zieht mich an der Hand. »Du musst dir mein Kleid angucken!«

»Ist es wirklich so wunderschön?«, frage ich aufgeregt.

»Auf dem Bild sah es umwerfend aus.«

»Es ist perfekt! Und außerdem musst du unbedingt sehen, was ich für untendrunter habe … ein total cooles Miederteilchen von Rigby and Peller … und einen so abgefahrenen Slip …«

Luke räuspert sich, sodass wir uns beide umsehen.

»Oh!«, sagt Suze. »Entschuldigung, Luke. In der Küche gibt es Kaffee und Zeitungen und so'n Kram. Da drüben.« Sie zeigt einen Flur entlang. »Mrs Gearing macht dir auch bestimmt gerne eine Portion Bacon and Eggs, wenn du willst.«

»Dann ist Mrs Gearing wohl genau die richtige Frau für mich«, entgegnet Luke und lacht. »Bis später.«

Suzes Zimmer ist hell und luftig und blickt direkt auf den Garten. Was sage ich, »Garten«! Ich meine die 5000 Hektar Land, die Rasenflächen, die sich von der Hinterseite des Hauses bis zu einem Zedernhain und einem See erstrecken, in dem Suze als Dreijährige mal fast ertrunken wäre. Links liegt ein von Mauern umgebener Rosengarten sowie ganz viele Blumenbeete und Kieswege und Hecken, und genau da hat Tarquin um Suzes Hand angehalten. (Sie hat mir erzählt, dass er vor ihr niedergekniet ist und dass dann, als er wieder aufstand, kleine Kiessteinchen an seiner Hose klebten. Das ist *so* typisch Tarquin.) Rechts ist ein alter Tennisplatz und dahinter eine Wiese, die sich bis zu einer Hecke erstreckt, hinter der die Dorfkirche samt Friedhof liegt. Als ich jetzt aus dem Fenster schaue, sehe ich, wie sich am anderen Ende des Hauses ein riesiges Festzelt aufbläht und wie ein Weg, der sich am Tennisplatz vorbei und quer über die Wiese bis zum Friedhofstor schlängelt, mit Zeltplanen überdacht wird.

»Du willst doch nicht etwa zur Kirche *laufen*?«, frage ich in plötzlicher Sorge um Suzes Emma-Hope-Schuhe.

»Ach, Quatsch, nein! Ich fahre mit der Kutsche. Aber die Gäste können ja alle zu Fuß hierher zurückkommen. Auf dem Weg wird heißer Whisky ausgeschenkt.«

»Mann, das wird wirklich sagenhaft!« Ich beobachte einen Mann in Jeans dabei, wie er einen Pfosten in den Boden hämmert. Ich kann mir nicht helfen, aber auf einmal verspüre ich tatsächlich einen Anflug von Neid. Ich habe schon immer von so einer Mega-Hochzeit geträumt, mit Pferdekutsche und dem ganzen Brimborium.

»Ja, nicht? Glaubst du nicht auch, dass es klasse wird?« Suze strahlt mich glücklich an. »So, jetzt muss ich mir mal eben die Zähne putzen…«

Sie verschwindet ins Badezimmer, und ich schlendere hinüber zu ihrer Frisierkommode, an deren Spiegel die Bekanntgabe der Verlobung klemmt. Baronesse Susan Cleath-Stuart und Baron Tarquin Cleath-Stuart. Mannomann. Ich vergesse immer wieder, wie vornehm Suze ist.

»Ich will auch einen Titel«, sage ich, als Suze mit einer Haarbürste in der Hand aus dem Bad kommt. »Ich fühle mich ausgeschlossen. Wie bekommt man so was?«

»Ach, so ein Quatsch, Bex!« Suze rümpft die Nase. »Titel sind totaler Mist. Ständig bekommt man Briefe, in denen man mit ›Verehrte Baronesse‹ angeschrieben wird.«

»Trotzdem. Das wäre doch cool. Was könnte ich sein?«

»Ähm ...« Suze zieht an einer Haarsträhne. »Freifrau Becky Bloomwood? Aber jetzt komm endlich, ich will dein Kleid sehen!«

»Okay!« Ich wuchte meinen Koffer aufs Bett, öffne ihn und ziehe äußerst vorsichtig Dannys Kreation daraus hervor. »Na, was sagst du?« Stolz halte ich mir das Kleid an und wirbele mit der goldenen Seide herum. »Ganz schön cool, was?«

»Das ist ja der Hammer!« Suze starrt das Kleid mit weit aufgerissenen Augen an. »So etwas habe ich ja noch nie gesehen!« Sie berührt die Pailletten auf der Schulter. »Wo hast du das her? Ist das von Barneys?«

»Nein, von Danny. Ich hatte dir doch erzählt, dass er mein Kleid machen würde.«

»Ach, ja, stimmt.« Dann guckt sie mich angestrengt an.

»Wer war noch mal Danny?«

»Mein Nachbar von obendrüber«, helfe ich ihr auf die Sprünge. »Der Designer. Der, den wir damals auf der Treppe getroffen haben.«

»Ach, ja.« Suze nickt. »Jetzt weiß ich wieder.«

Aber an der Art, wie sie das sagt, kann ich ablesen, dass sie sich nicht erinnern kann.

Ich mache ihr keinen Vorwurf – ihre Begegnung mit Danny dauerte ungefähr zwei Minuten. Er war auf dem Weg zu seinen Eltern in Connecticut, sie steckte mitten im Jetlag, und sie wechselten kaum ein Wort miteinander. Aber trotzdem. Schon komisch, dass Suze Danny gar nicht richtig kennt, und dass er sie gar nicht richtig kennt, obwohl mir beide so wahnsinnig wichtig sind. Es ist, als hätte ich zwei komplett voneinander unabhängige Leben, und je länger ich in New York lebe, desto größer wird die Kluft zwischen ihnen.

»So, und hier ist meins«, verkündet Suze aufgeregt.

Sie öffnet den Schrank, macht den Reißverschluss an einem Kaliko-Kleidersack auf – und enthüllt ein absolut atemberaubendes Kleid, ganz in Weiß, aus massenweise Samt und Seide, mit langen Ärmeln und einer richtig langen Schleppe.

»Oh, Gott, Suze«, keuche ich. Es schnürt mir die Kehle zu. »Du wirst so wunderschön aussehen. Ich kann immer noch nicht glauben, dass du wirklich heiratest! ›Mrs Cleath-Stuart.‹«

»Puuuh, hör bloß auf, mich so zu nennen!«, sagt Suze und rümpft die Nase. »Das hört sich ja an wie meine Mutter. Obwohl es ja ziemlich praktisch ist, jemanden aus der Verwandtschaft zu heiraten«, fügt sie hinzu, als sie den Schrank wieder schließt. »Ich meine, ich kann meinen Nachnamen behalten und gleichzeitig seinen annehmen. Und ich kann auf meinen Rahmen weiter die Initialen S C-S benutzen.« Sie fasst in einen Karton und holt einen wunderschönen Glasrahmen heraus, der mit lauter verschiedenen Muscheln verziert ist. »Guck mal, das ist die neue Kollektion –«

Beruflich entwirft Suze Bilderrahmen, die im ganzen Land verkauft werden, und letztes Jahr hat sie ihr Wirken auch noch auf Fotoalben, Geschenkpapier und Geschenkkartons ausgeweitet.

»Das Thema sind Muschelformen«, erklärt sie stolz. »Gefällt es dir?«

»Ich find's klasse!« Vorsichtig berühre ich die Schalen. »Wie bist du darauf gekommen?«

»Weißt du, genau genommen hat Tarkie mich auf die Idee gebracht! Wir waren irgendwann mal spazieren, und er erzählte mir, wie er als Kind immer Muscheln gesammelt hat und wie faszinierend er das immer schon fand, dass sich in der Natur so unglaublich viele verschiedene Formen finden … Und da hatte ich die Eingebung!«

Ich sehe Suze an. Sie strahlt über das ganze Gesicht. Auf einmal sehe ich sie und Tarquin vor mir, wie sie Hand in Hand in ihren weißen Aran-Pullovern von Scotch House über das stürmische Moor wandern.

»Suze, du und Tarquin, ihr werdet so glücklich miteinander werden«, quillt es von ganzem Herzen aus mir hervor.

»Meinst du?« Sie wird ganz rot vor Freude. »Wirklich?«

»Ganz bestimmt. Ich meine, guck dich doch mal an! Du blühst ja total auf!«

Und das stimmt. Es war mir bisher noch gar nicht so richtig aufgefallen, aber sie sieht irgendwie ganz anders aus als die alte Suze. Natürlich hat sie immer noch die gleiche, fein geschnittene Nase und die hohen Wangenknochen, aber ihr Gesicht ist irgendwie runder und weicher. Und sie ist immer noch schlank, aber plötzlich hat sie so etwas Rundes an sich … fast wie …

Ich lasse den Blick an ihrem Körper hinabwandern. Er kommt etwa bis zur Hälfte.

Moment mal.

Nein. Sie wird doch wohl nicht …

Nein.

»Suze?«

»Ja?«

»Suze, bist du …« Ich schlucke. »Du bist doch nicht … schwanger?«

»Nein!«, entgegnet sie entrüstet. »Natürlich nicht! Also wirklich, wie kommst du denn bloß –« Sie begegnet meinem Blick, verstummt und zuckt mit den Schultern. »Ja, okay, du hast recht. Stimmt. Wie bist du drauf gekommen?«

»Wie ich draufgekommen bin? Na, weil es … ich meine, weil du schwanger *aussiehst*!«

»Nein, tu ich nicht! Außer dir ist bisher noch niemand draufgekommen!«

»Ach, so ein Quatsch! Das ist doch total offensichtlich!«

»Nein, ist es nicht!« Sie zieht den Bauch ein und betrachtet sich im Spiegel. »Siehst du? Und wenn ich erst mal mein Rigby-and-Peller-Teil anhabe …«

Ich fasse es nicht. Suze ist schwanger!

»Und – ist es schon offiziell? Wissen deine Eltern es schon?«

»Nein, nein! Das weiß überhaupt noch niemand. Nicht mal Tarkie.« Sie verzieht das Gesicht. »Ist ein bisschen delikat, am Hochzeitstag schwanger zu sein, meinst du nicht? Ich wollte eigentlich so tun, als wenn es ein Flitterwochen-Baby ist.«

»Aber du bist doch mindestens schon im dritten Monat.«

»Im vierten. Termin ist Anfang Juni.« Ich starre sie an.

»Und wie willst du den Leuten dann bitte weismachen, dass es ein Flitterwochen-Baby ist?«

»Na ja ...« Sie denkt nach. »Es könnte ja ein bisschen zu früh kommen.«

»*Vier Monate* zu früh?«

»Das fällt doch niemandem auf! Du weißt doch, dass sich meine Eltern nichts merken können.«

Das stimmt allerdings. Suzes Eltern haben es mal fertig gebracht, am letzten Schultag vor den Sommerferien in Suzes Internat aufzutauchen, um sie abzuholen – was an und für sich ja auch nett gemeint war. Das Problem war bloß, dass Suze das Internat schon seit zwei Jahren nicht mehr besuchte.

»Und was ist mit Tarquin?«

»Ach, der weiß wahrscheinlich nicht einmal, wie lange so eine Schwangerschaft eigentlich dauert«, winkt Suze ab.

»Der kennt sich nur mit Schafen aus, und bei denen dauert das ungefähr fünf Monate. Ich sage ihm einfach, bei Menschen ist das genauso.« Sie nimmt wieder ihre Haarbürste zur Hand. »Weißt du, ich habe ihm mal erzählt, dass Frauen unbedingt zweimal am Tag Schokolade essen müssen, weil sie sonst in Ohnmacht fallen, und das hat er mir unbesehen geglaubt.«

In einem Punkt hat Suze jedenfalls recht. Wenn sie sich erst mal in das Mieder gequetscht hat, kann man das Bäuchlein gar nicht mehr sehen. Als wir beide am Morgen der Hochzeit vor ihrer Frisierkommode sitzen und uns aufgeregt angrinsen, finde ich ja sogar, dass sie dünner als ich aussieht ... Ganz schön unfair, was?

Die letzten beiden Tage haben wir in vollen Zügen genossen. Haben total relaxt, alte Videos angeguckt und massenweise KitKats gefuttert. (Suze isst für zwei, und ich brauche nach meinem transatlantischen Flug ganz dringend Energie.) Luke hat sich Arbeit mitgebracht und die meiste Zeit in der Bibliothek verbracht, aber das macht mir ausnahmsweise mal gar nichts aus. Es war so schön, endlich mal wieder mit Suze zusammen zu sein. Sie hat mir alles über die Wohnung erzählt, die sie und Tarquin in London kaufen werden, und ich habe Fotos von dem Traumhotel in Antigua gesehen, in dem sie und Tarquin die Flitterwochen verbringen werden, und ich habe fast alle ihre neuen Klamotten anprobiert.

Im Haus herrscht reger Betrieb, die Floristen und Caterer und Verwandten geben sich förmlich die Klinke in die Hand. Komisch nur, dass diese Unruhe anscheinend niemanden aus der Familie besonders kratzt. Suzes Mutter war die zwei Tage, die ich hier bin, auf der Jagd, und ihr Vater in seinem Arbeitszimmer. Mrs Gearing, die Haushälterin, hat die Sache mit dem Festzelt und die Blumen und alles andere organisiert – und selbst sie wirkt völlig entspannt. Als ich Suze darauf ansprach, zuckte sie bloß mit den Schultern und sagte: »Wir sind wahrscheinlich einfach daran gewöhnt, große Partys zu schmeißen.«

Gestern Abend fand eine richtig vornehme Cocktailparty statt, zu der ziemlich viele von Suzes und Tarquins Verwandten aus Schottland angereist kamen, und ich hatte eigentlich erwartet, dass da dann zumindest über die Hochzeit geredet würde. Aber jedes Mal, wenn ich mit jemandem meine Aufregung über die tollen Blumen teilen wollte oder erwähnte, wie romantisch ich das alles fand, erntete ich nur verständnislose Blicke. Erst, als Suze erwähnte, dass Tarquin ihr zur Hochzeit ein Pferd schenken würde, kam plötzlich Leben in die Gesellschaft, und es wurde über verschiedene Züchter gesprochen, die man kannte, und über Pferde, die man gekauft hatte, und über einen guten Freund, der eine sehr schöne kastanienbraune Stute hat, die vielleicht was für Suze wäre.

Also, hören Sie mal. Nicht *ein Mensch* hat sich danach erkundigt, was ich für ein Kleid tragen würde!

Aber das ist mir auch völlig egal, weil es nämlich wunderschön ist. Wir sehen beide wunderschön aus. Wir sind beide von einer echten Visagistin geschminkt worden und tragen das Haar in aalglatten Chignons. Der Fotograf hat einige »ganz natürlich wirkende« Bilder davon gemacht, wie ich Suzes Kleid zuknöpfe. (Wir mussten das Ganze dreimal durchexerzieren, mir sind zum Schluss fast die Arme abgefallen!) Und jetzt versucht Suze sich zu entscheiden, welches der sechs Diademe aus Familienbesitz ihr Haupt schmücken soll, während ich mich am Champagner festhalte. Nur, damit die Nervosität mich nicht vollkommen übermannt.

»Was ist mit Ihrer Mutter?«, fragt die Friseurin, während sie ein paar ganz feine blonde Locken um das Gesicht herum zurechtzupft. »Möchte die auch frisiert werden?«

»Glaube ich kaum«, sagt Suze und verzieht das Gesicht. »Das ist nicht so ganz ihre Welt.«

»Was zieht sie denn an?«, frage ich.

»Keine Ahnung«, sagt Suze. »Wahrscheinlich das, was ihr als Erstes zwischen die Finger kommt.« Sie sieht mir in die Augen, und ich bedenke sie mit einem mitleidigen Blick. Gestern Abend kam Suzes Mutter auch auf einen Drink herunter, und zwar in einem Dirndlrock und einem gemusterten Wollpullover mit einer riesigen Diamantbrosche auf der Brust. Aber was soll ich sagen – Tarquins Mutter sah noch schlimmer aus. Ich weiß wirklich nicht, wo Suze ihren guten Geschmack herhat.

»Bex, könntest du nicht mal eben zu ihr gehen und zumindest dafür sorgen, dass sie nicht irgendein hässliches, olles Gartenkleid anzieht?«, bittet Suze mich. »Auf dich hört sie bestimmt.«

»Na ja … okay.« Ich habe da so meine Zweifel. »Ich werd's versuchen.«

Als ich zur Tür herauskomme, sehe ich Luke in seinem Cut den Flur entlang auf mich zukommen.

»Du bist wunderschön«, sagt er und lächelt.

»Wirklich?« Ich drehe mich einmal um die eigene Achse.

»Ein tolles Kleid, stimmt's? Und es passt mir so gut –«

»Ich meinte nicht das Kleid«, sagt Luke. Er sieht mir schelmisch in die Augen, und sofort habe ich dieses wohlige Kribbeln im Bauch. »Ist Suze angezogen?«, fragt er. »Ich wollte ihr gern alles Gute wünschen.«

»Ja, ja«, sage ich. »Kannst ruhig reingehen. Hey, Luke, weißt du schon das Neueste?«

Die letzten beiden Tage bin ich fast gestorben vor Luke-nichts-von-Suzes-Baby-Erzählen, und jetzt sprudeln die Worte nur so aus mir hervor.

»Was?«

»Sie ist…« Oh, Gott, nein, ich kann es ihm nicht sagen. Ich kann nicht. Suze bringt mich um. »Sie ist… wirklich aufgeregt wegen der Hochzeit«, biege ich lahm den Hochverrat ab.

»Na, so was!«, sagt Luke und sieht mich forschend an. »So eine Überraschung aber auch. Na, ich werde mal schnell reinschauen und ein paar Takte mit ihr reden. Bis später.«

Vorsichtig mache ich mich auf den Weg zum Zimmer von Suzes Mutter und klopfe ganz sachte an.

»Ja, bitteeee?«, kommt donnernd die Antwort, und fast zeitgleich wird die Tür auch schon von Suzes Mutter Caroline aufgerissen. Sie ist ungefähr einen Meter achtzig groß und hat lange, schlanke Beine. Ihr graues Haar trägt sie zu einem Knoten gebunden, und über ihr wettergegerbtes Gesicht breitet sich sofort ein Lächeln, als sie mich sieht.

»Rebecca!«, ruft sie und sieht auf die Uhr. »Ist es schon so weit?«

»Nein, nicht ganz.« Ich wage ein Lächeln und lasse den Blick über ihren Aufzug – ein uraltes dunkelblaues

Sweatshirt, Reithose und Reitstiefel – schweifen. Für ihr Alter hat sie eine Wahnsinnsfigur. Kein Wunder, dass Suze so dünn ist. Mein Blick wandert auf der Suche nach verräterischen Einkaufstüten oder Hutschachteln weiter durch ihr Zimmer. Ich kann keine entdecken.

»Ja, äh, also Caroline… Ich dachte gerade so darüber nach, was Sie heute wohl anziehen würden. Sie als Brautmutter!«

»Brautmutter?« Sie starrt mich an. »Grundgütiger, stimmt ja! Ich bin die Brautmutter. So hatte ich das noch gar nicht betrachtet.«

»Soso. Das heißt… Sie haben sich noch nicht überlegt, was Sie heute anziehen?«

»Ist doch wohl noch ein bisschen zu früh, um sich umzuziehen, oder?«, sagt Caroline. »Ich zieh bloß eben schnell was anderes über, bevor wir gehen.«

»Was würden Sie davon halten, wenn ich Ihnen bei der Auswahl helfe?«, schlage ich ziemlich bestimmt vor und mache mich auch schon auf den Weg zum Kleiderschrank. Ich öffne beide Türen, vorbereitet auf das Schlimmste – und bin sprachlos.

Das fasse ich nicht. Das ist mit Abstand die ausgefallenste Garderobe, die ich je gesehen habe. Reitkleider, Ballkleider und Dreißiger-Jahre-Kostüme hängen dicht an dicht zwischen indischen Saris, mexikanischen Ponchos… und echter afrikanischer Stammesschmuck ist auch noch da.

»Das ist ja unglaublich!«, keuche ich.

»Ich weiß.« Caroline sieht abschätzig in den Schrank. »Ein riesiger Haufen alter Mist eigentlich.«

»Alter *Mist*? Herrje, wenn diese Sachen in einem dieser Vintage-Läden in New York hängen würden ...« Ich ziehe einen blassblauen Satinmantel mit eingefasstem Saum aus dem Schrank. »Der ist der Wahnsinn.«

»Gefällt er dir?«, fragt Caroline überrascht. »Nimm ihn mit.«

»Das kann ich nicht!«

»Meine liebe Rebecca, ich will ihn nicht.«

»Aber der hat doch sicher irgendeinen ideellen Wert für Sie ... Ich meine, sicher verbinden Sie damit irgendwelche Erinnerungen –«

»Meine Erinnerungen sind hier drin.« Sie tippt sich an die Stirn. »Nicht da.« Sie inspiziert ihren Kleiderbestand und pickt sich dann ein kleines Stück Knochen an einer Lederschnur heraus. »An *diesem hier* liegt mir aber zum Beispiel was.«

»An dem?« Es fällt mir schwer, Begeisterung zu zeigen.

»Na ja, das ist –«

»Das war ein Geschenk von einem Massai-Häuptling, ist natürlich schon lange her. Wir waren im Morgengrauen unterwegs, um eine Herde Elefanten aufzuspüren, als wir von einem Häuptling angehalten wurden. Eine der Frauen seines Stammes hatte hohes Fieber, seit sie ein Kind zur Welt gebracht hatte. Wir haben dabei geholfen, das Fieber zu senken, und der Stamm dankte uns mit diversen Geschenken dafür. Warst du schon mal im Nationalpark Massai Mara, Rebecca?«

»Äh ... nein. Ich war überhaupt noch nie in –«

»Und das hier ist doch auch entzückend.« Plötzlich hat sie eine bestickte Geldbörse in der Hand. »Die habe ich auf einem Straßenmarkt in Konya gekauft. Das heißt, ich habe sie gegen meine letzte Schachtel Zigaretten eingetauscht, bevor wir über den Nemrut Dagi zogen. Warst du schon mal in der Türkei?«

»Nein, da war ich auch noch nicht«, sage ich und komme mir ziemlich unzulänglich vor. Bin ich wirklich erst so wenig herumgekommen? Ich zermartere mir das Hirn und versuche mich an etwas zu erinnern, womit ich sie beeindrucken könnte – aber die Namen meiner Reiseziele klingen ziemlich fade. Ich war ein paarmal in Frankreich, in Spanien, auf Kreta … und das war's dann auch schon. Besonders aufregend ist das nicht. Wieso bin ich eigentlich noch nie durch die Mongolei gewandert?

Da fällt mir ein, einmal wollte ich nach Thailand fliegen. Aber letztendlich bin ich dann doch lieber nach Frankreich gefahren und habe das gesparte Geld in eine Handtasche von Lulu Guinness investiert.

»Ich bin eigentlich noch gar nicht besonders viel gereist«, räume ich nur widerstrebend ein.

»Das solltest du aber unbedingt tun, mein Kind!«, rät Caroline mir mit dröhnender Stimme. »Es gibt nichts Besseres, um seinen Horizont zu erweitern. Und man lernt dabei so unglaublich viel über das Leben – gerade von den einfachen Leuten. Eine meiner besten Freundinnen ist eine bolivianische Bäuerin. Wir haben zusammen Mais gemahlen.«

»Wow.«

Eine kleine Uhr auf dem Kaminsims schlägt die halbe Stunde, und mir wird auf einmal bewusst, dass wir nicht richtig weiterkommen.

»Na ja, aber wie war das doch gleich … Hatten Sie

sich Gedanken darüber gemacht, was Sie zur Hochzeit anziehen?«

»Irgendetwas Warmes und Buntes«, sagt Caroline und streckt die Hand nach einem dicken rot-gelben Poncho aus.

»Ähmmm … Ich bin mir nicht sicher, ob das dem Anlass so angemessen wäre …« Ich wühle ein bisschen zwischen den vielen Jacken und Kleidern, bis ich apricotfarbene Seide aufblitzen sehe. »Hey! Das ist ja schön!« Ich ziehe es aus dem Schrank – und kann es kaum glauben. Das ist von Balenciaga.

»In dem Kostüm bin ich durchgebrannt«, sagt Caroline, die sofort wieder voller Erinnerungen steckt. »Wir sind mit dem Orient-Express nach Venedig gefahren und haben dann die Höhle von Postojna besichtigt. Kennst du die Gegend?«

»Das müssen Sie anziehen!« Meine Stimme wird vor Aufregung ganz quietschig. »Damit sehen Sie fantastisch aus! Und außerdem ist das wahnsinnig romantisch, wenn Sie zur Hochzeit Ihrer Tochter das Kostüm tragen, in dem Sie damals durchgebrannt sind!«

»Ja, stimmt, das wäre wohl ganz lustig.« Sie nimmt es mir mit ihren roten, wettergegerbten Händen, bei deren Anblick es mich jedes Mal schüttelt, ab und hält es sich an. »Müsste mir noch passen, oder? Ich hatte auch mal einen passenden Hut dazu …« Sie legt das Kostüm ab und fängt an, in einem Regal herumzuwühlen.

»Sie müssen sich ja wahnsinnig für Suze freuen«, sage ich, nehme einen emaillierten Handspiegel an mich und betrachte ihn eingehend.

»Tarquin ist ein sehr lieber Junge.« Sie dreht sich zu

mir um und tippt sich vertraulich an die große Nase. »Sehr gut ausgestattet.«

Das stimmt allerdings. Tarquin ist ungefähr der fünfzehntreichste Mann Großbritanniens. Wundert mich nur, dass Suzes Mutter das erwähnt.

»Ja, schon …«, sage ich. »Aber es ist doch wohl nicht so, dass Suze sein Geld so dringend braucht …«

»Wer redet denn von Geld!« Sie lächelt mich wissend an, bis mir endlich aufgeht, was sie meint.

»Ach!« Ich laufe an wie eine Tomate. »Klar! Verstehe!«

»Das haben alle Männer der Familie Cleath-Stuart gemeinsam. Sie sind regelrecht berühmt dafür. Und bis jetzt ist noch kein einziger von ihnen geschieden«, fügt sie noch hinzu, bevor sie sich einen grünen Filzhut aufsetzt.

Wow. Das verleiht meinem Bild von Tarquin natürlich eine ganz neue Dimension.

Es dauert eine Weile, bis ich Caroline davon überzeugen kann, den grünen Filzhut gegen einen schicken schwarzen Topfhut einzutauschen. Als ich über den Flur zurück zu Suzes Zimmer gehe, höre ich unten in der Eingangshalle bekannte Stimmen.

»Das ist doch allgemein bekannt. Die Maul-und-Klauen-Seuche wurde von Brieftauben eingeschleppt.«

»Von Tauben? Du willst mir allen Ernstes weismachen, dass diese entsetzliche Epidemie, die ganze Tierbestände quer durch Europa ausgelöscht hat, von ein paar süßen, harmlosen Tauben verursacht wurde?«

»Harmlos? Graham, Tauben sind Ungeziefer!«

Mum und Dad! In Windeseile bin ich am Treppengeländer – und da sind sie, stehen direkt neben dem Kamin. Dad im Cut, mit Zylinder unter dem Arm, und Mum in einem dunkelblauen Blazer, geblümten Rock und knallroten Schuhen, die vom Farbton nicht ganz exakt zu ihrem roten Hut passen.

»Mum?«

»Becky!«

»Mum! Dad!« Ich fliege förmlich die Treppe hinunter, falle meinen Eltern in die Arme und inhaliere den vertrauten Duft nach Yardley-Puder und Tweed.

Dieser Heimaturlaub wird von Minute zu Minute gefühlsgeladener. Ich habe meine Eltern zum letzten Mal vor vier Monaten gesehen, als sie in NewYork zu Besuch waren. Da blieben sie aber nur drei Tage, dann sind sie gleich weitergeflogen nach Florida, um sich die Everglades anzusehen.

»Mum, du siehst toll aus! Was hast du mit deinen Haaren gemacht?«

»Maureen hat mir ein paar Strähnchen gefärbt«, erzählt sie sichtlich stolz. »Und heute Morgen war ich kurz bei Janice zum Schminken. Janice hat nämlich einen professionellen Make-up-Kurs mitgemacht und ist jetzt eine richtige Expertin!«

»Das … sehe ich!«, stammele ich. Mums Gesicht zieren grelle Rougestreifen und dunkle Tönungscremeflecken. Vielleicht kann ich die ja bei Gelegenheit zufällig absichtlich abwischen.

»Und wo ist Luke?« Mum sieht sich so aufmerksam um wie ein Eichhörnchen, das Nüsse sucht.

»Der muss sich hier irgendwo herumtreiben«, sage

ich – und sofort wechseln Mum und Dad vielsagende Blicke.

»Aber er ist hier, ja?« Mum lacht ein wenig gekünstelt. »Ihr seid mit dem gleichen Flugzeug gekommen, ja?«

»Mum. Mach dir keine Sorgen. Er ist hier. Wirklich.«

Mum sieht noch nicht ganz überzeugt aus – und ich kann ihr deswegen noch nicht mal einen Vorwurf machen. Bei der letzten Hochzeit, bei der wir alle zusammen waren, kam es nämlich zu diesem winzigen Zwischenfall. Luke tauchte und tauchte nicht auf, und ich war völlig verzweifelt, und dann verlegte ich mich eben aufs … öm …

Nun ja. Eine winzig kleine Notlüge. Ich meine, er hätte schließlich wirklich da sein können, in dem Getümmel. Und wenn die Leute sich nicht zu diesem dämlichen Gruppenfoto aufgestellt hätten, hätte auch niemand etwas gemerkt.

»Mrs Bloomwood! Hallo!«

Da kommt Luke mit großen Schritten durch die Haustür herein. Gott sei's gepfiffen und getrommelt.

»Luke!« Mums Lachen klingt schrill vor Erleichterung.

»Da sind Sie ja! Graham, er ist hier!«

»Natürlich ist er hier!« Dad verdreht die Augen. »Was dachtest du denn, wo er ist? Auf dem Mond?«

»Wie geht es Ihnen, Mrs Bloomwood?«, erkundigt Luke sich lächelnd und küsst meine Mutter auf die Wange.

»Ach, Luke, ich habe Ihnen doch schon mal gesagt, dass Sie mich Jane nennen sollen.«

Mum ist ganz rot vor glücklicher Aufregung und packt Luke so fest am Arm, als hätte sie Angst, dass er sich gleich ohne Vorwarnung in Luft auflösen könnte. Er lächelt mich an, und ich strahle glücklich zurück. Ich habe mich schon so lange auf diesen Tag gefreut, und jetzt ist er endlich da. Wie Weihnachten. Ach, nein, viel besser als Weihnachten. Durch die offene Haustür sehe ich die Hochzeitsgäste in Cuts und schicken Hüten über den verschneiten Kies vorbeilaufen. Im Dorf läuten schon die Kirchenglocken, und auf einmal herrscht eine ganz angespannte, erwartungsvolle Atmosphäre.

»Und wo ist die bezaubernde Braut?«, fragt Dad.

»Hier«, erklingt Suzes Stimme. Wir sehen auf – und da ist sie und schwebt die Treppe herab, mit einem unendlich stilvollen Bouquet aus Rosen und Efeu in der Hand.

»Oh, Suzie«, seufzt Mum und schlägt die Hände vor den Mund. »Oh, was für ein Kleid! Oh… Becky! Du siehst einfach…« Hingerissen wendet sie sich mir zu und registriert jetzt auch das, was ich anhabe. »Becky… ist das dein Kleid? Aber darin frierst du doch!«

»Nein, tue ich nicht. Die Kirche ist beheizt.«

»Ist es nicht toll?«, freut sich Suze. »So ausgefallen.«

»Aber das ist doch nur ein T-Shirt!« Enttäuscht zupft Mum mir am Ärmel. »Und was sind das da für Fransen? Das ist ja nicht mal ordentlich umgenäht!«

»Das ist ein *Unikat*«, erkläre ich. »Es wurde speziell für mich angefertigt.«

»Ein Unikat? Aber muss dein Kleid denn nicht zu denen der anderen Brautjungfern passen?«

»Es gibt keine anderen Brautjungfern«, springt Suze ein.

»Die Einzige, die ich sonst noch gefragt hätte, ist Tarquins Schwester Fenny. Aber die hat gesagt, wenn sie noch ein Mal Brautjungfer ist, verspielt sie ihre eigenen Chancen auf eine Hochzeit. Ihr kennt doch diesen Spruch: ›Wer dreimal Jungfer der Braut war …‹ Na ja, und sie ist schon ungefähr dreiundneunzigmal Brautjungfer gewesen! Und jetzt hat sie ein Auge auf diesen Typen geworfen, der in der City arbeitet, und will auf gar keinen Fall irgendetwas riskieren.«

Kurzes Schweigen. Ich kann förmlich sehen, wie Mums Hirn auf Hochtouren arbeitet. Oh, Gott, bitte jetzt nicht –

»Sag mal, Becky, mein Schatz, wie oft warst du eigentlich schon Brautjungfer?«, fragt sie ein bisschen *zu* betont zwanglos. »Damals bei Onkel Malcolms und Tante Sylvias Hochzeit … aber das war's auch schon, oder?«

»Und bei Ruthies und Pauls«, erinnere ich sie.

»Da warst du keine Brautjungfer«, wehrt Mum sofort ab.

»Da warst du … Blumenmädchen. Also zweimal, heute mitgezählt. Genau, zweimal.«

»Haben Sie gehört, Luke?«, grinst Dad. »Zweimal.«

Also ehrlich, was habe ich eigentlich für unmögliche Eltern?

»Na, wie dem auch sei!«, plappere ich los und hoffe, blitzschnell das Thema wechseln zu können. »Also … äh …«

»Aber Becky hat ja noch gut und gerne zehn Jahre Zeit, um sich über so etwas Gedanken zu machen«, merkt Luke im Plauderton an.

»Was?« Mum wird mit einem Mal stocksteif und

sieht hektisch von Luke zu mir und wieder zurück. »Was haben Sie gesagt?«

»Becky möchte mit dem Heiraten noch mindestens zehn Jahre warten«, sagt Luke. »Stimmt's nicht, Becky?«

Fassungsloses Schweigen. Ich spüre, wie mir ganz heiß wird im Gesicht.

»Ähm ...« Ich räuspere mich und versuche, nonchalant zu lächeln. »Ja, das ... das stimmt.«

»Wirklich?« Suze starrt mich aus weit aufgerissenen Augen an. »Das wusste ich ja gar nicht! Wieso das denn?«

»Damit ich ... öm ... mein Potenzial voll ausschöpfen kann«, murmele ich und weiche verzweifelt Mums Blick aus.

»Und ... um herauszufinden, wer ich wirklich bin.«

»Um herauszufinden, wer du wirklich bist?« Mums Stimme klingt reichlich schrill. »Und dafür brauchst du zehn Jahre? Das kann ich dir innerhalb von zehn Minuten erklären!«

»Aber Bex, überleg doch mal, wie alt du in zehn Jahren bist!«, wirft Suze besorgt ein.

»Na ja, es müssen ja nicht unbedingt exakt zehn Jahre sein«, sage ich leicht verunsichert. »Wer weiß ... vielleicht reichen auch acht.«

»Acht?« Mum sieht aus, als wenn sie gleich in Tränen ausbricht.

»Luke«, sagt Suze sichtlich beunruhigt. »Wusstest du das?«

»Ja, wir haben gerade neulich darüber gesprochen«, erwidert Luke mit einem entspannten Lächeln.

»Aber das verstehe ich nicht«, hakt sie nach. »Und was ist mit –«

»Der Zeit?«, schneidet Luke ihr das Wort ab. »Du hast vollkommen recht, Suze. Ich finde auch, dass wir uns jetzt mal langsam in Bewegung setzen sollten. Es ist nämlich schon fünf vor zwei.«

»Nur noch fünf Minuten?« Suze ist gelähmt vor Entsetzen. »Im Ernst? Aber ich bin doch noch gar nicht fertig! Bex, wo sind deine Blumen?«

»Äh … in deinem Zimmer, glaube ich. Ich habe sie da irgendwo hingelegt …«

»Na, dann hol sie schon! Und wo ist Daddy? Oh, Scheiße, ich will eine Zigarette!«

»Suze, du darfst doch nicht *rauchen*!«, weise ich sie erschüttert zurecht. »Das ist nicht gut für das –« Das letzte Wort schlucke ich in letzter Sekunde herunter.

»Für das Kleid?«, springt Luke hilfsbereit ein.

»Ja. Genau. Sie könnte ja … aus Versehen ein Loch reinbrennen.«

Bis ich meine Blumen in Suzes Badezimmer gefunden und den Lippenstift nachgezogen habe und endlich wieder die Treppe hinuntergehe, ist nur noch Luke da.

»Deine Eltern sind schon vorgegangen«, sagt er. »Suze meinte, wir sollten auch schon zur Kirche gehen, sie kommt dann mit ihrem Vater in der Kutsche. Und ich habe eine Jacke für dich gefunden.« Er hält eine Schaffelljacke hoch.

»Deine Mutter hat schon recht, so kannst du nicht nach draußen.«

»Na gut«, füge ich mich widerstrebend. »Aber in der Kirche ziehe ich sie aus.«

»Weißt du eigentlich, dass sich die Nähte hinten an

deinem Kleid auflösen?«, fragt er, als er mir in die Jacke hilft.

»Was, echt?« Ich bin entsetzt. »Sieht es schlimm aus?«

»Ich finde, es sieht reizend aus.« Seine Lippen kräuseln sich zu einem Lächeln. »Aber vielleicht wäre nach dem Gottesdienst eine Sicherheitsnadel nicht die schlechteste Idee.«

»Dieser verfluchte Danny!« Ich schüttele den Kopf. »Ich hab's ja gewusst, ich hätte mich lieber auf Donna Karan verlassen sollen.«

Als Luke und ich über den Kies zum überdachten Weg laufen, ist die Luft ganz still und ruhig, und eine wässrige Sonne versucht, ein klein wenig Wärme zu geben. Das Geläut der Kirchenglocken ist zu einem leisen Summen verstummt, und es ist niemand mehr zu sehen außer einem einsamen, umhereilenden Kellner. Die anderen sind wahrscheinlich alle schon in der Kirche.

»Tut mir leid, dass ich da gerade dieses heikle Thema angesprochen habe«, sagt Luke, als wir den Weg zur Kirche einschlagen.

»Heikel?« Ich ziehe die Augenbrauen hoch. »Was? Ach, *das*! Das ist überhaupt kein heikles Thema!«

»Deine Mutter schien mir aber doch ein bisschen verstört …«

»Mum? Ach, der ist das doch alles vollkommen egal. Die hat doch bloß … einen Scherz gemacht.«

»Einen Scherz?«

»Ja!«, behaupte ich trotzig.

»Verstehe.« Luke nimmt mich beim Arm, als mein

Schritt auf den Kokosmatten etwas unsicher wird. »Das heißt, du bist immer noch fest entschlossen, mit dem Heiraten noch acht Jahre zu warten.«

»Ja, natürlich.« Ich nicke. »Mindestens acht Jahre.«

Schweigend setzen wir unseren Weg fort. Weit hinter uns höre ich, wie Hufe sich über Kies arbeiten – das muss Suzes Kutsche sein, die jetzt losfährt.

»Oder wer weiß, vielleicht auch nur sechs«, füge ich so lässig wie möglich hinzu. »Oder … womöglich auch nur fünf. Kommt ganz drauf an.«

Wieder schließt sich ein langes Schweigen an, in dem unsere regelmäßigen Schritte auf dem weichen Boden umso mächtiger klingen. Es macht sich eine sehr merkwürdige Atmosphäre zwischen uns breit, und ich wage es kaum, Luke anzusehen. Ich räuspere mich, wische mir über die Nase und überlege, welchen Kommentar ich über das Wetter machen könnte.

Als wir das Tor zum Kirchhof erreichen, dreht Luke sich zu mir um und sieht mich mit einem Gesichtsausdruck an, den ich nicht oft an ihm sehe.

»Jetzt mal im Ernst, Becky«, sagt er. »Willst du wirklich fünf Jahre warten?«

»Ich … ich weiß nicht«, sage ich verwirrt. »Du?«

Jetzt schweigen wir schon wieder, und mein Herz fängt wie wild an zu klopfen.

Oh, Gott! Oh, mein Gott! Vielleicht macht er mir ja jetzt … Vielleicht fragt er mich jetzt –

»Ah! Die Brautjungfer!« Der Pfarrer kommt aus dem Portal, und Luke und ich zucken erschrocken zusammen. »Sind Sie bereit für Ihren Einsatz auf dem Mittelgang?«

»Ich äh … glaube schon«, sage ich und bin mir dabei Lukes Blicks sehr bewusst. »Ja.«

»Sehr schön! Dann gehen Sie am besten schon mal hinein!«, spricht der Pfarrer Luke an. »Sie wollen den großen Augenblick doch wohl nicht versäumen?«

»Nein«, antwortet Luke nach einer Pause. »Nein, das will ich nicht.«

Er haucht mir einen Kuss auf die Schulter und geht hinein, ohne noch ein Wort zu sagen, und ich starre völlig verwirrt hinter ihm her.

Das, worüber wir gerade geredet haben, war das … Wollte Luke damit etwa sagen …

Dann höre ich Hufe und werde aus meinen Tagträumereien gerissen. Ich drehe mich um und sehe Suzes Kutsche die Straße herunterrumpeln. Ich komme mir vor wie in einem Märchen. Suzes Schleier weht im Wind, und sie lächelt einigen Schaulustigen am Straßenrand glücklich zu. Sie ist so schön wie nie zuvor.

Ich hatte wirklich nicht vor zu weinen. Im Gegenteil, ich hatte mir sogar schon eine Strategie ausgedacht, wie ich eventuell aufkommende Tränen ganz schnell unterdrücken könnte (indem ich das Alphabet rückwärts und mit französischem Akzent aufsage). Aber schon als ich Suze dabei helfe, die Schleppe zu entwirren, wird mir feucht um die Augen. Und als die Orgelmusik einsetzt und wir ganz langsam in die voll besetzte Kirche einziehen, muss ich alle zwei Takte im gleichen Atemzug mit der Orgel kräftig schniefen. Suze hält sich am Arm ihres Vaters fest, ihre Schleppe gleitet über den Steinfußboden. Ich schreite anmutig hinterdrein, versuche, nicht mit den Absätzen den Boden zu berühren, und hoffe inständig, es möge niemandem auffallen, dass mein Kleid dabei ist, sich in Wohlgefallen aufzulösen.

Wir kommen nach vorne – und da wartet Tarquin mit seinem Trauzeugen. Er ist immer noch genauso groß und knochig wie immer, und sein Gesicht hat für meinen Geschmack immer noch etwas von einem Wiesel an sich, aber ich muss zugeben, dass er in seinem Kilt und der Felltasche eine ziemlich gute Figur macht. Und jetzt sieht er Suze so offenkundig verliebt und bewundernd an, dass meine Nase schon wieder anfängt zu kribbeln. Er dreht sich ein bisschen, sieht mich an und lächelt nervös. Ich lächele peinlich berührt zurück. Ehrlich gesagt, glaube ich nicht, dass ich ihn jemals wieder angucken kann, ohne an das zu denken, was Caroline mir erzählt hat.

Der Pfarrer beginnt mit seiner »Liebe Gemeinde, wir haben uns heute hier versammelt«-Rede, und ich merke, wie ich mich endlich entspanne. Ich werde jedes einzelne vertraute Wort genießen. Das hier ist, als würde ich den Anfang eines meiner Lieblingsfilme sehen, in dem dieses Mal meine beiden besten Freunde die Hauptrollen spielen.

»Susan, willst du diesen Mann, den Gott dir anvertraut, als deinen Ehemann lieben und ehren?« Der Pfarrer hat riesige, buschige Augenbrauen, die er bei jeder Frage hochzieht, als hätte er Angst, die Antwort könnte »Nein« lauten.

»Willst du die Ehe mit ihm nach Gottes Gebot und Verheißung führen … in guten wie in schlechten Tagen … bis dass der Tod euch scheidet? So antworte: Ja, ich will.«

Es tritt eine kleine Pause ein – dann sagt Suze mit glockenklarer Stimme: »Ja, ich will.«

Ich wünschte, Brautjungfern müssten auch etwas sagen. Müsste ja nicht viel sein, nur ein kleines »Ja« oder »Ich will« oder so.

Als wir zu der Stelle kommen, wo Suze und Tarquin sich die Hand geben sollen, reicht Suze mir ihren Brautstrauß, und ich nutze die Gelegenheit, um mich kurz umzudrehen und einen Blick auf die versammelte Gemeinde zu werfen. Die Kirche ist proppenvoll, manche haben nicht mal mehr einen Sitzplatz bekommen. Ich sehe eine Menge strammer Männer in Kilts und Frauen in Samtkostümen, außerdem Fenny mit einer ganzen Horde ihrer Londoner Freundinnen, die anscheinend allesamt Philip-Treacy-Hüte tragen. Und da ist Mum. Sitzt ganz eng an Dad gedrückt und hält sich ein Taschentuch an die Augen. Sie sieht auf, begegnet meinem Blick, und ich lächele sie an – worauf sie von einem neuen Weinkrampf geschüttelt wird.

Ich drehe mich wieder nach vorne um. Suze und Tarquin knien nieder und der Pfarrer verkündet mit ernster Stimme:

»Was Gott zusammengefügt hat, soll der Mensch nicht scheiden.«

Ich blicke zu Suze, die ihren Tarquin glücklich anstrahlt. Sie ist vollkommen hin und weg. Und jetzt gehört sie zu ihm. Zu meiner Überraschung fühle ich mich auf einmal ziemlich leer. Suze ist verheiratet. Jetzt ist alles anders.

Es ist jetzt ein Jahr her, seit ich nach New York gezogen bin, und ich habe jede Minute dieser Zeit genossen. Keine Frage. Aber jetzt wird mir plötzlich klar, dass ich unbewusst die ganze Zeit noch im Hinterkopf hatte, dass ich, falls alles schieflaufen sollte, jederzeit zurückkommen und wie früher mit Suze zusammenwohnen konnte. Und jetzt … kann ich das nicht mehr.

Suze braucht mich nicht mehr. Sie hat jemand anders, der in ihrem Leben immer an erster Stelle stehen wird. Ich sehe dabei zu, wie der Pfarrer die Hände auf Suzes und Tarquins Kopf legt, um das Paar zu segnen – und mir schnürt sich die Kehle zu beim Gedanken an die schöne Zeit, die wir miteinander hatten. Ich denke an den Abend, an dem ich ein fürchterliches Curry gekocht habe, um Geld zu sparen, und daran, wie Suze hartnäckig behauptete, es sei köstlich, obwohl ihr fast der Mund verbrannte. Ich denke daran, wie sie versucht hat, den Direktor meiner Bank zu verführen, damit er mir einen größeren Überziehungskredit gibt. Sie war immer für mich da, wenn ich irgendwie in Schwierigkeiten steckte.

Und das ist jetzt vorbei.

Auf einmal brauche ich dringend Bestätigung. Ich drehe mich um, lasse den Blick über die Gäste schweifen und suche Luke. Zunächst kann ich ihn nicht ausmachen, und obwohl ich weiterhin tapfer und selbstsicher lächele, steigt in mir regelrechte Panik auf – wie bei einem Kind, das nach der Schule plötzlich allein auf dem Schulhof steht, weil alle anderen Kinder bereits abgeholt worden sind.

Bis ich ihn dann plötzlich sehe. Er steht hinter einer der letzten Säulen – groß und dunkel und felsenfest – und sieht mir direkt in die Augen. Er sieht mich an, und niemanden sonst. Und während ich seinen Blick erwidere, fühle ich mich schon deutlich besser. Ich bin abgeholt worden. Alles wird gut.

Als wir aus der Kirche kommen, werden wir von Menschen, die sich draußen auf der Straße versammelt hatten, bejubelt, und die Glocken läuten auch schon wieder.

»Herzlichen Glückwunsch!«, rufe ich und drücke Suze ganz fest an mich. »Dir auch, Tarquin!«

Ich war in Tarquins Gegenwart eigentlich immer irgendwie verlegen. Aber jetzt, wo ich ihn mit Suze sehe – jetzt, wo er mit Suze verheiratet ist –, lässt diese Verlegenheit ganz schnell nach.

»Ihr werdet wahnsinnig glücklich miteinander, das weiß ich«, gebe ich ihm mit auf den Weg. Ich küsse ihn auf die Wange, und wir müssen beide lachen, als jemand uns mit Konfetti bewirft. Die Gäste ergießen sich bereits aus der Kirche wie Bonbons aus einem Bonbonglas, sie reden und lachen und rufen einander fröhlich irgendwelche Sachen zu. Sie wuseln um Suze und Tarquin herum, küssen sie, umarmen sie, schütteln ihnen die Hände – und ich entferne mich ein bisschen von dem Getümmel und frage mich, wo Luke ist.

Der gesamte Kirchhof ist voller Leute, und ich betrachte unwillkürlich einige von Suzes Verwandten. Ihre Großmutter kommt sehr langsam und hoheitsvoll auf einen Stock gestützt aus der Kirche, und direkt hinter ihr folgt ein sehr pflichtbewusst aussehender junger Mann im Cut. Ein dünnes, blasses Mädchen mit riesigen Rehaugen hat einen enormen schwarzen Hut auf dem Kopf, einen Mops auf dem Arm und raucht Kette. In der Nähe des Tores zum Kirchhof steht eine ganze Armee fast identisch aussehender Brüder in Kilts, und ich muss daran denken, dass Suze mir mal von einer ihrer Tanten erzählte, die sechs Söhne bekommen hat, bevor sie endlich Mutter weiblicher Zwillinge wurde.

»Hier. Zieh das an«, erklingt auf einmal Lukes Stimme an meinem Ohr, und als ich mich umdrehe, steht er da mit der Schaffelljacke in der Hand. »Du frierst doch.«

»Überhaupt nicht. Mir geht's gut.«

»Becky, es liegt Schnee«, beharrt Luke auf seiner Ansicht und legt mir einfach die Jacke um die Schultern. »Sehr schöne Hochzeit«, sagt er dann noch.

»Ja.« Zaghaft sehe ich zu ihm auf und frage mich, ob ich es wohl irgendwie schaffen könnte, das Gesprächsthema von vorhin wieder aufzunehmen. Aber Luke sieht zu Suze und Tarquin, die jetzt unter der Eiche fotografiert werden. Suze sieht absolut hinreißend aus, während Tarquin aus der Wäsche guckt, als stände er einem Erschießungskommando gegenüber.

»Ein sehr netter Kerl«, sagt Luke und nickt in Richtung Tarquin. »Bisschen seltsam, aber nett.«

»Ja. Ist er auch. Luke –«

»Möchten Sie ein Glas heißen Whisky?«, unterbricht mich ein mit einem Tablett bewaffneter Kellner. »Oder Champagner?«

»Heißen Whisky«, sage ich dankbar. »Danke.« Ich trinke ein paar Schlucke und schließe die Augen, während die Wärme sich in meinem Körper ausbreitet. Wenn sie doch nur auch bald bei meinen Füßen wäre, die sind nämlich ehrlich gesagt schon fast steif gefroren.

»Brautjungfer!«, schreit Suze auf einmal. »Wo ist Bex? Komm, du musst mit aufs Foto!« Ich reiße die Augen auf.

»Hier!«, rufe ich und schmeiße die Schaffelljacke von mir.

»Luke, hältst du mein Glas –«

Ich eile durch die Menschenmenge zu Suze und Tarquin. Und komischerweise ist mir jetzt, wo alle Leute mich angucken, überhaupt nicht mehr kalt. Ich setze mein strahlendstes Lächeln auf, halte richtig professionell meinen Blumenstrauß und hake mich bei Suze unter, wie der Fotograf es mir aufträgt. Zwischen den einzelnen Aufnahmen winke ich Mum und Dad zu, die in der ersten Reihe der Versammlung stehen.

»Wir machen uns langsam auf den Weg zurück zum Haus«, sagt Mrs Gearing, als sie kommt und Suze einen Kuss gibt. »Den Leuten wird kalt. Ihr könnt da ja noch ein paar Bilder machen.«

»Okay«, sagt Suze. »Aber jetzt möchte ich erst noch ein paar Fotos von Bex und mir haben!«

»Gute Idee!«, freut Tarquin sich sofort und verliert keine Zeit, sich offensichtlich erleichtert zu seinem Vater zu gesellen, der genauso aussieht wie er selbst, bloß vierzig Jahre älter. Der Fotograf macht ein paar Bilder von Suze und mir, wie wir einander anstrahlen. Dann macht er eine Pause, um einen neuen Film einzulegen. Suze nimmt sich ein Glas Whisky von einem der Kellner und ich fasse mir vorsichtshalber mal an den Rücken, um zu fühlen, wie weit mein Kleid schon aufgegangen ist.

»Hör mal, Bex«, erklingt da eine Stimme an meinem Ohr. Ich drehe mich um und sehe mich einer sehr ernst dreinblickenden Suze gegenüber. Sie ist mir so nahe, dass ich jeden einzelnen Glitzerkrümel ihres Lidschattens sehen kann.

»Ich muss dich was fragen. Du willst doch nicht wirklich zehn Jahre warten, bis du heiratest, oder?«

»Na ja … nein«, gebe ich zu. »Eigentlich nicht.«

»Und glaubst du, dass Luke der richtige Mann für dich ist? Ganz im Ernst jetzt, und ganz unter uns.«

Es schließt sich eine längere Pause an. Hinter mir höre ich jemanden sagen: »Ja, sicher, unser Haus ist natürlich ziemlich modern. Von achtzehnhundertdreiundfünfzig, glaube ich –«

»Ja«, sage ich schließlich und merke, wie mir dunkle Röte ins Gesicht steigt. »Ja, ich glaube, er ist es.«

Suze sieht mich noch eine ganze Weile forschend an – und scheint dann plötzlich zu einer Entscheidung zu kommen.

»Okay!«, sagt sie und stellt ihren Whisky ab. »Dann werfe ich jetzt meinen Brautstrauß.«

»Was?« Ich glotze sie völlig entgeistert an. »Suze, das ist doch Quatsch! Du kannst deinen Brautstrauß jetzt noch nicht werfen!«

»Natürlich kann ich das! Ich kann ihn werfen, wann ich will.«

»Aber man wirft seinen Brautstrauß doch erst, wenn man losfährt in die Flitterwochen!«

»Ist mir egal.« Suze wirkt richtig aufsässig. »Ich habe keine Lust mehr zu warten. Ich werfe ihn jetzt.«

»Aber man wirft seinen Brautstrauß erst ganz am *Schluss*!«

»Wer ist hier die Braut? Du oder ich? Wenn ich bis

zum Schluss warte, ist es nicht mehr so lustig. So, und jetzt stell dich da drüben hin.« Mit einer ausgesprochen herrischen Geste zeigt sie auf einen kleinen, schneebedeckten Grashügel. »Und leg deinen Strauß weg. Wie willst du meinen Strauß fangen, wenn du einen anderen in der Hand hast? Tarkie?«, ruft sie. »Ich werfe jetzt meinen Brautstrauß, okay?«

»Okay!«, antwortet Tarquin fröhlich. »Gute Idee.«

»Na los, Bex!«

»Ach, also weißt du! Ich will ihn ja noch nicht mal fangen!«, brumme ich genervt.

Aber so, wie ich das sehe, bin ich die einzige Brautjungfer – also lege ich meinen Strauß ins Gras und stelle mich dann wie angeordnet auf den Hügel.

»Ich will, dass das fotografiert wird«, weist Suze den Fotografen an. »Und wo ist Luke?«

Was total irre ist: Außer mir stellt sich niemand auf diesen Grashügel. Alle anderen gehen auf Abstand. Dann fällt mir auf, dass Tarquin und sein Trauzeuge von Gast zu Gast gehen und den Leuten irgendetwas ins Ohr flüstern, woraufhin sich die gesamte Versammlung mit erwartungsvollen, strahlenden Mienen mir zuwendet.

»Fertig, Bex?«, ruft Suze.

»Warte!«, schreie ich. »Wir brauchen noch mehr Leute! Hier müssen doch viel mehr Leute stehen …«

Ich komme mir so blöd vor, wie ich hier allein auf diesem dämlichen Hügel stehe. Suze macht das alles total falsch. Ich verstehe das nicht – war sie denn noch nie auf irgendwelchen Hochzeiten?

»Warte, Suze!«, rufe ich, aber da ist es schon zu spät.

»Fang, Bex!«, kreischt sie. »Faaaaaang!«

Der Strauß fliegt im hohen Bogen durch die Luft, und ich muss ein klein wenig hochspringen, um ihn zu fangen. Er ist viel größer und schwerer, als ich erwartet hatte, und einen Augenblick lang sehe ich ihn einfach nur leicht benommen an, während ein Teil von mir sich insgeheim freut und ein anderer Teil stinksauer auf Suze ist.

Und dann klärt sich mein Blick. Und ich sehe den kleinen Umschlag. *Für Becky*.

Ein an mich adressierter Umschlag in Suzes Brautstrauß? Konfus sehe ich zu Suze, die strahlend in Richtung Umschlag nickt.

Mit zitternden Fingern mache ich ihn auf. Da ist irgendetwas Dickes, Schweres drin. Das ist …

Es ist ein Ring. Eingepackt in Watte. Und eine kleine Karte, auf der ich Lukes Schrift erkenne. Da steht …

Da steht *Willst du …*

Ungläubig starre ich auf die Worte und versuche, mich unter Kontrolle zu halten. Aber die ganze Welt verschwimmt vor meinen Augen, und mir rauscht das Blut durch den Kopf.

Benommen sehe ich auf. Und da löst Luke sich aus der Menge und kommt auf mich zu. Er macht ein sehr ernstes Gesicht, aber sein Blick ist unendlich zärtlich.

»Becky –«, hebt er an, und ich merke, wie der gesamte Kirchhof die Luft anhält. »Willst du –«

»Ja! Jaaaaaaaaa!«, höre ich die Jubelstimme schon die Luft durchschneiden, bevor mir bewusst ist, überhaupt den Mund geöffnet zu haben. Mein Gott, ich bin so emotionsgeladen, dass sich meine Stimme überhaupt nicht mehr wie meine eigene anhört. Sie hört sich fast an wie die von …

Mum.

Das glaube ich nicht.

Ich schnelle herum, und im gleichen Augenblick schlägt sie entsetzt die Hand vor den Mund. »Entschuldigung!«, flüstert sie und löst amüsiertes Gelächter unter den anderen Gästen aus.

»Mrs Bloomwood, es wäre mir eine Ehre«, sagt Luke und kann sich ein schelmisches Grinsen nicht verkneifen. »Aber soweit ich weiß, sind Sie schon vergeben.«

Dann sieht er wieder mich an.

»Becky, wenn ich fünf Jahre warten müsste, würde ich das tun. Oder acht – oder sogar zehn.« Er hält einen Moment inne, und abgesehen von einer leichten Windbö, die Konfetti durch den Kirchhof jagt, herrscht absolute Stille. »Aber ich hoffe, dass du mir eines Tages – und zwar hoffentlich eher früher als später – die Ehre erweisen wirst, mich zu heiraten.«

Ich bin so ergriffen, dass ich kein Wort herausbekomme. Ich nicke kaum merklich, und Luke nimmt meine Hand. Er holt den Ring heraus. Mein Herz pocht wie wild. Luke will mich heiraten. Das muss er die ganze Zeit geplant haben. Ohne auch nur ein Wort zu sagen.

Ich sehe den Ring an, und sofort verschwimmt er vor meinen Augen. Es ist ein alter Ring mit in winzige goldene Krallen gefassten Diamanten. So etwas habe ich noch nie gesehen. Er ist perfekt.

»Darf ich?«

»Ja«, wispere ich und sehe dabei zu, wie er mir den

Ring an den Finger steckt. Dann sieht er mich wieder an, und sein Blick ist so zärtlich wie noch nie zuvor. Dann küsst er mich, und die Leute fangen an zu jubeln.

Ich kann es kaum glauben. Ich bin verlobt.

DREI

Okay. Mag ja sein, dass ich jetzt verlobt bin, aber das heißt noch lange nicht, dass ich jetzt komplett durchdrehe.

Vergessen Sie's.

Ich weiß ja, wie manche Frauen sich dann überhaupt nicht mehr bremsen können, die größte Hochzeit des Universums planen und an nichts anderes mehr denken… Aber bei mir wird das anders sein. Ich werde nicht zulassen, dass dieses Thema von jetzt an komplett mein Leben bestimmt. Ich meine, man muss sich doch wirklich mal klar machen, worum es beim Heiraten eigentlich geht. Das Wichtigste bei einer Hochzeit sind eben *nicht* das Kleid oder die Schuhe oder der Brautstrauß! Das Wichtigste ist das Versprechen, füreinander da zu sein. Das Eheversprechen.

Ich bin gerade dabei, Feuchtigkeitscreme aufzutragen, und halte mittendrin inne, um mir im Spiegel in die Augen zu sehen. »Ich, Becky«, murmele ich feierlich. »Ich, Becky. Will dich, Luke.«

Kriegen Sie da nicht auch eine Gänsehaut, wenn Sie diese Worte hören?

»Als deinen… meinen Ehemann lieben… in guten wie in besseren Tagen…«

Ich breche ab und runzele die Stirn. Das klingt irgendwie falsch. Aber ich habe ja genug Zeit, den Spruch richtig auswendig zu lernen. Dieses Versprechen ist das, was zählt, sonst nichts. Wir brauchen keine übertrieben pompöse Hochzeit. Eine schlichte, elegante Feier. Kein großes Aufheben, kein Trara. Ich meine, Romeo und Julia haben schließlich auch keine Riesenhochzeit mit Zuckermandeln und Pastetchen gebraucht.

Vielleicht sollten wir heimlich heiraten, genau wie sie! Mit einem Mal bin ich völlig versunken in die Vorstellung, wie Luke und ich mitten in der Nacht in einer winzigen Steinkapelle vor einem italienischen Priester knien. Mein Gott, wäre das romantisch! Und dann glaubt Luke aus irgendeinem Grund, ich sei tot, und dann bringt er sich um, und ich mich dann auch, und die ganze Geschichte ist unglaublich tragisch, und die Leute sagen hinterher, dass wir es aus Liebe getan haben und dass die ganze Welt von uns lernen sollte …

»Karaoke?«, erklingt Lukes Stimme von jenseits meiner Zimmertür und holt mich in die Realität zurück. »Wäre durchaus eine Möglichkeit …«

Die Tür geht auf, und er hält eine Tasse Kaffee für mich in der Hand. Wir sind nach Suzes Hochzeit mit zu meinen Eltern gefahren, und als ich vom Frühstückstisch aufstand, spielte Luke gerade Schiedsrichter in der Diskussion meiner Eltern darüber, ob die Mondlandungen überhaupt jemals wirklich stattgefunden haben.

»Deine Mutter hat schon ein mögliches Hochzeitsdatum gefunden«, sagt er. »Was hältst du vom –«

»Luke!« Ich hebe die Hand, um ihn nachdrücklich zum Schweigen zu bringen. »Luke. Ich finde, wir sollten einen Schritt nach dem anderen gehen. Was meinst du?« Ich lächele ihn milde an. »Ich meine, wir haben uns gerade eben erst verlobt. Damit haben wir doch erst mal genug zu verdauen. Wir müssen doch nicht alles überstürzen und jetzt schon Termine festlegen.«

Ich sehe in den Spiegel und bin richtig stolz auf mich, weil ich so wahnsinnig erwachsen bin. Endlich stürze ich mich mal nicht Hals über Kopf in etwas hinein. Endlich bleibe ich mal auf dem Teppich.

»Du hast ja recht«, sagt Luke nach einer Weile. »Nein, wirklich, du hast vollkommen recht. Zumal der Termin, den deine Mutter vorgeschlagen hat, wirklich mehr als überstürzt wäre.«

»Ach, ja?« Nachdenklich trinke ich einen Schluck Kaffee.

»Und … ich meine, nur so aus reiner Neugierde … welchen Termin hatte sie vorgeschlagen?«

»Den 22. Juni. Dieses Jahr.« Er schüttelt den Kopf. »Völlig verrückt. Das ist ja schon in vier Monaten.«

»Um Gottes willen!«, sage ich und verdrehe die Augen.

»Ich meine, wir haben es doch nicht besonders eilig, oder?«

22. Juni. Also wirklich! Was stellt Mum sich eigentlich vor?

Obwohl … So eine Sommerhochzeit wäre bestimmt ganz nett. Theoretisch.

Und es gibt ja eigentlich auch nichts, was uns nachgerade davon *abhalten* würde, dieses Jahr zu heiraten.

Und wenn wir tatsächlich im Juni heiraten würden, könnte ich mich schon ab sofort nach einem Hochzeitskleid umsehen. Ich könnte jetzt schon Tiaras anprobieren. Und ich könnte anfangen, stapelweise Brautzeitschriften zu lesen! Au ja!

»Andererseits«, fahre ich lässig fort, »besteht natürlich auch kein echter Grund, die Sache hinauszuzögern, oder? Ich meine, jetzt, wo wir uns sozusagen entschieden haben, können wir es doch auch genauso gut ... tun. Wozu noch lange fackeln?«

»Bist du dir sicher? Becky, ich will nicht, dass du dich zu irgendetwas gedrängt fühlst –«

»Ist schon okay. Ich bin mir sicher. Wir heiraten im Juni!« Wir heiraten! Bald! Jippiiiiie! Da sehe ich mich schon wieder im Spiegel – und es hat sich ein riesiges, aufgeregtes Strahlen über meinem Gesicht ausgebreitet.

»Dann kann ich deiner Mutter also sagen, dass es am 22. sein wird.« Luke unterbricht mich in meinen Gedanken.

»Darüber wird sie sich sicher freuen.« Er sieht auf die Uhr.

»Oh, ich muss los.«

»Ach, ja«, sage ich und bemühe mich, ein klein wenig Begeisterung zu zeigen. »Du willst ja sicher nicht zu spät zu eurer Verabredung kommen.«

Luke verbringt den heutigen Tag mit seiner Mutter Elinor, die gerade einen Zwischenstopp in London einlegt auf ihrem Weg in die Schweiz. Offiziell heißt es, sie will ein paar alte Freunde besuchen und »die frische Bergluft genießen«. Dabei weiß doch sowieso jeder, dass sie sich in Wirklichkeit zum achtzigtausendsten Mal das Gesicht liften lässt.

Und heute Nachmittag werden Mum, Dad und ich uns mit den beiden zum Tee im Claridges treffen. Alle sind ganz aus dem Häuschen darüber, was für ein wunderbarer Zufall das ist, dass Elinor in England ist und dass die beiden Familien sich jetzt kennenlernen können. Aber jedes Mal, wenn ich an dieses Zusammentreffen denke, dreht sich mir fast der Magen um. Wenn wir uns mit Lukes richtigen Eltern – seinem Vater und seiner Stiefmutter, die in Devon leben – treffen würden, hätte ich überhaupt kein Problem damit. Aber die sind gerade in Australien, weil Lukes Halbschwester dahin ausgewandert ist, und kommen wahrscheinlich erst kurz vor der Hochzeit wieder. Das heißt, Lukes Familie besteht vorläufig einzig und allein aus Elinor.

Elinor Sherman. Meine zukünftige Schwiegermutter. Okay … nicht dran denken. Und für heute gilt erst mal:

Augen zu und durch.

»Luke …« Ich weiß nicht so recht, wie ich es sagen soll.

»Was glaubst du, wie es wird? Diese erste Begegnung unserer Eltern? Du weißt schon – deine Mutter … und meine Mutter … Ich meine, sie sind sich nicht gerade besonders ähnlich, nicht?«

»Ach, das wird schon klappen! Die beiden werden sich hervorragend verstehen, da bin ich ganz sicher.«

Luke hat anscheinend keine Ahnung, wovon ich eigentlich rede.

Ich weiß ja, dass es nur gut ist, dass Luke seine Mutter so anbetet. Ich weiß, dass Söhne ihre Mütter lieben sollen. Und ich weiß, dass er sie als kleiner Junge kaum gesehen hat und dass er versucht, Versäumtes nachzuholen … aber trotzdem. Wie kann er ihr nur so ergeben sein?

Als ich in die Küche herunterkomme, ist Mum dabei, mit der einen Hand den Frühstückstisch abzuräumen, während sie sich mit der anderen Hand das schnurlose Telefon ans Ohr drückt.

»Ja«, sagt sie. »Genau. Bloomwood. B-l-o-o-m-w-o-o-d. Aus Oxshott, Surrey. Und Sie faxen das eben durch, ja? Danke. – Gut.« Sie legt das Telefon zur Seite und strahlt mich an. »Das war wegen der Anzeige in der *Surrey Post*.«

»*Noch* eine Anzeige? Mum, wie viele Anzeigen hast du denn jetzt schon geschaltet?«

»Nur so viele, wie absoluter Standard ist!«, verteidigt sie sich. »In der *Times*, im *Telegraph*, im *Oxshott Herald* und in der *Esher Gazette*.«

»Und in der *Surrey Post*.«

»Ja. Also nur … fünf.«

»Fünf!«

»Becky, du heiratest nur einmal!«

»Ich weiß. Aber im Ernst …«

»Jetzt hör mir mal zu.« Mum ist ganz rot im Gesicht. »Du bist unsere einzige Tochter, Becky, und da werden wir keine Kosten und Mühen scheuen. Wir wollen, dass du deine Traumhochzeit bekommst. Die Anzeigen, die Blumen, die Pferdekutsche, wie Suzie sie hatte … wir wollen, dass du das bekommst.«

»Mum, genau darüber wollte ich ja mit dir reden«, sage ich etwas betreten. »Luke und ich wollen uns an den Kosten beteiligen –«

»So ein Quatsch!«, fällt Mum mir brüsk ins Wort. »Davon wollen wir überhaupt nichts hören.«

»Aber –«

»Wir haben es uns immer so gewünscht, eines Tages für eine Hochzeit bezahlen zu dürfen. Wir haben sogar extra dafür gespart, und das schon seit ein paar Jahren.«

»Im Ernst?« Ungläubig sehe ich sie an, während ich gleichzeitig entsetzlich emotional werde. Mum und Dad haben die ganze Zeit gespart und nie ein Wort gesagt. »Das ... das wusste ich ja gar nicht.«

»Ja also! Das ist doch nichts, was man seiner Tochter auf die Nase bindet! Also.« Jetzt schlägt sie wieder einen geschäftsmäßigen Ton an. »Hat Luke dir schon erzählt, dass wir einen Termin gefunden haben? Das war gar nicht so einfach, musst du wissen! Ist schon fast alles und fast jeder ausgebucht. Aber ich habe mit Peter von der Kirche gesprochen, und da bei ihm gerade ein anderes Paar wieder abgesagt hat, kann er uns um drei Uhr an dem Samstag reinquetschen. Sonst müssten wir bis November warten.«

»Bis November?« Ich verziehe das Gesicht. »November ist ja nun nicht gerade der Traum-Hochzeitsmonat.«

»Eben. Also habe ich ihm gesagt, er soll uns schon mal mit Bleistift eintragen. Ich hab's auch schon in unseren Kalender eingetragen, guck mal.«

Mums Kalender hängt am Kühlschrank und hat auf jeder Monatsseite ein neues Rezept mit Nescafé. Als ich ihn durchblättere, springt mir auf dem Juni-Blatt tatsächlich ein dickes, mit Filzstift eingetragenes »BECKYS HOCHZEIT« ins Auge.

Ich starre die Worte an. Komisches Gefühl. Es ist wirklich wahr. Ich werde wirklich heiraten. Das ist kein Traum.

»Außerdem hatte ich gerade ein paar Ideen bezüglich des Festzeltes«, fährt Mum fort. »In irgendeiner Zeitschrift habe ich ein richtig schönes gestreiftes gesehen, und da dachte ich nämlich noch: ›Das muss ich Becky zeigen‹ …«

Sie dreht sich um und zaubert einen ganzen Stapel von Hochglanzmagazinen hervor. *Brides. Modern Bride. Wedding and Home*. Sie glänzen mich genauso prall und einladend an wie ein Teller voller glasierter Donuts.

»Wow!«, sage ich und muss mich beherrschen, mir nicht sofort eine zu krallen. »Ich habe noch keine einzige von diesen Brautzeitschriften gelesen. Ich weiß nicht mal, wie die überhaupt sind.«

»Ich auch nicht«, behauptet Mum prompt, während sie ziemlich geübt eine Ausgabe der *Wedding and Home* durchblättert. »Ich habe sie nur mal ganz schnell überflogen, um einen Eindruck zu bekommen. Im Grunde bestehen die ja sowieso nur aus Werbung …«

Zögernd streiche ich mit den Fingerspitzen über die Titelseite einer *You and Your Wedding*. Ich kann noch gar nicht glauben, dass ich diese Zeitschriften jetzt offiziell lesen darf. Ohne Heimlichtuerei! Ich muss mich nicht mehr neben dem Zeitschriftenständer verstecken, muss nicht mehr nur kurze, verstohlene Blicke hineinwerfen, als würde ich mir Kekse in den Mund stopfen und immer Angst haben, dass mich jemand sieht.

Aber ich habe mir das derart angewöhnt, dass es mir schwerfällt, aus dieser Gewohnheit auszubrechen. Obwohl ich einen Verlobungsring am Finger habe, tue ich so, als würden mich diese Zeitschriften gar nicht interessieren.

»Na, ein kurzer Blick kann ja wohl nicht schaden«, sage ich dann so unbeteiligt wie möglich. »Nur, um ganz grundlegend Bescheid zu wissen … um zu sehen, was es so gibt …« Ach, was soll's. Mum hört mir nicht mal zu, also kann ich auch genauso gut aufhören, so zu tun, als wenn ich nicht jede einzelne dieser Zeitschriften gierig von der ersten bis zur letzten Seite verschlingen würde. Überglücklich lasse ich mich mit einer Ausgabe der *Brides* in einen Sessel fallen, und die folgenden zehn Minuten laben Mum und ich uns schweigend an den wunderschönen Bildern.

»Da!«, ruft Mum plötzlich. Sie dreht die Zeitschrift herum, sodass ich das Foto von einem aufgeblähten, weiß-silber gestreiften Festzelt sehen kann. »Ist das nicht hübsch?«

»Sehr.« Ich lasse den Blick interessiert über die Bilder von den Brautjungfernkleidern wandern, dann über die Brautsträuße … und dann entdecke ich das Erscheinungsdatum.

»Mum!«, rufe ich. »Die ist ja von letztem Jahr! Wieso hast du denn letztes Jahr schon Brautzeitschriften angeguckt?«

»Keine Ahnung.« Die Frage ist ihr sichtlich unangenehm.

»Vielleicht habe ich die … aus dem Wartezimmer beim Arzt oder so. Ist doch egal. Hast du schon ein paar Ideen?«

»Na ja … Ich weiß nicht«, antworte ich lahm. »Ich glaube, ich will einfach was ganz Schlichtes.«

Und schon schießt mir ein Bild von mir in einem üppigen weißen Kleid und einer glitzernden Tiara in den

Kopf … wie mein Märchenprinz auf mich wartet … die Menschen am Straßenrand uns zujubeln …

Okay, es reicht. Ich werde *nicht* durchdrehen. Das hatte ich doch beschlossen.

»Ganz deiner Meinung«, sagt Mum. »Du willst etwas, das elegant und geschmackvoll ist. Oh, guck doch mal, Weintrauben mit goldenem Laub. Das wäre doch was!« Sie blättert weiter. »Guck mal, eineiige Zwillinge als Brautjungfern! Sind die nicht hübsch? Kennst du irgendjemanden, der Zwillinge hat, Schatz?«

»Nein«, bedauere ich. »Ich glaube nicht. Oh, guck doch mal, da gibt es Uhren mit Hochzeitscountdown! Und einen Hochzeits-Terminplaner! Und ein dazu passendes Brauttagebuch, in dem man diese einmalige, aufregende Zeit en detail festhalten kann. Was meinst du, ob ich mir so was kaufen soll?«

»Auf jeden Fall«, sagt Mum. »Wenn du es nämlich nicht machst, ärgerst du dich hinterher bloß.« Sie legt ihre Zeitschrift zur Seite. »Weißt du was, Becky? Was ich dir wirklich mit auf den Weg geben möchte: Mach keine halben Sachen. Denk dran, du heiratest nur einmal –«

»Hallooooo?« Wir sehen auf, als jemand an die Hintertür klopft. »Ich bin's nur!« Janices strahlende Augen blicken durch die Glasscheibe, und sie winkt uns zu. Janice ist unsere Nachbarin, ich kenne sie schon seit Urzeiten. Sie trägt ein geblümtes Hemdblusenkleid in einem grellen Türkis, dazu passenden Lidschatten und einen Ordner unter dem Arm.

»Janice!«, ruft Mum. »Komm rein! Möchtest du einen Kaffee?«

»Sehr gerne! Habe meinen Süßstoff schon dabei.« Sie kommt herein und nimmt mich in den Arm. »Da ist ja die Glückliche! Becky, Liebes, herzlichen Glückwunsch!«

»Danke«, sage ich und lächele schüchtern.

»Der Ring ist ja einmalig!«

»Zwei Karat«, informiert Mum sie prompt. »Eine Antiquität. Ein Familienerbstück.«

»Ein Familienerbstück!«, wiederholt Janice ehrfürchtig.

»Ach, Becky!« Sie nimmt eine Ausgabe der *Modern Bride* zur Hand und seufzt. »Wie willst du das eigentlich hinkriegen, die Hochzeit von New York aus zu organisieren?«

»Becky braucht sich um überhaupt nichts zu kümmern«, schaltet Mum sich ein. »Ich mache das. Das war immer schon die Aufgabe einer Brautmutter.«

»Na, und du weißt ja, wo du mich finden kannst, falls du Hilfe brauchst«, sagt Janice. »Habt ihr schon einen Termin?«

»22. Juni.« Mum schafft es gerade so, den Lärm der Kaffeemühle zu übertönen. »Fünfzehn Uhr in St. Mary's.«

»Fünfzehn Uhr!«, freut Janice sich. »Toll!« Sie legt die Zeitschrift wieder hin und sieht mich auf einmal sehr ernst an. »Becky, es gibt da etwas, das ich dir sagen möchte. Das ich euch beiden sagen möchte.«

»Ach, ja?«, sage ich mit einem Anflug von Besorgnis, und Mum stellt den Kaffeebereiter ab. Janice atmet tief ein.

»Es würde mich wahnsinnig freuen, wenn ich euch

für die Hochzeit schminken dürfte. Euch beide und die Brautjungfern auch.«

»Janice!« Meine Mum klingt entzückt. »Das ist ja ein netter Vorschlag! Stell dir vor, Becky! Professionelles Make-up!«

»Äh … super.«

»Ich habe bei diesem Kurs so wahnsinnig viel gelernt – sämtliche Tricks und Kniffe der Profis! Ich habe ein ganzes Buch mit Fotos, das ihr euch angucken könnt. Ihr könnt dann überlegen, welchen Stil ihr wollt. Ich habe es sogar zufällig dabei – guckt mal!« Janice klappt den Ordner auf und blättert durch einen Stapel laminierter Fotos von Frauen, die aussehen, als hätten sie sich in den 70er Jahren schminken lassen. »Dieser Look hier zum Beispiel heißt Pop-Prinzessin – für das junge Gesicht«, erklärt sie atemlos. »Und das hier ist die Strahlende Frühlingsbraut, das ist mit extra wasserfester Wimperntusche … Oder Kleopatra, wenn man's gern ein bisschen dramatischer mag.«

»Toll!«, sage ich wenig überzeugend. »Das gucke ich mir dann vielleicht an, wenn sich der große Tag nähert …«

Janice will mich für meine Hochzeit schminken? Nur über meine Leiche!

»Und die Torte lasst ihr doch sicher von Wendy machen, oder?«, fragt Janice, als Mum eine Tasse Kaffee vor ihr abstellt.

»Ja, ja, keine Frage«, antwortet Mum. »Wendy Prince, die wohnt in der Maybury Avenue«, erklärt sie mir. »Die, die auch die Torte zu Dads Pensionierung gemacht hat. Die mit dem Rasenmäher drauf. Unglaublich, was diese Frau mit einer Spritztülle alles machen kann!«

Ich kann mich sehr gut an diese Torte erinnern. Der Zuckerguss war giftgrün, und den Rasenmäher hatte sie aus einer Streichholzschachtel gebastelt. Man konnte sogar durch den giftgrünen Zuckerguss noch die Aufschrift lesen.

»Also, hier sind ja ein paar wirklich abgefahrene Hochzeitstorten drin«, sage ich und halte den beiden eine Ausgabe von *Brides* hin. »Die gibt es bei dieser berühmten Konditorei in London. Vielleicht könnten wir uns da mal umsehen.«

»Ach, Liebes, wir müssen aber doch Wendy fragen!«, widerspricht Mum mir überrascht. »Sie wäre am Boden zerstört, wenn wir sie nicht fragen würden. Wusstest du, dass ihr Mann einen Schlaganfall gehabt hat? Die Zuckerrosen sind das, was sie am Leben erhält.«

»Ach so.« Betreten lege ich die Zeitschrift wieder hin. »Das wusste ich nicht. Na… okay. Wird bestimmt hübsch.«

»Wir waren mit Toms und Lucys Hochzeitstorte sehr zufrieden«, seufzt Janice. »Das oberste Stockwerk haben wir für die erste Taufe aufgehoben. Die beiden sind übrigens zurzeit bei uns. Kommen bestimmt später mal vorbei, um zu gratulieren. Kaum zu glauben, dass die beiden schon anderthalb Jahre verheiratet sind!«

»Was, so lange schon?« Mum trinkt einen Schluck Kaffee und lächelt knapp.

Toms und Lucys Hochzeit ist in unserer Familie immer noch ein etwas wunder Punkt. Ich meine, wir lieben Janice und Martin wirklich über alles, und darum sagen wir nichts, aber offen gestanden steht niemand von uns so besonders auf Lucy.

»Gibt es denn irgendwelche Anzeichen von …« Mum macht eine etwas vage, euphemistische Geste. »Familienzuwachs«, fügt sie flüsternd hinzu.

»Noch nicht.« Janices Lächeln bröckelt einen Moment lang. »Martin und ich glauben, dass die beiden erst einmal *einander* genießen wollen. Sie sind ja so ein glückliches junges Paar. Sind völlig verrückt nacheinander! Na, und dann hat Lucy natürlich ihren Beruf –«

»Ja, sicher«, sagt Mum ernst. »Obwohl es ja auch nichts nützt, *zu* lange zu warten …«

»Ja, ich weiß«, stimmt Janice ihr zu. Dann sehen sie mich beide an – und auf einmal geht mir auf, worauf sie hinauswollen.

Herrgott noch mal, ich bin gerade mal einen Tag verlobt!

Jetzt macht mal halblang!

Ich flüchte mich mit meiner Kaffeetasse in den Garten und schlendere eine Weile herum. Der Schnee hat angefangen zu schmelzen, sodass man jetzt auf dem Rasen die ersten grünen Flecken und Teile der Rosenstöcke sehen kann. Während ich über den Kiesweg flaniere, muss ich daran denken, wie schön es eigentlich ist, mal wieder in einem englischen Garten zu sein, selbst wenn es ein bisschen kalt ist. In Manhattan gibt es solche Gärten nicht. Da gibt es bloß den Central Park, und hin und wieder stößt man mal auf einen kleinen, mit Blumen verschönerten Platz. Aber richtige englische Gärten gibt es da nicht – so mit Rasenflächen und Bäumen und Blumenbeeten.

Ich bin an der Rosenlaube angelangt, drehe mich um und betrachte unser Haus. Ich versuche mir vorzustellen, wie sich das Festzelt auf dem Rasen machen wird, als ich aus dem Nachbargarten etwas höre, das wie ein Gespräch klingt. Ich gehe davon aus, dass das Martin ist, und will gerade den Kopf über den Zaun recken und »Hallo!« rufen, als eine eindeutig als weiblich und jung zu identifizierende Stimme über den Schnee peitscht:

»Was verstehst du unter frigide! Denn wenn du mich fragst –«

Oh, Gott. Das ist Lucy. Und sie klingt fuchsteufelswild. Als Antwort höre ich ein tiefes Murmeln, das nur von Tom stammen kann.

»Ach, und darum meinst du, dass du unangefochtener Experte auf dem Gebiet bist, oder was?«

Murmelmurmel.

»Ach, ich bitte dich!«

Ich pirsche mich heimlich an den Zaun heran und wünsche inständig, Toms Repliken hören zu können.

»Ja, kann schon sein. Wenn wir mal ein bisschen mehr unternehmen würden. Wenn du vielleicht einfach mal tatsächlich etwas auf die Beine stellen würdest. Wenn wir nicht in diesem gottverdammten Alltagstrott gefangen wären …« Mannomann, Lucys Stimme klingt ja richtig tyrannisch.

Und jetzt erhebt Tom zur Verteidigung die Stimme.

»Wir waren in … aber du hast ja an allem herumgemosert … habe mir wirklich Mühe gegeben …«

Knack!

Mist. *Mist.* Ich bin auf einen Zweig getreten.

Einen Augenblick lang will ich wegrennen. Aber es ist zu spät, ihre Köpfe erscheinen bereits über dem Gartenzaun. Tom ist hochrot und wirkt besorgt, während Lucy offenkundig kocht vor Wut.

»Ach, hallo!«, sage ich und bemühe mich, ganz entspannt aufzutreten. »Wie geht's euch denn? Ich mache nur gerade … äh … einen kleinen Spaziergang … und da habe ich mein … Taschentuch verloren.«

»Dein Taschentuch?« Lucy sieht misstrauisch zu Boden.

»Ich sehe kein Taschentuch.«

»Tja … ähm … Und … Was macht das Eheleben?«

»Läuft prima«, antwortet Lucy knapp. »Herzlichen Glückwunsch übrigens.«

»Danke.«

Es folgt betretenes Schweigen, währenddessen ich Lucys Outfit von oben bis unten taxiere: ihr Top (schwarzes Polohemd, wahrscheinlich von Marks & Spencer), ihre Hose (Earl Jeans, ziemlich cool, muss ich sagen) und ihre Stiefel (hohe Absätze, geschnürt, Russell & Bromley).

Das ist etwas, das ich schon immer gemacht habe: die Labels von den Klamotten anderer Leute im Geiste aufzusagen. Ich dachte immer, ich sei die Einzige, die so etwas tut. Aber dann bin ich nach New York gezogen – und da macht das jeder. Wirklich, im Ernst. Jeder. Wenn man irgendjemandem zum allerersten Mal begegnet – ganz gleich, ob einer reichen Society-Lady oder einem Pförtner –, bedenkt einen dieses Gegenüber stets mit einem ganz schnellen, höchstens drei Sekunden dauernden Blick, der einen von Kopf bis Fuß abschätzt. Man kann förmlich sehen, wie der andere blitzschnell und auf den Dollar genau überschlägt, wie viel das Outfit, das man anhat, insgesamt gekostet hat. Und zwar noch bevor er einen überhaupt begrüßt. Ich nenne diesen prüfenden Blick die Manhattan-Mini-Musterung.

»Und wie ist New York?«

»Klasse! Total aufregend … Ich bin superglücklich mit meinem Job … Wirklich toll, da zu wohnen!«

»Ich war noch nie in New York«, sagt Tom mit einem Hauch von Sehnsucht in der Stimme. »Ich wollte ja eigentlich gern, dass wir unsere Flitterwochen dort verbringen.«

»Jetzt fang bitte nicht schon wieder davon an,Tom«, fährt Lucy dazwischen. »Okay?«

»Vielleicht könnte ich dich ja mal besuchen«, schlägt Tom vor. »Nur so ein Wochenende oder so.«

»Äh … ja! Klar! Vielleicht. Ihr könntet ja beide kommen …« Ich breche ab, als Lucy genervt die Augen verdreht und in Richtung Haus davontrampelt. »Na ja, war jedenfalls nett, dich mal wieder zu sehen. Freut mich, dass eure Ehe so … äh … so lebendig ist.«

Ich renne zurück in die Küche – das muss ich unbedingt Mum erzählen! –, aber da ist niemand mehr.

»Hey, Mum!«, rufe ich. »Ich habe eben Tom und Lucy getroffen!«

Ich springe die Treppe hinauf. Mum steht auf halber Höhe auf der Bodenleiter und zerrt an einem großen weißen, weichen und in Plastik verpackten Bündel.

»Was ist das?«, frage ich und helfe ihr gleichzeitig dabei, das Monstrum herunterzubekommen.

»Sag jetzt nichts.« Mum kann ihre Aufregung kaum

verbergen. »Du sollst einfach nur …« Ihre Hände zittern, als sie den Reißverschluss des Plastiküberzugs aufzieht. »Du sollst einfach nur … gucken!«

»Das ist ja dein Hochzeitskleid!«, stelle ich überrascht fest, als die weißen Spitzenrüschen zum Vorschein kommen.

»Das wusste ich ja gar nicht, dass du das immer noch hast!«

»Aber natürlich habe ich das immer noch!« Sie fegt ein paar Lagen Seidenpapier mit der Hand zur Seite. »Ist dreißig Jahre alt, aber immer noch so gut wie neu. Also Becky, das ist ja nur so eine Idee von mir …«

»Was für eine Idee?«, frage ich, während wir die Schleppe befreien.

»Vielleicht passt es dir ja noch nicht mal …«

Ganz langsam sehe ich zu ihr auf. Oh, mein Gott. Das meint sie ernst.

»Da bin ich mir allerdings ziemlich sicher, dass es mir nicht passt«, sage ich so unbeteiligt wie möglich. »Du warst damals doch bestimmt viel dünner als ich! Und … kleiner.«

»Wieso, wir sind doch gleich groß!?!?«, stellt Mum verwirrt fest. »Ach, bitte, Becky, probier es an!«

Fünf Minuten später starre ich mich in dem Spiegel in Mums Schlafzimmer an. Ich sehe aus wie ein Würstchen im mehrlagigen Spitzenschlafrock. Die Ärmel und der Ausschnitt sind gerafft, das Oberteil aus Spitze liegt eng an und reicht mir bis über die Hüften, wo sich nach einem Übergang aus Rüschen die gestufte Schleppe fächerförmig ausbreitet. Ich habe noch nie etwas getragen, das mir weniger gestanden hätte.

»Oh, Becky!« Ich blicke auf – und sehe zu meinem schieren Entsetzen, wie Mum die Tränen kommen. »Ach, Gott, bin ich albern!«, sagt sie, lacht und wischt sich über die Augen. »Es ist nur… mein Mädchen, meine kleine Becky in dem Kleid, das ich damals anhatte…«

»Ach, Mum…« Ich nehme sie ganz spontan in den Arm.

»Es ist… es ist wirklich ein wunderschönes Kleid…«

Und wie sage ich jetzt »Aber ich werde es nicht anziehen«?

»Und es passt dir wie angegossen«, schluchzt Mum und sucht nach einem Taschentuch. »Aber es ist deine Entscheidung.« Sie putzt sich die Nase. »Wenn du meinst, dass es dir nicht steht… dann musst du es nur sagen. Macht mir nichts aus.«

»Ich… also…« Oh, Gott.

»Ich überleg's mir«, sage ich schließlich und lächele Mum lahm an.

Wir packen das Hochzeitskleid wieder in die Hülle, essen zum Mittagessen ein paar Sandwiches und setzen uns vor den neuen Fernseher mit Kabelanschluss. Es läuft eine alte Folge von *Tapetenwechsel*. Danach gehe ich, obwohl es eigentlich noch etwas früh ist, hoch und mache mich langsam fertig für das Treffen mit Elinor. Lukes Mutter ist eine von diesen Manhattan-Frauen, die immer absolut und restlos perfekt aussehen – und heute möchte ich ihr mehr denn je in puncto Gepflegtheit in nichts nachstehen.

Ich ziehe das DKNY-Kostüm an, das ich mir selbst

zu Weihnachten geschenkt habe, nagelneue Strumpfhosen und meine neuen Schuhe aus dem Prada-Sample-Sale. Dann betrachte ich mich extrem aufmerksam im Spiegel, um auszuschließen, irgendwo einen winzigen Fleck oder eine Knitterfalte zu haben. Dieses Mal will ich mich nicht blamieren. Nicht einen einzigen einsamen Faden oder eine leicht zerknitterte Stelle sollen ihre Röntgen-Knopfaugen ausfindig machen können.

Ich habe gerade so gut wie beschlossen, dass ich passabel aussehe, als Mum in mein Zimmer gewirbelt kommt. Sie trägt ein hübsches violettes Windsmoor-Kostüm und hat ganz rote Wangen vor Aufregung.

»Wie sehe ich aus?«, erkundigt sie sich mit einem kurzen Lachen. »Schick genug fürs Claridges?«

»Du siehst toll aus, Mum! Die Farbe steht dir richtig gut.

Aber darf ich mal eben …«

Ich schnappe mir ein Kosmetiktuch, feuchte es unter dem Wasserhahn an und wische ihr über die Wangen. Sie hat offenbar versucht, Janices Schminkkünste zu kopieren und sieht aus wie ein erröteter Dachs.

»So. Perfekt.«

»Danke, mein Schatz!« Mum beäugt sich schnell in dem Spiegel an meinem Kleiderschrank. »Hach, ich freue mich richtig. Das wird bestimmt richtig nett, endlich Lukes Mutter kennenzulernen.«

»Hmmm«, mache ich möglichst unbeteiligt.

»Ich bin mir sicher, dass wir richtig gute Freunde werden! Wenn wir erst mal ständig beieinander hocken, um die Hochzeit vorzubereiten … Weißt du, Margot von gegenüber hat sich so gut mit der Mutter ihres

Schwiegersohnes angefreundet, dass sie sogar zusammen in den Urlaub fahren. Sie sagt, sie hat nicht ihre Tochter verloren, sondern eine neue Freundin gewonnen!«

Mum klingt wirklich total aufgeregt. Oh, Gott. Ich muss sie auf die grausame Wahrheit vorbereiten. Nur wie?

»Und nach allem, was Luke so von ihr erzählt hat, muss Elinor wirklich eine ganz reizende Frau sein. Luke muss sie von ganzem Herzen lieben!«

»Allerdings«, brumme ich. »Unglaublich.«

»Heute Morgen hat er uns von der vielen Wohltätigkeitsarbeit erzählt, die sie leistet. Elinor muss ja ein Herz aus Gold haben!«

Während Mum weiterplappert, blende ich sie langsam aus und denke zurück an ein Gespräch, das ich mit Lukes Stiefmutter Annabel geführt habe, als sie und Lukes Vater uns mal besuchten.

Ich bin vollkommen begeistert von Annabel. Sie ist ganz anders als Elinor, viel sanfter und ruhiger. Sie hat ein wunderbares Lächeln, das ihr gesamtes Gesicht erstrahlen lässt. Sie und Lukes Vater wohnen in einer ziemlich verschlafenen Ecke von Devon ganz nahe am Wasser, und ich wünschte wirklich, wir könnten mehr Zeit mit ihnen verbringen. Aber Luke ist mit achtzehn zu Hause ausgezogen und besucht seine Eltern nur selten. Ich glaube ja, dass Luke der Ansicht ist, sein Vater habe sein Leben vergeudet, indem er sich als Provinzanwalt niedergelassen hat, statt die Welt zu erobern. Als die beiden nach New York kamen, verbrachten Annabel und ich einen Nachmittag ganz unter uns. Wir sind im Central Park spazieren gegangen und haben uns über alle möglichen Sachen unterhalten, es schien kein Thema zu geben, das wir nicht miteinander besprechen konnten. Also atmete ich irgendwann endlich tief durch und fragte sie etwas, was ich schon immer wissen wollte – nämlich, wie sie das verkraftet, dass Luke sich von Elinor so restlos blenden lässt. Ich meine, Elinor ist zwar seine leibliche Mutter, aber Annabel ist diejenige, die sein ganzes Leben für ihn gesorgt hat und immer für ihn da war. Sie hat sich um ihn gekümmert, wenn er krank war, sie hat ihm bei den Hausaufgaben geholfen und ihm jeden Abend Essen gemacht. Und jetzt lässt er sie einfach links liegen.

Einen kurzen Augenblick lang konnte ich in Annabels Blick Schmerz erkennen. Aber dann kriegte sie so etwas wie ein Lächeln hin und sagte, dass sie Luke gut verstehen könne. Luke habe nämlich seit seiner frühesten Kindheit nichts anderes im Sinn gehabt, als seine richtige Mutter kennenzulernen, und darum sollte er jetzt, wo er endlich die Gelegenheit hätte, mehr Zeit mit ihr zu verbringen, dies auch gerne tun.

»Stell dir mal vor, du hättest dein ganzes Leben von einer guten Fee geträumt, und dann käme sie auf einmal vorbei«, sagte sie. »Würdest du dich dann nicht auch blenden lassen? Würdest du dann nicht auch – zumindest für eine Weile – alles andere um dich herum vergessen? Er braucht diese Zeit mit ihr.«

»Sie ist aber keine gute Fee!«, hielt ich dagegen. »Sie ist eine böse Hexe!«

»Becky, sie ist seine Mutter«, sagte Annabel in leicht rügendem Ton. Und dann hat sie das Thema gewechselt. Sie wollte auf keinen Fall schlecht über Elinor reden.

Annabel ist eine Heilige.

»Wirklich eine Schande, dass sie sich so wenig gesehen haben, als Luke noch kleiner war!«, höre ich Mum sagen.

»Regelrecht tragisch.« Sie senkt die Stimme, obwohl sie doch weiß, dass Luke nicht im Haus ist. »Luke hat mir heute Morgen erzählt, wie verzweifelt seine Mutter war, weil sie ihn so gerne zu sich nach Amerika geholt hätte, aber ihr amerikanischer Ehemann es ihr verboten hat! Die arme Frau. Das muss die Hölle gewesen sein. Wenn man gezwungen wird, sein Kind im Stich zu lassen!«

»Ja, kann sein«, sage ich und spüre etwas in mir rebellieren. »Obwohl … Wer sagt denn, dass sie dazu gezwungen wurde? Dann hat sie sich doch wohl auch zwingen *lassen*, oder? Wenn es für sie so schlimm war, warum hat sie ihren neuen Mann dann nicht verlassen?«

Mum sieht mich überrascht an.

»Das sind aber harte Worte, Becky.«

»Ach … kann sein.« Ich zucke mit den Schultern und schnappe mir meinen Lippenkonturenstift.

Ich will jetzt bloß keine Unruhe in die Sache bringen, bevor sie überhaupt richtig losgegangen ist. Also werde ich Mum nicht sagen, was ich wirklich denke – nämlich dass Elinor sich nie wirklich für Luke interessiert hat. Bis seine PR-Firma sich in New York so gut entwickelte. Luke reißt sich seit Jahren beide Beine dafür aus, bei ihr Eindruck zu machen – das ist auch der wahre Grund dafür, dass er überhaupt eine Zweigstelle in New York eröffnet hat. Aber das gibt er natürlich nicht zu. Und sie hat ihn komplett ignoriert, diese Kuh, bis er auf einmal richtig fette Verträge an Land zog und immer öfter in die Zeitung kam. Da fiel ihr dann nämlich auf, dass er ihr nützlich sein könnte. Kurz vor Weihnachten hat sie dann ihren eigenen Wohltätigkeitsverein gegründet – die Elinor Sherman Foundation – und Luke zum Geschäftsführer ernannt. Dann hat sie zur Feier der Gründung ein riesiges Gala-Dinner gegeben – und jetzt raten Sie mal, wer ungefähr fünfundzwanzig Stunden am Tag geochst hat, um ihr dabei zu helfen, und dann so erschossen war, dass er Weihnachten völlig in den Seilen hing?

Aber ich kann nicht mit ihm darüber reden. Als ich das Thema einmal anschnitt, ist Luke sofort in die Defensive gegangen und hat gesagt, ich hätte ja schon immer ein Problem mit seiner Mutter gehabt (womit er nicht ganz unrecht hat), und sie würde so wahnsinnig viel ihrer kostbaren Zeit opfern, um Bedürftigen zu helfen, und was ich denn sonst noch wollte, Blut oder was?

Worauf mir keine passende Antwort einfiel.

»Sie ist wahrscheinlich wahnsinnig einsam«, spekuliert Mum. »Die Arme, so ganz allein. In ihrer kleinen Wohnung. Hat sie denn wenigstens eine Katze, die ihr Gesellschaft leistet?«

»Mum …« Ich fasse mir an den Kopf. »Elinor wohnt in keiner kleinen Wohnung. Sie hat ein Duplex auf der Park Avenue.«

»Ein Duplex? Was ist das denn? So was wie eine Einliegerwohnung?« Mum macht ein mitleidiges Gesicht.

»Das ist doch nicht das Gleiche wie ein eigenes Häuschen, Kind!«

Ach, ich geb's auf. Hat ja doch keinen Zweck.

Als wir das Foyer des Claridges betreten, sitzen da massenweise schicke Leute und trinken Tee. Grau bejackte Kellner eilen mit grün-weiß gestreiften Teekannen umher, während die Gäste fröhlich plappern – aber Luke und Elinor sind nirgends zu sehen. Während ich angestrengt nach ihnen suche, steigt auf einmal Hoffnung in mir auf. Vielleicht sind sie ja gar nicht da! Vielleicht hat Elinor es zeitlich nicht geschafft! Und wir können uns einfach zu dritt hinsetzen und gemütlich eine Tasse Tee trinken! Gott sei Dank, dass –

»Becky?«

Ich wirbele herum – verdammt. Da sind sie. Sitzen auf einem Sofa in der Ecke. Luke strahlt genau so, wie er immer strahlt, wenn er mit seiner Mutter zusammen ist, und Elinor sitzt in einem mit Pelz eingefassten Kostüm in Hahnentrittmuster auf der vorderen Sofakante. Ihre Haare sind mit Unmengen von Lack zu einer Art Helm fixiert, und ihre in blassen Strümpfen steckenden dünnen Beine sind anscheinend noch dünner geworden. Sie sieht auf, und ihre Miene wirkt auf Außenstehende sicher ausdruckslos – aber ich kann am Zittern ihrer Augenlider ganz genau erkennen, dass sie Mum und Dad der Manhattan-Mini-Musterung unterzieht.

»Ist sie das?«, wispert Mum erstaunt, als wir unsere Mäntel abgeben. »Mein Gott! Ich wusste ja gar nicht, dass sie so ... jung ist!«

»Ist sie doch gar nicht«, brumme ich. »Sie hat bloß

kräftig nachgeholfen.« Mum sieht mich kurz verständnislos an, bis der Groschen fällt.

»Du meinst ... sie hat sich *liften* lassen?«

»Nicht nur einmal. Dieses Thema also bitte nicht anschneiden, ja?«

Wir stehen beieinander und warten, bis Dad seinen Mantel losgeworden ist. Ich kann Mum ansehen, dass ihr Gehirn auf Hochtouren arbeitet, um diese Neuigkeit zu verdauen und irgendwie zu verstehen.

»Die Ärmste«, sagt sie dann auf einmal. »Muss schrecklich sein, sich so unsicher zu fühlen. Aber so ist das wohl, wenn man in Amerika lebt.«

Wir nähern uns dem Sofa, Elinor sieht auf, und ihr Mund verbreitert sich um zirka drei Millimeter, was bei ihr einem Lächeln entspricht.

»Guten Tag, Rebecca. Und meine Gratulation zur Verlobung. Wer hätte das gedacht.«

Was will sie denn jetzt damit sagen?

»Vielen Dank!«, sage ich und ringe mir ein Lächeln ab.

»Elinor, ich möchte dir gern meine Eltern vorstellen, Jane und Graham Bloomwood.«

»Angenehm«, sagt Dad mit einem freundlichen Lächeln und streckt die Hand aus.

»Nun sei doch nicht so förmlich, Graham!«, ruft Mum.

»Sie gehört doch jetzt bald zur Familie!« Und bevor ich sie aufhalten kann, hat sie auch schon beide Arme um die verblüffte Elinor geschlungen. »Wir freuen uns ja so, Sie kennenzulernen, Elinor! Luke hat uns schon so viel von Ihnen erzählt!« Als sie Elinor wieder freigibt, sehe ich, dass Mum Elinors Kragen gequetscht hat, und muss unwillkürlich kichern.

»Ist das nicht schön hier?«, plappert Mum weiter, als sie sich setzt. »Sehr vornehm!« Sie sieht sich mit Kinderkulleraugen um. »So, und was wollen wir trinken? Eine schöne heiße Tasse Tee oder vielleicht etwas Stärkeres zur Feier des Tages?«

»Für mich Tee«, sagt Elinor. »Luke …«

»Ich kümmer mich drum«, sagt Luke und springt auf.

Gott, ich hasse es, wie er sich in Gegenwart seiner Mutter aufführt. Sonst ist er immer so stark und selbstsicher. Aber sobald Elinor in der Nähe ist, könnte man meinen, sie sei die Geschäftsführerin eines riesigen multinationalen Unternehmens und er bloß irgendein dahergelaufener Untergebener. Ist Ihnen aufgefallen, dass er mich noch nicht mal begrüßt hat?

»Übrigens habe ich Ihnen eine Kleinigkeit mitgebracht, Elinor«, sagt Mum. »Habe ich gestern gesehen und konnte einfach nicht widerstehen!«

Sie holt ein in goldenes Papier gepacktes Geschenk heraus und reicht es Elinor. Diese entfernt etwas steif das Papier und hält dann ein blau eingebundenes Notizbuch in der Hand, auf dem der geschwungene silberne Schriftzug »Seine Mutter« prangt. Elinor macht ein Gesicht, als hätte Mum ihr eine tote Ratte geschenkt.

»Ich habe genau das Gleiche in Rosa!«, verkündet Mum stolz. Sie fasst in ihre Tasche und holt ein quasi identisches Notizbuch mit dem Schriftzug »Ihre Mutter« hervor. »So was nennt sich das Mütter-Hochzeitsplanungs-Set! Sehen Sie mal, hier können wir unser

Menü eintragen, die Gästelisten … Farbvorschläge … … und sehen Sie mal hier, das ist eine Plastikhülle für Stoffmuster … Wenn wir immer alles ganz genau eintragen, wird es viel leichter, alles zu koordinieren! Und das hier ist die Ideen-Seite … Ich habe schon ein paar Sachen notiert, aber wenn Sie auch etwas beitragen möchten … Oder wenn es irgendetwas Bestimmtes gibt, das Sie gern essen würden … Die Sache ist nämlich die, dass wir Sie gern so weit wie irgend möglich an der Planung teilhaben lassen wollen.« Sie tätschelt Elinor die Hand. »Wenn Sie möchten, können Sie uns auch gerne mal besuchen – auch länger, wenn Sie möchten –, damit wir uns besser kennenlernen können …«

»Ich bin leider ziemlich ausgebucht«, sagt Elinor mit einem frostigen Lächeln, als Luke mit seinem Handy in der Hand wieder auftaucht.

»Der Tee ist unterwegs. Und … Ich bin gerade angerufen worden – ziemlich gute Nachrichten.« Er verkneift sich ein breites Grinsen. »Wir haben soeben die NorthWest Bank als Kunden an Land gezogen. Wir werden die Gründung und Einführung einer völlig neuen Abteilung managen. Eine Riesensache.«

»Luke!«, freue ich mich. »Das ist ja super!«

Luke versucht schon seit Ewigkeiten, NorthWest für sich zu gewinnen, und erst letzte Woche hatte er mir gegenüber leicht resigniert eingeräumt, dass er sie wohl an eine andere Agentur verloren hatte. Dass es jetzt doch noch geklappt hat, ist also wirklich absolute Spitzenklasse.

»Gut gemacht, Luke«, sagt Dad.

»Fantastisch, mein Junge!«, stimmt Mum mit ein.

Die Einzige, die nichts sagt, ist Elinor. Sie hört nicht einmal richtig zu und vertieft sich in ihre Hermès-Tasche.

»Und was sagst du dazu, Elinor?«, frage ich sie herausfordernd. »Das sind doch tolle Neuigkeiten, oder?«

»Ich hoffe nur, dass das keine negativen Auswirkungen auf deine Arbeit für die Stiftung haben wird«, sagt sie und lässt ihre Tasche zuschnappen.

»Das glaube ich kaum«, entgegnet Luke entspannt.

»Aber wie wir ja alle wissen, ist Lukes Arbeit für die Stiftung ehrenamtlicher und freiwilliger Natur«, stelle ich zuckersüß fest, »während es bei dieser Sache um sein Geschäft geht.«

»Allerdings.« Elinor wirft mir einen harten, kalten Blick zu. »Also, Luke, wenn du keine Zeit mehr hast –«

»Aber natürlich habe ich Zeit«, sagt Luke und sieht verärgert zu mir. »Überhaupt kein Problem.«

Super. Jetzt sind sie beide sauer auf mich.

Mum hat diesen letzten Schlagabtausch leicht verwirrt verfolgt, doch als der Tee kommt, wirkt sie erleichtert, und ihre Gesichtszüge entspannen sich.

»So, das wird uns guttun!«, freut sie sich, als der Kellner eine Teekanne und einen silbernen Kuchenteller auf dem Tisch abstellt. »Darf ich Ihnen einschenken, Elinor?«

»Wie wäre es mit einem Scone?«, wendet Dad sich jetzt ebenso herzlich an Elinor. »Und ein bisschen Schlagrahm?«

»Nicht für mich, danke.« Elinor weicht zurück, als könnten Sahnepartikel durch die Luft sausen und in ihren Körper eindringen. Sie trinkt einen Schluck Tee, sieht dann auf die Uhr und sagt: »Ich muss jetzt leider gehen.«

»Wie bitte?« Mum sieht überrascht auf. »Jetzt schon?«

»Holst du bitte das Auto, Luke?«

»Ja, natürlich«, sagt Luke und leert seine Tasse mit einem Zug.

»Wie bitte?« Jetzt bin ich dran mit der Überraschung. »Was ist denn jetzt los, Luke?«

»Ich fahre meine Mutter zum Flughafen.«

»Wieso das denn? Warum nimmt sie denn kein Taxi?« Im gleichen Moment wird mir bewusst, wie unverschämt das klingen muss – aber mal im Ernst! Das hier sollte ein richtig gemütliches Familientreffen werden. Wir sind gerade mal seit drei Sekunden hier.

»Es gibt da noch ein paar Dinge, die ich mit Luke besprechen muss«, informiert Elinor uns, als sie nach ihrer Tasche greift. »Und das können wir sehr gut im Auto erledigen.« Sie erhebt sich und klopft sich einen nicht vorhandenen Krümel vom Rock. »War wirklich nett, Sie kennenzulernen«, sagt sie zu meiner Mutter.

»Ganz meinerseits!«, ruft Mum und springt in einem letzten Versuch, Freundschaft zu schließen, auf. »Es hat mich ja so gefreut, Elinor! Ich werde mir von Becky Ihre Nummer geben lassen, dann können wir ein bisschen plaudern und uns einigen, was wir zur Hochzeit anziehen. Wir wollen ja nicht, dass wir uns farblich beißen, nicht wahr?«

»Allerdings«, kommentiert Elinor und sieht dabei auf Mums Schuhe. »Wiedersehen, Rebecca.« Sie nickt in Dads Richtung. »Mr Bloomwood.«

»Auf Wiedersehen, Mrs Sherman«, verabschiedet Dad

sich ausgesucht höflich – aber ich kann ihm ansehen, dass er alles andere als begeistert ist. »Bis später, Luke.« Als die beiden durch die Tür verschwinden, sieht er auf die Uhr.

»Zwölf Minuten.«

»Was meinst du denn damit?«, fragt Mum.

»Sie hat uns genau zwölf Minuten ihrer wertvollen Zeit geschenkt.«

»Graham! Das hat sie doch bestimmt nicht so gemeint …« Doch Mum verstummt, als ihr Blick auf das blaue »Seine Mutter«-Buch fällt, das immer noch inmitten des Geschenkpapiers auf dem Tisch liegt. »Elinor hat ihren Hochzeits-Planer vergessen!«, ruft sie und schnappt sich das gute Stück. »Schnell, Becky, vielleicht holst du sie noch ein!«

»Mum …« Ich atme tief durch. »Ehrlich gesagt … Vergiss es lieber. Ich glaube nicht, dass sie ihn überhaupt haben will.«

»Auf die würde ich mich hinsichtlich Hilfe bei den Hochzeitsvorbereitungen jedenfalls nicht verlassen«, sagt Dad. Dann begräbt er seinen Scone unter einem Riesenhaufen Sahne.

»Oh.« Mum sieht abwechselnd von Dad zu mir. Dann lässt sie sich endlich wieder auf ihren Stuhl sinken. Das Buch hält sie fest an sich gedrückt. »Verstehe.«

Sie trinkt einen Schluck Tee, und ich kann ihr förmlich ansehen, wie sie fieberhaft nach einer positiven Äußerung sucht.

»Na ja … Sie will sich wahrscheinlich einfach nicht einmischen!«, sagt sie schließlich. »Das kann ich sehr gut verstehen.«

Sie sieht aber gar nicht so überzeugt aus. Mann, wie ich Elinor hasse.

»Mum, was hältst du davon, wenn wir jetzt in Ruhe unseren Tee austrinken und danach ein bisschen shoppen gehen?«

»Ja«, sagt Mum nach einer Weile. »Ja, das ist eine gute Idee! Jetzt, wo du es sagst … ich bräuchte eigentlich mal ein neues Paar Handschuhe.« Sie trinkt einen Schluck Tee und sieht schon gleich ein bisschen fröhlicher aus. »Und vielleicht eine hübsche Tasche.«

»Wir machen uns einen richtig netten Nachmittag«, sage ich und drücke ihr den Arm. »Nur wir beide.«

Franton, Binton and Ogleby
Rechtsanwälte
Suite 503, 739 Third Avenue
New York, NY 10017

Miss Rebecca Bloomwood
Apt B
251 W 11th Street New York
NY 10014

11. Februar 2002

Sehr geehrte Miss Bloomwood!

Wir sind hoffentlich die Ersten, die Ihnen zu Ihrer Verlobung mit Mr Luke Brandon gratulieren, über die wir in der *New York Times* lasen. Sie sind sicher überglücklich, und wir möchten Ihnen für Ihre gemeinsame Zukunft von Herzen alles Gute wünschen.

Vermutlich werden Sie derzeit mit einer Unmenge von unerwünschten, vielleicht gar geschmacklosen Angeboten bombardiert. Wir dagegen bieten einen einzigartigen und absolut persönlichen Service an, auf den wir Sie hiermit gerne aufmerksam machen würden.

In unserer auf Scheidungen spezialisierten Kanzlei verfügen wir über insgesamt 30 Jahre Erfahrung und die Erkenntnis, dass man mit einem guten Anwalt immer am besten beraten ist. Wir alle hoffen natürlich, dass Sie und Mr Brandon niemals den Schmerz einer Trennung erleben werden. Aber für den Fall, dass Sie es doch tun sollten, können wir uns als Experten auf folgenden Gebieten empfehlen:

- **Anfechtung** vorehelicher Verträge
- **Verhandlung** von Unterhaltszahlungen
- **Erwirkung** gerichtlicher Verfügungen

- **Beschaffung** relevanter Informationen (in Zusammenarbeit mit unserem hauseigenen Privatdetektiv)

Wir erwarten nicht von Ihnen, dass Sie sich bereits jetzt mit uns in Verbindung setzen. Wir empfehlen Ihnen lediglich, diesen Brief zusammen mit allen anderen die Hochzeit betreffenden Papieren aufzubewahren. Dann wissen Sie im Fall der Fälle, wo Sie uns finden können.

Noch einmal unsere herzlichsten Glückwünsche!

Mit freundlichen Grüßen

Ernest P. Franton
Rechtsanwalt

Friedhof der Engel zur Ewigen Ruhe

Westchester Hills, Westchester County
New York

Miss Rebecca Bloomwood
Apt B
251 W 11th Street New York
NY 10014

13. Februar 2002

Sehr geehrte Miss Bloomwood!

Wir sind hoffentlich die Ersten, die Ihnen zu Ihrer Verlobung mit Mr Luke Brandon gratulieren, über die wir in der *NewYork Times* lasen. Sie sind sicher überglücklich, und wir möchten Ihnen für Ihre gemeinsame Zukunft von Herzen alles Gute wünschen.

Vermutlich werden Sie derzeit mit einer Unmenge von unerwünschten, vielleicht gar geschmacklosen Angeboten bombardiert. Wir dagegen bieten einen einzigartigen und absolut persönlichen Service an, auf den wir Sie hiermit gerne aufmerksam machen würden.

Das ganz besondere Hochzeitsgeschenk

Können Ihre Gäste Ihnen auf bessere Art und Weise zeigen, wie sehr sie Ihre Liebe füreinander wertschätzen, als mit dem Geschenk nebeneinander liegender Grabstätten? Inmitten des Friedens und der Stille unserer äußerst sorgfältig gepflegten Anlagen werden Sie und Ihr Ehemann ebenso harmonisch beieinander ruhen, wie Sie miteinander gelebt haben – und das in alle Ewigkeit.*

Eine doppelte Ruhestätte im prestigeträchtigen Garten der Erlösung ist zurzeit schon für den Angebotspreis von $ 6500 zu haben. Wäre es nicht eine Idee, dies mit auf Ihren Hochzeitswunschzettel zu setzen? Dann könnten Ihre Lieben Ihnen ein Geschenk machen, das wirklich alles andere überdauert.**

Noch einmal unsere herzlichsten Glückwünsche – mögen Sie ein langes und erfülltes Eheleben führen!

Mit freundlichen Grüßen

Hank Hamburg
Verkaufschef

* Im Falle einer Scheidung können die einzelnen Grabstätten an entgegengesetzten Enden des Friedhofes platziert werden.

** Die Familienruhestätten Hamburg AG behält sich das Recht vor, die Platzierung der Grabstätten unter Wahrung einer Mitteilungsfrist von 30 Tagen zu ändern, falls der Boden in Bauland umgewandelt werden sollte (siehe beiliegende Allgemeine Geschäftsbedingungen).

VIER

Ach, wen kümmert schon die blöde Elinor?

Wir werden eine traumhafte Hochzeit feiern, ob mit ihr oder ohne sie. Wie Mum schon so richtig bemerkte: Elinor ist diejenige, der etwas entgeht, und sie wird ihr Verhalten schon noch bereuen, wenn ihr an unserem großen Tag aufgeht, dass sie etwas verpasst hat. Unsere Shoppingtour nach dem Tee bei Claridges hat uns dann jedenfalls mächtig aufgeheitert. Bei Selfridges war Ausverkauf, und Mum hat sich eine schöne neue Tasche gekauft und ich mir Volumen gebende Wimperntusche, während Dad wie immer irgendwo ein Bier trinken ging. Dann sind wir alle zusammen Abend essen gegangen, und als wir schließlich wieder nach Hause kamen, waren wir alle richtig gut drauf und fanden den Zwischenfall mit Elinor einfach nur noch zum Piepen.

Als Janice am nächsten Tag auf eine Tasse Kaffee vorbeikam, erzählten wir ihr die Geschichte, und sie war regelrecht entrüstet und sagte, wenn Elinor glaubte, dass sie ebenfalls in den Genuss eines kostenlosen professionellen Make-ups von Janice käme, dann hätte sie sich gründlich getäuscht! Dann gab Dad eine ziemlich gute Imitation von Elinor zum Besten, wie sie die Sahne ansieht, als wenn diese sie überfallen und ausrauben wollte, und wir kicherten wie bescheuert – bis Luke die

Treppe herunterkam und fragte, was so lustig sei. Wir taten, als würden wir über einen Witz lachen, den sie gerade im Radio erzählt hatten.

Ich weiß wirklich nicht, was ich mit Luke und seiner Mutter machen soll. Einerseits finde ich, ich sollte ehrlich sein und ihm sagen, wie sie uns vor den Kopf gestoßen hat. Und dass Mum ziemlich verletzt war. Das Problem ist aber, dass ich früher schon öfter versucht habe, hinsichtlich Elinor ehrlich zu ihm zu sein, und dass diese Ehrlichkeit jedes Mal zu einem riesigen Streit geführt hat. Und jetzt, wo wir gerade mal verlobt und alle so furchtbar glücklich sind, möchte ich nun *wirklich* keinen Streit.

Denn abgesehen von der Sache mit Elinor, ist alles perfekt. Wie mir auch der Test bestätigte, den ich auf dem Rückflug nach New York in der *Wedding and Home* machte. Er hieß »Sind Sie bereit für die Ehe?«, und wir haben die höchste Punktzahl erreicht! Da stand: »Herzlichen Glückwunsch! Sie sind ein verantwortungsbewusstes und liebendes Paar, das sich seinen Problemen vorbildlich stellt und diese gemeinsam löst. Die Kommunikation zwischen Ihnen funktioniert hervorragend, und sie befinden sich in den meisten Angelegenheiten auf gleicher Augenhöhe.«

Na gut, vielleicht habe ich ein kleines bisschen geschummelt. Bei der Frage »Worauf freuen Sie sich bei Ihrer Hochzeit am meisten?« wollte ich eigentlich zuerst (a) »Meine Schuhe aussuchen« ankreuzen, bis ich sah, dass (c) »Das Eheversprechen abzulegen« zehn Punkte brachte und (a) nur zwei. Aber das macht doch bestimmt jeder, dass er mal bei den Antworten nachguckt. Das haben die bei der Bewertung doch bestimmt irgendwie einkalkuliert.

Und immerhin habe ich nicht (d) »Das Dessert« angekreuzt. (Dafür gab es null Punkte.)

»Becky?«

»Ja?«

Vor einer Stunde sind wir in unserer Wohnung angekommen, und jetzt geht Luke die Post durch. »Hast du vielleicht den Kontoauszug von unserem gemeinsamen Konto gesehen? Ich glaube, ich muss mal bei der Bank anrufen.«

»Ach, nein, der ist ja gekommen. Entschuldigung, habe ich ganz vergessen.«

Ich eile ins Schlafzimmer, hole den Auszug aus seinem Versteck und werde ein klein wenig nervös.

Da fällt mir ein, in dem Test war auch eine Frage über finanzielle Angelegenheiten. Ich glaube, ich habe (b) angekreuzt: »Unsere Ausgaben halten sich in etwa die Waage, und Geld ist kein Thema zwischen uns.«

»Hier«, flöte ich und gebe Luke das Stück Papier.

»Ich verstehe einfach nicht, wieso dieses Konto chronisch überzogen ist«, sagt Luke. »Das kann doch nicht sein, dass unsere Lebenshaltungskosten mit jedem Monat steigen …« Er sieht auf den Kontoauszug, den unzählige dicke weiße Farbflecken zieren. »Becky … wieso sind da so viele Tipp-Ex-Flecken auf dem Kontoauszug?«

»Ach, ja, tut mir leid.« Ich schlage einen entschuldigenden Ton an. »Irgendwie stand die offene Tipp-Ex-Flasche direkt daneben, und ich bin wohl dagegen gestoßen und habe sie umgeworfen, als ich den Schreibtisch aufgeräumt habe …«

»Aber man kann ja fast gar nichts mehr lesen!«

»Echt?«, frage ich unschuldig. »Ach, Gottchen, das ist aber doof. Aber was soll's. Passiert ist passiert…« Ich will ihm gerade das Papier aus der Hand nehmen, als sich seine Augen auf unheilvolle Weise verengen.

»Soll das heißen, dass…« Mit dem Fingernagel fängt er an, auf dem Auszug herumzukratzen, bis plötzlich ein dicker Klumpen Tipp-Ex abfällt.

Mist. Ich hätte Ketchup nehmen sollen, so wie letzten Monat.

»Miu Miu. *Dachte* ich es mir doch. Becky, was hat Miu Miu hier zu suchen?« Er kratzt weiter, und schon rieselt das Tipp-Ex vom Papier wie Schnee.

Oh, Gott. Bitte mach, dass er nicht sieht –

»Sephora… und Joseph… Kein Wunder, dass das Konto überzogen ist!« Luke sieht mich leicht sauer an. »Becky, das Geld auf diesem Konto ist unser Haushaltsgeld. Es dient dazu, sämtliche im Haushalt anfallenden Kosten zu decken. Nicht, um Röcke von Miu Miu zu bezahlen!«

Okay. Kämpfen oder kapitulieren.

Ich verschränke trotzig die Arme und hebe das Kinn.

»Also… ein Rock darf nicht vom Haushaltsgeld bezahlt werden? Ist es das, was du sagen willst?«

Luke glotzt mich an.

»Ja, natürlich!«

»Na, dann liegt da doch womöglich schon das Problem. Vielleicht sollten wir beiden mal abklären, was jeder von uns unter dem Begriff ›Haushalt‹ versteht.«

»Okay«, sagt Luke nach einer kurzen Pause mit einem Zucken in den Mundwinkeln. »Du willst mir damit also sagen, dass du meinst, ein Rock von Miu Miu fällt unter ›im Haushalt anfallende Kosten‹?«

»Warum nicht? Schließlich befindet sich das Teil in unserem Haushalt, oder nicht?«

Hm, vielleicht ist das Eis, auf dem ich mich gerade bewege, doch ein bisschen dünn.

»Und abgesehen davon«, beeile ich mich darum weiterzureden, »abgesehen davon – ist das denn wirklich so wichtig? Ist das überhaupt alles so wichtig? Wir sind gesund, wir haben einander, wir … genießen das Leben. Das ist es, worauf es ankommt. Nicht Geld. Und auch nicht irgendwelche Bankkonten. Und sonst irgendwelche weltlichen, geisttötenden Kleinigkeiten.« Ich mache eine ausladende Geste und komme mir vor, als würde ich meine Dankesrede nach der Oscarverleihung halten. »Die Zeit, die uns auf Erden gegeben ist, ist doch viel zu kurz, Luke. Viel zu kurz. Und wenn wir am Ende unseres Lebens angekommen sind, was ist es dann wohl, das am meisten zählt? Eine Zahl auf einem Stück Papier – oder die Liebe zwischen zwei Menschen? Zu wissen, dass im Grunde bedeutungslose Zahlen in Ordnung waren – oder zu wissen, dass man der Mensch war, der man sein wollte?«

Als ich mit meiner Ansprache fertig bin, bin ich ganz hingerissen von meiner eigenen Brillanz. Benommen sehe ich zu Luke auf und erwarte eigentlich halbwegs, ihn den Tränen nahe flüstern zu hören: »Du hattest mich schon beim ersten ›Und‹ überzeugt.«

»Sehr ergreifend«, kommentiert Luke knapp. »Und damit das klar ist: *Meine* Definition von ›im Haushalt anfallende Kosten‹ lautet: gemeinsame Ausgaben, die mit dem Unterhalt dieser Wohnung und unser beider Leben zusammenhängen. Essen, Strom, Heizung, Putzmittel und so weiter.«

»Okay!« Ich zucke mit den Schultern. »Wenn das deine enge … oder ehrlich gesagt *beschränkte* Definition ist – kein Problem.«

Es klingelt an der Tür, ich mache auf und stehe Danny gegenüber.

»Danny, gehört ein Rock von Miu Miu zu im Haushalt anfallenden Kosten?«, frage ich ihn.

»Ja, natürlich«, antwortet Danny und kommt ins Wohnzimmer.

»Siehst du?« Ich sehe zu Luke und ziehe die Augenbrauen hoch. »Aber kein Problem, wir können uns gerne an deine Definition halten …«

»Und, schon gehört?«, wechselt Danny reichlich unelegant das Thema.

»Was gehört?«

»Dass Mrs Watts verkauft.«

»Was?« Ich starre ihn an. »Im Ernst?«

»Sobald die Mietverträge abgelaufen sind, müssen wir raus.«

»Das kann sie doch nicht machen!«

»Ihr gehört das Haus. Sie kann machen, was sie will.«

»Aber …« Entsetzt starre ich Danny an und wende mich dann Luke zu, der gerade dabei ist, einige Papiere in seinen Aktenkoffer zu legen. »Luke, hast du das gehört? Mrs Watts verkauft!«

»Ich weiß.«

»Das *wusstest* du? Und wieso hast du es mir dann nicht erzählt?«

»Tut mir leid. Muss ich wohl vergessen haben.« Luke sieht überhaupt nicht aus, als würde ihm das Sorge bereiten.

»Und was machen wir jetzt?«

»Umziehen.«

»Ich will aber nicht umziehen! Ich wohne gerne hier!« Mit einem Anflug von Verzweiflung sehe ich mich um. In dieser Wohnung sind Luke und ich das ganze letzte Jahr so glücklich gewesen. Ich will hier nicht herausgerissen werden.

»Und weißt du, was das alles für mich bedeutet?«, sagt Danny. »Randall sucht sich zusammen mit seiner Freundin eine neue Wohnung.« Bestürzt sehe ich ihn an.

»Er schmeißt dich raus?«

»Sozusagen. Er hat gesagt, ich muss mal langsam was zur Miete beitragen, ansonsten kann ich mir eine neue Bleibe suchen. Und wie, bitte schön, soll ich das machen?« Danny hebt hilflos die Hände. »Das ist absolut unmöglich, bis ich meine neue Kollektion fertig habe. Er kann mich doch nicht einfach auf die Straße setzen.«

»Und äh … wie weit bist du mit deiner neuen Kollektion?«, frage ich vorsichtig nach.

»Weißt du, das Leben eines Designers ist nicht so einfach, wie es vielleicht aussieht«, geht Danny in die Defensive.

»Man kann nicht auf Kommando kreativ sein. Das ist alles eine Frage der Inspiration.«

»Vielleicht solltest du dir mal einen Job suchen«, sagt Luke und nimmt sich seinen Mantel.

»Einen Job?«

»Die brauchen doch bestimmt ständig neue Designer bei … weiß nicht, Gap oder so?«

»Gap?« Danny glotzt ihn an. »Du meinst, ich soll mein Dasein damit fristen, *Polohemden* zu entwerfen? Mal sehen, wie wäre es denn mit zwei Ärmeln hier und da, drei Knöpfen auf dem Schlitz, leicht geripptem Stoff … Mein Gott, ist das aufregend!!!«

»Was machen wir?«, jammere ich in Richtung Luke.

»Mit Danny?«

»Mit unserer Wohnung!«

»Wir werden schon was finden«, beruhigt Luke mich. »Wobei mir einfällt: Meine Mutter möchte heute mit dir zu Mittag essen.«

»Sie ist schon wieder zurück?« Hm, das klang wohl nicht sonderlich erfreut. Zweiter Versuch: »Ich meine … Sie ist schon wieder zurück!«

»Die Operation musste verschoben werden.« Luke verzieht das Gesicht. »Die Schweizer Gesundheitsbehörde hat Ermittlungen gegen die Klinik eingeleitet, während meine Mutter da war, sämtliche Eingriffe wurden vorläufig untersagt. Also … Um ein Uhr im La Goulue?«

»Klar.« Ich zucke wenig begeistert mit den Schultern. Als die Tür hinter Luke ins Schloss fällt, habe ich einen

Anflug von schlechtem Gewissen. Vielleicht hat Elinor es sich inzwischen anders überlegt. Vielleicht will sie das Kriegsbeil begraben und sich doch ein bisschen an den Hochzeitsvorbereitungen beteiligen. Man kann nie wissen.

Ich hatte mir fest vorgenommen, total cool zu bleiben

und den Leuten nur von unserer Verlobung zu erzählen, wenn sie mich fragten, wie unser Urlaub war.

Aber dann stürme ich unversehens in die Abteilung Persönliche Einkaufsberatung bei Barneys (wo ich arbeite), strecke die Hand in die Höhe und johle: »Guuuuckt maaal!!!«

Erin, meine Kollegin, sieht überrascht auf, erblickt meine Finger und schlägt sich die Hand vor den Mund.

»Oh, mein Gott! Oh, mein Gott!«

»Ich weiß!«

»Du bist verlobt? Mit Luke?«

»Ja, natürlich mit Luke! Im Juni heiraten wir!«

»Und was ziehst du an?«, sprudelt es sofort aus ihr hervor.

»Ich bin ja so neidisch! Zeig mal den Ring! Wo ist der her? Wenn ich mich verlobe, kommt nur ein Ring von Harry Winstons in Frage. Und zwar keiner für ein Monatsgehalt – einer für mindestens drei Jahresgehälter …« Dann verstummt sie und betrachtet eingehend meinen Ring. »Wow.«

»Aus Lukes Familie«, sage ich. »Gehörte seiner Großmutter.«

»Ach so. Also … ist er gar nicht neu?« Das begeisterte Strahlen lässt nach. »Na ja …«

»Nein, er ist alt. Uralt sogar. Antik. *Vintage*«, füge ich noch hinzu – und schon hellt sich ihre Miene wieder auf.

»Vintage! Ein Vintage-Ring! Das ist ja eine tolle Idee!«

»Herzlichen Glückwunsch, Becky«, sagt Christina, meine Chefin, und lächelt mich warmherzig an. »Ich weiß, dass Luke und Sie sehr glücklich sein werden.«

»Darf ich ihn mal anprobieren?«, fragt Erin. »Nein! Quatsch. Tut mir Leid. Vergiss es, ich habe nichts gesagt. Es ist nur … Ein Vintage-Ring!«

Ihr Blick klebt immer noch daran, als meine erste Kundin, Laurel Johnson, die Abteilung betritt. Laurel ist die Aufsichtsratsvorsitzende einer Firma, die Privatflugzeuge least, und eine meiner Lieblingskundinnen, obwohl sie mir jedes Mal erzählt, dass sie die Preise bei uns für vollkommen überteuert hält und dass sie sämtliche Klamotten bei K-Mart einkaufen würde, wenn sie nicht für ihren Job so gut angezogen sein müsste.

»Na, was sehe ich denn da?«, sagt sie, als sie den Mantel ablegt und ihre dunklen Locken schüttelt.

»Ich bin verlobt!«, sage ich und strahle sie an.

»Verlobt!« Sie kommt auf mich zu und betrachtet mit ihren dunklen, intelligenten Augen eingehend meinen Ring. »Na, dann will ich mal hoffen, dass Sie glücklich werden. Aber das werden Sie sicher. Ich bin sicher, dass Ihr Mann so vernünftig sein wird, seinen Schwanz nicht in die kleine blonde Praktikantin zu stecken, die ihm erzählt, sie hätte noch nie einen Mann kennengelernt, der sie derart mit Ehrfurcht erfüllt hat. *Ehrfurcht.* Ich bitte Sie. Haben Sie so etwas schon mal gehört? So einen Riesenhaufen –« Sie bricht mitten im Satz ab und schlägt sich die Hand vor den Mund. »Mist.«

»Schon okay«, tröste ich sie. »Ich habe Sie provoziert.« Laurel hatte einen dieser berühmten Vorsätze zum neuen Jahr gefasst: Nicht mehr über ihren Exmann und dessen Geliebte zu sprechen (Hans, ihr Therapeut, hatte ihr gesagt, dass sie das krank mache). Leider fällt es ihr aber ziemlich schwer, sich an diesen Vorsatz zu halten. Nicht, dass ich ihr deswegen einen Vorwurf machen würde. Ihr Ex muss schon ein echtes Schwein sein.

»Wissen Sie, was Hans mir letzte Woche gesagt hat?«, fragt sie, als ich die Tür zu meinem Umkleideraum öffne. »Er hat mir empfohlen, alles aufzuschreiben, was ich über diese Frau denke – und den Zettel dann zu zerreißen. Er meinte, ich würde mich dann befreit fühlen.«

»Aha«, sage ich. »Und was haben Sie gemacht?«

»Ich hab's alles aufgeschrieben«, erzählt Laurel. »Und dann habe ich ihr die Liste gemailt.«

»Laurel!«, rufe ich und versuche, nicht zu lachen.

»Ich weiß. Ich weiß. Hans war damit auch überhaupt nicht einverstanden. Aber wenn der wüsste, was das für eine Schlampe ist …«

»Na, jetzt kommen Sie erst mal herein«, bitte ich sie, bevor sie dazu kommt, mir davon zu erzählen, wie sie ihren Mann und seine blonde Praktikantin dabei erwischt hat, wie sie in ihrer Küche Erdbeeren vom Körper des jeweils anderen gespeist haben. »Ich bin heute ein bisschen spät dran …« Bis ich mich endlich wieder daran erinnert habe, was Laurel heute wollte, und ein paar Stücke zusammengesammelt habe, haben wir die Erdbeer-Episode hinter uns und stecken mitten im Boxkampf auf der Madison Avenue.

»Ich habe noch nie eine solche Befriedigung empfunden!«, sagt sie und boxt den Ärmel einer Seidenbluse. »Das Entsetzen in ihrem kleinen, runden Gesicht, als ich ihr eine reinhaute! Ich habe vorher noch nie eine Frau geschlagen! Es war geil!« Dann boxt sie die Bluse auch noch mit der anderen Hand, und ich zucke zusammen, als ich ein Geräusch wie von reißendem Stoff höre.

»Bezahl ich«, sagt sie, ohne sich aus dem Konzept bringen zu lassen. »Okay, was haben Sie sonst noch?«

Manchmal habe ich das Gefühl, Laurel probiert nur Klamotten an, um sich mit ihnen zu schlagen.

»Habe ich Ihnen eigentlich schon erzählt, wie sie ihn nennt?«, fährt sie fort. »William. Sie findet, das klingt besser als Bill. Aber er ist nun mal auf den Namen Bill getauft, Herrgott noch mal!«

»Hier ist der Blazer …«, versuche ich, sie abzulenken. »Was meinen Sie?«

Laurel zieht ihn an und betrachtet sich im Spiegel.

»Sehen Sie?«, sagt sie schließlich. »Der ist perfekt. Ich weiß gar nicht, warum ich überhaupt jemals zu jemand anderem gehe. Ich nehme ihn. Und noch eine von diesen Blusen. Ohne Riss.« Glücklich-erleichtert atmet sie auf. »Mir geht es jedes Mal besser, nachdem ich bei Ihnen gewesen bin, Becky. Ich weiß auch nicht, warum.«

»Rätselhaft«, grinse ich.

Was mir an dem Job als persönliche Einkaufsberaterin mit am besten gefällt, ist, dass man seinen Kunden wirklich nahe kommt. Einige werden sogar fast zu Freunden. Als ich Laurel kennenlernte, hatte sie sich gerade erst von ihrem Mann getrennt. Sie war wütend auf ihn, wütend auf sich selbst, und ihr Selbstbewusstsein tendierte gegen null. Ich will ja nicht angeben, aber als ich ihr damals für diese riesige Ballett-Gala, bei der auch ihr Ex sein würde, dieses perfekte Armani-Kostüm heraussuchte – als ich sie dabei beobachtete, wie sie sich im Spiegel anstarrte, das Kinn hob, lächelte und sich wieder wie eine attraktive Frau fühlte –, da hatte ich wirklich das Gefühl, ich hätte etwas Wichtiges zu ihrem Leben beigetragen.

Während Laurel sich wieder ihre eigenen Sachen anzieht, verlasse ich mit einem Stapel Klamotten auf dem Arm den Umkleideraum.

»Das kann ich doch unmöglich anziehen!«, höre ich eine gedämpfte Stimme aus Erins Umkleideraum.

»Wenn Sie es wenigstens mal probieren würden –«, höre ich Erin sagen.

»Sie wissen genau, dass ich diese Farbe nie trage!« Die Stimme wird lauter, und ich erstarre.

Die Stimme hat einen britischen Akzent.

»Ich habe keine Lust, hier meine Zeit zu verschwenden! Wenn Sie mir Sachen bringen, die ich nicht tragen kann –«

Mir ist, als würden mir winzige Spinnen über den Rücken laufen. Das glaube ich nicht. Das kann doch nicht –

»Aber Sie wollten doch einen neuen Look!«, sagt Erin hilflos.

»Rufen Sie mich an, wenn Sie etwas Entsprechendes gefunden haben!«

Und bevor ich mich aus meiner Starre löse, ist sie auch schon da. Schreitet groß und blond und makellos wie immer aus Erins Umkleideraum, die Lippen bereits zu einem hochnäsigen Lächeln geschwungen. Ihre Haare sind glatt, ihre blauen Augen funkeln – sie sieht besser aus denn je.

Alicia Billington.

Alicia Biest-Langbein.

Ich begegne ihrem Blick, was eine Wirkung wie

ein Elektroschock auf mich hat. Ich spüre, wie meine in einer maßgeschneiderten grauen Hose steckenden Beine anfangen zu zittern. Ich habe Alicia Billington jetzt seit gut einem Jahr nicht mehr gesehen. Ich sollte in der Lage sein, mit der Situation umzugehen. Aber plötzlich ist es, als sei diese lange Zeitspanne zu einem Nichts zusammengeschrumpft. Ich kann mich immer noch erschreckend klar an unsere damaligen Begegnungen erinnern, und ich empfinde immer noch den gleichen Schmerz dabei. Wenn ich daran denke, was sie mir angetan hat. Und was sie versucht hat, Luke anzutun.

Sie sieht mich jetzt genauso herablassend an wie damals, als sie noch ein PR-Püppchen war und ich frisch gebackene Reporterin. Und obwohl ich mir selbst mit fester Stimme einrede, dass ich seitdem viel erwachsener und reifer geworden bin, dass ich eine starke und beruflich erfolgreiche Frau bin, die sich mit niemandem messen muss … merke ich, wie ich innerlich zusammenfalle. Wie ich wieder zu dem Mädchen werde, das sich immer ein bisschen spleenig vorkam und das nie so recht wusste, was es sagen sollte.

»Rebecca!«, sagt sie und sieht mich amüsiert an. »Wer hätte das gedacht!«

»Hi, Alicia«, sage ich und ringe mir ein höfliches Lächeln ab. »Wie geht's?«

»Ich hatte ja gehört, dass du jetzt in einem Laden arbeitest, aber das hatte ich eigentlich für einen Witz gehalten.« Sie lacht kurz auf. »Aber da bist du ja. Tja … Passt ja auch wie die Faust aufs Auge.«

Ich arbeite nicht einfach nur in einem Laden!, will ich sie wütend anschreien. Ich bin persönliche Einkaufsberaterin! Das ist ein Beruf, der eine hohe Qualifikation erfordert! Ich helfe Menschen!

»Und du bist immer noch mit Luke zusammen, ja?« Sie sieht mich pseudo-besorgt an. »Ist seine Firma denn jetzt endlich wieder auf Kurs? Er muss ja eine schlimme Zeit durchgemacht haben.«

Ich fasse es einfach nicht. Diese Frau. Sie war es, die versucht hat, Lukes Firma kaputtzumachen. Sie war es, die eine rivalisierende PR-Firma gründete, die inzwischen bankrott ist. Sie war es, die das gesamte Vermögen ihres Verlobten in den Sand gesetzt hat. Und sie war es, die nur gegen eine von ihrem Vater gestellte Kaution auf freien Fuß gesetzt wurde.

Und jetzt führt sie sich auf wie die große Siegerin.

Ich muss mehrmals schlucken und versuche, eine passende Antwort zu finden. Ich weiß, dass ich Alicia überlegen bin. Ich müsste eigentlich in der Lage sein, eine perfekte, höfliche und doch schlagfertige Antwort zu produzieren. Aber es fällt mir keine ein.

»Ich lebe jetzt auch in New York«, erzählt sie blasiert. »Das heißt, wir werden uns in Zukunft wohl öfter über den Weg laufen. Vielleicht verkaufst du mir ja mal ein Paar Schuhe.« Sie bedenkt mich mit einem letzten herablassenden Lächeln, schwingt sich ihre Chanel-Tasche über die Schulter und verlässt unsere Abteilung.

Als sie weg ist, herrscht einen Moment absolute Stille.

»Wer war *das* denn?«, fragt Laurel schließlich, die in halb angezogenem Zustand aus dem Umkleideraum gekommen war, ohne dass ich es bemerkt hatte.

»Das war … Alicia Biest-Langbein«, sage ich noch leicht benommen.

»Wohl eher Alicia Biest-Fettarsch«, sagt Laurel. »Ich sage ja immer, es geht nichts über ein vollblütiges englisches Biest. Dagegen können alle anderen einpacken.« Sie nimmt mich in den Arm. »Machen Sie sich wegen der bloß keine Sorgen. Ganz gleich, wer sie ist – sie ist nur eifersüchtig.«

»Danke«, sage ich und schüttele den Kopf, um wieder einen klaren Gedanken fassen zu können. Aber ich bin immer noch wie vom Donner gerührt, muss ich sagen. Ich hätte nie gedacht, dass ich Alicia jemals wiedersehen würde.

»Es tut mir ja so leid, Becky!«, sagt Erin, als Laurel zurück in den Umkleideraum geht. »Ich hatte ja keine Ahnung, dass ihr euch kennt!«

»Und ich hatte keine Ahnung, dass sie eine Kundin von dir ist!«

»Sie kommt nicht besonders oft.« Erin verzieht das Gesicht. »Ist meine anstrengendste Kundin. Und was ist zwischen euch gelaufen?«

Ach, gar nichts!, will ich sagen. Sie hat nur dafür gesorgt, dass ich in die Schlagzeilen der Boulevardpresse geriet, hätte beinahe Lukes Firma ruiniert und hat mich vom ersten Augenblick unserer Bekanntschaft an wie ein Stück Scheiße behandelt. Nicht der Rede wert.

»Wir haben einfach eine gemeinsame Vergangenheit«, sage ich schließlich.

»Wusstest du, dass sie auch verlobt ist? Mit Peter Blake. Alter Geldadel.«

»Verstehe ich nicht.« Ich runzele die Stirn. »Ich dachte, sie hätte letztes Jahr geheiratet. Einen Briten. Ed… irgendwas?«

»Hat sie ja auch! Und auch wieder nicht. Sag bloß, du kennst die Geschichte noch nicht?« Erin senkt die Stimme:

»Sie haben geheiratet und hielten gerade den Empfang ab – als Peter Blake als die Begleitung von irgendjemandem hereinspazierte. Alicia wusste nicht, dass er kommen würde, aber angeblich hat sie sich von dem Augenblick an, in dem sie herausfand, wer er ist, sofort auf ihn gestürzt. Und die beiden haben miteinander geplaudert und sich anscheinend richtig gut verstanden … Aber was sollte Alicia machen, sie war ja verheiratet!« Erin strahlt vor Schadenfreude. »Also ist sie zum Priester gegangen und hat gesagt, dass sie ihre Ehe annullieren möchte.«

»Sie hat *was*?«

»Sie hat um Annullierung ihrer Ehe gebeten! Auf ihrem eigenen Hochzeitsempfang! Sie hat gesagt, sie hätten die Ehe ja noch nicht vollzogen, und daher würde das alles gar nicht zählen.« Erin schafft es nur halb, das Lachen zu unterdrücken. »Hast du so was schon mal gehört?«

Auch ich kann mir ein leichtes Lachen nicht verkneifen.

»Bei Alicia überrascht mich überhaupt nichts mehr.«

»Sie hat gesagt, sie würde immer alles bekommen, was sie will. Und die neue Hochzeit soll wohl der Oberknaller werden. Aber Alicia ist die totale Horrorbraut. Sie hat zum Beispiel eine der Platzanweiserinnen praktisch dazu gezwungen, sich die Nase operieren zu lassen, und sie hat sämtliche New Yorker Floristen vergrätzt … Die Hochzeitsplanerin ist am Durchdrehen! Wer ist deine Hochzeitsplanerin?«

»Meine Mutter«, antworte ich, und Erins Augen weiten sich.

»Deine Mutter ist Hochzeitsplanerin? Das wusste ich ja gar nicht!«

»Nein, du Dussel!«, kichere ich. Langsam bessert sich meine Laune wieder. »Meine Mutter organisiert die Hochzeit. Sie hat schon alles unter Kontrolle.«

»Ach so.« Erin nickt. »Na ja – das erleichtert wahrscheinlich so einiges. Dann bist du insgesamt nicht so dicht dran.«

»Genau. Und es soll alles schön schlicht verlaufen. Also, drück mir die Daumen!«, sage ich, und wir lachen beide.

Ich bin um punkt ein Uhr im La Goulue, aber Elinor ist noch nicht da. Ich werde an einen Tisch geführt und nippe an einem Glas Mineralwasser, während ich auf sie warte. Es ist ziemlich viel los, wie meistens um diese Zeit, und es sind in erster Linie schick gekleidete Frauen, die die Kellner auf Trab halten. Um mich herum herrscht reges Geschnatter, überall funkeln teure Zähne und teurer Schmuck, und ich nutze die Gelegenheit, um mal wieder schamlos diverse Gespräche zu belauschen. Am Nachbartisch rechts von mir beklagt sich eine Frau mit dicken Eyelinerstrichen und einer riesigen Brosche: »Heutzutage kann man sich eine Wohnung einfach nicht unter hunderttausend Dollar einrichten.«

»Also habe ich zu Edgar gesagt: ›Ich bin ein menschliches Wesen‹«, erzählt eine junge rothaarige Frau zu meiner Linken. Ihre Freundin knabbert an einer Selleriestange und sieht sie aus großen, neugierigen Augen an.

»Und was hat er gesagt?«

»Ein Zimmer kostet allein ja schon dreißigtausend.«

»Er hat gesagt: ›Hilary –‹«

»Rebecca?«

Etwas verärgert darüber, dass mir jetzt entgeht, was Edgar gesagt hat, blicke ich auf und sehe, wie sich Elinor in einem cremefarbenen Blazer mit großen schwarzen Knöpfen und mit einer dazu passenden Kuverttasche dem Tisch nähert. Sie ist zu meiner Überraschung nicht allein. Sie ist in Begleitung einer Frau mit glänzenden, zu einem Bob frisierten kastanienbraunen Haaren in einem dunkelblauen Kostüm und mit einer ziemlich großen Coach-Tasche in der Hand.

»Rebecca, ich möchte dir Robyn de Bendern vorstellen«, sagt Elinor. »Eine der renommiertesten Hochzeitsplanerinnen New Yorks.«

»Oh«, sage ich überrascht. »Also … Guten Tag!«

»Rebecca«, sagt Robyn, ergreift dabei meine beiden Hände und sieht mir sehr intensiv in die Augen. »Endlich lernen wir uns kennen. Ich freue mich ja *so*, Sie kennenzulernen! Wirklich!«

»Ich auch!« Ich bemühe mich, ihren Ton zu kopieren, und zerbreche mir gleichzeitig den Kopf darüber, ob Elinor vorher irgendetwas von einer Hochzeitsplanerin erwähnt hatte. Müsste ich von diesem Treffen wissen?

»Was für ein hübsches Gesicht!«, freut Robyn sich, ohne meine Hände loszulassen. Sie betrachtet eingehend jeden Quadratzentimeter von mir, und ich tue automatisch dasselbe bei ihr. Ich schätze sie auf über vierzig. Ihr Make-up ist tipptopp, sie hat strahlende braune Augen, hohe Wangenknochen, und wenn sie lächelt, entblößt sie eine makellose Zahnreihe. Ihre Jubelstimmung ist ansteckend, und ihren Blick, als sie einen Schritt zurücktritt, um mich als ganze Erscheinung zu begutachten, würde ich als bewundernd bezeichnen.

»Dieser junge, frische Look. Sie werden eine bezaubernde Braut abgeben, Rebecca. Wissen Sie schon, was Sie tragen werden?«

»Öh … ein Hochzeitskleid?«, antworte ich reichlich beschränkt, und Robin fängt sofort schallend an zu lachen.

»Dieser Humor!«, freut sie sich. »Diese britischen Mädchen! Sie hatten ganz recht«, fügt sie mit Blick auf Elinor hinzu, die huldvoll nickt.

Elinor hatte recht? Womit?

Haben die beiden etwa über mich geredet?

»Danke!« Ich versuche, unauffällig einen Schritt zurückzutun. »Wollen wir dann …« Ich nicke in Richtung Tisch.

»Hervorragend!«, sagt Robyn, als hätte ich gerade den brillantesten Vorschlag gemacht, den sie je gehört hat. »Wir wollen!« Als sie sich setzt, fällt mir auf, dass sie eine Brosche in Form zweier mit Diamanten besetzter, ineinander verschlungener Eheringe trägt.

»Gefällt sie Ihnen?«, fragt Robyn. »Ein Geschenk von den Gilbrooks, nachdem ich die Hochzeit ihrer Tochter geplant hatte. *Das* war vielleicht ein Theater! Die arme Bitty Gilbrook … Ihr ist in letzter Minute ein Fingernagel abgebrochen, und wir mussten ihre Kosmetikerin per Hubschrauber einfliegen lassen …« Sie hält inne, als hinge sie den Erinnerungen nach … Doch dann ist sie plötzlich wieder ganz da: »Sie sind also die Glückliche!« Sie strahlt mich an, und ich strahle automatisch zurück.

»Sie sind die Glückliche. Genießen Sie denn auch jeden einzelnen Moment?«

»Na ja –«

»Ich sage ja immer, die erste Woche nach der Verlobung ist die kostbarste Zeit überhaupt. Und die muss man *auskosten*.«

»Es sind jetzt ja eigentlich schon zwei Wochen –«

»Kosten Sie es aus«, sagt Robyn und hebt den Finger. »Schwelgen Sie darin. Ich sage immer, die Erinnerung an diese Zeit wird Ihnen später im Leben über so einiges hinweghelfen.«

»Na, dann – okay!«, erwidere ich und grinse. »Dann werde ich … darin schwelgen!«

»Bevor wir anfangen«, schaltet Elinor sich ein, »muss ich dir eine hiervon geben.« Sie fasst in ihre Handtasche und legt eine Einladung auf den Tisch.

Was ist das?

Mrs Elinor Sherman gibt sich die Ehre,
anlässlich der Verlobung …

Wow. Elinor gibt eine Verlobungsparty für uns!

»Wow!« Ich sehe auf. »Also … danke. Ich wusste gar nicht, dass eine Verlobungsparty geplant ist!«

»Ich habe die Angelegenheit mit Luke besprochen.«

»Ach? Das hat er mir gegenüber gar nicht erwähnt.«

»Na, dann hat er das wohl vergessen.« Elinor lächelt mich kalt und gnädig an. »Ich werde dafür sorgen, dass einige dieser Karten zu euch nach Hause geliefert werden, dann kannst du auch ein paar von deinen Freunden einladen. Sagen wir … zehn.«

»Ja ... äh ... danke.«

»So, wollen wir jetzt ein Glas Champagner trinken? Zur Feier des Tages?«

»Hervorragende Idee!«, sagt Robyn. »Ich sage ja immer, wenn man eine Hochzeit nicht feiern kann – was kann man dann feiern?« Sie lächelt mich augenzwinkernd an, und ich erwidere ihr Lächeln. Die Frau wird mir immer sympathischer. Ich kapiere nur immer noch nicht, was sie eigentlich hier macht.

»Ähm ... Ich hätte da eine kleine Frage, Robyn«, wende ich mich nur zögernd an sie. »Sind Sie aus ... beruflichen Gründen hier?«

»Aber nein! Nein, nein, neeeeeein!« Robyn schüttelt den Kopf. »Das ist doch kein Beruf. Das ist eine *Berufung*. Die vielen, vielen Stunden, die ich darauf verwende ... die hingebungsvolle Liebe, mit der ich mich diesem Job widme ...«

»Gut.« Ich werfe Elinor einen etwas unsicheren Blick zu.

»Die Sache ist nämlich die – ich glaube nicht, dass ich Hilfe brauchen werde. Obwohl es natürlich sehr nett von Ihnen ist –«

»Keine Hilfe?« Robyn wirft den Kopf in den Nacken und schüttelt sich vor Lachen. »Sie brauchen keine Hilfe? Ich bitte Sie! Haben Sie eine Ahnung, wie viel Organisation so eine Hochzeit erfordert?«

»Na ja –«

»Haben Sie schon mal eine Hochzeit geplant?«

»Nein, aber –«

»Viele junge Frauen denken wie Sie«, klärt Robyn mich auf. »Und wissen Sie, was das für Frauen sind?«

»Ääh –«

»Das sind die Frauen, die am Ende *heulend* über ihrer Hochzeitstorte hängen, weil sie viel zu gestresst sind, um die Feier zu genießen und ordentlich Spaß zu haben! Möchten Sie auch eine von diesen Frauen sein?«

»Nein!«, antworte ich besorgt.

»Eben! Natürlich nicht!« Sie lehnt sich zurück und sieht aus wie eine Lehrerin, deren Klasse soeben kapiert hat, wie man zwei und zwei zusammenzählt. »Rebecca, ich bin dazu da, Ihnen diese Belastung abzunehmen. Ich nehme Ihnen die Kopfschmerzen ab, die Arbeit, den unerträglichen *Stress*, den diese Situation mit sich bringt… Ah, da kommt der Champagner!«

Vielleicht hat sie gar nicht so unrecht, denke ich, als der Kellner Champagner in die Flöten füllt. Vielleicht wäre das gar keine schlechte Idee, sich noch etwas Hilfe zu holen. Aber wie will sie das denn bloß mit Mum koordinieren…?

»Ich werde in dieser Zeit Ihre beste Freundin sein, Becky«, erklärt Robyn und strahlt mich an. »Am Tag Ihrer Hochzeit werde ich Sie besser kennen, als Ihre beste Freundin Sie kennt. Manche behaupten ja, meine Methoden seien unorthodox. Aber wenn Sie dann sehen, was dabei herauskommt…«

»Robyn sucht in New York ihresgleichen«, sagt Elinor und trinkt einen Schluck Champagner. »Sie ist unübertroffen.« Robyn lächelt bescheiden.

»Dann lassen Sie uns mal mit den Basics anfangen«, sagt sie und holt ein großes, in Leder gebundenes Notizbuch heraus. »Die Hochzeit ist am 22. Juni…«

»Ja.«

»Rebecca und Luke …«

»Ja.«

»Im Plaza Hotel …«

»Was?« Ich glotze sie an. »Nein, das muss ein –«

»Ich gehe davon aus, dass sowohl die Trauung als auch der Empfang dort stattfinden werden.« Sie sieht zu Elinor.

»Ich glaube schon«, nickt Elinor. »Das vereinfacht die Sache ungemein.«

»Entschuldigung –«

»Also – soll die Trauung im Terrace Room vollzogen werden?« Sie notiert sich etwas. »Dann könnte der Empfang im Ballroom gegeben werden. Sehr schön. Wie viele Gäste?«

»Einen Moment mal!«, sage ich und lege etwas grob die Hand auf ihr Notizbuch. »Worum geht es hier überhaupt?«

»Um deine Hochzeit«, antwortet Elinor. »Mit meinem Sohn.«

»Im Plaza Hotel!«, erläutert Robyn strahlend. »Ich brauche Ihnen wohl nicht zu sagen, was für ein sagenhaftes Glück Sie haben, dass Sie Ihren Wunschtermin bekommen konnten! Das hängt damit zusammen, dass eine andere Klientin von mir abgesagt hat – und so konnte ich eben jenes Datum schnurstracks für Sie reservieren …«

»Ich heirate nicht im Plaza Hotel!«

Robyn runzelt besorgt die Augenbrauen und wirft Elinor einen spitzen Blick zu.

»Ich dachte, Sie hätten bereits mit John Ferguson gesprochen?«

»Habe ich auch«, erwidert Elinor knapp. »Gestern.«

»Gut! Denn wie Sie wissen, wird die Zeit ziemlich knapp. Innerhalb von fünf Monaten eine Hochzeit im Plaza vorbereiten? Es gibt ja Hochzeitsplaner, die Ihnen sagen würden, das sei ganz und gar unmöglich! Zu denen gehöre ich aber nicht. Ich habe mal innerhalb von drei Tagen eine Hochzeit auf die Beine gestellt. Drei Tage! Das war allerdings eine Strandhochzeit, also ein bisschen anders als –«

»Was soll das denn heißen, Elinor? Dass das Plaza bereits gebucht ist?« Ich wende mich ihr zu. »Elinor, wir heiraten in Oxshott. Das weißt du doch.«

»Oxshott?« Robyn runzelt die Stirn. »Kenne ich gar nicht.

Ist das im Norden?«

»Es wurden ein paar provisorische Vorbereitungen getroffen«, winkt Elinor ab. »Die können ohne weiteres rückgängig gemacht werden.«

»Wie bitte? Provisorisch? Überhaupt nichts ist provisorisch!« Wütend funkele ich Elinor an. »Und es kann auch nichts einfach so rückgängig gemacht werden!«

»Ich habe das Gefühl, dass hier gewisse Spannungen in der Luft liegen«, bemerkt Robyn fröhlich. »Ich werde dann mal eben ein paar Anrufe erledigen …« Sie schnappt sich ihr Handy und verzieht sich in die Tiefen des Restaurants, während Elinor und ich uns zornig anstarren. Ich atme tief durch und bemühe mich, ruhig zu bleiben.

»Elinor, ich werde nicht in New York heiraten. Ich heirate bei mir zu Hause. Meine Mutter hat schon mit den Vorbereitungen angefangen. Und das weißt du ganz genau!«

»Du wirst nicht in irgendeinem gottverlassenen Hinterhof in England heiraten«, stellt Elinor kühl fest. »Hast du vergessen, wer Luke ist? Hast du vergessen, wer *ich* bin?«

»Was hat das denn damit zu tun?«

»Also, für jemanden mit immerhin einem Funken Intelligenz bist du ganz schön naiv.« Elinor nippt an ihrem Champagner. »Eure Hochzeit wird das wichtigste gesellschaftliche Ereignis unseres Lebens. Und das will sorgfältig geplant sein und muss großzügig ausfallen. Das Plaza ist absolut unübertroffen, was Hochzeiten angeht. Das ist dir doch wohl klar.«

»Aber meine Mutter steckt bereits mitten in der Planung!«

»Dann sollte sie jetzt besser aufhören zu planen. Deine Mutter wird uns dankbar sein, wenn wir ihr diese ganze Hochzeitsgeschichte von vorne bis hinten abnehmen, Rebecca. Ich brauche ja wohl nicht extra zu erwähnen, dass ich für sämtliche mit diesem Ereignis verbundenen Kosten aufkommen werde. Deine Mutter darf selbstverständlich gerne kommen. Als Gast.«

»Meine Mutter will aber kein stinknormaler Gast sein! Es geht hier um die Hochzeit ihrer Tochter! Sie möchte die Gast*geberin* sein! Sie will die Hochzeit *organisieren*!«

»So!«, unterbricht uns eine fröhlich zirpende Stimme. »Alles klar?« Robyn ist wieder an unserem Tisch und packt das Handy weg.

»Ich habe für nach dem Essen einen Termin zur Besichtigung des Terrace Room arrangieren können«, verkündet Elinor eisig. »Es würde mich freuen, wenn du zumindest so höflich wärest, uns zu diesem Termin zu begleiten.«

Ich starre sie aufrührerisch an. Ich bin versucht, die Serviette hinzuschmeißen und mich rundheraus zu weigern. Ich fasse es nicht, dass Luke über all das Bescheid weiß. Ich hätte gute Lust, ihn jetzt sofort anzurufen und ihm meine Meinung zu sagen.

Aber dann fällt mir ein, dass er mit dem Vorstand essen ist … und mir fällt ein, dass er mich gebeten hat, seiner Mutter eine Chance zu geben. Na gut. Dann gebe ich ihr eben eine Chance. Ich werde mitgehen, mir diesen blöden Raum angucken, darin herumlatschen, höflich nicken und kein Wort sagen. Und heute Abend werde ich Elinor dann genauso höflich mitteilen, dass ich trotzdem in Oxshott heiraten werde.

»Na gut«, sage ich schließlich.

»Gut.« Elinors Lippen bewegen sich ein paar Millimeter.

»Wollen wir bestellen?«

Während des gesamten Essens reden Elinor und Robyn über die diversen New Yorker Hochzeiten, bei denen sie schon gewesen sind. Ich dagegen sitze schweigend da und esse und lasse jeden Versuch, mich doch ins Gespräch zu ziehen, scheitern. Nach außen bin ich ganz ruhig und aufgeräumt, aber innerlich koche ich. Wie kann Elinor es wagen, die gesamte Hochzeit einfach so an sich zu reißen? Wie kann sie es wagen, eine Hochzeitsplanerin zu engagieren, ohne vorher darüber mit mir zu sprechen? Wie kann sie es wagen, Mums Garten einen »gottverlassenen Hinterhof« zu nennen?

Was fällt dieser blöden Kuh eigentlich ein, sich derartig einzumischen? Wenn sie glaubt, dass ich in irgendeinem riesengroßen, anonymen New Yorker Hotel heirate statt zu Hause mit allen meinen Freunden und meiner Familie, dann ist sie ganz schön schief gewickelt!

Nach dem Essen trinken wir noch einen Kaffee und verlassen dann das Lokal. Es ist frisch heute, und eine ziemlich kalte Brise jagt so einige Wolken über den blauen Himmel. Wir gehen zu Fuß zum Plaza, und auf dem Weg dorthin lächelt Robyn mich an.

»Ich verstehe vollkommen, dass Sie ein wenig angespannt sind. Eine echte New Yorker Hochzeit zu planen kann durchaus als Stress empfunden werden. Einige meiner Klienten werden richtig … na, sagen wir mal: erregt.« Ich plane aber keine New Yorker Hochzeit!, will ich ihr ins Gesicht schreien. Ich plane eine Oxshotter Hochzeit! Aber stattdessen lächele ich nur und sage: »Kann ich mir vorstellen.«

»Ich habe da zum Beispiel eine wirklich ganz spezielle Kundin, die ausgesprochen anspruchsvoll ist …« Robyn atmet laut hörbar aus. »Aber wie ich bereits sagte, ein bisschen Stress muss man in Kauf nehmen in dieser Branche … Ah. Da sind wir ja! Ist der Anblick nicht beeindruckend?«

Ich sehe an der opulenten Fassade des Plaza hoch und muss leider zugeben, dass sie recht hat. Das Hotel erhebt sich wie eine Hochzeitstorte über den Plaza Square, und über dem vornehmen Portal mit den Säulen flattern Fahnen im Wind.

»Waren Sie schon einmal auf einer Hochzeit im Plaza?«, fragt Robyn.

»Nein. Ich war überhaupt noch nie im Plaza.«

»Ach! Na … Dann gehen wir doch mal rein …« Und mit diesen Worten führt sie Elinor und mich die Treppe hinauf an livrierten Portiers vorbei, durch Drehtüren und in eine riesige Empfangshalle mit hohen, stuckverzierten Decken, Marmorfußboden und gigantischen, mit Blattgold überzogenen Pfeilern. Direkt vor uns liegt ein hell erleuchteter Bereich mit lauter Palmen und Spalieren, wo Menschen sitzen und Kaffee trinken, wo live Harfe gespielt wird und Kellner in grauen Uniformen mit silbernen Kaffeekannen umhereilen.

Na ja. Also, wenn ich ganz ehrlich bin, muss ich wohl einräumen, dass mich auch das ganz schön beeindruckt.

»Hier entlang«, sagt Robyn, fasst mich beim Arm und führt uns zu einer abgesperrten Treppe. Sie hängt das schwere Absperrseil aus, und schon steigen wir die vornehme Treppe hinauf und durchqueren ein weitere riesengroße Marmorhalle. Wo ich auch hinsehe, sind kunstvolle Schnitzereien, Antiquitäten, Wandteppiche, prunkvolle Kronleuchter …

»Das ist Mr Ferguson, der Manager der Cateringabteilung.«

Wie aus dem Nichts ist ein gepflegter Herr im Jackett aufgetaucht. Er schüttelt mir die Hand und lächelt mich freundlich an.

»Herzlich willkommen im Plaza, Rebecca! Wenn ich mir die Bemerkung erlauben darf: Sie haben eine sehr weise Wahl getroffen. Nichts auf der Welt geht über eine Hochzeit im Plaza.«

»Sicher!«, bestätige ich höflich. »Na ja, es scheint ja auch ein ganz hübsches Hotel zu sein …«

»Ganz gleich, wie fantasievoll Ihre Vorstellungen sind, ganz gleich, wovon Sie träumen – wir werden alles tun, um Ihre Wünsche zu erfüllen. Stimmt's nicht, Robyn?«

»Allerdings!«, pflichtet Robyn ihm bei. »Bei uns sind Sie in den allerbesten Händen!«

»Wollen wir uns als Erstes mal den Terrace Room ansehen?« In Mr Fergusons Blick liegt ein Funkeln. »Das ist der Raum, in dem die Trauung stattfinden wird. Ich glaube, er wird Ihnen gefallen.«

Wir gehen wieder zurück durch die riesige Marmorhalle, dann öffnet Mr Ferguson eine Doppeltür, und wir betreten einen gigantischen, von einer Terrasse mit weißer Balustrade umgebenen Raum. Am einen Ende des Raumes steht ein Marmorbrunnen, am anderen Ende führen ein paar Stufen zu einer Art Podest. Wo ich auch hinsehe, eilen Menschen umher, arrangieren Blumen, drapieren Chiffon und stellen vergoldete Stühle in rechtwinkligen Reihen auf dem üppig gemusterten Teppich auf.

Wow.

Das hier ist ja eigentlich … ziemlich nett. Ach, was soll's denn. Es ist phänomenal.

»Sie haben Glück!«, strahlt Mr Ferguson mich an. »Wir haben am Samstag eine Hochzeit, Sie können den Raum also sozusagen ›im Hochzeitsschmuck‹ sehen.«

»Hübsche Blumen«, bemerkt Robyn höflich, wendet sich dann aber diskret an mich und flüstert: »Wir werden natürlich etwas viel Ausgefalleneres besorgen.«

Noch ausgefallener als diese? Das sind die größten und schönsten Blumenarrangements, die ich je gesehen habe! Ganze Kaskaden von Rosen, Tulpen, Lilien … und sind das da etwa Orchideen?

»Also, Sie kommen durch diese Doppeltür herein«, erklärt Robyn und führt mich an der Terrasse entlang. »Die Bügelhörner spielen… oder Trompeten… was auch immer Sie wollen… Hier vor der Grotte bleiben Sie kurz stehen, legen die Schleppe zurecht und lassen ein paar Fotos machen. Dann setzt das Streichorchester ein, und Sie schreiten den Gang hinunter…«

»Streichorchester?«, wiederhole ich benommen.

»Ich habe bereits mit den New Yorker Philharmonikern gesprochen«, teilt Robyn Elinor mit. »Sie müssen erst ihren Tourkalender konsultieren – also, Daumen drücken…«

Die NewYorker Philharmoniker?

»Die Braut am Samstag hat sieben Harfenspieler«, erzählt Mr Ferguson. »Und eine Sopransolistin von der Met.«

Robyn und Elinor sehen einander an.

»*Das* wäre natürlich auch noch eine Idee«, sagt Robyn und schnappt sich ihr Notizbuch. »Ich werde mich mal erkundigen.«

»Wollen wir uns jetzt den Baroque Room ansehen?«, schlägt Mr Ferguson vor und führt uns auch schon zu einem großen, altmodischen Aufzug.

»Die Nacht vor der Hochzeit möchten Sie womöglich in einer unserer Suiten verbringen und sich in unserem hoteleigenen Spa verwöhnen lassen«, frohlockt er, während wir nach oben fahren. »Und am Tag der Hochzeit können Sie dann Ihre persönlichen Haar- und Make-up-Spezialisten hier empfangen.« Er lächelt. »Aber daran haben Sie ja sicher selbst schon gedacht.«

»Ich … äh …« Ich muss an Janice und ihre Strahlende Frühlingsbraut denken. »Ja, gewissermaßen …«

»Den Gästen werden gleich nach der Trauung Cocktails gereicht«, erklärt Robyn, als wir aus dem Aufzug aussteigen.

»Das hier ist dann der Baroque Room, in dem die Horsd'œuvres serviert werden, bevor die Gesellschaft im Großen Ballsaal weiterfeiert. Ich nehme an, Sie haben bisher noch keine konkreten Vorstellungen, was als Horsd'œuvres angeboten werden könnte.«

»Na ja … äh … wissen Sie …« Ich bin kurz davor zu sagen, dass Cocktailwürstchen eigentlich immer gut ankommen.

»Zum Beispiel«, spricht sie weiter, »könnte man eine Kaviar-Bar aufbauen, eine Austern-Bar, einen mediterranen Meze-Tisch, Sushi vielleicht …«

»Okay«, schlucke ich. »Das … hört sich gut an.«

»Und der Raum an sich kann natürlich ganz Ihren Themenvorstellungen entsprechend gestaltet werden.« Sie macht eine ausladende Handbewegung durch den ganzen Raum. »Wir könnten einen venezianischen Karneval daraus machen, einen japanischen Garten, einen mittelalterlichen Rittersaal … Nur Ihre eigene Fantasie setzt den Möglichkeiten Grenzen!«

»Und dann geht es weiter in den Großen Ballsaal zum eigentlichen Empfang!«, meldet Mr Ferguson sich fröhlich zu Wort. Schwungvoll öffnet er eine weitere Doppeltür und … oh, mein Gott. Dieser Raum ist der spektakulärste von allen. Er ist ganz in Weiß und Gold gehalten, hat hohe Decken und Theaterlogen, und rund um die weitläufige, polierte Tanzfläche stehen edle Tische.

»Hier werden Sie und Luke den Tanz eröffnen«, seufzt Robyn glücklich. »Ich sage immer, das ist der Moment, den ich am meisten liebe. Der erste Tanz.«

Ich blicke auf den glänzenden Boden und habe plötzlich eine Vision von mir und Luke, wie wir bei Kerzenlicht über die Tanzfläche wirbeln und von Hunderten von Augenpaaren bestaunt werden.

Und sieben Harfen.

Und die New Yorker Philharmoniker.

Und Kaviar ... und Austern ... und Cocktails ...

»Ist Ihnen nicht gut, Rebecca?«, erkundigt Mr Ferguson sich besorgt, als er mein Gesicht sieht.

»Ich glaube, sie ist ein wenig überwältigt«, lacht Robyn.

»So viele neue Eindrücke auf einmal, das ist ein ganz schöner Happen.«

»Also ... ja. Wahrscheinlich.«

Ich atme tief durch und wende mich einen Moment ab. Okay, jetzt mal schön auf dem Teppich bleiben. Das hier mag ja alles wahnsinnig schick und aufregend sein, aber ich werde mich *nicht* davon einlullen lassen! Ich habe beschlossen, in England zu heiraten – und genau das werde ich auch tun. Basta.

Obwohl ... Das muss man sich doch nur mal ansehen!

»Kommen Sie, setzen Sie sich«, sagt Robyn und klopft auf die Sitzfläche eines mit Blattgold überzogenen Stuhls neben sich. »Ich weiß, dass die ganze Sache für Sie persönlich noch relativ weit weg ist. Aber für uns, die wir alles organisieren sollen, wird die Zeit im Grunde jetzt schon knapp ... Darum wollte ich ganz gern mit Ihnen über Ihre ganz generellen Vorstellungen von der Hochzeit sprechen. Wovon träumen Sie? Was ist für Sie der Inbegriff der Romantik? Viele meiner Klienten sagen Scarlett und Rhett oder Fred und Ginger …« Sie sieht mich aus blitzenden Augen an und hält den Stift schreibbereit über dem Papier.

Jetzt sind wir wohl weit genug gegangen. Ich muss der Frau jetzt sagen, dass ich nicht hier heiraten werde. Ich muss ihr sagen, dass sie diese Traumhochzeit im Plaza vergessen kann. Nun komm schon, Becky. Komm zurück auf den Teppich. Wach auf!

»Ich …«

»Ja?«

»Ich war immer total angetan von dem Schluss von *Dornröschen*, wo die beiden zusammen tanzen«, höre ich mich sagen.

»Das Ballett«, merkt Elinor erfreut an.

»Nein, eigentlich … meine ich den Disney-Film.«

»Oh!« Robyn sieht vorübergehend verwirrt aus. »Den muss ich mir dann wohl noch mal ansehen! Nun ja … Das wird sicher auch sehr einfallsreich …«

Sie notiert sich etwas in ihr Buch, und ich beiße mir auf die Lippe.

Ich muss dem hier Einhalt gebieten. Komm schon. Sag was!

Aber aus irgendeinem unerfindlichen Grund bleibt mein Mund zu. Ich sehe mich um – sehe die Stuckdecke, das viele Blattgold, die glitzernden Kronleuchter. Robyn folgt meinem Blick und lächelt mich an.

»Wissen Sie, Becky, Sie haben wirklich ein wahnsinniges Glück.« Liebevoll drückt sie meinen Arm. »Wir werden einen Riesenspaß miteinander haben!«

SECOND UNION BANK
300 WALL STREET
NEW YORK NY 10005

Miss Rebecca Bloomwood
Apt B
251 W 11th Street
New York
NY 10014

21. Februar 2002

Sehr geehrte Miss Bloomwood!

Vielen Dank für Ihr Schreiben vom 20. Februar.

Ich kann Ihnen leider nicht beantworten, ob ein Rock von Miu Miu zu den allgemein in einem Haushalt anfallenden Kosten gehört.

Mit freundlichen Grüßen
SECOND UNION BANK

Walt Pitman
Leiter Kundendienst

HOUSE OF LORDS
ERNENNUNGSAUSSCHUSS

Nominierungsformular

Bitte fassen Sie zusammen, weshalb Sie sich für eine Empfehlung zur Ernennung zum parteilosen politischen Peer für geeignet halten und wie Sie sich vorstellen, ganz persönlich einen lohnenden Beitrag zur Arbeit des House of Lords beizutragen.

Bitte ergänzen Sie diesen Antrag mit einem Lebenslauf, aus dem Ihre wichtigsten bisherigen Verdienste deutlich hervorgehen und der Ihre relevanten Fähigkeiten und Erfahrungen hervorhebt.

ANTRAG AUF ERNENNUNG ZU EINEM LIFE PEER

Name: Rebecca Bloomwood
Adresse: Apt. B
251 W 11th Street New York
NY 10014

Bevorzugter Titel: Baronesse Rebecca Bloomwood zu Harvey Nichols

Wichtigste bisherige Verdienste:

Patriotismus
Ich diene Großbritannien seit vielen Jahren, indem ich die heimische Wirtschaft durch regelmäßige Schenkungen an den Einzelhandel unterstütze.

Handelsbeziehungen
Seit ich in New York lebe, habe ich den transatlantischen Handel zwischen Großbritannien und Amerika gefördert. Zum Beispiel kaufe ich immer importierten Twinings-Tee und Marmite.

Öffentliches Auftreten
Ich habe an Fernsehdebatten zu aktuellen Fragen teilgenommen (die Modewelt betreffend).

Kultureller Sachverstand
Ich sammle Antiquitäten und Kunst – vor allem venezianische Vasen und Barzubehör aus den 30er Jahren des 20. Jahrhunderts.

Ihr persönlicher Beitrag zu unserer Arbeit im Falle Ihrer Ernennung:
Als neues Mitglied des House of Lords würde ich sehr gerne die Rolle einer Modeberaterin übernehmen, da dieser Bereich bisher sträflich vernachlässigt wurde – obschon er doch für den Erhalt unserer Demokratie von erheblicher Bedeutung ist.

FÜNF

Selbstverständlich werde ich nicht in New York heiraten. Selbstverständlich nicht. Völlig undenkbar. Ich werde zu Hause heiraten, wie ich es immer schon vorhatte, mit einem netten Festzelt im Garten meiner Eltern. Es besteht überhaupt kein Grund, meine Pläne zu ändern. Nicht ein einziger.

Obwohl …

O Gott. Vielleicht – klitzekleines Vielleicht – hat Elinor doch ein winziges bisschen recht.

Ich meine, es geht schließlich um einen absolut einmaligen festlichen Anlass, stimmt's? Es geht nicht um irgendeinen Geburtstag oder um Weihnachten. Man heiratet nur einmal im Leben. Und wenn sich einem dann die Gelegenheit bietet, diese Hochzeit in einem Rahmen zu feiern, der alles andere in den Schatten stellt – vielleicht sollte man diese Gelegenheit dann wirklich beim Schopfe packen?

Und es würde wirklich alles andere in den Schatten stellen. In Anwesenheit von vierhundert Gästen zu der Musik eines Streichorchesters vor den Altar zu treten, umgeben von atemberaubenden Blumenarrangements. Und dann ein sagenhaftes Abendessen. Robyn hat mir ein paar Beispiele für die Speisenfolge mitgegeben, und … also … unglaublich, dieses Essen! Maine-

Hummer à la Rosace… Geflügel-Consommé mit Fasanenklößchen… Wildreis mit Pignoli…

Ich meine, ich weiß ja, dass die Oxshott and Ashtead Quality Caterers gut sind – aber ich bin mir nicht so sicher, ob die überhaupt wissen, was Pignoli sind. (Offen gestanden, weiß ich das selbst nicht. Aber darum geht es nicht.)

Und vielleicht hat Elinor sogar recht, wenn sie sagt, dass Mum sicher *dankbar* wäre, wenn wir ihr die ganze Arbeit abnehmen und ersparen würden. Ja, genau. Vielleicht belastet sie die ganze Organisation viel mehr, als sie zugeben will. Vielleicht würde sie gerne noch einen Rückzieher machen. Und wenn wir im Plaza heiraten würden, bräuchte sie keinen Finger krumm zu machen und einfach nur zu kommen. Nicht zu vergessen, dass Mum und Dad keinen Pfennig für das alles bezahlen müssten… Ich meine, so gesehen, würden wir ihnen doch einen Riesengefallen tun!

Und darum zücke ich auf meinem Fußmarsch zurück zu Barneys mein Handy und tippe die Nummer meiner Eltern ein. Als Mum abnimmt, höre ich im Hintergrund die Schlussmusik von *Crimewatch* und werde sofort ein klein wenig wehmütig. Ich sehe es genau vor mir, wie Mum und Dad bei vorgezogenen Vorhängen und künstlichem Kaminfeuer im Wohnzimmer sitzen.

»Mum?«

»Becky!«, ruft meine Mutter. »Wie schön, dass du anrufst! Ich habe versucht, dir die Vorschläge der Cateringfirma für die Speisenfolge durchzufaxen, aber dein Fax funktioniert nicht. Dad fragt, wann du zum letzten Mal eine neue Rolle eingelegt hast.«

»Öm … Weiß ich nicht. Hör mal, Mum –«

»Becky, stell dir vor! Janices Schwägerin kennt jemanden, der bei einer Firma arbeitet, die Luftballons bedruckt! Sie hat gesagt, wenn wir mindestens zweihundert Ballons bestellen, bekommen wir das Gas gratis dazu!«

»Super! Hör mal, Mum, ich habe nämlich zufällig auch gerade über die Hochzeit nachgedacht …«

Wieso bin ich denn plötzlich so nervös?

»Ach, ja? Graham, mach doch mal bitte den Fernseher leiser!«

»Und da ging mir so durch den Kopf … also, es wäre doch vielleicht eine Möglichkeit …« Mir entfährt ein schrilles Lachen. »… dass Luke und ich in Amerika heiraten!«

»Amerika?« Lange Pause. »Was willst du damit sagen, in Amerika?«

»Das war nur so ein Gedanke! Du weißt schon, schließlich leben Luke und ich ja jetzt schon eine Weile hier …«

»Ihr lebt seit einem Jahr da, Becky!« Mum klingt regelrecht schockiert. »Dein Zuhause ist hier!«

»Na ja … ja … aber ich dachte halt …«

Irgendwie hatte ich wohl gehofft, dass meine Mutter »Super Idee!« rufen und es mir schön leicht machen würde.

»Wie sollen wir denn eine Hochzeit in Amerika organisieren?«

»Weiß ich nicht.« Ich schlucke. »Wir könnten ja vielleicht in einem … großen Hotel heiraten.«

»In einem *Hotel* ?« Mum klingt, als wenn ich jetzt völlig übergeschnappt wäre.

»Und vielleicht würde Elinor dann auch ein bisschen helfen…«, kämpfe ich mich mühsam weiter durch die Thematik. »Ich bin mir ziemlich sicher, dass sie auch einen Beitrag leisten würde… du weißt schon, wenn es dann etwas teurer würde…«

Ich höre, wie Mum am anderen Ende der Leitung sehr tief Luft holt, und zucke innerlich zusammen. Mist. Ich hätte Elinor besser nicht erwähnen sollen.

»Wie schön. Wir legen aber keinen Wert auf ihren Beitrag, danke. Wir schaffen das auch sehr gut ohne sie. Stammt die Idee mit dem Hotel etwa von Elinor? Die glaubt wohl, wir seien nicht in der Lage, eine schöne Hochzeit auf die Beine zu stellen?«

»Nein!«, beeile ich mich zu sagen. »Es ist nur… ach, nichts. Ich dachte bloß…«

»Dad sagt, wenn sie so scharf auf Hotels ist, darf sie gerne in einem übernachten, wenn sie kommt. Dann müssen wir sie nicht beherbergen.«

Oh, Gott. Ich mache alles nur noch schlimmer.

»Mum… vergiss es. War eine blöde Idee.« Ich wische mir über die Stirn. »Wie läuft denn die Planung so?«

Wir quatschen noch ein paar Minuten, und ich erfahre alles über den netten Herrn von der Festzeltfirma, seinen akzeptablen Kostenvoranschlag und darüber, dass sein Sohn mit meinem Cousin Alex zur Schule gegangen ist – ist die Welt nicht klein? Gegen Ende unseres Gesprächs klingt meine Mutter wieder ganz wie am Anfang und hat anscheinend jegliche Erwähnung von Hotels in Amerika vergessen. Ich verabschiede mich, lege auf und atme tief durch. Gut.

Na, dann wäre das ja entschieden. Dann kann ich

jetzt auch genauso gut gleich bei Elinor anrufen und ihr Bescheid sagen. Wozu noch länger warten?

Ich tippe die ersten beiden Ziffern in mein Handy und breche dann ab.

Andererseits – muss ich mich jetzt wirklich sofort Hals über Kopf entscheiden?

Ich meine, man kann ja nie wissen. Vielleicht reden Mum und Dad heute Abend noch einmal in Ruhe darüber und überlegen es sich doch noch anders. Vielleicht kommen sie nach New York, um sich das Hotel anzusehen. Und wenn sie das Plaza dann erst mal in natura sähen ... wenn sie sähen, wie wunderwunderschön alles werden könnte ... wie luxuriös ... wie glanzvoll ...

Oh, Gott. Es fällt mir doch ziemlich schwer, mich von all dem zu verabschieden. Ich warte noch ein bisschen.

Als ich nach Hause komme, sitzt Luke mit einem Haufen Papiere und gerunzelter Stirn am Tisch im Wohnzimmer.

»Du bist aber früh zu Hause!«, freue ich mich.

»Ich musste noch ein paar Unterlagen durchgehen«, sagt Luke. »Ich dachte, hier hätte ich vielleicht die nötige Ruhe dazu.«

»Aha.«

Als ich näher herankomme, sehe ich, dass auf allen Papieren »The Elinor Sherman Foundation« steht. Ich mache den Mund auf, um etwas zu sagen – und schließe ihn unverrichteter Dinge wieder.

»Und«, sagt er und sieht mit einem Lächeln zu mir auf.

»Was hältst du vom Plaza?«

»Du hast das *gewusst*?« Ich starre ihn an.

»Ja. Natürlich. Ich wäre auch mitgekommen, wenn ich nicht zum Lunch verabredet gewesen wäre.«

»Ja, aber, Luke …« Ich atme tief durch und bemühe mich sehr, nicht überzureagieren. »Du weißt doch, dass meine Mutter unsere Hochzeit in England plant.«

»Aber damit hat sie doch gerade eben erst angefangen.«

»Du hättest nicht einfach so ein solches Treffen arrangieren dürfen!«

»Meine Mutter meinte, es wäre sicher eine tolle Überraschung für dich. Und das fand ich auch.«

»Eine tolle Überrumpelung, meinst du wohl!«, fahre ich ihn an. Luke ist sichtlich verwirrt.

»Hat dir das Plaza denn nicht gefallen? Ich dachte, du würdest begeistert sein!«

»Natürlich hat es mir *gefallen*. Darum geht es doch gar nicht.«

»Ich weiß doch, wie sehr du dir schon immer eine große, richtig pompöse Hochzeit gewünscht hast. Und als meine Mutter mir vorschlug, unsere Hochzeit auf ihre Kosten im Plaza ausrichten zu lassen, kam mir das vor wie ein Geschenk des Himmels. Die Sache mit der Überraschung war dann übrigens meine Idee. Ich dachte, du würdest dich freuen.«

Er sieht irgendwie traurig-frustriert aus und löst damit natürlich sofort Schuldgefühle bei mir aus. Mir war überhaupt nicht in den Sinn gekommen, dass Luke mit seiner Mutter unter einer Decke gesteckt haben könnte.

»Aber natürlich freue ich mich, Luke! Es ist nur …

Ich glaube nicht, dass meine Mutter besonders glücklich darüber wäre, wenn wir in Amerika heiraten.«

»Kannst du sie nicht irgendwie umstimmen?«

»Das ist nicht so einfach. Deine Mutter hat sich nämlich ganz schön überheblich aufgeführt –«

»Überheblich? Sie will uns doch bloß eine einmalige Hochzeitsfeier spendieren!«

»Wenn sie das wirklich will, dann kann sie uns ja eine einmalige Hochzeitsfeier in England spendieren«, sage ich.

»Oder sie könnte meinen Eltern helfen – und sie könnten uns allen gemeinsam eine einmalige Hochzeitsfeier spendieren! Stattdessen bezeichnet deine Mutter den Garten meiner Eltern als ›gottverlassenen Hinterhof‹!« Mir kommt sofort wieder die Galle hoch, als ich an Elinors abfälligen Tonfall denke.

»Das hat sie bestimmt nicht so gemei –«

»Nur, weil dieser Garten sich nicht mitten in New York befindet! Ich meine, was weiß sie denn schon über den Garten meiner Eltern?«

»Gut, okay«, sagt Luke reichlich knapp. »Ich habe verstanden. Du willst diese Hochzeit nicht. Aber wenn du mich fragst: Ich finde, meine Mutter zeigt sich ausgesprochen großzügig. Dass sie uns anbietet, die komplette Feier im Plaza zu bezahlen, und dass sie dann auch noch eine ziemlich üppige Verlobungsparty für uns arrangiert hat …«

»Und wer hat gesagt, dass ich eine üppige Verlobungsparty möchte?«, halte ich ohne nachzudenken dagegen.

»Findest du das nicht ein bisschen undankbar?«

»Vielleicht sind mir der ganze Glitzer und Glimmer und all diese … materiellen Dinge ja völlig egal! Vielleicht ist mir meine Familie ganz einfach wichtiger! Und gewisse Traditionen … und … und Ehre. Weißt du, Luke, die Zeit, die uns auf diesem Planeten gegeben ist, ist so knapp bemessen …«

»Es reicht!«, sagt Luke verärgert. »Du hast gewonnen! Wenn du wirklich so ein riesiges Problem daraus machst, vergiss es! Du brauchst nicht zu der Verlobungsparty zu kommen, wenn du nicht willst – und wir heiraten in Oxshott. Zufrieden?«

»Ich …« Ich verstumme und reibe mir über die Nase. Jetzt, wo er das so deutlich gesagt hat, fange ich natürlich auf einmal an, in die andere Richtung zu tendieren. Denn wenn man sich das mal richtig überlegt, ist das wirklich ein wahnsinniges Angebot. Und wenn ich Mum und Dad doch irgendwie umstimmen könnte, wäre das möglicherweise für uns alle der schönste Tag in unserem Leben.

»Es geht mir ja gar nicht darum, dass wir unbedingt in Oxshott heiraten müssen«, sage ich schließlich. »Es geht einfach darum, die … die richtige Entscheidung zu treffen. Und schließlich warst du derjenige, der gesagt hat, dass wir nichts zu überstürzen brauchen …«

Lukes Gesichtsausdruck wird etwas weicher. Er steht auf.

»Ich weiß.« Er seufzt. »Es tut mir leid, Becky.«

»Mir auch«, murmele ich.

»Ach, das ist doch wirklich zu blöd.« Er legt die Arme um mich und küsst mich auf die Stirn. »Ich wollte dir bloß zu der Hochzeit verhelfen, von der du schon immer geträumt hast. Wenn du wirklich nicht im Plaza heiraten willst, dann werden wir das natürlich auch nicht tun.«

»Und was ist mit deiner Mutter?«

»Der werden wir einfach erklären, wie es in dir aussieht.«

Luke sieht mich eine Weile sehr intensiv an. »Becky, mir ist es vollkommen gleich, wo wir heiraten. Mir ist es gleich, ob die Blumen rosa oder blau sind. Das Einzige, das für mich zählt, ist, dass wir beiden ein Paar werden – und dass die ganze Welt es wissen wird.«

Er klingt so überzeugt und sicher, dass ich plötzlich einen dicken Kloß im Hals spüre.

»Das ist auch das Einzige, das für mich zählt«, sage ich und schlucke. »Das ist das Allerwichtigste.«

»Okay. Da wären wir uns dann ja schon mal einig. Und jetzt würde ich vorschlagen, dass ich die Entscheidung darüber, *wo* wir heiraten, ganz dir überlasse. Du musst mir nur sagen, wo ich antreten soll – und ich trete an.«

»Okay.« Ich lächele ihn an. »Ich verspreche dir, dass ich dir spätestens achtundvierzig Stunden vorher Bescheid gebe.«

»Vierundzwanzig reichen auch.« Er küsst mich noch einmal, dann zeigt er auf die Anrichte. »Das da ist übrigens vorhin gekommen. Ein Verlobungsgeschenk.«

Ich blicke zur Anrichte und verschlucke mich fast. Da steht eine Schachtel, so blau wie ein Rotkehlchen-Ei, mit weißem Geschenkband darum. Ein Geschenk von Tiffany!

»Soll ich es aufmachen?«

»Aber bitte.«

Aufgeregt mache ich die Schleife auf und öffne die Schachtel. Aus dem vielen Seidenpapier fische ich eine blaue Glasschale und eine Karte mit der Aufschrift: »Mit den besten Grüßen von Marty und Alison Gerber.«

»Wow! Die ist ja schön! Wer sind die Gerbers?«

»Weiß ich nicht. Freunde meiner Mutter.«

»Das heißt… jeder, der zu der Verlobungsparty kommt, bringt auch ein Geschenk mit?«

»Das vermute ich.«

»Ach… so.«

Mann. Nachdenklich betrachte ich die Schale und streiche über ihre glänzende Oberfläche.

Vielleicht hat Luke gar nicht so unrecht. Vielleicht wäre es wirklich undankbar, Elinors Großzügigkeit so schnöde zurückzuweisen.

Okay, ich habe einen Plan: Ich warte noch ab, bis die Verlobungsparty überstanden ist. Und *dann* entscheide ich mich.

Die Verlobungsparty findet wenige Tage später an einem Freitag um 18 Uhr statt. Ich habe mir eigentlich vorgenommen, schon früher dort zu sein, aber bei Barneys ist die Hölle los – drei Notfälle –, sodass ich letztendlich erst um zehn nach sechs da bin. Und noch dazu etwas nervös. Zu meinem Vorteil ist anzumerken, dass ich ein absolut umwerfendes, trägerloses schwarzes Kleid trage, das mir wie angegossen passt. (Eigentlich war das Kleid ja für Regan Hartmann, eine meiner Klientinnen, gedacht. Aber der werde ich einfach sagen, dass es ihr doch nicht so besonders gut steht.)

Elinors Duplex befindet sich in einem vornehmen Gebäude an der Park Avenue: ein sehr geräumiges Foyer mit Marmorfußboden und mit Walnussholz verkleidete Aufzüge, in denen es immer nach teurem Parfum duftet. Als ich den Aufzug im fünften Stock verlasse, höre ich schon den Partylärm und durch das Stimmengewirr das Geklimper von Klaviermusik. Vor der Wohnungstür hat sich eine Schlange gebildet, und ich stelle mich ganz gesittet hinter einem älteren Ehepaar in identischen Pelzmänteln an. Ich kann gerade so einen Blick in die Wohnung erheischen, die nur schwach beleuchtet und anscheinend schon voller Menschen ist.

Ehrlich gesagt, hat mir Elinors Wohnung noch nie besonders gefallen. Sie ist ganz in Blassblau gehalten, es stehen mit Seide bezogene Sofas darin herum, vor den Fenstern hängen schwere Vorhänge, und an den Wänden die langweiligsten Bilder der Welt. Ich kann einfach nicht glauben, dass sie die wirklich schön findet. Ich kann mir nicht mal vorstellen, dass sie jemals eins der Bilder tatsächlich ansieht.

»Guten Abend«, reißt mich eine Stimme aus meinen Gedanken, und erst da sehe ich, dass ich jetzt ganz vorn in der Schlange stehe. Eine Frau in einem schwarzen Hosenanzug und mit einem Klemmbrett in der Hand lächelt mich professionell an.

»Darf ich um Ihren Namen bitten?«

»Rebecca Bloomwood«, sage ich bescheiden und erwarte selbstverständlich, dass sie jetzt die Augen aufreißen oder sonst wie signalisieren wird, dass mein Name ihr sofort etwas sagt.

»Bloomwood … Bloomwood …« Die Frau geht ihre

Liste durch – zwei Seiten. Dann sieht sie auf. »Ich kann Sie nicht finden.«

»Wie bitte?« Ich starre sie an. »Ich muss aber da draufstehen!«

»Ich sehe noch mal nach …« Die Frau geht ihre Liste noch einmal deutlich langsamer von oben bis unten durch.

»Nein«, sagt sie schließlich. »Sie stehen leider nicht drauf. Tut mir leid.« Sie wendet sich der blonden Frau zu, die in der Schlange hinter mir steht. »Guten Abend! Darf ich um Ihren Namen bitten?«

»Aber … aber … das ist doch meine Party! Also, nicht direkt meine Party, aber …«

»Vanessa Dillon.«

»Ah, ja«, sagt die Türsteherin und streicht lächelnd einen Namen auf ihrer Liste durch. »Bitte gehen Sie doch hinein.

Serge wird Ihnen den Mantel abnehmen. Wenn Sie bitte einen Schritt zur Seite treten würden, Miss?«, wendet sie sich reichlich kühl an mich. »Sie stehen im Weg.«

»Sie müssen mich reinlassen! Ich muss auf der Liste stehen!« Ich werfe einen Blick durch die Tür, in der Hoffnung, Luke oder gar Elinor zu sehen – aber da sind nur ein Haufen Leute, die ich nicht kenne. »Bitte! Wirklich! Ich gehöre dazu!« Die Frau in Schwarz seufzt.

»Haben Sie Ihre Einladung dabei?«

»Nein! Ich wusste doch nicht, dass ich die brauchen würde! Ich bin die … die Zukünftige!«

»Die was?« Sie glotzt mich ausdruckslos an.

»Ich bin … Oh, Gott …« Ich werfe noch einen Blick in die Wohnung und kann jetzt plötzlich Robyn ausmachen, die ein mit silbernen Perlen besticktes Top und einen weit schwingenden Rock trägt.

»Robyn!«, rufe ich so diskret wie möglich. »Robyn! Die wollen mich nicht reinlassen!«

»Becky!«, antwortet Robyn fröhlich. »Kommen Sie doch rein! Ihnen entgeht eine ganze Menge Spaß!« Dann prostet sie mir vergnügt mit ihrem Sektglas zu.

»Sehen Sie?«, ereifere ich mich der Türdame gegenüber.

»Ich kenne hier Leute. Ehrenwort, ich platze nicht uneingeladen herein!«

Die Türdame glotzt mich eine ganze Weile an – und zuckt dann mit den Schultern.

»Okay. Sie können reingehen. Serge wird Ihnen den Mantel abnehmen. Haben Sie ein Geschenk mit?«

»Äh … nein.«

Die Frau verdreht die Augen, als wolle sie sagen »Das war ja klar«, und wendet sich dann der nächsten Frau in der Schlange zu. Ich gehe schnell hinein, ehe sie es sich anders überlegt.

»Ich kann nicht lange bleiben«, sagt Robyn, als ich mich zu ihr geselle. »Ich muss heute noch zu drei Abendessen-Generalproben. Aber ich bin froh, dass ich Sie heute Abend sehe, ich habe nämlich wundervolle Neuigkeiten. Ich habe einen *ausgesprochen* talentierten Event-Designer für Ihre Hochzeit verpflichten können! Keinen Geringeren als Sheldon Lloyd!«

»Wow!«, sage ich und bemühe mich, ebenso begeistert zu klingen wie Robyn, obwohl ich keine blasse Ahnung habe, wer Sheldon Lloyd ist. »Toll.«

»Da sind Sie platt, was? Ich sage ja immer, wenn man

gerne möchte, dass etwas Bestimmtes passiert, dann sollte man sofort dafür sorgen, dass es passiert! Und genau darum habe ich mit Sheldon gesprochen, und wir haben schon mit diversen Ideen herumgespielt. Er findet Ihren Dornröschen-Vorschlag übrigens absolut *fantastisch*. Richtig originell.« Sie sieht sich um und senkt die Stimme. »Und sein Vorschlag ist ... dass wir den Terrace Room in einen Zauberwald verwandeln.«

»Wirklich?«

»Ja! Ich bin so begeistert davon, ich muss Ihnen unbedingt die Skizze zeigen!«

Sie fasst in ihre Tasche und holt eine Zeichnung heraus, die ich leicht ungläubig anstarre.

»Wir werden extra Birken aus der Schweiz kommen lassen und Girlanden mit bunten Lichtern anbringen. Sie werden durch eine Allee von Bäumen schreiten, deren Zweige bis zu Ihnen herunterhängen. Der Boden wird mit Kiefernnadeln bedeckt sein, die einen wundervollen Duft verströmen, wenn Sie darüber laufen. Blumen werden auf magische Art und Weise erblühen, wenn Sie an ihnen vorbeigehen, und dressierte Singvögel fangen über den Köpfen aller an zu zwitschern ... Was halten Sie von einem computeranimierten Eichhörnchen?«

»Ähm ...« Ich verziehe das Gesicht.

»Nein, das dachte ich mir schon. Ich war auch nicht so angetan davon. Okay ... die Tiere des Waldes streichen wir also.« Sie holt einen Stift heraus und streicht etwas durch.

»Aber ansonsten ... wird das Ganze absolut einmalig. Meinen Sie nicht?«

»Ich ... also ...«

Soll ich ihr sagen, dass ich immer noch nicht ganz sicher bin, ob ich in New York heiraten werde?

Nein, das kann ich nicht. Dann würde sie ja sofort mit sämtlichen Vorbereitungen aufhören. Und sie würde sofort zu Elinor rennen und es ihr sagen, und dann gäbe es einen tierischen Ärger.

Und außerdem bin ich mir ja doch ziemlich sicher, dass wir uns letztendlich für das Plaza entscheiden werden. Sobald ich mir etwas überlegt habe, wie ich Mum umstimmen kann. Ich meine, wir wären doch verrückt, wenn wir diese Feier ausschlagen würden!

»Wissen Sie, Sheldon hat schon für so manchen Hollywood-Star gearbeitet«, erzählt Robyn und senkt die Stimme noch mehr. »Sie können sich mal seine Mappe ansehen, wenn wir uns mit ihm treffen. Ich sage Ihnen – nicht von schlechten Eltern.«

»Wirklich?« Ich spüre Aufregung in mir aufsteigen. »Das klingt alles absolut fantastisch!«

»Gut!« Sie sieht auf die Uhr. »Jetzt muss ich aber los. Ich melde mich bei Ihnen.« Sie drückt meine Hand, schüttet ihren Champagner herunter und eilt zur Tür hinaus. Leicht benommen sehe ich ihr nach.

Hollywood-Stars! Ich meine, wenn Mum *das* wüsste, dann würde sie doch bestimmt ganz anders über die Sache denken, oder? Dann würde ihr doch bestimmt klar werden, um was für eine einzigartige Gelegenheit es sich handelt!

Das Problem ist bloß, dass ich irgendwie nicht den Mut zusammenbekomme, das Thema noch mal anzuschneiden. Ich habe mich nicht mal getraut, ihr von dieser Party heute zu erzählen. Dann hätte sie sich bloß aufgeregt und gefragt, ob Elinor wohl glaube, sie könnten keine anständige Verlobungsparty ausrichten. Oder so was in der Art. Und dann hätte ich nur noch mehr Schuldgefühle bekommen, als ich ohnehin schon habe. Oh, Gott. Wenn ich nur wüsste, wie ich ihr die Sache mit der Hochzeit in New York noch einmal ganz schonend nahebringen könnte, ohne dass sie sofort total einschnappt. Vielleicht sollte ich mal mit Janice reden… wenn ich Janice von den Hollywood-Stars erzählen würde, dann…

Da reißt mich schallendes Gelächter ganz in meiner Nähe aus meinen Gedanken, und mir wird bewusst, dass ich ganz allein herumstehe. Ich sehe mich auf der Suche nach jemandem, mit dem ich mich unterhalten könnte, um. Ich finde das ja schon irgendwie verrückt – das hier soll meine Verlobungsfeier sein. Es sind mindestens hundert Leute hier, und ich kenne keine Menschenseele. Na gut, ich sehe schon hier und da mal ein Gesicht, das mir irgendwie bekannt vorkommt – aber nicht bekannt genug, um darauf zuzugehen und ein Gespräch anzufangen. Ich lächele einer Frau zu, die gerade hereinkommt, aber sie sieht mich nur misstrauisch an und arbeitet sich zu einer in der Nähe des Fensters stehenden Gruppe durch. Also, wer auch immer gesagt hat, die Amerikaner seien freundlichere Menschen als die Briten, kann nicht in New York gewesen sein.

Danny müsste doch irgendwo hier sein, fällt mir ein. Ich suche die Menschenmenge ab. Erin und Christina hatte ich auch eingeladen – aber die waren beide noch gut beschäftigt, als ich Feierabend machte. Die kommen wahrscheinlich etwas später.

Ach, komm schon, es wird doch wohl irgendjemand hier sein, mit dem ich mich unterhalten kann! Elinor muss doch irgendwo hier herumschwirren. Nicht, dass sie in Sachen Konversation meine erste Wahl wäre – aber vielleicht weiß sie ja, ob Luke schon da ist. Ich kämpfe mich gerade mühsam an einer Gruppe von Frauen in schwarzem Armani-Partnerlook vorbei, als ich jemanden sagen höre: »Kennen Sie eigentlich die Braut?«

Wie angewurzelt bleibe ich hinter einer Säule stehen und versuche, nicht so auszusehen, als wenn ich lauschen würde.

»Nein. Kennt die überhaupt irgendjemand?«

»Wo wohnt das Brautpaar eigentlich?«

»Irgendwo im West Village. Aber jetzt ziehen sie ja wohl in dieses Gebäude ein.«

Ratlos sehe ich die Säule an. Wie bitte?

»Ach, ja? Ich dachte, es wäre absolut unmöglich, hier eine Wohnung zu bekommen.«

»Nicht, wenn man mit Elinor Sherman verwandt ist!« Die Frauen lachen amüsiert, ich tauche ins Gedränge ab und glotze fassungslos einen Stuckschnörkel an.

Die müssen da irgendwas missverstanden haben. Wir ziehen auf gar keinen Fall hier ein. Auf gar keinen Fall.

Ich irre noch ein paar Minuten ziellos durch die Menge, besorge mir ein Glas Champagner und versuche tapfer, fröhlich zu lächeln. Doch ganz gleich, wie sehr ich mich auch bemühe, das Lächeln erstirbt immer wieder. So hatte ich mir meine Verlobungsparty eigentlich überhaupt nicht vorgestellt. Erst will man mich nicht hereinlassen. Dann kenne ich keine Menschenseele. Dann ist das Einzige, was es zu essen gibt, fettarme, proteinreiche Fischwürfel – und wenn man dann tatsächlich mal einen davon isst, wird man von den Servierern sofort schief angeguckt.

Unwillkürlich denke ich etwas wehmütig an Toms und Lucys Verlobungsparty zurück. Die war natürlich längst nicht so vornehm wie diese hier. Janice hatte einen großen Topf Punsch gemacht, es wurde gegrillt, und Martin sang mit Unterstützung des Karaoke-Gerätes »Are you lonesome tonight?«. Aber trotzdem. Da hatte ich wenigstens Spaß. Da kannte ich wenigstens jemanden. Da kannte ich sogar mehr Leute als auf dieser Party.

»Becky! Wieso versteckst du dich denn?« Ich sehe auf und bin unendlich erleichtert. Luke ist da. Wo zum Teufel hat er bloß die ganze Zeit gesteckt?

»Luke! Endlich!« Ich will ihm gerade um den Hals fallen, als ich zu meiner großen Freude einen mir nicht unbekannten und mich fröhlich angrinsenden Mann reiferen Alters neben ihm stehen sehe. »Michael!« Ich stürze mich auf ihn und nehme ihn fest in den Arm.

Michael Ellis ist einer meiner Lieblingsmenschen auf dieser Welt. Er lebt in Washington, wo er der Chef einer wahnsinnig erfolgreichen Werbeagentur ist. Außerdem ist er Lukes Partner in der amerikanischen Geschäftsstelle von Brandon Communications und Lukes Mentor. Und meiner eigentlich auch. Hätte Michael mir nicht vor einiger Zeit einen ganz bestimmten Rat gegeben, wäre ich nie nach New York gezogen.

»Luke hatte schon gesagt, dass du vielleicht kommen würdest!«, sage ich und strahle ihn an.

»Das hier kann ich mir doch auf keinen Fall entgehen lassen!« Michael zwinkert mir zu. »Herzlichen Glückwunsch!« Er prostet mir zu. »Und, Becky? Ich wette, du bereust es jetzt doch, dass du mein Jobangebot damals nicht angenommen hast. In Washington hättest du ausgezeichnete Karriereaussichten. Und was hast du stattdessen …?« Er schüttelt den Kopf. »Sieh dir doch mal an, was aus dir geworden ist. Du hast einen klasse Job, deinen Traummann, wirst im Plaza heiraten …«

»Wer hat dir vom Plaza erzählt?«, frage ich überrascht.

»Ach, so ungefähr jeder, mit dem ich bisher gesprochen habe. Hört sich ganz so an, als wenn das ein ziemlich großes Ereignis würde.«

»Na ja …« Ich zucke verlegen mit den Schultern.

»Ist deine Mutter auch schon ganz aufgeregt?«

»Ich … äh …« Ich trinke einen Schluck Champagner, um uns allen meine Antwort zu ersparen.

»Sie ist also heute Abend nicht hier?«

»Nein. Na ja, wäre ja auch ganz schön weit für so eine kleine Party!« Ich lache etwas schrill und leere mit einem weiteren Schluck mein Glas.

»Komm, ich hole dir noch eins«, sagt Luke. »Und dann suche ich auch gleich meine Mutter. Sie hat schon gefragt, wo du bist … Ich habe Michael gerade gefragt, ob er mein Trauzeuge sein will«, sagt er noch im Weggehen. »Und er hat Ja gesagt!«

»Wirklich?«, frage ich entzückt nach. »Toll! Da hat Luke eindeutig die beste Wahl getroffen.«

»Ich fühle mich geehrt, dass er mich gefragt hat«, sagt Michael. »Und das geht natürlich nur, wenn ihr nicht auch noch möchtet, dass ich euch traue. Ist zwar alles schon ein bisschen eingerostet, aber an die richtige Formel würde ich mich wohl schon noch erinnern können …«

»Echt?«, frage ich überrascht. »Sag bloß, du bist neben allem anderen auch noch heimlich Pfarrer?«

»Nein.« Er wirft den Kopf in den Nacken und lacht. »Aber vor einigen Jahren wollten ein paar Freunde von mir mal, dass ich sie traue. Da habe ich meine Beziehungen spielen und mich als Zelebrant registrieren lassen.«

»Also, ich bin sicher, dass du einen ganz vorzüglichen Pfarrer abgeben würdest! Vater Michael. Die Leute würden in Scharen in deine Kirche kommen.«

»Ein atheistischer Pfarrer.« Michael zieht die Augenbrauen hoch. »Da wäre ich sicher nicht der Erste.« Er trinkt einen Schluck Champagner. »Und wie läuft das Shopping-Business?«

»Super, danke.«

»Ich empfehle dich übrigens Gott und der Welt. ›Wenn Sie Klamotten brauchen, wenden Sie sich an Becky Bloomwood bei Barneys.‹ Das sage ich Aushilfskellnern, Geschäftsmännern, Leuten, denen ich zufällig auf der Straße begegne …«

»Und ich habe mich schon gewundert, wo die vielen merkwürdigen Leute immer herkommen.« Ich lächele ihn an.

»Jetzt aber mal im Ernst: Ich wollte dich um einen Gefallen bitten.« Michael senkt die Stimme ein wenig. »Ich wäre dir wirklich dankbar, wenn du meiner Tochter Deborah ein bisschen helfen könntest. Sie hat gerade eine Trennung hinter sich, und ich glaube, ihr mangelt es zurzeit an Selbstvertrauen. Ich habe ihr gesagt, ich wüsste jemanden, der ihr auf die Beine helfen könnte.«

»Ja, klar«, sage ich gerührt. »Ich helfe ihr gerne.«

»Du darfst sie aber nicht in den Ruin treiben. Sie bezieht das bescheidene Gehalt einer Rechtsanwältin.«

»Ich tue mein Bestes«, lache ich. »Und was ist mit dir?«

»Meinst du, ich brauche etwas Nachhilfe?«

»Nein. Ehrlich gesagt, siehst du schon ziemlich gut aus.« Ich zeige auf seinen erstklassigen dunkelgrauen Anzug, für den er sicher dreitausend Dollar hingelegt und nicht viel Wechselgeld wiederbekommen hat.

»Ich werfe mich immer in Schale, wenn ich weiß, dass ich mit schönen Menschen zusammenkommen werde«, sagt Michael. Er sieht sich amüsiert unter den Anwesenden um, und ich folge seinem Blick. Ganz in der Nähe steht eine Gruppe von Frauen mittleren Alters, die sich sehr angeregt miteinander unterhalten. So angeregt, dass sie anscheinend kein einziges Mal Luft holen. »Sind das deine Freunde?«

»Eigentlich nicht«, gebe ich zu. »Ich kenne hier nicht besonders viele Leute.«

»Dachte ich mir schon.« Er lächelt mich undurchschaubar an und trinkt einen Schluck Champagner. »Und… Wie verträgst du dich mit deiner zukünftigen Schwiegermutter?« Er macht ein so unschuldiges Gesicht, dass ich fast lachen muss.

»Gut«, sage ich. »Weißt du…«

»Worüber redet ihr?«, fragt Luke, der plötzlich neben mir steht. Er reicht mir ein volles Sektglas, und ich werfe Michael einen vielsagenden Blick zu.

»Wir haben über die Hochzeitspläne gesprochen«,

behauptet Michael ganz entspannt. »Wisst ihr schon, wo ihr eure Flitterwochen verbringen werdet?«

»Darüber haben wir eigentlich noch gar nicht richtig geredet.« Ich sehe Luke an. »Aber ich hätte da schon so ein paar Ideen. Ich möchte irgendwohin, wo es heiß und schön ist. Und jetsettig. Und wo ich noch nie war.«

»Ich weiß gar nicht, ob ich Zeit für lange Flitterwochen habe«, merkt Luke mit gerunzelter Stirn an. »Jetzt, wo wir NorthWest bekommen haben, sollten wir wahrscheinlich weiter expandieren. Könnte sein, dass wir uns mit einem verlängerten Wochenende begnügen müssen.«

»Ein verlängertes Wochenende?« Entsetzt starre ich ihn an. »Das sind doch keine Flitterwochen!«

»Luke«, schaltet Michael sich in tadelndem Ton ein. »Das geht doch nicht. Du musst mit deiner Frau richtig in die Flitterwochen fahren. Darauf bestehe ich als dein Trauzeuge. Wo bist du denn noch nie gewesen, Becky? Venedig? Rom? Indien? Afrika?«

»Viermal Bingo.«

»Verstehe.« Michael zieht die Augenbrauen hoch. »Das könnte teuer werden.«

»Alle anderen haben schon die ganze Welt bereist, nur ich nicht. Ich habe nie ein Jahr Pause gemacht. Ich war noch nie in Australien oder in Thailand …«

»Ich auch nicht«, sagt Luke schulterzuckend. »Und?«

»Nichts und! Ich habe noch *gar nichts* erlebt! Wusstest du, dass die beste Freundin von Suzes Mutter eine bolivianische Bäuerin ist?« Ich sehe Luke mit einem Blick an, der ihm vermitteln soll, dass ihn das zu beeindrucken hat. »Sie haben zusammen Mais gemahlen!«

»Na, da macht Bolivien wohl das Rennen«, sagt Michael zu Luke.

»Du willst in unseren Flitterwochen Mais mahlen?«

»Ich will nur, dass wir unseren Horizont mal ein wenig erweitern. Wir könnten zum Beispiel ... so eine Rucksacktour machen.«

»Becky, ist dir eigentlich klar, worum es bei einer Rucksacktour im Wesentlichen geht?«, fragt Luke sanft nach. »Da packt man alle seine Habseligkeiten in einen Rucksack. Den man dann selber trägt. Nicht der FedEx-Mann.«

»Kein Problem für mich!«, sage ich trotzig. »Überhaupt kein Problem! Und dann würden wir auf unserer Reise massenweise interessante Leute kennenlernen –«

»Ich kenne so schon genug interessante Leute.«

»Du kennst nur Banker und PR-Leute! Kennst du irgendwelche bolivianischen Bauern? Kennst du auch nur einen einzigen Obdachlosen?«

»Nein, das kann ich nicht behaupten«, antwortet Luke.

»Du?«

»Na ja ... nein«, räume ich zögernd ein. »Aber darum geht es doch gar nicht. Ich finde, wir *sollten* solche Leute kennen!«

»Gut, Becky.« Luke hebt die Hand. »Ich habe schon eine Lösung gefunden. Du organisierst unsere Flitterwochen. Wir fahren hin, wo du willst – aber nicht länger als zwei Wochen.«

»Im Ernst?« Ich glotze ihn an. »Ist das dein Ernst?«

»Das ist mein Ernst. Du hast ja recht, wir können nicht heiraten und dann nicht anständig in die Flitterwochen fahren.« Er lächelt mich an. »Ich lass mich überraschen.«

»Gut. Okay. Ich überrasche dich.«

Ich trinke einen Schluck Champagner, der meine kribbelige Aufregung nur verstärkt. Ist das nicht cool? Ich darf mir aussuchen, wo unsere Flitterwochen hingehen! Vielleicht sollten wir eins dieser Wellness-Centren auf Thailand ansteuern oder so. Oder auf Safari gehen …

»Apropos Obdachlose«, sagt Luke zu Michael. »Im September müssen wir aus unserer Wohnung raus.«

»Ach was?«, sagt Michael. »Wieso das denn?«

»Unser Mietvertrag läuft aus – und die Eigentümerin verkauft. Alle müssen raus.«

»Ach!« Das lenkt mich unvermittelt von meinen Visionen von Luke und mir auf einer der Pyramiden von Gise ab. »Da fällt mir ein, Luke, dass ich da vorhin zufällig ein ziemlich merkwürdiges Gespräch mitgehört habe. Irgendjemand sagte, dass wir in dieses Gebäude hier einziehen würden. Wie kommen die denn auf so was?«

»Das wäre eine Möglichkeit«, sagt Luke.

»Wie bitte?« Fassungslos starre ich ihn an. »Was willst du denn damit sagen? Das wäre eine Möglichkeit? Bist du verrückt geworden?«

»Wieso?«

Ich spreche etwas leiser weiter.

»Du glaubst doch nicht im Ernst, dass ich Lust habe, in diesem oberspießigen Haus voller schrecklicher alter Schachteln zu wohnen, die einen immer schief angucken.«

»Becky –«, unterbricht Michael mich und macht eine vielsagende Kopfbewegung.

»Ist doch wahr!«, erzähle ich ihm. »In diesem Haus wohnt nicht ein einziger freundlicher Mensch! Ich habe alle schon mal gesehen, und sie sind alle absolut –«

Ich verstumme schlagartig, als mir bewusst wird, was Michael versucht, mir zu sagen.

»Außer … Lukes … Mutter«, füge ich noch so gelassen wie irgend möglich hinzu. »Natürlich.«

»Guten Abend, Rebecca«, ertönt hinter mir eine eisige Stimme. Mit hochroten Wangen drehe ich mich um.

Und da steht sie. In einem langen weißen togaähnlichen Kleid, dessen Falten bis auf den Boden fallen. Sie ist so blass und dünn, dass sie aussieht wie eine der Säulen in ihrer Wohnung.

»Tag, Elinor«, begrüße ich sie höflich. »Du siehst toll aus. Tut mir leid, dass ich ein bisschen spät gekommen bin.«

»Rebecca«, antwortet sie und streckt mir ihre Wange zum Kuss entgegen. »Ich hoffe, du hast dich ein wenig unters Volk gemischt. Und nicht nur die ganze Zeit mit Luke herumgestanden.«

»Äh … ja, ja …«

»Das hier ist eine hervorragende Gelegenheit für dich, ein paar wichtige Leute kennenzulernen«, sagt sie. »Zum Beispiel die Verwalterin dieses Gebäudes.«

»Aha.« Ich nicke. »Ja, äh … vielleicht.«

Das wäre jetzt wohl nicht gerade der geeignetste Moment, um ihr zu sagen, dass ich auf gar keinen Fall jemals in dieses Haus ziehen werde.

»Ich stelle dich ihr später vor. Jetzt wollte ich aber

gerade einen Toast aussprechen«, sagt sie. »Wenn ihr beiden bitte mit zum Podium kommen würdet.«

»Gerne!« Ich bemühe mich, begeistert zu klingen, und trinke noch einen Schluck.

»Mutter, Michael kennst du ja bereits«, sagt Luke.

»Allerdings«, sagt Elinor mit einem huldvollen Lächeln.

»Wie geht es Ihnen?«

»Sehr gut, danke«, antwortet Michael freundlich. »Ich wollte ja eigentlich auch zur Gründung Ihrer Stiftung kommen, aber ich konnte leider nicht aus Washington weg. Wie ich hörte, ist aber alles gut gelaufen?«

»In der Tat. Danke.«

»Und jetzt schon wieder ein freudiger Anlass. Ich habe gerade zu Luke gesagt, was für ein Riesenglück er hat, eine so schöne, talentierte und vielseitige Frau wie Becky gefunden zu haben.«

»Wie Sie meinen.« Elinors Lächeln erstarrt kaum merklich.

»Aber das meinen Sie doch bestimmt auch!« Schweigen.

»Natürlich«, sagt Elinor schließlich. Sie streckt die Hand aus und platziert sie nach kurzem Zögern auf meiner Schulter.

Oh, Gott. Ihre Finger sind eiskalt. Das ist ja wie eine Berührung durch die Schneekönigin. Ich sehe zu Luke, der zufrieden strahlt.

»Also! Der Toast!«, sage ich fröhlich. »Auf zum Podium!«

»Bis später, Michael«, sagt Luke.

»Viel Spaß«, antwortet Michael und zwinkert mir

kaum merklich zu. »Luke«, sagt er dann noch, als Elinor sich schon ein paar Schritte entfernt hat. »Was die Wohltätigkeit deiner Mutter angeht, möchte ich gerne später ein paar Takte mit dir reden.«

»Okay«, sagt Luke nach einer kurzen Pause. »Gut.«

Bilde ich mir das nur ein oder guckt Luke schon gleich ein bisschen defensiv?

»Aber jetzt haltet erst mal den Toast«, sagt Michael freundlich. »Wir sind schließlich nicht hier, um übers Geschäft zu reden.«

Elinor, Luke und ich schreiten gemeinsam durch den Raum, und ich sehe, wie die Leute uns angucken und anfangen zu murmeln. Am anderen Ende des Raumes ist ein Podium errichtet worden, und als wir darauf steigen, werde ich zum ersten Mal ein bisschen nervös. Um uns herum wird es still, und die gesamte Mannschaft sieht uns erwartungsvoll an.

Einhundert Augenpaare. Einhundert Manhattan-Mini-Musterungen.

Um mich nicht verunsichern zu lassen, suche ich die Menge nach bekannten Gesichtern ab. Gesichtern von Leuten, die *ich* eingeladen habe. Aber außer Michael, der ganz hinten steht, kenne ich nicht einen einzigen Gast.

Ich lächele tapfer weiter, aber innerlich fühle ich mich ziemlich elend. Wo sind meine Freunde? Ich weiß, dass Christina und Erin auf dem Weg hierher sind – aber wo ist Danny? Er hatte mir versprochen zu kommen.

»Meine Damen und Herren«, eröffnet Elinor gönnerhaft ihre Rede. »Herzlich willkommen. Ich freue mich sehr, Sie heute Abend hier zu diesem freudigen Anlass begrüßen zu dürfen. Insbesondere freue ich mich über das Kommen von Marcia Fox, der Verwalterin dieses Gebäudes, und Guinevere von …«

»Ihre bescheuerte Liste interessiert mich nicht!«, erklingt eine schrille Stimme von der Tür her. Ganz hinten dreht sich eine ganze Reihe von Köpfen um.

»… von Landlenburg, Teilhaberin der Elinor Sherman Foundation …«, fährt Elinor mit sich verhärtenden Gesichtszügen fort.

»Lassen Sie mich rein, Sie blöde Kuh!«

Es klingt nach einem Handgemenge, dann ertönt ein kurzer Schrei, und spätestens jetzt haben sich alle in der Wohnung umgedreht, um zu sehen, was da los ist.

»Lassen Sie die Pfoten von mir! Ich bin schwanger, ja? Wenn meinem Baby oder mir irgendetwas passiert, verklage ich Sie!«

»Das glaube ich nicht!«, quietsche ich erfreut und springe vom Podium. »Suze!«

»Bex!« Suze erscheint in der Tür. Sie ist braun gebrannt und sieht richtig gesund aus. Sie hat sich Perlen in die Haare flechten lassen und trägt ein rotes Kleid, das ihre beträchtliche Kugel alles andere als verbirgt. »Überraschung!«

»*Schwanger?*« Tarquin folgt Suze auf dem Fuß. Er trägt eine uralte Smokingjacke über einem Pullover mit Polokragen und sieht total fassungslos aus. »Suze … Liebling … Wovon redest du eigentlich?«

SECHS

»Wir wollten dich überraschen!«, sagt Suze, nachdem sich die Unruhe wieder gelegt und Elinor ihren Toast ausgesprochen hat – in dem sie Luke und mich übrigens ein Mal erwähnte und die Elinor Sherman Foundation sechs Mal.

»So als Abschluss unserer Flitterwochen! Und dann kamen wir zu eurer Wohnung …«

»Und ich war wie immer mal wieder absolut pünktlich und wollte mich gerade auf den Weg machen …«, wirft Danny ein und lächelt mich entschuldigend an.

»Und Danny meinte, wir sollten doch einfach mitkommen zu der Party und euch einen kleinen Schock versetzen!«

»Ich glaube, den größten Schock hast du Tarquin versetzt!«, kichere ich. Ich strahle übers ganze Gesicht. Dass Suze, Tarquin *und* Danny alle auf einmal aufgetaucht sind, ist ein echter Hammer!

»Ich weiß.« Suze setzt eine reuige Miene auf. »Eigentlich hatte ich ihm das ja doch ein bisschen schonender beibringen wollen.«

»Aber wie kann das denn sein, dass er da nicht schon von selbst drauf gekommen ist?? Ich meine, guck dich doch mal an!«

Ich zeige auf ihren dicken, sich deutlich unter dem

roten Stretchkleid abzeichnenden Bauch. Der war doch nun wirklich nicht zu übersehen.

»Na ja, er hat schon ein paarmal einen Kommentar zu meinem Bauch abgelassen«, räumt Suze ein. »Aber da habe ich ihm immer gesagt, dass ich mich nur sehr ungern auf mein Gewicht ansprechen lasse, und da hat er dann aufgehört. Aber jetzt geht es ihm doch prima. Sieh ihn dir mal an!«

Sie zeigt zu Tarquin, der von einer ganzen Traube … höchst interessierter New Yorker Ladys umringt ist.

»Leben Sie denn in einem Schloss?«, höre ich eine von ihnen fragen.

»Also … äh, ja. Allerdings, ja.«

»Kennen Sie Prinz Charles?«, fragt eine andere mit weit aufgerissenen Augen.

»Wir haben ein-, zweimal zusammen Polo gespielt …« Tarquin sieht sich verzweifelt in der Hoffnung auf Rettung um.

»Sie müssen *unbedingt* meine Tochter kennenlernen«, sagt eine der Damen und legt ihm besitzergreifend den Arm um die Schulter. »Meine Tochter liebt England. Sie war schon *sechsmal* in Hampton Court.«

»Der ist ja absolut umwerfend«, raunt mir eine tiefe Stimme ins Ohr, und als ich mich umdrehe, ist es Danny, der über meine Schulter hinweg Tarquin im Visier hat. »Wirklich einsame Spitze. Ist er Model?«

»Ob er *was* ist?«

»Na, komm schon! Die ganze Geschichte, von wegen er ist Landwirt und so weiter …« Danny zieht an seiner Zigarette. »Die hast du dir doch bloß ausgedacht, stimmt's?«

»Du meinst, Tarquin sollte als *Model* arbeiten?« Ich muss unwillkürlich nicht besonders nett lachen.

»Was denn?«, empört Danny sich. »Er hat doch einen ganz einzigartigen Look. Ich könnte eine ganze Kollektion für ihn entwerfen. Eine Mischung aus Prinz Charles ... Rupert Everett ... und –«

»Danny, dir ist aber schon klar, dass er hetero ist, ja?«

»Natürlich weiß ich, dass er hetero ist! Sag mal, was hältst du eigentlich von mir?« Danny denkt nach. »Aber er war doch bestimmt auf einem englischen Jungeninternat, oder?«

»Danny!« Ich schubse ihn und sehe auf. »Hi,Tarquin! Na, hast du dich loseisen können?«

»Hallo!« Tarquin sieht ein bisschen mitgenommen aus.

»Suze, Liebling, hast du Becky die Sachen von ihrer Mutter gegeben?«

»Ach, die liegen im Hotel«, sagt Suze und wendet sich mir zu. »Auf dem Weg zum Flughafen haben wir noch eben bei deinen Eltern reingesehen, Bex. Ich sage dir, die sind total aus dem Häuschen!« Sie kichert. »Die reden von nichts anderem mehr als von deiner Hochzeit.«

»Das überrascht mich gar nicht«, sagt Danny. »Hört sich ganz so an, als wenn das ein Riesenspektakel wird. Dagegen kann Catherine Zeta-Jones komplett einpacken.«

»Catherine Zeta-Jones?«, hakt Suze interessiert nach. »Was meinst du denn damit?«

Ich verkrampfe mich am ganzen Körper. Mist. Denk nach.

»Danny«, werfe ich ganz lässig ein, »guck mal, ist das da drüben nicht die Chefredakteurin von *Women's Wear Daily*?«

»Was? Wo?« Danny wirbelt herum. »Bin gleich zurück.« Er verschwindet in die Menge, und ich atme erleichtert auf.

»Als wir bei deinen Eltern waren, haben sie sich gerade tierisch darüber gestritten, wie groß das Festzelt sein soll«, erzählt Suze und kichert schon wieder. »Wir mussten uns auf die Wiese setzen und so tun, als wenn wir Gäste wären.« Das will ich mir eigentlich gar nicht anhören. Ich trinke einen Schluck Champagner und denke über ein anderes Thema nach.

»Hast du Becky schon die andere Geschichte erzählt?«, fragt Tarquin und sieht plötzlich ziemlich ernst aus.

»Äh ... nein, noch nicht«, räumt Suze schuldbewusst ein.

Tarquin seufzt tief.

»Becky, Suze muss dir etwas beichten.«

»Na ja, also ...« Suze beißt sich auf die Lippe und guckt ziemlich beschämt drein. »Als wir bei deinen Eltern waren, habe ich auch gefragt, ob ich wohl mal das Hochzeitskleid deiner Mutter sehen könnte. Also haben wir alle um das Kleid herumgestanden und es bewundert ... und ich hatte eine Tasse Kaffee in der Hand ...« Sie lässt den Kopf hängen. »Und dann – ich weiß auch nicht, wie das passiert ist, aber ... ich habe meinen Kaffee auf dem Kleid verschüttet.«

Ich glotze sie ungläubig an.

»Den Kaffee? Auf das Kleid? Im Ernst?«

»Wir haben natürlich sofort angeboten, es auf unsere

Kosten reinigen zu lassen«, sagt Tarquin. »Aber ich bin mir nicht sicher, ob das was bringt. Das tut uns so wahnsinnig leid, Becky. Wir bezahlen dir selbstverständlich ein neues Kleid.« Er sieht sein leeres Glas an. »Kann ich jemandem was zu trinken holen?«

»Das heißt, das Kleid ist … ruiniert?«, frage ich, nur um ganz sicherzugehen.

»Ja. Und das war gar nicht so einfach, sage ich dir!«, erzählt Suze, als Tarquin außer Hörweite ist. »Beim ersten Versuch hat deine Mutter das Kleid gerade noch rechtzeitig weggezogen. Und dann war sie ganz nervös und wollte es wieder wegpacken. Ich musste meine Kaffeetasse also förmlich auf das Kleid werfen, als sie damit beschäftigt war, es einzupacken – und ich habe trotzdem nur die Schleppe erwischt. Deine Mutter ist jetzt stinksauer auf mich«, sagt sie bedrückt. »Ich glaube nicht, dass ich zur Hochzeit eingeladen werde.«

»Ach, Suze. Das hält nicht lange an. Und vielen, vielen Dank. Du bist ein Schatz. Ich hätte nicht gedacht, dass du das hinkriegen würdest.«

»Na, ich konnte doch nicht zulassen, dass du an deiner Hochzeit wie ein gerupftes Huhn aussiehst, oder?« Suze grinst. »Echt komisch, dass deine Mutter auf ihren Hochzeitsbildern in dem Kleid so toll aussieht. Und in natura …« Sie verzieht das Gesicht.

»Genau. Ach, Suze, ich freu mich so, dass du hier bist.« Ich nehme sie in den Arm. »Ich dachte, du wärest jetzt total … verheiratet. Wie fühlt man sich eigentlich, wenn man verheiratet ist?«

»Genau wie vorher«, sagt Suze nach kurzem Nachdenken.

»Der einzige Unterschied ist, dass wir jetzt mehr Geschirr haben –«

Mir tippt jemand auf die Schulter, und als ich mich umsehe, steht mir eine rothaarige Frau in einem blassen, seidenen Hosenanzug gegenüber.

»Laura Redburn Seymour«, sagt sie und streckt die Hand aus. »Mein Mann und ich müssen jetzt gehen, aber nachdem ich eben von den Plänen zu Ihrer Hochzeit gehört habe, wollte ich Ihnen doch zumindest kurz erzählen, dass ich vor fünfzehn Jahren auch da geheiratet habe. Und ich sage Ihnen, dieses Gefühl, dort vor den Altar zu treten, ist einfach unschlagbar!« Sie schlägt die Hände zusammen und lächelt ihren Mann an, der wie das Ebenbild von Clark Kent aussieht.

»Wow!«, sage ich. »Na ja ... danke!«

»Sind Sie denn auch in Oxshott aufgewachsen?«, fragt Suze fröhlich nach. »Das ist ja ein Zufall!«

Oh, du Scheiße.

»Wie bitte?«, sagt Laura Redburn Seymour.

»Oxshott!«, sagt Suze. »Sie wissen schon!«

»Ochs? Was für ein Ochs?« Laura Redburn Seymour sieht verwirrt zu ihrem Mann.

»Wir haben nichts fürs Jagen übrig«, sagt Clark Kent etwas kühl. »Guten Abend. Und noch einmal herzlichen Glückwunsch«, sagt er an mich gewandt.

Als die beiden weggehen, ist Suze ziemlich perplex.

»Bex. Was haben die denn für einen Unsinn geredet?«

»Ich ... ähm ...« Ich reibe mir die Nase, um Zeit zu gewinnen.

Ich weiß wirklich nicht, warum, aber irgendetwas in

mir sagt mir, dass ich Suze besser nichts vom Plaza erzählen sollte.

Okay. Ich weiß, warum. Weil ich genau weiß, was sie dann sagen wird.

»Ach was«, sage ich schließlich. »So schlimm war's doch gar nicht.«

»Findest du? Sie hat nicht in Oxshott geheiratet. Warum behauptet sie dann, dass du vor den gleichen Altar treten wirst wie sie?«

»Na ja ... du weißt schon ... die Amerikaner. Die reden doch alle naselang Unsinn. Also, äh ... Hochzeitskleid kaufen. Wollen wir morgen zusammen losziehen?«

»Au ja!«, freut sich Suze, und ihre Stirn glättet sich augenblicklich. »Wo? Gibt es bei Barneys eine Brautabteilung?«

Gott sei Dank ist Suze so lieb und unbedarft.

»Ja, gibt es«, sage ich. »Da habe ich mich schon mal flüchtig umgesehen, aber anprobiert habe ich noch nichts. Das Problem ist nur, dass ich noch keine Termine gemacht habe, und morgen ist Samstag.« Ich denke nach. »Wir könnten es bei Vera Wang versuchen, aber die sind bestimmt auch ausgebucht ...«

»Ich will auch Babysachen einkaufen. Ich habe mir schon eine Liste gemacht.«

»Ich habe schon ein paar Sachen gekauft«, sage ich und sehe liebevoll auf ihren Bauch. »Du weißt schon. Nur ein paar Kleinigkeiten.«

»Ich möchte ein richtig schönes Mobile ...«

»Keine Sorge, habe ich schon. Und ein paar richtig süße Babyklamotten!«

»Ach, Bex! Das sollst du doch nicht!«

»In der Babyabteilung bei Gap war Ausverkauf«, verteidige ich mich.

»Entschuldigen Sie bitte«, unterbricht uns jemand. Eine Dame ganz in Schwarz und mit Perlen behangen steht neben uns. »Ich habe ganz zufällig Ihr Gespräch eben mitgehört. Mein Name ist Cynthia Harrison. Ich bin eine sehr gute Freundin von Elinor, aber auch von Robyn, ihrer Hochzeitsplanerin. Bei ihr sind Sie wirklich in sehr guten Händen!«

»Ach, ja!«, entgegne ich höflich. »Freut mich zu hören.«

»Wenn Sie sich nach einem Brautkleid umsehen wollen, darf ich Sie beide zu meiner neuen Brautmoden-Boutique Dream Dress einladen?« Cynthia Harrison strahlt mich an.

»Ich verkaufe schon seit zwanzig Jahren Brautkleider, und ich habe just diese Woche einen Laden auf der Madison Avenue eröffnet. Wir haben eine sehr große Auswahl an Designer-Kleidern, Schuhen und Accessoires. Wir bieten persönlichen Service in einem luxuriösen Ambiente. Und wir kümmern uns um das leibliche Wohl der Braut.«

Sie bricht ihren Vortrag verhältnismäßig abrupt ab, als habe sie den Text von einer Karte abgelesen.

»Tja, dann … okay. Wir kommen morgen vorbei.«

»Sagen wir elf Uhr?«, schlägt Cynthia vor. Ich sehe Suze an, die nickt.

»Also elf Uhr. Vielen Dank!«

Als Cynthia Harrison wieder verschwindet, grinse ich Suze aufgeregt an. Aber Suzes Blick ist fest auf die andere Seite des Raums gerichtet.

»Was ist denn mit Luke los?«, fragt sie.

»Was meinst du?« Ich drehe mich um. Luke und Michael stehen ziemlich abseits von allen anderen in einer Ecke – und es sieht ganz so aus, als würden sie sich streiten.

Während ich die beiden beobachte, wird Luke auf einmal lauter, und ich schnappe etwas auf wie: »... im Gesamtzusammenhang sehen, Herrgott noch mal!«

»Worüber reden die?«, fragt Suze.

»Keine Ahnung!«

Ich spitze angestrengt die Ohren, aber ich bekomme nur Fetzen des Gesprächs mit.

»... finde einfach nicht ... angebracht ...«, sagt Michael.

»... kurzfristig ... finde es absolut angebracht ...« Mann, Luke sieht wirklich sauer aus.

»... falscher Eindruck ... nutzt deine Position aus ...«

»... es reicht!«

Entsetzt beobachte ich, wie Luke mit großen Schritten den Raum verlässt. Michael sieht aus, als hätte ihn Lukes Reaktion völlig überrascht. Einen Moment lang steht er stocksteif da – dann hebt er sein Glas und trinkt einen Schluck Whisky.

Ich kann es kaum glauben. Ich habe Luke und Michael vorher noch nie streiten gesehen. Ich meine, Luke betet Michael an. Er ist so etwas wie eine Vaterfigur für ihn. Was zum Teufel ist da passiert?

»Ich bin gleich zurück«, raune ich Suze zu und eile dann so unauffällig wie möglich zu Michael, der immer noch Löcher in die Luft starrt.

»Was war denn mit euch los?«, frage ich, kaum dass ich vor ihm stehe. »Warum habt ihr euch gestritten?«

Michael sieht überrascht auf – und schafft es dann in Sekundenschnelle, wieder ein Lächeln aufzusetzen.

»Nur eine kleine geschäftliche Unstimmigkeit«, sagt er.

»Nichts Ernstes. Keine Sorge. Und du? Hast du dich inzwischen entschieden, wo die Flitterwochen hingehen sollen?«

»Ach, komm schon, Michael! Ich bin's! Sag mir, was los ist.« Ich senke die Stimme. »Was meintest du damit, dass Luke seine Position ausnutzt? Was ist passiert?«

Es folgt eine lange Pause, in der Michael offensichtlich überlegt, ob er es mir erzählen soll oder nicht.

»Wusstest du«, sagt er schließlich, »dass mindestens eine Angestellte von Brandon Communications ihren Arbeitsplatz jetzt bei der Elinor Sherman Foundation hat?«

»Wie bitte?« Ich bin schockiert. »Ist das dein Ernst?«

»Ich habe neulich herausgefunden, dass eine neu angestellte Assistentin dazu abgeordert wurde, für Lukes Mutter zu arbeiten. Brandon Communications zahlt ihr zwar immer noch das Gehalt, aber in Wirklichkeit ist sie Elinors Vollzeit-Lakai. Und besonders glücklich ist sie darüber selbstverständlich nicht.« Michael seufzt. »Ich wollte Luke nur mal ganz unverbindlich darauf ansprechen, aber er ist sofort in die Luft gegangen.«

»Davon wusste ich ja überhaupt nichts!« Ich fasse es nicht. »Mir hat er davon kein Wort gesagt.«

»Davon hat er niemandem ein Wort gesagt. Ich weiß es auch nur, weil diese Assistentin zufällig mit meiner Tochter bekannt ist und deswegen dachte, sie könnte mich anrufen.« Michael senkt die Stimme. »Die eigentliche

Gefahr ist nämlich, dass Lukes Kunden spitzkriegen, dass ihr Geld für andere Zwecke verwendet wird. Dann würde Luke ganz schöne Schwierigkeiten bekommen.«

Ich kapiere das nicht. Wie kann Luke nur so dumm sein?

»Seine Mutter«, sage ich schließlich. »Du weißt ja, was die für einen Einfluss auf ihn ausübt. Und er tut alles Mögliche, nur um sich bei ihr lieb Kind zu machen.«

»Ich weiß«, sagt Michael. »Und ich habe sogar Verständnis dafür. Jeder hat so seinen Komplex.« Er sieht auf die Uhr. »Ich muss gehen. Leider.«

»Du kannst jetzt doch nicht gehen! Nicht, ohne noch mal mit Luke geredet zu haben!«

»Ich glaube nicht, dass das jetzt viel bringen würde.« Michael sieht mich warmherzig an. »Becky, lass dir davon nicht den Abend verderben. Und mach jetzt bloß nicht Luke das Leben schwer. Das Ganze ist offensichtlich ein sehr heikles Thema.« Er drückt meinen Arm. »Ich bin sicher, dass sich alles klären wird.«

»Ich werde mich zurückhalten, versprochen!« Ich ringe mir ein Lächeln ab. »Vielen Dank, dass du gekommen bist, Michael. Das hat uns sehr gefreut. Uns beide.«

Ich nehme ihn in den Arm und sehe ihm dann nach. Als er weg ist, mache ich auf dem Absatz kehrt. Ich muss jetzt sofort mit Luke reden. Sofort.

Michael hat natürlich recht. Es ist ein sehr heikles Thema, und darum werde ich nicht mit der Tür ins Haus fallen. Ich werde erst mal ein paar ganz vorsichtige, taktvolle Fragen stellen und ihn ganz behutsam in die gewünschte Richtung lenken. Genau so, wie es von einer zukünftigen Ehefrau zu erwarten ist.

Ich muss eine Weile suchen und finde ihn schließlich oben im Schlafzimmer seiner Mutter, wo er auf einem Stuhl sitzt und Löcher in die Luft starrt.

»Luke, ich habe gerade mit Michael geredet!«, platze ich heraus. »Er hat mir erzählt, dass du Angestellte von Brandon Communications für den Wohltätigkeitsverein deiner Mutter arbeiten lässt! Bist du verrückt geworden?«

Ups. So hatte ich mir das doch eigentlich nicht gedacht.

»*Eine* Angestellte«, sagt Luke, ohne den Kopf zu wenden. »Okay?«

»Deine Mutter soll verdammt noch mal eigene Leute anstellen!«

»Ich wollte ihr doch bloß aushelfen. Herrje, Becky –«

»Du kannst es dir nicht leisten, dein Personal an andere auszuleihen, wenn dir gerade der Sinn danach steht! Das darf doch nicht wahr sein!«

»Ach, ja?«, entgegnet Luke mit bedrohlich tiefer Stimme.

»Und du bist Miss Geschäftsexpertin und weißt voll Bescheid, ja?«

»Nein, aber ich weiß immerhin so viel, dass das nicht richtig sein kann! Luke, stell dir doch mal vor, deine Kunden bekommen das heraus! Du kannst deine Firma nicht dazu benutzen, die Stiftung deiner Mutter zu subventionieren!«

»Für wie blöd hältst du mich eigentlich, Becky? Diese ganze Wohltätigkeitsgeschichte wird auch Brandon Communications nützen.« Endlich dreht er den Kopf und sieht mich an. »In diesem Geschäft geht es ständig um das richtige Image. Wenn ich dabei fotografiert werde, wie ich einen Scheck in beträchtlicher Höhe an eine angesehene Stiftung überreiche, hat das einen gewaltigen positiven Effekt für unser Image. Heutzutage wollen die Leute mit Unternehmen zu tun haben, die auch wieder was abgeben. Ich plane schon seit zwei Wochen einen Fototermin und ein paar geschickt platzierte Berichte. Das wird unser Profil in der Öffentlichkeit extrem positiv beeinflussen.«

»Und warum sieht Michael das nicht auch so?«

»Weil er mir nicht zugehört hat. Weil er nur davon geredet hat, dass ich ›einen unguten Präzedenzfall schaffen‹ würde.«

»Aber vielleicht hat er ja recht! Ich meine, man stellt doch eigentlich Leute ein, damit sie für die eigene Firma arbeiten, und nicht, um sie gleich an andere Firmen weiterzureichen –«

»Das ist jetzt ein einziges Mal vorgekommen«, unterbricht Luke mich ungeduldig. »Und meiner Meinung nach wird der Nutzen, den Brandon Communications daraus ziehen wird, deutlich höher sein als die Kosten.«

»Aber wieso hast du dann niemandem davon erzählt, warum hast du niemanden gefragt …?«

»Ich muss niemanden um Erlaubnis fragen, bevor ich etwas unternehme«, stellt Luke mit versteinerter Miene fest.

»Ich bin der Geschäftsführer dieser Firma. Ich kann so viele Entscheidungen treffen, wie ich will, wenn ich meine, dass sie dem Wohl der Firma dienen.«

»Ich meinte doch auch nicht ›um Erlaubnis fragen‹«, beeile ich mich zu sagen. »Aber Michael ist doch immerhin dein Partner! Du hättest dir seine Meinung anhören sollen. Du musst ihm vertrauen.«

»Und er muss mir vertrauen!«, schnauzt Luke mich an. »Mit den Kunden wird es keine Probleme geben. Glaub mir, wenn die erst sehen, was wir mit dieser Aktion für eine Publicity bekommen, werden die überglücklich sein. Wenn Michael wenigstens *versuchen* würde, das zu verstehen, anstatt sich über irgendwelche unbedeutenden Kleinigkeiten aufzuregen … Wo ist er überhaupt?«

»Gegangen«, sage ich – und sehe, wie Lukes Gesicht sich entsetzt verschließt.

»Er ist gegangen? Ach. Na toll.«

»Nein, so war es nicht. Er musste gehen.« Ich setze mich aufs Bett und nehme Lukes Hand. »Luke, bitte streite dich nicht mit Michael. Er ist so ein guter Freund. Komm schon, du weißt, was er schon alles für dich getan hat. Kannst du dich noch an seine Rede zu deinem Geburtstag erinnern?« Ich versuche, die gespannte Atmosphäre etwas zu lockern, aber Luke hört gar nicht richtig zu. Sein Gesicht ist verschlossen und düster, und er hat die Schultern hochgezogen. In diesem Zustand wird er mir sowieso nicht zuhören. Ich mache innerlich einen Stoßseufzer und trinke einen Schluck Champagner. Ich werde wohl eine günstigere Gelegenheit abwarten müssen.

Wir schweigen ein paar Minuten – dann fangen wir langsam an, uns zu entspannen. Als hätten wir einen Waffenstillstand vereinbart.

»Ich geh dann mal wieder runter«, sage ich schließlich. »Suze kennt da unten ja niemanden.«

»Wie lange bleibt sie in New York?«, fragt Luke und sieht auf.

»Ein paar Tage.«

Ich trinke noch einen Schluck und sehe mich gedankenverloren um. Das ist das erste Mal, dass ich in Elinors Schlafzimmer bin. Es ist picobello wie der Rest der Wohnung. Die Wände sind blassblau gestrichen, und es steht eine Menge ziemlich teuer aussehender, speziell angefertigter Möbel herum.

»Hey, weißt du was?«, sage ich dann unvermittelt, weil es mir gerade wieder einfällt. »Suze und ich gehen morgen ein Hochzeitskleid aussuchen!«

Luke sieht mich überrascht an.

»Ich dachte, du würdest das Hochzeitskleid deiner Mutter anziehen?«

»Ja. Schon.« Ich setze ein unendlich bedauerndes Gesicht auf. »Das Dumme ist nur, Suze ist da ein kleines Missgeschick passiert …«

Und ich kann nur sagen: Gott sei Dank. Gott sei Dank für Suze und ihre zielsichere Tasse Kaffee.

Als wir uns am nächsten Vormittag dem Schaufenster von Dream Dress auf der Madison Avenue nähern, wird mir schlagartig bewusst, was meine Mutter mir da eigentlich abverlangen wollte. Wie kann sie denn nur wollen, dass ich ihren gerüschten Monsterfummel trage, wenn es doch auch eine dieser hinreißenden, faszinierenden, Oscar-verdächtigen Kreationen sein kann? Wir öffnen die Tür und sehen uns schweigend in der Stille des Ladenlokals um. Champagnerfarbener Teppich und eine mit Wolken bemalte Decke – und an zwei

Seiten schier endlose Reihen glänzender, glitzernder Hochzeitskleider.

Ich bin plötzlich ganz aufgeregt.

»Rebecca!« Cynthia hat uns schon erspäht und kommt auf uns zu. »Ich freue mich ja so, dass Sie hier sind. Herzlich willkommen bei Dream Dress! Unser Motto lautet –«

»Ha! Ich wette, ich weiß es!«, unterbricht Suze sie. »Ihr Motto ist bestimmt ›Bei Dream Dress können Sie Ihren Traum ausleben‹?«

»Nein. Ist es nicht.« Cynthia lächelt.

»Dann vielleicht ›Bei Dream Dress werden Träume wahr‹?«

»Nein.« Cynthias Lächeln verkrampft sich ein wenig. »Es lautet ›Wir finden Ihr Traumkleid‹.«

»Wunderbar!« Suze nickt höflich. »Ich fand meine besser!«, flüstert sie mir ins Ohr.

Cynthia führt uns in den privaten Vorführraum und lässt uns auf einem cremefarbenen Sofa Platz nehmen. »Ich bin gleich bei Ihnen«, sagt sie ausgesucht freundlich. »Sie können in der Zwischenzeit ja einen Blick in diese Zeitschriften werfen.« Suze und ich grinsen uns aufgeregt an – dann nimmt sie sich eine *Contemporary Bride* und ich mir eine *Martha Stewart Weddings*.

Mannomann, ich liebe *Martha Stewart Weddings*.

Am liebsten WÄRE ich *Martha Stewart Weddings*. Ich würde am liebsten hineinkriechen in all diese Seiten mit den vielen wunderschönen Menschen, die in Nantucket oder South Carolina heiraten und zur Kapelle reiten und die Tischkärtchen-Halter aus glasierten Boskopäpfeln selber machen.

Ich versinke völlig in dem Bild von einem rundum gesund aussehenden Brautpaar inmitten eines Mohnblumenfeldes vor einem atemberaubend schönen Bergpanorama. Hm. Vielleicht sollten wir auch in einem Mohnblumenfeld heiraten. Dann könnte ich mir ein paar Gerstenähren ins Haar flechten, und Luke könnte uns höchstpersönlich ein Zweierbänkchen aus Holz bauen, weil seine Familie schon seit sechs Generationen mit Holz arbeitet. Dann könnten wir in einem alten, von Pferden gezogenen Planwagen zurück nach Hause fahren –

Benommen sehe ich zu Suze auf. »Hey, guck dir das mal an. Soll ich mir meinen Brautstrauß selber machen?«

»Wie bitte?«

»Guck doch mal!« Ich zeige auf die entsprechende Seite.

»Machen Sie sich Ihre Blumen doch selbst – aus Krepppapier lassen sich einfallsreiche, individuelle Brautsträuße zaubern.«

»Du? Papierblumen selber machen?«

»Warum denn nicht?« Ihr Ton ärgert mich ein wenig. »Ich bin ein ausgesprochen kreativer Mensch, falls es dir noch nicht aufgefallen sein sollte.«

»Und was ist, wenn es regnet?«

»Ist doch egal, wir sind doch –« Ich beiße mir auf die Zunge.

Ich wollte gerade sagen: »Ist doch egal, wir sind doch drin im Terrace Room.«

»Ich … meine … es wird schon nicht regnen«, sage ich stattdessen und blättere flugs um. »Wow, guck dir mal die Schuhe an!«

»Ladys! Es geht los!« Cynthia ist wieder da. Mit einem Klemmbrett in der Hand setzt sie sich auf einen kleinen vergoldeten Stuhl, und wir sehen sie erwartungsvoll an.

»Nichts, absolut gar nichts und niemand«, hebt sie an, »kann eine Frau auf das Ereignis vorbereiten, ihr Hochzeitskleid zu kaufen. Wir glauben alle, etwas zum Anziehen zu kaufen, sei nichts Neues für uns.« Cynthia lächelt und schüttelt den Kopf. »Aber der Kauf eines Hochzeitskleides ist etwas anderes. Wir bei Dream Dress sagen immer gern:

›Sie suchen sich Ihr Kleid nicht aus …‹«

»Sondern Ihr Kleid sucht Sie aus?«, schlägt Suze vor.

»Nein«, sagt Cynthia leicht angesäuert. »Sie suchen sich Ihr Kleid nicht aus«, wiederholt sie und wendet sich an mich. »Sie *finden* Ihr Kleid. Sie haben Ihren Mann gefunden … und jetzt wird es Zeit, dass Sie Ihr Kleid finden. Und ich kann Ihnen versichern: Es gibt ein Kleid, das nur auf *Sie* wartet. Vielleicht ist es das erste, das Sie anprobieren.« Cynthia zeigt auf ein Futteralkleid mit Halterneckkragen ganz in der Nähe. »Vielleicht ist es aber auch erst das zwanzigste, das Sie anprobieren. Aber wenn Sie das richtige Kleid erst einmal anhaben … werden Sie es hier spüren.« Sie legt die Hand auf die Magengrube. »Als hätten Sie sich verliebt. Sie werden es wissen.«

»Wirklich?« Ich sehe mich aufgeregt um. »Und … wie weiß ich, dass ich's weiß?«

»Sie werden schon sehen.« Sie lächelt mich weise an. »Haben Sie schon ein paar Ideen?«

»Na ja, natürlich habe ich mir schon ein paar Gedanken gemacht …«

»Sehr gut! Es ist uns eine große Hilfe, wenn wir die Menge der potenziellen Kleider von vornherein ein wenig einschränken können. Also, bevor wir anfangen, möchte ich Ihnen gern ein paar grundsätzliche Fragen stellen.« Sie schraubt ihren Stift auf. »Sind Sie an einem eher schlichten Kleid interessiert?«

»Ja, unbedingt«, sage ich und nicke. »Ganz schlicht und elegant. Oder aber etwas richtig aufwendig Gearbeitetes«, füge ich hinzu, da ich gerade ein wunderschönes Kleid erspäht habe, über dessen Rücken sich eine Kaskade aus Rosen ergießt.

»Okay. Also … schlicht oder aufwendig …« Sie notiert sich das auf ihrem Klemmbrett. »Was ist mit Perlen und Stickereien?«

»Vielleicht.«

»Okay … Und … mit Ärmeln oder schulterfrei?«

»Wahrscheinlich eher schulterfrei«, sage ich nachdenklich. »Aber sonst auch ruhig mit Ärmeln.«

»Schleppe?«

»Au ja!«

»Aber es würde dir doch auch nichts ausmachen, wenn das Kleid keine Schleppe hätte, oder?«, schaltet Suze sich ein, die jetzt eine *Wedding Hair* durchblättert. »Ich meine, ein richtig langer Schleier würde es doch auch tun.«

»Stimmt. Aber irgendwie hätte ich Lust auf eine Schleppe …« Ich starre Suze an, als mir eine fantastische Idee in den Kopf schießt. »Hey, Suze, wenn ich noch zwei Jahre warte, dann wäre dein Kind alt genug, um meine Schleppe zu tragen!«

»Ach!« Suze schlägt sich die Hand vor den Mund.

»Das wäre ja soooo süß! Aber was, wenn es hinfällt? Oder anfängt zu schreien?«

»Das würde mir gar nichts ausmachen! Und wir könnten ein richtig tolles Mini-Outfit kaufen …«

»Wenn wir wohl eben auf unser Thema zurückkommen könnten?« Cynthia lächelt uns an und wirft einen Blick auf ihr Klemmbrett. »Wir suchen also etwas Schlichtes oder Aufwendiges, mit Ärmeln oder schulterfrei, möglicherweise mit Perlen und/oder anders bestickt und entweder mit oder ohne Schleppe.«

»Genau!« Mein Blick folgt dem ihren durch den Laden. »Aber keine Sorge, ich bin ziemlich flexibel.«

»Gut.« Cynthia sieht einen Moment schweigend auf ihre Notizen. »Gut«, sagt sie dann noch einmal. »Also, die einzige Möglichkeit, Ihr Kleid zu finden, besteht darin, ein paar Modelle anzuprobieren … Dann wollen wir mal loslegen!«

Wieso habe ich das vorher noch nie gemacht? Hochzeitskleider anprobieren, ist ganz einfach der weltbeste Zeitvertreib. Cynthia führt mich in einen großen Umkleideraum, der mit gold-weißer Tapete mit Putten darauf und einem großen Spiegel ausgestattet ist, und gibt mir ein Spitzenbustier und Satinschuhe mit hohen Absätzen. Dann fängt ihre Assistentin an, immer fünf Kleider auf einmal hereinzutragen. Ich probiere Futteralkleider aus Seidenchiffon mit tiefen Rückenausschnitten an, Ballerinakleider mit engen Korsagen und mehreren Lagen Tüll, Kleider aus Atlasseide und Spitze, wahnsinnig schlichte Kleider mit traumhaften Schleppen, einfache Kleider, Kleider mit Glitzer …

»Sie werden es sofort wissen, wenn Sie das Richtige sehen«, versichert Cynthia mir immer wieder, während die Assistentin dutzendweise Kleider herein- und hinausträgt.

»Probieren Sie … einfach weiter.«

»Ja, ja!«, flöte ich fröhlich und steige in ein schulterfreies Kleid mit Rauscherock aus mit Perlen bestickter Spitze. Ich gehe hinaus zu Suze und führe es vor.

»Das sieht ja klasse aus!«, sagt sie. »Noch besser als das mit den schmalen Trägern.«

»Ich weiß! Aber das mit den Spitzenärmelchen gefällt mir auch immer noch ziemlich gut …« Ich betrachte mich kritisch im Spiegel. »Wie viele habe ich bisher anprobiert?«

»Wir wären jetzt bei … fünfunddreißig«, sagt Cynthia nach einem Blick auf ihre Liste.

»Und wie viele davon, habe ich gesagt, kämen in Frage?«

»Zweiunddreißig.«

»Ach, ja?« Überrascht sehe ich sie an. »Welche haben mir denn nicht gefallen?«

»Die beiden rosa Kleider und das Mantelkleid.«

»Nein, nein, das Mantelkleid *hat* mir gefallen! Notieren Sie das bitte auch als eins, das in Frage kommt.« Ich stolziere noch ein bisschen in dem Kleid herum und sehe mich dann in dem Laden um. Könnte ja sein, dass ich irgendetwas übersehen habe. Vor einer Reihe mit winzigen Blumenmädchenkleidern bleibe ich stehen und seufze ein klein wenig dramatischer, als ich wollte. »Mann, es ist doch schon echt gemein, oder? Ich meine … ein Kleid. *Eins.*«

»Ich glaube, Becky hat bisher noch nie in ihrem Leben nur ein Ding von etwas gekauft«, erklärt Suze Cynthia. »Das ist so was wie ein Kulturschock für sie.«

»Ich verstehe nicht, warum man sich auf ein Kleid beschränken muss. Ich meine, schließlich soll das doch der glücklichste Tag in meinem Leben werden, oder? Warum darf ich dann nicht *fünf* Kleider tragen?«

»Das wäre echt cool!«, meint Suze. »Ein richtig süßes, romantisches für den Einzug in die Kirche, ein etwas eleganteres für den Auszug aus der Kirche … eins für den Cocktailempfang …«

»Ein sexy Kleid zum Tanzen … und noch eins …«

»Das Luke dir vom Leib reißen kann«, fügt Suze mit glänzenden Augen hinzu.

»Ladys«, schaltet Cynthia sich mit einem kurzen Lachen ein. »Rebecca. Ich weiß, dass es nicht leichtfällt … aber irgendwann müssen Sie sich entscheiden! Dafür, dass Sie im Juni heiraten, sind Sie ohnehin schon reichlich spät dran.«

»Reichlich spät dran?«, frage ich erstaunt. »Ich habe mich doch gerade erst verlobt!«

Cynthia schüttelt den Kopf.

»In puncto Hochzeitskleid ist das spät. Wir empfehlen für gewöhnlich, schon *vor* der Verlobung nach einem Kleid Ausschau zu halten, wenn damit zu rechnen ist, dass die Verlobungszeit besonders kurz ausfallen wird.«

»Oh, Gott.« Ich mache einen Stoßseufzer. »Ich hatte ja keine Ahnung, dass es so schwierig werden würde.«

»Probier doch mal das da hinten an«, schlägt Suze vor.

»Das mit den Trompetenärmeln aus Chiffon. Das hattest du noch nicht an, oder?«

»Oh«, sage ich und sehe es überrascht an. »Nein, das hatte ich noch nicht an.«

Ich nehme das Kleid mit in den Umkleideraum, klettere aus dem Rauscherock und steige in die Trompetenärmel.

Das Kleid schmiegt sich um meine Taille, fließt schmal über meine Hüften und fällt in einer winzigen, gekräuselten Schleppe auf den Boden. Der Ausschnitt passt zu meinem Gesicht und die Farbe zu meiner Haut. Es fühlt sich gut an. Es sieht gut aus.

»Hey«, sagt Suze und steht auf, als ich herauskomme. »*Das* ist ja schön.«

»Ja, nicht?«, sage ich und steige auf das Podium.

Ich betrachte mich im Spiegel und spüre, wie mir ganz warm wird vor Freude. Das Kleid ist schlicht – aber ich sehe klasse darin aus! So dünn! Meine Haut strahlt darin und … Mann, vielleicht ist es das!

Es wird ganz still um mich herum.

»Können Sie es fühlen? Hier?«, fragt Cynthia und fasst sich an den Bauch.

»Ich … ich weiß nicht! Aber ich glaube schon!« Ich muss lachen vor lauter Aufregung. »Könnte sein.«

»Ich wusste es. Sehen Sie? Wenn Sie das richtige Kleid finden, trifft es Sie einfach wie ein Paukenschlag. So was lässt sich nicht planen. Sie wissen einfach, wann Sie das richtige Kleid gefunden haben.«

»Ich habe mein Hochzeitskleid gefunden!« Ich strahle Suze an. »Ich habe es gefunden!«

»Na, endlich!« Aus Cynthias Stimme klingt eine Spur

der Erleichterung. »Dann wollen wir das mal eben mit einem Glas Champagner feiern!«

Nachdem sie verschwunden ist, bewundere ich mich noch einmal im Spiegel. Auf einmal ist es da, ganz ohne Vorwarnung. Wer hätte das gedacht, dass ich mich für Trompetenärmel entscheiden würde?

In dem Moment läuft eine Mitarbeiterin mit einem anderen Kleid auf dem Arm vorbei, dessen bestickte und mit feinen Bändern geschnürte Seidenkorsage mir ins Auge fällt.

»Hey, das sieht ja interessant aus«, sage ich. »Was ist das?«

»Ist doch völlig egal, was das ist!«, meint die zurückkehrende Cynthia und drückt mir ein Glas Champagner in die Hand. »Sie haben Ihr Kleid gefunden!« Sie prostet mir zu, aber ich bin immer noch ganz fasziniert von der geschnürten Korsage.

»Vielleicht sollte ich das eine noch eben anprobieren. Ganz schnell.«

»Und weißt du, was mir gerade durch den Kopf ging?«, sagt Suze und sieht von ihrer *Brides* auf. »Wie wäre es denn mit einem Kleid, das gar kein Hochzeitskleid ist? In einer anderen Farbe!«

»Wow!« Ich starre Suze an, meine Fantasie läuft bereits auf Hochtouren. »Zum Beispiel in Rot!«

»Oder ein Hosenanzug!«, schlägt Suze vor und zeigt mir ein Bild in der Zeitschrift. »Sieht der hier nicht cool aus?«

»Aber Sie haben Ihr Kleid doch gefunden!«, schaltet Cynthia sich ein wenig schrill ein. »Sie brauchen nicht mehr weiterzusuchen! Dieses Kleid ist *Ihr Kleid*!«

»Hmmm…« Ich verziehe das Gesicht. »Ach, wissen Sie… So sicher bin ich mir da gar nicht.«

Cynthia starrt mich auf eine Art und Weise an, dass ich einen Moment lang fürchte, sie wird mir ihren Champagner ins Gesicht schütten.

»Ich dachte, das ist das Kleid Ihrer Träume!«

»Ja, sicher – es ist das Kleid *einiger* meiner Träume«, erläutere ich. »Aber ich habe viele Träume. Könnten wir das Kleid wohl einfach auch als eines von denen notieren, die in Frage kommen?«

»Gut«, sagt sie schließlich. »Eins von denen, die in Frage kommen. Ich schreib's auf.«

Als sie sich entfernt, lehnt Suze sich auf dem Sofa zurück und strahlt mich an. »Ach, Bex, das wird ja so romantisch! Tarkie und ich haben uns neulich mal die Kirche angesehen, in der ihr heiraten werdet. Die ist ja wunderschön!«

»Ja, die ist ganz nett«, stimme ich zu – und spüre automatisch das schlechte Gewissen in mir aufsteigen.

Aber wieso soll ich denn ein schlechtes Gewissen haben? Schließlich ist bis jetzt noch gar nichts fest. Ich habe mich noch nicht endgültig für das Plaza entschieden. Wir könnten immer noch in Oxshott heiraten.

Vielleicht.

»Deine Mutter hat vor, einen riesigen Rosenbogen über dem Gartentor anzubringen, und auf jedem Zaunpfahl sollen Rosen stecken… und jeder Gast bekommt eine Rose fürs Knopfloch. Sie dachte an Gelb, aber das kommt natürlich auch auf die anderen Farben an…«

»Ach so, ja. Also, ich weiß noch nicht so genau…« Ich

verstumme, als ich im Spiegel sehe, wie die Ladentür hinter mir aufgeht.

Und herein kommt Robyn in einem malvenfarbenen Kostüm und ihrer Coach-Tasche in der Hand. Sie begegnet meinem Blick im Spiegel und winkt mir sofort freudig zu.

Was macht Robyn denn hier?

»Und auf die Tische wollte sie vielleicht lauter Mini-Blumensträuße legen …«

Robyn kommt auf uns zu. Ich bin mir nicht ganz sicher, ob ich das gut finde.

»Sag mal, Suze …«, wende ich mich mit einem hoffentlich völlig natürlichen Lächeln an sie, »… willst du dir nicht mal die … ähm … Ringkissen da drüben angucken?«

»Wie bitte?« Suze glotzt mich an, als wenn ich nicht alle Tassen im Schrank hätte. »Du willst doch wohl nicht im Ernst ein Ringkissen haben, oder? Bitte sag mir, dass du nicht komplett amerikanisiert bist!«

»Na, dann eben … die Diademe. So eins wäre doch nicht schlecht, oder?«

»Bex, was ist los?«

»Nichts!«, behaupte ich fröhlich. »Ich dachte nur, du wolltest vielleicht … ach, hallo, Robyn!« Ich zwinge mich zu einem freundlichen Lächeln, als sie sich nähert.

»Becky!«, sagt Robyn und klatscht in die Hände. »Das ist ja ein bezauberndes Kleid! Sie sehen wunderschön darin aus! Glauben Sie, dass es das ist?«

»Ich bin mir noch nicht sicher.« Mein Lächeln ist so verkrampft, dass es wehtut. »Aber sagen Sie, Robyn, woher wussten Sie denn bloß, dass ich heute hier sein würde? Sie haben wohl hellseherische Fähigkeiten!«

»Cynthia hat mir erzählt, dass Sie kommen würden. Sie ist eine alte Freundin von mir.« Robyn wendet sich an Suze.

»Und das ist Ihre Freundin aus England?«

»Ach … ja. Suze, Robyn. Robyn, Suze.«

»Suze? Die Ehrenbrautjungfer höchstpersönlich? Das freut mich aber, Sie kennenzulernen, Suze! Sie werden absolut fantastisch aussehen in –« Ihr bleibt das Wort im Hals stecken, als sie Suzes dicken Bauch sieht. »Sagen Sie – sind Sie in anderen *Umständen*?«

»Bis dahin ist das Baby geboren«, versichert Suze ihr.

»Gut!« Robyn entspannt sich wieder. »Wie ich bereits sagte, Sie werden fantastisch aussehen in Violett!«

»Violett?« Suze sieht verwirrt aus. »Ich dachte, Blau?«

»Nein, nein, auf jeden Fall Violett!«

»Bex, ich bin mir aber ziemlich sicher, dass deine Mutter gesagt hat –«

»Wie dem auch sei!«, falle ich ihr ins Wort. »Robyn, wie Sie sehen, bin ich gerade ziemlich beschäftigt –«

»Ich weiß, und ich will Ihnen auch gar nicht im Weg herumstehen. Aber da ich schon mal hier bin, hätte ich doch noch zwei Sachen … Dauert nur zwei Sekunden, versprochen!« Sie kramt in ihrer Tasche und holt das Notizbuch hervor. »Also, erstens haben wir jetzt die Bestätigung von der Band. Die werden uns eine Liste von Stücken zuschicken, die Sie dann durchgehen können. Und was noch …?« Sie studiert ihr Notizbuch.

»Prima!« Ich werfe einen kurzen Blick auf Suze, die ihrerseits mit gerunzelter Stirn Robyn beobachtet. »Wissen Sie, Robyn, vielleicht könnten Sie mich bei Gelegenheit einfach mal anrufen, dann können wir …«

»Dauert nicht lange! Das andere war … Wir haben für den 23. ein Probeessen im Separee des Chefkochs im Plaza anberaumt. Ich habe bereits weitergegeben, was Sie von Engelhai halten, und die Küche wird darüber nachdenken …« Robyn blättert um. »Ach, und dann bräuchte ich wirklich langsam eine Gästeliste von Ihnen!« Sie sieht auf und hebt mit gespielter Strenge den Zeigefinger. »Wir müssen schon bald an die Einladungen denken! Insbesondere für die Gäste aus Übersee!«

»Okay. Ich … Ich kümmer mich drum«, murmele ich. Ich wage es nicht, Suze anzusehen.

»Super! Dann sehen wir uns am Mittwoch um zehn bei Antoine's. Die machen Torten … Himmlisch! Jetzt muss ich aber weiter.« Sie klappt das Notizbuch zu und lächelt Suze an. »War nett, Sie kennenzulernen, Suze. Wir sehen uns bei der Hochzeit!«

»Ja, das werden wir wohl!«, antwortet Suze einen Tick zu fröhlich. »Selbstverständlich.«

Die Tür fällt hinter Robyn ins Schloss, und ich schlucke einen Riesenkloß im Hals hinunter. Mein Gesicht glüht.

»Ja, dann … kann ich mich wohl wieder umziehen.« Ohne Suze anzusehen, verschwinde ich in den Umkleideraum. Eine Sekunde später steht sie neben mir. »Wer war das?«, fragt sie unbekümmert, als ich den Reißverschluss aufziehe.

»Das war … Robyn! Nett, oder?«

»Und wovon hat sie geredet?«

»Ach, das war bloß … Hochzeits-Smalltalk … du weißt schon … Kannst du mir mal aus diesem Korsett helfen?«

»Wieso glaubt sie, dass du im Plaza heiratest?«

»Ich … öh … Weiß ich nicht!«

»Natürlich weißt du das! Und die Frau auf der Party?« Suzes Stimme klingt so ernst, wie Suze irgend kann. »Bex, was geht hier vor sich?«

»Nichts!«

Suze packt mich an den Schultern.

»Bex, hör jetzt auf! Du heiratest nicht im Plaza, oder?«

Ich starre sie an, während mein Gesicht immer mehr glüht.

»Es wäre … eine Möglichkeit«, sage ich schließlich.

»Was willst du damit sagen, es wäre eine Möglichkeit?« Suze glotzt mich an und lockert den festen Griff. »Wie kommst du denn darauf?«

Ich rücke das Kleid auf dem Bügel zurecht, um Zeit zu gewinnen, und versuche, das wieder mal aufsteigende schlechte Gewissen zu unterdrücken. Wenn ich mich jetzt so benehme, als wenn das hier eine völlig normale Situation wäre, dann wird es vielleicht zu einer.

»Es ist bloß so, dass … also, Elinor hat angeboten, eine richtig spektakuläre Hochzeit für Luke und mich zu schmeißen. Und ich habe mich noch nicht so ganz entschieden, ob ich das Angebot annehmen soll oder nicht.« Ich sehe Suzes Gesicht. »Was?«

»Was meinst du mit ›was?‹?«, fragt Suze. »Hast du schon mal daran gedacht, dass a) deine Mutter bereits dabei ist, dir eine Hochzeit zu organisieren? Hast du schon mal daran gedacht, dass b) Elinor eine preisverdächtig blöde Kuh ist? Hast du schon mal daran gedacht, dass du c) vielleicht komplett übergeschnappt bist? Warum zum Teufel solltest du im Plaza heiraten?«

»Weil … weil …« Ich schließe kurz die Augen. »Suze, du müsstest das mal sehen. Wir bekommen ein Streichorchester und Kaviar und eine Austernbar … und Rahmen von Tiffany als Platzkartenhalter … und Champagner … und der ganze Saal wird wie ein Zauberwald gestaltet, mit echten Birken und Singvögeln …«

»Echte Birken?« Suze verzieht das Gesicht. »Wozu brauchst du denn echte Birken?«

»Das Motto lautet ›Dornröschen‹! Und ich bin die Prinzessin, und Luke ist der …« Ich verstumme, als ich Suzes vorwurfsvollen Blick sehe.

»Und was ist mit deiner Mutter?«

»Die muss ich nur … irgendwie umstimmen«, sage ich.

»Sie *umstimmen*?«

»Sie hat doch selbst gesagt, dass ich keine halben Sachen machen soll!«, verteidige ich mich. »Wenn sie mal herkäme und das Plaza sehen würde und die Pläne, die wir gemacht haben –«

»Aber sie hat schon so viel vorbereitet! Sie hat von nichts anderem geredet, als wir da waren! Sie und – wie heißt eure Nachbarin?«

»Janice.«

»Ja, genau. Die Küche deiner Mutter nennen sie jetzt Kommandobrücke. Es hängen ungefähr sechs Pinnwände herum, tausend Listen und alle möglichen Zettel … Und es macht ihnen so einen Riesenspaß, das Ganze.« Suze sieht mich sehr ernst an. »Becky, du kannst ihnen nicht einfach so sagen, dass sie damit aufhören sollen. Das kannst du nicht machen.«

»Elinor würde ihnen den Flug bezahlen!« Man hört mir mein schlechtes Gewissen ganz deutlich an, aber ich versuche, es zu überhören. »Hier hätten sie auch einen Riesenspaß! Es wäre ein absolut einmaliges Erlebnis für sie! Sie können im Plaza übernachten, die ganze Nacht tanzen, sich New York angucken ... Das wäre der tollste Urlaub ihres Lebens!«

»Hast du das deiner Mutter schon gesagt?«

»Nein. Ich ... Ich habe ihr noch gar nichts davon erzählt. Noch nicht. Wieso sollte ich denn, wenn es noch gar nicht hundert Prozent sicher ist?« Suze kneift die Augen zusammen und schweigt erst mal.

»Du wirst aber schon ziemlich bald etwas unternehmen, Bex, ja?«, sagt sie dann auf einmal. »Du steckst jetzt nicht einfach den Kopf in den Sand und tust, als wenn nichts wäre!«

»Also, hör mal! Das würde ich nie tun!«, empöre ich mich.

»Ich bin's, Bex. Schon vergessen?«, ruft Suze. »Bex, ich kenne dich! Du hast früher alle deine Kontoauszüge in einen Baucontainer geschmissen und gehofft, ein Wildfremder würde vielleicht deine Rechnungen bezahlen!«

Das hat man nun davon. Da erzählt man seiner Freundin seine intimsten Geheimnisse, und sie verwendet dieses Wissen bei nächster Gelegenheit gegen einen.

»Ich habe mich seitdem verändert«, sage ich und versuche dabei, würdevoll zu klingen. »Und ich werde das schon alles hinkriegen. Ich brauche nur ... etwas Zeit. Zum Nachdenken.«

Es folgt ein langes Schweigen. Vor dem Umkleideraum höre ich Cynthias Stimme rezitieren: »Das Motto von uns bei Dream Dress ist, Sie suchen sich Ihr Kleid nicht aus …«

»Hör zu, Bex«, sagt Suze schließlich. »Ich kann dir die Entscheidung nicht abnehmen. Das kann niemand. Ich kann nur sagen: Wenn du die Hochzeit, die deine Mutter vorbereitet, abblasen willst, dann musst du es schnell tun.«

The Pines
43 Elton Road
Oxshott
Surrey

FAX NACHRICHT

AN: BECKY BLOOMWOOD

VON: MUM

20.03.2002

Becky, Liebling!

Wunderbare Neuigkeiten!

Du hast vielleicht schon gehört, dass Suzie ihren Kaffee über dein Hochzeitskleid verschüttet hat. Die Arme war völlig fertig deswegen.

Aber ich habe das Kleid zur Reinigung gebracht… und dort hat man ein Wunder vollbracht! Das Kleid ist wieder schneeweiß, und du kannst es jetzt doch tragen!

Alles Liebe, ich rufe dich an!

Mum

SIEBEN

Okay. Suze hat recht. Das ewige Hin und Her muss ein Ende haben. Ich muss mich entscheiden.

Einen Tag nachdem sie nach England abgereist ist, setze ich mich in meiner Mittagspause mit einem Zettel und einem Stift in meinen Umkleideraum. Ich muss die Sache ganz rational und logisch angehen. Aufschreiben, was dafür und was dagegen spricht, die jeweiligen Punkte gegeneinander abwägen – und eine rationale Entscheidung treffen. Gut. Also los.

Für Oxshott spricht:

1. Mum freut sich.
2. Dad freut sich.
3. Es wird eine schöne Hochzeit.

Ich betrachte diese Liste einige Sekunden und schreibe dann weiter:

Für New York spricht:

1. Ich werde die absolut allertollste Hochzeit der Welt feiern.

Oh, Gott. Ich vergrabe mein Gesicht in den Händen. Auf die Weise fällt es mir auch nicht leichter.

Das Aufschreiben macht es sogar eher noch schwieriger, weil es mir das ganze Dilemma schwarz auf weiß vor Augen führt, und es damit nicht mehr da schlummert, wo ich es am allerliebsten haben möchte: in einem klitzekleinen Kästchen ganz weit hinten im Kopf, wo ich nie hineinsehe.

»Becky?«

»Ja?« Ich sehe auf und halte automatisch meine Notizen zu. In der Tür zu meinem Umkleideraum steht Elise, eine meiner Kundinnen. Sie ist fünfunddreißig, Firmenanwältin und soeben für ein Jahr nach Hongkong abkommandiert worden. Ich glaube, ich werde sie vermissen. Mit ihr kann ich mich immer so nett unterhalten, obwohl sie gar keinen richtigen Humor hat. Ich glaube, sie *hätte* gerne Humor – aber sie kapiert einfach nicht, wozu man sich eigentlich Witze erzählt.

»Hallo, Elise!«, begrüße ich sie überrascht. »Haben wir einen Termin? Ich dachte, Sie fliegen heute?«

»Morgen. Aber ich wollte Ihnen ein Hochzeitsgeschenk kaufen, bevor ich abreise.«

»Ach! Das ist aber lieb!«, freue ich mich.

»Darum wollte ich fragen, wo Sie einen Hochzeitstisch haben?«

»Einen Hochzeitstisch haben? Bis jetzt noch gar nirgends.«

»Wie bitte?« Elise runzelt die Stirn. »Und wie soll ich Ihnen dann ein Geschenk kaufen?«

»Tja … ähm … Sie könnten ja … einfach irgendwas kaufen. Vielleicht.«

»Ohne Hochzeitstisch?« Elise starrt mich entsetzt an. »Aber was soll ich denn kaufen?«

»Ich weiß es nicht! Irgendwas, was Ihnen einfällt!« Ich lache kurz auf. »Vielleicht einen … Toaster?«

»Einen Toaster. Okay.« Elise wühlt auf der Suche nach einem Zettel in ihrer Tasche herum. »Welches Modell?«

»Keine Ahnung! Das fiel mir nur gerade so ein! Hören Sie, Elise, könnten Sie nicht … Ich weiß nicht – könnten Sie mir nicht in Hongkong etwas kaufen?«

»Haben Sie da auch einen Tisch?« Elise sieht mich höchst interessiert an. »In welchem Geschäft?«

»Nein! Ich meinte doch bloß …« Ich seufze. »Okay, hören Sie. Ich werde Ihnen Bescheid geben, sobald wir uns für ein Geschäft entschieden haben. Dann können Sie den Rest bestimmt übers Internet erledigen.«

»Na ja … okay.« Elise packt den Zettel wieder weg und sieht mich tadelnd an. »Aber Sie sollten das wirklich so bald wie möglich machen. Die Leute wollen Ihnen doch Geschenke kaufen!«

»Tut mir leid«, sage ich. »Aber davon abgesehen wünsche ich Ihnen alles Gute und viel Spaß in Hongkong.«

»Danke.« Elise zögert, dann kommt sie etwas verlegen auf mich zu und gibt mir ein Küsschen auf die Wange. »Bye, Becky. Und vielen Dank für Ihre Hilfe.«

Als sie weg ist, setze ich mich wieder hin, sehe auf meinen Zettel und versuche, mich auf meine Notizen zu konzentrieren.

Aber mir geht einfach nicht mehr aus dem Kopf, was Elise gesagt hat.

Vielleicht hat sie ja recht? Vielleicht wollen unzählige Menschen uns Hochzeitsgeschenke kaufen und können nicht!

Mir wird angst und bange. Was, wenn sie alle nach dem ersten missglückten Versuch frustriert aufgeben?

Ich schnappe mir mein Telefon und rufe über die Schnellwahltaste Luke an.

Ich höre bereits das Freizeichen, als mir plötzlich einfällt, dass ich ihm vor ein paar Tagen versprochen hatte, ihn nicht mehr anzurufen, wenn es sich lediglich um, wie er es nennt, »Hochzeitstrivialitäten« handelt. Ich hatte ihm eine halbe Stunde lang ausführlich drei verschiedene Tischarrangements erklärt, und anscheinend ist ihm deswegen ein extrem wichtiger Anruf aus Japan entgangen.

Aber das hier ist doch eine Ausnahme, oder?

»Hör zu!«, spreche ich eindringlich auf ihn ein, als er abnimmt. »Wir brauchen einen Hochzeitstisch. Schnell!«

»Becky, ich sitze gerade mitten in einem Meeting. Kann das nicht warten?«

»Nein! Es ist wichtig!«

Am anderen Ende ist Schweigen – dann höre ich Luke sagen: »Wenn Sie mich bitte einen Moment entschuldigen würden …«

»Okay«, spricht er dann ins Telefon. »Noch mal von vorn. Was ist das Problem?«

»Das Problem ist, dass die Leute versuchen, uns Geschenke zu kaufen! Wir brauchen einen Hochzeitstisch! Wenn die Leute nicht wissen, was sie kaufen sollen, geben sie vielleicht einfach auf!«

»Na, dann legen wir eben so einen Hochzeitstisch an.«

»Das will ich ja schon seit Ewigkeiten! Und ich warte und warte und warte darauf, dass du endlich mal einen Abend frei hast –«

»Ich habe ziemlich viel zu tun«, entgegnet er sofort leicht gereizt. »So ist das nun mal.«

Ich weiß, warum er so gereizt ist. Weil er jeden Abend an irgendeiner bescheuerten Promotiongeschichte für Elinors Stiftung gearbeitet hat. Und er weiß ganz genau, was ich davon halte.

»Gut, aber jetzt müssen wir mal langsam anfangen«, sage ich. »Wir müssen uns überlegen, was wir haben wollen.«

»Muss ich dabei sein?«

»Natürlich musst du dabei sein! Interessiert es dich überhaupt nicht, wie unsere zukünftigen Teller aussehen?«

»Offen gestanden, nein.«

»*Nein?*« Ich hole tief Luft und bin kurz davor, eine Schimpftirade à la »Wenn dir unsere Teller egal sind, dann ist dir ja vielleicht auch unsere Beziehung egal« loszulassen.

Doch dann fällt mir gerade noch rechtzeitig ein, dass ich, wenn Luke nicht mitkommt, alles aussuchen kann, was *ich* gerne haben will.

»Okay«, sage ich. »Dann ziehe ich eben alleine los. Ich gehe zu Crate and Barrel, okay?«

»Okay. Und übrigens hat meine Mutter uns zu einem Drink in ihrer Wohnung eingeladen, und ich habe zugesagt. Heute Abend, halb sieben.«

»Oh«, sage ich und verziehe das Gesicht. »Okay. Dann sehen wir uns heute Abend. Soll ich dich anrufen, wenn ich bei Crate and Barrel war und dir erzählen, was ich auf unseren Tisch gepackt habe?«

»Becky«, sagt Luke trocken. »Wenn du mich noch einmal während meiner Arbeitszeit wegen irgendwelchem Hochzeitskram anrufst, könnte es durchaus sein, dass gar keine Hochzeit stattfinden wird.«

»Prima!«, sage ich. »Klasse! Wenn dich das sowieso alles nicht interessiert, wie wär's dann, wenn ich einfach alles organisiere und wir uns dann vorm Altar sehen? Wäre das in deinem Sinne, ja?«

Darauf folgt erst einmal Schweigen, und ich weiß genau, dass Luke innerlich lacht.

»Willst du darauf eine ehrliche Antwort oder eine, die mir im *Cosmopolitan*-Test ›Liebt Ihr Mann Sie wirklich?‹ die volle Punktzahl einbringen würde?«

»Die für die volle Punktzahl«, sage ich nach kurzem Nachdenken.

»Ich möchte an jeder winzigen Kleinigkeit, die mit unserer Hochzeit zu tun hat, teilhaben«, sagt Luke bierernst.

»Mir ist klar, dass jedes Anzeichen mangelnden Interesses zu jedwedem Zeitpunkt ein Hinweis darauf ist, dass ich dich als Frau und als gut aussehende, liebevolle und insgesamt einmalige Person nicht ausreichend achte und dich darum im Grunde überhaupt nicht verdient habe.«

»Ja, das war ziemlich gut«, räume ich ein wenig widerwillig ein. »Und jetzt die ehrliche Antwort.«

»Wir sehen uns vorm Altar.«

»Ha, ha, ha! Also, da kann ich nur sagen: Es wird dir schon noch leidtun, wenn ich dich erst in einen pinkfarbenen Smoking stecke!«

»Stimmt«, antwortet Luke. »Das wird es. Und jetzt muss ich auflegen. Bis später.«

»Bye.«

Ich lege auf und schnappe mir meinen Mantel und meine Tasche. Als ich den Reißverschluss zuziehe, fällt mein Blick auf den Zettel von vorhin, und mich beschleicht schon wieder das schlechte Gewissen. Vielleicht sollte ich doch besser hierbleiben, weiter nachdenken und endlich zu einer Entscheidung kommen.

Aber andererseits … Ist doch ganz egal, ob wir nun in England oder in Amerika heiraten – eine Geschenkliste brauchen wir doch so oder so! Also ist es im Grunde genommen nur *vernünftig*, das mit dem Hochzeitstisch jetzt gleich in Angriff zu nehmen. In welchem Land wir heiraten werden, kann ich später immer noch entscheiden.

Genau.

Erst, als ich bei Crate and Barrel hereinspaziere, geht mir auf, dass ich gar keine Ahnung habe, wie das mit dem Hochzeitstisch eigentlich funktioniert. Und überhaupt weiß ich im Grunde auch gar nichts über Hochzeitstische. Als Tom und Lucy geheiratet haben, habe ich mich geschenktechnisch einfach mit Mum und Dad zusammengetan, und Mum hat alles organisiert. Die einzige andere Hochzeit, bei der ich war, war Suzes, und Tarquin und sie hatten keinen Hochzeitstisch.

Ich sehe mich etwas verloren in dem Laden um und weiß gar nicht, wo ich anfangen soll. Hier glänzt und schimmert es überall, hier und da stehen wie für ein Abendessen gedeckte, farbenfrohe Tische herum, und in den Auslagen glitzern massenweise Gläser, Messer und rostfreie Töpfe und Pfannen.

Ich schlendere auf eine Pyramide aus glänzenden Kochtöpfen zu, als mir plötzlich eine junge Frau mit Pferdeschwanz auffällt, die kreuz und quer durch den Laden läuft und irgendwelche Sachen auf einem Formular ankreuzt. Ich pirsche mich an sie heran, um einen Blick auf das Papier zu erhaschen, und kann tatsächlich die Überschrift ausmachen:

»Crate and Barrel Hochzeitsformular«. Die Frau stellt auch einen Hochzeitstisch zusammen! Gut, dann kann ich ja einfach zusehen, was sie macht.

»Hey«, sagt sie und sieht auf. »Kennen Sie sich mit Kochgeschirr aus? Wissen Sie, was das hier ist?«

Sie hält eine Pfanne hoch, und ich kann mir ein Lächeln nicht verkneifen. Also wirklich. Die Leute in Manhattan haben einfach keine Ahnung. Wahrscheinlich hat die Gute in ihrem Leben noch nie gekocht!

»Das ist eine Bratpfanne«, erläutere ich zuvorkommend.

»Darin brät man Sachen.«

»Okay. Und das hier?«

Sie hält noch eine Pfanne hoch, aber diese hat eine geriffelte Oberfläche und zwei gebogene Griffe. Na, so was. Was könnte das denn sein?

»Ich … öm … Ich glaube, das ist eine … Omelette … Pfannkuchen … Bratpfanne … Pfanne.«

»Aha.« Leicht befremdet betrachtet sie die Pfanne, und ich ziehe mich ganz schnell zurück. Ich komme an einem Regal mit Frühstücksschüsseln aus Keramik vorbei und stehe plötzlich an einem Computer-Terminal, an dem »Hochzeitstisch-Anmeldungen hier« steht. Vielleicht bekommt man hier diese Formulare?

»Herzlich willkommen bei Crate and Barrel«, steht in poppiger Schrift auf dem Bildschirm. »Durch Anklicken gelangen Sie in das gewünschte Menü.«

Ich bin nicht ganz bei der Sache, als ich irgendwelche Kästchen auf dem Bildschirm drücke. Ich höre nämlich mit halbem Ohr einem Pärchen hinter mir zu, das sich über Teller streitet.

Oh, Gott, ich muss wirklich endlich damit aufhören, ständig die Gespräche anderer Leute zu belauschen. Ich konzentriere mich wieder auf den Bildschirm vor mir. Huch! Ich bin auf einer Seite gelandet, von der aus man auf die Hochzeitstische anderer Paare kommt. Und da kann man diesen Paaren dann direkt ein Geschenk kaufen. Ich will schon gerade alles löschen und wieder gehen, als mir etwas einfällt.

Wäre doch cool, sich mal anzusehen, was andere Leute sich so wünschen, oder?

Ganz vorsichtig tippe ich den Namen »R. Smith« ein und drücke die Enter-Taste.

Zu meiner Überraschung erscheint in Windeseile eine den ganzen Bildschirm füllende Liste von Namen.

Rachel Smith und David Forsyth, Scottsdale, AZ. Annie M. Winters und Rod Smith, Raleigh, NC. Richard Smith und Fay Bullock, Wheaton, IL. Leroy Elms und Rachelle F. Smith …

Wie geil! Okay, dann wollen wir mal sehen, was Rachel und David sich wünschen. Ich drücke Enter, und eine Sekunde später spuckt der Computer eine gedruckte Liste aus.

Gläserne Kaviar-/Garnelen-Servierschalen	4
Kuchenplatte auf Fuß mit Haube	1
Wasserlilienschale	2
Klassische Karaffe (1 L)…	

Mann, das hört sich ja echt gut an. Eine Wasserlilienschale will ich auch unbedingt haben. Und Garnelen-Servierschalen.

Gut, dann wollen wir mal sehen, was Annie und Rod sich wünschen. Ich drücke noch einmal Enter, und schwupps kommt die nächste Liste aus dem Drucker.

Hey, wow! Annie und Rod sammeln Barzubehör! Aber wozu brauchen die denn sechs Eiskühler?

Mann, ich kann überhaupt nicht mehr aufhören! Mal sehen, was Richard und Fay haben wollen. Und dann Leroy und Rachelle… Ich lasse beide Listen ausdrucken, und während ich mir gerade so überlege, ob ich noch einen anderen Namen ausprobieren soll – Brown oder so –, höre ich hinter mir eine Stimme: »Kann ich Ihnen behilflich sein, Miss?«

Ich reiße mich vom Bildschirm los und sehe mich einem lächelnden Verkäufer mit dem Namensschild »Bud« gegenüber. »Haben Sie Schwierigkeiten, die Liste zu finden, die Sie suchen?«

Mir wird ganz heiß vor Peinlichkeit.

Ich kann doch nicht zugeben, dass ich bloß herumgeschnüffelt habe!

»Ich… eigentlich… Ich habe sie eben gerade gefunden!« Völlig wahllos schnappe ich mir Richards und Fays Liste.

»Das sind Freunde von mir. Richard und Fay.« Ich

räuspere mich. »Ich möchte den beiden gern ein Hochzeitsgeschenk kaufen. Darum bin ich hier. Und außerdem möchte ich auch selbst einen Hochzeitstisch einrichten.«

»Na, dann kümmern wir uns doch am besten erst mal um den Kauf eines Geschenkes. Was möchten Sie denn gern verschenken?«

»Öm ... also ...« Ich sehe auf die Liste. »Öm ...«

Komm schon, Becky! Du wirst doch wohl nicht einem wildfremden Brautpaar ein Geschenk kaufen! Nun gib's schon zu, dass du einfach nur neugierig warst.

»Haben Sie gar keine Idee?«

»Wie wäre es mit vier Salatschalen?«, höre ich mich sagen.

»Erstklassige Wahl!« Bud führt mich zur nächstgelegenen Kasse. »Was soll drinstehen?«

»Wo drinstehen?«

»In der Karte an Ihre Freunde.« Er nimmt sich einen Stift und sieht mich erwartungsvoll an.

»Ach so. Ja. Also ... öm ... Für Richard und Fay.« Ich schlucke. »Alles Liebe für die gemeinsame Zukunft. Becky.«

»Und Ihr Nachname? Nur, damit kein Zweifel herrscht, von wem das Geschenk ist.«

»Ähm ... Bloomwood.«

»Becky Bloomwood«, wiederholt Bud und schreibt die Worte umsichtig auf.

Ich habe unvermittelt eine Vision von Richard und Fay, wie sie meine Karte lesen und sich verwundert ansehen.

Was soll's. Dafür kriegen sie schließlich vier Salatschalen geschenkt.

»Gut. Und jetzt zu Ihrem Hochzeitstisch!«, freut sich Bud, als er mit der Karte fertig ist. »Hier ist das Formular, das Sie ausfüllen, während Sie hier herumgehen und sich umschauen … Wie Sie sehen, gibt es verschiedene Warengruppen …«

»Aha. Und was für –«

»Kochgeschirr, Küchenhelfer, Bestecke, Speiseteller, Suppenteller, Dessertteller, Tassen, Untertassen, Schüsseln, Saucieren, Platten, Schalen, Eierbecher, Zuckerdosen, Milchgießer, Bleikristall mit und ohne Goldrand, Weingläser, Wassergläser, Sektkelche, Likörgläser …« Er holt Luft.

»Und Sonstiges.«

»Aha …«

»Das kann einen anfangs ganz schön überfordern, wenn man auf einmal entscheiden soll, was man alles in seinem neuen Zuhause haben möchte.« Er lächelt mich an. »Darum würde ich Ihnen vorschlagen, mit den Basics anzufangen. Denken Sie darüber nach, was Sie tatsächlich jeden Tag brauchen – und arbeiten Sie sich dann weiter durch zu den Sachen, die Sie nicht so häufig brauchen. Wenn Sie mich brauchen, rufen Sie mich einfach!«

»Super! Danke!«

Bud entfernt sich, und ich sehe mich ganz kribbelig vor Anspannung im Laden um. So aufgeregt bin ich nicht mehr gewesen, seit ich Wunschzettel für den Weihnachtsmann geschrieben habe. Und selbst da stand Mum immer hinter mir, sah mir über die Schulter und machte Bemerkungen wie »Ich bin mir nicht sicher, ob der Weihnachtsmann dir die *echten* rubinroten Glitzerpumps schenken kann, Liebes. Wie wäre es denn, wenn du dir stattdessen ein hübsches Malbuch wünschst?«.

Hier und jetzt sagt mir kein Mensch, was ich mir wünschen darf und was nicht. Ich kann aufschreiben, was ich will! Ich kann mir die Teller da drüben wünschen … und den Krug … und den Stuhl … Ich meine, wenn ich wollte, könnte ich mir alles, was hier rumsteht, wünschen! Den ganzen Laden!

Sie wissen schon. Theoretisch.

Aber ich werde mich beherrschen. Ich werde mit den Sachen anfangen, die ich täglich brauche – genau, wie Bud es vorgeschlagen hat. Ich komme mir wahnsinnig erwachsen vor, als ich auf die Abteilung mit Küchenzubehör zugehe und dort die Regale durchstöbere.

Oooh! Hummerknacker! Von denen können wir uns ein paar schenken lassen. Und von den süßen kleinen Maiskolbenhaltern da drüben! Und die niedlichen kleinen Plastikgänseblümchen! Ich weiß zwar nicht, wozu die gut sind, aber die sehen ja soooo schnuckelig aus!

Sorgfältig schreibe ich die Nummern auf. Okay. Was noch? Als ich mich umsehe, entdecke ich ein ganzes Regal voller glänzender Chromsachen.

Wow. Also, einen Eiscremeautomaten müssen wir unbedingt haben. Und ein Waffeleisen. Und eine Brotbackmaschine und einen Entsafter und einen Pro Chef Premium Toaster-Ofen. Ich schreibe sämtliche Nummern auf und sehe mich mit einem befriedigten Seufzer um. Wieso zum Teufel habe ich nicht schon früher mal einen Hochzeitstisch eingerichtet? Das ist doch der perfekte Zeitvertreib! Einkaufen ohne Geld auszugeben!

Wenn ich mir das so überlege, hätte ich wirklich schon längst heiraten sollen.

»Entschuldigen Sie bitte?« Die Frau mit dem Pferdeschwanz steht in der Messerabteilung. »Wissen Sie, was Geflügelscheren sind?« Sie hält ein Ding in die Höhe, das ich noch nie im Leben gesehen habe.

»Na, vermutlich … sind das Scheren … für Geflügel … oder so …«

Wir sehen uns eine Weile schweigend und verständnislos an, bis die Frau mit den Schultern zuckt, »Okay« sagt und die Geflügelschere auf ihrer Liste notiert.

Vielleicht sollten wir uns auch eine Geflügelschere wünschen. Und eins von diesen coolen Kräuterhackteilen. Und einen professionellen Bunsenbrenner, mit dem man Crème Brûlée machen kann.

Nicht, dass ich bisher jemals Crème Brûlée gemacht hätte – aber man weiß ja nie. Wenn ich erst mal verheiratet bin, mache ich ganz bestimmt mal welche. Ich habe plötzlich eine Vision von mir mit einer Schürze vorm Bauch, wie ich ganz lässig mit der einen Hand den Zucker auf der Crème Brûlée karamellisiere und mit der anderen ein selbst gemachtes Mango-Coulis durch ein Sieb streiche, wobei Luke und eine ausgesuchte Gästeschar mich bewundernd beobachten.

»Und wo lassen Sie sonst noch einen Hochzeitstisch einrichten?«, fragt die Frau mich, nimmt einen Schneebesen in die Hand und beäugt diesen.

Überrascht sehe ich sie an.

»Was meinen Sie denn damit? Darf man denn mehr als nur einen haben?«

»Ja, natürlich! Ich habe drei. Hier, bei Williams-Sonoma und bei Bloomies. Bei Bloomies ist das echt cool, da kann man alles mit so einem Ding einscannen –«

»Drei Hochzeitstische!«, jubele ich.

Und wenn man mal drüber nachdenkt: Wieso eigentlich nur drei?

Bis ich also am selben Abend bei Elinor eintrudele, habe ich bereits Termine bei Tiffany, Bergdorf, Bloomingdales und Barneys gemacht sowie den Williams-Sonoma-Katalog bestellt und einen Online-Hochzeitstisch angelegt.

Ich bin nicht mehr dazu gekommen, darüber nachzudenken, wo ich eigentlich heiraten möchte – aber wie sagt man so schön: Immer eins nach dem anderen.

Als Elinor mir die Tür aufmacht, ertönt aus ihrer Wohnung leise Musik, und es duftet angenehm nach Blumen. Elinor trägt ein Wickelkleid, und ihre Frisur wirkt etwas weicher als sonst. Sie gibt mir einen Kuss und drückt gleichzeitig meine Hand.

»Luke ist schon da«, sagt sie, als wir gemeinsam durch den Flur gehen. »Das sind aber hübsche Schuhe. Sind die neu?«

»Äh, ja. Danke.« Erstaunt sehe ich Elinor an. Sie hat mir vorher noch nie ein Kompliment gemacht. Noch nie.

»Du siehst aus, als hättest du ein bisschen abgenommen«, macht sie weiter. »Steht dir gut.«

Das haut mich völlig um, sodass ich unvermittelt stehen bleibe – und mich dann beeilen muss, um Elinor wieder einzuholen. Sollte Elinor Sherman nach all der Zeit jetzt wohl endlich ein bisschen netter zu mir sein? Ich kann es nicht glauben.

Aber andererseits... Wenn ich mal drüber nachdenke... Gegen Ende unserer Verlobungsparty war sie eigentlich auch ganz nett. Da hat sie gesagt, dass es ein Fehler gewesen sei, dass ich nicht auf der Gästeliste stand, und dass es ihr leidtue.

Obwohl nein, das stimmt nicht ganz. Sie hat nicht gesagt, dass es ihr leidtue. Sie hat gesagt, sie werde die Leute, die die Party organisiert haben, verklagen. Aber trotzdem. Das zeigt doch, dass sie Gefühle hat, oder?

Oje, vielleicht habe ich Elinor die ganze Zeit ganz furchtbar falsch eingeschätzt. Vielleicht haben wir alle das getan. Vielleicht steckt unter der eisigen Oberfläche ja eine ganz andere Persönlichkeit. Genau! Sie ist verletzlich und unsicher und hat deswegen diese Schutzhülle um sich herum aufgebaut. Und ich bin die Einzige, die das erkennt, und dann schaffe ich es, die wahre Elinor aus der Reserve zu locken, und die komplette New Yorker Society wird staunen, und Luke wird mich noch mehr lieben, und man wird mich »Die Frau, die Elinor Sherman änderte« nennen und –

»Becky?« Lukes Stimme dringt durch meine Gedanken zu mir hindurch. »Alles in Ordnung?«

»Ja«, sage ich und stelle erschrocken fest, dass ich fast in den Couchtisch gerannt wäre. »Ja, mir geht's prima!«

Ich setze mich neben ihm aufs Sofa, Elinor reicht mir ein Glas eiskalten Wein, von dem ich sofort einen kleinen Schluck trinke, während ich aus dem Fenster sehe und die vielen, vielen Lichter Manhattans bestaune. Elinor und Luke stecken mitten in einem Gespräch über die Stiftung, und ich knabbere an einer gesalzenen Mandel und blende die beiden aus. Irgendwie spielt sich in meinem Kopf gerade eine traumähnliche Szene ab, in der Elinor vor einer großen Menschenmenge verkündet: »Becky Bloomwood ist nicht nur eine vorbildliche Schwiegertochter, sondern auch eine geschätzte Freundin.« Ich lächele bescheiden, während die Menge applaudiert, und werde von einem schnappenden Geräusch jäh zurück in die Wirklichkeit geholt. Leider verschütte ich dabei ein paar Tropfen meines Weins.

Elinor hat das in Krokodilleder gebundene Notizbuch, in dem sie eben noch geschrieben hat, zugeklappt. Sie legt das Buch weg, macht die Musik ein bisschen leiser und sieht mich direkt an.

»Rebecca«, sagt sie.

»Ja?«

»Ich habe dich heute Abend hierhergebeten, weil es da etwas gibt, das ich mit dir besprechen möchte.« Sie schenkt mir nach, und ich lächele sie an.

»Ach, ja?«

»Wie du weißt, ist Luke ein sehr wohlhabender junger Mann.«

»Öh. Ja«, sage ich ein wenig verlegen. »Also ... ja, das ist er wohl.«

»Ich habe mit meinen Anwälten gesprochen ... und mit Lukes Anwälten ... und wir waren uns alle einig. Darum möchte ich euch gerne dies hier geben ...« Sie schenkt mir ein strahlendes Lächeln und reicht mir einen dicken weißen Umschlag. Luke bekommt auch einen.

Ich nehme den Umschlag entgegen und verspüre wieder diese kribbelige, gespannte Freude. Sehen Sie? Elinor wird schon viel freundlicher. Genau wie in *Dallas*. Wahrscheinlich ernennt sie mich jetzt zur Teilhaberin irgendeines Familienunternehmens oder so, um mich so im Schoß der Dynastie willkommen zu heißen. Oh, mein Gott, ja! Dann werde ich in Zukunft zu Aufsichtsratstreffen gehen und alles, und wir werden gemeinsam irgendwelche großen Übernahmen deichseln, und ich werde riesige Ohrringe tragen …

Aufgeregt mache ich den Umschlag auf und ziehe ein dickes, getipptes Dokument heraus. Und kaum fange ich an zu lesen, lässt der freudige Teil meiner Aufregung auch schon schlagartig nach.

Vorehelicher Vertrag
Zwischen Luke James Brandon (nachstehend »Bräutigam« genannt) und Rebecca Jane Bloomwood (nachstehend »Braut« genannt) wird folgende Vereinbarung getroffen …

Wie bitte? Ein Vertrag? Das ist doch wohl ein –

Perplex sehe ich zu Luke, der flüchtig die vielen Seiten durchblättert und ebenso überrascht aussieht wie ich.

»Mutter, was ist das?«, fragt er.

»Das ist ganz einfach eine Vorsichtsmaßnahme«, erklärt Elinor mit einem kühlen Lächeln. »Eine Art Versicherung.« Oh, mein Gott. Mit einem leicht flauen Gefühl im Bauch blättere ich durch das Dokument. Es ist etwa zehn Seiten lang und hat Zwischenüberschriften wie zum Beispiel »Regelung der Eigentumsverhältnisse im Scheidungsfall«.

»Eine Versicherung wogegen genau?« Der Ton in Lukes Stimme ist undefinierbar.

»Machen wir uns doch nichts vor, dass wir in einer Märchenwelt leben«, sagt Elinor kühl. »Wir wissen alle, was passieren kann.«

»Und was wäre das genau?«

»Nun stell dich doch nicht so quer, Luke. Du weißt ganz genau, was ich meine. Und wenn man bedenkt, was Rebecca für eine … sagen wir, Einkaufsgeschichte hat …« Sie wirft einen bedeutungsvollen Blick auf meine Schuhe – und mit einem Mal wird mir schmerzhaft bewusst, warum sie sich nach ihnen erkundigt hat. Sie wollte nicht nett zu mir sein. Sie hat nur Munition gesammelt, mit der sie mich niedermachen konnte. Wie konnte ich nur so *blöd* sein? Elinor hat keinen weichen Kern. Sie weiß nicht einmal, was das ist.

»Wenn ich das jetzt mal eben in eigene Worte fassen darf, ja?«, sage ich und atme schwer. »Du glaubst, dass ich Luke nur seines Geldes wegen heirate?«

»Natürlich nicht, Becky«, schaltet Luke sich ein.

»Natürlich!«

»Ein vorehelicher Vertrag ist eine ganz normale und vernünftige Maßnahme, die man vor der Eheschließung trifft.«

»Und eine Maßnahme, die wir nicht zu treffen brauchen«, wirft Luke mit einem leichten Lachen ein.

»Ich möchte dich bitten, hier ein wenig zu differenzieren«, sagt Elinor. »Ich versuche lediglich, dich zu schützen. Euch«, fügt sie wenig überzeugend hinzu.

»Was glaubst du denn? Dass ich … mich von Luke scheiden lasse und sein gesamtes Vermögen mitnehme?«

So, wie du es mit deinen diversen Ehemännern gemacht hast, will ich eigentlich noch sagen, aber das verkneife ich mir gerade noch so. »Glaubst du, dass ich ihn nur deswegen heiraten möchte?«

»Becky –«

»Du darfst dir den Vertrag selbstverständlich in aller Ruhe durchlesen –«

»Ich brauche ihn mir nicht durchzulesen.«

»Soll ich das so verstehen, dass du dich weigerst zu unterschreiben?« Elinor sieht mich so triumphierend an, als würde ich ihren Verdacht damit nur bestätigen.

»Nein!« Meine Stimme bebt. »Ich weigere mich nicht zu unterschreiben! Ich unterschreibe alles, was du willst! Ich werde nicht zulassen, dass du glaubst, ich würde Luke nur seines Geldes wegen heiraten!« Ich schnappe mir den Stift, der auf dem Tisch liegt und setze wutschnaubend meine Unterschrift auf die erste Seite. Ich bin so in Fahrt, dass das Papier zerreißt.

»Becky, hör auf!«, ruft Luke. »Mutter –«

»Schon gut! Kein Problem! Ich unterschreibe jede einzelne ... beschissene ...«

Mein Gesicht glüht, und Tränen verschleiern mir die Sicht, als ich Seite für Seite umblättere und unterschreibe, ohne überhaupt darauf zu achten, was auf der jeweiligen Seite steht. *Rebecca Bloomwood. Rebecca Bloomwood.*

»Also, ich unterschreibe das nicht«, verkündet Luke. »Ich habe nie um einen vorehelichen Vertrag gebeten! Ich will das nicht. Und ich werde ganz bestimmt nicht irgendetwas unterschreiben, das ich noch nicht einmal gelesen habe.«

»Hier. Bitte.« Ich lege den Stift hin und nehme meine Tasche. »Ich glaube, ich gehe dann jetzt. Auf Wiedersehen, Elinor.«

»Becky –«, sagt Luke. »Mutter, was zum Teufel hat dich bloß veranlasst, so etwas in die Wege zu leiten?«

Während ich aus Elinors Wohnung marschiere, hämmert es wie verrückt in meinem Kopf. Ich warte ein paar Sekunden auf den Aufzug – dann steuere ich das Treppenhaus an. Ich zittere vor Zorn und Schmach. Sie glaubt, dass ich es nur auf Lukes Geld abgesehen habe. Sie hält mich für eine Goldgräberin.

Denken das vielleicht auch alle anderen?

»Becky!« Luke kommt hinter mir die Treppe heruntergestürmt. »Warte, Becky. Das tut mir so leid. Ich hatte keine Ahnung …« Als wir im Erdgeschoss angekommen sind, nimmt er mich fest in den Arm, und ich stehe stocksteif da.

»Das musst du mir glauben. Mich hat das genauso überrascht wie dich.«

»Also … weißt du … Ich finde, du solltest unterschreiben«, sage ich und blicke dabei zu Boden. »Du solltest dich schützen. Ist doch nur vernünftig.«

»Becky. Ich bin's. Ich bin ich. Und wir sind wir.« Sanft hebt er mein Kinn an, bis mir gar nichts anderes mehr übrig bleibt, als in seine dunklen Augen zu sehen. »Ich weiß, dass du jetzt sauer bist. Ist doch ganz klar. Aber du musst meiner Mutter das nachsehen. Sie lebt schon so lange in Amerika, und voreheliche Verträge sind hier nun mal Standard. Sie wollte nicht –«

»Doch, das wollte sie«, sage ich und werde schon wieder von einer Welle der Demütigung überschwemmt. »Und ob sie das wollte. Sie glaubt allen Ernstes, dass ich vorhabe … dir dein ganzes Geld wegzunehmen und für Schuhe auszugeben!«

»Wie – hast du das etwa nicht vor?« Luke tut schockiert.

»Und das sagst du mir jetzt erst? Also, wenn du jetzt auf einmal die Spielregeln ändern willst, dann sollten wir vielleicht doch so einen Vertrag schließen…«

Ich muss ein klein wenig lächeln – aber innerlich bin ich immer noch zutiefst gekränkt.

»Ich weiß, dass viele Leute in Amerika voreheliche Verträge schließen«, sage ich. »Ich weiß das. Aber sie kann doch nicht einfach… einen aufsetzen lassen, ohne sich mit uns besprochen zu haben! Weißt du, wie ich mich da gerade gefühlt habe?«

»Ja.« Luke streichelt mir den Rücken. »Ich bin auch ziemlich wütend auf sie.«

»Bist du nicht.«

»Natürlich bin ich das.«

»Nein, bist du nicht! Du bist nie wütend auf sie! Das ist ja das Problem.« Ich befreie mich aus seiner Umarmung und versuche, ruhig zu bleiben.

»Becky?« Luke sieht mich besorgt an. »Stimmt etwas nicht?«

»Es geht nicht nur um diese Sache. Es geht um… alles! Die Art, wie sie die Hochzeit zu ihrer Chefsache erklärt hat. Und wie sie meine Eltern behandelt hat – so hochnäsig und einfach unmöglich…«

»Sie ist nun mal eine sehr förmliche Frau«, nimmt Luke sie in Schutz. »Das heißt aber nicht, dass sie hochnäsig ist. Wenn deine Eltern sie mal richtig kennenlernen würden –«

»Und wie sie dich ausnutzt!« Ich weiß, ich begebe mich in eine Gefahrenzone – aber jetzt, wo ich einmal angefangen habe, sprudelt das alles aus mir hervor. »Du opferst ihr Stunde um Stunde deiner kostbaren Zeit! Du beschaffst ihr Personal für ihre Stiftung. Du hast dich sogar wegen ihr mit Michael zerstritten. Und das kapiere ich einfach nicht! Du *weißt*, dass Michael dein Wohl am Herzen liegt! Du *weißt*, dass er sich um dich sorgt! Und nur wegen deiner Mutter willst du jetzt nicht einmal mehr mit ihm reden!«

Es geht ein Zucken durch Lukes Gesicht. Da habe ich wohl einen wunden Punkt getroffen.

»Und jetzt will sie, dass wir in dieses Gebäude hier einziehen. Siehst du denn nicht, was vor sich geht? Sie will sich dich doch nur komplett einverleiben! Sie will dich zu ihrem privatpersönlichen Laufburschen machen, und zwar rund um die Uhr! Sie wird uns keine ruhige Minute lassen … Luke, du gibst ihr doch jetzt schon so viel!«

»Und was ist daran schlecht?« Lukes Gesicht beginnt, sich zu verschließen. »Sie ist meine Mutter.«

»Ich weiß! Aber jetzt sei doch mal ehrlich! Sie hat sich nicht die Bohne für dich interessiert, bis du mit deinem Geschäft in Amerika Erfolg hattest. Kannst du dich noch an unsere erste Reise nach New York erinnern? Du wolltest so gern einen guten Eindruck bei ihr machen – und sie hat sich nicht einmal die Zeit genommen, sich mit dir zu treffen! Aber jetzt hast du es hier geschafft, in New York, du hast einen Namen, du hast Kontakte zu den Medien, der Laden läuft – und jetzt auf einmal will sie auch ein Stück vom Kuchen und nutzt dich aus, um …«

»Das ist nicht wahr.«

»Es ist wahr! Du siehst es nur nicht! Weil du dich völlig blenden lässt von ihr!«

»Hör zu, Becky, ich finde deine Kritik reichlich ungerecht«, sagt Luke erregt. »Du hast so ein tolles Verhältnis zu deiner Mutter. Ich habe meine kaum gesehen, als ich ein Kind war –«

»Ja, eben!«, falle ich ihm unbedacht ins Wort. »Das beweist doch, dass ich recht habe! Du warst ihr schon damals so was von scheißegal!«

Mist. Das hätte ich nicht sagen sollen. Lukes Blick spiegelt Schmerz wider, und auf einmal wirkt er wie ein zehnjähriger Junge.

»Du weißt, dass das nicht stimmt«, sagt er. »Meine Mutter wollte mich zu sich holen. Es war nicht ihre Schuld.«

»Ich weiß. Tut mir leid –« Ich gehe einen Schritt auf ihn zu, aber er zieht sich jäh zurück.

»Versetz dich doch mal für einen Moment in ihre Lage, Becky. Denk mal darüber nach, was sie durchgemacht hat. Sie musste ihr Kind zurücklassen. Sie musste tapfer sein. Seit so vielen Jahren tut sie nichts anderes, als ständig ihre Gefühle zu verstecken – kein Wunder, dass es ihr manchmal schwerfällt, Herzenswärme zu zeigen. Kein Wunder, dass ihre Art auf andere etwas unbeholfen wirkt.«

Ich höre ihm zu und könnte heulen. Bei ihm passt alles so schön zusammen. Er ist immer noch der kleine Junge, der unzählige Entschuldigungen dafür findet, dass seine Mutter ihn nie besucht.

»Und jetzt bietet sich uns die Gelegenheit, endlich ein richtiges Verhältnis zueinander aufzubauen«, sagt Luke. »Vielleicht ist sie manchmal ein bisschen taktlos. Aber sie tut ihr Bestes.«

Ja, klar, will ich am liebsten sagen. Sie gibt sich ja auch so eine Mühe mit mir.

Stattdessen zucke ich kaum merklich mit den Schultern und murmele: »Ja, kann sein.«

Luke kommt auf mich zu und nimmt meine Hand.

»Komm, wir gehen wieder hoch. Wir trinken noch einen zusammen. Und vergessen, was gerade passiert ist.«

»Nein.« Ich atme tief durch. »Ich glaube, ich … gehe nach Hause. Du kannst hochgehen. Bis später.«

Auf dem Nachhauseweg fängt es an zu regnen. Große, weiche Tropfen bilden im Handumdrehen Pfützen und triefen von den Vordächern. Sie klatschen mir ins erhitzte Gesicht. Meine Haare werden nass, und meine neuen Wildlederschuhe bekommen Flecken. Aber ich nehme das alles kaum wahr. Ich bin noch viel zu aufgewühlt von dem, was heute Abend passiert ist, von Elinors berechnendem Blick, von der Demütigung, von meinem Frust wegen Luke.

In dem Moment, in dem ich die Wohnungstür öffne, donnert es. Ich mache alle Lichter und den Fernseher an und gehe die Post durch. Den Brief von Mum mache ich als Erstes auf. Mir fällt eine Stoffprobe entgegen, und der Brief duftet ganz leicht nach Mums Parfum.

Liebe Becky!

Alles in Ordnung im Big Apple?

Das ist die Farbe, die uns für die Servietten vorschwebt. Janice meint, sie sollten pink sein, aber ich finde diesen blassen Pflaumenton sehr hübsch, zumal er sehr gut zu den Blumen passen würde, die wir uns vorstellen. Aber ich möchte deine ehrliche Meinung dazu hören, Becky, schließlich bist du die Braut!

Der Fotograf, den Dennis uns empfohlen hatte, war gestern hier, und wir waren alle ganz schön beeindruckt von ihm. Dad hat im Golfclub nur Gutes über ihn gehört, und das ist ja immer ein gutes Zeichen. Er kann Farb- und Schwarz-Weiß-Bilder machen, und außerdem ist in seinem Preis ein Fotoalbum inbegriffen – das finden wir ein ziemlich gutes Angebot. Und er kann aus eurem Lieblingsfoto 100 kleine Puzzles machen, die ihr den Gästen als Dankeschön schicken könnt!

Wir haben ihm gesagt, dass es für uns das Wichtigste ist, dass er ganz viele Fotos von euch unter dem blühenden Kirschbaum macht. Den Baum haben wir gepflanzt, als du geboren wurdest, und insgeheim habe ich mir seitdem immer gewünscht, dass unser süßes kleines Baby Rebecca eines Tages, wenn es erwachsen ist, an seinem Hochzeitstag unter diesem Baum stehen würde.

Du bist unser einziges Kind, und dieser Tag bedeutet uns unendlich viel.

Alles Liebe
Deine Mum

Als ich am Ende des Briefes angelangt bin, weine ich. Ich verstehe gar nicht, wie ich jemals auch nur erwägen konnte, in New York zu heiraten. Ich verstehe nicht, warum ich es überhaupt zulasse, dass Elinor mir das blöde Plaza zeigt. Ich will zu Hause heiraten!

Bei Mum und Dad, beim Kirschbaum, da, wo meine Freunde sind und überhaupt alles, was mir wirklich wichtig ist.

Gut, die Entscheidung ist gefallen. Morgen sage ich allen Bescheid.

»Becky?«

Erschrocken fahre ich zusammen und drehe mich um. Luke steht in der Tür, völlig außer Atem und vollkommen durchnässt. Die Haare kleben ihm am Kopf und ihm laufen immer noch Regentropfen übers Gesicht. »Becky ...« Luke klingt sehr eindringlich. »Es tut mir leid. Es tut mir so leid. Ich hätte dich so nicht gehen lassen dürfen. Und dann habe ich gesehen, dass es regnet ... Ich weiß nicht, was ich mir eigentlich dabei gedacht habe –« Er verstummt, als er mein tränenfleckiges Gesicht sieht. »Alles in Ordnung?«

»Mir geht's gut.« Ich wische mir über die Augen. »Und Luke ... Mir tut es auch leid.«

Luke sieht mich eine kleine Ewigkeit lang an. Sein Gesicht zittert, seine Augen brennen.

»Becky Bloomwood«, sagt er schließlich. »Du bist die großmütigste ... großzügigste ... liebevollste ... Ich verdiene nicht ...«

Er bricht ab und kommt mit geradezu wild entschlossener Miene auf mich zu. Als er mich küsst, laufen mir Regentropfen aus seinen Haaren in den Mund und vermischen sich mit dem warmen, salzigen Geschmack nach ihm. Ich schließe die Augen, entspanne allmählich körperlich und fange an zu genießen. Ich spüre bereits seine Härte und Entschlossenheit, wie er meine Hüften packt und mich jetzt sofort will, hier und jetzt, um zu sagen, wie leid es ihm tut, um sich zu entschuldigen, um mir zu sagen, dass er mich liebt, und mir zu sagen, dass er alles für mich tun würde …

Ich *liebe* Versöhnungssex!

ACHT

Am nächsten Morgen wache ich rundum zufrieden und glücklich auf. Während ich mich noch im Bett an Luke kuschele, bin ich stolz auf meine Entschlossenheit. Ich bin mir über meine Prioritäten klar geworden. Und jetzt wird mich nichts mehr davon abhalten, diese Prioritäten durchzusetzen.

»Luke?«, sage ich, als er Anstalten macht aufzustehen.

»Hmm?« Er dreht sich zu mir und küsst mich. Er ist so warm und lecker und verführerisch.

»Geh nicht. Bleib hier. Den ganzen Tag.«

»Den ganzen Tag?«

»Wir könnten doch so tun, als wenn wir krank wären.« Ich strecke mich genüsslich unter der Decke aus. »Ich fühle mich auch wirklich ein bisschen krank.«

»Ach, ja? Wo denn?«

»Im … Bauch.«

»Sieht völlig normal aus«, sagt Luke, nachdem er unter der Decke nachgeschaut hat. »Fühlt sich auch völlig normal an. Tut mir leid. Keine Krankmeldung.«

»Spielverderber.«

Ich sehe ihm dabei zu, wie er aufsteht, sich einen Bademantel überzieht und in Richtung Bad geht.

»Luke?«, sage ich, als er die Tür erreicht.

»Was?«

Ich mache den Mund auf, um ihm zu sagen, dass ich gestern Abend eine wichtige Entscheidung getroffen habe. Dass ich in Oxshott heiraten möchte, genau wie wir es von Anfang an geplant hatten. Dass ich die Feier im Plaza absagen werde. Dass es mir egal ist, wenn Elinor deswegen ausflippt.

Dann mache ich den Mund wieder zu.

»Was denn?«, fragt Luke.

»Ach, bloß ... Nimm nicht wieder so viel von meinem Shampoo«, sage ich schließlich.

Ich bringe es einfach nicht fertig, das Thema Hochzeit anzusprechen. Nicht jetzt, wo gerade alles so schön ist zwischen uns, wo wir so glücklich sind. Und außerdem ist es Luke ja sowieso egal, wo wir heiraten. Hat er selbst gesagt. Ich habe mir den Vormittag für den Torten-Degustationstermin mit Robyn freigenommen, aber der ist erst um zehn. Nachdem Luke aus dem Haus gegangen ist, schlendere ich also ganz langsam durch die Wohnung, mache mir Frühstück und denke darüber nach, was genau ich Elinor sagen werde. Ich muss so direkt wie möglich sein. Direkt, bestimmt und dennoch freundlich. Erwachsen und professionell, wie Geschäftsleute, die andere Geschäftsleute feuern müssen.

Cool bleiben und Sätze sagen wie »Wir haben uns für einen anderen Kurs entschieden«.

»Hallo Elinor«, begrüße ich mein Spiegelbild. »Ich muss dir etwas sagen. Ich habe mich für einen anderen Kurs entschieden.«

Nein. Dann denkt sie bestimmt, ich werde lesbisch.

»Hallo Elinor«, versuche ich es noch einmal. »Ich

habe mir wirklich viele Gedanken gemacht über dein Angebot, unsere Hochzeit auszurichten. Und obwohl ich durchaus die Vorzüge darin erkennen kann…«

Jetzt komm schon. Mach schon. Trau dich.

Ich ignoriere das flaue Gefühl im Magen, nehme den Telefonhörer ab und wähle Elinors Nummer.

»Elinor Sherman kann Ihren Anruf im Augenblick leider nicht entgegennehmen…«

Sie ist nicht da.

Ich kann ihr wohl kaum als Nachricht aufs Band sprechen, dass die Hochzeit im Plaza nicht stattfinden wird. Oder?

Vielleicht doch? Nein.

Ich lege schnell auf, bevor der Signalton piept. Okay. Was mache ich jetzt?

Na, liegt doch auf der Hand. Ich rufe Robyn an. Das Einzige, das jetzt zählt, ist, dass ich es überhaupt *irgendjemandem* sage, bevor noch mehr Vorbereitungen getroffen werden.

Ich sammele mich einen Augenblick und wähle dann Robyns Nummer.

»Guten Tag! Höre ich Hochzeitsglocken? Das will ich hoffen, denn dies ist der Anschluss von Robyn de Bendern. Hier werden Ihre Hochzeits-Planungs-Gebete erhört. Leider ist es mir im Moment nicht möglich, ans Telefon zu gehen, aber Ihr Anruf ist mir selbstverständlich sehr wichtig…«

Robyn ist wahrscheinlich schon auf dem Weg zu unserer Verabredung beim Konditor, fällt mir da ein. Ich könnte versuchen, sie da zu erreichen. Oder eine Nachricht hinterlassen.

Aber als ich ihre fröhliche, zwitschernde Stimme höre,

beschleicht mich plötzlich so etwas wie ein schlechtes Gewissen. Robyn hat sich schon so viel Arbeit gemacht. Und ehrlich gesagt, habe ich sie richtig lieb gewonnen. Ich kann ihr nicht einfach am Telefon sagen, dass alles vorbei ist. Frisch entschlossen lege ich auf und schnappe mir meine Tasche.

Ich werde mich richtig erwachsen verhalten, zu dieser Konditorei gehen und es ihr persönlich sagen.

Um Elinor kümmere ich mich dann später.

Ehrlich gesagt, stehe ich ja gar nicht so besonders auf Hochzeitstorten. Ich esse zwar immer ein Stück, aber vor allem deswegen, weil es angeblich Unglück bringt, wenn man es nicht tut oder so. Aber im Grunde wird mir von dem vielen englischen Kuchen und dem Marzipan und dem betonmäßigen Zuckerguss immer ein bisschen schlecht. Und jetzt bin ich noch dazu so nervös, weil ich Robyn sagen muss, dass alles abgeblasen wird, dass ich mir überhaupt nicht vorstellen kann, auch nur einen Krümel zu essen.

Und doch läuft mir schon kurz nach meiner Ankunft in der Konditorei das Wasser im Mund zusammen. Der Showroom ist groß und aufgrund riesiger Fenster schön hell, und es liegt dieser oberköstliche, süße Zucker-Butter-Duft in der Luft. Es sind enorm hohe, mehrstöckige Torten ausgestellt sowie massenweise Blumendekoration in durchsichtigen Schachteln. An diversen Marmortischen sitzen fleißige Menschen, die Rosen aus Zuckerguss fertigen und Efeuranken aus Zucker anmalen.

Während ich unentschlossen am Eingang herumstehe, verlässt eine ziemlich dünne junge Frau in Jeans und hochhackigen Sandalen in Begleitung ihrer Mutter den Laden. Die beiden streiten sich.

»Du hättest doch nur mal kosten sollen«, regt die Mutter sich auf. »So viele Kalorien wären das ja wohl kaum gewesen!«

»Das ist mir egal«, antwortet die Tochter tränenerstickt.

»Ich will zu meiner Hochzeit Größe 4 tragen, und wenn es mich umbringt!«

Größe 4!

Mein Gott, jetzt bin ich schon so lange in den USA, aber die amerikanischen Kleidergrößen machen mich immer noch total fertig. Was wäre das doch gleich im echten Leben?

Größe 34.

Na, da fühle ich mich doch schon gleich viel besser.

»Becky!« Da kommt Robyn. Sie wirkt ein bisschen aufgeregt. »Hallo! Sie haben es geschafft!«

»Robyn.« Ich spüre, wie mein Magen sich nervös zusammenzieht. »Hören Sie. Ich muss mit Ihnen reden. Ich habe schon versucht, Elinor zu erreichen, aber sie war … Egal. Ich muss Ihnen etwas … sagen.«

»Selbstverständlich«, antwortet Robyn, die nicht ganz bei der Sache ist. »Antoine und ich sind in einer Minute bei Ihnen. Im Moment müssen wir aber erst mal eine kleine Krise bewältigen.« Sie senkt die Stimme. »Kleiner Unfall mit einer der Torten. So ein Pech aber auch.«

»Miss Bloomwood?« Vor mir steht ein Mann mit grauen Haaren und funkelnden Augen in weißer Kochmontur.

»Isch bin Antoine Montignac. *Der* Ochzeitstorten-Konditor. Vielleischt aben Sie misch bereits in meiner eigenen Fernsehsendung gesehen?«

»Antoine, ich glaube nicht, dass wir das Problem mit … mit der anderen Kundin … ganz gelöst haben«, merkt Robyn vorsichtig an.

»Bin in einer Sekunde bei Ihnen.« Er bedeutet ihr mit einer Geste zu verschwinden. »Miss Bloomwood. Setzen Sie sisch.«

»Ich bin mir eigentlich gar nicht sicher, ob ich überhaupt …«, fange ich an. Doch bevor ich weiß, wie mir geschieht, sitze ich auch schon auf einem eleganten Stuhl an einem polierten Tisch, und Antoine breitet glänzende Fotos seiner Werke vor mir aus.

»Isch erschaffe Ihnen die Torte Ihrer Träume. Und isch werde Ihre Träume übertreffen«, erläutert er bescheiden.

»Es gibt keine Idee, die meine Kreativität überfordern könnte.«

»Ach, ja?« Ich betrachte das Foto von einer spektakulären, sechsstöckigen Hochzeitstorte mit Zuckertulpen, dann das Bild einer Torte in Form von fünf unterschiedlichen Schmetterlingen. So große Torten habe ich noch nie in meinem Leben gesehen. Und die Dekorationen!

»Und im Inneren sind die Torten alle schlichter englischer Kuchen, ja?«

»Englischer Kuchen? *Non, non, non!*« Antoine lacht. »Das ist eine sähr britische Sitte, das mit dem englischen Kuchen zur Ochzeit. Diese Torte ier zum Beispiel …« Er zeigt auf die Schmetterlingstorte. »Eller, dünner Biskuit. Und in jedem Stockwerk ein andere Füllung: Orangen-

Karamell, Passionsfrucht-Mango-Mousse und Aselnuss-Soufflé.«

Wow.

»Wenn Sie Schokolade mögen, können wir eine Torte kreieren, die ausschließlich aus unterschiedlichen Schokoladensorten besteht.« Er zeigt auf ein weiteres Foto. »Das ier war Zartbitter-Biskuit mit Schokoladen-Fondant-Füllung, weißer Schokoladencreme-Füllung und einer Grand-Manier-Trüffel-Füllung.«

Ich hatte ja keine Ahnung, dass Hochzeitstorten *so* sein konnten. Leicht benommen gehe ich weiter die Bilder durch. Eine Torte ist sensationeller als die andere.

»Wenn Sie sisch nischt auf eine traditionelle Stocktorte festlegen wollen, kann isch Ihnen auch eine Formtorte machen. In der Form von etwas, das Sie besonders lieben. Ihr Lieblingsgemälde zum Beispiel … oder eine Skulptur …« Er sieht mich an. »Oder vielleicht ein Schrankkoffer von Louis Vuitton …«

Eine Louis-Vuitton-Schrankkoffer-Hochzeitstorte! Wäre das nicht cool?

»Antoine? Wenn Sie wohl mal einen Moment Zeit hätten, bitte?« Robyn steckt den Kopf aus der Tür zu dem kleinen Besprechungszimmer zur Rechten – und obwohl sie lächelt, klingt sie ziemlich gestresst.

»Entschuldigen Sie mich bitte, Miss Bloomwood«, sagt Antoine. »Davina. Wenn Sie Miss Bloomwood bitte ein paar Kostproben servieren würden.«

Eine lächelnde Assistentin verschwindet durch eine doppelte Schwingtür – und kommt kurz darauf mit einem Glas Champagner, einem Porzellanteller mit zwei Stückchen Kuchen darauf und einer Zuckerlilie wieder. Sie reicht mir eine Gabel und sagt: »Dieser ist mit Passionsfrucht-, Mango- und Erdbeer-Mandarine-Cremefüllung, und das ist Karamellcreme mit Pistazien und Mokka-Trüffel. Guten Appetit!«

Wow. Beide Stücke Kuchen bestehen aus vier Lagen leichtem Biskuitteig mit drei unterschiedlichen, pastellfarbenen Füllungen. Ich weiß gar nicht, wo ich anfangen soll!

Okay … probieren wir mal Mokka-Trüffel.

Ich nehme ein Stückchen in den Mund und bin kurz davor, in Ohnmacht zu fallen. So sollten wirklich alle Hochzeitstorten schmecken! Warum gibt es so was nicht auch in England?

Ich trinke ein paar Schlucke Champagner, knabbere an der Zuckerlilie, die richtig lecker nach Zitrone schmeckt, und esse dann genussvoll den zweiten Bissen Kuchen, während ich gleichzeitig eine junge Frau in der Nähe dabei beobachte, wie sie mit peinlicher Sorgfalt einen Strauß Maiglöckchen herstellt.

Hm. Vielleicht sollte ich Suze zur Taufe ihres Babys einen schönen Kuchen schenken. Ich meine, natürlich würde ich ihr auch ein richtiges Geschenk geben – aber so ein Kuchen als kleines Extra?

»Wissen Sie, wie viel diese Torten kosten?«, frage ich die Maiglöckchen-Frau, nachdem ich das zweite Stück verputzt habe.

»Na ja … Das kommt ziemlich drauf an«, sagt sie und sieht auf. »Aber ich glaube, die fangen so bei tausend Dollar an.« Ich verschlucke mich um ein Haar an meinem Champagner. Eintausend Dollar? Die fangen bei eintausend Dollar *an*?

Für eine Torte?

Ich meine, wie viel habe ich denn dann jetzt gerade gegessen? Das muss doch Torte im Wert von mindestens fünfzig Dollar gewesen sein!

»Möchten Sie noch ein Stück?«, fragt die Frau und wirft einen Blick in Richtung Besprechungszimmer. »Sieht so aus, als wenn Antoine noch aufgehalten würde.«

»Ach, also … warum nicht! Könnte ich denn vielleicht auch eine von diesen Zuckertulpen probieren? Sie wissen schon. Aus Recherchegründen.«

»Sicher«, sagt sie freundlich. »Was immer Sie wünschen.« Sie gibt mir eine Tulpe und einen Strauß winzig kleiner weißer Blumen, und ich mampfe mich fröhlich durch und spüle immer mal wieder mit Champagner nach.

Dann sehe ich mich gedankenverloren um und entdecke eine riesengroße, kunstvolle Blume in Gelb und Weiß und mit winzigen Tautropfen darauf. Wow. Die sieht ja lecker aus. Ich strecke den Arm über eine Reihe von Zuckerherzen hinweg aus, nehme die Blume und will sie mir gerade in den Mund stecken, als jemand schreit:

»Stoooooopp!« Ein Typ in Weißwäsche stampft quer durch den Raum auf mich zu. »Nicht die Jonquille essen!«

»Ups!«, sage ich und kann mich noch rechtzeitig bremsen.

»Tut mir leid. Das wusste ich nicht. Ist die was Besonderes?«

»Für die habe ich drei Stunden gebraucht«, sagt er

und nimmt sie mir sachte aus der Hand. »Aber ist ja nichts passiert.« Er lächelt mich an, aber ich sehe deutlich die Schweißperlen auf seiner Stirn.

Hm. Vielleicht sollte ich mich dann jetzt doch besser an den Champagner halten. Ich trinke noch einen Schluck und sehe mich dann suchend nach der Flasche um, als von dem Nebenraum, in den Robyn und Antoine verschwunden sind, laute Stimmen erklingen.

»Abär das abe isch doch nischt mit Absischt getan! Mademoiselle, das at nischts mit Vendetta zu tun!«

»Natürlich! Sie hassen mich bis aufs Blut, geben Sie's doch zu!«, höre ich eine gedämpfte Stimme.

Dann kann ich hören, dass Robyn irgendetwas sagt, das die Gemüter beruhigen soll.

»Hier passiert ein Missgeschick nach dem anderen!«, schreit die Kundin jetzt – und zwar laut genug, um mich mit dem Champagnerglas auf halbem Weg zum Mund erstarren zu lassen.

Das glaube ich nicht. Das kann nicht sein.

»Diese ganze verdammte Hochzeit ist verhext!«, kreischt sie. »Vom allerersten Augenblick an ist einfach alles schiefgelaufen.«

Die Tür wird einen Spalt geöffnet, und jetzt kann ich sie ganz deutlich hören.

Sie ist es. Alicia.

Ich verkrampfe mich am ganzen Körper.

»Erst hatte das Plaza keinen Termin mehr für uns! Jetzt dieses Fiasko mit der Torte! Und wissen Sie, was ich gerade gehört habe?«

»Was?«, fragt Robyn ängstlich.

»Meine Ehrenbrautjungfer hat sich die Haare rot gefärbt! Das heißt, sie wird farblich nicht zu den anderen passen! Wie kann man nur so verdammt eigensüchtig, rücksichtslos …«

Die Tür fliegt auf, und Alicia kommt herausstolziert, wobei ihre Stilettos über den Holzfußboden knallen wie Maschinengewehrfeuer. Als sie mich sieht, bleibt sie wie angewurzelt stehen, und ich sehe sie mit wild klopfendem Herzen an.

»Hi, Alicia«, sage ich und versuche angestrengt, locker zu klingen. »Das mit deiner Torte tut mir leid. Und das da war einfach köstlich, Antoine.«

»Was?«, ist das Einzige, was Alicia herausbringt. Ihr Blick huscht von meinem Verlobungsring zu meinem Gesicht und wieder zu meinem Ring, von dort zu meinen Schuhen, zu meiner Tasche – wobei sie natürlich unterwegs auch meinen Rock registriert – und dann wieder zurück zu meinem Ring. Das Ganze kommt mir vor wie eine Manhattan-Mini-Musterung im Spiegelkabinett.

»Du heiratest?«, sagt sie schließlich. »Luke?«

»Ja.« Ich werfe einen lässigen Blick auf den Diamanten an meiner linken Hand und lächele sie dann unschuldig an.

So langsam entspanne ich mich. So langsam fängt die Situation an, mir Spaß zu machen.

(Übrigens habe ich Alicia eben meinerseits einer Manhattan-Mini-Musterung unterzogen. Und mein Ring ist ein winziges bisschen größer als ihrer. Nicht dass ich irgendwelche Vergleiche anstellen würde oder so.)

»Das hast du mir ja gar nicht erzählt!«

Du hast ja auch gar nicht gefragt, will ich antworten, aber stattdessen zucke ich nur kurz mit den Schultern.

»Und wo heiratet ihr?« Alicias alter, arroganter Gesichtsausdruck ist wieder da, und ich kann ihr ansehen, dass sie sich auf den nächsten Angriff vorbereitet.

»Nun ja … also, wie es das Schicksal so will …« Ich räuspere mich.

Okay, jetzt ist es so weit. Dies ist genau der richtige Augenblick, um meinen Entschluss zu verkünden. Um Robyn zu sagen, dass ich es mir anders überlegt habe. Ich werde in Oxshott heiraten.

»Also …«

Ich hole tief Luft. Komm schon. Das ist wie mit Pflasterabziehen. Je schneller man es macht, desto schneller ist es überstanden. Los. Sag's.

Und ich bin wirklich ganz kurz davor – als ich den fatalen Fehler begehe, zu Alicia aufzusehen. Und sie lächelt mich so herablassend und selbstgefällig an, wie sie mich schon immer angelächelt hat. All die Jahre, in denen sie mir das Gefühl gegeben hat, Klein Doofi zu sein, sind auf einmal wieder so präsent, dass der ganze Schmerz dieser Zeit wieder da ist. Und ehe ich es mich versehe – ohne dass ich etwas dagegen unternehmen kann –, höre ich mich selbst sagen: »Also, wir heiraten im Plaza.«

Alicia entgleisen sämtliche Gesichtszüge.

»Im Plaza? Wirklich?«

»Ich glaube, das wird ganz nett«, füge ich lässig hinzu.

»Eine richtig tolle Location, das Plaza. Heiratest du auch da?«

»Nein«, antwortet Alicia schmallippig. »So kurzfristig war für uns kein Termin mehr frei. Wann habt ihr denn gebucht?«

»Ach... vor ein oder zwei Wochen«, sage ich und ziehe ansatzweise die Schultern hoch.

Ja! Ja! Ihr Gesicht!

»Es wird traumhaft«, schaltet Robyn sich begeistert ein.

»Übrigens habe ich heute Morgen mit dem Event-Designer gesprochen. Er hat zweihundert Birken bestellt, und es werden Proben von den Kiefernnadeln geschickt...«

Ich sehe Alicia an, dass ihr Gehirn auf Hochtouren läuft.

»Ach, *du* bist die mit dem Zauberwald im Plaza«, sagt sie dann. »Davon habe ich schon gehört. Das soll ein Vermögen kosten. Und es werden Geiger von den Wiener Symphonikern eingeflogen. Stimmt das?«

»Die New Yorker Philharmoniker sind leider auf Tour«, bedauert Robyn. »Aber diese Leute aus Wien sollen auch sehr gut sein –«

»Die sind ganz bestimmt Weltklasse«, sage ich und lächele Robyn an, die mich ihrerseits anstrahlt, als wenn ich eine uralte Verbündete wäre.

»Mies Bloomwood.« Antoine taucht aus dem Nichts auf und drückt sich meine Hand gegen die Lippen. »Jetzt stehe isch Ihnen voll und ganz zur Verfügung. Bitte entschuldigen Sie die Verzögerung. Immer diese lästigen kleinen Zwischenfälle...«

Alicias Blick verfinstert sich.

»Tja«, sagt sie. »Ich gehe dann.«

»Au revoir«, sagt Antoine, ohne sie anzusehen.

»Bye, Alicia«, verabschiede ich mich ganz brav. »Ich wünsche dir eine wunderschöne Hochzeit!«

Kaum ist sie weg, lasse ich mich auf meinen eleganten Stuhl sinken. Mein Herz hämmert immer noch. Welch ein Hochgefühl! Das war einer der besten Augenblicke meines Lebens! Endlich habe ich Alicia Biest-Langbein mal untergekriegt! Endlich! Ich meine, wie oft ist sie schon ekelhaft zu mir gewesen? Antwort: ungefähr eintausend Mal. Und wie oft habe ich die perfekte, vernichtende Antwort auf den Lippen gehabt? Antwort: nie.

Bis heute!

Robyn und Antoine wechseln Blicke, und ich würde sie ja am liebsten fragen, was sie von Alicia halten. Aber … Das schickt sich nicht für eine zukünftige Braut.

Und wenn sie über Alicia lästern, dann lästern sie vielleicht auch über mich.

»So!«, sagt Robyn. »Dann wollen wir uns mal etwas angenehmeren Dingen zuwenden. Sie haben sich ja bereits mit den Einzelheiten von Beckys Hochzeit vertraut gemacht, Antoine.«

»Allerdings«, sagt Antoine und strahlt mich an. »Ein wirkliesch märschenaftes *arrangement*!«

»Ich weiß«, höre ich mich selbst sagen. »Und ich freue mich schon so wahnsinnig drauf!«

»Gut … dann spreschen wir über die Torte … Isch ole noch ein paar Bilder für Sie … Kann isch Ihnen in der Zwischenzeit noch ein Glas *champagne* anbieten?«

»Ja, bitte!« Ich halte ihm mein Glas entgegen. »Das wäre sehr nett.«

Der Champagner fließt blass und köstlich sprudelnd in mein Glas. Dann verschwindet Antoine wieder, und ich trinke einen Schluck. Ich setze ein Lächeln auf, um zu verbergen, dass mir eigentlich nicht ganz wohl in meiner Haut ist.

Jetzt, da Alicia weg ist, brauche ich keine Show mehr abzuziehen. Ich sollte jetzt ganz einfach das Glas abstellen, mit Robyn ein paar Schritte zur Seite treten, mich bei ihr entschuldigen, dass ich ihre Zeit verschwendet habe – und sie darüber informieren, dass die Hochzeit im Plaza nicht stattfindet und ich in Oxshott heirate. Ganz einfach und direkt.

Das sollte ich tun.

Aber … Irgendwie ist seit heute Morgen etwas ganz Komisches mit mir passiert. Ich kann es gar nicht richtig erklären – aber irgendwie … also, wenn ich hier so sitze, Champagner trinke und 1000-Dollar-Torte esse, dann *fühle* ich mich einfach überhaupt nicht wie jemand, der in einem Garten in Oxshott heiratet.

Wenn ich ganz ehrlich bin – Hand aufs Herz –, dann fühle ich mich ganz genau wie jemand, der eine riesige Luxushochzeit im Plaza feiern wird.

Mehr als das: Ich *will* jemand sein, der eine riesige Luxushochzeit im Plaza feiern wird. Ich *will* die Frau sein, die sich in sündhaft teuren Tortengeschäften Kostproben servieren lässt, die ständig Leute hinter sich herrennen hat und die wie eine Prinzessin behandelt wird. Wenn ich die Hochzeit absage, hat das alles ein Ende. Niemand wird sich mehr um mich kümmern. Ich werde nicht mehr diese ganz besondere, glanzvolle Frau sein.

Oh, Gott, was ist bloß mit mir los? Heute Morgen war ich mir doch noch so sicher!

Ich schließe ganz bewusst die Augen und zwinge mich, wieder an Mum und ihren blühenden Kirschbaum zu denken. Aber nicht mal das funktioniert. Vielleicht ist es der Champagner – aber anstatt wieder ganz sentimental zu werden und zu denken: »Ich *muss* zu Hause heiraten!«, ertappe ich mich bei dem Gedanken: »Vielleicht könnten wir den Kirschbaum irgendwie in den Zauberwald einbauen?«

»Alles in Ordnung, Becky?«, fragt Robyn und strahlt mich an. »Sie träumen ja!«

»Oh!«, sage ich und reiße schuldbewusst den Kopf hoch.

»Ach, ich musste nur gerade daran denken, dass ... die äh ... Hochzeit wirklich sensationell wird.«

Was soll ich tun? Sage ich es ihr? Sage ich es ihr *nicht*?

Komm schon, Becky. Entscheide dich.

»Also – wollen Sie gern sehen, was ich in meiner Tasche habe?«, fragt Robyn geheimnistuerisch-fröhlich.

»Äh ... ja, bitte.«

»Ta-daaaaah!« Sie holt eine feste, mit schnörkelreicher Schrift geprägte Karte hervor und reicht sie mir.

Mrs Elinor Sherman
bittet um die Ehre Ihres Erscheinens
zur Hochzeit ihres Sohnes
Luke Brandon
mit
Rebecca Bloomwood ...

Fasziniert betrachte ich den Text. Mein Herz klopft wie wild.

Das hier ist echt. Es ist wirklich echt. Da steht es, schwarz auf weiß.

Oder sagen wir, bronze auf taupe.

Ich nehme ihr die Karte ab und drehe und wende sie.

»Was meinen Sie?« Robyn strahlt. »Exquisit, oder? Die Karte besteht zu achtzig Prozent aus Leinen.«

»Sie ist … wunderschön.« Ich schlucke. »Aber ist es nicht ein bisschen früh, um jetzt schon Einladungen zu verschicken?«

»Wir verschicken sie ja noch nicht! Aber ich möchte die Einladungen immer gern schön früh fertig haben. Ich sage ja immer, man kann nicht oft genug Korrektur lesen. Wir wollen unsere Gäste doch nicht darum bitten, im ›Shoking‹ zu erscheinen, wie es bei einer Braut passiert ist, deren Namen ich jetzt lieber nicht nennen möchte …« Sie lacht schrill.

»Aha.« Mein Blick wandert zurück auf den Einladungstext.

Samstag, den 22. Juni 2002 um 19 Uhr
im Plaza Hotel
NewYork City

Das hier ist ernst. Wenn ich tatsächlich etwas sagen will, dann muss ich es jetzt tun. Wenn ich diese Hochzeit abblasen will, muss ich es jetzt tun. In diesem Augenblick.

Aber mein Mund bleibt zu.

Soll das wirklich heißen, dass ich mich letztendlich doch für das Plaza entscheide? Dass ich mich verkaufe? Dass ich mich für Glitzer und Glamour entscheide? Dass ich Elinor Mum und Dad vorziehe?

»Möchten Sie die Ihrer Mutter schicken?«, sagt Robyn.

Ich reiße den Kopf hoch – doch Robyn sieht mich wie

die personifizierte Unschuld an. »Ist ja wirklich schade, dass sie nicht hier ist und bei den Vorbereitungen mitmachen kann. Aber sie wird sich doch bestimmt freuen, die Einladung zu sehen, oder?«

»Ja«, sage ich nach längerem Schweigen. »Ja, sie … wird begeistert sein.«

Ich stecke die Einladung in die Tasche und lasse diese zuschnappen. Mir ist ein klein wenig übel.

Das war's dann also. Wir heiraten in New York.

Mum wird das bestimmt verstehen. Wenn ich es nur richtig anpacke, ihr davon zu erzählen, wird sie schon nachgeben. Sie muss.

Antoines neue Mandarinen-Lychee-Torten-Kreation ist fantastisch. Und doch ist mir der Appetit irgendwie vergangen.

Nachdem ich nun schon eine ganze Reihe von Geschmacksrichtungen gekostet und mich immer noch nicht entschieden habe, wechseln Antoine und Robyn Blicke und schlagen vor, dass ich mal eine Nacht darüber schlafe. Ich bekomme eine letzte Zuckerrose mit auf den Weg, verabschiede mich und gehe zu Barneys, wo ich sämtliche Kundinnen ausgesucht zuvorkommend bediene – als wenn nichts wäre.

Und doch denke ich ununterbrochen über diesen Anruf nach, den ich tätigen muss. Und darüber, wie ich Mum von meiner Entscheidung berichte. Darüber, wie ich es ihr *erkläre*. Ich darf auf keinen Fall mit der Tür ins Haus fallen und sagen, dass ich definitiv im Plaza heiraten möchte. Zumindest nicht am Anfang. Ich werde ihr sagen, dass ich das für eine gute Alternative halte –

wenn wir beide das wollen. Das ist der Schlüsselsatz: *Wenn wir beide das wollen.*

Denn wenn man sich das mal überlegt, habe ich ihr diese Möglichkeit bisher ja nicht auf plausible Art und Weise präsentiert. Und wenn ich ihr das erst mal alles ausführlich erklärt habe, wird sie sich vielleicht förmlich auf diese einmalige Gelegenheit stürzen. Wenn ich ihr erst mal von dem Zauberwald und dem Streichorchester erzählt habe, und von dem Tanzorchester und der 1000-Dollar-Torte. Eine glanzvolle Luxushochzeit, die uns keinen Cent kostet! Ich meine, wer würde sich nicht darauf stürzen?

Aber als ich die Treppe zu unserer Wohnung hinaufgehe, ist mir ganz übel vor Nervosität. Ich weiß, dass ich mir was in die Tasche lüge. Ich weiß, was Mum wirklich will.

Und ich weiß, dass sie – wenn ich nur genügend darum bettele – alles für mich tun würde.

Ich schließe die Tür hinter mir und atme tief durch. Zwei Sekunden später klingelt es an der Tür, und ich fahre zu Tode erschrocken zusammen. Mann, bin ich nervös.

»Hi«, sage ich, als ich die Tür aufmache. »Ach, du bist's, Danny. Hör mal, ich muss einen ziemlich wichtigen Anruf erledigen. Also, wenn es dir nichts ausmachen würde –«

»Okay, ich muss dich um einen Gefallen bitten«, sagt er, marschiert an mir vorbei in die Wohnung und ignoriert vollkommen, was ich gerade gesagt habe.

»Was denn?«

»Randall setzt mich unter Druck. Stellt plötzlich Fragen wie: ›Wo genau verkaufst du eigentlich deine Klamotten? Wer genau sind deine Kunden? Hast du einen Geschäftsplan entworfen?‹ Und ich antworte: ›Natürlich habe ich einen Geschäftsplan, Randall. Ich habe vor, nächstes Jahr Coca-Cola aufzukaufen, sonst noch Fragen?‹«

»Danny –«

»Und dann fängt er an von wegen, wenn ich keinen echten Kundenstamm habe, dann sollte ich wohl besser aufgeben, denn er würde mich nicht mehr lange subventionieren. Er hat tatsächlich das Wort ›subventionieren‹ benutzt! Kannst du dir das vorstellen?«

»Na ja«, sage ich, ohne ganz bei der Sache zu sein. »Immerhin bezahlt er deine Miete. Und er hat dir mehrere Rollen pinkfarbenes Wildleder gekauft …«

»Okay«, räumt Danny nach einer Weile ein. »Okay. Die Sache mit dem pinkfarbenen Wildleder war ein Fehler. Aber herrje! Kann er das nicht einfach auf sich beruhen lassen? Ich habe ihm von deinem Kleid erzählt – aber er meinte nur so was wie ›Daniel, du kannst deine Geschäftsidee nicht auf einer einzigen Kundin aufbauen, die zufällig deine Nachbarin ist.‹« Danny kaut nervös auf seinem Daumennagel herum. »Also habe ich ihm erzählt, dass ich gerade eine große Bestellung von einem Kaufhaus hereinbekommen habe.«

»Wirklich? Von welchem?«

»Barneys.«

Ich sehe ihn an und bin jetzt endlich ganz bei der Sache.

»*Barneys*? Danny, warum hast du Barneys gesagt?«

»Damit du mir helfen kannst! Falls er dich fragen

sollte: Ihr führt mich, ja? Und deine Kundinnen kloppen sich geradezu um meine Sachen, so etwas hat es in der Geschichte von Barneys noch nie gegeben.«

»Du spinnst. Das glaubt der doch nie. Und was machst du, wenn er Geld sehen will?«

»Bis dahin habe ich Geld!«

»Und was ist, wenn er dich kontrolliert? Was, wenn er zu Barneys geht, um zu gucken?«

»Tut er nicht«, sagt Danny verächtlich. »Er hat doch so schon nur einmal im Monat Zeit, überhaupt mit mir zu reden. Ungeplante Ausflüge zu Barneys sind da nicht drin. Aber wenn du ihn mal im Treppenhaus triffst, dann weißt du, was du zu sagen hast, ja? Das ist alles, was ich von dir will.«

»Tja … na gut«, gebe ich schließlich nach.

Also echt. Als wenn ich nicht schon genug Sorgen hätte.

»Danny, ich muss jetzt wirklich dringend diesen Anruf erledigen …«, versuche ich noch mal, ihn hinauszukomplimentieren.

»Habt ihr schon eine neue Bleibe gefunden?«, fragt Danny und lässt sich auf einen Sessel plumpsen.

»Dazu hatten wir noch keine Zeit.«

»Habt ihr noch nicht mal drüber nachgedacht?«

»Elinor will, dass wir in ihr Gebäude einziehen, und ich habe Nein gesagt. Weiter sind wir noch nicht gekommen.«

»Echt?« Danny glotzt mich an. »Ihr wollt also nicht im Village bleiben?«

»Doch, natürlich! Mich kriegen keine zehn Pferde an die Park Avenue!«

»Und was habt ihr vor?«

»Ich … weiß nicht! Und im Moment habe ich einfach so viele andere Sachen im Kopf. Wobei mir einfällt –«

»Das ist der vorhochzeitliche Stress«, kommentiert Danny weise. »Das beste Mittel dagegen ist ein doppelter Martini.« Er macht den Cocktailschrank auf, und schon fällt ihm ein ganzer Stapel Broschüren zum Thema »Hochzeitstisch anlegen« entgegen.

»Hey!«, sagt er mit leicht vorwurfsvollem Unterton, als er sie aufhebt. »Hast du etwa ohne mich einen Hochzeitstisch einrichten lassen? Das glaube ich nicht! Mein ganzes Leben freue ich mich schon darauf, mal einen Hochzeitstisch einzurichten! Hast du dir eine Cappuccino-Maschine gewünscht?«

»Äh … ja. Ich glaube schon –«

»Großer Fehler. Die machen lange nicht so guten Cappuccino wie die professionellen Maschinen. Aber hör mal, solltest du jemals in der Verlegenheit sein, dass Sachen geliefert werden und du nicht zu Hause bist – du weißt, wo ich bin …«

»Ja, klar.« Ich werfe ihm einen eindeutigen Blick zu. »Vor allem nach der Sache an Weihnachten.«

Weihnachten ist immer noch ein leicht wunder Punkt bei mir. Ich dachte, ich wäre so richtig clever, und habe einen Haufen Geschenke übers Internet bestellt. Nur leider sind sie nie angekommen, sodass ich Heiligabend völlig panisch durch die Geschäfte stürzte und Ersatzgeschenke kaufte. Am Morgen des ersten Feiertages sind wir auf einen Drink hoch zu Danny und Randall gegangen – und trafen Danny in dem seidenen Morgenmantel an, den ich für Elinor gekauft hatte, und mit der halb leer gefutterten Pralinenschachtel neben sich, die für meine Kollegin Samantha gedacht war.

»Hey, sag mal, was hättest du denn an meiner Stelle gedacht?«, verteidigt er sich. »Es war Weihnachten, die Sachen waren als Geschenke eingepackt … Da dachte ich: Ja, Daniel, es gibt *doch* einen Weihnachtsmann …« Er greift nach der Martini-Flasche und schmeißt ein paar Eiswürfel in den Cocktailshaker. »Stark? Oder extra stark?«

»Danny, ich muss jetzt *wirklich* mal telefonieren. Ich komme gleich wieder.«

Ich stöpsele das Telefon aus, nehme es mit ins Schlafzimmer, schließe die Tür hinter mir und versuche, mich zu sammeln.

Okay. Ich schaffe das schon. Ganz ruhig. Ganz beherrscht. Ich wähle die Nummer meiner Eltern und höre es mit Grauen mehrmals tuten.

»Hallo?«, meldet sich eine blechern klingende Stimme.

»Hallo?«, entgegne ich verwirrt. Ich weiß, dass es sich um ein Ferngespräch handelt – aber das ist garantiert nicht Mums Stimme.

»Becky! Ich bin's, Janice! Wie geht es dir, Liebes?«

Das ist doch bizarr. Habe ich aus Versehen bei unseren Nachbarn angerufen?

»Mir geht's … gut.«

»Prima! Hör mal, wo ich dich gerade an der Strippe habe, möchtest du lieber Evian oder Vittel?«

»Vittel«, sage ich ganz automatisch. »Janice –«

»Sehr schön. Und was für ein Mineralwasser? Heutzutage trinken ja so viele Leute Wasser, weil sie noch nach Hause fahren müssen und so. Was hältst du von Perrier?«

»Ich … ich weiß nicht. Janice –« Ich hole tief Luft. »Ist Mum da?«

»Ja, wusstest du das denn nicht, Liebes? Deine Eltern sind weggefahren! In den Lake District!«

Abgrundtiefe Enttäuschung. Wie konnte ich nur vergessen, dass sie in den Lake District fahren wollten?

»Ich bin nur kurz rübergekommen, um die Pflanzen zu gießen. Wenn es dringend ist, kann ich eben die Nummer holen, unter der sie zu erreichen sind –«

»Nein, ist … ist schon gut.«

Die Enttäuschung weicht und macht ganz langsam aufkommender Erleichterung Platz. Das heißt, ich komme erst mal drum herum. Ich meine, ist ja schließlich nicht meine Schuld, dass sie weg sind, oder?

»Bist du sicher?«, fragt Janice. »Wenn es wichtig ist, kann ich schnell die Nummer holen, kein Problem …«

»Nein, wirklich, ist schon gut! War nicht wichtig«, höre ich mich sagen. »War schön, deine Stimme zu hören, Janice … Bye!« Ich knalle den Hörer auf die Gabel und zittere ganz leicht. Nur noch ein paar Tage. Was machen schon ein paar Tage? Ich gehe zurück ins Wohnzimmer, wo Danny auf dem Sofa liegt und zappt.

»Alles okay?«, fragt er und hebt den Kopf.

»Ja«, sage ich. »Wie war das mit dem Drink?«

»Ist im Shaker«, sagt er und nickt in Richtung Cocktailschrank. Im gleichen Moment geht die Wohnungstür auf.

»Hi!«, rufe ich. »Bist du's, Luke? Du kommst genau rechtzeitig für einen –«

Mir bleibt das Wort im Halse stecken, als Luke ins Wohnzimmer kommt. Entsetzt sehe ich ihn an. Er ist wachsbleich, seine Wangen sind wie eingefallen, und seine Augen sind noch dunkler als sonst. So habe ich ihn noch nie gesehen.

Danny und ich sehen einander an, und mir wird ganz anders vor Angst.

»Luke!«, schlucke ich. »Geht's dir gut?«

»Ich habe versucht, dich bei der Arbeit anzurufen«, sagt er. »Da warst du nicht. Und zu Hause nahm auch niemand ab.«

»Dann war ich wohl auf dem Weg nach Hause.« Vorsichtig gehe ich einen Schritt auf ihn zu. »Was ist passiert, Luke? Ärger in der Firma?«

»Michael hatte einen Herzinfarkt.«

NEUN

Michael liegt im dritten Stock eines großen Krankenhauses in Washington. Schweigend marschieren wir die Flure entlang und starren geradeaus. Letzte Nacht haben wir beide nicht besonders gut geschlafen – ich bin mir nicht mal sicher, ob Luke überhaupt ein Auge zugetan hat. Er redet nicht viel, aber ich weiß genau, dass er von Schuldgefühlen zerfressen ist.

»Er hätte tot sein können«, sagte er letzte Nacht, als wir wach nebeneinander im Dunklen lagen.

»Ist er aber nicht«, sagte ich und nahm seine Hand.

»Aber er hätte es sein können.«

Und das stimmt. Er hätte tot sein können. Und jedes Mal, wenn ich daran denke, krampft sich mein Magen ganz furchtbar zusammen. Ich habe noch nie erlebt, dass jemand, der mir so nahestand, ernsthaft krank war. Gut, da war Großtante Muriel, die irgendetwas mit den Nieren hatte – aber die habe ich nur vielleicht zweimal im Leben gesehen. Und meine Großeltern leben alle noch, bis auf Opa Bloomwood, der gestorben ist, als ich zwei war, und den ich ergo gar nicht kannte.

Ich glaube, ich bin auch noch nie so richtig in einem Krankenhaus gewesen – es sei denn, *Emergency Room* zählt mit. Während wir so an Schildern mit Aufschriften wie »Onkologie« und »Dialyse« vorbeilaufen, wird mir wieder mal bewusst, was für ein behütetes Leben ich bisher geführt habe.

Wir kommen zu Zimmer 465, und Luke bleibt stehen.

»Hier ist es«, sagt er. »Bereit?« Er klopft leise an, wartet kurz und macht dann die Tür auf.

Michael liegt in einem großen, kalten Metallbett und schläft. Auf dem Tisch neben ihm stehen mindestens sechs große Blumensträuße und um ihn herum im Zimmer noch ein paar mehr. Mit der rechten Hand hängt er am Tropf, und von seiner Brust führt ein Schlauch zu einer Maschine mit kleinen Lichtern. Er ist blass und sieht abgehärmt und … verletzlich aus.

Der Anblick gefällt mir nicht. Ich habe Michael noch nie in irgendetwas anderem als einem teuren Anzug und mit einem teuren Drink in der Hand gesehen. Groß, selbstsicher und unzerstörbar. Und jetzt liegt er da, in einem Krankenhausbett, in einem Krankenhaus-Nachthemd …

Ich blicke kurz zu Luke, der Michael blass anstarrt. Er sieht aus, als wenn er gleich heulen würde.

Oh, Gott. Jetzt fange *ich* gleich an zu heulen.

Dann öffnet Michael die Augen, und ich bin grenzenlos erleichtert. Seine Augen sind wenigstens noch die alten. Strahlen die gleiche Wärme aus wie früher. Und den gleichen Humor.

»Den weiten Weg hättet ihr nun wirklich nicht machen müssen«, sagt er. Seine Stimme klingt trocken und noch tiefer als sonst.

»Michael«, sagt Luke und tritt schnell einen Schritt näher an ihn heran. »Wie geht es dir?«

»Besser. Besser als vorher.« Michael lässt einen forschenden Blick über Luke schweifen. »Und wie geht es *dir*? Du siehst ja fürchterlich aus.«

»So geht es mir auch«, sagt Luke. »Es geht mir wirklich absolut …« Er bricht ab und schluckt.

»Wirklich?«, fragt Michael. »Dann solltest du vielleicht auch mal ein paar Sachen testen lassen. Das beruhigt einen ungemein. Ich weiß jetzt zum Beispiel, dass ich Angina habe. Aber dafür ist meine Lymphe völlig in Ordnung, und ich bin nicht gegen Erdnüsse allergisch. Ist doch gut zu wissen, oder?« Sein Blick verweilt auf dem Obstkorb in Lukes Hand. »Ist der für mich?«

»Ja!«, sagt Luke, als hätte man ihn gerade geweckt. »Nur eine kleine … Soll ich ihn hier hinstellen?«

Luke macht Platz zwischen den exotischen Blumenarrangements, und während er damit beschäftigt ist, sehe ich, dass eine der Grußkarten mit dem Briefkopf des Weißen Hauses bedruckt ist. Wow.

»Obst«, sagt Michael und nickt. »Sehr aufmerksam. Du hast wahrscheinlich mit meinem Arzt gesprochen. Die sind hier ziemlich streng. Besucher, die Süßigkeiten mitbringen, werden in einen kleinen Raum geführt, wo sie zehn Minuten joggen müssen.«

»Michael …« Luke holt tief Luft, und ich kann sehen, wie er sich förmlich am Griff des Obstkorbes festhält. »Michael, was ich dir sagen wollte … Es tut mir leid. Wegen unserem Streit neulich.«

»Schon vergessen.«

»Nein. Ich habe ihn noch nicht vergessen.«

»Luke.« Michael sieht Luke sehr freundlich an. »Mach dir deswegen keinen Kopf.«

»Aber ich habe das Gefühl –«

»Wir hatten eine Meinungsverschiedenheit, das ist alles. Ich habe seitdem ziemlich viel über das nachgedacht, was du gesagt hast. Und du hast nicht ganz unrecht. Wenn Brandon Communications von der Öffentlichkeit mit einem guten Zweck in Verbindung gebracht wird, kann das dem Firmenprofil nur nützen.«

»Ich hätte das nie tun sollen, ohne mich mit dir zu besprechen«, brummt Luke.

»Na ja. Wie du ja so treffend bemerktest, es ist deine Firma. Du hast das Sagen. Und das respektiere ich.«

»Und ich respektiere dich und deinen Rat«, entgegnet Luke ohne zu zögern. »Das werde ich immer tun.«

»Gut. Also, können wir uns jetzt darauf einigen, das Kriegsbeil zu begraben?« Michael streckt die Hand aus, die da, wo die Tropfnadel eingeführt wurde, blaue Flecken hat – und Luke schlägt ganz sachte ein.

Oje. Mir wird ganz anders.

»Ich hole nur mal eben etwas Wasser«, murmele ich und schleiche mich rückwärts und schwer atmend aus dem Krankenzimmer.

Ich kann doch nicht vor Michael anfangen zu heulen. Was würde er denn von mir halten?

Oder wer weiß, vielleicht würde er dann glauben, dass ich etwas weiß, das er nicht weiß. Vielleicht würde er glauben, dass wir seine Krankenakte eingesehen haben und dass das mit der Angina gar nicht stimmt. Dass er in Wirklichkeit ein inoperables Blutgerinnsel im Hirn hat, das nur von einem Superspezialisten aus Chicago behandelt werden kann, der es aber abgelehnt hat, Michael als Patienten anzunehmen, weil zwischen den beiden Krankenhäusern eine alte Fehde besteht …

Hm. Ich glaube, ich sollte das hier wirklich nicht ständig mit *Emergency Room* verwechseln.

Ich atme mehrfach tief durch, um mich zu beruhigen, gehe zur nächstgelegenen Sitzgelegenheit und platziere mich neben einer Frau mittleren Alters in einer alten blauen Strickjacke.

»Alles in Ordnung?« Als ich zu ihr aufsehe, hält sie mir ein Papiertaschentuch entgegen. »Das geht einem ganz schön an die Nieren, was?«, bemerkt sie mitfühlend, während ich mir die Nase putze. »Ist jemand aus Ihrer Verwandtschaft hier?«

»Nein, nur ein Freund. Was ist mit Ihnen?«

»Mein Mann Ken«, sagt die Frau. »Hat einen Bypass eingesetzt bekommen.«

»Oh, Gott. Das … tut mir leid.«

Mir läuft ein Schauer den Rücken herunter, als ich versuche, mir vorzustellen, wie ich mich fühlen würde, wenn Luke statt Michael in dem Krankenhausbett liegen würde.

»Er müsste eigentlich über den Berg kommen, wenn er in Zukunft ein bisschen gesünder lebt. Männer. Kümmern sich wirklich überhaupt nicht um ihre Gesundheit.« Sie schüttelt den Kopf. »Aber wenn man dann erst mal hier ist … dann wird einem plötzlich klar, was wirklich wichtig ist, stimmt's?«

»Allerdings«, pflichte ich ihr ernst bei.

Wir sitzen eine Weile schweigend nebeneinander, und ich denke ziemlich besorgt über Luke nach. Vielleicht sollte ich ihn dazu bringen, ein bisschen öfter ins Fitnessstudio zu gehen. Und diesen fettarmen Brotaufstrich zu essen, der den Cholesterinspiegel senkt. Nur, um ganz sicherzugehen.

Irgendwann lächelt die Frau mich an, steht auf und geht. Aber ich bleibe sitzen. Ich möchte Luke und Michael noch ein bisschen Zeit unter vier Augen geben. Drüben am Fenster sitzen zwei Patienten in Rollstühlen und unterhalten sich, und eine ziemlich zerbrechlich wirkende alte Frau begrüßt ihre – wie ich vermute – Enkel. Sie fängt an, über das ganze Gesicht zu strahlen, als sie die Kinder sieht, und wirkt auf einmal zehn Jahre jünger. Das darf doch nicht wahr sein! Jetzt fange ich schon wieder an zu schniefen!

Ganz in der Nähe sitzen zwei Mädchen in Jeans. Die eine lächelt mich freundlich an.

»Süß, was?«, sagt sie.

»Ich bin sicher, wenn die Leute nur immer ihre Familie um sich herum haben könnten, dann würden sie bestimmt zehntausend Mal schneller wieder gesund werden«, ereifere ich mich. »In den Krankenhäusern sollten auf jeder Etage Gästezimmer eingerichtet werden. Dann könnte man die Patienten bestimmt schon nach der Hälfte der sonst üblichen Zeit wieder entlassen!«

»Weise Worte«, sagt eine sehr angenehme Stimme hinter mir. Überrascht drehe ich mich um. Vor mir steht eine ausgesprochen hübsche, dunkelhaarige Ärztin und lächelt mich an. »Eine kürzlich in Chicago erstellte Studie hat nämlich genau das gezeigt.«

»Ach, ja?« Ich erröte vor Stolz. »Na ja … danke! Obwohl ich ja eigentlich einfach nur beobachtet habe, was ich um mich herum sehe –«

»Aber das ist genau die Einstellung, die die Ärzte

heutzutage mitbringen müssen«, sagt sie. »Die Einstellung, auch mal über den Tellerrand der Krankenakten hinauszusehen. Den Patienten nicht nur als Patienten zu betrachten – sondern als Person. Als Mensch. Arzt zu sein bedeutet nicht nur, irgendwelche Prüfungen zu bestehen und die Namen der verschiedenen Knochen auswendig zu lernen. Arzt zu sein bedeutet, dass man versteht, wie ein Mensch funktioniert – und zwar nicht nur biologisch und körperlich, sondern auch seelisch.«

Wow. Ich muss schon sagen. Ich bin beeindruckt. Ich habe noch nie gesehen, dass britische Ärzte auf Fluren herumstehen und flammende Reden über ihren Berufsstand halten. In England rennen die immer nur an einem vorbei und sehen gestresst aus.

»Wollten Sie schon immer in die Medizin gehen?«, fragt sie mich und lächelt.

»Ähm … also … eigentlich …«, stammele ich.

Es wäre jetzt doch wohl ein bisschen unhöflich zu sagen, dass ich noch nie auch nur im Entferntesten daran gedacht habe, oder? Ich meine, braucht man dafür nicht zehntausend Einsen oder so?

Andererseits … kein schlechter Gedanke, oder? Die Vorstellung geht mir ungewöhnlich tief unter die Haut. Ich meine, gerade eben noch dachte ich, ich hätte in meinem Leben noch nichts wirklich Bedeutungsvolles geleistet. Also, warum sollte ich nicht Ärztin werden? Andere steigen auch mittendrin beruflich um und machen was total anderes. Und jetzt, wo ich darüber nachdenke, habe ich doch schon immer instinktiv den Wunsch in mir verspürt zu heilen. Wahrscheinlich habe ich irgendetwas an mir, was dieser Ärztin sofort aufgefallen ist. Ich meine, warum sonst würde sie einfach so auf mich zukommen und mir vorschlagen, in die Medizin zu gehen?

Dr. Rebecca Bloomwood.

Baronesse Dr. Rebecca Bloomwood.

Mann, was wäre Mum stolz auf mich!

Die Ärztin fängt an, von etwas anderem zu reden, aber ich höre gar nicht hin. Ich bin wie hypnotisiert von der Vorstellung, wie ich in einem weißen Kittel forschen Schrittes in ein Krankenzimmer schreite und »Blutdruck 40 zu 25« oder so was sage und dann wieder hinausrausche, während mir alle bewundernd nachsehen.

Die Chirurgin Rebecca Bloomwood, die schon so oft Pionierarbeit geleistet hat, wäre nie in die Medizin gegangen, wenn es nicht vor einigen Jahren zu einer zufälligen schicksalhaften Begegnung gekommen wäre. Die berühmte Expertin arbeitete seinerzeit in der Modebranche –

»Ich will schon so lange ich denken kann Ärztin werden«, erzählt eins der Mädchen in Jeans eifrig, und ich sehe leicht verärgert auf.

Das ist ja mal wieder typisch. Nachmacherin. *Ich* werde Ärztin, nicht sie.

»Als ich klein war, wollte ich Zahnärztin werden«, sagt das andere Mädel. »Aber dann bin ich zur Vernunft gekommen.« Sie löst damit Gelächter aus. Als ich mich verwirrt umsehe, stelle ich fest, dass sich um uns herum beträchtlich viele Zuhörer geschart haben.

Was ist denn hier los? Wieso mischen die sich alle in unser vertrauliches Gespräch ein? Ich werfe einen verächtlichen Blick auf das Flugblatt, das der Typ direkt neben mir in der Hand hat, und lese *Ihr Weg zum Dr. med.*

Oh. Ach so.

Na und? Vielleicht werde ich auch noch mal eine Dr. med.! Ich weiß wahrscheinlich genauso viel über Medizin wie diese Typen hier, und noch dazu mache ich weise Kommentare.

»Bis hierher irgendwelche Fragen?«, fragt die hübsche Ärztin und erntet verlegenes Schweigen.

»Nun kommen Sie schon!«, sagt sie. »Sie brauchen keine Angst zu haben. Es muss doch irgendetwas geben, das Sie gern wissen möchten. Selbst wenn Sie glauben, dass es sich um völlig grundlegende oder offensichtliche Dinge handelt ... fragen Sie ruhig!«

Wieder schweigt alles, und ich verdrehe die Augen. Mein Gott, sind die lahm! Mir fallen auf Anhieb sofort mindestens zehn echt interessante Fragen ein.

»Ich habe eine Frage!«, sage ich und melde mich den Bruchteil einer Sekunde nach einem Typen mit Brille.

»Prima!«, sagt die Ärztin. »Das gefällt mir! Sie zuerst«, sagt sie zu dem Brillentypen.

»Mein Interesse liegt im Bereich der cerebralvaskulären Chirurgie«, sagt er. »Können Sie mir sagen, welche Methoden Sie hier für die Behandlung von intrakraniellen Aneurysmen anwenden?«

»Ah, ja! Also, in dem Bereich hat sich in der letzten Zeit ja so einiges getan.« Die Ärztin sieht sich strahlend um. »Einige von Ihnen haben vielleicht schon von der Embolisation von Aneurysmen durch absetzbare Platinspiralen nach Guglielmi gehört? Die sogenannte GDC-Behandlung?«

Ein paar der Zuhörer nicken, andere machen sich Notizen.

»Nun, in Kalifornien sind jüngst klinische Versuche unternommen worden …«

Wissen Sie was? Ich glaube, ich möchte meine Frage jetzt gar nicht mehr stellen. Ich glaube, ich möchte mich jetzt viel lieber ganz unauffällig verkrümeln, während sie ihren Vortrag hält.

»Und Ihre Frage?« Sie lächelt mich warmherzig an.

»Ach, wissen Sie«, sage ich schnell, »die war nicht so wichtig.«

»Nein, nein, nun sagen Sie schon. Sie dürfen alles fragen, was Sie gern wissen möchten.«

Jetzt sehen mich alle an.

»Na ja«, sage ich und spüre, wie meine Wangen glühen.

»Ich wollte eigentlich bloß fragen … Ihre weißen Kittel … – dürfen Sie die auch bunt färben?«

Okay, also werde ich vielleicht doch keine Ärztin. Obwohl mir nicht ganz klar ist, warum die alle so gelacht haben. Ich wette, dass einige von denen auch gespannt auf die Antwort waren – einige der Frauen haben jedenfalls ziemlich interessiert geguckt. Die Situation war mir trotzdem so peinlich, dass mein Herz immer noch wie wild klopft, als ich wieder in Michaels Zimmer komme.

»Hi!« Luke sieht zu mir auf und lächelt. Er sitzt auf einem Stuhl neben Michaels Bett, und die Atmosphäre wirkt deutlich entspannter als vorhin.

»Ich habe Luke gerade erzählt, dass meine Tochter mir damit in den Ohren liegt, ich solle aufhören zu arbeiten. Oder zumindest deutlich weniger arbeiten. Und nach New York ziehen«, erzählt Michael, als ich mich dazusetze.

»Echt? Au ja! Komm nach New York! Das würde uns so freuen!«

»Ich finde, deine Tochter hat recht«, sagt Luke. »Schließlich erledigst du zurzeit ungefähr sechs Vollzeitjobs.«

»Ich finde deine Tochter klasse«, erzähle ich ihm begeistert. »Wir hatten so einen Spaß miteinander, als sie bei Barneys war. Wie läuft es mit ihrem neuen Job?«

Michaels Tochter ist Patentanwältin und so extrem intelligent, dass es schon fast unheimlich ist. Andererseits hatte sie nie bemerkt, dass sie für ihre Garderobe immer Farben ausgesucht hatte, die überhaupt nicht zu ihrem Teint passten – bis ich sie darauf hinwies.

»Sehr gut, danke. Sie hat gerade bei Finerman Wallstein angefangen«, erläutert Michael Luke. »Sehr protzige Kanzlei.«

»Ich weiß«, sagt Luke. »Das sind meine Anwälte in Privatangelegenheiten. Ich war gerade erst vor ein paar Wochen da, um mein Testament zu machen. Wenn ich nächstes Mal da bin, werde ich mal nach ihr sehen.«

»Gute Idee«, sagt Michael. »Da wird sie sich freuen.«

»Du hast dein Testament gemacht, Luke?«, frage ich interessiert nach.

»Ja, natürlich habe ich ein Testament gemacht.« Luke glotzt mich an. »Du etwa nicht?«

»Nein«, sage ich unbekümmert – und sehe dann von Luke zu Michael. »Was? Was ist?«

»Jeder Mensch sollte sein Testament machen«, sagt Michael ernst.

»Ich habe nicht mal im Traum daran gedacht, dass du möglicherweise kein Testament gemacht haben könntest«, sagt Luke und schüttelt den Kopf.

»Und ich habe nicht mal im Traum daran gedacht, eins zu machen!«, verteidige ich mich. »Ich meine, ich bin doch erst siebenundzwanzig!«

»Ich werde einen Termin mit meinem Anwalt vereinbaren«, sagt Luke. »Wir müssen das regeln.«

»Aha. Okay. Aber mal im Ernst …« Ich zucke mit den Schultern. Dann kommt mir ein Gedanke. »Und wem wirst du alles vererben?«

»Dir«, sagt Luke. »Bis auf ein paar Kleinigkeiten.«

»Mir?« Ich reiße die Augen auf. »Wirklich? Mir?«

»Soweit ich weiß, ist es üblich, dass Männer ihren Ehefrauen alles vererben«, merkt er lächelnd an.

»Oder hast du etwas dagegen einzuwenden?«

»Nein! Natürlich nicht! Ich … hatte das nur … irgendwie nicht … erwartet.«

Mir wird ganz warm ums Herz vor Freude. Luke hinterlässt alles mir!

Ich weiß auch nicht, wieso mich das so überrascht. Ich meine, schließlich wohnen wir zusammen. Wir werden heiraten. Liegt doch auf der Hand.Trotzdem fühle ich mich ein klein wenig gebauchpinselt.

»Soll ich das so verstehen, dass du nicht vorhast, mir irgendetwas zu hinterlassen?«, erkundigt Luke sich sehr freundlich.

»Natürlich!«, rufe ich. »Ich meine – natürlich habe ich das vor!«

»Bloß keinen Druck ausüben«, sagt Luke und grinst Michael an.

»Natürlich hinterlasse ich dir was!« Ich bin ganz durcheinander. »Ich hatte nur bisher noch nie so richtig drüber nachgedacht!«

Um meine Verwirrung zu verbergen, schnappe ich mir eine Birne und beiße kraftvoll zu. Wobei ich mich plötzlich frage: *Wieso* habe ich eigentlich noch kein Testament gemacht?

Wahrscheinlich, weil ich noch nie auf den Gedanken gekommen bin, dass ich sterben könnte. Dabei könnte ich das doch jederzeit. Ich meine, zum Beispiel könnte unser Zug zurück nach New York entgleisen oder so. Oder es könnte ein Hammermörder in unsere Wohnung eindringen … oder … Ich könnte mit einem Regierungsagenten verwechselt und von einer subversiven Ausländerbande entführt werden …

Und wer würde dann alle meine Sachen kriegen?

Mein Gott, Luke hat recht. Das ist ja ein echter Notfall.

»Becky? Alles in Ordnung?« Ich sehe auf. Luke zieht schon den Mantel an. »Wir müssen los.«

»Schön, dass ihr da wart«, sagt Michael und drückt meine Hand, als ich ihm einen Kuss gebe. »Das hat mich wirklich gefreut.«

»Ich melde mich wegen der Hochzeit«, sagt Luke und lächelt Michael an. »Glaub bloß nicht, dass du um deine Trauzeugenpflichten herumkommst.«

»Niemals!«, sagt Michael. »Wobei mir aber einfällt: Bei eurer Verlobungsparty war ich etwas verwirrt, nachdem ich mit diversen Leuten gesprochen hatte. Heiratet ihr beide denn nun in New York oder in England?«

»In NewYork«, antwortet Luke und runzelt überrascht die Stirn. »Du hattest dich doch letztendlich für New York entschieden, oder, Becky? Ach, und ich habe dich noch nicht mal gefragt, wie deine Mutter es aufgenommen hat.«

»Ich … öm …« Ich versuche, Zeit zu gewinnen und wickele mir den Schal um den Hals.

Ich kann doch nicht die Wahrheit sagen. Ich kann doch nicht sagen, dass Mum immer noch nichts vom Plaza weiß.

Nicht hier. Nicht jetzt.

Ich meine, ich will ja schließlich nicht, dass Michael noch einen Herzinfarkt bekommt, oder?

»Ja!«, sage ich und spüre, wie mir flammende Röte ins Gesicht steigt. »Ja, sie findet das gut. Wir heiraten in NewYork!« Ich lache etwas schrill und bücke mich dann schnell, um meine Tasche in die Hand zu nehmen.

Und abgesehen davon, habe ich nicht mal wirklich gelogen. Denn sobald Mum wieder zu Hause ist, werde ich es ihr sagen.

Luke sieht ziemlich blass und ausgelaugt aus, als wir in den Zug einsteigen. Ich glaube, Michael so hilflos zu sehen, hat ihn doch mehr mitgenommen, als er zugeben will. Er sitzt da und starrt aus dem Fenster in die Dunkelheit, während ich mir überlege, wie ich ihn aufheitern könnte.

»Guck mal!«, sage ich schließlich. Ich hole ein Buch aus der Tasche, das ich neulich gekauft habe: *Das Versprechen Ihres Lebens*. »Wir müssten mal darüber reden, wie genau unser Eheversprechen lauten soll.«

»Wie, wie das lauten soll? Sind die nicht immer gleich?«, fragt Luke mit gerunzelter Stirn.

»Nein! Das ist doch ein alter Hut. Heutzutage schreibt jedes Brautpaar sein eigenes Eheversprechen. Hör mal zu:

›Ihr Trauversprechen ist eine einmalige Gelegenheit, der Welt zu zeigen, wie viel Sie einander bedeuten. Die gesamte Zeremonie steht und fällt mit Ihrem ganz persönlichen Eheversprechen und der Erklärung des Geistlichen, Sie seien nun Mann und Frau. Wählen Sie die Worte daher mit Bedacht – es sollten die schönsten und bewegendsten Worte sein, die an diesem großen Tag gesprochen werden.‹«

Erwartungsvoll sehe ich Luke an, doch der starrt schon wieder aus dem Fenster.

»In dem Buch hier steht, dass wir uns Gedanken darüber machen müssen, was für eine Sorte Paar wir sind«, bedränge ich ihn weiter. »Sind wir ›Junge Liebende‹ oder ›Herbstzeitlose‹?«

Luke hört mir nicht einmal zu. Gut, vielleicht sollte ich ein paar konkrete Beispiele vorlesen. Das erste, das ich finde, trägt die Überschrift »Sommerhochzeit«, und das passt doch ziemlich gut.

»*So, wie die Rosen im Sommer erblühen, erblühte meine Liebe für dich. So, wie die weißen Wolken sich über uns erheben, erhebt sich auch meine Liebe für dich*«, lese ich vor.

Ich verziehe das Gesicht. Vielleicht doch nicht. Ich blättere weiter und überfliege diverse andere Vorschläge.

Du standest mir in der schmerzhaften Zeit der Reha bei … Zwar sitzt du wegen Mordes ein, aber unsere Liebe wird immer strahlen wie ein Leuchtturm …

»Oooh, hör doch mal!«, sage ich dann plötzlich. »Hier ist eins für Leute, die sich schon aus der Schulzeit kennen. *Unsere Blicke begegneten sich in der Mathestunde. Wer hätte das gedacht, dass der Satz des Pythagoras zum Vorwort eines Eheversprechens werden würde?*«

»Unsere Blicke begegneten sich inmitten einer völlig überfüllten Pressekonferenz«, sagt Luke. »Wer hätte das gedacht, dass am Rande meiner Präsentation von hochinteressanten neuen Investmentfonds mit Schwerpunkt auf europäischen Wachstumsunternehmen mit Performance Tracking Tool, festen Gebühren und für den ersten Abrechnungszeitraum verbilligten Ausgabeaufschlägen eine große neue Liebe erwachsen würde?«

»Luke –«

Gut, okay. Ist vielleicht nicht der richtige Zeitpunkt, um über Eheversprechen zu reden. Ich mache das Buch zu und sehe Luke besorgt an.

»Alles okay?«

»Ja.«

»Du machst dir Sorgen um Michael, stimmt's?« Ich nehme Lukes Hand. »Ich bin mir wirklich sicher, dass er wieder auf den Damm kommt. Du hast doch gehört, was er gesagt hat. Das war nur ein Warnschuss.«

Luke schweigt einen Moment – dann dreht er sich zu mir um.

»Während du auf der Toilette warst«, erzählt er bedächtig, »habe ich mich mit den Eltern des Mannes unterhalten, der im Zimmer nebenan liegt. Er hatte letzte Woche einen Herzinfarkt. Weißt du, wie alt er ist?«

»Nein.«

»Dreiunddreißig.«

»Oh, Gott, echt? Das ist ja schrecklich!« Luke ist gerade mal ein Jahr älter.

»Er ist im Wertpapiergeschäft tätig. Ausgesprochen erfolgreich.« Luke atmet ganz langsam aus. »Da fängt man an nachzudenken. Darüber, was man eigentlich mit seinem Leben macht. Und man fängt an zu zweifeln.«

»Äh … ja.« Ich komme mir vor, als würde ich über rohe Eier laufen. »Ja, allerdings.«

So hat Luke noch nie mit mir geredet. Normalerweise, wenn ich anfange, über das Leben und den Sinn des Lebens und so etwas zu reden – was ich zugegebenermaßen nicht sehr oft tue –, blockt er das Thema entweder komplett ab oder zieht es ins Lächerliche. Und er hat selbstverständlich noch nie Zweifel darüber angemeldet, was er eigentlich mit seinem Leben macht. Ich möchte ihn so gerne aufbauen – aber ich habe Angst, etwas Falsches zu sagen und ihn zu vergrätzen.

Jetzt glotzt er wieder schweigend aus dem Fenster.

»Und was genau ging dir dabei durch den Kopf?«, hake ich vorsichtig nach.

»Ich weiß nicht«, sagt Luke nach kurzem Nachdenken.

»Ich finde nur, dass man die Dinge zumindest vorübergehend mit ganz anderen Augen sieht.«

Er sieht mich an – und einen Augenblick lang glaube ich, ganz tief in ihn hineinsehen zu können. Einen Teil von ihm zu erhaschen, den er mir nur sehr selten zeigt. Denn auch in ihm gibt es einen weichen, ruhigen und von Zweifeln geplagten Teil – wie in jedem anderen Menschen auch.

Dann blinzelt er – und es ist, als habe er die Blende wieder geschlossen. Jetzt ist er wieder ganz normal. Ganz der Geschäftsmann. Selbstsicher und cool.

»Wie dem auch sei. Ich bin froh, dass Michael und ich uns wieder vertragen haben«, sagt er und trinkt einen Schluck aus der Wasserflasche, die er dabeihat.

»Ich auch.«

»Er hat es am Ende eingesehen. Die Publicity, die wir durch die Stiftung bekommen werden, wird dem Unternehmen enorm nützen. Dass es sich dabei um die Stiftung meiner Mutter handelt, ist nicht weiter von Interesse.«

»Ja«, pflichte ich ihm nur widerstrebend bei. »Mag sein.« Ich habe jetzt wirklich keine Lust, mit ihm über seine Mutter zu reden, darum schlage ich lieber wieder das Eheversprechenbuch auf.

»Hey, hier ist eins für Kurzentschlossene. *Wir kennen uns erst seit einer Stunde, aber ich weiß jetzt schon, dass ich dich ewig lieben werde …*«

Als wir in New York ankommen, herrscht auf der Grand Central Station reges Treiben. Luke geht zur Toilette, und ich spaziere an einen Kiosk, um mir was Süßes zu kaufen. Ich komme an einem Zeitungsstand vorbei – und bleibe unvermittelt stehen. Moment mal. Was war denn das?

Ich gehe zwei Schritte zurück und werfe einen zweiten Blick auf die *New York Times*. Ganz oben rechts ist ein kleines Bild von Elinor, mit dem ein Artikel in der Zeitungsmitte angekündigt wird.

Ich schnappe mir die Zeitung und schlage sie auf.

Die Überschrift lautet: WIDER DIE SPENDENMÜ-

DIGKEIT. Darunter ist ein Bild von Elinor, wie sie mit einem ziemlich frostigen Lächeln auf den Stufen vor einem großen Gebäude steht und einem Herrn in Anzug einen Scheck überreicht. Etwas verwirrt lese ich die Bildunterschrift. *Elinor Sherman hat gegen die Apathie angekämpft und Spenden für einen guten Zweck gesammelt.*

Sollte da nicht ein Foto von Luke sein, wie er Elinor einen Scheck überreicht?

Ich überfliege den Artikel, um zu sehen, wo Brandon Communications erwähnt wird. Wo Luke erwähnt wird. Aber sein Name kommt kein einziges Mal vor. Er spielt in diesem Artikel überhaupt keine Rolle.

Ungläubig starre ich auf die Zeitung.

Nach allem, was er für sie getan hat. Wie kann sie ihm das antun?

»Was ist das?«

Ich zucke zusammen, als ich Lukes Stimme höre. Einen Moment lang überlege ich mir, die Zeitung unter meinem Mantel zu verstecken. Aber was soll das bringen? Früher oder später wird er den Artikel sowieso lesen.

»Luke ...« Ich zögere noch – doch dann schlage ich die Zeitung so auf, dass er den Artikel sofort sieht.

»Ist das meine Mutter?« Luke sieht überrascht aus. »Das hat sie mir ja gar nicht erzählt, dass schon etwas an die Presse gegangen ist. Zeig mal.«

»Luke ...« Ich hole tief Luft. »Du wirst überhaupt nicht erwähnt. Und deine Firma auch nicht.«

Mir wird ganz anders, während er die Seite überfliegt und seine Miene wachsenden Unglauben widerspiegelt. Der heutige Tag war schon hart genug – auch ohne herauszufinden, dass seine Mutter ihn gründlich verarscht hat.

»Hat sie dir nicht mal von dem Interview erzählt?«

Luke antwortet nicht. Er holt sein Handy raus, wählt eine Nummer und wartet. Dann schnaubt er und legt auf.

»Das hatte ich ganz vergessen. Sie ist ja wieder in der Schweiz.«

Das hatte ich auch vergessen. Sie will mal wieder »ihre Freunde besuchen« – rechtzeitig vor unserer Hochzeit. Dieses Mal bleibt sie ganze zwei Monate, was so viel heißt wie, dass sie eine Generalüberholung vornehmen lässt. Das Interview muss sie kurz vor ihrer Abreise gegeben haben.

Ich nehme Lukes Hand, aber er erwidert den Druck nicht. Gott weiß, was ihm jetzt durch den Kopf geht.

»Luke... sie kann das bestimmt irgendwie erklären –«

»Vergiss es.«

»Aber –«

»Vergiss es einfach.« Seine Stimme hat einen Unterton, der mich erschreckt. »Wir haben einen langen, harten Tag hinter uns. Lass uns nach Hause fahren.«

Rebecca Bloomwoods Testament und letzter Wille

Ich, Rebecca Jane Bloomwood, erkläre hiermit im Vollbesitz meiner geistigen Kräfte Folgendes zu meinem Testament und Letzten Willen:

Erstens: Sämtliche früher von mir errichteten Testamente und Kodizillen verlieren hiermit ihre Gültigkeit.

Zweitens: (a) Ich hinterlasse und vermache Susan Cleath-Stuart meine Schuhsammlung, alle meine Jeans, meinen braunen Ledermantel, mein gesamtes Make-up bis auf den Chanel-Lippenstift, meinen würfelförmigen Lederpuff, meine rote Kate-Spade-Handtasche+, meinen Silberring mit dem Mondstein und mein Gemälde mit den zwei Elefanten.

Ich hinterlasse und vermache meiner Mutter Jane Bloomwood alle anderen Handtaschen, meinen Chanel-Lippenstift, meinen kompletten Schmuck, mein weißes Baumwoll-Bettwäscheset von Barneys, meinen Waffelmuster-Morgenmantel, meine Wildlederkissen, meine venezianische Glasvase, meine Marmeladenlöffel-Sammlung und meine Armbanduhr von Tiffany.*

Ich hinterlasse und vermache meinem Vater Graham Bloomwood mein Schachspiel, die CDs mit klassischer Musik, die er mir zu Weihnachten geschenkt hat, meine Wochenendreisetasche von Bill Amberg, meine Titan-Schreibtischlampe und das unvollendete Manuskript meines Selbsthilfebuches *Becky Bloomwoods Goldene Geldregeln* mitsamt allen Rechten.

Ich hinterlasse und vermache meinem Freund Danny Kovitz alle meine alten *Vogues*++, meine Lavalampe, meine individuell gestaltete Jeansjacke und meine Saftpresse.

Ich hinterlasse und vermache meiner Freundin Erin Gayler meinen Kaschmirpullover von Tse, mein Abendkleid von Donna

Karan, alle meine Betsy-Johnson-Kleider und meine Haarbommeln von Louis Vuitton.

Drittens: Ich vermache den kompletten übrigen Nachlass und weitere mögliche Restbestände meines Besitzes – ganz gleich, um was es sich handelt und wo es sich befinden möge (ausgenommen Klamotten, die in Einkaufstüten unter den Schuhen im Kleiderschrank gefunden werden**) – Luke James Brandon.

(Forts...)

+ es sei denn, sie möchte lieber die neue DKNY-Tasche mit den langen Riemen haben.

* und meinen Schlüsselanhänger von Tiffany, den ich verloren habe, der aber irgendwo in der Wohnung sein muss.

++ sowie alle weiteren von mir erworbenen Zeitschriften.

** diese sind diskret und ohne großes Aufheben zu entsorgen.

ZEHN

Irgendwie läuft es zurzeit nicht so besonders.

Offen gestanden, läuft es sogar ziemlich beschissen. Seit Luke diesen Artikel in der Zeitung gesehen hat, zieht er sich total zurück und sagt kaum noch ein Wort. Er will offensichtlich nicht darüber reden, und die Atmosphäre zwischen uns wird immer gespannter. Ich weiß nicht, was ich dagegen tun soll. Vor ein paar Tagen habe ich es mit beruhigenden Duftkerzen versucht, die dann aber im Grunde auch nur nach Kerzenwachs rochen. Und gestern habe ich versucht, die Möbel umzuräumen, um alles ein bisschen harmonischer und Feng-Shui-mäßig zu machen. Aber dann kam Luke genau in dem Moment ins Wohnzimmer, als ich das eine Sofabein in den DVD-Player rammte, und ich fürchte, das fand er nicht so toll.

Ich weiß, dass er versucht hat, seine Mutter anzurufen, aber die Patienten in dieser blöden Schweizer Klinik dürfen keine Handys benutzen, und darum hat er sie noch nicht erreicht. Ich weiß auch, dass er bereits mehrmals mit Michael telefoniert hat. Und dass die Assistentin, die zur Elinor Sherman Foundation versetzt worden war, jetzt wieder im Hause Brandon Communications arbeitet. Aber als ich anfing, Luke Fragen zu stellen, hat er total dichtgemacht und gar nichts mehr gesagt. Als könnte er es einfach nicht über sich bringen, sich einzugestehen, was da tatsächlich passiert ist.

Das Einzige, das derzeit richtig gut läuft, sind die Hochzeitsvorbereitungen. Robyn und ich haben uns jetzt schon mehrfach mit dem Event-Designer getroffen, dessen Vorschläge zur Gestaltung des Raumes atemberaubend sind. Außerdem waren wir neulich zur Dessertprobe im Plaza, und ich wäre fast ohnmächtig geworden, so gut waren die Nachspeisen! Dazu gab es Champagner in rauen Mengen, und eine ganze Reihe ergebener Kellner behandelte mich wie eine Prinzessin …

Aber wenn ich ganz ehrlich bin, habe ich diesen Termin nicht vollkommen entspannt genießen können. Denn während ich da saß und auf einem goldenen Teller angerichtete pochierte weiße Pfirsiche mit Pistazienmousse und Anis-Biscotti serviert bekam, blitzte immer wieder das schlechte Gewissen in mir auf.

Ich glaube, es wird mir deutlich besser gehen, wenn ich es erst Mum erzählt habe.

Ich meine, nicht, dass ich eigentlich einen Grund hätte, ein schlechtes Gewissen zu haben. Schließlich konnte ich es ihnen ja nicht sagen, solange sie im Lake District waren, oder? Ich wollte ihnen doch nicht ihren wohlverdienten Urlaub verderben. Aber morgen kommen sie wieder nach Hause. Das heißt, morgen werde ich in aller Ruhe bei Mum anrufen und ihr sagen, dass ich alles, was sie bisher getan hat, sehr schätze, und dass ich ganz gewiss nicht undankbar sein will, aber dass ich mich entschieden habe …

Nein. Dass Luke und ich uns entschieden haben …

Nein. Dass Elinor so nett war, uns anzubieten … Dass wir beschlossen haben, dieses Angebot …

Oh, Gott. Mir dreht sich schon allein beim Gedanken daran der Magen um.

Okay, noch nicht daran denken. Und außerdem will ich ja keine vorbereitete, steife Rede halten. Ich warte am besten ab, bis ich Mum an der Strippe habe, und rede dann ganz spontan drauflos.

Als ich zu Barneys komme, ist Christina dabei, einen Haufen Abendjacken zu sortieren.

»Hi!«, begrüßt sie mich. »Haben Sie schon die Briefe für mich unterschrieben?«

»Was?«, frage ich zerstreut. »Ach, nein, tut mir leid. Habe ich vergessen. Mache ich heute.«

»Becky?« Christina sieht mich forschend an. »Geht's Ihnen gut?«

»Ja, klar, prima! Ich bin nur … Ich weiß nicht, die Hochzeit …«

»Gestern Abend habe ich India aus der Brautabteilung getroffen. Sie hat erzählt, dass Sie ein Kleid von Richard Tyler haben zurückhängen lassen?«

»Ach, ja. Ja, stimmt.«

»Dabei hätte ich schwören können, dass ich neulich mitbekommen habe, wie Sie Erin von einem Kleid von Vera Wang erzählt haben.«

Ich sehe weg und fummele am Reißverschluss meiner Tasche herum.

»Na ja. Also, die Sache ist die, dass ich nicht nur ein Kleid ausgesucht habe.«

»Wie viele denn?«

»Vier«, sage ich nach einigem Nachdenken. Von dem

bei Kleinfeld muss ich ihr ja nicht unbedingt etwas erzählen.

Christina wirft den Kopf in den Nacken und lacht.

»Becky, Sie können doch sowieso nur ein Kleid tragen! Irgendwann werden Sie sich für eins entscheiden müssen!«

»Ja, ich weiß«, sage ich kraftlos und verschwinde dann in meinen Umkleideraum, bevor sie noch etwas sagen kann.

Meine erste Kundin heute ist Laurel, die ein Problem hat, weil sie zu einem Firmenwochenende mit dem Dresscode »leger« eingeladen ist. Laurels Vorstellung von leger ist eine Jogginghose kombiniert mit einem T-Shirt von Hanes.

»Sie sehen aber schlecht aus«, bemerkt sie, kaum dass sie zur Tür hereingekommen ist. »Was ist los?«

»Nichts!« Ich lächele sie fröhlich an. »Ich habe bloß so viel um die Ohren zurzeit.«

»Haben Sie Streit mit Ihrer Mutter?« Ich reiße den Kopf hoch.

»Nein«, antworte ich vorsichtig. »Wieso fragen Sie?«

»Weil das naheliegend wäre«, sagt Laurel und zieht den Mantel aus. »Alle Bräute streiten sich mit ihren Müttern. Wenn nicht wegen der Zeremonie, dann wegen der Blumendekoration. Ich habe mit einem Teefilter nach meiner Mutter geworfen, weil sie ohne mich zu fragen drei meiner Freunde von der Gästeliste gestrichen hatte.«

»Echt? Aber dann haben Sie sich wieder vertragen?«

»Wir haben danach fünf Jahre nicht miteinander geredet.«

»Fünf Jahre?« Oh, Gott. »Nur wegen einer Hochzeit?«

»Becky, vergessen Sie das mit *nur* eine Hochzeit. Das gibt es nicht.« Laurel nimmt einen Kaschmirpullover in die Hand. »Der ist schön.«

»Hmhm«, mache ich, bin aber nicht ganz bei der Sache.

Oh, Gott, das macht alles ja nur noch schlimmer!

Was, wenn ich mich mit Mum überwerfe? Was, wenn sie total sauer wird und mich nie wieder sehen will? Dann kriegen Luke und ich Kinder, und die werden ihre Großeltern nie kennenlernen. Und jedes Jahr zu Weihnachten kaufen sie vorsichtshalber Geschenke für Oma und Opa Bloomwood, aber die Päckchen bleiben immer unterm Weihnachtsbaum liegen, und wir nehmen sie dann stillschweigend wieder weg, bis unsere kleine Tochter mich eines Tages fragt: »Mummy, warum kann Oma Bloomwood uns eigentlich nicht leiden?« Und dann kämpfe ich mit den Tränen und sage: »Mäuschen, das stimmt doch gar nicht, dass sie uns nicht leiden kann. Sie hat bloß –«

»Becky? Alles in Ordnung?«

Ich lande wieder in der Gegenwart und bemerke, dass Laurel mich besorgt ansieht. »Sie sehen wirklich nicht gut aus. Vielleicht sollten Sie mal Pause machen.«

»Mir geht's prima! Wirklich!« Ich setze ein professionelles Lächeln auf. »Also … hier sind die Röcke, die ich mir gedacht hatte. Wenn Sie mal den beigefarbenen hier anprobieren würden mit der naturweißen Bluse dazu …«

Während Laurel die diversen Sachen anprobiert, sitze

ich auf einem Hocker, nicke immer mal wieder und gebe reichlich abwesend den einen oder anderen Kommentar ab. In Gedanken bin ich aber wieder voll beim Thema Mum. Ich habe das Gefühl, inzwischen so tief im Schlamassel zu stecken, dass ich die Sache gar nicht mehr realistisch einschätzen kann. Wird sie völlig ausflippen, wenn ich ihr vom Plaza erzähle? Oder gar nicht? Ich habe keine Ahnung.

Ich meine, zum Beispiel die Sache mit Weihnachten. Ich dachte, es würde meine Mutter in eine tiefe Krise stürzen, wenn ich ihr erzählte, dass Luke und ich die Feiertage in New York verbringen würden, und darum hat es Ewigkeiten gedauert, bis ich endlich den Mut gefunden hatte, es ihr zu sagen. Und zu meiner vollkommenen Überraschung reagierte sie richtig nett und freundlich und sagte, dass sie und Dad den Tag ganz gemütlich mit Janice und Martin verbringen würden, und dass ich mir keine Sorgen zu machen brauchte. Darum könnte es doch sein, dass sie dieses Mal genauso reagiert. Wenn ich die ganze Sache erkläre, wird sie vielleicht sagen: »Ja, aber natürlich, Liebling, nun sei doch nicht albern! Du heiratest da, wo du heiraten willst!«

Oder aber sie bricht in Tränen aus, wirft mir vor, sie entsetzlich hintergangen zu haben, und verkündet: »Ins Plaza? Ich? Nur über meine Leiche!«

»Und jetzt habe ich per Einschreiben diese eidesstattliche Aussage bekommen. Dieses kleine Biest verklagt mich! Können Sie sich das vorstellen? *Sie* verklagt *mich*!«

Laurels Stimme dringt nach und nach wieder in mein Bewusstsein – und schon schrillen bei mir die Alarmglocken. Als ich aufsehe, greift Laurel gerade nach einem ziemlich zarten Kleid, das ich für ihr Abendprogramm vorgesehen hatte.

»Sie fordert Schmerzensgeld! Für die ihr zugefügten körperlichen und seelischen Schmerzen! Die hat vielleicht Nerven!«

»Laurel«, melde ich mich nervös zu Wort, »ich finde, Sie sollten das Kleid später anprobieren.« Hilflos sehe ich mich nach etwas Robusterem um, das sie stattdessen anprobieren könnte. Einen Tweedmantel zum Beispiel. Oder Skihosen. Aber Laurel hört mir gar nicht zu.

»Ihre Anwälte behaupten, ich hätte ihr grundlegendes Menschenrecht auf Ausübung der Liebe mit dem Menschen, den sie dazu auserkoren hat, verletzt. Sie behauptet, ich sei hochgradig aggressiv. Ist das die Möglichkeit? Hochgradig aggressiv?« Sie rammt ihr Bein in das Kleid, als stelle sie sich vor, der blonden Praktikantin gegen den Kopf zu treten. »Natürlich bin ich aggressiv! Sie hat mir meinen Mann gestohlen! Sie hat mir meinen Schmuck gestohlen! Was zum Teufel erwartet sie denn?« Sie zerrt sich einen Ärmel über die Schulter, und ich zucke zusammen, als ich höre, wie der Stoff reißt.

»Ich bezahle es«, fügt sie ohne überhaupt Luft zu holen hinzu.

»Sie hat Ihren Schmuck gestohlen?«, frage ich. »Wie das denn?«

»Das habe ich Ihnen doch bestimmt schon erzählt! Nein? Also, Bill fing doch irgendwann an, das Flittchen mit zu uns nach Hause zu nehmen – und seit der Zeit fehlte plötzlich immer mal wieder etwas von meinem Schmuck. Ein Smaragd-Anhänger, den ich mal von meiner Großmutter bekommen hatte. Ein paar Armreifen. Aber ich hatte ja keine Ahnung, was vor sich ging, und darum dachte ich, das sei meine eigene Nachlässigkeit. Aber dann kam ja alles heraus, und mir wurde so einiges klar. Sie musste ihn gestohlen haben.«

»Und, haben Sie etwas unternommen?«, erkundige ich mich bestürzt.

»Ja, natürlich. Ich habe die Polizei angerufen.« Laurel streckt das Kinn nach vorne und knöpft sich das Kleid zu.

»Sie sind zu ihr gefahren, haben ihr ein paar Fragen gestellt und die Wohnung durchsucht. Aber sie haben nichts gefunden. Natürlich nicht.« Sie lächelt mich etwas seltsam an.

»Und dann ist Bill dahintergekommen. Und total ausgeflippt. Er ist zur Polizei gefahren und hat ihnen gesagt… Ach, ich weiß nicht, was genau er ihnen gesagt hat. Aber die Polizei rief mich noch am selben Nachmittag an und teilte mir mit, dass sie den Fall nicht weiter verfolgen würden. Die dachten natürlich, ich sei bloß eine rachsüchtige, betrogene Ehefrau. Und das war ich ja auch.«

Sie betrachtet sich im Spiegel, und irgendwie ist bei ihr auf einmal die Luft raus. »Wissen Sie… Ich habe immer fest daran geglaubt, dass er zur Vernunft kommen würde«, sagt sie leise. »Ich dachte, das würde vielleicht einen Monat dauern. Oder zwei. Und dass er dann wieder angekrochen käme. Dass ich ihn abweisen würde und er wieder angekrochen käme. Dass wir uns streiten würden, aber letztendlich …« Sie atmet ganz langsam aus. »Er kommt aber nicht. Er kommt nicht zurück.«

Sie begegnet im Spiegel meinem Blick, und auf einmal kann ich ihre Aggression verstehen. Ihre Empörung. Ihre Trauer.

»Das Kleid gefällt mir«, sagt sie dann und klingt wieder etwas fröhlicher. »Ohne den Riss, meine ich.«

»Ich hole Ihnen noch eins davon«, sage ich. »Die sind auf dieser Etage.«

Ich verlasse die Abteilung Persönliche Einkaufsberatung und steuere die Ecke mit den Kleidern an. Für normale Kunden ist es noch ziemlich früh, darum ist die Etage so gut wie leer. Doch während ich nach einem weiteren Kleid in Laurels Größe suche, meine ich aus den Augenwinkeln eine mir bekannte Gestalt ausmachen zu können. Verwirrt drehe ich mich um, aber da ist die Gestalt bereits verschwunden. Komisch. Ich finde Laurels Kleid und suche noch eine Fransenstola dazu aus. Ich drehe mich um – und da ist die Gestalt schon wieder. Das ist doch Danny. Was zum Teufel macht der bei Barneys? Ich gehe auf ihn zu und sehe ihn entsetzt an. Seine Augen sind gerötet, seine Haare völlig durcheinander, und er guckt ziemlich flatterig und rastlos aus der Wäsche.

»Danny!«, sage ich, und er zuckt sichtlich zusammen. »Was machst du denn hier?«

»Ach!«, sagt er. »Nichts! Ich … sehe mich nur ein bisschen um.«

»Alles in Ordnung mit dir?«

»Ja, klar! Mir geht's gut.« Er sieht auf die Uhr. »Und

du – bist wahrscheinlich gerade wahnsinnig beschäftigt, was?«

»Allerdings, ja«, bedauere ich. »Ich habe eine Kundin in meiner Kabine. Sonst hätten wir gern einen Kaffee trinken gehen können.«

»Nein, nein. Schon okay«, winkt er ab. »Mach du dich mal wieder an die Arbeit. Wir sehen uns später.«

»Okay«, sage ich und gehe leicht verdutzt zurück zu meinem Umkleideraum.

Laurel beschließt, drei der Outfits, die ich ihr herausgesucht habe, zu kaufen, und als sie sich verabschiedet, nimmt sie mich feste in den Arm. »Lassen Sie sich von der Hochzeit nicht fertig machen«, sagt sie. »Hören Sie nicht auf mich. Ich bin nun mal ein bisschen abgestumpft. Ich weiß, dass Sie und Luke miteinander glücklich werden.«

»Laurel.« Ich erwidere zaghaft ihre Umarmung. »Sie sind klasse.«

Laurel gehört ja wohl zu meinen absoluten Lieblingsmenschen auf dieser Welt. Ich sage Ihnen, wenn mir Laurels Saftsack von einem Mann mal zwischen die Finger gerät, mache ich ihn fertig!

Als Laurel weg ist, sehe ich mir meinen Terminkalender für heute an. Ich habe eine Stunde Zeit, bis die nächste Kundin kommt, also beschließe ich, einen Spaziergang durch die Brautabteilung zu unternehmen und mir mein Kleid noch mal anzugucken. Es wird auf jeden Fall entweder dieses sein oder das von Vera Wang. Oder vielleicht das von Tracy Connop.

Also, auf jeden Fall eins von den dreien.

Ich komme aus meiner Abteilung heraus und bleibe überrascht stehen. Da ist Danny schon wieder. Steht neben einem Ständer mit Oberteilen und befühlt eines davon. Was macht der denn noch hier? Ich will gerade zu ihm hinüberrufen, ob er sich mein Kleid angucken und danach einen Cappuccino mit mir trinken will – doch in ebendem Augenblick sieht er sich um, bückt sich und holt etwas aus seiner Leinentasche. Dieses Etwas ist ein Kleiderbügel mit einem T-Shirt mit Glitzerärmeln darauf. Er hängt ihn an den Ständer, sieht sich noch einmal um und holt noch einen aus seiner Tasche.

Wie vom Donner gerührt beobachte ich ihn. Was zum Teufel macht er da?

Er sieht sich schon wieder um und holt dann ein kleines, laminiertes Schild aus der Tasche, das er gut sichtbar an dem Kleiderständer anbringt.

Was zum Teufel hat er vor?

»Danny!«, rufe ich und gehe auf ihn zu.

»Was?« Er springt erschrocken zur Seite, dreht sich dann um und sieht mich. »Mann! Herrje, Becky!«

»Was machst du da mit den T-Shirts?«, zische ich.

»Ich sorge dafür, dass ich geführt werde.«

»Was meinst du denn damit? Du sorgst dafür, dass du geführt wirst?«

Er macht eine Kopfbewegung zu dem Schild hin, das ich ungläubig lese:

Die Danny-Kovitz-Kollektion
Ein vielversprechendes neues Talent
bei Barneys

»Sie hängen zwar nicht alle auf Barneys-Kleiderbügeln«, sagt Danny und hängt noch zwei T-Shirts auf die Stange.

»Aber ich glaube, das macht nichts.«

»Danny... Das kannst du doch nicht machen! Du kannst doch nicht einfach... deine Sachen hier aufhängen!«

»Doch. Mache ich doch gerade.«

»Aber –«

»Mir bleibt nichts anderes übrig, okay?« Danny sieht sich um. »Randall ist in diesen Minuten auf dem Weg hierher und will die Danny-Kovitz-Sachen bei Barneys sehen.«

Entsetzt starre ich ihn an.

»Aber du hast doch gesagt, das würde er nie machen!«

»Würde er auch nicht!« Danny schiebt noch einen Bügel auf die Stange. »Aber seine blöde Freundin hat sich da jetzt auch noch reingehängt. Früher hat sie sich nicht die Bohne für mich interessiert, aber kaum hat sie das Wort Barneys gehört, liegt sie Randall auch schon damit in den Ohren, dass er seinen kleinen Bruder unbedingt weiter unterstützen sollte! Und dass er gleich morgen zu Barneys gehen und eins meiner Stücke kaufen soll! Ich habe natürlich gesagt, dass das wirklich nicht nötig ist. Aber jetzt hat sie Randall diese Flause in den Kopf gesetzt, und er meinte, er könnte ja mal vorbeischauen. Ergo habe ich die Nacht durchgearbeitet und alle diese Teile hier genäht...«

»Die hast du alle letzte Nacht gemacht?«, frage ich ungläubig und nehme eins der T-Shirts in die Hand, wobei sich sofort ein Stück Lederapplikation löst und runterfällt.

»Kann sein, dass die Feinarbeit nicht ganz meinem üblichen Standard entspricht«, verteidigt Danny sich. »Geh jetzt bloß nicht zu grob mit ihnen um, ja?« Er zählt die Kleiderbügel. »Zwei … vier … sechs … acht … zehn. Das müsste reichen.«

»Danny …« Ich sehe mich um und bemerke, dass eine der Verkäuferinnen uns etwas misstrauisch beobachtet. »Hi, Carla!«, rufe ich ihr zu. »Ich … helfe bloß einem meiner Kunden … etwas für seine Freundin …« Carla sieht uns noch einmal abschätzig an und entfernt sich dann. »Das funktioniert nicht, Danny!«, murmele ich, kaum dass Carla außer Hörweite ist. »Du musst die Sachen wieder wegnehmen. Selbst wenn du bei Barneys geführt würdest, dann ganz bestimmt nicht auf dieser Etage!«

»Nur zwei Minuten«, sagt er. »Bitte. Zwei Minuten, in denen Randall hier hereinspazieren, das Schild sehen und wieder verschwinden kann. Komm schon, Becky. Kein Mensch würde das …« Er erstarrt. »Da ist er.«

Ich folge seinem Blick und sehe seinen Bruder Randall auf uns zumarschieren.

Zum dreißigtausendsten Mal frage ich mich, wie Randall und Danny die Kinder derselben Eltern sein können. Danny ist so drahtig und ständig in Bewegung – Randall dagegen füllt seinen Zweireiher üppig aus und hat immer den gleichen kritischen Blick.

»Hallo, Daniel«, sagt er und nickt mir zu. »Becky.«

»Hi, Randall«, sage ich und bemühe mich um ein natürliches Lächeln. »Schön, dich zu sehen.«

»Hier sind sie!«, triumphiert Danny, tritt einen Schritt zur Seite und zeigt auf die T-Shirts an dem Ständer. »Meine Kollektion. Bei Barneys. Wie ich's dir gesagt hatte.«

»Soso«, sagt Randall und beäugt den Kleiderständer. Dann stellt sich gespanntes Schweigen ein, und ich bin mir sicher, dass er jetzt gleich zu Danny aufsehen wird und ihm sagt, dass er sich doch von ihm nicht veräppeln lässt. Aber er sagt nichts. Und auf einmal – ich kann es kaum glauben – sehe ich ihm an, dass er richtig beeindruckt ist.

Aber warum überrascht mich das eigentlich so? Dannys Klamotten machen sich doch richtig gut auf diesem Kleiderständer!

»Na dann: Herzlichen Glückwunsch«, sagt Randall schließlich. »Wirklich eine tolle Leistung.« Er klopft Danny etwas ungelenk auf die Schulter und wendet sich dann an mich. »Verkaufen die sich gut?«

»Äh … ja!«, sage ich. »Soweit ich weiß, sind die Sachen ziemlich beliebt.«

»Und wo liegt der Stückpreis?« Er nimmt ein T-Shirt in die Hand, und Danny und ich halten beide unwillkürlich die Luft an. Völlig gelähmt beobachten wir Randall dabei, wie er das Etikett sucht und dann mit gerunzelter Stirn zu uns aufsieht. »Da sind ja gar keine Preisschilder dran.«

»Das kommt daher, dass … die Sachen gerade eben erst hereingekommen sind«, höre ich mich blitzschnell erklären.

»Aber soweit ich weiß, sollen sie … ähm … neunundachtzig Dollar kosten.«

»Verstehe.« Randall schüttelt den Kopf. »Na, ich habe mich ja noch nie besonders für Mode interessiert –«

»Ach, was?«, flüstert Danny mir zu.

»Aber wenn die Sachen sich verkaufen, müssen sie ja etwas Besonderes sein. Daniel, ich muss schon sagen – Hut ab!« Er nimmt ein T-Shirt mit Nieten am Ausschnitt von der Stange und betrachtet es eingehend. »Welches soll ich denn jetzt kaufen?«

»Gar keins!«, ruft Danny sofort. »Ich … mache dir eins. Ganz exklusiv. Als Geschenk.«

»Nein, ich bestehe darauf«, sagt Randall. »Wenn ich meinen eigenen Bruder unterstützen kann –«

»Randall, bitte.« Danny klingt ungewöhnlich eindringlich. »Ich möchte dir so gern etwas schenken. Das ist doch wohl das Mindeste, das ich für dich tun kann, nachdem du all die Jahre so gut zu mir gewesen bist. Bitte.«

»Na gut, wenn du unbedingt willst«, sagt Randall schließlich und zuckt mit den Schultern. Er sieht auf die Uhr. »Ich muss los. Bis dann, Becky.«

»Ich bringe dich zum Aufzug«, sagt Danny und wirft mir einen jubelnden Blick zu.

Als die beiden weggehen, muss ich fast kichern vor Erleichterung. Mann, war das knapp! Ich kann noch gar nicht glauben, dass wir tatsächlich ungeschoren davongekommen sind.

»Hey!«, sagt da plötzlich eine Stimme hinter mir. »Guck doch mal! Die sind neu, oder?« Direkt an meiner Schulter vorbei, greift eine manikürte Hand nach einem von Dannys T-Shirts. Blitzschnell drehe ich mich um – und bin enttäuscht. Es ist Lisa Farley, eine süße, aber total durchgeknallte Kundin von Erin. Sie ist ungefähr zweiundzwanzig, hat anscheinend keine Arbeit und sagt immer genau das, was ihr gerade durch den Kopf geht – ganz gleich, wie beleidigend es sein könnte. (Einmal hat sie Erin ganz unschuldig gefragt, ob es sie nicht stört, einen so seltsam geformten Mund zu haben.)

Jetzt hält sie sich Dannys T-Shirt an und sieht bewundernd an sich herunter.

Verdammt. Ich hätte die Dinger sofort wieder vom Ständer nehmen sollen.

»Hi, Becky!«, ruft sie fröhlich. »Hey, das ist ja süß! Die habe ich ja noch nie gesehen!«

»Ja, und eigentlich sind die auch noch gar nicht zu verkaufen«, beeile ich mich zu sagen. »Ich war nämlich sogar gerade dabei, sie wieder ins Lager zu bringen.« Ich will ihr das T-Shirt wegnehmen, aber sie weicht zurück.

»Ich will mich eben damit im Spiegel angucken! Hey, Tracy! Wie findest du das?«

Eine ihrer Freundinnen kommt in einer bedruckten Dior-Jacke auf uns zu.

»Was ›das‹?«

»Das T-Shirt hier. Und die anderen. Die sind neu. Cool, was?« Sie nimmt ein anderes T-Shirt von der Stange und reicht es Tracy.

»Wenn Sie mir die jetzt bitte wiedergeben würden –«, werfe ich hilflos ein.

»Das hier ist ja toll!«

Jetzt gehen sie beide etwas ruppig sämtliche Oberteile durch, und die armen Danny-T-Shirts sind hoffnungslos überfordert. Säume lösen sich auf, Glitzerteile und Strassbänder fallen ab und Pailletten rieseln zu Boden.

»Uups, hier ist gerade eine Naht aufgegangen.« Lisa sieht bestürzt zu mir auf. »Die ist einfach so von selbst aufgegangen! Ich habe nicht daran gezogen.«

»Schon okay«, beruhige ich sie kraftlos.

»Ist das Absicht, dass die Applikationen abfallen? Hey, Christina!«, ruft Lisa plötzlich. »Diese neue Kollektion ist ja echt originell!«

Christina?

Ich wirbele herum und verspüre blanken Horror. Christina steht am Eingang zur Abteilung Persönliche Einkaufsberatung und unterhält sich mit dem Personalchef.

»Was für eine neue Kollektion?«, fragt sie und sieht auf.

»Ach, hallo, Becky.«

Mist. Ich muss etwas tun. Schnell.

»Lisa –«, sage ich in meiner Verzweiflung. »Hätten Sie nicht Lust, sich die neuen Mäntel von Marc Jacobs anzusehen? Sind gerade erst reingekommen!«

Lisa beachtet mich gar nicht.

»Diese neue … wie heißt sie doch gleich …« Sie sieht auf das Etikett. »Danny Kovitz! Also, dass Erin mir noch gar nichts davon erzählt hat! Ganz schön ungezogen!« Sie droht aus Spaß mit dem Zeigefinger.

Mein Entsetzen wächst, als Christinas Aufmerksamkeit sich ganz eindeutig vom Personalchef auf Lisa verlagert. Das will sie nicht auf sich sitzen lassen, dass jemand andeutet, die von ihr angeführte Abteilung sei nicht 100 % perfekt.

»Einen Moment bitte«, sagt sie zum Personalchef und kommt auf uns zu.

»Wovon hat Erin Ihnen noch nichts erzählt?«, erkundigt sie sich ausgesucht höflich.

»Von diesem neuen Designer!«, sagt Lisa. »Von dem habe ich noch nie etwas gehört!«

»Au!« Tracy zieht blitzartig ihre Hand von einem der T-Shirts zurück. »Da steckt noch eine Nadel drin!«

»Eine Nadel?«, fragt Christina. »Darf ich mal sehen?« Sie nimmt das zerfetzte T-Shirt an sich und betrachtet es deutlich verwundert. Dann sieht sie Dannys laminiertes Schild.

Ach, ich bin so *blöd*! Warum habe ich das nicht wenigstens abgehängt?

Sie liest, was auf dem Schild steht, und ihre Miene verändert sich. Sie sieht zu mir, blickt mir direkt in die Augen – und mir wird ganz kribbelig vor Angst. Ich habe noch nie Schwierigkeiten mit Christina gehabt. Aber ich habe schon mitbekommen, wie sie andere Leute am Telefon heruntergemacht hat, und daher weiß ich, dass sie ziemlich ungemütlich werden kann.

»Wissen Sie, was es mit diesen Sachen auf sich hat, Becky?«, fragt sie freundlich.

»Ich …« Ich räuspere mich. »Die Sache ist die …«

»Verstehe. Lisa, es tut mir leid, aber hier ist wohl irgendetwas durcheinandergeraten.« Sie lächelt Lisa professionell an. »Die Teile sind nicht zu verkaufen. Becky – kommen Sie mal bitte mit in mein Büro. Ich möchte mit Ihnen reden.«

»Christina, ich … es tut mir leid«, stammele ich und merke, wie ich dunkelrot anlaufe. »Es tut mir wirklich …«

»Was ist denn passiert?«, fragt Tracy. »Warum sind die nicht zu verkaufen?«

»Kriegt Becky jetzt Schwierigkeiten?«, fragt Lisa bestürzt.

»Wird sie entlassen? Ach, bittebitte nicht! Becky mögen wir doch viel lieber als Erin ... Oh.« Sie schlägt sich die Hand vor den Mund. »Tut mir leid, Erin. Ich habe gar nicht gesehen, dass Sie da sind.«

»Schon in Ordnung«, sagt Erin und lächelt verkniffen.

Man kann nicht gerade behaupten, dass die Situation sich entspannt.

»Christina, ich möchte mich bei Ihnen entschuldigen«, krieche ich zu Kreuze. »Ich wollte doch keine Schwierigkeiten machen. Ich wollte die Kunden nicht täuschen ...«

»In meinem Büro«, sagt Christina und hebt die Hand, um mich zum Schweigen zu bringen. »Wenn Sie etwas zu sagen haben, Becky, dann können Sie es –«

»Halt!«, erklingt eine melodramatische Stimme hinter uns. Wir fahren herum und sehen Danny auf uns zustürmen. Sein Blick ist jetzt noch wilder als vorhin. »Hören Sie sofort auf! Sie dürfen Becky nicht für das hier verantwortlich machen!«, sagt er und stellt sich schützend vor mich.

»Sie hat damit nichts zu tun. Wenn Sie irgendjemanden entlassen wollen – dann entlassen Sie mich!«

»Danny, dich kann sie doch gar nicht entlassen«, brumme ich. »Du bist nicht bei Barneys angestellt.«

»Und Sie sind ...?«, fragt Christina.

»Danny Kovitz.«

»Danny Kovitz. Aha.« Christina scheint ein Licht aufzugehen. »Das heißt, Sie waren derjenige, der … diese Kleidungsstücke angefertigt hat. Und sie auf unsere Kleiderstangen gehängt hat.«

»Was? Er ist gar kein richtiger Designer?«, stellt Tracy entsetzt fest. »Hab ich's doch gewusst! *Mich* hat er nicht getäuscht!« Angewidert schmeißt sie den Bügel, den sie in der Hand hält, zurück auf den Ständer.

»Das ist doch bestimmt verboten, was Sie hier gemacht haben, oder?«, fragt Lisa mit weit aufgerissenen Augen.

»Kann schon sein«, verteidigt Danny sich. »Aber soll ich Ihnen mal erzählen, wieso mir nichts anderes übrig bleibt, als kriminell zu werden? Haben Sie eine Ahnung, wie schwer es ist, sich in dieser sogenannten Modebranche einen Namen zu machen? Es ist so gut wie unmöglich!« Er sieht sich um, um sicherzugehen, dass er aufmerksame Zuhörer hat. »Ich möchte doch nur eine Chance haben, meine Ideen den Leuten zu präsentieren, von denen ich weiß, dass sie meine Sachen lieben werden. Jedes Milligramm meiner Lebens- und Schaffenskraft investiere ich in meine Arbeit. Ich weine vor Schmerzen, ich schreie vor Schmerzen, ich quetsche auch den letzten Tropfen kreativen Lebenssaftes aus mir heraus. Aber das Mode-Establishment hat kein Interesse an neuen Talenten! Es hat kein Interesse daran, einem Newcomer eine Chance zu geben, der es wagt, ein bisschen anders zu sein!« Seine Ansprache wird immer leidenschaftlicher. »Kann es mir da wirklich jemand ernsthaft übel nehmen, wenn ich in meiner Verzweiflung drastische, womöglich unerlaubte Maßnahmen ergreife? Wenn mein Herz doch blutet?«

»Wow«, haucht Lisa. »Ich hatte ja keine Ahnung, wie hart das Geschäft ist.«

»Mein Herz blutet zwar nicht«, merkt Tracy an, die deutlich weniger beeindruckt ist von Dannys Rede. »Aber dank Ihrer blöden Nadel mein Finger.«

»Christina, Sie müssen ihm eine Chance geben!«, meint Lisa. »Sehen Sie doch, wie der sich ins Zeug legt!«

»Ich möchte doch nur meine Ideen den Leuten präsentieren, die meine Sachen ganz bestimmt lieben werden«, hebt Danny noch einmal an. »Ich wünsche mir, dass irgendjemand irgendwann einmal eines meiner Kleidungsstücke trägt und sich wie verwandelt fühlt. Aber ganz gleich wie oft ich auf allen vieren angekrochen komme – ständig werden mir die Türen vor der Nase zugeschlagen –«

»Es reicht!«, sagt Christina halb genervt und halb amüsiert. »Sie wollen endlich den großen Durchbruch? Dann werde ich mir Ihre Sachen mal ansehen.«

Auf einmal herrscht gespanntes Schweigen. Ich werfe einen kurzen Blick auf Danny. Vielleicht ist es jetzt so weit! Vielleicht erkennt Christina sein geniales Talent, Barneys kauft Dannys gesamte Kollektion, und Danny ist ein gemachter Mann! Und dann trägt Gwyneth Paltrow eins seiner T-Shirts bei *Leno*, und dann reißen die Leute sich um diese T-Shirts, und auf einmal ist Danny richtig berühmt und kann seinen eigenen Laden aufmachen!

Christina nimmt ein T-Shirt mit wild auf der Vorderseite versprenkelter Farbe und Strass in die Hand und betrachtet es eingehend. Ich halte die Luft an. Lisa und Tracy wechseln Blicke und ziehen die Augenbrauen hoch. Danny rührt sich zwar keinen Millimeter, aber in seinem Gesicht spiegelt sich hoffnungsvolle Spannung wider. Es herrscht Totenstille, als Christina das T-Shirt zur Seite legt – und als sie ein weiteres zur Hand nimmt, atmen wir alle gleichzeitig ein, als würde sie jetzt das Los ziehen, das über Dannys Leben entscheidet. Sie legt kritisch die Stirn in Falten, breitet das T-Shirt vor sich aus, um es besser begutachten zu können… und in dem Moment, in dem sie am Ärmel zieht, löst dieser sich vom Rest des Hemdes und hinterlässt eine ausgefranste Naht.

Uns bleibt allen die Spucke weg.

»Das ist der ultimative Look«, erklärt Danny einen Tick zu spät. »Das ist der neue… Dekonstruktivismus…«

Christina schüttelt den Kopf und hängt das T-Shirt wieder auf.

»Junger Mann. Sie haben ganz sicher Flair. Vielleicht haben Sie sogar Talent. Aber leider reicht das hier nicht aus. Solange Sie nicht in der Lage sind, Ihre Arbeit ordentlich abzuschließen, werden Sie nicht weit kommen.«

»Meine Stücke sind normalerweise perfekt gearbeitet, bis zum letzten Nadelstich!«, behauptet Danny. »Ausgerechnet diese Kollektion ist nun unter einem gewissen Zeitdruck entstanden…«

»Ich schlage Ihnen vor, noch einmal von vorn anzufangen. Äußerst gewissenhaft ein paar Stücke zu fertigen…«

»Wollen Sie damit sagen, dass ich nicht gewissenhaft bin?«

»Ich will sagen, dass Sie lernen müssen, ein Projekt von A bis Z durchzuführen.« Christina lächelt ihn freundlich an.

»Dann sehen wir weiter.«

»Überhaupt kein Problem! Ein Projekt von A bis Z durchzuführen!« Danny ist empört. »Das ist doch gerade meine Stärke! Das ist eine meiner – Würde ich sonst wohl Beckys Hochzeitskleid machen?« Er reißt mich an sich, als wenn wir jetzt zusammen ein Duett singen würden. »Das wichtigste Kleid ihres Lebens? Sie glaubt an mich, auch wenn kein anderer an mich glaubt. Wenn Becky Bloomwood erst in einer Danny-Kovitz-Kreation im Plaza vor den Altar tritt, werden Sie sehen, dass Sie mich unterschätzt haben! Und wenn dann erst mal die Telefone heiß laufen –«

»Was?« Ich stehe auf dem Schlauch. »Danny –«

»Sie werden Beckys Hochzeitskleid nähen?« Christina wendet sich an mich. »Ich dachte, Sie würden Richard Tyler tragen?«

»Richard Tyler?«, wiederholt Danny entsetzt.

»Ich dachte, du ziehst ein Kleid von Vera Wang an?«, meldet sich Erin zu Wort, die die Geschehnisse der letzten zwei Minuten schweigend verfolgt hat.

»Ich habe gehört, dass Sie das Kleid Ihrer Mutter anziehen«, meint Lisa.

»*Ich* mache dein Kleid!« Danny sieht mich aus weit aufgerissenen Augen an. »Oder? Das hast du mir versprochen, Becky! Das hatten wir doch verabredet!«

»Das von Vera Wang wäre perfekt«, sagt Erin. »Ich an deiner Stelle würde das nehmen.«

»Ich würde Richard Tyler nehmen«, sagt Tracy.

»Und was ist mit dem Kleid, in dem Ihre Mutter geheiratet hat?«, fragt Lisa. »Das wäre doch so romantisch!«

»In dem von Vera Wang sieht sie wie eine Göttin aus!«, ist Erins entschiedene Meinung.

»Aber man kann doch nicht einfach das Hochzeitskleid seiner Mutter ignorieren!«, ereifert Lisa sich. »Man kann doch nicht eine uralte Familientradition übergehen! Becky, was meinen Sie?«

»Es geht einzig und allein darum, gut auszusehen!«, sagt Erin.

»Es geht um Romantik!«, entgegnet Lisa.

»Und was ist mit meinem Kleid?«, jammert Danny. »Was ist mit Loyalität gegenüber dem besten Freund? Wie steht es damit, Becky?«

Die vielen Stimmen bohren sich mir in den Kopf, und alle stehen sie da, sehen mich an, warten auf eine Antwort… und urplötzlich bricht es verzweifelt aus mir hervor:

»Ich weiß es nicht, okay? Ich… weiß nicht, was ich tun soll!«

Ich könnte heulen – und finde das selbst total lächerlich. Ich meine, es ist ja nun nicht so, als wenn ich möglicherweise ganz ohne Kleid dastehen würde.

»Becky, ich glaube, wir müssen uns mal unterhalten«, sagt Christina und wirft mir einen undurchdringlichen Blick zu.

»Erin, wenn Sie das hier bitte aufräumen und sich bei Carla entschuldigen würden, ja? Und Sie kommen mit mir mit, Becky.«

Wir gehen in Christinas schickes, inWildleder und Beige gehaltenes Büro, und sie schließt die Tür hinter uns. Sie dreht sich um – und einen schrecklichen Augenblick lang glaube ich, dass sie mich jetzt anschreien wird. Doch stattdessen bedeutet sie mir, mich zu setzen, und sieht mich dann sehr lange und sehr intensiv an.

»Wie geht es Ihnen, Becky?«

»Prima!«

»Ihnen geht es prima. Verstehe.« Christina nickt skeptisch. »Ihr Privatleben – ist da alles in Ordnung?«

»Ja, ja«, antworte ich betont fröhlich. »Alles in Butter. Nichts Besonderes. Der übliche Trott ...«

»Die Hochzeitsvorbereitungen laufen gut?«

»Ja!«, antworte ich prompt. »Ja, ja! Da gibt es überhaupt keine Probleme.«

»Verstehe.« Christina schweigt einen Moment und klopft sich mit einem Stift gegen die Schneidezähne. »Sie haben doch neulich einen Freund im Krankenhaus besucht. Wer war das?«

»Ach, ja. Das war ... eigentlich ein Freund von Luke. Michael. Hatte einen Herzinfarkt.«

»Das muss Ihnen ja einen ganz schönen Schrecken eingejagt haben.«

Einen Moment lang sage ich gar nichts.

»Na ja ... ja, ich schätze schon«, sage ich schließlich und fahre mit dem Finger über die Armlehne meines Stuhls.

»Aber vor allem Luke. Die beiden waren immer so gute Freunde, aber neulich haben sie sich furchtbar gestritten, und Luke hatte sowieso schon ein schlechtes Gewissen. Und dann hörten wir das von Michael –

ich meine, wenn er gestorben wäre, dann hätte Luke sich ja nie …« Ich breche ab und reibe mir übers Gesicht. Ich merke, dass es mir nahegeht. »Und dann dieses momentan so gespannte Verhältnis zwischen Luke und seiner Mutter, das hilft auch nicht gerade. Sie hat ihn benutzt. Ach was, sie hat ihn nicht nur benutzt. Sie hat ihn ausgenutzt! Er fühlt sich so dermaßen von ihr betrogen. Aber mit mir redet er nicht darüber.« Meine Stimme fängt an zu beben. »Genau genommen will er zurzeit über gar nichts mit mir reden. Nicht über die Hochzeit, nicht über die Flitterwochen … Nicht mal darüber, wo wir hinziehen sollen! Wir müssen aus unserer Wohnung raus und haben noch nichts Neues gefunden, und ich weiß eigentlich auch gar nicht, wann wir uns überhaupt mal nach etwas umsehen können …«

Verblüfft bemerke ich, dass mir eine Träne an der Nase herunterläuft. Wo kommt die denn her?

»Aber abgesehen davon geht es Ihnen prima«, stellt Christina fest.

»Ja, klar!« Ich wische mir übers Gesicht. »Abgesehen davon läuft alles super!«

»Becky.« Christina schüttelt den Kopf. »Das hat doch keinen Zweck. Ich möchte, dass Sie ein paar Tage freinehmen. Sie haben sowieso noch Resturlaub.«

»Ich brauche keinen Urlaub!«

»Mir ist natürlich aufgefallen, dass Sie in letzter Zeit etwas angespannt waren, aber ich hatte ja keine Ahnung, dass es so schlimm war. Erst, als Laurel mich heute Morgen darauf ansprach –«

»Laurel?«, frage ich perplex.

»Sie macht sich auch Sorgen. Sie findet, Ihnen fehlt

der übliche Pep. Und Erin ist das auch aufgefallen. Sie hat gesagt, dass sie Ihnen neulich von einem Kate-Spade-Sample-Sale erzählt hat und Sie gar nicht richtig zugehört haben. Das ist nicht die Becky, die ich eingestellt habe.«

»Sie entlassen mich?«, frage ich traurig.

»Nein, ich entlasse Sie nicht! Ich mache mir Sorgen um Sie! Becky, Sie haben da zurzeit eine ganze Menge auszuhalten. Das mit Ihrem Freund Michael … und Luke … und Ihre Wohnsituation …«

Sie ergreift eine Flasche Mineralwasser, schenkt zwei Gläser ein und reicht mir eines davon.

»Und das ist doch nicht alles. Oder?«

»Was meinen Sie?«, frage ich ängstlich.

»Ich glaube, dass es da noch etwas gibt, was Sie mir nicht erzählen wollen. Etwas, das mit der Hochzeit zu tun hat.« Sie sieht mir direkt in die Augen. »Stimmt's?«

Oh, Gott. Wie hat sie das bloß rausgekriegt? Ich war doch so vorsichtig, ich habe doch –

»Stimmt's?«, wiederholt Christina sanft ihre Frage.

Ein paar Sekunden lang bin ich wie gelähmt. Dann nicke ich ganz langsam.

Mann, was für eine Erleichterung, dass die Geheimnistuerei jetzt ein Ende hat.

»Wie haben Sie das herausgefunden?«, frage ich und lehne mich wieder zurück.

»Laurel hat es mir erzählt.«

»*Laurel*?« Jetzt ist die Verwirrung komplett. »Aber ich habe ihr doch gar nicht –«

»Sie hat gesagt, es war einfach offensichtlich. Und außerdem haben Sie so ein paar kleine Bemerkungen gemacht … Wissen Sie, es ist gar nicht so einfach, wie man denkt, ein Geheimnis für sich zu behalten.«

»Aber ich … kann das nicht glauben, dass Sie das wissen. Ich habe das bis jetzt überhaupt noch niemandem erzählt!« Ich streiche mir die Haare aus dem erhitzten Gesicht. »Was Sie jetzt wohl von mir denken?«

»Niemand denkt auch nur ansatzweise schlecht von Ihnen«, versichert Christina mir. »Wirklich.«

»Ich habe das nicht gewollt, dass es so weit kommt.«

»Natürlich nicht! Nun machen Sie sich doch keine Vorwürfe!«

»Aber es ist alles meine Schuld!«

»Nein, ist es nicht. Das ist völlig normal.«

»*Normal* ?«

»Ja! Alle Bräute streiten sich wegen der Hochzeit mit ihren Müttern. Sie sind nicht die Einzige, Becky!«

Verdattert sehe ich sie an. Hä? Was hat sie gerade gesagt?

»Ich verstehe das nur zu gut, dass diese Anspannung Sie fertig macht.« Christina sieht mich mitfühlend an. »Vor allem, wenn Sie bisher ein so herzliches und enges Verhältnis zu Ihrer Mutter hatten.«

Christina glaubt …

Dann wird mir plötzlich klar, dass sie auf eine Antwort wartet.

»Äh … ja!« Schluck. »Das war … ziemlich schwierig.« Christina nickt, als hätte ich alle ihre Vermutungen bestätigt.

»Becky, ich komme nicht oft mit guten Ratschlägen, oder?«

»Äh … nein.«

»Jetzt möchte ich Ihnen ausnahmsweise mal einen geben: Denken Sie bitte daran, dass es *Ihre* Hochzeit ist. Nicht die Ihrer Mutter. Es ist Ihre und Lukes Hochzeit, und Sie heiraten nur einmal. Also heiraten Sie bitte so, wie *Sie* möchten. Denn wenn Sie das nicht tun, werden Sie es hinterher bereuen. Glauben Sie mir.«

»Hmm. Das Problem ist bloß …« Ich schlucke. »Also, die Sache ist nicht ganz so einfach –«

»Doch, ist sie. Die Sache könnte einfacher nicht sein. Becky, es ist Ihre Hochzeit. *Es ist Ihre Hochzeit.*«

Ihre Stimme klingt so klar und nachdrücklich. Und während ich das Wasserglas auf halbem Wege zu meinem Mund anhalte und Christina unverwandt ansehe, ist mir, als würde ein Sonnenstrahl durch die dicke Wolkenschicht zu mir durchdringen.

Es ist meine Hochzeit. So hatte ich das bisher noch gar nicht betrachtet.

Es ist nicht Mums Hochzeit. Es ist nicht Elinors Hochzeit. Es ist meine Hochzeit.

»Ich weiß, wie leicht man sich dazu hinreißen lässt, seiner Mutter alles recht machen zu wollen«, bemerkt Christina.

»Das ist ein ganz natürlicher, großmütiger Instinkt. Aber manchmal muss man einfach zuallererst an sich selbst denken. Als ich geheiratet habe –«

»Sie waren mal verheiratet?«, frage ich überrascht. »Das wusste ich ja gar nicht.«

»Ist schon lange her. Hat nicht funktioniert. Vielleicht hat es nicht funktioniert, weil ich mit meiner Hochzeit von vorne bis hinten unzufrieden war. Von der Einzugsmusik bis zum Eheversprechen, das meine Mutter unbedingt selbst verfassen wollte.« Ihre Hand krampft sich um das Plastikrührstäbchen in ihrem Glas. »Von den grellen blauen Cocktails bis zu dem abgrundtief *geschmacklosen* Kleid …«

»Wirklich? Wie schrecklich!«

»Das ist Geschichte.« Das Stäbchen bricht, und Christina lächelt mich etwas fahrig an. »Aber denken Sie an meine Worte. Es ist Ihr Tag. Ihrer und Lukes. Gestalten Sie den Tag so, wie Sie es wollen, und lassen Sie sich deswegen kein schlechtes Gewissen machen. Und Becky?«

»Ja?«

»Vergessen Sie nicht, dass Sie und Ihre Mutter beide erwachsene Menschen sind. Sie sollten daher wie Erwachsene miteinander reden.« Sie zieht die Augenbrauen hoch. »Sie werden überrascht sein, was dabei herauskommen kann.«

Christina hat ja so recht! Sooo recht!

Auf dem Weg nach Hause sehe ich auf einmal viel klarer. Meine ganze Herangehensweise an die Hochzeit hat sich geändert. Ich empfinde eine ganz neue Entschlossenheit. Das ist *meine* Hochzeit. Das ist *mein* Tag. Und wenn ich in New York heiraten möchte, dann werde ich in NewYork heiraten. Wenn ich ein Kleid von Vera Wang tragen möchte, dann werde ich das tun. Es ist doch wirklich lächerlich, deswegen ein schlechtes Gewissen zu haben!

Ich habe es schon viel zu lange vor mir hergeschoben, mit Mum zu reden. Ich meine, was erwarte ich denn von ihr? Dass sie in Tränen ausbrechen wird? Wir sind doch beide erwachsen. Wir werden uns vernünftig unterhalten, ich werde ganz ruhig meinen Standpunkt erläutern, und dann wird die ganze Sache endlich ein für alle Mal geklärt. Mann, was für eine Erleichterung. Ich werde sie jetzt sofort anrufen.

Ich marschiere direkt ins Schlafzimmer, lasse meine Tasche aufs Bett fallen und wähle die Nummer meiner Eltern.

»Hi, Dad«, sage ich, als er abnimmt. »Ist Mum zu Hause? Ich muss da was mit ihr besprechen. Ist ziemlich wichtig.«

Ich werfe einen Blick in den Spiegel und fühle mich wie eine Nachrichtensprecherin auf NBC: aufgeräumt, besonnen, beherrscht.

»Becky?«, sagt Dad verdutzt. »Ist alles in Ordnung?«

»Alles in bester Ordnung«, sage ich. »Ich müsste da nur ein … paar Sachen mit Mum besprechen.«

Als Dad den Telefonhörer weglegt, hole ich tief Luft, streiche mir die Haare aus dem Gesicht und fühle mich wahnsinnig erwachsen. Ich werde jetzt vermutlich zum ersten Mal in meinem Leben von Frau zu Frau und ganz offen und ehrlich mit meiner Mutter reden. Wie zwei erwachsene Menschen.

Wer weiß, vielleicht ist dies der Anfang einer ganz neuen Beziehung zu meinen Eltern. Geprägt von gegenseitigem Respekt. Und einer grundsätzlich ähnlichen Lebenseinstellung.

»Hallo, Becky, Liebes!«

»Hi, Mum.« Ich atme tief durch. Los geht's. Ganz ruhig und vernünftig. »Mum –«

»Ach, Becky, so ein Zufall, ich wollte dich heute auch anrufen. Rate mal, wen wir im Lake District getroffen haben!«

»Wen denn?«

»Tante Zannie! Die, deren alte Halsketten du immer zum Verkleiden benutzt hast, weißt du noch? Und ihre Schuhe. Wir haben so gelacht, du sahst so lustig aus, wie du damit herumgeeiert bist...«

»Mum. Ich möchte etwas ziemlich Wichtiges mit dir besprechen.«

»Den alten Lebensmittelladen in ihrem Ort gibt es übrigens immer noch! Weißt du noch, der, wo du immer Eis gekauft hast? Kannst du dich noch erinnern, wie du mal zu viel davon gegessen hast und dir danach ganz schlecht war? Darüber haben wir auch gelacht!«

»Mum –«

»Und die Tivertons wohnen auch immer noch im selben Haus... aber...«

»Was?«

»Tut mir leid, Becky, aber... Möhrchen... der Esel...« Mum senkt die Stimme. »Ist jetzt im Eselhimmel. Aber er war wirklich steinalt, mein Schatz, und es geht ihm bestimmt gut da oben...«

Das darf doch nicht wahr sein. Jetzt fühle ich mich gar nicht mehr erwachsen. Jetzt komme ich mir vor wie eine Sechsjährige.

»Sie lassen alle ganz herzlich grüßen«, schließt Mum ihre Erinnerungen an meine Kindheit ab. »Und natürlich kommen sie alle zur Hochzeit! Aber jetzt zu dir – Dad hat gesagt, du wolltest etwas besprechen?«

»Ich...« Ich räuspere mich. Auf einmal wird mir das

leise Echo in der Leitung und die Entfernung zwischen uns bewusst. »Na ja, ich wollte nur … äh …«

Oh, Gott. Meine Lippen beben, und meine Nachrichtensprecherinnenstimme ist plötzlich nur noch ein nervöses Piepsen.

»Was ist los, Becky?« Ich höre Mum ihre Besorgnis an.

»Stimmt etwas nicht?«

»Nein! Es ist nur … also …« Es hat keinen Zweck.

Ich weiß, dass Christina recht hat. Ich weiß, dass ich kein schlechtes Gewissen zu haben brauche. Es ist meine Hochzeit, ich bin erwachsen, ich darf heiraten, wo ich will. Es ist nicht so, als wenn ich meine Eltern darum bitten würde, alles zu bezahlen. Ich bitte sie nicht einmal darum, Zeit und Energie zu investieren.

Aber trotzdem.

Ich kann Mum einfach nicht am Telefon sagen, dass ich im Plaza heiraten möchte. Ich kann es nicht.

»Ich hatte mir gedacht, ich komme ein paar Tage rüber und besuche euch«, höre ich mich plötzlich sagen. »Das wollte ich mit dir besprechen. Ich will ein paar Tage nach Hause kommen.«

Finerman Wallstein

Rechtsanwälte

Finerman House
1398 Avenue of the Americas
New York, NY 10105

Miss Rebecca Bloomwood
Apt. B
251 W 11th Street New York
NY 10014

18. April 2002

Sehr geehrte Miss Bloomwood!

Vielen Dank für Ihr Schreiben vom 16. April bezüglich Ihres Testamentes. Ich kann Ihnen hiermit mitteilen, dass ich – wie von Ihnen gewünscht – unter Paragraph 2 (e) hinzugefügt habe: »Und außerdem meine neuen, hochhackigen Jeansstiefel«.

Mit freundlichen Grüßen

Jane Cardazo

ELF

Kaum sehe ich Mum, werde ich auch schon nervös. Sie steht neben Dad am Terminal 4 und hält unter den vielen Ankommenden nach mir Ausschau. Als sie mich sieht, strahlt sie sofort übers ganze Gesicht – aber in ihrem Blick spiegelt sich auch Besorgnis. Sie war ganz schön überrumpelt, als ich ihr sagte, ich würde ohne Luke kommen, und ich musste ihr mehrfach versichern, dass zwischen uns alles in Ordnung war.

Dann musste ich ihr versichern, dass ich nicht entlassen worden war.

Und dann musste ich ihr versprechen, dass nicht irgendwelche internationalen Kredithaie hinter mir her waren.

Wissen Sie, wenn ich so über die letzten paar Jahre nachdenke, tut es mir fast schon ein bisschen leid, was meine Eltern meinetwegen alles haben durchmachen müssen.

»Becky! Graham, da ist sie!« Sie stürzt auf mich zu und schubst eine ganze Familie mit Turbanen mit dem Ellbogen zur Seite. »Becky, Schatz! Wie geht es dir? Wie geht es Luke? Ist alles in Ordnung?«

»Hi, Mum«, sage ich und nehme sie ganz fest in den Arm. »Mir geht's gut. Von Luke soll ich lieb grüßen. Alles ist in bester Ordnung.«

Bis auf eine winzige Kleinigkeit – hinter deinem Rücken plane ich schon seit Wochen eine riesige Hochzeit in New York.

Aufhören, befehle ich meinem Hirn, als Dad mich umarmt und mir den Gepäckwagen abnimmt. Es hat überhaupt keinen Zweck, jetzt schon davon anzufangen. Überhaupt auch nur daran zu denken, hat in diesem Moment keinen Zweck. Ich werde die Angelegenheit später anschneiden, wenn wir zu Hause sind und sich das Thema ganz natürlich aus unserem Gespräch ergibt.

Und das wird es ganz sicher.

»Sag mal, Becky, hast du eigentlich noch einmal darüber nachgedacht, eventuell in Amerika zu heiraten?«

»Das ist ja wirklich Zufall, Mum, dass du mich das jetzt gerade fragst …«

Genau. Auf so eine Gelegenheit warte ich.

Und obwohl ich mich so entspannt wie nur möglich gebe, kann ich in Wirklichkeit an nichts anderes denken. Die ganze Zeit, während Mum und Dad das Auto suchen, sich darüber streiten, in welcher Richtung die Ausfahrt ist, und sich nicht einigen können, ob drei Pfund sechzig für eine Stunde Parken nun angemessen sind oder nicht, habe ich dieses nervöse Kribbeln im Bauch, das immer dann zu einem Krampf wird, wenn die Wörter »Hochzeit«, »Luke«, »New York« oder »Amerika« auch nur in einem Nebensatz erwähnt werden.

Ich fühle mich wie damals in der zehnten Klasse, als ich meinen Eltern vorgemacht habe, ich würde Mathe als Prüfungsfach nehmen. Tom von nebenan hatte nämlich auch Mathe als Prüfungsfach, und Janice hat so hochnäsig damit angegeben, dass ich Mum und Dad erzählt habe, ich würde das auch machen. Dann kamen die schriftlichen Prüfungen, und ich musste so tun, als würde ich an diesem Prüfungstermin teilnehmen (stattdessen war ich drei Stunden Einkaufen). Und dann kamen die Prüfungsergebnisse, und meine Eltern fragten natürlich, was ich in Mathe bekommen hatte.

Also habe ich mir eine Geschichte ausgedacht. Ich sagte, das Korrigieren der Matheklausuren würde immer länger dauern, weil Mathe ja so ein schwieriges Fach sei. Und ich bin sicher, dass sie mir das auch geglaubt hätten, wenn nicht just in dem Augenblick Janice hereingeschneit wäre und verkündet hätte: »Tom hat eine glatte Eins in Mathematik! Was hat Becky?«

Blöder Tom.

»Du hast ja noch gar nichts wegen der Hochzeit gefragt«, stellt Mum fest, als wir über die A3 nach Oxshott brausen.

»Ach! Nein, stimmt.« Ich ringe mir einen fröhlichen Ton ab. »Also – äh … wie laufen die Vorbereitungen?«

»Ehrlich gesagt, haben wir noch gar nicht viel gemacht«, sagt Dad, als wir die Ausfahrt nach Oxshott erreichen.

»Ist ja noch so viel Zeit«, fügt Mum entspannt hinzu.

»Ist ja nur eine Hochzeit«, merkt Dad an. »Ich finde ja, dass die Leute heutzutage viel zu viel Aufhebens darum machen. Es reicht doch völlig aus, wenn man alles in letzter Minute organisiert.«

»Allerdings!«, stimme ich erleichtert zu. »Da bin ich absolut eurer Meinung!«

Gott sei's getrommelt und gepfiffen. Ich lasse mich im Autositz zurücksinken und spüre, wie die Anspannung von mir abfällt. Das macht es ja alles bedeutend leichter. Wenn sie noch gar nicht viel unternommen haben, können sie ja ganz schnell alles wieder rückgängig machen. Es hört sich sogar fast so an, als wenn sie gar keine große Lust auf das alles hätten. Das ist ja hervorragend! Alles wird gut! Ich habe mir ganz umsonst Sorgen gemacht!

»Suzie hat übrigens angerufen«, sagt Mum. Wir sind jetzt schon fast zu Hause. »Sie hat gefragt, ob du Lust hättest, dich heute Nachmittag mit ihr zu treffen. Ich habe ihr gesagt, dass du bestimmt Lust hättest … Ach, und ich muss dich warnen.« Mum dreht sich zu mir um. »Tom und Lucy.«

»Ja?« Jetzt kommen bestimmt wieder detaillierte Schilderungen ihrer allerneuesten Küche oder etwas darüber, wie oft Lucy inzwischen befördert worden ist.

»Die beiden haben sich getrennt.« Mum sagt das ganz leise, obwohl wir drei doch völlig unter uns sind.

»Sie haben sich getrennt?« Fassungslos glotze ich sie an.

»Im Ernst? Aber die sind doch erst … wie lange verheiratet?«

»Noch nicht mal zwei Jahre. Janice ist fix und fertig. Kannst du dir ja vorstellen.«

»Aber wie ist das denn gekommen?«, frage ich bestürzt, und Mum schürzt die Lippen.

»Lucy ist mit einem Drummer durchgebrannt.«

»Mit einem Drummer?«

»Von einer Band. Angeblich hat er ein Piercing in …«

Sie hält missbilligend inne, und schon fallen mir alle möglichen und unmöglichen piercebaren Stellen des menschlichen Körpers ein, von denen meine Mutter bestimmt nicht die leiseste Ahnung hat. (Offen gestanden, die hatte ich auch nicht, bis ich ins West Village zog.) »Der Brustwarze«, sagt sie schließlich, und ich bin ein wenig erleichtert.

»Moment, jetzt noch mal langsam zum Mitschreiben, ja? Lucy ist durchgebrannt… mit einem Drummer… mit einem Piercing in der Brustwarze.«

»Er wohnt in einem Wohnwagen«, fügt Dad noch hinzu, als er nach links blinkt.

»Nach all der Arbeit und Mühe, die Tom in den schönen Wintergarten gesteckt hat.« Mum schüttelt den Kopf.

»Manche Frauen sind ja so etwas von undankbar.«

Ich fasse das einfach nicht. Lucy arbeitet bei der Wetherby's Investment Bank. Sie und Tom wohnen in Reigate. Ihr Sofa ist mit dem gleichen Stoff bezogen, aus dem auch ihre Vorhänge sind. Wo zum Teufel hat sie einen Drummer mit einem Piercing in der Brustwarze kennengelernt???

Und dann fällt mir das Gespräch ein, das ich letztes Mal, als ich hier war, zufällig im Garten mitbekam. Da klang Lucy nicht gerade glücklich. Aber sie klang auch nicht so, als wenn sie in Kürze mit einem anderen Kerl durchbrennen würde.

»Und wie geht's Tom?«

»Er kommt zurecht«, sagt Dad. »Ist zurzeit zu Hause bei Janice und Martin, der arme Teufel.«

»Also, wenn du mich fragst, konnte ihm gar nichts

Besseres passieren«, bemerkt Mum spitz. »Aber Janice tut mir so wahnsinnig leid. Nach dieser wunderbaren Hochzeit, die sie für die beiden ausgerichtet hat. Dieses Mädchen hat sie einfach alle hinters Licht geführt.«

Wir halten vor unserem Haus, und zu meiner Überraschung sind in der Einfahrt zwei weiße Lieferwagen geparkt.

»Was ist denn hier los?«, frage ich.

»Nichts«, sagt Mum.

»Die Klempner«, sagt Dad.

Aber irgendwie gucken die beiden komisch. Mums Augen funkeln, und auf dem Weg zur Haustür wirft sie Dad verstohlene Blicke zu.

»Seid ihr bereit?«, fragt Dad ganz lässig. Er steckt den Schlüssel ins Schloss und stößt die Tür auf.

»Überraschung!!«, rufen Mum und Dad unisono, und mir fällt fast die Kinnlade herunter.

Die alte Tapete im Flur ist weg. Der alte Teppich im Flur ist weg. Alles strahlt in hellen, frischen Farben, auf dem Boden liegt Sisal, und überall hängen neue Lampen. Ungläubig lasse ich den Blick schweifen. Oben auf der Treppe sitzt ein unauffälliger Mann in einem Overall und streicht das Geländer. Auf dem Treppenabsatz stehen noch zwei Männer auf einer Trittleiter und hängen einen Leuchter auf. Es riecht nach Farbe. Es riecht … neu. Es riecht nach horrenden Ausgaben.

»Ihr lasst das Haus renovieren«, piepse ich.

»Für die Hochzeit!«, strahlt Mum mich an.

»Aber ihr habt doch gesagt –« Ich schlucke. »Ihr habt doch gesagt, dass ihr noch gar nicht viel gemacht habt.«

»Wir wollten dich überraschen!«

»Was sagst du, Becky?« Dad zeigt diffus auf die gesamte Inneneinrichtung. »Gefällt es dir? Bist du einverstanden? Haben wir deinen Segen?«

Zwar klingt Dad, als würde er das nur zum Spaß fragen. Aber ich weiß genau, dass es ihm unglaublich wichtig ist, was ich davon halte. Und nicht nur ihm. Mum auch. Sie tun das alles nur für mich.

»Das ist … einsame Spitze«, sage ich heiser. »Wirklich toll.«

»Komm und guck dir den Garten an!«, sagt Mum, und ich folge ihr wie betäubt durch die Terrassentür. Draußen sind Heerscharen von uniformierten Gärtnern in den Blumenbeeten zugange.

»Die pflanzen ›Luke & Becky‹ in Stiefmütterchen!«, sagt Mum. »Die blühen dann genau rechtzeitig im Juni. Und da drüben, wo der Eingang vom Festzelt sein wird, lassen wir einen neuen Springbrunnen aufstellen. So was habe ich mal im Fernsehen gesehen.«

»Hört sich … klasse an.«

»Und nachts ist das Ding beleuchtet. Das heißt, wenn das Feuerwerk anfängt –«

»Was für ein Feuerwerk?«, frage ich, und Mum sieht mich überrascht an.

»Ich habe dir doch ein Fax geschickt wegen des Feuerwerks! Nun sag nicht, du hast das vergessen!«

»Nein! Natürlich nicht!«

Meine Mutter hat mir in letzter Zeit massenweise Faxe geschickt, die ich in der Regel vor lauter schlechtem Gewissen unters Bett geschoben habe. Ein paar habe ich kurz überflogen, manche sind völlig ungelesen da gelandet.

Was habe ich getan? Wieso habe ich dem, was vor sich ging, keine Aufmerksamkeit geschenkt?

»Becky, Liebes, du siehst gar nicht gut aus«, sagt Mum.

»Du bist bestimmt müde nach dem langen Flug. Komm, wir trinken eine Tasse Kaffee.«

Wir gehen in die Küche, und da packt mich erneut das Entsetzen.

»Ihr habt ja auch eine neue Küche einbauen lassen!«

»Nein, nein!«, widerspricht Mum beschwingt. »Wir haben bloß die Schränke neu streichen lassen. Sieht gut aus, oder? So. Hier sind ein paar Croissants. Aus der neuen Bäckerei.« Sie reicht mir einen Korb – aber ich kann nichts essen. Mir ist schlecht. Ich hatte ja keine Ahnung, was hier vor sich ging.

»Becky?« Mum sieht mich an. »Stimmt etwas nicht?«

»Nein!«, sage ich schnell. »Alles in Ordnung! Alles … super!«

Was soll ich denn bloß tun?

»Ach, weißt du … ich glaube, ich gehe eben hoch und packe aus«, kündige ich mit einem kraftlosen Lächeln an.

»Ich will mich ein bisschen frisch machen.«

Ich schließe die Zimmertür hinter mir. Zwar ziert mein Gesicht immer noch das Lächeln von eben, aber mein Herz hämmert wie wild.

Das hier verläuft irgendwie nicht ganz planmäßig.

Das hier verläuft nicht im Entferntesten planmäßig. Neue Tapeten? Springbrunnen? Feuerwerk? Wieso weiß ich von all dem nichts? Das hätte ich mir doch denken können! Mein Gott, wie konnte ich nur ... das ist alles meine Schuld!

Wie soll ich Mum und Dad bloß beibringen, dass alles abgeblasen werden soll? Wie?

Gar nicht.

Ich muss aber.

Ich kann aber nicht. Es geht einfach nicht.

Das ist *meine* Hochzeit, rufe ich mir entschlossen in Erinnerung und versuche, ein Stück meines unerschütterlichen New Yorker Selbstbewusstseins wiederzuerlangen. Ich kann heiraten, wo ich will.

Aber tief in meinem Inneren ist mir die Verlogenheit dieser Worte doch quälend bewusst. Am Anfang hätte ich mich so noch rausreden können. Bevor irgendwelche Vorbereitungen getroffen, bevor irgendwelche Anstrengungen unternommen wurden. Aber jetzt ... Jetzt ist das nicht mehr nur meine Hochzeit. Jetzt ist das Mums und Dads Geschenk für mich. Es ist das größte Geschenk, das sie mir je gemacht haben, und sie investieren all ihre Liebe und Zuwendung in dieses Geschenk.

Und ich will dieses Geschenk allen Ernstes ablehnen? Ich will danke sagen – aber nein danke?

Ja, spinne ich denn eigentlich total?

Klopfenden Herzens hole ich den Zettel mit den Rechtfertigungsnotizen, die ich mir auf dem Flug hierher gemacht habe, aus der Tasche.

Aus folgenden Gründen sollte unsere Hochzeit im Plaza stattfinden:

1. Ihr könnt gratis nach New York reisen!!
2. Das Plaza ist ein Wahnsinnshotel.

3. Euch wird eine Heidenarbeit abgenommen!
4. Ein Festzelt richtet in eurem schönen Garten doch bloß Schaden an.
5. Ihr braucht Tante Sylvia nicht einzuladen.
6. Ihr bekommt Bilderrahmen von Tiffany …

Als ich das alles im Flugzeug aufschrieb, fand ich es so überzeugend. Jetzt kommen mir die vermeintlich guten Gründe wie schlechte Witze vor. Mum und Dad haben keine Ahnung, was das Plaza überhaupt ist. Warum sollten sie in eine Millionenstadt zu irgendeinem piekfeinen Hotel fliegen wollen, das sie vorher noch nie gesehen haben? Warum sollten sie darauf verzichten wollen, die Hochzeit auszurichten, von der sie immer geträumt haben? Ich bin ihre einzige Tochter. Ich bin ihr einziges Kind.

Also … was soll ich tun?

Ich starre auf das Papier, atme schwer und lasse meine Gedanken die Schlacht austragen. Verzweifelt suche ich nach einer Lösung, nach einem Schlupfloch. Ich will nicht aufgeben, bevor ich nicht alles versucht habe. Meine Gedanken kreisen und kreisen. Sie drehen sich im Kreis. Sie kreisen und kreisen wie … ein Kreisel.

»Becky?«

Mum kommt herein, und ich fahre schuldbewusst zusammen und zerknülle die Liste.

»Hi!«, sage ich fröhlich. »Ah! Kaffee! Super!«

»Das ist koffeinfreier«, sagt Mum und reicht mir einen Becher mit dem Aufdruck *Mach dir keine Sorgen um deine Hochzeitsvorbereitungen – das macht deine Mut-*

ter schon. »Ich dachte, du trinkst zurzeit vielleicht koffeinfreien.«

»Nein«, sage ich überrascht. »Aber macht nichts.«

»Wie fühlst du dich?« Mum setzt sich neben mich, und mein Papierknäuel wandert ständig von einer Hand zur anderen. »Ein bisschen müde? Ist dir vielleicht auch etwas übel?«

»Ach, es geht.« Ich seufze etwas tiefer, als ich eigentlich vorhatte. »Aber das Essen an Bord war natürlich mal wieder unter aller Kritik.«

»Du musst sehen, dass du bei Kräften bleibst!« Mum drückt meinen Arm. »So. Und jetzt – habe ich was für dich, Becky!« Sie reicht mir ein Stück Papier. »Was sagst du?«

Ich falte das Papier auseinander und betrachte es perplex. Das ist die Beschreibung eines Hauses. Eines Hauses mit sechs Zimmern in Oxshott, um genau zu sein.

»Hört sich gut an, oder?« Mum strahlt. »Guck doch mal, was das alles hat!«

»Wollt ihr etwa umziehen?«

»Doch nicht wir, du Dummerchen! Das ist für euch! Dann könntet ihr ganz in unserer Nähe wohnen! Guck mal, da gibt es einen gemauerten Grill, zwei Schlafzimmer mit eigenem Bad …«

»Mum, wir wohnen in New York.«

»Ja, im Moment. Aber ihr werdet doch wohl nicht ewig in NewYork bleiben wollen, oder? Langfristig kommt ihr doch bestimmt wieder?«

Plötzlich klingt ihre Stimme regelrecht alarmiert, und obwohl Mum immer noch lächelt, verraten ihre Augen die innere Spannung. Ich mache den Mund auf, um zu antworten – und dann fällt mir zu meiner eigenen Überraschung auf, dass Luke und ich noch nie ernsthaft darüber gesprochen haben, wo wir langfristig leben wollen.

Wahrscheinlich bin ich stillschweigend immer irgendwie davon ausgegangen, dass wir irgendwann nach England zurückkehren. Aber wann?

»Ihr wollt doch wohl nicht für immer da bleiben, oder?«, fragt sie noch einmal nach und lacht nervös.

»Ich weiß es nicht«, antworte ich verstört. »Ich weiß nicht, was wir vorhaben.«

»Aber in der winzigen Wohnung ist doch kein Platz für eine Familie! Für eine Familie braucht ihr ein Haus mit Garten. Und zwar am besten hier in England. Und am besten sofort.«

»Wieso sofort?«

»Na, weil …« Sie macht eine seltsame Geste vor ihrem Bauch.

»Was?«

»Ach, Becky.« Mum seufzt. »Ich verstehe ja, dass du dich ein bisschen … scheust, es zu erzählen. Aber das ist doch völlig in Ordnung, Liebes! Heutzutage ist das absolut akzeptabel. Es ist kein Stigma mehr.«

»*Stigma?* Wovon –«

»Wir müssten nur wissen …« Sie hält inne. »Um wie viel das Kleid weiter gemacht werden soll.«

Das Kleid weiter machen? Was zum … Moment!

»Mum! Du glaubst doch wohl nicht etwa, dass ich … dass ich …« Ich mache die gleiche seltsame Geste vor meinem Bauch wie sie vorher vor ihrem.

»Nein?« Ich sehe Mum die Enttäuschung an.

»Nein! Natürlich nicht! Wie kommst du denn bloß darauf?«

»Du hast gesagt, du müsstest etwas Wichtiges mit uns besprechen!«, sagt Mum und trinkt fast schon schmollend einen Schluck Kaffee. »Es ging nicht um Luke, es ging nicht um deinen Job, und es ging nicht um deine Bank. Und Suzie bekommt ja auch ein Kind, und ihr beiden Mädchen habt doch immer alles zusammen gemacht, darum dachten wir …«

»Falsch gedacht. Und Drogen nehme ich auch keine, bevor du danach fragst.«

»Ja aber, was willst du denn dann mit uns besprechen?« Sie stellt ihren Becher ab und sieht mich besorgt an. »Was ist denn so wichtig, dass du extra herkommen musstest?«

Es wird mucksmäuschenstill in meinem Zimmer. Meine Finger krampfen sich um den Kaffeebecher.

So. Jetzt ist es so weit. Das ist der perfekte Augenblick. *Die* Gelegenheit, um alles zu beichten. Um Mum vom Plaza zu erzählen. Wenn ich es tue, dann muss ich es jetzt tun. Bevor Mum und Dad noch mehr Vorbereitungen treffen. Bevor sie noch mehr Geld ausgeben.

»Na ja, also …« Ich räuspere mich. »Es ist so, dass …«

Ich breche ab und trinke einen Schluck Kaffee. Meine Kehle ist wie zugeschnürt, und irgendwie ist mir schlecht. Wie kann ich Mum sagen, dass ich woanders heiraten möchte? Wie kann ich ihr das antun?

Ich mache die Augen zu und stelle mir das Plaza in all seinem Prunk vor. Ich versuche, die Aufregung und den Glamour zu reanimieren. Ich denke an die vergoldeten Räume, die Eleganz dieses Nobelhotels. Ich stelle mir vor, wie ich über die riesige, glänzende Tanzfläche wirbele und von unzähligen Gästen bewundert werde.

Aber irgendwie ... wirkt das nicht richtig. Die Vorstellung ist lange nicht mehr so überwältigend, geschweige denn überzeugend wie vorher.

Oh, Gott. Was will ich? Was will ich eigentlich?

»Ich hab's gewusst!«

Mum sieht mich bestürzt an. »Ich hab's gewusst! Ihr habt euch doch zerstritten, stimmt's? Luke und du?«

»Mum –«

»Ich habe es gewusst! Wie oft habe ich schon zu deinem Vater gesagt: ›Ich habe das im Urin, dass Becky kommt, um die Hochzeit abzusagen.‹ Er meinte immer, das sei Quatsch, aber ich habe das *gespürt*. Hier.« Mum klopft sich auf die Brust. »Eine Mutter spürt so etwas. Und ich hatte recht, stimmt's? Du willst die Hochzeit absagen, richtig?«

Stumm sehe ich sie an. Sie weiß, dass ich gekommen bin, um die Hochzeit abzusagen. Woher weiß sie das?

»Becky? Ist alles in Ordnung?« Mum legt mir den Arm um die Schulter. »Hör zu, mein Schatz. Das macht nichts. Dad und ich wollen nur dein Bestes. Und wenn das Beste für dich ist, dass die Hochzeit abgesagt wird, dann sagen wir sie eben ab. Wir wollen auf keinen Fall, dass du nur aus Rücksicht auf uns heiratest, wenn du dir nicht hundert Prozent sicher bist. Oder noch besser, hundertzehn Prozent!«

»Aber ... Ihr habt schon so viel Arbeit in die Hochzeit gesteckt ...«, murmele ich. »Ihr habt so viel Geld ausgegeben ...«

»Das macht doch nichts! Geld ist nicht wichtig!« Sie

drückt mich an sich. »Becky, wenn du auch nur den geringsten Zweifel hast, dann blasen wir sofort alles ab. Wir wollen nur, dass du glücklich wirst. Das ist das Allerwichtigste für uns.«

Mum klingt so unendlich gütig und verständnisvoll, dass mir eine Weile die Spucke wegbleibt. Meine Mutter sitzt hier neben mir und bietet mir genau das an, worum ich sie bitten wollte. Sie stellt keine Fragen, sie macht mir keine Vorwürfe. Das Einzige, was sie mir entgegenbringt, ist bedingungslose Liebe und ihre volle Unterstützung.

Und als ich dann ihr freundliches, warmes, vertrautes Gesicht ansehe, weiß ich ein für alle Mal, dass ich so etwas absolut nicht bringen kann.

»Schon gut«, sage ich schließlich. »Mum, Luke und ich haben uns nicht zerstritten. Die … Die Hochzeit findet statt. Wie geplant.« Ich reibe mir über das Gesicht. »Weißt du was, ich glaube, ich gehe mal ein bisschen raus und … schnappe frische Luft.«

Als ich in den Garten hinaustrete, sehen zwei der Gärtner auf und grüßen. Ich erwidere ihren Gruß mit einem Lächeln. Ich komme mir total paranoid vor. Ich denke, mein Geheimnis ist doch so riesengroß, dass ich es gar nicht verbergen kann. Die Leute müssen mir das doch ansehen können, wie es aus mir herausbeult oder wie es in Denkblasen über meinem Kopf herumschwebt.

Das hier ist nicht meine einzige Hochzeit.
Für denselben Tag plane ich noch eine.
Meine Eltern haben keine Ahnung.

Ja, ich weiß, ich habe ein Problem.
Ja, ich weiß, ich bin blöd.
Ach, kommen Sie, jetzt lassen Sie mich bloß in Ruhe!
Sehen Sie denn nicht, dass ich völlig fertig bin?

»Hallo, Becky.«

Ich zucke zusammen und drehe mich um. Am Zaun zum Nachbargrundstück steht Tom und sieht mich traurig an.

»Tom! Hi!«, sage ich und bemühe mich, mein Entsetzen über seine Erscheinung zu verbergen.

Mannomann. Der sieht ja schrecklich aus. Total blass und elend. Und dazu trägt er furchtbare Klamotten. Nicht, dass Tom jemals zu den am besten gestylten Jungs meines Bekanntenkreises gehört hätte – aber während er mit Lucy zusammen war, hatte er doch immerhin ein akzeptables Niveau erreicht. Seine Haare waren zwischenzeitlich sogar mal regelrecht groovy. Aber jetzt sind sie einfach nur wieder fettig, und Tom hat wieder den braunen Pulli an, den seine Mutter ihm vor fünf Jahren zu Weihnachten geschenkt hat.

»Tut mir leid, das mit …« Ich wage nicht, es auszusprechen.

»Schon okay.«

Er zieht frustriert die Schultern hoch und sieht zu den Gärtnern, die auf unserer Seite des Zauns geschäftig buddeln und schnippeln. »Und, wie läuft's mit den Hochzeitsvorbereitungen?«

»Ach … prima«, sage ich fröhlich. »Überall hängen Listen herum. Was noch gemacht werden muss, an was noch gedacht werden muss ... alle möglichen Kleinigkeiten eben.«

Wie zum Beispiel auf welchem Kontinent wir eigentlich heiraten. Oh, Gott. Oh, Gott!

»Und ... äh ... wie geht's deinen Eltern?«, erkundige ich mich höflichkeitshalber.

»Ich kann mich noch genau an die Vorbereitungen zu unserer Hochzeit erinnern.« Tom schüttelt den Kopf. »Kommt mir vor, als wenn das schon tausend Jahre her wäre.«

»Ach, Tom.« Ich beiße mir auf die Lippe. »Es tut mir so leid. Komm, wir wechseln das –«

»Und weißt du, was das Schlimmste ist?« Tom ignoriert mich einfach.

»Äh ...« Deine Haare, sage ich fast. Aber nur fast.

»Das Schlimmste ist, ich dachte immer, dass ich Lucy verstehe. Dass wir einander verstehen. Dabei waren wir die ganze Zeit ...« Er bricht ab, holt ein Taschentuch aus der Hosentasche und putzt sich die Nase. »Ich meine, wenn ich jetzt zurückblicke, dann ... also, natürlich gab es Anzeichen.«

»Ach, ja?«

»Ja, ja«, sagt Tom. »Ich hab's nur nicht kapiert.«

»Was denn für Anzeichen?«, frage ich sanft nach, ohne *zu* neugierig aufzutreten.

»Na ja.« Er denkt einen Moment nach. »Zum Beispiel hat sie mehrmals gesagt, dass sie sich die Kugel gibt, wenn sie noch eine Minute länger in Reigate wohnen muss.«

»Aha«, sage ich verblüfft.

»Und dann dieser Schreikrampf im Möbelhaus ...«

»Schreikrampf?«

»Ja, plötzlich hat sie geschrien: ›Ich bin siebenundzwanzig! Ich bin siebenundzwanzig! Was mache ich eigentlich hier?‹ Bis das Sicherheitspersonal kam und sie beruhigt hat.«

»Das verstehe ich nicht. Ich dachte, sie fand das so toll, in Reigate zu wohnen! Ihr beiden wart doch so …«

»Selbstgefällig«, ist das Wort, nach dem ich suche.

»So … glücklich!«, ist das, was ich sage.

»Lucy war glücklich, bis alle Hochzeitsgeschenke ausgepackt waren«, erzählt Tom nachdenklich. »Aber dann … Es war, als hätte sie sich danach umgesehen und auf einmal festgestellt, dass das also jetzt ihr Leben war. Und plötzlich wollte sie das nicht mehr. Und mich auch nicht.«

»Ach, Tom.«

»Mit einem Mal sagte sie, die Vororte würden ihr auf den Keks gehen, und sie wollte noch was von ihrem Leben haben, sie sei schließlich noch jung. Und ich dachte: Wir haben gerade erst alles neu gestrichen, der Wintergarten ist halb fertig – das ist ein ungünstiger Zeitpunkt, um umzuziehen –« Er sieht auf, und aus seinem Blick spricht so viel Kummer. »Ich hätte auf sie hören sollen, oder? Vielleicht hätte ich mir sogar das Tattoo machen lassen sollen.«

»Sie wollte, dass du dir ein *Tattoo* machen lässt?«

»Ja, passend zu ihrem.«

Lucy Webster hat ein Tattoo! Ich bin kurz davor, laut loszuprusten. Aber als ich dann Toms trauriges Gesicht sehe, werde ich wütend. Okay, Tom hat im Laufe der Jahre nicht immer zu meinen Lieblingsfreunden gezählt. Aber das hat er nun wirklich nicht verdient. Er ist, was er ist. Und wenn Lucy damit nicht zufrieden war, warum zum Teufel hat sie ihn dann überhaupt geheiratet?

»Tom, jetzt mach dir mal keine Vorwürfe«, versuche ich ihn aufzubauen. »Das hört sich ja ganz so an, als wenn Lucy mit sich selbst irgendwelche Probleme hätte.«

»Meinst du?«

»Ja, klar. Sie hatte doch ein tierisches Glück, einen Mann wie dich bekommen zu haben. Und dann hat sie das noch nicht mal zu schätzen gewusst.« Einem Impuls folgend lehne ich mich über den Zaun und nehme Tom in den Arm. Als ich ihn wieder loslasse, sieht er mich aus großen Hundeaugen an.

»Du hast mich schon immer verstanden, Becky.«

»Na ja, wir kennen uns ja auch schon eine ganze Weile.«

»Keiner kennt mich so gut wie du.«

Seine Hände liegen immer noch auf meinen Schultern, und da er keine Anstalten macht loszulassen, trete ich einen Schritt zurück, weil ich *unbedingt* auf unser Haus zeigen muss, an dem ein Mann im Overall gerade einen Fensterrahmen streicht.

»Hast du schon gesehen, was Mum und Dad alles machen lassen? Unglaublich, was?«

»Allerdings. Die hauen richtig auf den Putz. Ich habe von dem Feuerwerk gehört. Muss aufregend sein für dich.«

»Ich freue mich wirklich sehr darauf«, antworte ich automatisch. Das ist mein Standardsatz, den ich immer dann abspule, wenn mich jemand auf die Hochzeit anspricht. Aber jetzt, wo ich so dastehe und dabei zusehe, wie unser altes, vertrautes Haus aufgepeppt wird wie eine alte Dame, die Make-up auflegt, macht sich auf einmal ein seltsames Gefühl in mir breit. So ein leichtes Kribbeln.

Und wie mit einem Paukenschlag wird mir bewusst, dass ich mich *wirklich* darauf freue.

Ich freue mich darauf, unseren Garten voller Luftballons zu sehen. Mum in edlen Klamotten und sagenhaft glücklich. Ich freue mich darauf, mich in meinem alten Zimmer an meinem alten Frisiertisch fertig zu machen. Mich anständig von meinem alten Leben zu verabschieden. Nicht in irgendeiner unpersönlichen Suite in einem Hotel … sondern hier. Zu Hause. Da, wo ich aufgewachsen bin.

Solange ich in New York war, hatte ich mir die Hochzeit in Oxshott überhaupt nicht richtig vorstellen können. Im Vergleich zu dem Glamour des Plaza wirkte alles andere so winzig und unscheinbar. Aber jetzt, wo ich hier bin, ist es plötzlich das Plaza, das ich mir nicht mehr richtig vorstellen kann. Das Plaza rückt in immer weitere Ferne, wie eine Fernreise in ein exotisches Land, die ich langsam vergesse. Es hat wahnsinnigen Spaß gemacht, die Rolle der New Yorker Prinzessin zu spielen, sündhaft teure Kreationen der Köche zu kosten und über bestimmte Champagner-Jahrgänge und Blumendekorationen für eine Million Dollar zu parlieren. Aber das ist genau der Punkt. Ich habe nur eine Rolle gespielt.

Und in Wirklichkeit gehöre ich hierher. In diesen Garten in England, in dem ich aufgewachsen bin.

Also, was soll ich machen? Soll ich wirklich …

Ich kann den Gedanken kaum zu Ende führen.

Erwäge ich allen Ernstes auch nur ansatzweise, die ganze riesige teure Hochzeit im Plaza abzusagen?

Allein der Gedanke daran lässt mich schaudern.

»Becky?« Mums Stimme durchdringt meine Gedanken, und ich sehe benommen zu ihr auf. Sie steht in der Terrassentür und hat eine Tischdecke in der Hand. »Becky! Telefon!«

»Oh. Okay. Wer ist es denn?«

»Robin, glaube ich«, sagt Mum. »Hallo, Tom, mein Schatz!«

»Robin?« Ich runzele die Stirn und gehe zum Haus. »Robin wer?«

Ich kenne doch gar keine Robins. Abgesehen von Robin Anderson, der seinerzeit bei *Investment Monthly* gearbeitet hat – aber den kannte ich doch kaum –

»Den Nachnamen habe ich leider nicht verstanden«, sagt Mum. »Aber sie klang sehr nett. Sie hat gesagt, sie ruft aus New York an …«

Robyn?

Auf einmal bin ich wie gelähmt. Das blanke Entsetzen fesselt mich an die Stufen zur Terrasse.

Robyn ist am Telefon … hier?

Hier stimmt doch etwas nicht. Robyn gehört nicht in diese Welt. Sie gehört nach New York. Das ist ja, wie wenn Leute eine Zeitreise in die Vergangenheit unternehmen und den Zweiten Weltkrieg durcheinanderbringen.

»Ist das eine Freundin von dir?«, fragt Mum ganz unschuldig. »Wir haben uns eben so nett über die Hochzeit unterhalten …«

Der Boden unter meinen Füßen fängt an zu schwanken.

»Was … was hat sie denn gesagt?«, würge ich hervor.

»Ach, nichts Besonderes!« Mum sieht mich überrascht an. »Sie hat mich gefragt, was für eine Farbe ich tragen werde … und sie hat ständig irgendwas von irgendwelchen Geigern gefaselt. Du willst doch keine Geiger zu deiner Hochzeit, oder, Liebes?«

»Natürlich nicht!« Meine Stimme ist schon ganz schrill.

»Was will ich denn mit Geigern?«

»Becky, Liebes – ist alles in Ordnung?« Mum sieht mich skeptisch an. »Soll ich ihr sagen, dass du zurückrufst?«

»Nein! Nein, du darfst nicht mehr mit ihr reden! Ich meine … ist schon okay. Ich rede mit ihr.«

Klopfenden Herzens eile ich ins Haus. Was soll ich ihr sagen? Soll ich ihr sagen, dass ich es mir anders überlegt habe?

Als ich den Telefonhörer in die Hand nehme, sehe ich aus den Augenwinkeln, dass Mum mir gefolgt ist. Oh, Gott. Was mache ich denn jetzt bloß?

»Hi, Robyn!« Ich bemühe mich um einen ganz natürlichen, lockeren Ton. »Was gibt's?«

Okay. Ich werde sie jetzt einfach so schnell wie möglich abwimmeln.

»Hi, Becky! Das war richtig nett, mal mit Ihrer Mutter gesprochen zu haben!«, sagt Robyn. »Macht einen sehr netten Eindruck. Ich freue mich schon darauf, sie kennenzulernen!«

»Ich auch«, sage ich so liebenswürdig wie möglich.

»Ich freue mich auch schon darauf, dass … auf ein Treffen.«

»Obwohl ich ziemlich überrascht war, dass sie gar nichts von dem Wiener Streichorchester wusste. Tststs, Becky! Sie sollten Ihre Mutter wirklich etwas besser informieren!«

»Ich weiß«, sage ich nach einer Pause. »Ich hatte bloß so viel um die Ohren …«

»Verstehe ich voll und ganz«, sagt Robyn mitfühlend. »Was halten Sie davon, wenn ich ihr ein kleines Päckchen mit sämtlichen Informationen schicke? Mit FedEx ist das doch überhaupt kein Problem. Dann kann sie alles schwarz auf weiß sehen und lesen. Wenn Sie mir nur eben ihre Adresse geben –«

»Nein!«, quietsche ich unwillkürlich. »Ich meine … ist nicht nötig. Ich gebe alles weiter. Wirklich. Also … nichts schicken. Gar nichts.«

»Nicht mal ein paar Menükarten? Darüber würde sie sich doch bestimmt freuen!«

»Nein! Nichts!«

Meine Hand klammert sich um den Hörer, und mir steht schon der Schweiß auf der Stirn. Ich wage es nicht, Mum anzusehen.

»Gut, okay!«, sagt Robyn schließlich. »Sie sind der Boss!

Übrigens habe ich mit Sheldon Lloyd über die Anordnung der Tische gesprochen …«

Robyn plappert fröhlich weiter, und ich werfe nun doch einen Blick auf Mum, die ungefähr einen Meter von mir entfernt steht. Sie kann doch bestimmt alles hören, was am anderen Ende gesagt wird, oder? Sie hat doch bestimmt eben das Wort »Plaza« gehört! Und »Hochzeit« und »Ballsaal«!

»Gut«, sage ich dann, ohne irgendetwas wahrgenommen zu haben, was Robyn mir erzählt hat. »Hört sich alles prima an.« Ich wickele mir die Telefonschnur um den Finger.

»Aber… Robyn. Moment mal. Eigentlich bin ich ja zu meinen Eltern gefahren, um mal von all dem wegzukommen. Ich möchte hier nicht angerufen werden.«

»Sie wollen nicht auf dem Laufenden gehalten werden?«, fragt Robyn überrascht.

»Nein. Möchte ich nicht. Also… ich finde, es sollte einfach alles so weiterlaufen, und ich bringe mich dann aufs Laufende, wenn ich nächste Woche wiederkomme.«

»Kein Problem. Verstehe ich vollkommen. Sie brauchen mal eine Pause! Und ich verspreche Ihnen, Becky, dass ich Sie in Ruhe lassen werde – es sei denn, es handelt sich um einen Notfall. Und jetzt erholen Sie sich mal schön!«

»Danke. Das werde ich tun. Bye, Robyn.«

Ich lege auf und zittere vor Erleichterung. Gott sei Dank.

Sie ist weg.

Aber ganz sicher fühle ich mich nicht. Jetzt hat Robyn ja meine Nummer hier. Sie könnte jederzeit wieder anrufen. Ich meine, was gilt denn in Sachen Hochzeitsplanung als Notfall? Wahrscheinlich alles. Wahrscheinlich schon ein schief sitzendes Rosenblatt. Und sie muss nur ein falsches Wort zu Mum sagen, und schon wissen beide, was los ist. Mum wird sofort klar werden, warum ich hergekommen bin und was ich eigentlich mit ihr und Dad besprechen wollte.

Oh, Gott. Das würde ihr so wehtun. Das kann ich nicht zulassen.

Okay. Ich habe zwei Möglichkeiten. Erstens: Mum und Dad dazu bringen, so schnell wie möglich umzuziehen. Zweitens ...

»Hör mal, Mum«, sage ich und drehe mich zu ihr um. »Die Frau da eben. Robyn. Die ist ...«

»Ja?«

»Die ist ... gestört.«

»Gestört?« Mum starrt mich an. »Was meinst du damit, Liebes?«

»Sie ... sie ist in Luke verliebt!«

»Oh, mein Gott!«

»Ja, und sie hat diese Wahnvorstellung, dass sie ihn heiraten wird.«

»Ihn *heiraten*?« Mum klappt die Kinnlade herunter.

»Ja! Im Plaza Hotel! Sie hat anscheinend sogar versucht, dort ... äh ... zu reservieren. Auf meinen Namen!«

Meine Finger sind kunstvoll verknotet. Ich muss verrückt sein. Das glaubt Mum mir doch nie. Nie. Sie wird –

»Weißt du was, das überrascht mich gar nicht!«, sagt Mum. »Ich habe mir das gleich gedacht, dass sie ein bisschen komisch war. Dieser ganze Quatsch mit den Geigern! Und sie war wie besessen von der Frage, welche Farbe ich tragen würde –«

»Ja, genau, sie ist total besessen. Also ... falls sie noch mal anrufen sollte, dann wimmele sie ganz schnell ab und leg einfach wieder auf. Und ganz egal, was sie dir erzählt – ganz gleich, wie logisch es klingen mag … glaub ihr kein Wort. Versprochen?«

»Versprochen, Becky.« Mum nickt. »Ich tu alles, was du sagst.«

Sie geht in die Küche, und ich höre, wie sie vor sich hin murmelt: »Die Ärmste! Eigentlich sollte man ja wirklich Mitleid mit solchen Leuten haben. Graham, hast du das gehört? Diese Frau, die gerade für Becky angerufen hat. Aus Amerika. Die ist in Luke verliebt!«

Jetzt wächst mir die Sache wirklich langsam über den Kopf.

Ich muss mit Suze reden.

ZWÖLF

Suze und ich haben uns zum Teetrinken am Sloane Square verabredet. Dort wimmelt es nur so von Touristen, und ich kann Suze erst gar nicht in der Menschenmenge entdecken. Doch dann zerstreuen sich die Leute – und da sitzt sie am Brunnen, mit von der Sonne beleuchteten blonden Haaren und einer Mega-Wampe.

Als ich sie sehe, will ich eigentlich am liebsten auf sie zustürzen, »Ach, Suze, das ist alles ein einziger Albtraum!« jammern und ihr alles erzählen.

Aber ich halte mich zurück. Sie sieht aus wie ein Engel, wie sie da so sitzt. Wie ein schwangerer Engel.

Oder vielleicht wie die Jungfrau Maria. So selig und wunderschön und perfekt.

Und schon komme ich mir im Vergleich zu ihr total chaotisch und blöd vor. Ich wollte meinen ganzen Müll wie immer bei Suze abladen und von ihr eine schlaue Antwort haben. Aber jetzt … Das geht nicht. Sie sieht so ruhig und glücklich aus. Das wäre, wie wenn man irgendwelchen Giftmüll in ein wunderschönes, sauberes Gewässer kippen würde.

»Bex! Hi!« Sie steht auf, als sie mich sieht, und ich bin schon wieder einigermaßen schockiert, wie … na ja, wie groß sie ist.

»Suze!« Ich eile auf sie zu und nehme sie ganz fest in den Arm. »Du siehst toll aus!«

»Ich fühle mich auch toll!«, sagt Suze. »Und wie geht es dir? Was macht die Hochzeit?«

»Ach ... Mir geht's gut!«, sage ich nach einer kurzen Pause. »Alles prima. Komm, wir gehen Tee trinken.«

Ich werde es ihr nicht erzählen. Basta. Dieses eine Mal werde ich meine Probleme wohl alleine lösen können.

Wir gehen zu Oriel und bekommen einen Tisch am Fenster. Ich bestelle mir eine heiße Schokolade, und Suze holt einen Teebeutel aus der Tasche und reicht ihn dem Kellner.

»Himbeerblättertee«, erklärt sie. »Stärkt die Gebärmutter. Gut für die Wehen.«

»Klar.« Ich nicke. »Wehen. Natürlich!«

Mir läuft ein Schauer den Rücken herunter, und ich lächele ganz schnell, um mein Unbehagen zu vertuschen.

Also, insgeheim bin ich ja doch noch nicht so ganz überzeugt, was die Geschichte mit dem Kinderkriegen angeht. Geburt und so. Ich meine, sehen Sie sich doch mal Suzes riesigen Bauch an! Und sehen Sie sich mal so ein voll ausgewachsenes Baby an. Das können Sie mir doch nicht weismachen, dass *das* da durchpasst ...

Ich meine, rein theoretisch weiß ich natürlich, wie das vor sich geht. Aber ... ehrlich gesagt, sehe ich nicht ganz, wie das funktionieren soll.

»Wann hast du noch mal Termin?«, frage ich und starre unverwandt auf Suzes Bauch.

»In genau vier Wochen!«

»Das heißt ... es wird noch größer?«

»Ja, klar!« Suze streichelt sich glücklich über ihre Wampe.

»Wahrscheinlich noch ein ganzes Stück.«

»Prima«, piepse ich in dem Moment, in dem der Kellner meine heiße Schokolade vor mir abstellt. »Super. Und … wie geht's Tarquin?«

»Sehr gut!«, sagt Suze. »Im Moment ist er auf Craie. Du weißt schon, seine schottische Insel. Da lammen jetzt gerade die Schafe, und er wollte ein bisschen mit anpacken, bevor das Baby kommt.«

»Aha. Und wieso bist du nicht mitgefahren?«

»Ach, das wäre ein bisschen zu riskant gewesen.« Suze rührt ihren Himbeertee um. »Und außerdem interessiere ich mich nicht *ganz* so sehr für Schafe wie er. Ich meine, natürlich sind das wirklich tolle Tiere«, fügt sie aus Loyalitätsgründen hinzu. »Aber weißt du, wenn man erst mal tausend gesehen hat …«

»Aber er kommt doch rechtzeitig wieder, oder?«

»Ja, natürlich. Er ist total aufgeregt! Er war sogar zu allen Sitzungen des Geburtsvorbereitungskurses mit und alles!«

Mann, ich kann kaum glauben, dass Suze in ein paar Wochen ein Baby bekommt. Und ich werde nicht dabei sein.

»Darf ich mal anfassen?« Ganz vorsichtig lege ich die Hand auf Suzes Bauch. »Ich kann aber gar nichts spüren.«

»Das macht nichts«, sagt Suze. »Ich glaube, es schläft.«

»Weißt du schon, ob es ein Junge oder ein Mädchen ist?«

»Nein.« Suze beugt sich mit ernster Miene vor. »Aber ich habe so den Verdacht, dass es ein Mädchen ist, weil ich mich nämlich ständig wie magnetisch angezogen fühle von diesen süßen kleinen Kleidchen in den Läden. Als hätte ich eins von diesen berühmten Schwangeren-Gelüsten. Und in sämtlichen schlauen Büchern steht, dass der Körper einem signalisiert, was er braucht. Also, vielleicht ist das ein Zeichen.«

»Und wie soll sie heißen?«

»Wir haben uns noch nicht entschlossen. Das ist ja so schwierig! Weißt du, da kauft man alle diese Namensbücher, und die Namen da drin sind einfach nur Schrott…« Sie trinkt einen Schluck Tee. »Wie würdest du dein Baby nennen?«

»Och, ich weiß nicht. Vielleicht Lauren. Wie in Ralph Lauren.« Ich denke nach. »Oder Dolce.«

»Dolce Cleath-Stuart«, sinniert Suze. »Das gefällt mir! Und ihr Spitzname wäre dann Dolly.«

»Oder Vera. Nach Vera Wang.«

»*Vera?*« Suze glotzt mich an. »Ich nenne mein Kind doch nicht Vera!«

»Wir reden ja auch gar nicht über dein Kind! Wir reden über meins. Vera Lauren Comme des Brandon. Das klingt doch richtig gut.«

»Und was ist mit Jungennamen?«

»Harvey. Oder Barney«, schlage ich nach kurzem Nachdenken vor. »Das käme ganz drauf an, ob er in New York oder in London geboren wird.«

Ich trinke einen Schluck von meiner heißen Schokolade – und als ich Suze wieder ansehe, durchbohrt sie mich mit einem sehr ernsten Blick.

»Du würdest dein Kind doch nicht in Amerika bekommen wollen, oder, Bex?«

»Ich … weiß nicht. Wer weiß das schon? Wahrscheinlich bekommen wir sowieso in den nächsten Jahren erst mal noch gar keine Kinder.«

»Wir vermissen dich hier alle ganz schön, Bex.«

»Ach, jetzt fang du nicht auch noch an, Suze.« Ich lache etwas gekünstelt. »Mum hat mir heute auch schon damit in den Ohren gelegen, nach Oxshott zurückzukommen!«

»Ja, aber ist doch wahr! Tarkie hat gerade neulich wieder gesagt, dass London ohne dich irgendwie ganz anders ist.«

»Echt?« Erstaunt sehe ich sie an. Das rührt mich ja richtig.

»Und deine Mutter fragt mich ständig, ob ich glaube, dass du für immer in New York bleiben wirst … Das wirst du doch nicht, oder?«

»Ehrlich, Suze, ich weiß es noch nicht«, antworte ich einigermaßen hilflos. »Das kommt auf Luke an … und auf sein Geschäft …«

»Luke ist doch nicht dein Vorgesetzter!«, sagt Suze. »Du hast auch was zu sagen. Willst du drüben bleiben?«

»Ich weiß es nicht.« Ich verziehe das Gesicht und versuche, es ihr zu erklären. »Manchmal glaube ich, dass ich in New York bleiben will. Wenn ich nämlich in New York bin, dann kommt die Stadt mir vor wie das Paradies. Ich habe einen tollen Job, die Leute sind supernett und überhaupt ist alles klasse. Aber wenn ich nach England komme, dann denke ich plötzlich: Hey, Moment mal, das hier ist ja mein Zuhause. Hier gehöre ich her.« Ich nehme ein Zuckertütchen in die Hand und fange an, es in kleine Fetzen zu reißen. »Ich weiß einfach nicht, was richtig ist.«

»Ach, komm doch zurück nach England, und krieg ein Baby!«, bettelt Suze. »Dann können wir gemeinsam Mama spielen!«

»Ach, komm schon, Suze!« Ich trinke noch einen Schluck und verdrehe die Augen. »Als wenn ich schon so weit wäre, ein Kind zu bekommen!« Und bevor Suze etwas erwidern kann, stehe ich auf und gehe zur Toilette.

Andererseits ... Sie hat ja nicht ganz unrecht. Warum sollte ich nicht auch jetzt schon ein Kind bekommen? Machen andere Leute doch auch – wieso also nicht auch ich? Ich meine, vielleicht könnte ich den Teil, in dem man das Baby tatsächlich *bekommt*, irgendwie umgehen? Vielleicht könnte ich mich unter Narkose setzen und das Baby aus mir herausoperieren lassen. Dann würde ich nichts merken, und wenn ich dann aufwache, ist das Baby da!

Auf einmal habe ich so eine richtig nette Vision von Suze und mir, wie wir nebeneinander Kinderwagen vor uns herschieben. Das wäre doch vielleicht richtig lustig. Ich meine, heutzutage kann man doch massenweise tolle Sachen für Babys kaufen, oder? So süße kleine Mützen, winzige Jeansjacken und so ... Und – natürlich! – gibt es da nicht ein richtig cooles Babytragetuch von Gucci?

Wir könnten zusammen Cappuccinos trinken und Shopping gehen, und ... Ich meine, das ist es doch so im

Großen und Ganzen, was Mütter den lieben langen Tag machen, oder? Also, jetzt, wo ich drüber nachdenke … Wer wäre dafür besser geeignet als ich?

Das muss ich unbedingt mal mit Luke besprechen.

Als wir von unserem Tisch am Fenster aufstehen und gehen wollen, ist es dann so weit: »Sag mal, Bex, du hast mir ja noch gar nichts von der Hochzeit erzählt!«

Mein Magen krampft sich blitzartig zusammen, und ich wende ganz schnell unter dem Vorwand, meinen Mantel anzuziehen, den Blick ab.

Ich hatte es doch tatsächlich geschafft, die ganze Hochzeitsgeschichte so halbwegs zu vergessen.

»Ja«, sage ich dann. »Na ja, also … es läuft alles … äh … prima!«

Ich werde Suze nicht mit meinen Problemen belasten.

Auf gar keinen Fall.

»Was hat Luke denn dazu gesagt, dass ihr in England heiratet?« Sie sieht mich besorgt an. »Ich meine, habt ihr euch deswegen gestritten oder so?«

»Nein. Nein, ganz ehrlich nicht.«

Ich halte ihr die Tür auf, und wir stehen wieder auf dem Sloane Square. Eine ganze Grundschulklasse in Kordknickerbockern blockiert zwei und zwei hintereinander den Bürgersteig, und wir bleiben stehen und warten, bis die Kinder an uns vorbeigegangen sind.

»Du hast die richtige Entscheidung getroffen, Becky.« Suze drückt meinen Arm. »Ich habe mir solche Sorgen gemacht, dass du dich für New York entscheiden könntest. Was hat letzten Endes den Ausschlag gegeben?«

»Äh… so dies und das. Weißt schon. Aber… äh… sag mal, hast du auch schon gelesen, dass die Wasserwerke jetzt auch noch privatisiert werden sollen?«

Aber Suze achtet gar nicht auf das, was ich sage. Interessiert die sich denn überhaupt nicht für die aktuelle Tagespolitik?

»Und was hat Elinor dazu gesagt, als du die Sache im Plaza abgesagt hast?«

»Sie hat gesagt… ähm… also, begeistert war sie natürlich nicht. Sie hat gesagt, dass sie ziemlich sauer ist und… äh…«

»›Ziemlich sauer‹?« Suze zieht die Augenbrauen hoch. »Das war alles? Ich dachte, sie würde fuchsteufelswild werden!«

»Sie *war* auch fuchsteufelswild!«, bestätige ich ganz schnell. »Sie war so fuchsteufelswild, dass… ihr eine Ader geplatzt ist!«

»Ihr ist eine Ader geplatzt?« Suze sieht mich erstaunt an.

»Wo?«

»Am… Kinn.«

Suze schweigt. Sie steht reglos da – und dann ändert sich ihr Gesichtsausdruck.

»Bex –«

»Komm, wir gehen Babysachen gucken!«, falle ich ihr ins Wort. »Da drüben gibt es einen total süßen Laden…«

»Bex, was ist los?«

»Nichts!«

»Natürlich ist was los! Ich bin doch nicht blöd. Du verschweigst mir irgendetwas.«

»Nein, tue ich nicht!«

»Du hast die Hochzeit in NewYork doch abgesagt, oder?«

»Ich …«

»Bex?« Ihre Stimme klingt so ernst wie eh und je. »Sag mir die Wahrheit.«

Oh, Gott. Ich kann nicht mehr lügen.

»Ich … ich werde sie absagen«, sage ich leise.

»Du *wirst* sie absagen?« Suze wird vor Entrüstung lauter. »Du *wirst* sie absagen?«

»Suze –«

»Ich hätte es wissen müssen! Das hätte ich mir doch denken können! Aber ich habe ganz einfach angenommen, dass du es bereits getan hattest, weil deine Mutter in Oxshott immer weiter organisiert hat und weil niemand auch nur ein Wort über New York gesagt hat, und da dachte ich, gut, Bex hat sich wohl zu guter Letzt doch noch entschieden, zu Hause zu heiraten …«

»Suze, bitte. Reg dich nicht so auf«, sage ich schnell. »Ganz ruhig bleiben … tief durchatmen …«

»Wie soll ich mich denn bitte schön *nicht* aufregen?«, ruft Suze. »Wie soll ich ruhig bleiben? Bex, du hast mir schon vor *Wochen* versprochen, dass du die Sache in Ordnung bringst! Du hast es mir versprochen!«

»Ich weiß! Und ich werde mein Versprechen auch halten. Es ist nur … es war so schwierig. Sich zu entscheiden. Beides hört sich so toll an, wenn auch auf ganz unterschiedliche Art und Weise –«

»Bex, eine Hochzeit ist keine Handtasche!«, belehrt Suze mich ungläubig. »Du kannst dir zur Feier des Tages nicht einfach zwei gönnen!«

»Ich weiß! Ich weiß! Hör zu, ich werde mich darum kümmern –«

»Und wieso erzählst du mir das erst jetzt?«

»Weil du so wunderschön und selig und glücklich warst!«, jaule ich. »Und das wollte ich nicht mit meinen bescheuerten Problemen verderben!«

»Ach, Bex.« Suze sieht mich schweigend an. Dann legt sie den Arm um mich. »Und … was hast du jetzt vor?«

Ich hole tief Luft.

»Ich werde Elinor sagen, dass die Hochzeit in New York nicht stattfinden wird. Und dass ich in England heiraten werde.«

»Wirklich? Bist du dir hundertprozentig sicher?«

»Ja. Ganz sicher. Nachdem ich gesehen habe, was Mum und Dad … und Mum war so lieb zu mir … und sie hat keine Ahnung, was hinter ihrem Rücken vor sich ging …« Ich schlucke. »Und vorhin, als ich aus dem Haus ging, hat Dad mich noch kurz beiseite genommen und mir ganz im Vertrauen erzählt, wie Mum sich aufgeregt hat, als ich auch nur angedeutet hatte, eventuell in den Staaten zu heiraten. Ich meine, diese Hochzeit bedeutet ihr einfach alles. Oh, Gott, Suze, ich komme mir so blöd vor. Ich weiß nicht, was ich mir überhaupt dabei gedacht habe. Ich will nicht im Plaza heiraten. Ich will zu Hause heiraten. Nirgends sonst.«

»Und du überlegst es dir nicht noch mal anders?«

»Nein. Dieses Mal nicht. Wirklich, Suze. Ich habe mich endgültig entschieden.«

»Was ist mit Luke?«

»Dem ist es egal. Er hat die ganze Zeit gesagt, dass er die Entscheidung mir überlässt.«

Suze schweigt einen Moment. Dann holt sie ihr Handy aus der Tasche und drückt es mir in die Hand.

»Okay. Wenn du es sowieso tun willst, dann tu es jetzt. Ruf Elinor an.«

»Geht nicht. Elinor ist in einer Klinik in der Schweiz. Ich wollte ihr eigentlich einen Brief schreiben –«

»Nein.« Suze schüttelt entschieden den Kopf. »Du tust es jetzt. Es muss doch irgendjemanden geben, den du anrufen kannst. Diese Hochzeitsplanerin. Robyn. Ruf sie an, und sag ihr, dass alles abgeblasen wird. Bex, du kannst es dir nicht leisten, auch nur eine Minute länger zu warten.«

»Gut, okay«, sage ich und ignoriere, dass sich tief in mir irgendetwas anfängt zu sträuben. »Okay, ich mach's. Ich ... rufe sie an. Ich weiß die Nummer auswendig.«

Ich will gerade anfangen zu wählen – da lasse ich das Telefon auch schon wieder sinken. Im Kopf eine Entscheidung zu treffen, war eine Sache. Aber jetzt tatsächlich den entscheidenden Anruf zu tätigen, ist eine andere. Soll ich wirklich die ganze Hochzeit in New York absagen?

Was wird Robyn sagen? Was werden alle anderen sagen? Mein Gott, wenn ich doch nur ein klein wenig Zeit hätte, damit ich mir genau überlegen könnte, was ich ihnen allen sagen soll ...

»Los jetzt!«, sagt Suze. »Ruf an!«

»Ja, ja!«

Meine Finger zittern, als ich 001 für Amerika wähle – aber auf dem Display passiert nichts.

»Ach ... so was!«, rufe ich und versuche, enttäuscht

zu klingen. »Hier ist kein Empfang. Na, dann rufe ich eben später an –«

»Nein, das tust du nicht! Wir laufen jetzt so lange die Straße entlang, bis das Telefon Empfang hat. Los!« Suze marschiert in Richtung King's Road los, und ich zottele nervös hinterher.

»Versuch's jetzt noch mal«, sagt sie, als wir am Zebrastreifen angelangt sind.

»Nichts«, sage ich mit zitternder Stimme. Mann, Suze sieht wirklich übermächtig aus, wie ein riesiger Schiffsbug. Ihre blonden Haare fallen ihr auf den Rücken, und ihr Gesichtsausdruck zeigt wilde Entschlossenheit. Woher nimmt sie all die Energie? Ich dachte, schwangere Frauen sollen immer alles schön mit der Ruhe nehmen.

»Versuch's jetzt noch mal!«, wiederholt sie nach hundert Metern. »Los! Ich lass nicht locker, bis du endlich diesen Anruf hinter dich gebracht hast!«

»Kein Empfang!«

»Sicher?«

»Ja!« Ich drücke wie wild auf den Tasten herum, aber es tut sich nichts. »Guck!«

»Versuch's weiter! Komm!«

»Ja, ja!«

»Oh, mein Gott!« Suze kreischt völlig unvermittelt kurz auf, und ich zucke zu Tode erschrocken zusammen.

»Ich versuch's doch, Suze! Ehrlich, Suze, ich tue alles, was ich –«

»Nein! Guck doch mal!«

Ich bleibe stehen und drehe mich nach ihr um. Suze steht ungefähr drei Meter hinter mir auf dem Bürgersteig inmitten einer Pfütze.

»Suze … mach dir keine Gedanken«, sage ich unbeholfen.

»Ich erzähl's bestimmt niemandem.«

»Nein! Du verstehst das nicht! Ich habe nicht …« Sie guckt mich mit einem ziemlich irren Blick an. »Ich glaube, meine Fruchtblase ist geplatzt!«

»Deine was?« Schieres Entsetzen durchflutet mich. »Oh, mein Gott! Soll das etwa heißen … Bekommst du jetzt –«

Das darf doch nicht wahr sein!

»Ich weiß es nicht.« Ich sehe Suze an, dass sie panisch wird. »Ich meine, es könnte natürlich sein … Aber das ist doch vier Wochen zu früh! Es ist zu früh! Tarkie ist nicht hier, es ist überhaupt nichts vorbereitet … Oh, Gott …«

Ich habe Suze noch nie so ängstlich gesehen. Es schnürt mir fast die Kehle zu, sie so zu sehen, und ich kämpfe gegen die aufsteigenden Tränen an. Was habe ich denn jetzt schon wieder gemacht? Abgesehen von allem anderen, habe ich jetzt auch noch dafür gesorgt, dass meine beste Freundin eine Frühgeburt hat!

»Tut mir leid, Suze«, würge ich hervor.

»Das ist doch nicht deine Schuld! Sei jetzt nicht albern!«

»Natürlich ist das meine Schuld! Du warst so glücklich und selig, und dann hast du mich gesehen. Ich sollte mich einfach von schwangeren Frauen fern halten –«

»Ich muss jetzt sofort ins Krankenhaus.« Suze ist ganz blass. »Die Cleath-Stuarts sind für ihre Sturzgeburten berühmt. Ich war innerhalb von einer halben Stunde auf der Welt.«

»Eine halbe Stunde?« Ich lasse praktisch das Telefon fallen. »Ja, dann mal los! Komm!«

»Aber ich habe meine Tasche nicht dabei und nichts! Ich muss doch so viele Sachen mitnehmen…« Sie beißt sich besorgt auf die Lippe. »Soll ich erst noch schnell nach Hause fahren?«

»Dafür hast du keine Zeit!« Jetzt werde ich langsam panisch. »Was brauchst du?«

»Strampelanzüge… Windeln… so'n Zeug halt…«

»Ja, und wo…« Hilflos sehe ich mich um, und zu meiner unendlichen Erleichterung entdecke ich ein Peter-Jones-Schild.

»Okay«, sage ich und packe sie am Arm. »Komm.«

Kaum sind wir drin in dem Kaufhaus, suche ich nach einer Verkäuferin. Gott sei Dank kommt ziemlich schnell eine nette Dame mittleren Alters mit rotem Lippenstift und einer an einer Kette befestigten Brille auf uns zu.

»Meine Freundin braucht einen Krankenwagen«, keuche ich.

»Ein Taxi reicht auch, wirklich«, sagt Suze. »Mir ist nur gerade die Fruchtblase geplatzt. Ich müsste dann jetzt am besten ins Krankenhaus.«

»Herrje!«, sagt die Dame. »Kommen Sie, setzen Sie sich, ich rufe Ihnen sofort ein Taxi…«

Wir setzen Suze auf einen Stuhl direkt neben einer der Kassen.

»Gut«, sage ich. »Und jetzt sag mir, was du brauchst.«

»Ich kann mich nicht mehr so genau erinnern.« Suze guckt besorgt. »Wir haben da so eine Liste bekommen… Vielleicht wissen die in der Baby-Abteilung Bescheid.«

»Ist es okay, wenn ich dich einen Moment allein lasse?«

»Völlig okay.«

»Sicher?« Ich werfe einen nervösen Blick auf ihren Bauch.

»Jetzt geh schon, Bex!«

Also wirklich. Wieso befinden sich die Baby-Abteilungen eigentlich immer meilenweit vom Eingang entfernt? Nachdem ich ungefähr sechs Rolltreppen rauf- und runtergerannt bin, finde ich endlich das Stockwerk, das ich suche. Keuchend bleibe ich stehen.

Ich sehe mich einen Moment um und versuche, mit all den Wörtern zurechtzukommen, die ich vorher noch nie gehört habe.

Babydecke? Beruhigungssauger?

Ach, was soll's. Ich kaufe einfach alles. Ich stürze mich auf das nächstgelegene Regal und grabsche völlig wahllos nach den Sachen. Strampelanzüge, winzige Socken, eine Mütze … einen Teddy, ein Deckchen für das Kinderbett … was noch? Ein Körbchen … Windeln … kleine Handpuppen für den Fall, dass das Baby sich langweilt … ein wirklich süßes kleines Jäckchen von Christian Dior … hey, ob die die wohl auch in Damengrößen machen?

Ich schmeiße den ganzen Haufen auf den Tisch bei der Kasse und hole meine Visa raus.

»Ist für meine Freundin«, erkläre ich atemlos. »Sie hat gerade die Wehen bekommen. Ist das alles, was sie braucht?«

»Keine Ahnung, tut mir leid«, sagt die Dame an der Kasse, während sie das Badethermometer einscannt.

»Ich habe hier eine Liste«, sagt eine Frau in Umstandslatzhosen und Birkenstocks direkt neben mir. »Da steht drauf, was die WHO empfiehlt.«

»Ach, danke!«

Sie gibt mir den Zettel, und ich überfliege die endlosen Buchstabenkolonnen mit zunehmender Bestürzung. Ich dachte, ich hätte instinktiv das meiste zusammengesucht – dabei habe ich nicht einmal die Hälfte von dem, was auf dieser Liste steht! Und wenn ich jetzt irgendetwas davon nicht kaufe, dann stellt sich hinterher bestimmt heraus, dass das absolut lebenswichtig war, und damit wird Suzes ganzes Geburtserlebnis ein komplettes Desaster, und ich werde es mir nie und nimmer verzeihen können.

Weite T-Shirts ... Duftkerzen ... Wasserzerstäuber ... Ist das auch wirklich die richtige Liste?

»Wasserzerstäuber?«, frage ich verwundert.

»So einen für Pflanzen. Damit kann man der in den Wehen liegenden Frau das Gesicht bestäuben«, erklärt die Schwangere in Latzhose. »In so einem Krankenhauszimmer kann es ganz schön heiß werden.«

»So etwas bekommen Sie in der Haushaltswarenabteilung«, informiert die Frau an der Kasse mich.

»Aha. Ja, danke.«

Kassettenrekorder ... Kassetten mit beruhigender Musik ... einen aufblasbaren Ball ...

»Einen aufblasbaren Ball? Ist das Baby nicht noch ein bisschen zu jung zum Ballspielen?«

»Der ist für die Mutter. Darauf kann sie sich zwischendurch mal setzen oder legen«, erklärt die Schwangere freundlich. »Um die Schmerzen zu lindern. Alternativ dazu könnte sie auch einen Sitzsack benutzen.«

Schmerzen lindern? Oh, Gott. Der Gedanke daran, dass Suze Schmerzen ausgesetzt sein wird, macht mich ganz krank.

»Dann kaufe ich einen Ball *und* einen Sitzsack«, sage ich schnell. »Und vielleicht ein paar Aspirin. Extra stark.«

Endlich taumele ich – mit hochrotem Gesicht und viel zu kurzem Atem – zurück ins Erdgeschoss. Oh, Gott, hoffentlich habe ich jetzt alles. Einen aufblasbaren Ball habe ich in diesem gesamten gottverdammten Kaufhaus nicht finden können – also habe ich mir schließlich ein aufblasbares Kanu geschnappt und es mir auch gleich von einem netten Herrn aufpumpen lassen. Das Ding habe ich mir irgendwie unter den einen Arm geklemmt – unter den anderen habe ich einen Teletubbies-Sitzsack und das Körbchen gequetscht. Und in den Händen habe ich noch ungefähr sechs bis zum Zerplatzen gefüllte Einkaufstüten.

Ich sehe auf die Uhr – und stelle mit Entsetzen fest, dass ich Suze schon fünfundzwanzig Minuten allein gelassen habe. Es würde mich überhaupt nicht wundern, sie jetzt mit einem Baby im Arm vorzufinden.

Aber Suze sitzt immer noch genau so auf dem Stuhl, wie ich sie dort zurückgelassen habe. Allerdings verzieht sie das Gesicht jetzt so komisch.

»Bex! Da bist du ja! Ich glaube, die Wehen haben angefangen.«

»Tut mir leid, dass es so lange gedauert hat«, keuche ich.

»Aber ich wollte doch unbedingt alles besorgen, was du brauchst.« Aus einer der Tüten fällt ein Scrabblespiel auf den Boden. Ich bücke mich, um es aufzuheben. »Das ist für den Fall, dass du eine Epiduralanästhesie kriegst«, erkläre ich.

»Das Taxi ist da«, unterbricht mich die Lady mit der goldenen Brille. »Soll Ihnen jemand tragen helfen?«

Auf dem Weg hinaus zum wartenden Taxi beäugt Suze ziemlich verwundert die vielen Sachen.

»Bex… Wozu hast du denn ein aufblasbares Kanu gekauft?«

»Da kannst du dich drauflegen. Oder so.«

»Und die Gießkanne?«

»Die habe ich gekauft, weil ich keinen Wasserzerstäuber finden konnte.« Völlig außer Atem fange ich an, alles ins Taxi zu stopfen.

»Und wozu brauche ich einen Wasserzerstäuber?«

»Hör zu, das ist nicht auf meinem Mist gewachsen, ja?«, sage ich etwas gereizt. »Komm schon, los jetzt!«

Auf wundersame Weise bekommen wir tatsächlich alles ins Taxi. Als wir die Tür zuschlagen, fällt ein Kanu-Paddel hinaus, aber ich habe keine Lust, es zu holen. Ist ja nun nicht so, dass Suze eine Wassergeburt haben möchte.

»Tarkies Verwalter versucht, ihn so schnell wie möglich zu erreichen«, sagt Suze, als wir über die King's Road sausen.

»Aber selbst wenn er sich dann sofort ins Flugzeug setzt, wird er nicht rechtzeitig hier sein.«

»Wer weiß!«, sage ich. »Vielleicht schafft er es ja doch noch!«

»Quatsch.« Oh, mein Gott, ihre Stimme wird wackelig.

»Er wird bei der Geburt seines ersten Kindes nicht dabei sein. Dabei war er mit bei dem Kurs und allem. Das mit dem kurzen, flachen Atmen hat er echt gut hingekriegt. So gut, dass der Kursleiter ihn gebeten hat, es vor der ganzen Klasse vorzumachen.«

»Ach, Suze.« Mir ist zum Heulen. »Vielleicht dauert es ja mehrere Stunden, und dann schafft er es doch.«

»Du bleibst doch bei mir, oder?« Auf einmal dreht sie sich auf dem Sitz zu mir um. »Du lässt mich da doch nicht allein?«

»Natürlich nicht!«, entrüste ich mich. »Ich bleibe die ganze Zeit bei dir, Suze.« Ich nehme ihre Hände. »Wir stehen das zusammen durch.«

»Weißt du irgendetwas darüber, wie so eine Geburt abläuft?«

»Ähm … ja, klar!«, lüge ich. »Eine ganze Menge!«

»Zum Beispiel?«

»Zum Beispiel … öm … dass man Handtücher braucht … und …« Da fällt mein Blick auf eine Packung mit Milchpulver, die aus einer der Tüten hervorlugt. »… dass viele Babys nach der Geburt eine Vitamin-K-Spritze brauchen.«

Suze sieht mich beeindruckt an.

»Wow. Woher weißt du das denn?«

»Ich weiß es eben«, sage ich und schiebe das Milchpulver mit dem Fuß aus ihrem Blickfeld. »Siehst du? Wird schon schiefgehen!«

Okay, ich schaffe das schon. Ich kann Suze helfen. Ich muss nur ganz ruhig und entspannt bleiben und darf nicht in Panik ausbrechen.

Ich meine, schließlich bringen Millionen von Frauen täglich Kinder zur Welt, oder etwa nicht? Kinder gebären gehört wahrscheinlich zu den Dingen, die sich so richtig *fies* anhören, dann aber, wenn es erst mal so weit ist, babyeinfach sind. Wie die Führerscheinprüfung zum Beispiel.

»Oh, Gott.« Suze verkrampft das Gesicht. »Jetzt kommen die Wehen wieder.«

»Okay! Warte!« Völlig hektisch wühle ich in einer der Plastiktüten. »Hier!« Suze öffnet benommen die Augen und sieht die hübsche, in Zellophan gepackte Schachtel in meiner Hand.

»Bex – wozu brauche ich Parfum?«

»Mir wurde gesagt, Jasminöl würde die Schmerzen lindern«, erkläre ich aufgeregt. »Und weil ich kein Jasminöl finden konnte, habe ich Romance von Ralph Lauren gekauft. Da ist auch Jasmin mit drin.« Ich reiße die Verpackung auf und sprühe Suze hoffnungsvoll damit ein. »Hilft's?«

»Eigentlich nicht«, sagt Suze. »Aber es riecht gut.«

»Ja, nicht?«, freue ich mich. »Und weil ich für über dreißig Pfund etwas gekauft habe, habe ich ein Kosmetiktäschchen mit einem Peelinghandschuh gratis dazu –«

»St.-Christopher-Krankenhaus«, fällt der Fahrer mir ins Wort, als er vor einem großen Backsteinbau hält. Suze und ich verkrampfen uns ängstlich und sehen einander an.

»Okay«, sage ich. »Ganz ruhig bleiben, Suze. Keine Panik.

Am besten … wartest du eben hier.«

Ich mache die Taxitür auf, renne durch eine Tür, an der »Entbindung« steht und stehe unvermittelt in einem Empfangsbereich mit blauen Sesseln. Ein paar Frauen in Morgenmänteln sehen von ihren Zeitschriften auf, aber ansonsten ist da kein Mensch.

Herrgott noch mal. Wo sind die denn alle?

»Meine Freundin bekommt ein Kind!«, kreische ich. »Los, schnell! Beeilen Sie sich doch! Wir brauchen eine Trage! Und eine Hebamme!«

»Alles in Ordnung mit Ihnen?«, fragt eine Frau in weißem Kittel, die wie aus dem Nichts neben mir auftaucht. »Ich bin Hebamme. Gibt es Probleme?«

»Meine Freundin liegt in den Wehen! Sie braucht sofort Hilfe!«

»Wo ist Ihre Freundin?«

»Hier«, sagt Suze, die mit drei Tüten unter dem einen Arm zur Tür hereingewatschelt kommt.

»Suze!«, schreie ich entsetzt. »Nicht bewegen! Du musst liegen! Sie braucht ein Betäubungsmittel«, erkläre ich der Hebamme. »Sie braucht eine Epiduralanästhesie, eine Vollnarkose, Lachgas und … also im Grunde alles, was Sie dahaben!«

»Mir geht's gut«, sagt Suze. »Wirklich.«

»Okay«, sagt die Hebamme. »Wir bringen Sie jetzt erst mal in ein Zimmer. Dann können wir Sie untersuchen und ein paar Einzelheiten notieren …«

»Ich hole den restlichen Kram«, sage ich und steuere den Ausgang an. »Keine Angst, Suze. Ich komme gleich wieder. Geh du jetzt ruhig mit der Hebamme mit, ich komme dann nach. Ich werde dich schon finden …«

»Halt«, sagt Suze plötzlich und dreht sich zu mir um.

»Bex, warte!« »Was denn?«

»Du hast sie nicht angerufen. Du hast die Hochzeit in New York noch nicht abgesagt.«

»Mache ich später«, sage ich. »Nun geh schon. Die Hebamme wartet.«

»Du machst das jetzt.«

»*Jetzt?*« Perplex sehe ich sie an.

»Wenn du es jetzt nicht machst, wirst du es nie machen! Ich kenne dich doch, Bex.«

»Suze, jetzt sei mal nicht albern! Du bekommst jetzt dein Baby! Das ist doch wohl eindeutig wichtiger, oder?«

»Ich bekomme das Baby erst, wenn du diese Frau angerufen hast!«, erwidert Suze trotzig. »Ah!« Sie verzieht das Gesicht. »Jetzt kommen sie wieder.«

»Okay«, sagt die Hebamme ganz ruhig. »Jetzt einatmen … versuchen Sie, sich zu entspannen …«

»Ich kann mich nicht entspannen! Nicht, solange sie nicht diese Hochzeit abgesagt hat! Sonst schiebt sie es nur wieder vor sich her. Ich kenne sie doch!«

»Ich werde es nicht vor mir herschieben!«

»Ach, natürlich, Bex! Du schiebst es ja schon seit Monaten vor dir her!«

»Muss ja ein schlimmer Typ sein«, kommentiert die Hebamme. »Sie sollten auf Ihre Freundin hören«, rät sie mir. »Sie macht den Eindruck, als wüsste sie, wovon sie redet.«

»Gute Freunde haben ein Auge für die falschen Männer«, pflichtet die Frau in dem rosa Morgenmantel ihr bei.

»Er ist nicht der falsche Mann!«, wehre ich mich bockig.

»Suze, bitte! Beruhige dich! Geh mit der Krankenschwester mit! Lass dich betäuben!«

»Ruf sie jetzt an«, erwidert Suze mit schmerzverzerrtem Gesicht. »Dann gehe ich.« Sie sieht auf. »Los! Mach schon!«

»Wenn Sie möchten, dass diese Geburt komplikationslos verläuft«, schaltet die Hebamme sich ein, »würde ich an Ihrer Stelle tun, was Ihre Freundin sagt.«

»Los, rufen Sie an!«, meldet sich die Frau im rosa Morgenmantel zu Wort.

»Okay! Okay!« Ich hole das Handy hervor und tippe Robyns Nummer ein. »Ich rufe an. Und jetzt geh, Suze!«

»Nicht, bevor ich nicht gehört habe, wie du es ihr sagst!«

»Sie können die Schmerzen *wegatmen* ...«

»Hallo!«, zwitschert Robyn mir ins Ohr. »Höre ich da etwa Hochzeitsglocken läuten?«

»Niemand da«, sage ich und sehe auf.

»Dann sprich eine Nachricht aufs Band«, befiehlt Suze mit zusammengepressten Zähnen.

»Jetzt noch einmal tief durchatmen ...«

»Ihr Anruf ist mir *sehr* wichtig ...«

»Na los, Bex!«

»Okay, gut! Es geht los!« Ich hole tief Luft, als der Signalton piept. »Hallo Robyn, hier ist Becky Bloomwood ... und ich rufe an, um die Hochzeit abzusagen.

Ich wiederhole, ich sage hiermit die Hochzeit ab. Es tut mir wahnsinnig leid, wenn Ihnen das jetzt irgendwelche Unannehmlichkeiten bereitet. Ich weiß, dass Sie schon eine Menge Arbeit investiert haben, und ich kann mir vorstellen, dass Elinor ziemlich sauer sein wird …« Ich schlucke. »Aber ich habe mich jetzt endgültig entschieden – ich möchte in England heiraten. Wenn Sie noch mal mit mir darüber sprechen wollen, hinterlassen Sie bitte eine Nachricht auf meinem Anrufbeantworter zu Hause, dann rufe ich Sie zurück. Ansonsten verabschiede ich mich hiermit von Ihnen. Und … Danke für alles. Es hat wahnsinnigen Spaß gemacht.«

Ich drücke auf die »Verbindung beenden«-Taste und glotze das stumme Telefon in meiner Hand an.

Ich hab's getan.

»Gut gemacht!«, lobt die Hebamme Suze. »Das war eine ziemlich heftige Wehe.«

»Gut gemacht, Bex!«, lobt Suze mich mit hochrotem Kopf. Sie drückt meine Hand und schafft es tatsächlich, mich anzulächeln. »Du hast das Richtige getan.« Sie sieht die Hebamme an. »Okay. Los jetzt.«

»Ich geh nur eben raus und … hole die restlichen Sachen«, sage ich und gehe wie in Zeitlupe auf die doppelte Ausgangstür zu.

Als ich an die frische Luft komme, schaudert es mich. Das war's dann also. Keine Hochzeit im Plaza. Kein Zauberwald. Keine Zaubertorte. Kein Märchen.

Ich kann es noch gar nicht glauben.

Andererseits … wenn ich ganz ehrlich bin, war es doch eigentlich nie mehr als ein Märchen, oder? Es ist mir nie so richtig wirklich vorgekommen.

So wirklich wie das hier zum Beispiel. Das hier ist das echte Leben.

Ich halte so richtig inne und lasse meinen Gedanken freien Lauf, bis mich ein heulendes Martinshorn wieder zurück auf den Boden der Tatsachen holt. Ich beeile mich, die Sachen aus dem Taxi zu holen, bezahle den Fahrer und betrachte dann den Haufen Zeug vor mir auf dem Boden. Wie soll ich das denn alles da reintragen? Und war es wirklich absolut notwendig, einen zusammenklappbaren Laufstall zu kaufen?

»Sind Sie Becky Bloomwood?«, unterbricht mich eine Stimme in meinen Gedanken. Ich sehe auf, und da steht eine junge Hebamme in der Tür.

»Ja!«, antworte ich total panisch. »Ist alles in Ordnung mit Suze?«

»Es geht ihr gut, aber die Wehen werden jetzt immer intensiver, und wir warten immer noch auf den Anästhesisten… Ihre Freundin sagte, sie würde jetzt gerne…« Sie sieht mich verwirrt an. »…das *Kanu* ausprobieren?«

Oh, mein Gott.

Oh, mein Gott.

Ich weiß gar nicht, wie… was…

Es ist neun Uhr abends, und ich bin völlig am Ende. So etwas habe ich noch nie in meinem Leben gesehen. Ich hatte ja keine Ahnung, dass es so –

Dass Suze so –

Insgesamt hat das alles sechs Stunden gedauert, und damit gehörte Suze schon »zur schnellen Truppe«, wie mir gesagt wurde. Na, da kann ich nur sagen: Ich will auf keinen Fall zur langsamen Truppe gehören.

Ich kann es kaum glauben. Suze hat einen kleinen Jungen. Einen winzigen, rosafarbenen, schnuffeligen Jungen. Eine Stunde alt.

Man hat ihn gewogen und gemessen und ihm einen absolut obersüßen blauweißen Strampelanzug angezogen und in eine kleine weiße Decke gewickelt. Jetzt liegt er mit seinem verschrumpelten Gesichtchen und kleinen dunklen Haarbüscheln über den Öhrchen in Suzes Armen. Suzes und Tarquins Baby. Ich bin so gerührt, dass ich heulen könnte … aber andererseits bin ich in einer solchen Hochstimmung … Komisches Gefühl!

Ich sehe Suze an, und sie strahlt völlig euphorisch. Sie strahlt nonstop so, seit der Kleine geboren ist, und insgeheim frage ich mich ja, ob sie ihr vielleicht zu viel Lachgas verpasst haben.

»Ist er nicht absolut perfekt?«

»Er ist perfekt.« Ich berühre einen seiner winzigen Fingernägel. Dass dieses kleine Wesen in Suzes Bauch herangewachsen ist … kaum zu glauben.

»Wie wäre es mit einer Tasse Tee?«, fragt eine Krankenschwester, die in das warme, helle Zimmer kommt. »Sie müssen ja ganz schön erschöpft sein.«

»Au ja, vielen Dank«, sage ich und strecke ihr eine Hand entgegen.

»Ich meinte eigentlich die junge Mutter«, sagt die Schwester und sieht mich ziemlich merkwürdig an.

»Oh«, antworte ich nervös. »Ja, natürlich. Tut mir leid.«

»Schon gut«, sagt Suze. »Geben Sie ihn Bex. Sie hat ihn sich verdient.« Sie lächelt mich beschämt an. »Tut mir leid, dass ich dich so angefahren habe.«

»Schon gut.« Ich beiße mir auf die Lippe. »Tut mir leid, dass ich dauernd gefragt habe, ob's wirklich wehtut.«

»Ach, Quatsch, Bex, du hast das toll gemacht. Im Ernst. Ohne dich hätte ich das nicht geschafft.«

»Hier sind Blumen für Sie«, sagt eine Hebamme und kommt herein. »Und wir haben eine Nachricht von Ihrem Mann. Im Moment sitzt er wegen schlechten Wetters auf der Insel fest, aber er kommt so schnell es geht.«

»Danke.« Suze ringt sich ein Lächeln ab. »Toll.«

Aber als die Hebamme wieder draußen ist, fangen ihre Lippen an zu beben.

»Bex, was mache ich denn bloß, wenn Tarkie nicht mehr von der Insel wegkommt? Meine Mutter ist in Ulan Bator, und mein Vater hat von Babys nicht die leiseste Ahnung … Dann bin ich ja ganz allein!«

»Nein, bist du nicht!« Ich lege ganz schnell den Arm um sie. »Ich kümmere mich um dich!«

»Aber musst du denn nicht zurück nach Amerika?«

»Ich muss gar nichts. Ich kann meinen Flug umbuchen und noch ein paar Tage freinehmen.« Ich drücke sie fest an mich. »Ich bleibe so lange bei dir, wie du mich brauchst, Suze, und damit basta.«

»Und was ist mit der Hochzeit?«

»Wegen der Hochzeit brauche ich mir keine Sorgen mehr zu machen. Suze, ich bleibe bei dir, fertig.«

»Wirklich?« Suzes Kinn bebt. »Danke, Bex.« Vorsichtig dreht sie das Baby in ihrem Arm um. Der kleine Wicht macht ein glucksendes Geräusch. »Sag mal … hast du irgendeine Ahnung von Babys?«

»Das ist doch überhaupt nicht schwer!«, behaupte ich selbstbewusst. »Die muss man nur füttern und nett anziehen und im Kinderwagen durch die Geschäfte kutschieren.«

»Also, ich weiß nicht –«

»Und überhaupt, jetzt guck dir doch mal Klein Armani an.« Ich strecke die Hand nach dem weißen Deckenbündel aus und berühre ganz sachte die Babywange.

»Wir werden ihn *nicht* Armani taufen! Hör auf, ihn so zu nennen!«

»Na, wie auch immer. Jedenfalls ist er ein kleiner Engel. Er ist bestimmt das, was man ein ›einfaches Baby‹ nennt.«

»Ja, er ist richtig lieb, stimmt's?«, freut Suze sich. »Hat noch kein einziges Mal geweint.«

»Im Ernst, Suze. Ich würde mir da keine Sorgen machen.« Ich trinke einen Schluck Tee und sehe sie an. »Dein Sohn ist bestimmt das pflegeleichteste Kind der Welt!«

Finerman Wallstein

Rechtsanwälte

Finerman House

1398 Avenue of the Americas

New York, NY 10105

Miss Rebecca Bloomwood
Apt. B
251 W 11th Street New York
NY 10014

6. Mai 2002

Sehr geehrte Miss Bloomwood!

Vielen Dank für Ihre Nachricht vom 30. April. Ich bestätige Ihnen hiermit, dass wir unter Paragraph 2 folgenden Absatz eingefügt haben: »(f) Ich hinterlasse und vermache meinem entzückenden Patensohn Ernest den Betrag von $ 1000,-.«

Darf ich Sie bei dieser Gelegenheit höflichst darauf aufmerksam machen, dass es sich dabei bereits um die siebte Änderung an Ihrem vor nur einem Monat errichteten Testament handelt?

Mit freundlichen Grüßen

Jane Cardazo

DREIZEHN

Ich stolpere die Stufen zu unserer Wohnung hinauf. Leicht schwankend, hole ich den Schlüssel aus der Tasche – und nach drei Versuchen habe ich ihn endlich im Schloss.

Endlich wieder zu Hause.

Endlich wieder Ruhe.

»Becky? Bist du das?«, höre ich Dannys Stimme gleichzeitig mit seinen Schritten auf der Treppe.

Benommen sehe ich hoch. Ich fühle mich, als wenn ich einen Marathonlauf hinter mir hätte. Ach, was rede ich: sechs Marathonläufe. Die letzten beiden Wochen waren ein einziges kunterbuntes, überhaupt nicht zu entwirrendes Durcheinander aus Tagen und Nächten, mir, Suze und Ernest. Und diesem Geschrei.

Verstehen Sie mich nicht falsch. Ich bin absolut hingerissen von dem kleinen Ernie. Ich meine, schließlich werde ich seine Patentante sein und alles.

Aber … mein Gott. Dieses *Geschrei* …

Das hätte ich nun nicht erwartet, dass ein Baby so anstrengend ist. Ich dachte, das würde Spaß machen.

Ich hatte keine Ahnung, dass Suze ihn jede Stunde würde stillen müssen. Ich hatte keine Ahnung, dass er sich weigern würde zu schlafen. Oder dass er sein Bettchen nicht mögen würde. So ein tolles Bettchen vom

Conran Shop! Aus edelstem Buchenholz und mit toller weißer Bettwäsche. So ein tolles Bettchen müssten Kinder doch eigentlich lieben! Aber als wir ihn hineinlegten, hat er den totalen Terror gemacht und nur noch »Wäääääh« geschrien!

Dann habe ich versucht, mit ihm Shopping zu gehen – und anfangs lief das auch echt prima. Die Leute blieben stehen und guckten lächelnd in den Kinderwagen. Dann lächelten sie mich an, und ich war schon langsam richtig stolz auf mich. Aber dann sind wir zu Karen Millen gegangen, und gerade, als ich zur Hälfte in einer sagenhaften Lederhose steckte, fing Ernest an zu schreien. Nicht bloß putzig zu wimmern oder bemitleidenswert zu jaulen. Nein, er schrie aus Leibeskräften, als wolle er der Welt mitteilen: Diese Frau hat mich entführt, rufen Sie sofort die Bullen!

Da ich kein Fläschchen, keine Windeln oder sonst was dabeihatte, musste ich wie bekloppt die Fulham Road hinunterrennen, und bis ich endlich bei Suze angelangt war, war ich schon ganz rot im Gesicht und bekam kaum noch Luft. Suze hat geweint, und Ernest hat mich angeguckt, als wenn ich eine Massenmörderin oder so etwas wäre.

Und dann, nachdem sie ihn gestillt hatte, schrie er den ganzen Abend wie am Spieß …

»Ach, du meine Güte!«, sagt Danny, als er vor mir stehen bleibt. »Was ist denn mit dir passiert?«

Ich werfe einen Blick in den Spiegel und bin entsetzt. Ich bin totenbleich vor Erschöpfung, mein Haar hängt glanzlos und schlaff herab, und meine Augen liegen tief in den Höhlen. Es war meinem Allgemeinzustand auch nicht besonders zuträglich, dass ich auf dem Rückflug neben einer Frau mit sechs Monate alten Zwillingen saß.

»Meine Freundin Suze hat ein Kind gekriegt«, erzähle ich trüben Blickes. »Und weil ihr Mann auf einer Insel feststeckte, habe ich ihr eine Weile ausgeholfen …«

»Luke hat mir erzählt, du würdest Urlaub machen«, sagt Danny und betrachtet mich entsetzt. »Er hat gesagt, du würdest dich ausruhen!«

»Luke … hat keine Ahnung.«

Jedes Mal, wenn Luke anrief, war ich entweder damit beschäftigt, Windeln zu wechseln oder einen heulenden Ernie zu trösten oder eine heulende Suze zu trösten – oder ich habe schlicht und ergreifend geschlafen. Wir haben ziemlich kurz und zusammenhanglos miteinander geredet, bis Luke irgendwann meinte, ich solle mich besser hinlegen und schlafen, da ich ziemlichen Unsinn reden würde.

Und sonst habe ich mit niemandem gesprochen. Meine Mutter rief mal an, um Bescheid zu geben, dass Robyn eine Nachricht hinterlassen habe und dringend um Rückruf bitte. Und ich wollte sie auch zurückrufen. Aber immer, wenn ich mal fünf Minuten für mich hatte … hatte ich einfach nicht die Kraft dazu. Ich habe keine Ahnung, was in der Zwischenzeit passiert ist, wer sich mit wem ge- oder gar zerstritten hat. Ich bin mir sicher, dass Elinor fuchsteufelswild ist. Und ich bin mir sicher, dass ich mich auf ein gewaltiges Donnerwetter gefasst machen kann.

Aber … das ist mir in diesem Moment mal so was von egal. Ich will jetzt nur noch ins Bett.

»Hey, da ist ein Haufen Pakete von QVC gekommen.« Danny sieht mich neugierig an. »Hast du Marie-Osmond-Puppen bestellt?«

»Weiß ich nicht«, sage ich erschöpft. »Kann sein. Ich habe so ziemlich alles bestellt, was QVC im Angebot hatte.«

Ich erinnere mich nur dunkel daran, um drei Uhr morgens total geschafft vor der Glotze gesessen zu haben, während ich den glockenwachen Klein Ernest auf dem Schoß hatte, damit Suze endlich mal schlafen konnte.

»Weißt du eigentlich, dass es um drei Uhr morgens im britischen Fernsehen nur Schrott gibt?« Ich reibe mir übers Gesicht. »Und einen Film zu gucken, braucht man gar nicht erst zu versuchen. Weil nämlich kaum, dass es spannend wird, das Baby anfängt zu schreien und man sowieso wieder aufspringen, das Kind herumtragen und dazu ›Old McDonald Had a Farm, Ee-I Ee-I o …‹ singen muss. Was natürlich noch lange nicht heißt, dass das Kind aufhört zu schreien. Also versucht man es mit ›Oh What a Beautiful Mooorrrning …‹, aber das nützt auch nichts …«

»Klar«, sagt Danny und weicht zurück. »Ich … ich glaub's dir, Becky. Und ich glaube, du brauchst ein bisschen Schlaf.«

»Ja. Das glaube ich auch. Bis später.«

Ich stolpere in die Wohnung, schmeiße den Poststapel aufs Sofa und gehe genauso zielgerichtet direkt ins Schlafzimmer wie ein Junkie, der weiß, wo er seinen nächsten Schuss kriegt.

Schlafen. Ich muss schlafen …

Das Lämpchen an unserem Anrufbeantworter blinkt,

und noch im Hinlegen drücke ich automatisch auf den Knopf.

»Hi, Becky! Ich bin's, Robyn. Ich wollte nur sagen, der Termin mit Sheldon Lloyd, bei dem wir die Tafelaufsätze für die Tische besprechen wollen, musste geändert werden. Der neue Termin ist nächsten Dienstag, den 21., um 14 Uhr 30. Bye!«

Ich schaffe es gerade noch, »Komisch« zu denken, bevor mein Kopf auf dem Kissen landet und ich in einen tiefen, traumlosen Schlaf sinke.

Acht Stunden später wache ich auf und setze mich sofort kerzengerade im Bett auf.

Was war das?

Ich strecke die Hand nach dem Anrufbeantworter aus und lasse die Nachricht noch einmal abspielen. Robyns Stimme flötet mir noch einmal genau das Gleiche vor, und das Display auf der Maschine verrät mir, dass der Anruf von gestern ist.

Aber … das kann doch gar nicht sein. Die Hochzeit in New York findet doch gar nicht statt.

Orientierungslos sehe ich mich in der halbdunklen Wohnung um. Meine innere Uhr ist total im Eimer, ich habe keine Ahnung, wie spät es sein könnte. Ich trotte in die Küche, um ein Glas Wasser zu trinken, und sehe noch völlig verschlafen aus dem Fenster auf das Wandgemälde am Gebäude gegenüber.

Ich habe die Hochzeit abgesagt. Dafür gibt es Zeugen. Warum kümmert sich Robyn dann weiter darum? Ich meine, ich hatte mich doch nun wirklich deutlich genug ausgedrückt, oder?

Was ist passiert?

Ich trinke das Wasser, schenke mir noch ein Glas ein und gehe ins Wohnzimmer. Die Uhr am Videorekorder verrät mir, dass es vier Uhr nachmittags ist, ich kann Robyn also noch anrufen. Und herausfinden, was los ist.

»Guten Tag! Hier ist die Wedding Events Inc.«, meldet sich eine Frauenstimme, die ich nicht kenne. »Was kann ich für Sie tun?«

»Hi! Entschuldigen Sie bitte, mein Name ist Becky Bloomwood. Sie ... organisieren eine Hochzeit für mich?«

»Ach, hallo, Becky! Ich bin Kirsten, Robyns Assistentin. Wenn ich Ihnen eben sagen darf, dass ich Ihre Dornröschen-Idee einfach absolut umwerfend finde? Ich habe allen meinen Freundinnen davon erzählt, und die haben alle gesagt: ›Ich liebe Dornröschen! Das mache ich auch, wenn ich heirate!‹«

»Oh. Äh ... danke. Hören Sie, Kirsten, Sie finden das vielleicht eine etwas merkwürdige Frage ...«

Wie soll ich mich ausdrücken? Ich kann wohl schlecht fragen, ob meine Hochzeit immer noch stattfinden soll!

»Findet ... meine Hochzeit immer noch statt?«

»Na, das will ich doch hoffen!«, lacht Kirsten. »Es sei denn, Sie hätten sich mit Luke zerstritten!« Dann plötzlich verändert sich der Ton ihrer Stimme. »*Haben* Sie sich mit Luke zerstritten? Denn sollte das der Fall sein, wissen wir genau, was zu tun ist ...«

»Nein! Habe ich nicht! Es ist nur ... haben Sie meine Nachricht denn nicht erhalten?«

»Welche Nachricht denn?«, fragt Kirsten fröhlich.

»Die Nachricht, die ich vor ungefähr zwei Wochen auf Ihrem Anrufbeantworter hinterlassen habe.«

»Ach, das tut mir aber leid. Aber durch diese dumme Überschwemmung ...«

»Überschwemmung?« Bestürzt sehe ich das Telefon an.

»Sie hatten eine *Überschwemmung*?«

»Ich bin mir sicher, dass Robyn versucht hat, Sie deswegen in England telefonisch zu erreichen! War nicht so schlimm, es ist niemand ertrunken. Aber wir mussten das Büro für einige Tage evakuieren, und Teile der Telefonanlage haben etwas gelitten ... leider ist auch das antike Ringkissen einer unserer Kundinnen vollständig ruiniert worden ...«

»Das heißt, Sie haben meine Nachricht *nicht* bekommen?«

»War das die bezüglich der *Horsd'œuvres?*«, fragt Kirsten.

Ich muss ein paarmal schlucken. Die Sache wächst mir über den Kopf.

»Becky, Robyn ist gerade hereingekommen«, informiert Kirsten mich. »Wenn Sie mit ihr sprechen möchten ...«

Auf keinen Fall. Auf Telefone ist ja offensichtlich kein Verlass.

»Wenn Sie ihr bitte sagen würden, dass ich gleich zu ihr ins Büro komme.« Ich versuche, ganz ruhig zu bleiben. »Ich bin so schnell ich kann da.«

»Ist es dringend?«

»Ja. Ziemlich dringend.«

Robyns Büroräume befinden sich in einem eleganten

Gebäude auf der 96th Street. Als ich anklopfe, höre ich bereits ihr gurgelndes Lachen, und als ich ganz langsam die Tür aufmache, sitzt sie mit einem Sektglas in der einen und dem Telefonhörer in der anderen Hand an ihrem Schreibtisch, auf dem eine offene Schachtel Pralinen steht. In der Ecke sitzt eine junge Frau an einem Computer und tippt. Das muss Kirsten sein.

»Becky!«, begrüßt Robyn mich. »Kommen Sie herein! Kleine Sekunde noch! Jennifer, ich finde, wir sollten den Devoré-Satin nehmen. Ja? Gut. Bis bald.« Sie legt auf und strahlt mich an. »Becky, meine Liebe! Wie geht es Ihnen? Wie war es in England?«

»Danke, gut. Robyn –«

»Ich komme gerade von einem wunderbaren Lunch im Carlton, zu dem Mrs Herman Winkler mich als Dankeschön eingeladen hat. Das war wirklich eine beeindruckende Hochzeit. Der Bräutigam hat der Braut am Altar einen Schnauzer-Welpen geschenkt! So was von süß …« Ihre Augenbrauen kräuseln sich. »Und warum erzähle ich das? Ach, ja! Wissen Sie was? Mrs Herman-Winklers Tochter und frisch gebackener Schwiegersohn sind jetzt gerade nach England abgereist, in die Flitterwochen! Und ich habe zu ihr gesagt, vielleicht treffen sie da ja Becky Bloomwood!«

»Robyn, ich muss mit Ihnen reden.«

»Selbstverständlich. Und wenn es um die Dessertschalen geht – in der Angelegenheit habe ich bereits mit dem Plaza gesprochen –«

»Es geht nicht um die Dessertschalen!«, unterbreche ich sie. »Robyn, jetzt hören Sie mir doch mal zu! Während ich in England war, habe ich die Hochzeit abgesagt. Ich habe eine Nachricht auf Ihrem Anrufbeantworter hinterlassen! Aber die haben Sie anscheinend nicht bekommen.«

In dem schicken Büro herrscht Totenstille. Dann fängt Robyn laut an zu lachen.

»Hahaha! Becky, Sie sind köstlich! Ist sie nicht köstlich, Kirsten?«

»Robyn, ich meine das ernst. Ich will die Hochzeit absagen. Ich will in England heiraten. Meine Mutter organisiert meine Hochzeit dort, es ist schon alles fertig –«

»Wissen Sie, was passieren würde, wenn Sie jetzt tatsächlich absagen würden?«, fragt Robyn, die immer noch lacht.

»Natürlich können Sie das gar nicht, das steht ja im vorehelichen Vertrag. Aber wenn Sie jetzt absagen würden, würde Sie das ganz schön teuer zu stehen kommen!« Sie lacht fröhlich. »Möchten Sie einen Schluck Sekt?«

Ich stocke und starre sie an.

»Was meinen Sie? Was ist mit dem vorehelichen Vertrag?«

»Sie haben ihn unterschrieben, meine Liebe!« Sie reicht mir ein Glas Sekt, und ich nehme es automatisch an.

»Aber … aber Luke hat ihn nicht unterschrieben. Er hat gesagt, der Vertrag hat keine Gültigkeit, wenn er ihn nicht unterschreibt –«

»Doch nicht der Vertrag zwischen Ihnen und Luke! Ich meine den Vertrag zwischen Ihnen und mir! Oder besser gesagt, zwischen Ihnen und Wedding Events Inc.«

»Was?« Ich schlucke. »Wovon reden Sie, Robyn? Ich habe nie einen Vertrag mit Ihnen geschlossen.«

»Aber natürlich! Das tun alle Bräute! Ich habe ihn Elinor mitgegeben, sie hat ihn Ihnen zum Unterschreiben vorgelegt, und sie hat ihn mir wiedergegeben … Ich müsste doch eine Kopie davon hierhaben!« Sie trinkt einen Schluck Sekt, dreht sich mit ihrem Stuhl herum und greift in einen eleganten Holzschrank.

»Hier!« Sie reicht mir die Kopie eines Dokumentes. »Das Original liegt natürlich bei meinem Anwalt …«

Mit klopfendem Herzen beäuge ich das Stück Papier, das mit VERTRAGSBEDINGUNGEN überschrieben ist. Mein Blick wandert sofort nach unten zu der gestrichelten Linie – auf der tatsächlich meine Unterschrift steht.

Ich denke zurück an jene dunkle Regennacht. Wie wir in Elinors Wohnung saßen. Wie ich wütend jedes einzelne Blatt Papier, das vor mir auf dem Tisch lag, unterschrieben habe. Wie ich mir nicht mal mehr die Mühe machen wollte zu lesen, was ich eigentlich unterzeichnete.

Oh, Gott. Was habe ich getan? Was habe ich unterschrieben?

Fieberhaft überfliege ich den Vertrag, dessen verquere juristische Formulierungen ich immer nur halb wahrnehme.

»Die Planerin verpflichtet sich dazu, detaillierte Pläne … beide Parteien einigen sich auf einen Zeitrahmen … die Klientin muss in sämtlichen Angelegenheiten befragt werden … es wird sich auf ein Budget geeinigt … endgültige Entscheidungshoheit

> hat die Klientin … sollte aus welchem Grund auch immer gegen diese Vereinbarung verstoßen oder sie ganz aufgehoben werden … Entschädigungszahlung … dreißig Tage … netto ohne Abzüge … Des Weiteren …«

Als ich den folgenden Satz lese, kriechen mir eklige Nacktschnecken den Rücken hoch und runter.

> »Des Weiteren wird vereinbart, dass die Klientin im Falle der Aufhebung des Vertrages und im Falle ihrer Heirat innerhalb eines Jahres nach Aufhebung des Vertrages eine Strafe von hunderttausend Dollar an die Wedding Events Inc. zahlt.«

Eine Strafe von hunderttausend Dollar.

Und das habe ich unterschrieben.

»Hunderttausend Dollar?«, sage ich schließlich. »Das … ist aber ganz schön viel.«

»Die Klausel ist für die Herzchen gedacht, die vorgeben, ihre Hochzeit ganz abzusagen, und dann aber doch heiraten«, erklärt Robyn ausgelassen.

»Aber warum –«

»Becky, wenn ich eine Hochzeit plane, dann möchte ich auch, dass diese Hochzeit stattfindet. Es ist schon vorgekommen, dass die Bräute plötzlich aussteigen.« Ihre Stimme klingt jetzt ganz hart. »Bräute, die plötzlich meinten, die Hochzeit doch selbst organisieren zu können. Und die dann meine Ideen und meine Kontakte benutzten. Bräute, die dachten, sie könnten auf unlautere Art und Weise von meinem Know-how profitieren und ungeschoren davonkommen.« Sie lehnt sich nach vorne und sieht mich aus funkelnden Augen an. Ich weiche ängstlich zurück. »Becky, Sie wollen doch wohl nicht eine von diesen Bräuten sein?«

Die Frau ist verrückt. Die Hochzeitsplanerin ist verrückt.

»S-sehr gute Idee«, sage ich schnell. »Sie müssen sich natürlich absichern!«

»Natürlich hätte Elinor auch selbst unterschreiben können – aber wir waren uns einig, dass sie so auch sich selbst und ihre Investition in diese Hochzeit absichert.« Robyn strahlt mich an. »Das war doch schlau von uns, finden Sie nicht auch?«

»Sehr schlau!« Ich lache schrill auf und trinke einen Schluck Sekt.

Was mache ich denn jetzt? Es muss doch irgendeinen Ausweg geben! Es *muss* einen geben! Man kann doch niemanden zwingen zu heiraten! Das verstößt gegen die guten Sitten!

»Kopf hoch, Becky!« Robyn schaltet wieder um auf heitere Animation. »Wir haben alles unter Kontrolle. Wir haben uns um alles gekümmert, während Sie in Großbritannien waren. Die Einladungen werden in diesem Moment gefertigt …«

»Einladungen?« Schockschwerenot. »Wie das denn? Wir haben doch noch gar keine Gästeliste gemacht!«

»Doch, natürlich, Dummerchen! Hier!«

Sie drückt auf ein paar Tasten an ihrem Computer, und schon erscheint eine Liste auf dem Bildschirm. Mit offenem Mund starre ich sie an. Ein bekannter Name samt Adresse nach dem anderen füllt die Seite. Die

Namen meiner Cousins. Die Namen alter Schulfreunde. Und – oh, Gott! – Janice und Martin Webster, The Oaks, 41 Elton Road, Oxshott.

Das hier entwickelt sich zu einem Albtraum. Woher hat Robyn Janices und Martins Namen und Adresse? Ich komme mir vor, als wäre ich in der Höhle einer ausgebufften Schurkin gelandet. Wetten, gleich wird eine der Wände zur Seite geschoben, und dahinter sitzen Mum und Dad geknebelt und an Stühle gefesselt?

»Wo … wo haben Sie diese Namen her?«, frage ich und bemühe mich dabei, das wie eine ganz harmlose Frage klingen zu lassen.

»Luke hat uns eine Liste gegeben! Ich sagte ihm, dass die Zeit langsam knapp würde, und dann hat er sich ein bisschen in der Wohnung umgesehen. Er hat gesagt, er hätte sie unter Ihrem Bett oder so gefunden. Eigentlich merkwürdig, aber ich sagte, das sei womöglich der sicherste Aufbewahrungsort dafür!«

Sie zeigt mir ein Blatt Papier, das ich ungläubig betrachte. Mums Handschrift.

Die Gästeliste, die sie uns schon vor Wochen gefaxt hat.

Die Namen und Adressen von allen Freunden und Verwandten, die zur Hochzeit eingeladen werden. Zur Hochzeit in Oxshott.

Robyn lädt die gleichen Leute ein wie Mum.

»Sind die Einladungen … schon verschickt worden?«, frage ich und erkenne meine eigene Stimme kaum wieder.

»Nein.« Robyn wackelt mal wieder mit dem Zeigefinger vor meiner Nase herum. »Elinors sind alle letzte

Woche rausgegangen. Aber Ihre Gästeliste haben wir leider so spät bekommen, dass Ihre Einladungen immer noch bei der Kalligraphin liegen! Aber sie schickt sie ab, sobald sie fertig ist …«

»Halten Sie sie auf.« Ich bin der Verzweiflung nah. »Sie müssen sie aufhalten!«

»Was?« Robyn schaut mich überrascht an, und ich sehe aus den Augenwinkeln, dass Kirsten interessiert den Kopf hebt. »Wieso das denn?«

»Ich … ich muss die Einladungen selbst abschicken«, sage ich. »Das ist eine … Familientradition. Die Braut muss … äh … ihre Einladungen selbst abschicken.«

Ich wische mir über das erhitzte Gesicht und versuche, cool zu bleiben. Ich sehe, wie Kirsten mich vom anderen Ende des Zimmers aus neugierig anglotzt. Mann, die denken jetzt bestimmt, dass ich 'ne totale Meise habe. Aber das ist mir egal. Ich muss verhindern, dass diese Einladungen abgeschickt werden.

»Das ist ja ungewöhnlich!«, sagt Robyn. »Von diesem Brauch habe ich ja noch nie etwas gehört!«

»Wollen Sie damit etwa sagen, ich würde mir das nur ausdenken?«

»Nein! Natürlich nicht! Ich sage Judith Bescheid«, sagt Robyn, nimmt den Telefonhörer in die Hand und blättert in ihrem Rolodex. Ich entspanne mich etwas und atme tief durch.

In meinem Kopf dreht sich alles. Es passiert einfach zu viel. Solange ich mit Suze und Ernie quasi in deren Wohnung eingesperrt war, ist hier alles mit Volldampf weitergelaufen, ohne dass ich irgendetwas mitbekommen hätte – und jetzt habe ich die Situation überhaupt nicht mehr unter Kontrolle. Die ganze Hochzeit kommt mir auf einmal vor wie ein großes weißes Pferd, das anfangs ganz lieb und brav vor sich hin trottete, inzwischen aber einen Zahn zugelegt hat und jetzt ohne mich davongaloppiert.

Robyn würde mich doch nicht *wirklich* verklagen. Oder?

»Hallo. Judith! Ja, hier ist Robyn. Hast du … Ach, du hast? Na, das ging ja schnell!« Robyn sieht zu mir. »Sie werden es kaum glauben, aber sie ist schon fertig!«

»Was?« Ich bin entsetzt.

»Sie steht schon am Briefkasten! Ist das nicht –«

»Dann halten Sie sie auf!«, kreische ich. »Halten Sie sie auf!«

»Judith«, spricht Robyn sehr eindringlich in den Hörer.

»Kleinen Moment mal, Judith. Die Braut ist etwas eigen, was das Abschicken der Einladungen angeht. Sie möchte das selbst tun. Ist irgendeine Familientradition«, fügt sie etwas leiser hinzu. »Britisch. Ja. Nein, ich auch nicht.«

Mit einem zurückhaltenden Lächeln sieht sie zu mir auf, als wenn ich eine durchtriebene Dreijährige wäre.

»Ein paar sind leider schon im Briefkasten gelandet, Becky. Aber den Rest können Sie selbstverständlich selbst einwerfen.«

»Ein paar?«, rege ich mich auf. »Wie viele?«

»Wie viele, Judith?«, fragt Robyn und wendet sich dann wieder an mich. »Sie glaubt, drei.«

»Drei? Ja, und … kann sie nicht in den Briefkasten fassen und sie wieder herausholen?«

»Das glaube ich nicht.«

»Aber wenn sie … einen Stock oder so was hätte …« Robyn bedenkt mich schweigend mit einem beredten Blick und spricht dann wieder ins Telefon.

»Sag mal, Judith, an welchem Briefkasten stehst du eigentlich genau?« Sie notiert sich etwas und wendet sich dann wieder an mich. »Wissen Sie was, Becky, ich glaube, es wäre das Beste, wenn Sie selbst zu diesem Briefkasten gehen und … tun, was Sie tun müssen …«

»Okay. Mache ich. Danke.«

Ich ziehe den Mantel an und bemerke natürlich, dass Robyn und Kirsten vielsagende Blicke wechseln.

»Wissen Sie was, Becky? Wenn Sie mal ein bisschen ausspannen wollen …«, sagt Robyn. »Wir haben alles unter Kontrolle. Sie brauchen sich überhaupt keine Sorgen zu machen!« Sie lehnt sich zutraulich nach vorn. »Wie ich ja oft zu meinen Bräuten sage, wenn sie sich ein bisschen zu sehr aufregen: Es ist nur eine Hochzeit!«

Darauf fällt mir keine Antwort ein.

Der Briefkasten befindet sich an der Ecke 93rd/Lexington, und als ich in die Straße einbiege, sehe ich bereits eine Frau, die nur Judith sein kann. Sie trägt eine dunkle Windjacke und steht gegen die Hausmauer gelehnt. In dem Moment, in dem ich mich bereits eiligst auf sie zubewege, sieht sie auf die Uhr, zuckt ungeduldig mit den Schultern und geht mit einem Stapel Briefe in der Hand auf den Briefkasten zu.

»Halt!«, schreie ich und fange an zu rennen. »Nicht einwerfen!«

Völlig außer Puste komme ich neben ihr zum Stehen. Ich kann kaum sprechen.

»Geben Sie mir die Einladungen«, keuche ich. »Ich bin die Braut. Becky Bloomwood.«

»Bitte schön«, sagt Judith. »Ein paar sind schon da drin. Aber mir hatte niemand etwas davon gesagt, dass ich die Einladungen nicht abschicken sollte«, fügt sie wie zu ihrer Verteidigung hinzu.

»Ich weiß. Tut mir leid.«

»Wenn Robyn nicht in dem Moment angerufen hätte … dann wären jetzt alle schon weg. Alle!«

»Ich … ich danke Ihnen.«

Ich gehe die dicken, taupefarbenen Umschläge schnell durch und werde ein klein wenig zitterig, als ich all die Namen von Mums Liste in formvollendeter Schnörkelschrift sehe.

»Und jetzt werfen Sie sie ein?«

»Ja, natürlich.« Dann wird mir klar, dass Judith darauf wartet, dass ich es hier und jetzt tue. »Ich möchte aber nicht, dass mir jemand dabei zusieht«, füge ich schnell hinzu. »Das ist eine ausgesprochen intime Angelegenheit. Ich muss … ein Gedicht aufsagen und jede einzelne Einladung küssen …«

»Gut«, sagt Judith und verdreht die Augen. »Machen Sie, was Sie wollen.«

Sie marschiert davon, und ich warte ab, bis ich sie nicht mehr sehe. Dann drücke ich den Stapel Einladungen ganz fest an mich, eile an die Straßenecke und hebe die Hand, um ein Taxi heranzuwinken, das mich nach Hause fährt.

Luke ist noch nicht zu Hause, und die Wohnung ist genauso dunkel und still wie vorhin, als ich gegangen bin. Mein Koffer liegt offen auf dem Fußboden – und bei etwas näherem Hinsehen erkenne ich den Stapel Einladungen zur Hochzeit in Oxshott, den Mum mir mitgegeben hatte, um ihn an Elinor weiterzugeben.

Ich nehme auch diesen Stapel Einladungen in die Hand und lasse den Blick von einem Stapel zum anderen wandern. Ein Stapel weiße Umschläge. Ein Stapel taupefarbene Umschläge. Zwei Hochzeiten. Am selben Tag. In weniger als sechs Wochen.

Wenn ich mich für die eine entscheide, wird meine Mutter nie wieder mit mir reden.

Wenn ich mich für die andere entscheide, werde ich auf hunderttausend Dollar verklagt.

Okay … ganz ruhig bleiben. Logisch denken. Es muss doch einen Ausweg geben. Es *muss* einen geben. Ich muss bloß einen kühlen Kopf bewahren und darf mich nicht –

Da höre ich, wie die Wohnungstür aufgeht. »Becky?«, ruft Luke. »Bist du's?«

Scheiße.

Völlig kopflos öffne ich den Cocktailschrank, stopfe beide Einladungsstapel hinein, knalle die Türen wieder zu und drehe mich just in dem Moment atemlos wieder um, als Luke den Raum betritt.

»Liebling!« Ein Strahlen geht über sein Gesicht, und er lässt seine Aktentasche fallen. »Da bist du ja wieder! Ich habe dich vermisst.« Er nimmt mich lange und fest in den Arm. Dann lässt er locker, tritt einen Schritt zurück und sieht mich besorgt an. »Becky? Ist alles in Ordnung?«

»Mir geht's prima!«, sage ich fröhlich. »Wirklich, alles in bester Ordnung! Ich bin bloß müde.«

»Du siehst völlig fertig aus. Komm, ich mache uns einen Tee, dann kannst du mir von Suze erzählen.«

Er geht in die Küche, und ich lasse mich total entkräftet aufs Sofa fallen.

Was zum Teufel soll ich denn jetzt machen?

The Pines 43
Elton Road
Oxshott Surrey

FAX NACHRICHT

AN: BECKY BLOOMWOOD

VON: MUM

20. Mai 2002

Liebe Becky!

Ich will dich ja nicht unnötig beunruhigen, aber es sieht ganz so aus, als wenn die gestörte Frau, von der du uns erzählt hast, jetzt noch einen Schritt weiter gegangen ist und tatsächlich Einladungen verschickt! Tante Irene hat heute angerufen und erzählt, dass sie eine sehr seltsame Einladung in der Post hatte – für das Plaza Hotel, genau wie du gesagt hast. Die Einladung war ganz in Bronze und Beige gehalten, sah sehr merkwürdig aus und wirkte irgendwie gar nicht wie eine richtige Hochzeitseinladung!

Es ist wohl das Beste, solchen Leuten überhaupt keine Beachtung zu schenken, darum habe ich Tante Irene gesagt, sie soll die Einladung direkt ins Altpapier befördern und sich keine Gedanken mehr darüber machen. Und dir kann ich nur das Gleiche empfehlen, Liebes. Aber ich wollte dich das wenigstens wissen lassen.

Alles Liebe – wir telefonieren
Mum

Finerman Wallstein

Rechtsanwälte

Finerman House
1398 Avenue of the Americas
New York, NY 10105

Miss Rebecca Bloomwood
Apt. B
251 W 11th Street New York
NY 10014

RECHNUNG Nr. 10956

03.04.02	Einarbeitung von Änderungen in Ihr Testament	$ 150
06.04.02	Einarbeitung weiterer Änderungen in Ihr Testament	$ 150
11.04.02	Einarbeitung von Ergänzungen in Ihr Testament	$ 150
17.04.02	Einarbeitung weiterer Ergänzungen in Ihr Testament	$ 150
19.04.02	Einarbeitung zusätzlicher Änderungen in Ihr Testament	$ 150
24.04.02	Einarbeitung von Ergänzungen in Ihr Testament	$ 150
30.04.02	Einarbeitung weiterer Ergänzungen in Ihr Testament	$ 150
insgesamt		**$ 1.050**

VIERZEHN

Okay. Das Wichtigste ist jetzt, den Blick fürs Ganze nicht zu verlieren. Ich meine, seien wir doch mal ehrlich: Bei jeder Hochzeit kommt es früher oder später mal zu einer Panne, oder? Man kann einfach nicht erwarten, dass die ganze Sache von vorne bis hinten wie geschmiert läuft. Ich habe mir da gerade dieses Buch gekauft, *Die realistische Braut*, das ich zurzeit als ausgesprochen tröstlich empfinde. In dem Buch ist ein sehr langes Kapitel über sämtliche möglichen Haken bei einer Hochzeit, und da steht: »Ganz gleich, wie unüberwindbar Ihnen das Problem zunächst auch erscheinen mag – es gibt immer eine Lösung! Also machen Sie sich keine Sorgen!«

Als Beispiel wird eine Braut angeführt, die auf dem Weg zum Empfang ihren Satinschuh verliert. Es steht nichts drin über eine Braut, die zwei Hochzeiten für denselben Tag auf zwei unterschiedlichen Kontinenten geplant hat, die Hälfte aller Einladungen in einem Cocktailschrank versteckt und herausgefunden hat, dass ihre Hochzeitsplanerin eine prozesssüchtige Psychopathin ist.

Aber gut. Ist wohl prinzipiell in etwa vergleichbar. Abgesehen von dem Buch habe ich noch etwas gefunden, das mich davor bewahrt, in dieser Situation vollkommen durchzudrehen. Ich halte das für einen guten Rat von unschätzbarem Wert, den ich gern allen zukünftigen Bräuten mit auf den Weg geben möchte. Offen gestanden überrascht es mich, dass diese Maßnahme in keiner der vielen Brautzeitschriften erwähnt wird. Der Trick ist: Stets einen Flachmann mit Wodka in der Handtasche haben und immer dann, wenn jemand die Hochzeit erwähnt, ein Schlückchen davon trinken.

Ich bin jetzt seit einer Woche zurück in New York, und innerhalb dieser einen Woche habe ich schon ungefähr siebzehn Anwälte aufgesucht und um ihre Einschätzung bezüglich Robyns Vertrag gebeten. Alle siebzehn haben den Vertrag sehr gründlich studiert, mir mit Bedauern mitgeteilt, dass sie ihn für wasserdicht halten, und mir geraten, in Zukunft alle Dokumente durchzulesen, bevor ich sie unterschreibe.

Ach, nein, das stimmt nicht ganz. Ein Anwalt hat einfach nur gesagt: »Tut mir leid, Miss, aber da können wir nichts machen«, kaum dass ich erwähnt hatte, dass der Vertrag mit Robyn de Bendern ist. Ein anderer sagte: »Da stecken Sie aber verdammt in der Klemme, Süße« und legte auf.

Ich kann einfach nicht glauben, dass es keinen Ausweg geben soll. Meine Letzter-Strohhalm-Aktion war jetzt, dass ich den ganzen Kram an Garson Low geschickt habe, den teuersten Anwalt in Manhattan. Ich habe in der *People* über ihn gelesen, er sei der scharfsinnigste Vertreter der gesamten Juristenwelt. Da stand, er könne selbst in einem Stück Beton noch ein Hintertürchen finden, und darum läge ihm die ganze Welt zu Füßen. Ich setze also alle meine Hoffnungen in ihn – und versuche in der Zwischenzeit alles, um mich normal zu benehmen und nicht zu einem stammelnden Wrack zu werden.

»Ich treffe mich heute mit Michael zum Lunch«, verkündet Luke, als er mit ein paar Kartons auf dem Arm in die Küche kommt. »Er hat sich anscheinend schon ziemlich gut eingelebt.«

Michael hat den Sprung gewagt und ist nach New York gezogen. Für uns ist das wirklich klasse. Er arbeitet Teilzeit als Berater für Brandon Communications, und den Rest der Zeit verbringt er damit, »Versäumtes nachzuholen«, wie er es nennt. Er hat angefangen zu malen und sich einer Gruppe von Powerwalkern im Central Park angeschlossen. Als wir ihn das letzte Mal sahen, sprach er davon, sich für einen Kochkurs »Italienische Küche« anzumelden.

»Super!«, sage ich.

»Er hat gesagt, wir müssen ihn unbedingt mal besuchen kommen …« Luke sieht mich an. »Ist alles in Ordnung, Becky?«

Da erst merke ich, dass ich mit einem Bleistift so fest auf dem Küchentisch herumklopfe, dass dieser Dellen bekommt.

»Mir geht's hervorragend«, sage ich und lächele betont fröhlich. »Wieso?«

Ich habe Luke kein Wort von all dem gesagt. In *Die realistische Braut* steht nämlich, man sollte seinem Verlobten nur die allernotwendigsten Details zum Thema Hochzeit mitteilen, wenn man vermeiden möchte, dass er von der ganzen Thematik genervt wird.

Und ich habe eigentlich den Eindruck, dass es bisher noch keine notwendigen Details gibt, die ich Luke mitteilen sollte.

»Noch zwei Hochzeitsgeschenke«, sagt er. Er legt die Schachteln auf der Anrichte ab und grinst mich an. »Bald ist es so weit!«

»Ja! Ja, bald ist es so weit!« Mein Versuch zu lachen ist eher kläglich.

»Noch ein Toaster … dieses Mal von Bloomingdales.« Luke runzelt die Stirn. »Sag mal, Becky, wie viele Hochzeitstische haben wir eigentlich genau?«

»Weiß ich nicht. Ein paar.«

»Ich dachte, Sinn und Zweck eines Hochzeitstisches sei, dass man eben *nicht* sieben Toaster geschenkt bekommt.«

»Wir haben auch keine sieben Toaster bekommen!« Ich zeige auf den Karton. »Das ist ein *Brioche Grill.*«

»Außerdem haben wir eine … Handtasche von Gucci bekommen.« Er zieht die Augenbrauen hoch. »Eine Gucci-Handtasche als Hochzeitsgeschenk?«

»Die fällt unter ›Gepäck für Sie & Ihn‹!«, erkläre ich leicht gereizt. »Für dich hatte ich eine Aktentasche aufschreiben lassen …«

»Die mir bisher noch niemand gekauft hat.«

»Da kann ich doch nichts dafür! Ich sage den Leuten ganz bestimmt nicht, was sie kaufen sollen!« Luke schüttelt ungläubig den Kopf.

»Hast du auch was aus der Rubrik ›Schuhe von Jimmy Choo für Sie & Ihn‹ auf die Liste gesetzt?«

»Hat jemand die Jimmy Choos gekauft?«, frage ich, kurzfristig aus dem Häuschen. Doch dann sehe ich Lukes Gesicht. »Ich … das war ein Witz.« Ich räuspere mich. »Hier. Guck mal. Suzes Baby.«

Ich habe gerade drei Filme entwickeln lassen, auf denen in erster Linie Suze und Ernie zu sehen sind.

»Das ist Ernie in der Badewanne …«, erkläre ich und reiche Luke ein Foto nach dem anderen. »Da schläft Ernie … da schläft Suze … noch mal Suze … Moment mal …« Die Fotos, auf denen Suze Ernie stillt, stecke ich schnell weg. Da ist sie nämlich bis auf die Unterhose nackt. Eigentlich hatte sie sich ja bei einem Versandhaus so einen speziellen Still-BH bestellt, der angeblich »sowohl zu Hause als auch unterwegs größtmögliche Diskretion« bot. Aber Suze war schon nach einem Tag so endlos genervt von diesem bescheuerten versteckten Verschluss, dass sie das Ding wütend in die Ecke gepfeffert hat. »Und guck mal hier! Das ist an dem Tag, an dem Suze und Ernie aus dem Krankenhaus kamen!«

Luke setzt sich an den Tisch. Sein Gesicht nimmt so einen entrückten Ausdruck an, als er sich die Fotos ansieht.

»Sie sieht so … selig aus«, kommentiert er.

»Ist sie auch«, bestätige ich. »Sie ist total verrückt nach dem kleinen Ernie. Selbst wenn er schreit.«

»Sieht ganz so aus, als wenn zwischen den beiden schon eine richtig feste Bindung besteht.« Luke betrachtet ein Foto, auf dem Suze lacht, weil Ernie ihr in die Haare fasst.

»Das sieht nicht nur so aus. Er hat immer wie am Spieß geschrien, wenn ich ihn ihr abnehmen wollte.«

Ich sehe zu Luke und bin richtig gerührt. Er ist wie

gebannt von diesen Bildern. Was mich ehrlich gesagt etwas überrascht. Ich hätte nie gedacht, dass er sich besonders für Babys interessiert. Ich meine, die meisten Männer reagieren doch auf einen Haufen Babybilder immer so –

»Ich habe überhaupt keine Fotos von mir als Baby«, sagt er und legt ein Bild von Ernie, der friedlich auf Suze schläft, zur Seite.

»Was, echt? Ach so …«

»Meine Mutter hat sie damals alle mitgenommen.« Seine Miene ist unergründlich, und in meinem Kopf fangen sämtliche Alarmglocken an zu schrillen.

»Ach, ja?«, sage ich ganz lässig. »Na ja, aber –«

»Vielleicht wollte sie sie gern bei sich haben.«

»Ja«, gebe ich ihm recht, obwohl ich da so meine Zweifel habe. »Vielleicht.«

Oh, Gott. Ich hätte wissen müssen, dass diese Fotos neue Grübeleien über Lukes Mutter auslösen würden.

Ich weiß gar nicht genau, was zwischen den beiden passiert ist, während ich weg war. Ich weiß nur, dass Luke sie letztendlich doch irgendwann in der Klinik erreicht hat. Anscheinend hat sie irgendeine lahme Ausrede dafür gefunden, weshalb er in dem Zeitungsartikel nicht erwähnt wurde. Irgendwas von wegen, der Journalist sei nicht interessiert gewesen.

Ich weiß nicht, ob Luke ihr geglaubt hat. Ich weiß nicht, ob er ihr verziehen hat. Wahrscheinlich weiß er das selbst nicht. Es passiert immer wieder, dass er sich plötzlich völlig zurückzieht, und dann weiß ich, dass er wieder über sie nachdenkt.

Einerseits würde ich ihm ja am liebsten sagen: »Jetzt

hör mal zu, Luke! Vergiss es! Vergiss deine Mutter! Sie ist eine blöde Kuh, sie liebt dich nicht, und dir wird es ohne sie nur besser gehen!«

Aber dann fällt mir wieder ein, was seine Stiefmutter Annabel gesagt hat, als wir uns vor Monaten mal so gut und ausgiebig unterhalten haben. Als wir uns voneinander verabschiedeten, sagte sie: »Es mag dir schwerfallen, das zu glauben, Becky, aber – Luke braucht Elinor.«

»Nein, tut er nicht!«, hatte ich entrüstet geantwortet. »Er hat doch dich, er hat seinen Vater, er hat mich ...«

Aber Annabel schüttelte den Kopf.

»Du verstehst das nicht. Er hat sich nach Elinor gesehnt, seit er ein kleiner Junge war. Diese Sehnsucht war es, die ihn dazu gebracht hat, so hart zu arbeiten und nach Amerika zu gehen. Diese Sehnsucht ist jetzt ein Teil seiner Persönlichkeit. Wie eine Weinrebe, die sich um einen Apfelbaum gerankt hat.« Dann bedachte sie mich mit einem ziemlich durchdringenden Blick und sagte: »Sei vorsichtig, Becky. Versuch nicht, Elinor aus seinem Leben zu schneiden. Denn damit würdest du auch ihn verletzen.«

Konnte Annabel Gedanken lesen? Woher wusste sie, dass ich mir genau das gerade vorgestellt hatte? Elinor und ich – und ich mit einem riesigen Messer in der Hand ...

Ich sehe Luke an, der wie verzaubert ein Foto betrachtet, auf dem Suze Ernies Bäuchlein küsst.

»Wie dem auch sei!«, ergreife ich wieder das Wort und stopfe die Fotos zurück in die Umschläge. »Die Bindung zwischen Tarkie und Ernie ist mindestens genauso eng. Ich meine, die Liebe des Vaters ist ganz genau so wichtig wie die der Mutter. Vor allem in der heutigen Zeit. Ich habe sogar schon oft gedacht, dass die sogenannte Mutterliebe eigentlich völlig überbewertet wird …«

Ach, es hat keinen Zweck. Luke hört mir ja nicht einmal zu.

Das Telefon klingelt, und da Luke sich keinen Millimeter rührt, gehe ich ins Wohnzimmer und nehme ab.

»Hallo?«

»Hallo. Spreche ich mit Rebecca Bloomwood?«, fragt eine mir unbekannte Männerstimme.

»Ja«, sage ich und entdecke im gleichen Moment einen neuen Katalog von Pottery Barn auf dem Tisch. Vielleicht sollte ich da auch noch einen Hochzeitstisch einrichten?

»Und mit wem spreche ich?«

»Mit Garson Low von Low and Associates.«

Ich erstarre. Garson Low höchstpersönlich? Ruft mich zu Hause an?

»Tut mir leid, dass ich Sie schon so früh störe«, sagt er.

»Ach was! Das macht doch nichts!« Ich erwache aus der Starre und versetze ganz schnell der Tür zur Küche einen Tritt, damit Luke nicht mithören kann. »Vielen Dank für Ihren Anruf!«

Gott sei Dank. Bestimmt sieht er eine Möglichkeit! Er will mir bestimmt helfen, mich gegen Robyn zu wehren! Und dann werden wir auf bahnbrechende Weise Justizgeschichte schreiben und vor dem Gerichtssaal im Blitzlichtgewitter stehen wie bei *Erin Brockovich*!

»Ich habe gestern Ihren Brief erhalten«, sagt Garson Low, »und ich muss sagen, Ihr Dilemma hat mich neugierig gemacht. Da haben Sie sich ja ganz schön was eingebrockt.«

»Ich weiß«, sage ich. »Darum habe ich mich ja an Sie gewandt.«

»Weiß Ihr Verlobter, in was für einer Klemme Sie stecken?«

»Noch nicht.« Ich spreche etwas leiser weiter. »Ich hoffe eigentlich, dass ich erst eine Lösung für das Problem finde, und ihm dann davon erzähle. Das verstehen Sie doch, oder?«

»Ja, natürlich.«

Genial. Wir haben die gleiche Wellenlänge!

»In dem Fall«, sagt Garson Low, »lassen Sie uns jetzt übers Geschäft reden.«

»Gerne!« Ich bin ja so erleichtert. Sehen Sie, es lohnt sich eben doch, den teuersten Anwalt in Manhattan zu konsultieren. Da passiert wenigstens was. Und zwar schnell.

»Also, zunächst einmal ist festzustellen, dass der Vertrag insgesamt ein Meisterwerk der Juristerei ist.«

»Aha.« Ich nicke.

»Da sind ein paar extrem raffinierte Klauseln drin, die wirklich sämtliche Eventualitäten abdecken.«

»Verstehe.«

»Ich habe den Vertrag sehr sorgfältig studiert, und soweit ich das beurteilen kann, besteht keine Möglichkeit, dass Sie in Großbritannien heiraten, ohne die Strafe zu bezahlen.«

»Ja.« Ich nicke gespannt.

Es folgt ein kurzes Schweigen.

»Und ... wo ist das Hintertürchen?«, frage ich dann.

»Es gibt keins. Das sind die Fakten.«

»Wie bitte?« Völlig verdattert sehe ich das Telefon an.

»Aber ... ich dachte, genau deshalb hätten Sie angerufen! Weil Sie ein Hintertürchen gefunden haben! Um mir zu sagen, dass wir den Fall gewinnen können!«

»Nein, Miss Bloomwood. Ich habe angerufen, um Ihnen zu sagen, dass ich an Ihrer Stelle die Hochzeit in Großbritannien absagen würde.«

Ich bin entsetzt.

»Aber ... das geht nicht. Meine Mutter hat das ganze Haus renovieren lassen. Das würde ihr das Herz brechen.«

»Dann, fürchte ich, werden Sie der Wedding Events Inc. die volle Entschädigungssumme zahlen müssen.«

»Aber ...« Mir schnürt es die Kehle zu. »Das geht auch nicht. Ich habe keine hunderttausend Dollar! Es muss doch noch einen anderen Ausweg geben!«

»Tut mir leid –«

»Es muss doch irgendeine brillante Lösung geben!« Ich streiche mir die Haare aus dem Gesicht und bemühe mich, nicht völlig auszurasten. »Kommen Sie! Sie sollen der schlauste Anwalt in ganz Amerika sein oder so was! Ihnen muss doch ein Ausweg einfallen!«

»Miss Bloomwood, glauben Sie mir. Ich habe mir den Fall sehr gründlich angesehen, und es gibt keine brillante Lösung. Es gibt keinen Ausweg.« Garson Low seufzt. »Darf ich Ihnen drei kleine Ratschläge mit auf den Weg geben?«

»Ja, bitte«, sage ich hoffnungsvoll.

»Erstens: Unterschreiben Sie nie ein Dokument, das Sie nicht durchgelesen haben.«

»Ich weiß, ich weiß!«, rufe ich sofort. »Das sagt mir jeder! Und was nützt mir das jetzt?«

»Zweitens: Ich empfehle Ihnen wirklich nachdrücklich, sich Ihrem Verlobten anzuvertrauen.«

»Und drittens?«

»Hoffen und beten.«

Ist das alles, was einem Millionen-Dollar-Anwalt einfällt? Sich dem Verlobten anvertrauen und hoffen und beten? Dieser verdammte… sauteure… totale Wucher –

Okay. Ganz ruhig bleiben. Ich bin doch immer noch schlauer als der. Mir wird schon was einfallen. Ganz bestimmt. Ich bin mir ganz sicher, dass –

Moment mal.

Ich schlendere in die Küche zurück, wo Luke immer noch dasitzt und Löcher in die Luft guckt.

»Hi«, sage ich und streiche über die Rückenlehne seines Stuhls. »Sag mal, Luke. Du hast doch massenweise Geld, oder?«

»Nein.«

»Nein? Was willst du denn damit sagen?«, entgegne ich leicht beleidigt. »Natürlich hast du Geld!«

»Ich habe gewisse Vermögenswerte«, sagt Luke. »Ich habe ein Unternehmen. Das ist nicht das Gleiche wie Geld.«

»Wie auch immer.« Ich fuchtele ungeduldig mit der Hand. »Und wir heiraten doch. Du weißt schon, ›All deine irdischen Güter‹ und so. Das heißt, gewissermaßen …« Ich lege eine behutsame Pause ein. »Ist das auch mein Geld.«

»Jaaaaaa. Worauf willst du hinaus?«

»Also … wenn ich dich um etwas Geld bitten würde, würdest du es mir dann geben?«

»Ich glaube schon. Wie viel denn?«

»Äh … Hunderttausend Dollar«, sage ich und bemühe mich, ganz nonchalant zu klingen.

Luke hebt den Kopf.

»Hunderttausend Dollar?«

»Ja! Komm schon, so viel ist das doch gar nicht –«

Luke seufzt.

»Also gut, Becky. Was hast du gesehen? Wenn es sich allerdings schon wieder um einen für dich maßgeschneiderten Ledermantel handelt –«

»Kein Mantel! Es geht um … eine Überraschung.«

»Eine 100 000-Dollar-Überraschung.«

»Ja«, sage ich nach einer Weile, aber ich weiß genau, dass ich nicht besonders überzeugend klinge.

Vielleicht ist das doch nicht die brillanteste Lösung.

»Becky, hunderttausend Dollar *ist* sehr viel Geld.«

»Ich weiß«, sage ich. »Ich weiß. Hör zu … okay … ach, egal.« Und schon eile ich aus der Küche, damit Luke nicht noch mehr Fragen stellen kann.

Okay, vergessen wir die Anwälte. Vergessen wir das Geld. Es muss doch noch eine andere Lösung geben. Ich muss nur ein bisschen kreativer sein.

Ich meine, wir könnten zum Beispiel durchbrennen. An irgendeinem einsamen Strand heiraten, eine neue

Identität annehmen und uns hier nie wieder blicken lassen.

Nein, ich weiß noch was Besseres: Ich tanze bei der Hochzeit in Oxshott an, und Luke bei der Hochzeit in New York. Und dann sagen wir beide, wir seien sitzen gelassen worden … und dann treffen wir uns heimlich wieder …

NEIN! Jetzt hab ich's! Wir engagieren ein Ersatzpaar! Genial!

Ich stehe gerade auf der Rolltreppe bei Barneys, als mir diese Idee kommt – und ich bin so begeistert davon, dass ich fast vergesse, ganz oben die Füße zu heben. Das ist es. Wir engagieren Doubles, die uns bei der Hochzeit im Plaza vertreten, und kein Mensch merkt was. Ich meine, die Gäste im Plaza sind ja sowieso alle nur Elinors Freunde. Die kennen Luke und mich kaum. Wir könnten der Strohbraut einen richtig dicken Schleier vors Gesicht hängen … und Lukes Doppelgänger könnte sagen, dass er sich beim Rasieren geschnitten hat und deswegen einen fetten Verband ums Gesicht hat … und in der Zwischenzeit fliegen wir nach England …

»Achtung, Becky!«, warnt Christina mich mit einem Lächeln, und ich sehe verdutzt auf. Huch, jetzt wäre ich doch tatsächlich um ein Haar in eine Schaufensterpuppe gelaufen.

»Na, in Gedanken schon wieder ganz bei der Hochzeit?«, fragt sie, als ich die Abteilung für Persönliche Einkaufsberatung betrete.

»Ja, ja, genau!«, antworte ich fröhlich.

»Ich finde, Sie sehen zurzeit wirklich viel entspannter

aus«, merkt Christina freundlich an. »Die kleine Pause hat Ihnen anscheinend richtig gutgetan. War sicher schön, Ihre Mutter mal wieder zu sehen … Neuigkeiten von zu Hause zu hören …«

»Ja, es war … super!«

»Ich finde das wirklich bewundernswert, wie locker Sie sind.« Christina trinkt einen Schluck Kaffee. »Seit Sie zurück sind, haben Sie die Hochzeit uns gegenüber fast überhaupt noch nicht erwähnt. Man könnte fast meinen, Sie würden das Thema meiden!«

»Ich meide es nicht!«, behaupte ich mit einem zementierten Lächeln. »Wieso sollte ich denn?«

Wo ist mein Wodka? Meine Hand arbeitet sich Zentimeter für Zentimeter zu meiner Tasche vor. Ich muss das Thema wechseln.

»Manche Bräute drehen ja regelrecht durch vor der Hochzeit. Können von nichts anderem mehr reden. Aber Sie haben das anscheinend alles wunderbar unter Kontrolle –«

»Allerdings!«, entgegne ich aufgekratzt. »Wenn Sie mich jetzt bitte entschuldigen würden, ich muss mich auf meine erste Klientin vorbereiten –«

»Ach, übrigens musste ich zwei Ihrer Termine austauschen«, sagt Christina, als ich die Tür zu meinem Umkleideraum öffne. »Um zehn Uhr haben Sie eine ganz neue Kundin. Amy Forrester.«

»Prima!«, sage ich. »Danke!«

Ich schließe die Tür hinter mir, lasse mich auf meinen Stuhl sinken, schnappe mir meine Miniflasche Smirnoff und trinke einen Schluck.

Schon gleich viel besser.

Gut. Habe ich noch Zeit, bei einer Doppelgänger-Agentur anzurufen, bevor Amy Forrester kommt?

Okay, also rückblickend betrachtet, hätte ich vielleicht doch erst nachdenken sollen, bevor ich bei der Agentur anrief.

Dann wäre ich vielleicht schon von selbst draufgekommen, dass es relativ unwahrscheinlich ist, dass die auf Celebrity-Doppelgänger spezialisierte Agentur »Stars U Like« über Doubles verfügt, die mir ähnlich sehen.

Aber ich muss sagen, ich bin sehr nett behandelt worden. Die Dame am Telefon sagte, ich dürfe gerne ein Foto von mir einschicken, und dann würden sie mal in ihrer Kartei nachsehen. Und als sie dahinterkam, dass ich einen britischen Akzent habe, fragte sie hoffnungsvoll nach, ob ich vielleicht wie Elizabeth Hurley aussähe, da sie für die eine sehr gute Doppelgängerin hätten.

Alles klar.

Aber trotzdem. Man kann ja nie wissen. Ich schicke denen mal für alle Fälle ein Foto. Vielleicht stellt sich ja heraus, dass ich irgendeiner Nachbarin aufs Haar gleiche oder so.

»Gelb und Orange kann ich überhaupt nicht leiden.« Amy Forresters Stimme bohrt sich mir immer noch in die Gehörgänge. »Und wenn ich schick sage, meine ich nicht *zu* schick. Nur irgendwie feierlich … und gleichzeitig sexy. Verstehen Sie, was ich meine?« Sie schnalzt mit der Zunge und sieht mich erwartungsvoll an.

»Äh … ja!«, sage ich, obwohl ich keine Ahnung habe,

wovon sie überhaupt redet. Ich weiß nicht einmal mehr, was sie eigentlich braucht. Komm schon, Becky. Konzentrier dich.

»Also, um das noch mal zusammenzufassen… Sie brauchen ein… Abendkleid?«, tippe ich einfach mal und notiere etwas in mein Notizbuch.

»Oder einen Hosenanzug. Egal. Ich kann so ziemlich alles tragen.« Amy Forrester betrachtet sich selbstzufrieden im Spiegel, während ich sie verstohlen der Manhattan-Mini-Musterung unterziehe: Sie trägt ein enges, lilafarbenes Top und türkisfarbene Steghosen. Damit – und mit ihrer billigen blonden Frisur – sieht sie aus, als wäre sie einer Reklame für irgendwelche fragwürdigen Hometrainergeräte entsprungen.

»Sie haben eine tolle Figur!«, sage ich, als mir gerade noch rechtzeitig auffällt, dass sie auf ein Kompliment wartet.

»Danke! Man tut, was man kann.«

Mit dem Bauch-weg-Roller! Rollt den Bauch einfach weg…

»Eigentlich hatte ich meine Urlaubsgarderobe ja schon zusammen.« Sie schnalzt wieder mit der Zunge. »Aber dann hat mein Freund gesagt, kauf dir doch noch ein paar hübsche Sachen! Er fährt total drauf ab, mich zu verwöhnen. Ein toller Mann. Also – was schlagen Sie vor?«

»Also«, sage ich und versuche, mich zu konzentrieren.

»Also, ich habe da so ein paar Ideen. Ich gehe mal eben los und hole ein paar Sachen, von denen ich meine, dass sie Ihnen stehen würden.«

Ich gehe hinaus in die Verkaufsabteilung und sammele diverse Kleider ein. Und während ich so von Kleiderständer zu Kleiderständer schlendere, lässt die innere Anspannung Stück für Stück nach. Es ist eine echte Erleichterung, mal an etwas anderes als ständig nur diese Hochzeit zu denken …

»Hi, Becky!«, sagt Erin, die gerade mit Mrs Zaleskie, einer ihrer Stammkundinnen, an mir vorbeikommt. »Ich habe gerade zu Christina gesagt, dass wir unbedingt einen Termin für deinen Polterabend festlegen müssen!«

Oh, Gott.

»Übrigens, meine Tochter arbeitet ja im Plaza«, merkt Mrs Zaleskie ein. »Und sie hat gesagt, das ganze Hotel redet von nichts anderem mehr als von Ihrer Hochzeit!«

»Ach, ja?« Was soll ich sagen? »Dabei wird das doch gar nichts Besonderes –«

»Nichts Besonderes? Machen Sie Witze? Das gesamte Personal streitet sich schon darüber, wer auf Ihrer Hochzeit Dienst haben darf! Die wollen alle den Zauberwald sehen!« Sie beäugt mich neugierig durch ihre Brillengläser hindurch. »Stimmt es, dass ein Streichorchester spielen wird, ein DJ auflegt und eine zehn Mann starke Band kommt?«

»Äh … ja.«

»Meine Freundinnen sind ja alle *so* neidisch, dass ich dabei sein werde!«, erzählt Erin strahlend. »Reden jetzt schon davon, dass ich ihnen hinterher unbedingt die Fotos zeigen muss und so! Man darf doch fotografieren, oder?«

»Ich … weiß es nicht. Glaube schon.«

»Nein, wie aufregend«, sagt Mrs Zaleskie. »Sie sind ja wirklich ein Glückspilz.«

»Ich … ich weiß.«

Das halte ich nicht länger aus. Ich brauche meinen Wodka.

»Ich muss jetzt weiter«, murmele ich und eile zurück zu meinem Beratungsraum.

Ich kann einpacken. Ganz gleich, was ich mache, ich werde einen Haufen Menschen wahnsinnig enttäuschen.

Während Amy sich in das erste Kleid wurstelt, stehe ich einfach nur da und starre mit ziemlichem Herzklopfen den Fußboden an. Das ist doch nicht das erste Mal, dass ich in der Klemme stecke. Das ist doch nicht das erste Mal, dass ich Dummheiten gemacht habe. Aber es ist das erste Mal, dass es so schlimm ist. Dass es solche Ausmaße annimmt, so teuer wird, von solcher Wichtigkeit ist …

»Das gefällt mir«, sagt Amy und betrachtet sich kritisch. »Aber ist das Dekolletee groß genug?«

»Äh …« Ich sehe sie an. Sie steckt in einem schwarzen Chiffonkleid, das praktisch bis zum Bauchnabel geschlitzt ist. »Ich *glaube* schon. Notfalls könnten wir es aber auch ändern lassen …«

»Ach, dazu habe ich keine Zeit!«, sagt Amy. »Ich bin nur noch einen Tag in New York. Morgen fahren wir in den Urlaub, und danach ziehen wir nach Atlanta. Darum bin ich ja einkaufen. In meiner Wohnung sind die Möbelpacker, da drehe ich sonst durch.«

»Verstehe«, sage ich geistesabwesend.

»Mein Freund ist ganz verrückt nach meinem Körper«, erzählt sie selbstgefällig, als sie das Kleid wieder auszieht.

»Seine Frau hat sich ja nie besonders viel um ihr Äußeres gekümmert. Oder besser gesagt Exfrau. Jetzt lassen sie sich ja scheiden.«

»Soso«, kommentiere ich höflich und reiche ihr ein weißsilbernes Etuikleid.

»Ich verstehe gar nicht, wie er es so lange mit der ausgehalten hat. Und jetzt ist sie rasend eifersüchtig. Ich werde sie verklagen.« Amy steigt in das Etuikleid. »Ich meine, wer gibt ihr denn das Recht, mir mein Glück kaputtzumachen? So was von egoistisch! Die hat es sogar fertig gebracht, mitten auf der Straße handgreiflich zu werden! Die ist auf mich losgegangen! Mitten auf der Madison Avenue!«

Madison Avenue. Kommt mir bekannt vor. Ich sehe auf, und mein Gehirn fängt langsam an zu arbeiten.

»Wollen Sie damit sagen, dass sie Sie … *geschlagen* hat?«

»Allerdings, ja! Sie hat mir fast die Augen ausgekratzt! Tausende von Leuten sind stehen geblieben und haben zugesehen, und sie hat mir die wüstesten Beschuldigungen an den Kopf geworfen … Manchmal habe ich ja den Eindruck, dass diese harten Karrierefrauen irgendwie durchdrehen, wenn sie erst mal jenseits der vierzig sind. Könnten Sie wohl mal bitte den Reißverschluss zumachen?« Das kann doch nicht dieselbe Frau sein. Also, hören Sie, es gibt doch bestimmt mindestens tausend blonde Mätressen in New York City, die auf der Madison Avenue von der aufgebrachten früheren Frau ihres Freundes attackiert werden.

»Wie … wie hieß Ihr Freund doch gleich?«, frage ich ungezwungen nach.

»William.« Sie kräuselt die Lippen. »*Sie* hat ihn immer Bill genannt.«

Oh, mein Gott.

Sie ist es. Sie ist die blonde Praktikantin. In Fleisch und Blut. In meinem Beratungsraum, direkt vor mir.

Okay … schön lächeln. Nichts anmerken lassen.

Doch in meinem Innern koche ich vor Wut. *Das* ist die Frau, für die Laurel verlassen wurde? Dieses hirnlose, abgeschmackte Wesen?

»Darum ziehen wir jetzt ja auch nach Atlanta«, erzählt Amy und betrachtet sich eitel im Spiegel. »Wir wollen ein neues Leben anfangen. William hat seine Firma darum gebeten, ihn zu versetzen. Ganz diskret natürlich. Wir wollen schließlich nicht, dass die alte Hexe uns folgt.« Sie runzelt die Stirn. »Ich glaube, das gefällt mir besser.«

Sie bückt sich, und ich erstarre. Moment mal. Sie trägt einen Anhänger an der Kette. Einen Anhänger mit … ist der grüne Stein nicht ein *Smaragd* ?

»Amy, tut mir leid, ich muss eben schnell einen Anruf erledigen«, entschuldige ich mich ganz locker. »Sie können ruhig weiter Kleider anprobieren!« Und damit verdrücke ich mich aus dem Umkleideraum.

Als ich endlich Laurels Büro am Apparat habe, sagt mir die Assistentin Gina, dass Laurel gerade ein Meeting mit American Airlines hat und nicht gestört werden kann.

»Bitte«, sage ich. »Holen Sie sie da raus. Es ist wichtig.«

»American Airlines sind auch wichtig«, sagt Gina. »Sie werden schon warten müssen.«

»Sie verstehen das nicht! Die Sache ist lebenswichtig!«

»Becky, eine neue Rocklänge von Prada ist nicht lebenswichtig«, informiert Gina mich leicht genervt. »Jedenfalls nicht, wenn es um neue Leasingverträge für unsere Flugzeuge geht.«

»Es geht nicht um Klamotten!«, setze ich mich trotzig zur Wehr. Dann zögere ich einen Moment, weil ich ja nicht weiß, wie viel Laurel Gina bisher anvertraut hat. »Es geht um Amy Forrester«, sage ich schließlich mit gedämpfter Stimme. »Sie wissen, wen ich meine?«

»Ja, ich weiß, wen Sie meinen.« Gina klingt, als wisse sie sogar noch mehr als ich. »Was ist mit ihr?«

»Ich habe sie.«

»Sie *haben* sie? Was meinen Sie –«

»Sie ist in meinem Umkleideraum!« Ich sehe mich um, nur um sicherzugehen, dass mir niemand zuhört. »Und sie trägt diesen Anhänger mit dem Smaragd! Ich bin mir sicher, dass das der von Laurels Großmutter ist! Der, den die Polizei nicht finden konnte!«

Ausgiebiges Schweigen.

»Okay«, sagt Gina dann endlich. »Ich hole Laurel aus dem Meeting heraus. Sie kommt dann wahrscheinlich direkt rüber. Und lassen Sie diese … *Person* bloß nicht laufen.«

»Natürlich nicht. Danke, Gina.«

Ich lege auf und bleibe einen Moment neben dem Telefon stehen, um nachzudenken. Dann gehe ich zurück zu meinem Umkleideraum und versuche mich so natürlich wie nur möglich zu geben.

»So!«, flöte ich beim Hereinkommen. »Dann wollen wir mal weiter Kleider anprobieren! Sie können sich so viel Zeit lassen, wie Sie möchten, Amy. Probieren Sie ruhig jedes einzelne Kleid in aller Ruhe an. Wir können uns den ganzen Tag Zeit lassen, wenn –«

»Ich brauche keine anderen Kleider mehr anzuprobieren«, sagt Amy, die jetzt in einem engen, mit Pailletten bestickten roten Kleid steckt. »Ich nehme das hier.«

»Was?« Mehr fällt mir nicht ein.

»Es ist klasse! Sehen Sie doch, es passt wie angegossen!« Sie wirbelt kokett herum und bewundert sich mal wieder im Spiegel.

»Aber wir haben doch noch nicht mal richtig angefangen!«

»Na und? Ich habe mich entschieden. Ich will dieses hier.« Sie sieht auf die Uhr. »Abgesehen davon, bin ich ein bisschen in Eile. Könnten Sie mal den Reißverschluss aufmachen, bitte?«

»Amy …« Ich zwinge mich zu einem Lächeln. »Ich finde wirklich, dass Sie noch ein paar andere Modelle anprobieren sollten, bevor Sie sich entscheiden.«

»Ich brauche keine anderen Modelle mehr anzuprobieren! Sie haben wirklich ein sehr gutes Auge!«

»Nein, habe ich nicht! Das sieht scheußlich aus!«, sage ich spontan, worauf Amy mich etwas seltsam anguckt. »Ich meine … Da war doch noch dieses wunderschöne rosa Kleid, das ich so gerne an Ihnen sehen wollte …« Ich schnappe mir den Bügel mit dem Kleid.

»Stellen Sie sich das doch mal vor! Oder … Oder das hier, mit dem Halterneck …« Amy Forresters Blick verrät Ungeduld.

»Ich nehme dieses hier. Würden Sie mir bitte heraushelfen?«

Oh, Gott. Was mache ich denn jetzt? Ich kann sie ja wohl schlecht *zwingen*, hier zu bleiben.

Ich werfe einen verstohlenen Blick auf die Uhr. Laurels Büro ist nur ein oder zwei Häuserblocks von hier entfernt. Sie müsste jede Minute hier sein.

»Würden Sie mir bitte aus dem Kleid helfen?«, fragt sie noch einmal und klingt schon etwas gereizter.

»Ja!«, sage ich nervös. »Natürlich!«

Ich habe den Reißverschluss gerade mal ein paar Zentimeter heruntergezogen, als mir eine Idee kommt.

»Ach, wissen Sie«, sage ich, »eigentlich ist es viel einfacher, sich das Kleid über den Kopf auszuziehen –«

»Na gut«, meint Amy Forrester ungeduldig. »Wenn Sie meinen.«

Erst mache ich den Reißverschluss noch ein klein wenig weiter auf, dann fasse ich das enge Kleid am Saum und ziehe es nach oben, bis Amys Schultern und Kopf darin verschwinden.

Ha! Gefangen! Der feste rote Stoff verbirgt jetzt die gesamte obere Amy-Etage, während die untere Hälfte bis auf Unterwäsche und hochhackige Schuhe nackt herausschaut. Amy sieht aus wie eine Kreuzung aus Barbiepuppe und Knallbonbon.

»Hey. Ich stecke fest.« Sie winkt wenig erfolgreich mit der einen Hand. Aber ihre Arme werden von dem engen Kleid senkrecht an ihre Ohren gedrückt.

»Was, wirklich?«, rufe ich in meinem unschuldigsten Ton.

»Ach, du meine Güte. Na ja, das passiert schon mal.«

»Na, dann holen Sie mich hier heraus!« Amy unternimmt ein paar Schritte, und ich springe schnell zur Seite, damit sie mich im Fall der Fälle nicht zu fassen bekommt. Ich komme mir vor wie beim Blindekuhspielen auf einem Kindergeburtstag.

»Wo sind Sie?«, fragt eine ziemlich wütende, halb geknebelte Stimme. »Helfen Sie mir endlich!«

»Ich … versuche doch nur …« Halbherzig zupfe ich an dem Kleid. »Sie stecken ja wirklich fest«, stelle ich bedauernd fest. »Vielleicht würde es helfen, wenn Sie sich vornüber beugen und ein bisschen zappeln …«

Nun kommen Sie schon, Laurel! Wo bleiben Sie denn? Ich mache die Tür zum Flur auf und werfe einen Blick hinaus – nichts.

»Okay! Die Hand habe ich schon raus!«

Ich sehe auf und bin entsetzt. Amy hat tatsächlich ihre Hand befreien können, und jetzt fummelt sie mit zwei manikürten Fingern an dem Reißverschluss herum. »Könnten Sie mir mal helfen, den Reißverschluss aufzuziehen?«

»Ähm … ich kann's versuchen …«

Ich mache mich am Reißverschluss zu schaffen und ziehe ihn in die entgegengesetzte Richtung.

»Der klemmt!«, stellt sie frustriert fest.

»Ich weiß! Ich versuche ja schon, ihn loszukriegen …«

»Moment mal.« Sie klingt auf einmal so misstrauisch. »In welche Richtung ziehen Sie eigentlich?«

»Äh … in die gleiche wie Sie …«

»Hi, Laurel«, höre ich eine überraschte Christina auf dem Flur sagen. »Wie geht es Ihnen? Haben Sie einen Termin?«

»Nein. Aber ich glaube, Becky hat etwas für mich –«

»Hier!«, rufe ich und renne zur offenen Tür. Und da steht eine vor Aufregung ganz rotwangige Laurel in ihrem neuen Michael-Kors-Rock mit einem dunkelblauen Blazer dazu – was nun überhaupt nicht zusammenpasst.

Wie oft habe ich ihr das schon gesagt? Also wirklich, ich sollte bei meinen Kundinnen regelmäßige Stichproben durchführen. Um zu überprüfen, ob sie sich meine Beratung im Alltagsleben auch zu Herzen nehmen. Wer weiß, wie die sonst immer rumlaufen? Das wirft ja unter Umständen gar kein gutes Licht auf mich!

»Hier ist sie«, sage ich und nicke in Richtung Barbiepuppen-Knallbonbon-Hybride – die übrigens immer noch versucht, den Reißverschluss aufzubekommen.

»Okay«, sagt Laurel, als sie den Umkleideraum betritt.

»Sie können sie jetzt mir überlassen.«

»Was? Wer ist da?« Amy reißt orientierungslos den Kopf hoch, als sie Laurels Stimme hört. »Oh, mein Gott. Nein. Ist das etwa –«

»Ganz genau«, sagt Laurel und schließt die Tür. »Ich bin's.«

Ich bleibe vor der Tür stehen und versuche, die lauten Stimmen aus dem Umkleideraum zu überhören. Nach ein paar Minuten kommt Christina aus ihrem Büro und sieht mich an.

»Was ist denn hier los?«

»Öm … Laurel hat eine Bekannte getroffen. Und ich

wollte den beiden Gelegenheit geben, sich unter vier Augen zu unterhalten.« Aus meinem Beratungsraum ist ein dumpfer Schlag zu hören, auf den ich mit lautem Husten reagiere.

»Ich glaube … sie plaudern ein wenig.«

»Plaudern.« Christina sieht mich durchdringend an.

»Ja! Plaudern!«

In dem Moment fliegt die Tür auf, und Laurel kommt mit einem Schlüsselbund in der Hand heraus.

»Becky, ich müsste mich mal eben ganz kurz in Amys Wohnung umsehen – und Amy würde gern hier bleiben, bis ich wiederkomme. Stimmt's, Amy?«

Ich sehe an Laurel vorbei in das Umkleidezimmer. Amy sitzt nur mit Unterwäsche bekleidet in der Ecke und sieht völlig verstört aus. Sie nickt nur. Der Smaragdanhänger ziert nicht mehr ihr Dekolletee.

Laurel rauscht an uns vorbei, und Christina sieht mich fassungslos an.

»Becky –«

»So!«, wende ich mich schnell in allerbester Barneys-Angestellten-Manier an Amy. »Wie sieht es aus? Hätten Sie Lust, noch ein paar Sachen anzuprobieren, während wir auf Laurel warten?«

Vierzig Minuten später ist Laurel zurück. Ihr Gesicht glüht.

»Haben Sie den Rest gefunden?«, frage ich aufgeregt.

»Ich habe alles gefunden.«

Christina, die sich am anderen Ende der Abteilung aufhält, sieht kurz auf und dann ganz schnell wieder weg. Sie hat gesagt, sie müsste mich für das, was ich getan habe, eigentlich feuern. Es sei denn, sie wisse von nichts.

Also haben wir uns darauf geeinigt, dass sie von nichts weiß.

»Hier.« Sie schmeißt Amy die Schlüssel zu. »Sie können jetzt gehen. Und grüßen Sie Bill von mir. Er hat Sie verdient.«

Ohne ein Wort zu sagen, springt die mittlerweile vollkommen angezogene Amy auf.

»Moment«, sagt Laurel. »Haben Sie sich schon bei Becky bedankt?«

»Ich … äh …« Amy sieht nervös zu Laurel. »Danke, Becky.«

»Gern geschehen«, entgegne ich verlegen.

Während Amy auf etwas unsicheren Beinen zur Rolltreppe eilt, legt Laurel den Arm um mich.

»Becky, Sie sind ein Engel«, sagt sie. »Ich weiß überhaupt nicht, wie ich Ihnen das jemals danken soll. Wie kann ich mich bei Ihnen revanchieren? Ganz gleich, was es ist, spucken Sie es aus!«

»Ach, so ein Quatsch!«, winke ich ab. »Ich wollte doch nur helfen.«

»Ich meine das ernst.«

»Laurel –«

»Ich bestehe darauf. Sagen Sie, was Sie sich wünschen, und Sie haben es noch vor der Hochzeit.«

Die Hochzeit. Meine Hochzeit.

Mir ist, als hätte jemand ein Fenster geöffnet, durch das jetzt eiskalte Luft hereinströmt.

In der ganzen Aufregung hatte ich es doch tatsächlich geschafft, das alles eine Weile zu vergessen. Aber jetzt ist auf einmal alles wieder da und sprengt mir fast den Kopf.

Meine beiden Hochzeiten. Meine beiden Fiaskos.

Wie zwei Züge, die auf mich zurollen. Immer schneller. Die immer näher kommen, auch wenn ich nicht hinsehe. Die jede Minute an Geschwindigkeit zulegen. Wenn ich es schaffe, dem einen auszuweichen, werde ich nur von dem anderen überrollt.

Ich sehe in Laurels offenes, warmherziges Gesicht und würde mich am liebsten kraftlos in ihre Arme fallen lassen und heulen: »Bringen Sie mein Leben für mich in Ordnung!«

»Ganz egal, was es ist«, betont Laurel noch einmal und drückt meine Schultern.

Als ich langsam zu meinem Umkleideraum zurückgehe, spüre ich, dass die Wirkung des Adrenalins nachlässt. Ich spüre, wie die vertrauten und so unendlich ermüdenden Sorgen des Alltags sich wieder einschleichen. Wieder ist ein Tag vergangen, und ich bin der brillanten Lösung meines Problems noch kein Stück näher gekommen. Ich habe keine blasse Ahnung, was ich machen soll. Und langsam wird die Zeit wirklich knapp.

Vielleicht sollte ich einfach einsehen, dass ich das allein nicht schaffe, denke ich, als ich mich ermattet auf meinen Stuhl sinken lasse. Vielleicht brauche ich doch Hilfe. Feuerwehr, Rettungswagen und Schnelle Eingreiftruppen.

Oder vielleicht einfach nur Luke.

FÜNFZEHN

Als ich nach Hause komme, bin ich überraschend ruhig. Man könnte fast sagen, dass ich mich erleichtert fühle. Ich habe alles versucht – und jetzt habe ich das Ende der Fahnenstange erreicht. Es bleibt mir nichts anderes mehr übrig, als Luke alles zu gestehen. Er wird entsetzt sein. Schockiert. Sauer. Aber dann weiß er es wenigstens endlich.

Ich bin auf dem Nachhauseweg kurz in einer Bar gewesen, habe mir zwei Drinks genehmigt und sehr sorgfältig darüber nachgedacht, wie ich es ihm beibringe. Denn wie wir alle wissen, stehen und fallen solche Geständnisse mit der Art der Präsentation. Wenn der Präsident zum Beispiel die Steuern erhöhen will, sagt er natürlich nicht: »Ich werde die Steuern erhöhen.« Er sagt: »Jeder Bürger unseres freien Landes weiß, wie wichtig eine gute Erziehung und Ausbildung ist.« Also habe ich mir auch eine kleine Rede aufgeschrieben – ein bisschen wie die Rede zur Lage der Nation – und habe sie komplett auswendig gelernt. Einschließlich Pausen, in denen Luke was sagen kann. (Oder Beifall klatschen. Obwohl das wohl eher unwahrscheinlich ist.) Solange ich mich an meinen Text halte und niemand die Politik in Uganda anspricht, müsste alles prima laufen.

Meine Knie zittern etwas, als ich die Treppe hinaufgehe, obwohl Luke doch höchstwahrscheinlich noch gar nicht zu Hause ist und ich noch Zeit habe, mich vorzubereiten. Aber als ich die Wohnungstür aufmache, sitzt er zu meinem Entsetzen bereits mit einem Riesenstapel Unterlagen am Tisch. Okay, Becky, los jetzt. Sehr geehrte Damen und Herren Kongressabgeordnete. Mitbürgerinnen und Mitbürger! Freunde! Römer! Ich lasse die Tür hinter mir zufallen, hole meine Notizen heraus und atme tief durch.

»Luke«, hebe ich mit sehr ernster, sehr erwachsener Stimme an. »Ich muss dir etwas sagen, das mit der Hochzeit zu tun hat. Es handelt sich um ein ziemlich ernstes Problem, für das es keine einfache Lösung gibt. Wenn es überhaupt eine Lösung gibt, dann kann ich diese nur mit deiner Hilfe erreichen. Und genau darum erzähle ich dir jetzt davon – und möchte dich bitten, mir unvoreingenommen zuzuhören.«

So weit, so gut. Auf die Einleitung bin ich eigentlich ziemlich stolz. Die Sache mit »mir unvoreingenommen zuzuhören« finde ich besonders gelungen, weil das nämlich im Grunde heißt, dass er mich nicht anschreien darf.

»Um dir mein aktuelles Dilemma erklären zu können«, fahre ich fort, »muss ich ein wenig ausholen. Ich muss ganz am Anfang anfangen. Womit ich jetzt allerdings nicht die Erschaffung der Erde meine. Auch nicht den Urknall. Sondern unsere Verabredung zum Tee im Claridges.«

Ich halte inne – doch Luke schweigt und hört zu. Vielleicht wird ja alles gut.

»Dort, beim Teetrinken im Claridges, fing mein Problem an. Mir wurde eine schier unlösbare Aufgabe gestellt. Ich war, wenn du so willst, der griechische Gott, der sich zwischen drei Frauen entscheiden muss. Mit dem einzigen Unterschied, dass es in meinem Fall nur zwei waren – und auch keine Frauen.« Ich lege eine rhetorische Pause ein.

»Sondern Hochzeiten.«

Jetzt endlich dreht Luke sich auf seinem Stuhl um. Seine Augen sind blutunterlaufen, und überhaupt guckt er ganz komisch. Er sieht mich an, und ich befürchte das Schlimmste.

»Becky«, sagt er und klingt dabei, als würde ihn das unglaublich anstrengen.

»Ja?«, schlucke ich.

»Glaubst du eigentlich, dass meine Mutter mich liebt?«

»Was?«, frage ich verdattert.

»Sei ganz ehrlich. Glaubst du, dass meine Mutter mich liebt?«

Moment mal. Hat er mir denn überhaupt nicht zugehört??

»Äh … ja, natürlich!«, antworte ich. »Und wo wir gerade von Müttern reden – genau da liegt nämlich gewissermaßen mein Problem –«

»Gott, bin ich blöd gewesen.« Luke nimmt ein Glas zur Hand und trinkt einen ordentlichen Schluck von dem Inhalt, der wie Whisky aussieht. »Sie hat mich die ganze Zeit nur benutzt, stimmt's?«

Ich starre ihn an. Mein Unbehagen wächst. Dann sehe ich die halbleere Flasche auf dem Tisch. Wie lange sitzt er denn schon hier? Sein Gesicht wirkt derart angespannt und verletzlich, dass ich mir so einige Bemerkungen über Elinor in diesem Moment besser verkneife.

»Aber natürlich liebt sie dich!« Ich lege meine Rede zur Seite und gehe auf ihn zu. »Ganz bestimmt. Ich meine, das sieht man doch ganz deutlich daran, wie sie ... äh ...« Ich breche ab.

Was soll ich denn jetzt sagen? Daran, wie sie dein Personal für sich selbst einspannt, ohne Gegenleistung und ohne auch nur ein Dankeschön? Daran, wie sie dich reingelegt und sich dann in die Schweiz abgesetzt hat?

»Was ... warum bist du ...«, stammele ich herum. »Ist was passiert?«

»Was ganz Blödes.« Er schüttelt den Kopf. »Ich habe etwas gefunden.« Er holt tief Luft. »Ich war in ihrer Wohnung, um einige Unterlagen für die Stiftung zu holen. Und ... ich weiß nicht, warum – vielleicht waren es die Fotos von Suze und Ernie heute Morgen ...« Er sieht zu mir auf. »Jedenfalls habe ich in ihrem Arbeitszimmer nach alten Fotos gesucht. Babyfotos von mir. Fotos von uns beiden. Ich weiß auch nicht genau, wonach ich eigentlich gesucht habe.«

»Und hast du was gefunden?«

Luke zeigt auf die vielen Papiere, die den Tisch bedecken, und ich werfe schnell einen Blick auf eins davon. »Was ist das?«

»Briefe. Von meinem Vater. Briefe, die er meiner Mutter geschrieben hat, nachdem sie sich getrennt hatten. Vor fünfzehn, zwanzig Jahren. In denen er sie immer wieder bittet, den Kontakt zu mir aufrechtzuerhalten.« Er sagt das fast tonlos, und ich sehe ihn traurig an.

»Was willst du damit sagen?«

»Er hat sie immer wieder gebeten, mich sie besuchen zu lassen«, sagt Luke. »Er hat sogar angeboten, die Hotelrechnung zu zahlen. Er hat angeboten, mich zu begleiten. Er hat sie so oft darum gebeten … und ich wusste nichts davon.« Er nimmt ein paar Seiten in die Hand und reicht sie mir.

»Lies selbst.«

Ich versuche, meine Bestürzung zu verbergen, indem ich die Briefe überfliege. Ich registriere nur vereinzelte Halbsätze.

Luke wünscht sich nichts sehnlicher, als seine Mutter zu sehen … verstehe deine Einstellung nicht …

»Diese Briefe erklären so einiges. Zum Beispiel, dass ihr neuer Mann in Wirklichkeit gar nichts dagegen gehabt hätte, dass sie mich mitnimmt. Scheint sogar ein ziemlich vernünftiger Kerl gewesen zu sein. Er war ganz der Meinung meines Vaters, dass ich zu Besuch kommen sollte. Aber sie wollte das nicht.« Luke zuckt mit den Schultern.

»Warum auch? Warum hätte sie mich sehen wollen?«

… ein aufgeweckter, liebenswerter Junge … was ihm – und dir – alles entgeht …

»Das ist ja … schrecklich.« Ich weiß gar nicht, was ich sagen soll.

»Und das Schlimmste von allem ist, dass ich immer alles an meinen Eltern ausgelassen habe. Als ich noch zu Hause gewohnt habe, als Teenager. Ich habe ihnen immer die Schuld gegeben.«

Plötzlich sehe ich Annabels warmherziges, freundliches Gesicht vor mir und Lukes Dad, wie er heimlich diese Briefe schreibt – und mich packt unbändiger Zorn auf Elinor. Sie hat Luke nicht verdient. Sie hat überhaupt keine Familie verdient.

Es ist totenstill in der Wohnung. Nur von draußen hört man den Regen gegen die Fenster trommeln. Ich nehme Lukes Hand, drücke sie ganz fest und versuche, ihm so viel Liebe und Wärme zu übermitteln, wie ich nur kann.

»Ich bin mir sicher, dass deine Eltern das verstanden haben, Luke. Und …« Ich schlucke alles herunter, was ich eigentlich über Elinor zu sagen hätte. »Und ich bin mir auch sicher, dass Elinor dich im Grunde ihres Herzens doch bei sich haben wollte. Vielleicht war es damals nur irgendwie zu schwierig oder … oder vielleicht war sie viel unterwegs –«

»Es gibt da etwas, das ich dir noch nie erzählt habe«, unterbricht Luke mich. »Etwas, das ich noch nie irgendjemandem erzählt habe.« Er hebt den Kopf. »Ich habe meine Mutter mal besucht, als ich vierzehn war.«

»Was?« Da bin ich aber geplättet. »Aber du hattest doch gesagt, dass du sie nie –«

»Die Schule hat eine Reise nach New York angeboten. Und ich habe unglaublich dafür gekämpft, mitfahren zu dürfen. Mum und Dad waren natürlich dagegen, haben am Ende aber nachgegeben. Sie sagten mir, meine Mutter sei zu der Zeit nicht in der Stadt, dass sie mich ansonsten aber natürlich gern gesehen hätte.«

Luke nimmt sich die Whiskyflasche und schenkt sich noch ein Glas ein. »Ich kam nicht dagegen an, ich musste sie einfach besuchen. Es hätte ja sein können, dass meine Eltern sich irrten.« Luke starrt geradeaus und streicht mit dem Finger über den Glasrand. »Na ja… und gegen Ende der Reise hatten wir einen freien Tag. Alle anderen sind zum Empire State Building gefahren. Aber ich habe mich abgesetzt. Ich hatte ihre Adresse, da bin ich hingefahren und habe mich einfach vor das Gebäude gesetzt. Damals wohnte sie ein Stückchen weiter die Park Avenue hinauf. Ich saß auf einer Treppenstufe, und die Leute, die vorbeikamen, haben mich alle ganz komisch angesehen, aber das war mir egal.«

Er trinkt einen großen Schluck Whisky, während ich ihn unverwandt ansehe und kaum wage zu atmen.

»Dann, so gegen zwölf Uhr, kam eine Frau heraus. Mit dunklen Haaren und einem wunderschönen Mantel. Ihr Gesicht kannte ich ja von diversen Fotos. Es war meine Mutter.« Er schweigt einige Sekunden. »Ich… ich bin aufgestanden. Sie sah auf und sah mich an. Keine fünf Sekunden sah sie mich an. Dann wandte sie sich ab. Als hätte sie mich überhaupt nicht gesehen. Sie stieg in ein Taxi und fuhr davon. Das war's.« Er schließt kurz die Augen. »Es ging alles so schnell, dass ich nicht einmal Zeit hatte, einen Schritt auf sie zuzugehen.«

»Und was… was hast du dann gemacht?«, frage ich vorsichtig.

»Ich bin gegangen. Bin durch die Stadt spaziert. Und habe mich davon überzeugt, dass sie mich nicht erkannt hatte. Das habe ich mir eingeredet. Dass sie ja nicht wissen konnte, wie ich aussah. Dass sie überhaupt nicht wissen konnte, dass ich das war.«

»Aber vielleicht stimmt das ja! Wie hätte sie denn –«

Ich verstumme, als er einen verblichenen blauen Luftpostbrief in die Hand nimmt, an dem irgendwelche Bilder klemmen.

»Das ist der Brief, in dem mein Vater ihr schrieb, dass ich kommen würde«, erklärt er. Er zeigt mir den Brief, und ich bin entsetzt. »Und das bin ich.«

Ich sehe einen Teenager vor mir. Einen vierzehnjährigen Luke. In Schuluniform und mit einer schrecklichen Frisur. Kaum wiederzuerkennen. Aber die dunklen Augen sind immer noch die gleichen, wie sie mit einer Mischung aus Entschlossenheit und Hoffnung in die Welt schauen.

Ich bin fassungslos. Ich weiß nicht, was ich sagen soll. Ich sehe das unbeholfene, scheue Jungengesicht und würde am liebsten heulen.

»Du hast recht gehabt, Becky. Die ganze Zeit. Ich bin nach New York gekommen, um meine Mutter zu beeindrucken. Ich wollte, dass sie wie angewurzelt auf der Straße stehen bleibt, sich umdreht und … und mich anstarrt … und stolz auf mich ist …«

»Aber sie ist doch stolz auf dich!«

»Nein, das ist sie nicht.« Er schafft ein winziges Halblächeln. »Am besten gebe ich es einfach auf.«

»Nein!«, sage ich einen Tick zu spät. Ich ergreife Lukes Arm und fühle mich total hilflos. Im Vergleich zu Luke bin ich ja total wohlbehütet und verhätschelt aufgewachsen. Ich wusste immer, dass meine Eltern mich für die beste Tochter der Welt hielten. Ich wusste, dass sie mich liebten und dass sie mich immer lieben würden, ganz gleich, was ich tue. Und in diesem Kokon wohliger Sicherheit befinde ich mich seit fast dreißig Jahren.

»Tut mir leid«, sagt Luke schließlich. »Ich rede die ganze Zeit nur von mir. Vergessen wir das Thema. Worüber wolltest du mit mir reden?«

»Nichts«, sage ich sofort. »Ist … schon gut. Egal. Das kann warten.«

Die Hochzeit ist auf einmal tausend Lichtjahre entfernt. Ich nehme meine Rede, zerknäule sie zu einem kleinen festen Ball und werfe sie in den Papierkorb. Dann sehe ich mich um. Die Wohnung sieht aus, als hätte eine Bombe eingeschlagen. Der Tisch versinkt unter den Briefen, in der Ecke stapeln sich Hochzeitsgeschenke, überall liegt und steht etwas herum.

»Komm, wir gehen essen«, sage ich und stehe unvermittelt auf. »Und danach ins Kino oder so.«

»Ich habe keinen Hunger«, sagt Luke.

»Darum geht es ja auch gar nicht. Aber hier ist es einfach zu … voll.« Ich nehme Lukes Hand und ziehe daran.

»Komm schon, wir gehen aus. Damit wir das mal alles vergessen. Alles.«

Arm in Arm schlendern wir zum Kino und lassen uns von einem Film über die Mafia mitreißen. Hinterher gehen wir ein paar Blocks weiter zu einem kleinen, sehr angenehmen Restaurant, das wir schon länger kennen, und bestellen Rotwein und Risotto.

Wir verlieren kein Wort über Elinor. Stattdessen reden wir über Lukes Kindheit in Devon. Er erzählt mir von Picknicks am Strand, von einem Baumhaus, das sein Vater ihm gebaut hat, und von seiner kleinen Halbschwester Zoe, die sich immer mitsamt ihren Freundinnen an Luke angehängt hat und ihm damit tierisch auf die Nerven gegangen ist. Dann erzählt er mir von Annabel. Davon, was für eine tolle Mutter sie ihm gewesen ist, und wie freundlich sie immer zu allen ist. Und davon, dass er nie das Gefühl hatte, sie würde ihn weniger lieben als Zoe, die ja ihre richtige Tochter war. Und dann reden wir ganz zaghaft über Dinge, die vorher noch nie Thema waren. Wie zum Beispiel darüber, selbst Kinder zu haben. Luke will drei. Ich will … na ja, also nachdem ich Suzes gesamten Wehen- und Geburtsprozess hautnah miterlebt habe, glaube ich eigentlich, dass ich gar keine will, aber das sage ich jetzt besser nicht. Ich nicke, wenn er sagt »Oder vielleicht sogar vier«, und überlege mir insgeheim, ob es nicht vielleicht möglich wäre, die Schwangerschaften zu simulieren und frisch geborene Babys zu adoptieren … Ich glaube, gegen Ende des Abends geht es Luke bereits bedeutend besser. Wir laufen nach Hause, fallen ins Bett und schlafen beide sofort ein. Mitten in der Nacht wache ich mal halb auf und meine Luke am Fenster stehen zu sehen, wie er in die Nacht hinausstarrt. Aber ich bin schon wieder eingeschlafen, bevor ich mir ganz sicher bin.

Als ich am nächsten Morgen aufwache, habe ich einen trockenen Mund und Kopfschmerzen. Luke ist bereits aufgestanden, ich höre ihn in der Küche herumklappern. Vielleicht macht er mir ja ein schönes Frühstück. So eine Tasse Kaffee könnte ich jetzt gut vertragen und vielleicht auch eine Scheibe Toast. Und dann …

Mein Magen zieht sich nervös zusammen. Jetzt muss ich endlich in den sauren Apfel beißen. Ich muss ihm von den zwei Hochzeiten erzählen.

Gestern Abend ist alles anders gelaufen als geplant. Aber jetzt ist gestern Abend vorbei. Jetzt ist heute Morgen, und jetzt kann ich es nicht mehr länger aufschieben. Ich weiß, das Timing ist denkbar schlecht. Ich weiß, das ist das Letzte, was ihn in seiner momentanen Verfassung interessiert. Aber ich muss es ihm sagen.

Ich höre ihn über den Flur zum Schlafzimmer kommen und atme tief durch, um mich zu stählen.

»Hör mal, Luke«, sage ich, als die Tür aufgeht. »Ich weiß, dass es nicht gerade der passendste Augenblick dafür ist. Aber ich muss dringend mit dir reden. Wir haben nämlich ein Problem.«

»Und das wäre?«, fragt Robyn, als sie das Zimmer betritt.

»Doch wohl hoffentlich nichts, das mit der Hochzeit zu tun hätte!?« Außer einem taubenblauen Kostüm und Lacklederpumps trägt sie momentan auch noch ein Frühstückstablett. »Hier, meine Liebe. Ein bisschen Kaffee zum Aufwachen!«

Träume ich? Was macht Robyn in meinem Schlafzimmer?

»Ich hole nur noch eben die Muffins«, verkündet sie fröhlich und verschwindet wieder. Ich lasse mich entkräftet in die Kissen sinken, bekomme Herzrasen und überlege fieberhaft, was sie wohl hier verloren haben könnte.

Auf einmal muss ich an den Mafiafilm von gestern Abend denken und werde total panisch. Oh, mein Gott. Ist doch klar.

Sie hat das mit der anderen Hochzeit herausgefunden – und jetzt will sie mich umbringen.

Robyn erscheint abermals in der Tür, dieses Mal mit einem Korb voller Muffins in der Hand. Mit einem strahlenden Lächeln stellt sie ihn neben mir ab. Wie gelähmt vor Angst starre ich sie an.

»Robyn!«, stoße ich heiser hervor. »Das … ist aber eine Überraschung. Was machen Sie denn so früh schon hier?«

»Wenn es um meine Kundinnen geht, gibt es für mich kein früh und spät«, sagt Robyn und zwinkert mir zu. »Ich stehe Ihnen rund um die Uhr zur Verfügung.« Sie setzt sich auf den Sessel neben dem Bett und schenkt mir Kaffee ein.

»Aber wie sind Sie denn hereingekommen?«

»Ich habe das Schloss aufgebrochen. Kleiner Witz! Luke hat mich hereingelassen, als er ging.«

O Gott. Ich bin ganz allein mit ihr in dieser Wohnung. Ich stecke in der Falle. In ihrer Falle.

»Luke ist schon zur Arbeit gegangen?«

»Ich bin mir da nicht so sicher, ob er zur Arbeit gegangen ist.« Robyn denkt kurz nach. »Er sah eher aus, als würde er joggen gehen.«

»Joggen?«

Luke geht sonst nie joggen.

»So, jetzt trinken Sie mal Ihren Kaffee – und dann zeige ich Ihnen, worauf Sie schon so lange warten. Worauf wir alle schon so lange warten.« Sie sieht auf die Uhr. »In zwanzig Minuten muss ich ja wieder weg, wie Sie wissen!«

Verständnislos sehe ich sie an.

»Alles in Ordnung, Becky? Sie werden sich doch wohl noch daran erinnern, dass wir verabredet waren?«

Ganz langsam dämmert mir etwas. Wie ein Schatten

hinter einem Gazevorhang bewegt sich etwas in meiner Erinnerung. Robyn. Zum Frühstück. Ach, ja.

Wieso habe ich mich auf ein Treffen zum Frühstück eingelassen?

»Natürlich kann ich mich erinnern!«, sage ich schließlich.

»Ich bin nur ein bisschen … Sie wissen schon. Verkatert.«

»Schon verstanden!«, meint Robyn gut gelaunt. »Was Sie jetzt brauchen, ist frisch gepresster Orangensaft. Und ein gutes Frühstück. Ich sage es allen meinen Bräuten immer wieder: Man muss sich pflegen! Es hat überhaupt keinen Zweck, wochenlang zu hungern und dann vor dem Altar in Ohnmacht zu fallen. Hier, essen Sie ein Muffin.« Sie wühlt in ihrer Tasche. »Und sehen Sie mal hier! Endlich ist er da!« Ich betrachte stumpf den Fetzen silberglänzenden Stoffes in ihrer Hand.

»Was ist das?«

»Der Stoff für die Ringkissen!«, sagt Robyn. »Habe ich extra aus China einfliegen lassen! Der Stoff, wegen dem wir Probleme mit dem Zoll hatten! Das haben Sie doch wohl nicht vergessen?«

»Ach! Nein, natürlich nicht«, beeile ich mich zu sagen. »Ja, der sieht ja … toll aus. Wirklich schön.«

»Dann wäre da noch etwas anderes, Becky«, sagt Robyn, packt den Stoff weg und sieht mich sehr ernst an. »Offen gestanden … mache ich mir langsam Sorgen.«

Wieder überkommt mich panische Nervosität und ich trinke einen Schluck Kaffee, um das zu verbergen.

»Ach, ja? Und was … worüber machen Sie sich Sorgen?«

»Wir haben noch keine einzige Antwort von den Gästen aus Großbritannien bekommen. Ist das nicht seltsam?«

Ich bringe vorübergehend keinen Ton heraus.

»Äh … ja«, stammele ich dann endlich. »Allerdings.«

»Außer von Lukes Eltern, die schon vor einer Weile zugesagt haben. Natürlich haben die ihre Einladung etwas früher bekommen, weil sie auf Elinors Gästeliste standen, aber trotzdem …« Sie schnappt sich meine Kaffeetasse und trinkt einen Schluck. »Hmm.Tut gut. Also, ich möchte ja niemandem einfach so schlechte Manieren unterstellen. Aber so langsam brauchen wir Zahlen. Darum wollte ich Sie fragen, ob es Ihnen recht wäre, wenn ich mal ein paar höfliche Anrufe tätige? Ich habe ja alle Telefonnummern von Ihrer Gästeliste auf meinem Computer …«

»Nein!« Jetzt werde ich plötzlich wach. »Sie rufen niemanden an! Ich meine … Sie bekommen die Antworten schon noch. Versprochen.«

»Ich finde das nur so merkwürdig!«, sagt Robyn. »Dass wir überhaupt noch nichts gehört haben … Es haben doch wohl alle ihre Einladungen erhalten, oder?«

»Ja, natürlich! Das ist bestimmt bloß ein Versehen.« Ich fange an, das Laken zu verknoten. »Sie werden innerhalb einer Woche etwas von den Gästen aus England hören. Das … garantiere ich Ihnen.«

»Na, das will ich aber auch hoffen! Der Countdown läuft nämlich! Es sind nur noch vier Wochen!«

»Ich weiß!«, antworte ich etwas schrill und trinke noch einen großen Schluck Kaffee. Ach, wenn das doch nur Wodka wäre!

Vier Wochen. Oh, Gott.

»Soll ich noch mal nachschenken?« Robyn steht auf – dann bückt sie sich. »Was ist das denn?«, fragt sie interessiert und hebt ein Blatt Papier vom Boden auf. »Ein Menü?«

Ich sehe auf – und mir bleibt das Herz stehen. Sie hat eins von Mums Faxen in der Hand.

Das Menü der anderen Hochzeit.

Sämtliche Faxe von Mum liegen hier. Unter dem Bett.

Wenn Robyn jetzt anfängt zu schnüffeln …

»Ach was, gar nichts!«, sage ich und reiße ihr das Papier aus der Hand. »Das ist bloß … äh … ein Menü für … eine Party …«

»Sie geben eine Party?«

»Wir … spielen mit dem Gedanken.«

»Also, wenn Sie Hilfe bei der Planung brauchen, sagen Sie einfach Bescheid!« Robyn senkt die Stimme, was wohl besonders vertrauensvoll klingen soll. »Möchten Sie einen kleinen Tipp?« Sie zeigt auf Mums Menü. »Filoteigtaschen sind mehr oder weniger passé.«

»Aha. Äh … danke.«

Ich muss diese Frau loswerden. Sofort. Bevor sie noch andere Sachen findet.

Völlig unvermittelt schlage ich die Decke zur Seite und springe aus dem Bett.

»Wissen Sie, Robyn, eigentlich fühle ich mich gar nicht gut. Könnten wir … den Rest unserer Verabredung vielleicht verschieben?«

»Verstehe.« Sie tätschelt mir die Schulter. »Ich lasse Sie jetzt in Ruhe.«

»Ach, übrigens«, sage ich so lässig wie möglich, als

wir die Wohnungstür erreichen. »Was ich mich schon seit neulich frage … Diese Geldstrafe in Ihrem Vertrag …?«

»Ja!?« Robyn strahlt mich an.

»Nur so aus Interesse …« Ich lache auf. »Haben Sie die tatsächlich schon mal eingetrieben?«

»Ach, nur ganz selten!«, sagt Robyn. Sie denkt kurz nach.

»Eine von den dummen Gänsen hat versucht, sich in Polen zu verstecken … Aber wir haben sie dann doch noch gefunden … Bis bald, Becky!«

»Bis bald!«, entgegne ich im gleichen fröhlichen Ton und schließe dann mit hämmerndem Herzen die Tür.

Sie wird mich kriegen. Früher oder später wird sie mich kriegen.

Kaum bin ich bei Barneys, rufe ich bei Luke im Büro an. Seine Assistentin Julia nimmt ab.

»Hi«, sage ich. »Kann ich Luke sprechen, bitte?«

»Luke hat angerufen und sich krank gemeldet«, antwortet Julia überrascht. »Wussten Sie das nicht?«

Entgeistert starre ich das Telefon an. Luke macht krank? Mannomann. Dann muss sein Kater ja noch schlimmer sein als meiner.

So ein Mist, jetzt hätte ich ihn beinahe verraten!

»Ach so!«, sage ich schnell. »Ja! Jetzt, wo Sie es sagen … natürlich wusste ich das! Er ist sogar ziemlich krank. Hat hohes Fieber. Und sein … äh … Bauch. Ich hatte es nur gerade vergessen, das ist alles.«

»Na, dann wünschen Sie ihm doch bitte gute Besserung von uns.«

»Mache ich!«

Als ich auflege, kommt mir der Gedanke, dass ich es vielleicht ein klein wenig übertrieben habe. Ich meine, es ist ja nun nicht so, als wenn ihn jemand deswegen feuern würde. Ist ja schließlich seine Firma.

Eigentlich freut es mich richtig, dass er sich mal einen Tag freinimmt.

Obwohl… Luke macht krank? Er macht sonst nie krank. Und er joggt sonst auch nie. Was ist los?

Eigentlich war ich nach der Arbeit ja mit Erin auf einen Drink verabredet, aber ich entschuldige mich und eile lieber nach Hause. Als ich in die Wohnung komme, brennt kein Licht, und einen Moment lang denke ich, dass Luke gar nicht zu Hause ist. Aber dann sehe ich ihn in der Dunkelheit am Tisch sitzen. Er trägt eine Jogginghose und ein altes Sweatshirt.

Endlich. Wir haben einen Abend für uns. Das heißt, jetzt ist es so weit. Ich werde ihm endlich alles erzählen.

»Hi«, sage ich und setze mich auf einen Stuhl neben ihn.

»Geht es dir besser? Ich habe im Büro angerufen, und da hat man mir gesagt, dass du krank bist.«

Schweigen.

»Ich war nicht in der Verfassung, um arbeiten zu gehen«, sagt Luke schließlich.

»Und was hast du den ganzen Tag gemacht? Warst du wirklich joggen?«

»Ich habe einen sehr langen Spaziergang gemacht«, sagt Luke. »Und ich habe nachgedacht. Ich habe eine ganze Menge nachgedacht.«

»Über … deine Mutter?«, frage ich vorsichtig.

»Ja. Über meine Mutter. Und über viele andere Sachen.« Erst jetzt wendet er sich mir überhaupt zu, und ich stelle überrascht fest, dass er sich heute gar nicht rasiert hat. Hmmm. Unrasiert gefällt er mir eigentlich richtig gut.

»Aber es geht dir gut?«

»Das ist die Frage«, sagt er nach einer Pause. »Geht es mir gut?«

»Du hast gestern Abend wahrscheinlich nur ein bisschen zu viel getrunken.« Ich ziehe den Mantel aus und lege mir die folgenden Worte zurecht. »Hör zu, Luke. Ich muss dir etwas wirklich Wichtiges sagen. Ich schiebe das jetzt schon seit Wochen vor mir her –«

»Hast du eigentlich schon mal über das Straßengitter von Manhattan nachgedacht, Becky?«, unterbricht Luke mich.

»Ich meine, richtig *nachgedacht*?«

»Äh … nein. Kann ich nicht behaupten.«

»Es ist wie … eine Metapher für das Leben. Man glaubt, man sei frei und könne gehen, wo und wohin man will. Aber in Wirklichkeit …« Er zeichnet mit dem Finger eine Linie auf dem Tisch. »Hat man nicht viele Freiheiten. Es geht nur nach links oder nach rechts. Hoch oder runter. Dazwischen gibt es nichts. Keine anderen Möglichkeiten.«

»Ja«, sage ich nach einer Weile. »Stimmt. Aber was ich sagen wollte, Luke –«

»Das Leben sollte aber eine grenzenlose Weite sein, Becky. Man sollte immer ganz genau in die Richtung gehen können, in die man gehen will.«

»Kann schon sein –«

»Ich bin heute von dem einen Ende der Insel zum anderen gelaufen.«

»Echt?« Ich glotze ihn an. »Und äh … warum?«

»Irgendwann habe ich mal aufgesehen, und da waren nur Bürogebäude um mich herum. Die verspiegelten Fensterscheiben reflektierten das Sonnenlicht. Von einem Gebäude zum nächsten, hin und her.«

»Sah bestimmt schön aus!« Oder was soll ich jetzt sagen??

»Verstehst du, was ich damit sagen will?« Er fixiert mich mit einem ungewöhnlich intensiven Blick, und da erst fallen mir die Schatten unter seinen Augen auf. Mann, sieht Luke fertig aus. »Das Licht, das in diese Stadt fällt … wird in ihr gefangen. Es wird in seiner eigenen Welt gefangen, springt ewig hin und her und kann nicht mehr entkommen.«

»Na ja … ja, mag wohl sein. Obwohl … manchmal regnet es ja auch.«

»Und die Menschen sind auch alle gleich.«

»Ach, ja?«

»Das ist die Welt, in der wir leben. Alles reflektiert sich selbst. Alles ist nur mit sich selbst beschäftigt. Vollkommen sinnentleert. Nimm nur mal den Typen im Krankenhaus. Dreiunddreißig. Herzinfarkt. Was, wenn er gestorben wäre? Hätte er ein erfülltes Leben gehabt?«

»Äh –«

»Habe *ich* bisher ein erfülltes Leben gehabt? Sei ehrlich, Becky. Sieh mich an, und sag es mir.«

»Also … öh … natürlich!«

»Quatsch.« Er nimmt eine Pressemitteilung von Brandon Communications vom Tisch und sieht sie an. »Das ist es, worum sich mein Leben bisher gedreht hat. Um das Verteilen sinnloser Informationen.« Zu meinem Entsetzen zerreißt er das Papier in viele kleine Stücke. »Sinnlose, beschissene Fetzen Papier.«

Auf einmal sehe ich, dass er auch den Kontoauszug von unserem gemeinsamen Konto zerreißt.

»Luke! Unser Kontoauszug!«

»Na und? Ist doch egal! Sind doch nur ein paar bedeutungslose Zahlen. Wen interessiert das schon?«

»Aber ... aber ...«

Irgendetwas stimmt hier nicht.

»Ist doch alles vollkommen egal!« Er verteilt die Papierschnipsel auf dem Boden, und ich muss mich zwingen, mich jetzt nicht zu bücken und sie aufzusammeln. »Du hast ja so recht, Becky.«

»*Ich* habe recht?«, frage ich entsetzt nach. Irgendetwas stimmt hier ganz und gar nicht.

»Wir sind alle viel zu materialistisch drauf. Alles, was zählt, ist Erfolg. Geld. Ständig wollen wir Eindruck schinden bei irgendwelchen Leuten, die nie von uns beeindruckt sein werden, ganz gleich, was wir ...« Er bricht ab und atmet schwer. »Dabei ist Menschlichkeit das Einzige, das zählt. Wir sollten wirklich obdachlose Menschen kennen. Wir sollten bolivianische Bauern kennen.«

»Also ... ja«, sage ich nach einer kurzen Pause. »Aber trotzdem –«

»Du hast vor einiger Zeit mal etwas gesagt, das mir seitdem nicht mehr aus dem Kopf gegangen ist. Ich kann es einfach nicht vergessen.«

»Und was war das?«, frage ich reichlich nervös.

»Du hast gesagt …« Er hält kurz inne, um alles richtig wiederzugeben. »Du hast gesagt, dass die Zeit, die uns auf Erden gegeben ist, viel zu kurz ist. Und du hast gefragt, was am Ende unseres Lebens wohl am meisten zählt: zu wissen, dass im Grunde bedeutungslose Zahlen in Ordnung waren – oder zu wissen, dass man der Mensch war, der man sein wollte?«

Sprachlos sehe ich ihn an.

»Aber … aber das habe ich doch nur einfach so gesagt! Das habe ich doch nicht *ernst* gemeint –«

»Ich bin nicht der Mensch, der ich sein möchte, Becky. Ich glaube, das bin ich nie gewesen. Ich hatte Scheuklappen auf. Ich bin immer den falschen Dingen hinterhergejagt –«

»Nun komm schon!«, sage ich und drücke ihm aufmunternd die Hand. »Du bist Luke Brandon! Du bist erfolgreich, du siehst gut aus, du bist reich …«

»Ich bin nicht der Mensch, der ich eigentlich sein will. Das Problem ist nur, dass ich nicht weiß, wie ich sein will … was ich aus meinem Leben machen will … welchen Weg ich gehen will …« Er sackt in sich zusammen und vergräbt das Gesicht in seinen Händen. »Ich brauche Antworten auf diese Fragen, Becky.«

Ich glaube das nicht. Luke hat eine Midlifecrisis.

SECOND UNION BANK
300 WALL STREET
NEW YORK NY 10005

Miss Rebecca Bloomwood
Apt B
251 W 11th Street
New York
NY 10014

23. Mai 2002

Sehr geehrte Miss Bloomwood!

Vielen Dank für Ihr Schreiben vom 21. Mai. Es freut mich, dass Sie mich als guten Freund betrachten, und um Ihre Frage auch gleich zu beantworten: Ich habe am 31. Oktober Geburtstag.

Ich kann auch durchaus nachvollziehen, dass eine Hochzeit eine teure Angelegenheit ist. Es ist mir leider dennoch nicht möglich, Ihren Kreditrahmen von den derzeitigen $ 5000 auf $ 105 000 zu erhöhen.

Ich kann Ihnen einen neuen Kreditrahmen von $ 6000 anbieten und hoffe, dass Ihnen das ein wenig weiterhilft.

Mit freundlichen Grüßen
SECOND UNION BANK

Walt Pitman
Leiter Kundendienst

STARS U LIKE
Agentur für Celebrity-Doppelgänger
152 West 24th Street
New York NY 10011

Miss Rebecca Bloomwood Apt B
251 W 11th Street New York
NY 10014

28. Mai 2002

Liebe Rebecca!

Vielen Dank für Ihren Brief und die Fotos. Ich muss Ihnen leider mitteilen, dass wir weder für Sie noch für Ihren Verlobten einen geeigneten Doppelgänger gefunden haben. Darüber hinaus muss ich sagen, dass die große Mehrheit der von uns vertretenen Klienten nicht willens wäre, einander zu heiraten – auch nicht für einen, wie Sie es nennen, »ordentlichen Batzen Geld«.

Doch Ausnahmen bestätigen ja die Regel, und daher wird es Sie vielleicht interessieren, dass unser Al-Gore-Doppelgänger durchaus bereit wäre, unsere Charlene-Tilton-Doppelgängerin zu heiraten, wenn die Konditionen stimmen.

Bitte teilen Sie uns doch mit, ob Ihnen das weiterhelfen würde.

Mit freundlichen Grüßen
STARS U LIKE

Candy Blumenkrantz
Geschäftsführerin

49 Drakeford Road
Potters Bar
Hertfordshire

27. Mai 2002

Mr Malcom Bloomwood dankt Mrs Elinor Sherman recht herzlich für die freundliche Einladung zu Beckys und Lukes Hochzeit am 22. Juni im Plaza Hotel. Er kann leider nicht kommen, da er sich das Bein gebrochen hat.

The Oaks
41 Elton Road
Oxshott Surrey

27. Mai 2002

Mr und Mrs Martin Webster danken Mrs Elinor Sherman recht herzlich für die freundliche Einladung zu Beckys und Lukes Hochzeit am 22. Juni im Plaza Hotel. Sie können leider nicht kommen, da sie beide an Pfeifferschem Drüsenfieber leiden.

---

9 Foxtrot Way
Reigate
Surrey

27. Mai 2002

Mr und Mrs Tom Webster danken Mrs Elinor Sherman recht herzlich für die freundliche Einladung zu Beckys und Lukes Hochzeit am 22. Juni im Plaza Hotel. Sie können leider nicht kommen, da ihr Hund gerade gestorben ist.

SECHZEHN

Langsam finde ich das nicht mehr witzig. Jetzt ist Luke schon seit über einer Woche nicht mehr im Büro gewesen. Und rasiert hat er sich genauso lange nicht. Ständig geht er raus, wandert den ganzen Tag sonst wo in der Gegend herum und kommt erst in den frühen Morgenstunden wieder nach Hause – in der Regel betrunken. Und als ich gestern von der Arbeit nach Hause kam, musste ich feststellen, dass er alle seine Schuhe irgendwelchen Leuten auf der Straße geschenkt hatte.

Ich komme mir so hilflos vor. Ganz egal, was ich tue, es funktioniert nicht. Ich habe versucht, ihn mit literweise nahrhafter, nach einem alten Familienrezept zubereiteter Suppe aufzupäppeln. (Also, zumindest steht das auf der Packung, dass die Suppe nahrhaft und nach einem alten Familienrezept zubereitet sei.) Ich habe versucht, ihn mit liebevollem Sex aufzuheitern. Und das war so weit ziemlich klasse. Aber es hat nichts geändert. Hinterher war er wieder genau wie vorher und starrte trübselig Löcher in die Luft.

Und was ich immer und immer wieder versucht habe, ist, in Ruhe mit ihm zu reden. Manchmal habe ich dann wirklich das Gefühl, etwas zu erreichen. Aber dann wird er plötzlich wieder ganz depressiv und zieht sich zurück. Oder er sagt: »Ach, was bringt das denn?« und geht wieder raus. Und das Problem ist, dass nichts von dem, was er sagt, einen Sinn ergibt. Gerade noch sagte er, er wolle seine Firma aufgeben und in die Politik gehen, davon habe er eigentlich immer geträumt, und er hätte sich niemals davon abbringen lassen dürfen. (Politik? Hat er mir gegenüber noch nie vorher erwähnt.) Und im nächsten Augenblick sagt er, sein sehnlichster Wunsch sei es, Vater zu werden, und er wolle gerne sechs Kinder mit mir haben, und er würde dann zu Hause bleiben und Hausmann spielen.

Und da seine Assistentin weiterhin jeden Tag anruft, um zu hören, wie es Luke geht, muss ich mir jeden Tag neue schauerliche Details über seinen Zustand ausdenken. Inzwischen hat er praktisch die Pest.

In meiner Verzweiflung habe ich gestern bei Michael angerufen, und er hat versprochen, mal vorbeizukommen und zu sehen, was er machen kann. Wenn überhaupt irgendjemand helfen kann, dann Michael.

Und was die Hochzeit angeht …

Jedes Mal, wenn ich daran denke, wird mir schlecht. Inzwischen sind es nur noch drei Wochen. Und mir ist immer noch keine Lösung eingefallen.

Mum ruft mich jeden Morgen an, und irgendwie schaffe ich es, ganz normal mit ihr zu reden. Robyn ruft mich jeden Nachmittag an, und irgendwie schaffe ich es, ganz normal mit ihr zu reden. Neulich habe ich sogar einen Witz darüber gemacht, dass ich ja einfach nicht zur Hochzeit im Plaza auftauchen könnte, und Robyn witzelte zurück: »Dann verklage ich Sie!« Ich habe es tatsächlich geschafft, *in dem Moment* einen Heulkrampf zu unterdrücken.

Ich fühle mich, als befände ich mich im freien Fall. Als stürzte ich ohne Fallschirm auf die Erde zu.

Ich weiß nicht, wie ich das mache. Mir ist, als wäre ich in einem ganz neuen Zustand, jenseits der ganz normalen Panik, jenseits aller normalen Lösungen. Nur ein Wunder kann mich noch retten.

Und das ist genau das, woran ich meine letzten Hoffnungen knüpfe. Ich habe in der St.-Thomas-Kirche und in der St.-Patrick's-Kirche jeweils fünfzig Kerzen angezündet, in der Synagoge in der 65. Straße habe ich eine Bittschrift an das schwarze Brett gehängt, und ich habe der Hindu-Göttin Ganesh Blumen geopfert. Außerdem habe ich über das Internet ein paar Menschen in Ohio gefunden, die intensiv für mich beten.

Also, zumindest beten sie dafür, dass ich nach meinem Kampf gegen den Alkoholismus ein glückliches Leben führen werde. Ich habe es nämlich nicht so ganz über mich gebracht, Vater Gilbert die Geschichte mit den zwei Hochzeiten zu erklären – und schon gar nicht, nachdem ich seine Predigt gelesen hatte, in der er verkündete, dass Betrug und Täuschung den Herrn ebenso schmerzten, wie wenn der Teufel den Gerechten die Augen aussticht. Also habe ich Alkoholismus vorgetäuscht, darüber gab es nämlich schon eine Seite. (Und außerdem bin ich mit meinen drei Wodka-Minis am Tag doch tatsächlich schon fast Alkoholikerin.)

Ich habe keine Ruhe mehr. Nicht mal zu Hause kann ich mich entspannen. Die Wohnung engt mich entsetzlich ein. Überall stehen riesige Kartons mit Hochzeitsgeschenken herum. Mum schickt ungefähr fünfzig Faxe am Tag, Robyn schneit inzwischen immer dann herein, wenn ihr gerade danach ist, und im Wohnzimmer hängt eine ganze Batterie von Schleiern und Kopfschmuck, die Dream Dress mir unaufgefordert hat liefern lassen.

»Becky?« Ich blicke von meinem Morgenkaffee auf und sehe Danny in die Küche spazieren. »Die Tür war auf. Gehst du heute nicht arbeiten?«

»Ich habe mir heute freigenommen.«

»Verstehe.« Er nimmt sich ein Stück Zimttoast und beißt davon ab. »Und, wie geht es dem Patienten?«

»Sehr witzig.«

»Im Ernst.« Einen Moment lang sieht Danny echt besorgt aus, und ich merke, wie ich nachgebe. »Hat Luke sich wieder eingekriegt?«

»Eigentlich nicht«, räume ich ein, und seine Augen fangen an zu strahlen.

»Das heißt, er schmeißt noch mehr Klamotten raus?«

»Nein!«, antworte ich verärgert. »Tut er nicht. Und ich glaube auch nicht, dass du die Schuhe behalten kannst.«

»Nagelneue Pradas? Du machst wohl Witze. Die gehören mir. Luke hat sie mir geschenkt. Wenn er sie nicht mehr haben will –«

»Natürlich will er sie noch haben. Demnächst. Er ist nur ... etwas gestresst. Zurzeit. Jeder ist doch mal gestresst! Das heißt doch nicht, dass man ihm gleich seine Schuhe wegnehmen darf!«

»Jeder ist mal gestresst. Aber es verteilt nicht jeder 100-Dollar-Scheine an wildfremde Menschen.«

»Echt?« Ich sehe besorgt auf. »Das hat er getan?«

»Ich habe ihn in der U-Bahn gesehen. Und da war dieser Typ mit langen Haaren und einer Gitarre ... Luke ist einfach auf ihn zugegangen und hat ihm ein Bündel

Scheine in die Hand gedrückt. Der Typ hat nicht mal gebettelt. Offen gestanden, hat er sogar ziemlich beleidigt geguckt.«

»Oh, Gott.«

»Weißt du, was meine Theorie ist? Er braucht sehr lange, ausgiebige, entspannende, schöne Flitterwochen. Wo fahrt ihr hin?«

Oh, nein! Zurück im freien Fall. Die Flitterwochen. Die habe ich auch noch nicht gebucht. Wie denn auch? Ich weiß ja nicht mal, von welchem gottverdammten Flughafen wir abfliegen werden!

»Nach … Überraschung!«, sage ich schließlich. »Das verraten wir erst zehn Minuten, bevor es losgeht.«

»Und was kochst du da?« Danny sieht zum Herd, auf dem ein Topf steht, in dem etwas kocht. »Zweige? Hm, lecker.«

»Das sind chinesische Kräuter. Gegen Stress. Man kocht sie auf, und dann trinkt man den Sud.«

»Und du glaubst wirklich, Luke trinkt das Zeug?« Danny beäugt den Trank.

»Das ist nicht für Luke. Das ist für mich!«

»Für dich? Wovon fühlst du dich denn gestresst?« Es klingelt an der Tür, und Danny drückt sofort auf den Türöffnerknopf, ohne überhaupt zu fragen, wer unten ist.

»Danny!«

»Erwartest du jemanden?«

»Ach, nur diesen Serienkiller, der mich schon seit einiger Zeit verfolgt«, sage ich sarkastisch.

»Cool.« Danny beißt noch einmal von dem Zimttoast ab.

»Ich wollte schon immer mal dabei zusehen, wie jemand ermordet wird.«

Es klopft an der Tür, und ich stehe auf, um zu öffnen.

»Ich würde mir ja erst noch etwas Schickeres anziehen«, ruft Danny mir hinterher. »Dem Gericht werden später Fotos von dir vorgelegt. Da willst du doch gut aussehen, oder?«

In der Erwartung, wieder mal einem Lieferanten mit Hochzeitsgeschenken gegenüberzustehen, mache ich die Tür auf. Aber vor der Tür steht Michael, der in einem gelben Kaschmirpullover steckt und mich breit anlächelt. Allein sein Anblick beschert mir eine riesige Erleichterung.

»Michael!«, begrüße ich ihn freudig und nehme ihn in den Arm. »Danke, dass du gekommen bist.«

»Kein Problem«, sagt Michael. »Ich wäre schon viel früher gekommen, wenn ich gewusst hätte, was hier los ist.« Er zieht die Augenbrauen hoch. »Ich war gestern in Lukes Büro, und da sagte man mir, er sei krank. Aber ich hatte keine Ahnung …«

»Ja. Na ja, ich habe das ja nun nicht gerade laut hinausposaunt. Ich dachte, nach zwei Tagen wäre alles wieder beim Alten.«

»Ist Luke da?« Michael wirft einen Blick über meine Schulter in die Wohnung.

»Nein, er ist heute Morgen ganz früh weggegangen. Ich weiß nicht, wohin.« Hilflos zucke ich mit den Schultern.

»Grüß ihn ganz lieb von mir, wenn er wiederkommt«, sagt Danny auf seinem Weg zur Tür hinaus. »Und nicht vergessen, sein Ralph-Lauren-Mantel steht mir zu.«

Ich mache frischen Kaffe (koffeinfreien – wegen Michael) und rühre etwas misstrauisch in den Kräutern herum. Dann bahnen wir uns durch das Chaos einen Weg zum Sofa im Wohnzimmer.

»Also«, sagt er, räumt einen Stapel Zeitschriften vom Sofa und setzt sich. »Luke wird das langsam alles ein bisschen zu viel.« Er sieht mir dabei zu, wie ich zitternd Milch in den Kaffee schütte. »Und dir anscheinend auch.«

»Mir geht's gut«, winke ich schnell ab. »Es geht um Luke. Er hat sich total verändert, von heute auf morgen. Eben war er noch völlig normal, und im nächsten Moment drehte sich dann alles nur noch um ›Ich brauche Antworten‹ und ›Was ist der Sinn des Lebens?‹ und ›Welche Ziele haben wir eigentlich?‹. Er ist total deprimiert und geht nicht mehr arbeiten … Ich weiß einfach nicht, was ich tun soll.«

»Ich habe das ja schon eine ganze Weile kommen sehen«, sagt Michael und nimmt mir den Kaffee ab. »Dein Luke verlangt sich einfach zu viel ab. Und das hat er schon immer getan. Jeder, der über einen längeren Zeitraum so viel und so hart arbeitet wie er …« Er zuckt reuig mit den Schultern und tippt sich an die Brust. »Ich weiß, wovon ich rede. Das rächt sich.«

»Es geht nicht nur um die Arbeit. Es geht um … alles.« Ich beiße mir verlegen auf die Lippe. »Ich glaube, es hat ihn viel mehr mitgenommen, als er sich eingestehen wollte, dass du diese …. Herzsache hattest.«

»Den Infarkt.«

»Genau. Ihr hattet euch gestritten … das war ein solcher Schock. Plötzlich fing er an nachzudenken …

über … weiß nicht, das Leben und so. Und dann die Sache mit seiner Mutter.«

»Ah.« Michael nickt. »Ich weiß, dass Luke sich ziemlich über den Artikel in der *New York Times* aufgeregt hat. Ist auch nur verständlich.«

»Das ist ja noch gar nichts! Wenn du wüsstest, was seitdem noch alles passiert ist …«

Ich erzähle ihm von den Briefen, die Luke gefunden hat, und Michael zuckt sichtlich zusammen.

»Okay«, sagt er und rührt nachdenklich in seinem Kaffee.

»Jetzt wird mir so einiges klar. Seine Mutter war die treibende Kraft hinter einer ganzen Menge von dem, was er erreicht hat. Das erklärt vieles.«

»Es ist … als wüsste er plötzlich nicht mehr, warum er das tut, was er tut. Also lässt er es einfach. Er geht nicht arbeiten, er will nicht darüber reden, Elinor ist immer noch in der Schweiz, seine Mitarbeiter rufen an, um sich zu erkundigen, wie es ihm geht, und ich will natürlich nicht sagen: ›Ach, wissen Sie, Luke kann gerade nicht ans Telefon kommen, weil er in einer Midlifecrisis steckt …‹«

»Mach dir mal keine Sorgen. Ich gehe heute noch mal ins Büro, und dann kann ich ja was von einer Auszeit erzählen. Gary Shepherd kann ruhig mal für eine Weile übernehmen. Der ist sehr tüchtig.«

»Aber wird das funktionieren?« Ich sehe Michael besorgt an. »Ist das keiner von denen, die Luke über den Tisch ziehen?«

Als Luke seine Firma das letzte Mal länger als drei Minuten aus den Augen ließ, hat Alicia Biest-Billington versucht, alle seine Kunden abzuwerben und die gesamte Agentur madig zu machen. Das wäre um ein Haar das Ende von Brandon Communications gewesen.

»Gary ist in Ordnung«, versichert Michael mir. »Und ich habe zurzeit auch nicht besonders viel zu tun. Ich kann alles ein bisschen im Auge behalten.«

»Nein!«, sage ich erschrocken. »Du darfst nicht zu viel arbeiten! Du musst dich schonen!«

»Becky, ich bin doch kein Invalide!«, wehrt Michael sich ein klein wenig beleidigt. »Du bist ja genauso schlimm wie meine Tochter.«

Das Telefon klingelt, aber ich lasse den Anrufbeantworter anspringen.

»Und wie laufen die Hochzeitsvorbereitungen?«

»Ach … prima!« Ich strahle ihn an. »Danke.«

»Deine Hochzeitsplanerin hat mich angerufen wegen der Generalprobe fürs Abendessen. Sie sagte, deine Eltern können leider nicht kommen?«

»Nein«, sage ich nach einer kurzen Pause. »Stimmt.«

»Wie schade. An welchem Tag fliegen sie denn?«

»Ähm …« Ich trinke einen Schluck Kaffee und weiche seinem Blick aus. »Das weiß ich gar nicht so genau …«

»Becky?«, schallt Mums Stimme vom Anrufbeantworter durch den Raum. Ich fahre zusammen und verschütte etwas Kaffee auf dem Sofa. »Becky, Liebling, ich muss mit dir über die Band reden. Die haben gesagt, dass sie ›Rock DJ‹ nicht spielen können, weil der Bassist nur vier Akkorde spielen kann. Aber jetzt haben sie mir eine Liste von Liedern geschickt, die sie spielen *können* –«

Ach, du Scheiße. Ich rase quer durchs Zimmer und reiße den Telefonhörer an mich.

»Mum!«, sage ich ganz außer Atem. »Hi. Hör mal,

es passt mir gerade ganz schlecht, kann ich dich später zurückrufen?«

»Aber Becky, Liebes, wir brauchen doch deinen Segen für die Liste von Liedern! Ich faxe sie dir, okay?«

»Ja, okay.«

Ich knalle den Hörer auf die Gabel und gehe zurück zum Sofa, wobei ich versuche, total beherrscht zu wirken.

»Deine Mutter scheint ja ziemlich mitzumischen bei den Vorbereitungen«, sagt Michael und lächelt.

»Ach, äh … ja. Ja, das tut sie.«

Das Telefon klingelt schon wieder, aber ich ignoriere es.

»Was ich dich schon die ganze Zeit mal fragen wollte: Hat es ihr denn gar nichts ausgemacht, dass ihr in den Staaten heiraten wollt?«

»Nein!«, sage ich und verknote die Finger. »Wieso sollte es denn?«

»Ich weiß doch – Mütter und Hochzeiten …«

»Tut mir leid, Becky, nur noch ganz kurz«, ertönt Mums Stimme schon wieder. »Janice hat gefragt, wie du die Servietten gefaltet haben möchtest. Wie Bischofshüte oder wie Schwäne?«

Ich grabsche den Telefonhörer.

»Hör zu, Mum, ich habe Besuch!«

»Bitte. Kümmer dich nicht um mich«, meldet Michael vom Sofa. »Wenn es wichtig ist –«

»Es ist nicht wichtig! Es ist mir absolut scheißegal, wie die Servietten gefaltet werden! Wie Schwäne sehen die doch sowieso nur höchstens zwei Sekunden aus …«

»Becky!«, ruft Mum entsetzt. »Wie kannst du nur so

reden? Janice hat extra wegen deiner Hochzeit an einem Serviettenfaltkurs teilgenommen! Das hat sie fünfundvierzig Pfund gekostet, und da war nicht mal Verpflegung mit dabei –«

Mich packt die Reue.

»Tut mir leid, Mum, wirklich. Ich habe bloß zurzeit so viel um die Ohren. Sagen wir … Bischofshüte. Und sag Janice bitte, dass ich ihr für ihre Hilfe wirklich dankbar bin.« Im gleichen Moment, in dem ich auflege, klingelt es an der Tür.

»Ist Janice die Hochzeitsplanerin?«, erkundigt Michael sich interessiert.

»Äh … nein. Die heißt Robyn.«

»Sie haben Post!«, piept der Computer in der Ecke. Das wird mir jetzt aber langsam alles zu viel.

»Entschuldige mich einen Augenblick, ich mach mal eben die Tür auf …«

Ich reiße abgehetzt die Wohnungstür auf und sehe einen Lieferanten mit einem riesigen Karton im Flur stehen.

»Paket für Bloomwood«, sagt er. »Vorsicht: zerbrechlich.«

»Danke«, sage ich und nehme es ihm ungeschickt ab.

»Wenn Sie bitte hier unterschreiben würden …« Er reicht mir einen Stift und schnuppert dann so merkwürdig.

»Brennt bei Ihnen in der Küche vielleicht was an?« Mist. Die chinesischen Kräuter.

Ich sause in die Küche und schalte den Herd ab, wonach ich sofort wieder zu dem Lieferanten eile und ihm den Stift abnehme. Jetzt klingelt schon wieder das

Telefon. Können die mich nicht einfach mal alle in Ruhe lassen???

»Und hier ...«

Ich kritzele so gut ich kann meinen Namen auf die Linie. Der Mann beäugt mit zusammengekniffenen Augen das Resultat. »Was steht da?«

»Bloomwood! Da steht Bloomwood!«

»Hallo«, höre ich Michael sagen. »Bei Becky Bloomwood. Ich bin Michael Ellis, ein Freund.«

»Das müssen Sie noch mal unterschreiben, Lady. Und zwar leserlich.«

»Ja, genau, ich bin Lukes Trauzeuge. Ja, na so was! Dann freue ich mich ja schon darauf, Sie kennenzulernen!«

»Okay?«, sage ich, nachdem ich meinen Namen förmlich ins Papier gestanzt habe. »Zufrieden?«

»Jetzt machen Sie sich mal locker, junge Frau!«, sagt der Lieferant, hebt die Hände und schlendert davon. Mit dem Fuß schließe ich die Tür, um dann genau in dem Moment ins Wohnzimmer zurückzutorkeln, in dem Michael sagt:

»Ich habe schon von den Plänen für die Trauungszeremonie gehört. Hört sich ja spektakulär an!«

Wer ist dran?, frage ich mit überdeutlichen Mundbewegungen und ohne Ton.

Deine Mutter, antwortet Michael mir auf gleiche Weise mit einem Lächeln.

Ich lasse um ein Haar den Karton fallen.

»Ich bin sicher, dass alles reibungslos verlaufen wird«, versichert Michael. »Ich habe gerade eben erst zu Becky gesagt, dass ich es bewundernswert finde, wie sehr Sie sich für diese Hochzeit engagieren. Das war sicher nicht leicht!«

Nein. Bitte, nein.

»Na ja«, sagt Michael und sieht überrascht aus. »Ich meinte doch nur, dass es schwierig gewesen sein muss. Sie leben doch schließlich in England … und dass Becky und Luke jetzt in –«

»Michael!«, schreie ich verzweifelt, und er sieht verdutzt zu mir auf. »Hör auf!«

Er legt die Hand über die Muschel.

»Womit?«

»Meine Mutter. Sie … sie weiß es nicht.«

»Was weiß sie nicht?«

Ich sehe ihn gequält an. Er wendet sich wieder dem Telefon zu. »Ich muss jetzt leider auflegen, Mrs Bloomwood. Hier ist wirklich eine Menge los. Aber es hat mich sehr gefreut, mit Ihnen zu sprechen, und … Wir sehen uns dann bei der Hochzeit. Ganz bestimmt. Ja, Ihnen auch.«

Er legt auf, und dann herrscht unheimliches Schweigen.

»Becky, was genau weiß deine Mutter nicht?«, fragt er schließlich.

»Ach … ist egal.«

»Das Gefühl habe ich allerdings gar nicht.« Er sieht mich weise an. »Ich habe das Gefühl, dass hier etwas nicht stimmt.«

»Ich … Nein, gar nichts. Wirklich …«

Ich halte inne, als aus der Zimmerecke ein surrendes Geräusch ertönt. Mums Fax. Ich lasse das Paket aufs Sofa plumpsen und stürze zum Faxgerät.

Aber Michael ist schneller. Er reißt das Papier aus der Maschine und fängt an zu lesen.

»›Musik/Songs für die Hochzeit von Rebecca und Luke. Datum: 22. Juni 2002. Ort: The Pines, 43 Elton Road… Oxshott…‹« Mit gerunzelter Stirn sieht er zu mir auf. »Was soll das, Becky? Ihr heiratet doch im Plaza. Oder?«

Ich kann nicht antworten. Das Blut schießt mir in den Kopf und betäubt mich.

»Oder?«, wiederholt Michael in deutlich ernsterem Tonfall.

»Ich weiß es nicht«, piepse ich schließlich.

»Wie kannst du denn nicht wissen, wo du heiratest?«

Er besieht sich noch einmal das Fax. Ich kann ihm ansehen, wie er langsam begreift.

»Gütiger Himmel.« Er sieht auf. »Deine Mutter plant eine Hochzeit in England, stimmt's?«

Ich schweige gequält und sehe ihn an. Das hier ist noch schlimmer, als wenn Suze dahinterkommen würde. Ich meine, Suze kennt mich schließlich schon ewig. Sie weiß, wie blöd ich bin, und sie verzeiht mir immer wieder. Aber Michael… Ich schlucke. Michael hat mich immer mit dem größten Respekt behandelt. Er hat mir mal gesagt, ich sei scharfsinnig und habe eine gute Intuition. Er hat mir sogar mal einen Job in seiner Firma angeboten. Ich kann den Gedanken nicht ertragen, dass er jetzt herausfindet, in was für einem Schlamassel ich stecke.

»Weiß deine Mutter überhaupt *irgendetwas* von der Hochzeit im Plaza?«

Ich schüttele sehr langsam den Kopf.

»Weiß Lukes Mutter hiervon?« Er haut auf das Fax. Ich schüttele noch einmal den Kopf.

»Weiß überhaupt *irgendjemand* davon? Weiß *Luke* davon?«

»Niemand weiß davon«, sage ich, als ich endlich die Stimme wiederfinde. »Und du musst mir versprechen, niemandem davon zu erzählen.«

»Ich soll niemandem davon *erzählen*? Machst du Witze?« Michael schüttelt ungläubig den Kopf. »Becky, wie konntest du das nur zulassen?«

»Ich weiß es nicht. Ich weiß es nicht. Ich habe es ja nicht mit Absicht getan –«

»Du hast nicht mit Absicht zwei Familien getäuscht? Ganz zu schweigen von den Ausgaben, der Arbeit ... Dir ist doch wohl klar, dass du erheblich in der Klemme steckst, oder?«

»Das wird sich schon irgendwie einrenken!«, sage ich verzweifelt.

»Wie soll sich das denn bitte einrenken? Becky, hier geht es nicht um eine doppelte Verabredung zum Abendessen! Hier geht es um Hunderte von Menschen!«

»Ding-dong, ding-dong!«, meldet da auf einmal mein Hochzeits-Countdown-Wecker auf dem Bücherregal. »Ding-dong, ding-dong! Noch zweiundzwanzig Tage bis zu dem großen Tag!«

»Halt die Klappe!«, fahre ich das Ding an.

»Ding-dong, ding –«

»Halt's Maul!«, kreische ich und werfe den Störenfried auf den Boden, wo das Zifferblatt zerspringt.

»Noch zweiundzwanzig Tage?«, sagt Michael. »Das sind ja nur noch drei Wochen, Becky!«

»Mir wird schon was einfallen! In drei Wochen kann ja so viel passieren!«

»Dir wird schon was einfallen? Mehr hast du dazu nicht zu sagen?«

»Vielleicht geschieht ja ein Wunder!«

Ich versuche es mit einem zaghaften Lächeln, aber Michael verzieht keine Miene. Er sieht immer noch genauso erstaunt aus wie eben. Und genauso wütend.

Auf einmal verspüre ich einen unsäglichen Schmerz. Es tut mir weh, dass Michael wütend auf mich ist. Ich habe das Gefühl, mir platzt gleich der Kopf, und ich merke, wie sich die Tränen in Richtung Augen drängen. Meine Hände zittern, als ich meine Tasche und meine Jacke ergreife.

»Was hast du vor?« Michaels Stimme ist messerscharf.

»Becky, wo willst du hin?«

Ich sehe ihn an und überlege fieberhaft. Ich muss hier raus. Aus dieser Wohnung, aus meinem Leben, aus diesem ganzen verdammten Schlamassel. Ich brauche einen Ort des Friedens und der Zuflucht. Einen Ort des Trostes.

»Ich gehe zu Tiffany's«, sage ich halb schluchzend und schließe die Tür hinter mir.

Fünf Sekunden nachdem ich über die Schwelle von Tiffany's getreten bin, geht es mir bereits bedeutend besser. Mein Puls verlangsamt sich. Die Gedanken rasen nicht mehr so hektisch durch meinen Kopf. Allein der Anblick der vielen Ausstellungskästen mit glitzerndem Schmuck darin beruhigt mich. Audrey Hepburn hatte recht: Bei Tiffany's kann einem überhaupt nichts Schlimmes passieren.

Auf meinem Weg ans hintere Ende des Erdgeschosses weiche ich den vielen Touristen aus und werfe hier und da einen Blick auf Diamanthalsketten. An dem einen Tresen steht eine Frau in meinem Alter und probiert einen Schlagring von einem Verlobungsring an. Als ich ihr freudig erregtes Gesicht sehe, versetzt es mir wieder einen schmerzhaften Stich.

Es kommt mir vor, als wäre es schon tausend Jahre her, seit Luke und ich uns verlobt haben. Damals war ich ein anderer Mensch. Wenn ich die Uhr doch nur zurückdrehen könnte. Dann würde ich alles ganz anders machen.

Aber es hat ja keinen Zweck, mich damit zu quälen, wie es vielleicht hätte sein können. Was geschehen ist, kann nicht mehr rückgängig gemacht werden.

Ich steige in den Aufzug und fahre in den zweiten Stock. Als ich den Aufzug verlasse, entspanne ich mich noch mehr. Das hier ist wirklich eine andere Welt. Ganz anders als das von Touristen bevölkerte Erdgeschoss. Das hier ist der Himmel auf Erden.

Die Etage ist so ruhig und geräumig, in verspiegelten Schränken ist Silber, Porzellan und Glas ausgestellt. Es ist eine Welt des stillen Luxus. Eine Welt schicker, kultivierter und sorgenfreier Leute. Da drüben betrachtet eine junge, tipptopp gepflegte Frau einen Kerzenständer. Und dort steht eine hochschwangere Frau und besieht sich eine Babyrassel aus echtem Silber. Hier hat niemand Probleme. Das einzige größere Dilemma, in dem die Leute hier vielleicht mal stecken, ist, ob das Speiseservice einen Gold- oder Platinrand haben soll.

Solange ich hier bleibe, kann mir nichts passieren.

»Becky? Sind Sie das?« Mein Herz überschlägt sich fast schon wieder. Ich drehe mich um und sehe mich Eileen Morgan gegenüber, die mich anstrahlt. Eileen hat sich auf dieser Etage um mich gekümmert, als ich den Hochzeitstisch eingerichtet habe. Sie ist eine ältere Dame, die ihre Haare in einem Knoten trägt und mich an meine Ballettlehrerin von vor zwanzig Jahren erinnert.

»Hallo, Eileen«, sage ich. »Wie geht es Ihnen?«

»Sehr gut. Und ich habe gute Nachrichten für Sie!«

»Gute Nachrichten?«, frage ich lahm nach.

Ich wüsste nicht, wann ich das letzte Mal gute Nachrichten gehört habe.

»Ihr Hochzeitstisch läuft richtig gut.«

»Ach, ja?« Ganz unwillkürlich empfinde ich den gleichen Anflug von Stolz wie damals, wenn Miss Phipps mich für meine Pliés lobte.

»Sehr gut sogar. Ich habe bereits daran gedacht, Sie anzurufen. Ich glaube, Sie könnten jetzt …« Eileen legt eine Pause ein. »… einige der etwas größeren Dinge hinzufügen. Eine Silberschale. Ein Silbertablett. Geschirr aus unserer Antiquitätenabteilung.«

Ungläubig starre ich sie an. In der Welt der Hochzeitstische ist das in etwa gleichzusetzen mit dem Vorschlag, es doch mal beim Royal Ballet zu versuchen.

Ich steuere auf den Schrank mit den Antiquitäten zu und sehe zu einem Silbertablett auf. Ich werde die schönsten Stücke, die sie hier haben, auf meinen Hochzeitstisch setzen. Eine Teekanne, eine Zuckerdose …

»Rebecca.«

»Ja?«, sage ich und drehe mich um. »Ich habe mich noch nicht entschieden –«

Mitten im Satz breche ich ab, die Wörter bleiben mir im Halse stecken. Vor mir steht nicht Eileen.

Vor mir steht Alicia Biest-Langbein.

Aus heiterem Himmel, wie eine böse Fee. Sie trägt ein pinkfarbenes Kostüm, hat eine Tiffany-Einkaufstasche in der Hand und versprüht Feindseligkeit pur.

Ausgerechnet jetzt.

»Na«, sagt sie. »Na, Becky. Du bist ja wohl ziemlich stolz auf dich, was?«

»Äh … nein. Eigentlich nicht.«

»Miss Braut des Jahres. Miss Bekackter Zauberwald.«

Verwirrt sehe ich sie an. Ich weiß, dass Alicia und ich nicht gerade Busenfreundinnen sind – aber das geht doch wohl ein bisschen weit, oder?

»Alicia«, sage ich. »Was ist los?«

»Was los ist?« Ihre Stimme wird ganz schrill. »Ja, was könnte wohl los sein? Vielleicht, dass meine Hochzeitsplanerin mich ohne Vorwarnung hat fallen lassen. Vielleicht nervt mich das ein winziges bisschen.«

»Was?«

»Und warum hat sie mich fallen lassen? Damit sie sich auf ihre große, wichtige Plaza-Hochzeits-Klientin konzentrieren kann. Ihre ganz besondere, keine Kosten scheuende Kundin Miss Becky Bloomwood!«

Entsetzt starre ich sie an.

»Alicia, ich hatte keine Ahnung –«

»Meine gesamte Hochzeit ist ein einziger Scherbenhaufen. Eine andere Hochzeitsplanerin habe ich nicht bekommen können, weil die blöde Kuh in der ganzen Stadt schlecht über mich geredet hat. Es geht das Gerücht, ich sei ›schwierig‹. Ungewöhnlich ›*schwierig*‹! Die Caterer rufen nicht zurück, mein Kleid ist zu kurz, die Floristin ist eine Null …«

»Das tut mir leid«, sage ich hilflos. »Ich wusste wirklich nichts davon –«

»Aber natürlich nicht! Und du hast auch bestimmt nicht in Robyns Büro gesessen und dir einen abgekichert, als sie mich anrief.«

»Nein, das habe ich nicht! Das würde ich nie tun! Hör zu … Es wird bestimmt alles gut.« Ich atme tief durch. »Ehrlich gesagt, läuft mit meiner Hochzeit auch nicht alles ganz glatt …«

»Ach, lass mich doch in Ruhe! Ich weiß alles über deine Hochzeit. Die ganze Welt weiß Bescheid über deine Hochzeit.« Sie macht auf dem Absatz kehrt und stolziert davon. Erschüttert sehe ich ihr nach.

Ich habe nicht nur meine eigene Hochzeit ruiniert, sondern auch Alicias. Wie viele andere Leben ziehe ich in meinen Schlamassel mit hinein? Wie viel Unheil habe ich angerichtet, ohne davon zu wissen?

Ich versuche, mich wieder auf die Antiquitäten zu konzentrieren, aber ich bin ganz aufgewühlt und zitterig. Okay, komm schon. Such dir ein paar Sachen aus. Das könnte dich aufheitern. Ein Teesieb aus dem neunzehnten Jahrhundert. Und eine Zuckerschale mit Perlmutt-Intarsien. So was kann man doch schließlich immer mal gebrauchen, oder?

Und jetzt sehen Sie sich doch mal diese silberne Teekanne an. Kostet nur $ 5000. Ich schreibe sie auf meine

Liste und halte dann Ausschau nach einem dazu passenden Sahnekännchen. Inzwischen steht ein junges Pärchen in Jeans und T-Shirt am selben Schrank und besieht sich dieselbe Teekanne.

»Jetzt guck dir das doch mal an«, sagt sie. »Eine Teekanne für fünftausend Dollar. Wer kauft sich denn so was?«

»Ja, trinkst du etwa keinen Tee?«, fragt ihr Freund und grinst.

»Doch, natürlich! Aber ich meine – wenn du fünftausend Dollar hättest, würdest du die etwa für eine *Teekanne* ausgeben?«

»Ich sage dir Bescheid, wenn ich die fünftausend Dollar habe«, sagt ihr Freund. Die beiden lachen und machen sich Hand in Hand davon. Sie sehen so glücklich und unbeschwert aus.

Und auf einmal, während ich noch so vor dem Antiquitätenschrank stehe, komme ich mir total lächerlich vor. Wie ein Kind, das mit den Klamotten der Erwachsenen spielt. Was will ich denn mit einer 5000-Dollar-Teekanne?

Ich weiß gar nicht, was ich überhaupt hier mache. Ich weiß überhaupt nicht mehr, was ich mache.

Ich will Luke.

Die Erkenntnis stürzt auf mich ein wie eine Flutwelle, die alles andere unter sich begräbt. Die alles Überflüssige und Unwichtige wegspült.

Das ist alles, was ich will. Dass Luke wieder normal und glücklich wird.

Dass wir beiden wieder normal und glücklich werden. Auf einmal habe ich eine Vision von uns zweien an einem einsamen Strand. Wie wir den Sonnenuntergang beobachten. Kein Ballast, keine Probleme. Nur wir beide, sonst nichts und niemand. Wir beide. Zusammen.

Irgendwie habe ich in diesem ganzen Tohuwabohu doch aus den Augen verloren, was wirklich wichtig ist, oder? Ich habe mich blenden und ablenken lassen von dem ganzen Firlefanz. Von dem Kleid, der Torte, den Geschenken. Obwohl das Einzige, was zählt, doch die Tatsache ist, dass Luke für immer mit mir zusammen sein will und ich mit ihm. Oh, Gott, wie konnte ich nur so blöd sein …

Mein Handy klingelt, und ich wühle, von einer plötzlichen Hoffnung beflügelt, in meiner Tasche.

»Luke?«, melde ich mich.

»Becky! Was zum Teufel ist bei dir los?«, kreischt Suzes Stimme mich so heftig an, dass ich vor Schrecken fast das Telefon fallen lasse. »Michael Ellis hat mich gerade angerufen! Er hat gesagt, dass du immer noch in NewYork heiraten willst! Das glaube ich einfach nicht, Bex!«

»Schrei mich nicht so an! Ich stehe mitten bei Tiffany's!«

»Was zum Teufel machst du bei Tiffany's? Du musst endlich deinen Schlamassel in Ordnung bringen! Bex, du wirst nicht in Amerika heiraten! Das kannst du nicht machen! Das würde deiner Mutter das Herz brechen!«

»Ich weiß! Ich heirate ja auch nicht hier! Oder zumindest …« Ich fahre mir verzweifelt durch die Haare. »Ach, Gott, Suze. Wenn du wüsstest, was hier los ist. Luke hat eine Midlifecrisis … die Hochzeitsplanerin droht damit, mich zu verklagen … und ich bin total allein …«

Oh, Gott, jetzt kommen mir schon wieder die Tränen. Ich verkrümele mich hinter den Antiquitätenschrank und setze mich dort, wo mich niemand sehen kann, auf den Teppichboden.

»Es finden zwei Hochzeiten für mich statt, und ich kann eigentlich an keiner von beiden teilnehmen! Egal, wie ich mich entscheide, werde ich irgendjemanden gegen mich aufbringen. Egal, wie ich mich entscheide, wird es zu einer Katastrophe kommen. Das, was eigentlich der schönste Tag meines Lebens sein soll, wird so wie es aussieht der schlimmste Tag in meinem Leben werden. Der Allerschlimmste!«

»Hör zu, Bex, jetzt reg dich mal nicht so auf«, sagt Suze jetzt etwas sanfter. »Bist du wirklich alle Möglichkeiten durchgegangen?«

»Alle. Ich habe überlegt, ob Bigamie eine Lösung wäre. Ich habe daran gedacht, Doppelgänger zu engagieren …«

»Keine schlechte Idee«, merkt Suze nachdenklich an.

»Weißt du, was ich am allerliebsten machen würde?« Mir schnürt sich die Kehle zu vor lauter Emotionalität. »Am allerliebsten würde ich weglaufen vor der ganzen Scheiße und an einem einsamen Strand heiraten. Wo nur wir sind und der Pfarrer und ein paar Möwen. Ich meine, das ist es doch, worauf es ankommt, oder? Dass ich Luke liebe und er mich, und dass wir für immer zusammenbleiben wollen.« Ich stelle mir vor, wie Luke mich vor einem Sonnenuntergang in der Karibik küsst, und schon werden meine Augen wieder ganz feucht. »Wen interessiert es schon, was für ein hippes Kleid ich anhabe? Wer will schon einen riesigen Empfang und massenweise Geschenke? Das ist alles so unwichtig! Am Strand würde ich einfach nur einen schlichten Sarong tragen, und wir würden barfuß durch den Sand laufen, das wäre so wahnsinnig romantisch –«

»Bex!« Ich zucke zusammen. So wütend habe ich Suze noch nie gehört. »Hör jetzt auf! Hör jetzt sofort damit auf! Mein Gott, bist du manchmal egoistisch!«

»Was soll das denn heißen?«, stammele ich. »Ich wollte doch nur sagen, dass dieses ganze Drum und Dran nicht wichtig ist …«

»Es *ist* aber wichtig! Es gibt Leute, die viel Arbeit in dieses Drum und Dran investiert haben! Du bekommst zwei Hochzeiten, von denen andere Menschen nur träumen können. Gut, du kannst nicht beide haben. Aber eine. Und wenn du jetzt beschließt, vor beiden davonzulaufen, dann … hast du sie nicht verdient. Dann hast du das alles nicht verdient. Bex, bei diesen Hochzeiten geht es doch nicht nur um dich! Es geht dabei auch um die vielen anderen Menschen, die damit zu tun haben. All die Menschen, die Zeit und Arbeit und Liebe und Geld investiert haben, um dir etwas ganz Besonderes zu bieten. Davor kannst du nicht einfach davonlaufen! Du musst dich dem stellen, auch wenn es bedeutet, dass du dich mit Kniefall bei vierhundert Leuten einzeln entschuldigen musst. Wenn du einfach nur wegläufst, dann … dann bist du egoistisch und feige.«

Sie verstummt, und außer ihrem stoßweisen Atmen kann ich im Hintergrund Ernie jaulen hören. Ich bin völlig vor den Kopf gestoßen. Als hätte Suze mir gerade eine runtergehauen.

»Du hast recht«, sage ich schließlich.

»Es tut mir leid«, sagt sie und klingt auch ziemlich aufgewühlt. »Aber ja, ich habe recht.«

»Ich weiß.« Ich reibe mir über das Gesicht. »Okay … ich werde mich dem stellen. Ich weiß nicht, wie. Aber ich werde es tun.« Ernies Gejaule hat sich inzwischen zu leidenschaftlichem Geschrei ausgewachsen, sodass ich schon fast mein eigenes Wort nicht mehr verstehe. »Dein Typ wird verlangt«, sage ich. »Gib meinem Patenkind einen Kuss von mir. Sag ihm … dass es seiner Patentante leidtut, dass sie so eine Chaotin ist. Und dass sie versuchen wird, sich zu bessern.«

»Er lässt dich auch lieb grüßen«, sagt Suze. Sie zögert.

»Und er sagt, selbst wenn wir ab und zu mal ein bisschen mit dir schimpfen, sollst du nicht vergessen, dass wir dir trotzdem immer noch gerne helfen. Wenn wir können.«

»Danke, Suze«, sage ich mit einem Kloß im Hals. »Sag ihm … Ich halte euch auf dem Laufenden.«

Ich packe mein Telefon weg und bleibe noch eine Weile ganz still sitzen, um mich zu sammeln. Dann stehe ich auf, klopfe mir den Staub von den Klamotten und begebe mich wieder in den Verkaufsraum.

Und da, nur gut einen Meter entfernt, steht Alicia.

Mein Magen zieht sich zusammen. Wie lange steht sie schon da? Was hat sie gehört?

»Hi«, sage ich. Mir versagt fast die Stimme.

»Hi«, sagt sie. Dann kommt sie ganz langsam auf mich zu und mustert mich ausgiebig von oben bis unten.

»Soso«, flötet sie. »Weiß Robyn davon, dass du vorhast, wegzulaufen und an einem einsamen Strand zu heiraten?«

Mist.

»Ich …« Ich räuspere mich. »Ich habe das überhaupt nicht vor!«

»Hat sich aber ganz so angehört.« Alicia untersucht einen ihrer Fingernägel. »Gibt es da diesbezüglich nicht eine Klausel in ihrem Vertrag?«

»Das war ein Scherz! Ich habe … du weißt schon. Witze gemacht.«

»Na, ob Robyn das so witzig fände?« Alicia schenkt mir ihr süßestes Lächeln. »Wenn sie hört, dass Becky Bloomwood an dem großen Empfang gar nicht interessiert ist. Wenn sie hört, dass ihre tolle, tugendhafte Miss Perfekte Kundin … Reißaus nehmen will!«

Ganz ruhig bleiben, Becky. Das schaffen wir schon.

»Du würdest Robyn doch nichts sagen.«

»Ach, ja? Und wieso nicht?«

»Das kannst du doch nicht machen! Du …« Ich breche ab und bemühe mich, ruhig zu bleiben. »Alicia, wir kennen uns doch schon so lange. Und ich weiß, dass wir nicht immer … so gut miteinander ausgekommen sind … aber jetzt komm. Wir sind zwei junge Engländerinnen in New York. Wir sind beide kurz davor zu heiraten. Man könnte also sagen, wir sind … gewissermaßen Schwestern!«

Dass ich es wirklich über mich bringe, das alles zu sagen – aber mir bleibt nichts anderes übrig. Ich muss sie auf meine Seite ziehen. Mir ist richtig schlecht, als ich mich dazu zwinge, die Hand auf ihren pinkfarbenen Boucléärmel zu legen.

»Findest du nicht, dass da eine gewisse Solidarität angezeigt wäre? Wir müssen einander doch… unterstützen.«

Verächtlich und ohne ein Wort zu sagen, sieht Alicia mich wieder von oben bis unten an. Dann reißt sie den Arm unter meiner Hand weg und marschiert davon.

»Und tschüss, Becky!«, ruft sie über die Schulter. Ich muss sie aufhalten. Schnell.

»Becky!«, ruft Eileen mich aus der anderen Richtung, in die ich mich benommen umdrehe. »Hier ist das Zinngeschirr, das ich Ihnen zeigen wollte…«

»Danke«, sage ich zerstreut. »Aber ich muss eben…«

Ich drehe mich wieder um – aber Alicia ist nirgends mehr zu sehen.

Wo ist sie hingegangen?

Ich warte gar nicht erst auf den Aufzug, sondern eile sofort die Treppe hinunter zum Erdgeschoss. Unten angekommen, bleibe ich stehen und sehe mich fieberhaft nach einem pinkfarbenen Kostüm um. Aber im Laden wimmelt es nur so von aufgeregt plappernden Touristen, die alle irgendwelche bunten Sachen anhaben.

Ich kämpfe mich schwer atmend durch die Menge und rede mir ein, dass Alicia Robyn bestimmt nichts sagen wird – so nachtragend kann sie doch gar nicht sein. Doch gleichzeitig weiß ich genau, dass ich mich irre.

Ich kann sie nicht finden. Ich quetsche mich durch eine Traube von Touristen, die vor einer Uhrenauslage steht, und gelange zur Ausgangstür. Ich gehe hinaus und sehe mich dann nach rechts und links auf der Straße um. Aber ich kann fast nichts erkennen. Die

Sonne scheint, und das Licht wird von den verspiegelten Fenstern um mich herum reflektiert und verwandelt alles in Silhouetten und Schattenrisse.

»Rebecca.« Auf einmal legt jemand ziemlich unsanft von hinten seine Hand auf meine Schulter. Verwirrt drehe ich mich um und blinzele gegen die Sonne.

Als meine Augen sich an das Licht gewöhnt haben und ich endlich scharf sehe, packt mich das blanke Entsetzen.

Vor mir steht Elinor.

SIEBZEHN

Das war's dann also. Ich bin so gut wie tot. Ich hätte einfach bei Tiffany's drinbleiben sollen.

»Ich muss mit dir reden, Rebecca«, sagt Elinor kühl. »Sofort.«

Mit dem langen schwarzen Mantel und der riesigen schwarzen Sonnenbrille sieht sie aus wie jemand von der Gestapo. Oh, Gott, sie weiß bestimmt schon alles. Sie hat mit Robyn gesprochen. Sie hat mit Alicia gesprochen. Sie ist gekommen, um mich dem Kommandanten vorzuführen, der mich zu zwanzig Jahren Zwangsarbeit in Sibirien verurteilt.

»Ich äh … habe keine Zeit«, sage ich und bewege mich wieder auf den Ladeneingang von Tiffany's zu. »Ich habe keine Zeit zum Plaudern.«

»Ich will auch gar nicht plaudern.«

»Was auch immer.«

»Es ist sehr wichtig.«

»Also gut, jetzt hör mal zu. Du *meinst* vielleicht, dass es wichtig ist«, verteidige ich mich. »Aber wir wollen doch die Kirche im Dorf lassen, ja? Es ist nur eine Hochzeit. Verglichen mit Sachen wie … zum Beispiel Staatsverträgen mit dem Ausland …«

»Ich möchte nicht über die Hochzeit sprechen.« Elinor runzelt die Stirn. »Ich möchte über Luke sprechen.«

»Luke?« Überrascht sehe ich sie an. »Wieso … hast du mit ihm geredet?«

»Er hat in der Schweiz diverse beunruhigende Nachrichten für mich hinterlassen. Und gestern habe ich einen Brief von ihm bekommen. Daraufhin bin ich sofort abgereist.«

»Was stand in dem Brief?«

»Ich bin jetzt auf dem Weg zu Luke.« Elinor ignoriert meine Frage. »Und ich würde mich freuen, wenn du mich begleiten würdest.«

»Du bist auf dem Weg zu ihm? Wo ist er?«

»Ich habe gerade mit Michael Ellis gesprochen. Er hat sich heute Vormittag auf die Suche nach Luke gemacht und ihn in meiner Wohnung gefunden. Ich bin jetzt auf dem Weg dorthin. Luke möchte anscheinend mit mir reden.« Sie hält inne. »Aber ich wollte zuerst mit dir sprechen, Rebecca.«

»Mit mir? Wieso?«

Bevor sie antworten kann, strömt eine Touristengruppe aus Tiffany's auf die Straße und begräbt uns fast unter sich. Das wäre eine ideale Gelegenheit, um abzutauchen. Ich könnte mich jetzt aus dem Staub machen.

Aber ich bin neugierig geworden. Warum will Elinor mit mir reden?

Die Touristen verschwinden, und wir sehen einander an.

»Bitte.« Sie nickt in Richtung Kantstein. »Mein Wagen wartet.«

»Okay«, sage ich und zucke leicht mit den Schultern. »Ich komme mit.«

Als ich erst mal in Elinors schicker Limousine sitze,

ebbt mein Entsetzen langsam ab. Ich betrachte Elinors blasses, unergründliches Gesicht und empfinde stattdessen leisen Hass.

Das ist die Frau, die Luke kaputtgemacht hat. Das ist die Frau, die ihren vierzehnjährigen Sohn ignoriert hat. Sitzt ganz ruhig in ihrer Limousine und tut immer noch so, als wenn ihr die ganze Welt gehören würde. Als wenn sie nichts falsch gemacht hätte.

»Was hat Luke denn nun geschrieben?«, frage ich.

»In dem Brief wirkte er sehr … verwirrt«, sagt sie. »Was er schrieb, war sehr weitschweifig und ergab keinen rechten Sinn. Als hätte er so eine Art …« Sie macht eine erhabene Handbewegung.

»Zusammenbruch? Ja, allerdings.«

»Warum?«

»Was glaubst du denn, warum?«, entgegne ich und kann mir einen gewissen Sarkasmus in der Stimme nicht verkneifen.

»Er arbeitet sehr viel«, sagt Elinor. »Vielleicht manchmal zu viel.«

»Es geht nicht um die Arbeit!« Jetzt kann ich mich nicht mehr zurückhalten. »Es geht um dich!«

»Um mich?« Sie runzelt die Stirn.

»Ja, um dich! Darum, wie du ihn immer behandelt hast!«

Es folgt eine lange Pause. Dann fragt Elinor: »Was meinst du damit?«

Sie klingt echt überrascht. Ach, du meine Güte! Ist sie wirklich so unsensibel?

»Okay … wo soll ich anfangen? Bei deiner Stiftung! Die Stiftung, für die Luke sich den Arsch aufgerissen hat. Die Stiftung, von der seine Agentur laut deiner vollmundigen Versprechungen so wahnsinnig profitieren sollte. Hat sie nur leider nicht … weil du sämtliche Lorbeeren für dich selbst eingeheimst hast!«

Das tut gut! Warum habe ich Elinor eigentlich noch nie vorher so richtig meine Meinung gesagt?

Ihre Nasenflügel blähen sich leicht auf, was verrät, dass sie wütend ist. Aber sie sagt nur: »Das ist eine verzerrte Version der Ereignisse.«

»Gar nichts ist verzerrt. Du hast Luke benutzt!«

»Er hat sich nie über das Arbeitsaufkommen beklagt.«

»Luke würde sich nie beklagen. Aber das musst du doch *gesehen* haben, wie viel Zeit er – ehrenamtlich! – für dich und deine Stiftung aufgebracht hat! Du hast sogar eine seiner Angestellten für dich in Anspruch genommen, Herrgott noch mal! Allein das hätte ihm tierischen Ärger einbringen können –«

»Da stimme ich ganz mit dir überein«, sagt Elinor.

»Was?« Ich bin kurzfristig überrumpelt.

»Das Personal von Brandon Communications für meine Stiftung einzusetzen war nicht meine Idee. Ich war sogar dagegen. Aber Luke hat darauf bestanden. Und wie ich Luke bereits erklärt habe, war die Sache mit dem Zeitungsartikel nicht meine Schuld. Mir wurde ein Last-Minute-Interview angeboten. Luke war nicht da. Ich habe dem Journalisten lang und breit von Lukes Engagement in dieser Sache erzählt und ihm das Promotion-Material über Brandon Communications gegeben. Der Journalist hat versprochen, es durchzulesen, dann aber nichts davon in seinem Artikel gebracht. Ich versichere dir, Rebecca, dass ich machtlos war.«

»So ein Quatsch!«, wehre ich sofort ab. »Ein seriöser Journalist würde doch so etwas nicht einfach ignorieren …«

Hmmm. Obwohl … vielleicht doch. Jetzt, wo ich drüber nachdenke … Als ich noch als Journalistin gearbeitet habe, habe ich auch immer die Hälfte von dem, was meine Interviewpartner mir erzählten, ignoriert. Und ich habe ganz bestimmt nie irgendwelche der doofen Hochglanzbroschüren gelesen, die sie mir mitgaben.

»Also … okay«, sage ich nach einer Pause. »Vielleicht war das wirklich nicht allein deine Schuld. Aber darum geht es hier eigentlich auch gar nicht. Luke ist nicht deswegen so aus der Bahn geworfen. Er war neulich in deiner Wohnung, um alte Familienfotos zu suchen. Er hat aber keine gefunden. Stattdessen hat er einige Briefe von seinem Vater gefunden. In denen zu lesen war, dass du Luke gar nicht haben wolltest, als er klein war. Und dass du dich nicht mal für zehn Minuten mit ihm treffen wolltest.«

Ein leichtes Zucken huscht über Elinors Gesicht, aber sie sagt nichts.

»Und das hat einige sehr schmerzhafte Erinnerungen wieder wachgerufen. Zum Beispiel die Sache mit Lukes Klassenreise nach New York, als er dich besuchen wollte und vor dem Gebäude saß, in dem du damals wohntest. Und du einfach an ihm vorbeigelaufen bist.«

Ich weiß, ich bin ganz schön hart. Aber das ist mir jetzt egal.

»Das war er?«, sagt sie schließlich.

»Natürlich war *er* das! Nun tu doch bitte nicht so,

als hättest du das nicht gewusst! Was glaubst du denn, warum er sich so viel abverlangt, warum er immer mehr und mehr von sich selbst fordert, Elinor? Was glaubst du, warum er überhaupt nach New York gekommen ist? Natürlich um Eindruck auf dich zu machen! Seit Jahren ist er wie besessen davon! Kein Wunder, dass er jetzt durchdreht. Bei der Kindheit, die er gehabt hat, wundert es mich ehrlich gesagt, dass er nicht schon viel früher zusammengebrochen ist!«

Als ich meinen Redeschwall unterbreche, um Luft zu holen, geht mir durch den Kopf, dass Luke vielleicht gar nicht so begeistert davon wäre, dass ich seine heimlichen Neurosen mit seiner Mutter bespreche.

Na ja, jetzt ist es zu spät. Und überhaupt, irgendjemand muss Elinor ja mal die Meinung sagen.

»Er hatte eine glückliche Kindheit«, sagt sie und glotzt steif aus dem Fenster. Wir bleiben an einer roten Ampel stehen, und in Elinors Sonnenbrillengläsern spiegeln sich die Passanten.

»Aber er hat dich geliebt. Er wollte *dich*. Seine Mutter. Und zu wissen, dass du zwar da warst, ihn aber einfach nicht sehen wolltest –«

»Er ist sauer auf mich.«

»Natürlich ist er sauer! Du hast ihn einfach verlassen und bist quietschvergnügt und glücklich nach Amerika abgezischt, und es war dir total egal, was aus ihm wurde ...«

»Glücklich.« Elinor sieht mich an. »Glaubst du, dass ich glücklich bin, Rebecca?«

Ich stocke. Mit einem Anflug von Reue stelle ich fest, dass ich eigentlich noch nie einen Gedanken daran verschwendet habe, ob Elinor glücklich ist. Ich habe nur immer wieder gedacht, was für eine blöde Kuh sie ist.

»Ich … weiß es nicht«, sage ich schließlich.

»Ich habe damals eine Entscheidung getroffen. Und ich habe mich daran gehalten. Das heißt nicht, dass ich sie nicht bereue.«

Sie nimmt die Sonnenbrille ab, und ich habe Mühe, mein Entsetzen über ihren Anblick zu verbergen. Ihre Haut zieht sich straffer denn je über ihr Gesicht, und rund um die Augen hat sie leichte Blutergüsse. Sie hat sich zwar gerade erst liften lassen, aber ich finde, sie sieht älter aus als vorher. Und irgendwie verletzlicher.

»Ich habe Luke damals erkannt«, sagt sie leise.

»Und warum bist du dann nicht auf ihn zugegangen?« Sie schweigt – dann sagt sie, fast ohne die Lippen zu bewegen: »Ich hatte Angst.«

»Angst?«, wiederhole ich ungläubig. Ich kann mir nicht vorstellen, dass Elinor jemals vor irgendetwas Angst haben könnte.

»Sein Kind aufzugeben ist ein enormer Schritt. Sein Kind wieder aufzunehmen ist … nicht minder schwer. Vor allem nach so langer Zeit. Ich war auf diesen Schritt nicht vorbereitet. Ich war nicht darauf vorbereitet, ihn zu sehen.«

»Aber wolltest du denn gar nicht mit ihm reden? Wolltest du ihn denn gar nicht … kennenlernen?«

»Vielleicht. Kann sein.«

Direkt unter ihrem linken Auge zittert ein Muskel. Ob das wohl irgendein Gefühlsausdruck ist?

»Es gibt Menschen, denen es leichtfällt, sich neuen Erfahrungen auszusetzen. Anderen fällt das nicht leicht.

Andere haben Angst davor. Es mag dir schwerfallen, das zu verstehen, Rebecca. Ich weiß, dass du ein impulsiver, warmherziger Mensch bist. Das ist nur einer der vielen Wesenszüge, die ich an dir bewundere.«

»Ja, klar«, sage ich spöttisch.

»Was willst du damit sagen?«

»Ach, komm schon, Elinor.« Ich verdrehe die Augen. »Hören wir doch auf mit diesen Spielchen. Du magst mich nicht. Du hast mich noch nie gemocht.«

»Wie kommst du darauf, dass ich dich nicht mag?« Das kann doch nicht ihr Ernst sein.

»Deine Türsteher verwehren mir den Eintritt zu meiner eigenen Verlobungsfeier ... Du willst mir einen vorehelichen Vertrag unterjubeln ... du bist noch *nie* nett zu mir gewesen ...«

»Der Zwischenfall bei der Verlobungsparty tut mir leid. Da haben die Organisatoren einen Fehler gemacht.« Sie runzelt ein wenig die Stirn. »Aber ich habe bis heute nicht verstanden, was du gegen einen vorehelichen Vertrag hast. Heutzutage sollte niemand mehr ohne heiraten.« Sie sieht aus dem Fenster. »Wir sind da.«

Der Wagen hält, der Fahrer steigt aus und öffnet Elinor die Tür. Sie sieht mich an.

»Ich mag dich aber, Rebecca. Sehr sogar.« Als sie aussteigt, fällt ihr Blick auf meinen Fuß. »Dein Schuh ist da abgewetzt. Das sieht schäbig aus.«

»Siehst du?«, rufe ich verzweifelt. »Verstehst du jetzt, was ich meine?«

»Was?« Sie sieht mich völlig ahnungslos an. Ach, ich geb's auf.

Die Vormittagssonne scheint hell in Elinors Wohnung, in der es totenstill ist. Zuerst denke ich, sie hat sich geirrt und Luke ist gar nicht da – aber als wir ins Wohnzimmer kommen, sehe ich ihn. Er steht am Panoramafenster und sieht mit gefurchter Stirn hinaus.

»Alles in Ordnung, Luke?«, frage ich vorsichtig, und er wirbelt erschrocken herum.

»Becky. Was machst du denn hier?«

»Ich habe … deine Mutter zufällig bei Tiffany's getroffen. Wo warst du denn den ganzen Vormittag?«

»Hier und da«, sagt Luke. »Habe nachgedacht.«

Ich sehe zu Elinor. Sie starrt Luke mit undurchdringlicher Miene an.

»Na ja, aber ich gehe dann jetzt wohl besser, oder?«, frage ich verlegen. »Wenn ihr beiden reden wollt …«

»Nein«, sagt Luke. »Bleib hier. Es dauert nicht lange.«

Ich setze mich auf die Armlehne eines Sessels und wünsche mir, ich könnte in dem Möbel verschwinden. Mir hat die Atmosphäre in dieser Wohnung noch nie gefallen – aber jetzt könnte man sogar meinen, man sei in Orwells Raum 101 oder so.

»Ich habe deine Nachrichten erhalten«, sagt Elinor. »Und deinen Brief, der nicht sehr viel Sinn ergeben hat.« Mit zackigen Bewegungen zieht sie ihre Handschuhe aus und legt sie auf einen Beistelltisch. »Ich habe keine Ahnung, was du mir eigentlich vorwirfst.«

»Ich bin nicht hier, um dir irgendetwas vorzuwerfen«, sagt Luke, der sich sichtlich anstrengen muss, ruhig zu bleiben.

»Ich wollte dir nur mitteilen, dass mir einige Dinge klar geworden sind. So zum Beispiel, dass ich mich über die Jahre irgendwie … habe täuschen lassen. Du wolltest mich nie wirklich bei dir haben, stimmt's? Trotzdem hast du mich das glauben lassen.«

»Sei nicht albern, Luke«, sagt Elinor nach einer Pause. »Die Situation war viel komplizierter, als du dir vorstellen kannst.«

»Du hast meine … Schwächen ausgenutzt. Du hast mich benutzt. Und meine Firma. Du hast mich behandelt wie ein …« Er bricht ab, atmet schwer und bemüht sich, ruhig zu bleiben. »Das Traurige an der ganzen Sache ist, dass ich nach New York gekommen bin, um mehr Zeit mit dir verbringen zu können. Ich wollte dir so nahe sein wie Becky ihrer eigenen Mutter.«

Er macht eine Geste in meine Richtung, und ich sehe erschrocken auf. Halt mich bloß da raus!

»Was für eine Zeitverschwendung.« Seine Stimme wird härter. »Ich glaube, du wärst zu einer solchen Beziehung nicht einmal fähig.«

»Das reicht!«, sagt Elinor. »Ich kann nicht mit dir reden, solange du in dieser Verfassung bist, Luke!«

Sie und Luke funkeln einander an, und ich sehe zum ersten Mal, wie ähnlich sich die beiden eigentlich sind. Sie bekommen beide diesen leeren, unheimlichen Gesichtsausdruck, wenn nicht alles nach Plan läuft. Sie stellen beide unerreichbar hohe Ansprüche an sich selbst. Und sie sind beide viel verletzlicher, als sie zugeben wollen.

»Du brauchst überhaupt nicht mit mir zu reden«, sagt Luke. »Ich gehe nämlich. Und du wirst Becky und mich nicht mehr wiedersehen.«

Ich reiße den Kopf hoch. Meint er das ernst?

»Was redest du denn für einen Unsinn?«, sagt Elinor.

»Ich habe den Treuhändern der Elinor Sherman Foundation ein Rücktrittsschreiben zukommen lassen. Es wird also in Zukunft keine Veranlassung mehr dazu geben, dass unsere Wege sich noch einmal kreuzen.«

»Du vergisst die Hochzeit«, stellt Elinor knapp fest.

»Nein, tue ich nicht. Die Hochzeit vergesse ich ganz und gar nicht.« Luke holt tief Luft und sieht mich an. »Becky und ich werden uns ab sofort um alternative Festlichkeiten zu unserer Hochzeit kümmern. Selbstverständlich werde ich sämtliche Ausgaben, die du bisher gehabt haben magst, decken.«

W –

Was hat er gesagt? Wie vom Donner gerührt sehe ich Luke an.

Hat er gerade wirklich gesagt, was ich – Hat er gerade wirklich …

Habe ich Halluzinationen?

»Luke«, sage ich und versuche, ruhig und beherrscht zu bleiben. »Habe ich das jetzt richtig verstanden … Willst du damit sagen, dass du die Hochzeit im Plaza absagen willst?«

»Ich weiß, dass ich das noch nicht mit dir besprochen habe, Becky.« Luke kommt auf mich zu und nimmt meine Hände. »Ich weiß, dass du diese Hochzeit bereits seit Monaten planst. Und dass es sehr viel verlangt ist, dich zu bitten, das alles aufzugeben. Aber unter den gegebenen Umständen kann ich da einfach nicht mitmachen.«

»Du willst die Hochzeit absagen.« Ich schlucke. »Du weißt, dass du dann eine Strafe zahlen musst?«

»Ist mir egal.«

»Das ist dir … egal?« Es ist ihm egal.

Ich weiß nicht, ob ich lachen oder weinen soll.

»Nein, das meinte ich doch nicht!«, sagt Luke, als er mein Gesicht sieht. »Natürlich ist es mir nicht egal! Ich meine, wir beide, das ist mir nicht egal. Aber in aller Öffentlichkeit da vorne zu stehen und so zu tun, als wenn ich der liebende Sohn wäre …« Er wirft einen Blick auf Elinor. »Das wäre eine Farce. Das würde die ganze Sache entwürdigen. Kannst du das verstehen?«

»Luke … natürlich verstehe ich das.« Hoffentlich hört man mir meinen Jubel nicht zu sehr an. »Wenn du die Sache absagen willst, kannst du natürlich auf mich zählen.«

Ich fasse es nicht. Ich bin gerettet. Ich bin gerettet!

»Und das meinst du wirklich ernst?« Luke staunt mich an.

»Natürlich meine ich das ernst! Wenn du die Hochzeit absagen willst, werde ich ganz bestimmt keinen Streit vom Zaun brechen. Wenn du mich fragst … Komm, wir sagen sofort alles ab!«

»Du bist ein Goldstück, Becky Bloomwood.« Lukes Stimme ist auf einmal ganz belegt. »Dass du ohne zu zögern mitziehst …«

»Wenn es das ist, was du willst, Luke«, entgegne ich schlicht. »Das ist alles, was für mich zählt.«

Ein Wunder!

Eine andere Erklärung gibt es dafür nicht.

Endlich! Endlich hat Gott meine Gebete mal erhört!

Also, entweder Er oder die Göttin Ganesh.

»Das kannst du nicht machen.« Zum ersten Mal kann man so etwas wie eine Gefühlsregung aus Elinors

Stimme hören. »Du kannst nicht einfach die Hochzeit absagen, die ich für euch organisiert habe. Die ich euch finanziert habe.«

»Und ob ich das kann.«

»Das ist ein wichtiges gesellschaftliches Ereignis! Mit vierhundert Gästen! Wichtige Persönlichkeiten. Freunde von mir, von der Stiftung –«

»Tja, dann wirst du mich eben entschuldigen müssen.«

Elinor geht ein paar Schritte auf ihn zu, und zu meiner Überraschung sehe ich, dass sie vor Zorn zittert.

»Wenn du das tust, Luke, verspreche ich dir, dass wir nie wieder miteinander reden werden.«

»Kein Problem. Komm, Becky.« Er zieht an meiner Hand, und ich folge ihm, wobei ich leicht über den Teppich stolpere. Ich sehe noch, wie Elinor tatsächlich mal eine Miene verzieht, und bin selbst erstaunt, dass ich plötzlich ein bisschen Mitleid mit ihr habe. Doch als wir gemeinsam aus der Wohnung marschieren, schlage ich mir diese Mitleidschose aus dem Kopf. Elinor war schließlich ganz schön gemein zu mir und meinen Eltern. Sie hat das alles verdient.

Schweigend gehen wir hinunter. Luke winkt ein Taxi heran und sagt dem Fahrer, wo wir hinwollen.

Nach etwa drei Blocks sehen wir einander an. Luke ist blass und zittert ein wenig.

»Ich weiß nicht, was ich sagen soll«, sagt er. »Ich kann nicht glauben, dass du das für mich getan hast.«

»Du warst toll«, versichere ich ihm. »Das war lange überfällig.«

Er dreht sich auf dem Sitz zu mir um und sieht mich sehr ernst an.

»Becky, das mit der Hochzeit tut mir wahnsinnig leid. Ich weiß doch, wie sehr du dich darauf gefreut hast. Ich werde das wiedergutmachen. Versprochen. Du musst mir nur sagen, wie.«

Mein Gehirn arbeitet auf Hochtouren, während ich Luke ansehe. Okay. Ich muss den nächsten Zug jetzt sehr vorsichtig planen. Wenn ich eine falsche Bewegung mache, könnte immer noch alles in eine Katastrophe münden.

»Aber … du willst schon immer noch heiraten? Also, so prinzipiell?«

»Ja, natürlich!« Luke sieht mich entsetzt an. »Ich liebe dich, Becky. Mehr denn je. Ich glaube, ich habe dich noch nie so sehr geliebt wie eben da oben bei meiner Mutter. Als du ohne auch nur eine Sekunde zu zögern dieses enorme Opfer für mich gebracht hast.«

»Welches O–? Ach, die Hochzeit! Ja.« Zusammenreißen, Becky! »Ja, also. Das war natürlich schon ein *ziemlich* großes Opfer. Und äh … wo wir schon von … Hochzeiten sprechen …«

Ich bringe es kaum über mich, es zu sagen. Mir ist, als würde ich versuchen, die letzte Karte ganz oben auf ein Kartenhaus zu legen. Ich darf nichts falsch machen.

»Und was würdest du davon halten, in … Oxshott zu heiraten?«

»Oxshott. Hervorragend.« Luke schließt die Augen und lehnt sich in seinem Sitz zurück. Er sieht erschöpft aus.

Ich bin wie betäubt. Ich kann es noch gar nicht glauben.

Es hat sich alles eingerenkt. Das Wunder ist geschehen.

Während wir über die Fifth Avenue fahren, sehe ich aus dem Fenster und nehme plötzlich die Welt da draußen wieder wahr. Erst jetzt fällt mir auf, dass inzwischen Sommer ist. Dass heute ein wunderschöner Tag ist. Dass bei Saks ein Schaufenster neu dekoriert ist, mit Bademoden. Lauter Kleinigkeiten, die ich in letzter Zeit gar nicht mehr gesehen, geschweige denn wertgeschätzt habe, weil ich so gestresst war.

Mir ist, als wäre ich die ganze Zeit mit einer schweren Last auf dem Rücken herumgelaufen und hätte darüber ganz vergessen, wie es ist, aufrecht zu gehen. Doch jetzt endlich ist diese Last von mir abgefallen und ich kann mich ganz vorsichtig strecken und mich wieder freuen. Die Zeit im Tal der Albträume ist vorbei. Endlich kann ich wieder ruhig schlafen.

ACHTZEHN

Tu ich aber nicht.

Ich schlafe nämlich überhaupt nicht.

Luke ist schon längst weggeratzt, und ich liege da, starre an die Decke und fühle mich nicht ganz wohl in meiner Haut. Irgendetwas stimmt hier nicht. Ich bin mir nur nicht ganz sicher, was.

Oberflächlich betrachtet ist ja jetzt alles wieder in Butter. Elinor ist endgültig aus Lukes Leben verschwunden. Wir können zu Hause heiraten. Ich muss mir keine Sorgen wegen Robyn machen. Ich muss mir überhaupt keine Sorgen machen. Als wäre eine riesengroße Bowlingkugel in mein Leben gerollt und hätte alle schlechten Kegel mit einem Mal umgeworfen und nur die guten stehen lassen. Wir haben zur Feier des Tages ganz toll zu Abend gegessen und eine Flasche Sekt geköpft. Wir haben auf Lukes neues Leben angestoßen, auf die Hochzeit, auf uns. Dann haben wir darüber gesprochen, wo wir die Flitterwochen verbringen sollen, und ich habe mich sehr für Bali stark gemacht und Luke für Moskau, und dann haben wir uns lachend, fast hysterisch »gestritten« – so, wie man sich eben streitet, wenn man völlig high ist vor lauter Erleichterung und Freude. Es war ein wunderschöner, glücklicher Abend. Ich könnte rundherum zufrieden sein.

Aber jetzt, wo ich im Bett liege und zur Ruhe komme, nagen verschiedene Dinge an mir. Wie Luke heute Abend aussah. Fast schon *zu* freudig-erregt. Seine Augen glänzten fast schon *zu* sehr. Wie wir pausenlos gelacht haben, das hatte schon etwas Manisches. Als hätten wir Angst davor, wieder aufzuhören.

Aber auch wie Elinor aussah, als wir gingen. Das Gespräch, das ich vor vielen Monaten mit Annabel führte.

Ich müsste doch eigentlich triumphieren. Ich müsste Genugtuung empfinden. Tue ich aber nicht. Ich habe das Gefühl, dass die Situation nicht optimal ist.

Gegen drei Uhr morgens stehe ich auf, gehe ins Wohnzimmer und rufe Suze an.

»Hi, Bex!«, begrüßt sie mich überrascht. »Wie spät ist es denn bei euch?« Im Hintergrund höre ich das englische Frühstücksfernsehen und einen glucksenden Ernie. »Bex, es tut mir leid, dass ich dich gestern so hart angegangen habe. Ich habe ein ganz schlechtes Gewissen deswegen –«

»Schon okay. Im Ernst, ist schon vergessen.« Ich kauere mich auf den Fußboden und ziehe den Morgenmantel ganz eng um mich. »Hör zu, Suze, Luke hat einen Riesenkrach mit seiner Mutter gehabt. Er will die Hochzeit im Plaza absagen. Wir können jetzt doch in Oxshott heiraten.«

»*Was?*«, kreischt Suze. »Oh, mein Gott! Das ist ja unglaublich! Super! Ich hatte mir schon solche Sorgen gemacht, Bex! Ich wusste wirklich nicht, was du tun würdest. Dann bist du jetzt doch bestimmt total aus dem Häuschen! Du bist doch bestimmt –«

»Ja, ja. Mehr oder weniger.«

Suze kriegt sich ziemlich schnell wieder ein.

»Was meinst du denn mit mehr oder weniger?«

»Ich weiß, dass jetzt alles klappt. Ich weiß, dass das alles super ist.« Ich wickele mir den Gürtel meines Morgenmantels um den Finger. »Aber irgendwie … ist das kein super Gefühl.«

»Was meinst du?« Ich höre, dass Suze den Fernseher leiser dreht. »Was ist los, Bex?«

»Ich fühle mich scheiße«, sprudelt es aus mir hervor. »Ich fühle mich, als … hätte ich gewonnen und doch nicht gewonnen. Ich meine, ja, jetzt habe ich, was ich wollte. Luke hat sich mit Elinor zerstritten, er wird die Hochzeitsplanerin auszahlen, wir können in England heiraten … Einerseits ist das echt toll. Aber andererseits –«

»Was heißt hier andererseits?«, sagt Suze. »Es gibt kein andererseits!«

»Doch. Zumindest … glaube ich, dass es das gibt.« Gedankenverloren nage ich an meinem Daumennagel. »Suze, ich mache mir Sorgen um Luke. Er hat seine Mutter wirklich übel angegriffen. Und jetzt sagt er, dass er nie wieder mit ihr reden wird …«

»Ja, und? Ist das nicht gut?«

»Ich weiß nicht. Findest du?« Ich betrachte eine Zeit lang unsere Fußleisten. »Im Moment ist er total euphorisch. Aber was, wenn er irgendwann ein schlechtes Gewissen bekommt? Was, wenn ihn das in Zukunft genau so kaputtmacht? Annabel, seine Stiefmutter, hat mal zu mir gesagt, wenn ich versuche, Elinor aus Lukes Leben zu schneiden, dann verletze ich auch ihn.«

»Aber du hast sie doch gar nicht aus seinem Leben geschnitten«, stellt Suze fest. »Das hat er selbst getan.«

»Na ja, und vielleicht hat er sich damit selbst verletzt. Vielleicht ist das wie … wenn er sich seinen Arm abgehackt hätte oder so.«

»Iiih, wie eklig!«

»Und jetzt hat er eine riesengroße unsichtbare Wunde, und die fängt an zu eitern, und eines Tages platzt das alles wieder auf …«

»Bex! Hör jetzt auf! Ich frühstücke noch!«

»Gut, tut mir leid. Aber ich mache mir halt Sorgen um ihn. Es geht ihm nicht gut. Und außerdem …« Ich schließe die Augen, weil ich es selbst kaum glauben kann, dass ich das jetzt sagen werde. »… habe ich meine Meinung über Elinor etwas geändert.«

»Du hast *was?*«, kreischt Suze. »Bex, bitte sag nicht solche Sachen! Jetzt hätte ich vor Schreck beinahe Ernie fallen lassen!«

»Nicht, dass ich sie *mag* oder so«, beeile ich mich zu sagen.

»Aber wir haben uns ziemlich lange unterhalten. Und jetzt glaube ich, dass sie Luke vielleicht doch liebt. Auf ihre ganz eigene, seltsame Schneeköniginnen-Weise.«

»Aber sie hat ihn verlassen!«

»Ich weiß. Aber sie bereut es.«

»Ja, und? Das sollte sie verdammt noch mal auch!«

»Suze. Ich finde halt nur … vielleicht hat sie noch eine Chance verdient.« Ich betrachte meine langsam blau anlaufende Fingerspitze. »Ich meine … jetzt nimm doch mal mich. Ich habe schon so viel Mist gebaut. Ohne nachzudenken. Habe Leute enttäuscht. Und die haben mir immer wieder eine Chance gegeben.«

»Bex, du willst dich doch wohl nicht mit dieser Kotzkuh von Elinor vergleichen! Du würdest doch niemals dein Kind im Stich lassen!«

»Ich sage doch gar nicht, dass ich mich mit ihr vergleiche! Ich sage nur…« Ich verstumme und wickele den Morgenmantelgürtel wieder von meinem Finger.

Ich weiß auch nicht recht, was ich eigentlich sage. Und ich glaube nicht, dass Suze jemals verstehen würde, was ich eigentlich meine. Sie hat in ihrem ganzen Leben noch keinen einzigen Fehler gemacht. Bei ihr ist immer alles wie geschmiert gelaufen, sie hat nie jemanden vor den Kopf gestoßen, sie ist noch nie in Schwierigkeiten gewesen. Im Gegensatz zu mir. Ich weiß, wie das ist, sich blöd – oder gar saublöd – verhalten zu haben und sich dann nichts sehnlicher zu wünschen, als dass man es rückgängig machen könnte.

»Und was soll das alles jetzt heißen? Warum bist du –« Ich höre Suze die Bestürzung an. »Moment mal. Bex, damit willst du mir doch wohl nicht etwa sagen, dass du jetzt doch in New York heiratest, oder?«

»So einfach ist das nicht«, sage ich nach einer Weile.

»Bex… Ich bringe dich um. Im Ernst. Wenn du mir jetzt sagst, dass du in New York heiraten willst –«

»Suze, ich *will nicht* in NewYork heiraten! Natürlich nicht! Aber wenn wir die Hochzeit jetzt abblasen… dann war's das. Dann wird Elinor nie wieder ein Wort mit uns sprechen. Nie wieder.«

»Das glaube ich nicht. Das glaube ich einfach nicht! Willst du jetzt wirklich wieder alles verbocken?«

»Suze –«

»Jetzt, wo endlich alles in Ordnung ist! Ausgerechnet jetzt, wo du endlich, *endlich* mal nicht im dicksten

Schlamassel steckst und ich mich eigentlich entspannen könnte …«

»Suze –«

»Becky?«

Verdutzt sehe ich auf. Luke steht in Boxershorts und T-Shirt in der Tür und sieht mich verwirrt an.

»Alles in Ordnung?«, fragt er.

»Alles klar«, sage ich und lege die Hand über den Hörer.

»Ich quatsche bloß ein bisschen mit Suze. Geh ruhig wieder ins Bett. Dauert nicht mehr lange.«

Ich warte, bis er weg ist und rutsche dann etwas näher an die inzwischen nur noch lauwarme Heizung.

»Also, Suze, jetzt hör mir mal zu«, sage ich. »Hör mir zu und lass mich ausreden. Ich werde gar nichts verbocken. Ich habe lange nachgedacht, und mir ist da etwas ziemlich Geniales eingefallen …«

Am nächsten Morgen um neun Uhr stehe ich vor Elinors Wohnungstür. Ich habe mich mit Bedacht gekleidet und trage einen Leinenblazer in bestem UNO-Gesandten-Stil zu einem Paar schlichter Schuhe mit abgerundeter Spitze. Ich glaube allerdings nicht, dass Elinor die Mühe, die ich mir gegeben habe, überhaupt auffallen wird. Als sie aufmacht, sieht sie noch blasser aus als sonst, und ihr Blick gleicht Dolchstichen.

»Rebecca«, sagt sie hölzern.

»Elinor«, entgegne ich genauso hölzern. Dann fällt mir wieder ein, dass ich in einer versöhnlichen Mission hergekommen bin. »Elinor«, sage ich darum noch einmal und versuche dabei, einen warmen Ton anzuschlagen. »Ich möchte mit dir reden.«

»Du möchtest dich entschuldigen«, sagt sie, als sie mir voran den Flur entlanggeht.

Mann, was für eine Kuh! Was soll ich denn verbrochen haben? Gar nichts! Einen Moment lang überlege ich mir, auf dem Absatz kehrtzumachen und wieder zu gehen. Aber ich habe beschlossen, das hier durchzuziehen.

»Eigentlich nicht«, sage ich. »Ich möchte reden. Über dich. Und Luke.«

»Er bereut seine voreiligen Handlungen.«

»Nein.«

»Er möchte sich bei mir entschuldigen.«

»Nein! Ganz und gar nicht! Er ist verletzt und wütend und will dich nie wiedersehen!«

»Und warum bist du dann hier?«

»Weil ... ich glaube, dass es für alle Beteiligten besser wäre, wenn ihr euch wieder vertragt. Oder zumindest wieder miteinander reden würdet.«

»Ich habe Luke nichts zu sagen«, erwidert Elinor. »Und ich habe dir nichts zu sagen. Wie Luke gestern so treffend bemerkte, unsere Beziehung ist beendet.«

Mein *Gott*, sind die sich ähnlich!

»Hast du ... Robyn denn schon Bescheid gesagt, dass die Hochzeit nicht stattfindet?« Das ist meine größte Befürchtung, und ich halte vor Anspannung die Luft an.

»Nein. Ich wollte Luke eine Chance geben, noch einmal darüber nachzudenken. Aber das war wohl ein Fehler.«

Ich atme tief durch.

»Ich werde Luke dazu bringen, doch noch im Plaza zu heiraten. Wenn du dich bei ihm entschuldigst.«

Meine Stimme ist ein bisschen wackelig. Ich kann selber kaum glauben, was ich da tue.

»Wie bitte?« Elinor dreht sich zu mir um und starrt mich an.

»Du entschuldigst dich bei Luke und sagst ihm … na ja, dass du ihn liebst eben. Und ich werde ihn davon überzeugen, im Plaza zu heiraten. Dann bekommst du deine große, schicke Hochzeit für alle deine Freunde. Wäre das nicht ein guter Deal?«

»Du willst … mit mir *verhandeln*?«

»Äh … ja.« Ich sehe ihr direkt ins Gesicht und balle beide Hände zu Fäusten. »Offen gestanden bin ich aus purem Egoismus hier, Elinor. Sein ganzes Leben hat Luke wegen dir einen Komplex gehabt. Jetzt hat er beschlossen, dass er dich nie wiedersehen will. Ist ja alles schön und gut – aber ich fürchte, dass damit dann immer noch nicht Schluss wäre. Ich fürchte, dass er in zwei Jahren auf einmal meint, nach New York zurückkommen zu müssen und herauszufinden, ob du wirklich so schrecklich bist, wie er glaubt. Und dann fängt die ganze Chose wieder von vorn an.«

»Das ist ja grotesk. Wie kannst du es wagen –«

»Du willst diese Hochzeit, Elinor. Das weiß ich. Du brauchst nur nett zu deinem Sohn zu sein, und du bekommst diese Hochzeit. Mein Gott, ist das denn so viel verlangt?«

Schweigen. Elinors Augen verengen sich so weit zu Schlitzen, wie das seit dem letzten schönheitschirurgischen Eingriff eben möglich ist.

»Du willst diese Hochzeit doch auch, Rebecca. Tu doch nicht so, als würde es sich um ein rein altruistisches Angebot handeln. Du warst gestern Abend genauso enttäuscht wie ich. Gib's doch zu. Du bist hier, weil du im Plaza heiraten möchtest.«

»Du glaubst, das ist der Grund dafür, dass ich hier bin?« Ungläubig sehe ich sie an. »Weil ich sauer bin, dass Luke die Hochzeit im Plaza absagen will?«

Ich bin kurz davor, völlig hysterisch loszuprusten. Ich bin kurz davor, ihr die ganze Wahrheit zu erzählen. Von Anfang an.

»Glaube mir, Elinor«, sage ich schließlich. »Das ist nicht der Grund dafür, dass ich hier bin. Ich kann ohne die Hochzeit im Plaza leben. Ja, stimmt, ich habe mich darauf gefreut und fand das alles wahnsinnig aufregend. Aber wenn Luke das nicht möchte … kein Problem. Ich kann ohne weiteres auf die Hochzeit im Plaza verzichten. Die Gäste sind nicht meine Freunde. New York ist nicht meine Heimat. Mir ist das wirklich herzlich egal.«

Erneutes Schweigen. Elinor geht zu einem auf Hochglanz polierten Beistelltisch, von dem sie sich zu meiner grenzenlosen Verblüffung eine Zigarette nimmt, die sie sogleich anzündet. Wer hätte das gedacht!

»Ich kann Luke überreden«, sage ich und beobachte sie dabei, wie sie die Zigarettenschachtel wieder weglegt. »Du nicht.«

»Du bist … ungeheuerlich«, sagt sie. »Du treibst Schacher mit deiner eigenen Hochzeit?«

»Richtig. Heißt das Ja?«

Ich habe gewonnen. Ich sehe es ihr an. Sie hat sich schon entschieden.

»Hier steht, was du sagen musst.« Ich hole ein Blatt Papier aus der Tasche. »Das sind die Sachen, die Luke gerne hören möchte. Du musst ihm sagen, dass du ihn liebst, dass du ihn vermisst hast, als er noch klein war, dass du fest daran geglaubt hast, dass er es in England besser haben würde, dass du ihn nur deshalb nicht sehen wolltest, weil du Angst hattest, ihn zu enttäuschen …« Ich reiche Elinor den Zettel. »Ich weiß, dass das alles nicht im Entferntesten natürlich klingen wird. Darum fängst du am besten genau damit an und sagst: ›Was ich dir jetzt sagen werde, kommt mir nicht leicht über die Lippen.‹«

Elinor glotzt meine Notizen ausdruckslos an. Sie atmet schwer, und einen Moment lang glaube ich, sie wird mir den Zettel um die Ohren hauen. Doch dann faltet sie ihn sorgfältig zusammen und legt ihn auf den Beistelltisch.

Ich kapiere einfach nicht, wie Elinor tickt. Mal denke ich, dass sie tief in sich drinnen eine große Liebe mit sich herumträgt – und im nächsten Augenblick finde ich, sie ist eine kaltherzige blöde Kuh. Mal habe ich das Gefühl, dass sie mich abgrundtief hasst. Dann wiederum denke ich, vielleicht hat sie einfach keine Ahnung, wie sie mit ihrer Art bei den Menschen ankommt. Vielleicht glaubt sie wirklich allen Ernstes, dass sie freundlich ist.

Ich meine, wenn ihr noch nie jemand ins Gesicht *gesagt* hat, was für eine widerliche Art sie an sich hat … woher soll sie es dann wissen?

»Was willst du damit sagen, dass Luke in zwei Jahren vielleicht nach New York zurückkommen will?«, fragt sie reichlich unterkühlt. »Habt ihr vor, von hier wegzuziehen?«

»Wir haben noch nicht darüber geredet«, antworte ich nach einer kurzen Denkpause. »Aber ja. Ich glaube schon. New York war wirklich eine tolle Erfahrung, aber ich glaube nicht, dass es die Stadt unserer Zukunft ist. Luke ist ausgebrannt. Er muss mal woanders hin.«

Er muss von dir wegkommen, füge ich in Gedanken hinzu.

»Verstehe.« Elinor zieht an ihrer Zigarette. »Es ist dir aber nicht entgangen, dass ich ein Gespräch mit dem Verwaltungsvorstand dieses Gebäudes arrangiert hatte? Was gar nicht so einfach war.«

»Ja, ich weiß. Das hat Luke mir erzählt. Aber ehrlich gesagt, Elinor, wir wären ohnehin nie hier eingezogen.«

Wieder geht ein leichtes Zucken über ihr Gesicht, das mir verrät, dass sie irgendwelche Gefühle unterdrückt. Aber was für Gefühle? Ist sie sauer auf mich, weil ich so undankbar bin? Ist sie enttäuscht, weil Luke nun doch nicht mit ihr unter einem Dach leben wird? Ein Teil von mir ist entsetzlich neugierig und würde am liebsten an ihrer Fassade herumpulen, sich dahinter umsehen und etwas mehr über diese Elinor herausfinden.

Aber ein anderer, vernünftigerer Teil von mir sagt: Vergiss es, Becky. Vergiss es einfach.

Doch auf meinem Weg zur Wohnungstür kann ich es mir nicht verkneifen, mich noch einmal umzudrehen. »Weißt du, Elinor, es gibt da diese Theorie, dass in jedem dicken Menschen im Grunde ein dünner Mensch steckt, der verzweifelt versucht, da herauszukommen. Und ... je länger ich über dich nachdenke, desto sicherer bin ich mir, dass in dir – möglicherweise – ein richtig netter Mensch steckt. Aber solange du weiter gemein zu den Menschen um dich herum bist und ihnen sagst, ihre Schuhe seien schäbig, wird niemand jemals dahinterkommen.«

So. Jetzt bringt sie mich wahrscheinlich um. Schnell raus hier. Ich bemühe mich, nicht so auszusehen, als wenn ich rennen würde, als ich zur Wohnungstür hinauseile. Ich schließe die Tür hinter mir und lehne mich mit heftig klopfendem Herzen dagegen.

Okay. So weit, so gut. Und jetzt ist Luke an der Reihe.

»Ich habe wirklich keine Ahnung, warum du unbedingt ins Rockefeller Center willst.« Luke lehnt sich im Taxi zurück und sieht missmutig aus dem Fenster.

»Weil ich noch nie da oben war! Ich möchte gerne mal die Aussicht genießen, okay?«

»Aber warum ausgerechnet jetzt? Warum heute?«

»Warum nicht heute?« Ich sehe auf die Uhr und beobachte dann Luke.

Er tut, als wenn er glücklich wäre. Er tut, als fühle er sich befreit. Alles Quatsch. Er grübelt mehr denn je.

Oberflächlich gesehen, läuft es mittlerweile wieder etwas besser. Wenigstens hat Luke nicht noch mehr Klamotten verschenkt, und heute Morgen hat er sich tatsächlich mal wieder rasiert. Aber er ist immer noch nicht der Alte. Er ist heute nicht arbeiten gegangen. Hat stattdessen drei Schwarz-Weiß-Filme mit Bette Davis geguckt.

Die Ähnlichkeit zwischen Bette Davis und Elinor war mir komischerweise vorher noch nie aufgefallen.

Und Annabel hatte recht, geht mir durch den Kopf, als ich Luke ansehe. Natürlich hatte sie recht. Sie kennt ihren Stiefsohn ja, als wenn er ihr leiblicher Sohn wäre. Und sie weiß, dass Elinor tief in Luke drinsteckt, dass sie ein Teil seiner Persönlichkeit ist. Er kann sie nicht einfach aus sich herausschneiden und ohne sie weitermachen. Er braucht zumindest die Chance einer Wiedergutmachung. Selbst wenn es wehtut.

Ich schließe die Augen und schicke ein Stoßgebet an sämtliche existierenden Götter. Bitte macht, dass das hier hinhaut. Bitte. Danach können wir dann hoffentlich endlich einen Schlussstrich unter das Ganze ziehen und normal weiterleben.

»Rockefeller Center«, sagt der Taxifahrer und hält. Ich lächele Luke an und hoffe, dass er nicht bemerkt, wie nervös ich bin.

Ich habe darüber nachgedacht, an welchem Ort in New York es wohl am unwahrscheinlichsten wäre, Elinor anzutreffen – und da fiel mir der Rainbow Room im Rockefeller Center ein, wo die Touristen ihre Cocktails trinken und die Wahnsinnsaussicht über Manhattan bestaunen. Schweigend stehen wir nebeneinander im Aufzug, als dieser in den vierundsechzigsten Stock fährt. Ich bete, dass sie schon da ist, dass alles funktioniert, dass Luke nicht zu sauer auf mich sein wird …

Wir steigen aus dem Aufzug aus … und da sehe ich sie schon. Sie sitzt in einem dunklen Jackett an einem Tisch am Fenster, ihr Gesicht hebt sich als schwarze Silhouette gegen die Aussicht ab.

Luke erstarrt, als er sie sieht.

»Becky. Was zum Teufel –« Er macht auf dem Absatz kehrt, und ich packe ihn am Arm.

»Luke, bitte. Sie möchte mit dir reden. Komm schon … gib ihr wenigstens eine Chance.«

»Du hast das hier eingefädelt?« Luke wird ganz weiß vor Wut. »Du hast mich absichtlich hierhergeschleppt?«

»Was blieb mir denn anderes übrig? Freiwillig wärst du ja nicht gekommen. Nur fünf Minuten. Hör zu, was sie dir zu sagen hat.«

»Und warum zum Henker sollte ich –«

»Ich glaube wirklich, dass ihr beiden miteinander reden solltet. Luke, du kannst die Sache nicht einfach so auf sich beruhen lassen! Das nagt doch an dir! Und es wird nicht aufhören, an dir zu nagen, bis du mit ihr geredet hast … Komm schon, Luke.« Ich lockere den Griff um seinen Arm und sehe ihn flehentlich an. »Nur fünf Minuten. Mir zuliebe.«

Er muss nachgeben. Wenn er jetzt hinausmarschiert, bin ich tot.

Aus dem Aufzug hinter uns strömt nun eine Gruppe deutscher Touristen auf die Fenster zu, wo sie sich in Begeisterungsstürmen über die Aussicht ergießen.

»Fünf Minuten«, sagt Luke schließlich. »Mehr nicht.« Er geht langsam durch den Raum und setzt sich Elinor gegenüber an den Tisch. Sie sieht kurz zu mir herüber und nickt, woraufhin ich mich mit rasendem Herzen abwende. Bitte mach, dass sie das jetzt nicht verbockt. Bitte.

Ich verlasse den Rainbow Room und gehe in einen leeren Veranstaltungsraum, wo ich mich an das bis zum Boden reichende Fenster stelle und auf die Stadt hinausblicke. Nach einer Weile sehe ich auf die Uhr. Es sind fünf Minuten vergangen, und Luke ist noch nicht hinausgestürmt.

Sie hat ihren Teil der Abmachung eingehalten. Jetzt bin ich dran.

Ich hole mein Handy aus der Tasche. Mir ist schlecht vor Angst. Das wird hart. Das wird wirklich hart. Ich weiß nicht, wie Mum reagieren wird. Ich weiß nicht, was sie sagen wird. Aber ganz gleich, was sie sagen wird, ganz gleich, wie sauer sie werden mag – ich weiß, dass Mum und ich trotzdem Freunde bleiben. Und genau darum geht es. Meine Mutter und ich halten zusammen, ganz gleich, was passiert.

Wogegen das hier heute Lukes einzige Chance sein könnte, sich mit seiner Mutter zu versöhnen.

Das Freizeichen tutet mir ins Ohr, während ich weiter über die von silbrigen Kästen und Türmen gekennzeichnete Skyline von Manhattan blicke. Das Sonnenlicht wird von dem einen Gebäude reflektiert und auf ein anderes Gebäude geworfen, das es wiederum reflektiert, genau wie Luke es gesagt hat. Hin und her. Ohne Ende. Die gelben Taxis sind so weit unten, dass sie wie Matchboxautos aussehen, und die Leute, die unten auf der Straße herumlaufen, sind so klein wie Ameisen. Und da, mitten drin, ist das grüne Rechteck des Central Park. Wie eine Wolldecke fürs Picknick liegt es da. Fehlen nur noch die Kinder, die darauf spielen.

Ich bin wie hypnotisiert von der Aussicht. Habe ich das wirklich ernst gemeint, was ich gestern zu Elinor sagte? Will ich wirklich, dass Luke und ich diese tolle Stadt verlassen?

»Hallo?« Mums Stimme unterbricht mich in meinen Gedanken. Ich reiße den Kopf hoch. Einen Moment lang bin ich wie gelähmt. Ich kann das nicht.

Ich muss aber.

Ich habe keine andere Wahl.

»Hi, Mum«, sage ich schließlich und grabe meine Fingernägel tief in die Handfläche. »Ich bin's … Becky. Mum, ich muss dir etwas sagen. Und ich fürchte, du wirst dich nicht gerade darüber freuen …«

MRS JAMES BRANDON

RIDGE HOUSE
RIDGEWAY
NORTH FULLERTON
DEVON

2. Juni 2002

Liebe Becky!

Dein Anruf hat uns etwas verwirrt. Auch wenn du uns versicherst, dass wir dich ganz bestimmt verstehen werden, wenn du es uns erst erklärt hast, und dass wir dir vertrauen müssen, verstehen wir nicht ganz, was eigentlich vor sich geht.

Wie dem auch sei – James und ich haben uns lange darüber unterhalten und uns die Entscheidung nicht leicht gemacht. Wir sind jedoch zu dem Entschluss gekommen zu tun, was du sagst. Wir haben unsere Flüge nach New York storniert und dem Rest der Familie Bescheid gesagt.

Liebe Becky, wir hoffen wirklich sehr, dass alles so funktioniert, wie du es dir vorstellst.

Viele liebe Grüße von uns – natürlich auch und insbesondere an Luke

Annabel

SECOND UNION BANK
300 WALL STREET
NEW YORK NY 10005

Miss Rebecca Bloomwood
Apt B
251 W 11th Street New York
NY 10014

10. Juni 2002

Sehr geehrte Miss Bloomwood!

Vielen Dank für die an Walt Pitman adressierte Einladung zu Ihrer Hochzeit.

Wir haben die Angelegenheit hier im Hause diskutiert und sind schließlich zu dem Entschluss gekommen, Sie ins Vertrauen zu ziehen. Walt Pitman existiert gar nicht. Es handelt sich bei Walt Pitman lediglich um einen generischen Namen, der alle unsere Mitarbeiter im Bereich der Kundenbetreuung repräsentiert.

Der Name »Walt Pitman« ist das Ergebnis intensiver Zielgruppenforschung und soll einen umgänglichen und zugleich kompetenten Mitarbeiter der Bank suggerieren. Eine Kundenumfrage hat ergeben, dass die Kontinuität der Präsenz von Walt Pitman im Umgang mit den Kunden das Vertrauen in unser Geldinstitut sowie die Kundentreue um 50 % steigern konnte.

Wir wären Ihnen sehr verbunden, wenn Sie diese Information für sich behalten würden. Sollten Sie immer noch wünschen, einen Vertreter der Second Union Bank zu Ihrer Hochzeit einzuladen, würde ich mich freuen, diese Einladung anzunehmen. Ich habe am 5. März Geburtstag und meine Lieblingsfarbe ist Blau.

Mit freundlichen Grüßen
SECOND UNION BANK

Bernard Lieberman
Senior Vice President

NEUNZEHN

Okay. Keine Panik. Es wird schon klappen. Wenn ich nur ganz ruhig bleibe und einen kühlen Kopf bewahre, wird es hinhauen.

»Das klappt doch nie!«, meckert Suze mir ins Ohr.

»Halt die Klappe!«, fahre ich sie unwirsch an.

»Das funktioniert nie im Leben! Ich will dich ja nur warnen.«

»Du sollst mich aber nicht warnen! Du sollst mir Mut machen!« Ich senke die Stimme. »Und solange alle genau das machen, was sie machen sollen, wird es auch klappen. Es muss einfach.«

Ich stehe am Fenster einer Suite im elften Stock des Plaza und starre hinunter auf den Plaza Square. Es ist ein heißer, sonniger Tag. Die Leute da draußen laufen in T-Shirts und Shorts herum und machen ganz normale Sachen, wie Pferdekutschen für eine Rundfahrt durch den Park mieten und Münzen in den Brunnen werfen.

Und hier drinnen, hier oben bin ich, in ein Handtuch gewickelt, mit einer mich zur Unkenntlichkeit verändernden Dornröschen-Frisur, zentimeterdickem Makeup und in den höchsten weißen Satinschuhen, die ich je in meinem Leben gesehen habe. (Christian Louboutin, von Barneys. Da bekomme ich ja Rabatt.)

»Was machst du gerade?«, fragt Suze jetzt.

»Ich gucke aus dem Fenster.«

»Und wozu machst du das?«

»Keine Ahnung.« Ich beobachte eine Frau in Jeansshorts dabei, wie sie sich auf eine Parkbank setzt und eine Dose Cola aufmacht. Sie ahnt überhaupt nicht, dass sie beobachtet wird. »Wahrscheinlich versuche ich, den Kontakt zum normalen Leben nicht zu verlieren.«

»Zum normalen Leben?«, zischt Suze ins Telefon. »Dafür ist es ja wohl ein klein wenig zu spät, Bex!«

»Das ist nicht fair!«

»Wenn die Erde das normale Leben ist – weißt du, wo du dann gerade bist?«

»Öh … auf dem Mond?«

»Du bist fünfzig Millionen Lichtjahre entfernt. Du bist … in einer anderen Galaxie. In einer anderen Zeitrechnung.«

»Na ja, ein bisschen fühle ich mich schon wie in einer anderen Welt«, gebe ich zu und werfe einen Blick auf die luxuriöse Suite hinter mir.

Alles ist so gedämpft und ruhig. Die Luft ist schwanger von allen möglichen Düften, Haarspray und gespannter Erwartung. Überall stehen überbordende Blumendekorationen herum, Obstkörbe, Pralinenteller und Champagnerflaschen in Sektkühlern. An der Frisierkommode plaudern der Friseur und die Visagistin angeregt miteinander, während sie Erin herrichten. Der Pressefotograf legt einen neuen Film ein, sein Assistent guckt Madonna auf MTV, und ein Kellner des Zimmerservice räumt eine weitere Runde leerer Gläser und Tassen ab.

Es ist alles so glamourös und teuer. Und doch erinnert mich dieses ganze Szenario vor allem an eins: an die Vorbereitungen unseres alljährlichen Schultheaterstücks. Damals wurden die Fenster immer mit schwarzem Stoff verhängt, und wir drängelten uns ganz hibbelig vor Aufregung vor einem Spiegel, und von draußen hörten wir bereits die Eltern im Zuschauerraum, aber wir durften nicht hinausgucken, um sie zu sehen …

»Was machst du jetzt?«, fragt Suze nun wieder.

»Ich gucke immer noch aus dem Fenster.«

»Dann hör jetzt endlich auf, aus dem Fenster zu gucken! Du hast nicht mal mehr eineinhalb Stunden!«

»Ganz ruhig bleiben, Suze.«

»Wie soll ich denn bitte ruhig bleiben?«

»Ist doch alles in bester Ordnung. Alles unter Kontrolle.«

»Und du hast keinem was gesagt«, sagt sie jetzt zum dreißigtausendsten Mal. »Nicht einmal Danny.«

»Natürlich nicht! Ich bin doch nicht blöd!« Ich verkrümele mich unauffällig in eine Ecke, wo mich niemand hören kann. »Michael ist der Einzige, der Bescheid weiß. Und Laurel. Sonst niemand.«

»Und keiner hat irgendeinen Verdacht?«

»Nicht den geringsten«, sage ich in dem Moment, in dem Robyn hereinkommt. »Hi, Robyn! Wir reden später weiter, Suze, ja?«

Ich lege auf und lächele Robyn an, die ein knallpinkes Kostüm trägt und mit einem Headset und einem Walkie-Talkie ausgerüstet ist.

»Okay, Becky«, sagt sie in einem sehr ernsten, geschäftsmäßigen Ton. »Teil eins ist abgeschlossen. Teil zwei läuft gerade. Es gibt da allerdings ein Problem.«

»Ach, ja?« Ich schlucke. »Was denn?«

»Von Lukes Familie ist noch niemand da. Sein Vater, seine Stiefmutter, einige Vettern, die auf der Liste standen… Sie hatten mir doch gesagt, dass Sie mit einigen von ihnen gesprochen hatten!«

»Ja, allerdings.« Ich räuspere mich. »Und… sie haben gerade eben erst wieder angerufen. Es gibt da leider Probleme mit dem Flugzeug. Sie haben gesagt, wir sollen ruhig andere Leute auf ihre Plätze setzen.«

»Nein, wirklich?« Robyn macht ein enttäuschtes Gesicht.

»Das ist aber schade! Ich habe noch nie eine Hochzeit gemacht, bei der so viele kurzfristige Änderungen vorgenommen wurden! Eine neue Ehrenbrautjungfer… ein neuer Trauzeuge… ein neuer Zelebrant… Irgendwie ist plötzlich alles anders!«

»Ich weiß«, räume ich entschuldigend ein. »Es tut mir auch wirklich leid. Ich weiß, dass das viel Extraarbeit bedeutet hat. Aber irgendwie war es auf einmal doch völlig selbstverständlich, dass Michael uns trauen soll, und nicht irgendein Geistlicher, den wir gar nicht richtig kennen. Ich meine, wer hat schon einen so guten alten Freund, der obendrein auch noch dazu befugt ist, das zu machen! Und darum musste Luke natürlich einen neuen Trauzeugen finden…«

»Aber dass Sie sich das alles erst drei Wochen vor der Hochzeit überlegt haben! Vater Simon war auch einigermaßen konsterniert, auf einmal abbestellt zu werden. Er hat sich gefragt, ob es mit seinen Haaren zu tun hat.«

»Nein! Natürlich nicht! Es hat überhaupt nichts mit ihm persönlich zu tun, wirklich –«

»Und dann, dass Ihre Eltern plötzlich beide die Masern bekommen. Das ist doch wirklich ein ganz unglaublicher Zufall!«

»Ich weiß!« Ich setze ein bedauerndes Gesicht auf. »Entsetzliches Pech.«

Es knistert aus dem Walkie-Talkie, und Robyn wendet sich ab.

»Ja«, sagt sie. »Wie bitte? Nein! Ich sagte strahlendes *gelbes* Licht! Nicht blaues! Ja, gut, ich komme …« Als sie die Tür erreicht, sieht sie sich noch einmal um.

»Ich muss leider weg, Becky. Was ich noch sagen wollte: Aufgrund der vielen Änderungen ist alles ein bisschen hektisch geworden, und es gibt da ein paar winzige Kleinigkeiten, die wir aus Zeitgründen nicht mehr besprechen konnten. Da habe ich mir dann erlaubt, die Entscheidungen allein zu treffen. Okay?«

»Kein Problem«, sage ich. »Ich verlasse mich ganz auf Sie. Danke, Robyn.«

Kaum ist Robyn draußen, klopft es an der Tür und Christina kommt herein. Sie trägt ein blassgoldenes Kleid von Issey Miyake und sieht umwerfend aus.

»Wie geht es der Braut?«, fragt sie lächelnd und schwenkt das Sektglas. »Nervös?«

»Eigentlich nicht!«, sage ich.

Und das stimmt sogar irgendwie.

Es stimmt sogar total. Ich befinde mich in einem Zustand jenseits der Nervosität. Entweder läuft jetzt alles nach Plan und alles funktioniert – oder es läuft nicht alles nach Plan und die ganze Sache wird ein Desaster. Entweder oder. Viel Einfluss habe ich darauf nicht.

»Ich habe gerade mit Laurel gesprochen«, sagt sie

und trinkt einen Schluck. »Ich wusste ja gar nicht, dass sie mit Ihrer Hochzeit zu tun hat!«

»Ach, hat sie ja eigentlich auch gar nicht«, sage ich. »Sie tut mir nur einen kleinen Gefallen –«

»Das habe ich schon mitbekommen.« Christina beäugt mich über ihren Glasrand hinweg, und ich frage mich, wie viel Laurel ihr wohl verraten hat.

»Hat sie Ihnen gesagt … was genau das für ein Gefallen ist?«, frage ich ungezwungen.

»Sie hat mir gesagt, worum es geht. Becky, wenn Sie das wirklich durchziehen …«, sagt Christina. Sie schüttelt den Kopf. »Wenn Sie das wirklich durchziehen, haben Sie den Nobelpreis für Chuzpe verdient.« Sie prostet mir zu. »Auf Sie. Viel Glück.«

»Danke.«

»Hey, Christina!« Wir drehen uns um und sehen Erin auf uns zukommen. Sie steckt bereits in ihrem bodenlangen violetten Ehrenbrautjungfernkleid. Ihre Haare sind zu einem mittelalterlichen Knoten gebunden, und ihre Augen strahlen vor Aufregung. »Finden Sie dieses Dornröschen-Thema nicht auch cool? Haben Sie schon Beckys Hochzeitskleid gesehen? Ich kann kaum glauben, dass ich die Ehrenbrautjungfer bin! Das war ich noch nie bei irgendjemandem!«

Ich glaube, Erin ist ziemlich aufgeregt wegen ihrer plötzlichen Beförderung. Als ich ihr erzählte, meine beste Freundin Suze könne nicht kommen, und sie fragte, ob sie meine Ehrenbrautjungfer sein wolle, ist sie in Tränen ausgebrochen.

»Nein, ich habe Beckys Kleid noch nicht gesehen«, sagt Christina. »Ich traue mich fast nicht.«

»Es ist total schön!«, protestiere ich. »Kommen Sie her, schauen Sie es sich an.«

Ich führe sie in den riesigen Umkleideraum, wo Dannys Kleid bereithängt.

»Immerhin, alles festgenäht«, stellt Christina lakonisch fest. »Das ist ja schon mal was.«

»Christina«, sage ich. »Das ist etwas ganz anderes als die T-Shirts. Das hier ist mehrere Klassen besser. Gucken Sie doch mal!«

Ich kann kaum glauben, was für ein sagenhaftes Kleid Danny mir gemacht hat. Christina gegenüber würde ich das natürlich nie zugeben, aber eigentlich hatte ich gar nicht fest damit gerechnet, ein Kleid von Danny zu tragen. Wenn ich ganz ehrlich bin – bis vor einer Woche habe ich immer noch Kleider von Vera Wang anprobiert.

Aber dann, eines Abends, klopfte Danny bei uns an. Er strahlte über das ganze Gesicht, zerrte mich nach oben in seine Wohnung, schleifte mich durch den Flur und stieß dann seine Zimmertür auf. Und mir verschlug es die Sprache.

Von weitem sieht es wie ein ganz normales, traditionelles weißes Hochzeitskleid mit enger Korsage, ausladendem Rock und langer Schleppe aus. Aber je näher man es sich besieht, desto mehr faszinierende, einzigartige Details entdeckt man. Weiße Jeansrüschen am Rücken. Die kleinen Falten und Kräusel rund um die Hüfte – Dannys Markenzeichen. Die über die ganze Schleppe verteilten weißen Pailletten, Strasssteine und der Glitzer – als hätte jemand eine Schachtel Bonbons darüber ausgeleert.

So ein Kleid habe ich noch nie gesehen. Es ist ein Kunstwerk.

»Na ja«, sagt Christina. »Ehrlich gesagt, als Sie mir gesagt haben, Sie würden eine Kreation des jungen Danny Kovitz tragen, habe ich mir ein klein wenig Sorgen gemacht. Aber jetzt…« Sie berührt eine winzige Perle. »Ich bin beeindruckt. Das heißt, wenn die Schleppe sich auf dem Weg zum Altar nicht vom Rest des Kleides löst.«

»Das wird sie schon nicht«, versichere ich ihr. »Ich bin ungefähr eine halbe Stunde lang darin in unserer Wohnung herumgelaufen. Und da ist nicht eine Paillette abgefallen!«

»Du wirst fantastisch darin aussehen«, stellt Erin verträumt fest. »Wie eine Prinzessin. Und dann vor der Kulisse…«

»Der Zauberwald ist der Hammer«, sagt Christina. »Ich glaube, da werden so einige Leute ihre Kinnladen vom Boden aufsammeln müssen.«

»Ich hab's noch nicht gesehen«, sage ich. »Robyn wollte nicht, dass ich hineingehe.«

»Ach, das musst du dir einfach ansehen!«, sagt Erin. »Nur einmal schnell linsen. Bevor zu viele Leute drin sind.«

»Ich kann nicht! Was ist, wenn mich jemand sieht?«

»Komm schon«, sagt Erin. »Wickel dir ein Tuch um den Kopf. Dann erkennt dich schon keiner.«

In einer geliehenen Kapuzenjacke schleiche ich mich nach unten. Jedes Mal, wenn jemand kommt, wende ich das Gesicht ab und komme mir wahnsinnig unartig vor. Ich habe die Pläne des Designers gesehen, darum glaube ich einigermaßen zu wissen, was mich erwartet, als ich die Türen zum Terrace Room aufstoße. Etwas Spektakuläres. Etwas Theatralisches.

Doch nichts hätte mich auf das hier vorbereiten können. Es ist, als würde ich ein anderes Land betreten.

Ich stehe in einem silbernen, funkelnden Zauberwald. Hoch über mir biegen sich die Äste und Zweige. Aus Erdklumpen sprießen Blumen. Da sind Weinranken, Obst und ein mit silbernen Äpfeln behangener Apfelbaum … ein mit Tautropfen bedecktes Spinnennetz … und das da oben, sind das etwa *echte* Vögel??

Buntes Licht besprenkelt die Äste und fällt auf die Stuhlreihen. Zwei Frauen bürsten mechanisch Krümel von jedem gepolsterten Sitz. Ein Mann in Jeans klebt ein Kabel auf den Teppich. Ein Mann auf einem Beleuchtungsgerüst rückt einen silbernen Ast zurecht. Ein Geiger spielt kleine Läufe und Triller, und man hört das dumpfe Geräusch der Kesselpauken, die gestimmt werden.

Das hier ist wie backstage bei einer Show im West End.

Ich drücke mich an der Seite herum und versuche, so viel wie möglich in mich aufzunehmen. So etwas habe ich noch nie in meinem Leben gesehen – und ich schätze, so etwas werde ich auch nie wieder sehen.

Da betritt Robyn den Raum am anderen Ende und spricht in ihr Headset. Sie lässt den Blick über den Raum schweifen, und ich verkrieche mich ganz in meiner Kapuzenjacke. Schnell verdrücke ich mich aus dem Terrace Room und mache mich auf den Weg zum Aufzug, um mir auch noch den Großen Ballsaal anzusehen.

Gerade als die Türen sich schließen wollen, betreten zwei ältere Damen in dunklen Röcken und weißen Blusen den Lift.

»Haben Sie die Torte gesehen?«, sagt die eine. »Dreitausend Dollar Minimum.«

»Wie heißt die Familie?«

»Sherman«, antwortet die andere. »Elinor Sherman.«

»Ach, *das* ist die Elinor-Sherman-Hochzeit.«

Die Türen öffnen sich und die beiden verlassen den Aufzug.

»Bloomwood«, sage ich etwas zu spät. »Ich glaube, die Braut heißt Becky …«

Ach, die haben ja sowieso nicht zugehört.

Ich folge ihnen unauffällig in den Ballsaal. Den riesigen, in Gold und Weiß gehaltenen Saal, in dem Luke und ich den Tanz eröffnen werden.

Oh, Gott. Der ist ja noch größer und goldener und grandioser, als ich ihn in Erinnerung hatte. Zahllose Scheinwerfer werfen kreisrunde Lichtkegel in den Raum und erleuchten die Ränge und Kronleuchter. Auf einmal schalten sie um auf Stroboskop, dann auf rotierende Disco-Lichter, die in den Gesichtern der Kellner tanzen, die letzte Hand an die gedeckten Tische legen. Auf jedem einzelnen der runden Tische steht ein kunstvoller Tafelaufsatz mit einer üppigen weißen Blumendekoration. Die Decke ist mit Musselin abgehängt worden, unter dem sich endlose bunte Lichterketten wie Perlenketten aneinanderreihen. Die Tanzfläche ist riesig und spiegelglatt. Auf der Bühne macht die zehnköpfige Band einen Soundcheck. Leicht benommen sehe ich mich um und entdecke zwei Mitarbeiter aus

Antoines Konditorei, wie sie auf Stühlen stehen und die letzten Zuckertulpen auf die zweieinhalb Meter hohe Torte stecken. Wo ich auch gehe und stehe, duftet es nach Blumen, Kerzenwachs und freudiger Spannung.

»Entschuldigen Sie bitte.« Ich springe zur Seite, als ein Kellner mit einem Servierwagen an mir vorbeiwill.

»Kann ich Ihnen helfen?«, erkundigt sich eine Frau mit einer Plaza-Plakette am Revers.

»Ach, ich äh … wollte mich nur ein bisschen umsehen …«, sage ich.

»Sich ein bisschen umsehen?« Sie kneift misstrauisch die Augen zusammen.

»Ja! Für den Fall, dass ich … äh … irgendwann mal heiraten will.« Und bevor sie noch etwas sagen kann, mache ich mich auch schon aus dem Staub. Ich habe genug gesehen.

Ich weiß nicht genau, wie ich von hier zurück zu meiner Suite komme, und der Schuppen ist so groß, dass ich mich garantiert verlaufe, wenn ich es versuche. Also gehe ich lieber erst mal wieder nach unten ins Erdgeschoss. Ich schlendere so unauffällig wie möglich am Palm Court vorbei auf die Aufzüge zu.

Als ich an einem kleinen Alkoven mit einem Sofa vorbeikomme, bleibe ich stehen. Der Kopf da mit den dunklen Haaren kommt mir doch bekannt vor. Und die Hand, die ein Glas mit etwas hält, das wie Gin Tonic aussieht, auch.

»Luke?« Er dreht sich um und sieht mich ausdruckslos an – dann fällt mir ein, dass mein Gesicht ja zur Hälfte verschleiert ist. »Ich bin's!«, flüstere ich.

»Becky?«, fragt er ungläubig. »Was machst du denn hier?«

»Ich wollte mir das alles mal angucken. Wahnsinn, oder?« Ich sehe mich um, für den Fall, dass ich beobachtet werde, und setze mich dann auf den Sessel Luke gegenüber. »Du siehst klasse aus.«

Er sieht mehr als klasse aus. Er sieht absolut umwerfend aus in seiner Smokingjacke und dem weißen Hemd. Seine dunklen Haare glänzen in dem Licht hier, und ich erhasche einen winzigen Hauch seines Aftershaves. Und als er mir in die Augen sieht, löst sich etwas in mir, wie ein Knoten, der auf einmal aufgeht. Ganz gleich, was heute passiert – ob ich das hier schaffe oder nicht – wir beiden sind zusammen. Wir sind und bleiben zusammen.

»Eigentlich dürfen wir ja gar nicht miteinander reden«, merkt Luke mit einem Lächeln an. »Das bringt Unglück.«

»Ich weiß«, sage ich und trinke einen Schluck von seinem Gin Tonic. »Aber ehrlich gesagt, glaube ich, dass Aberglaube uns jetzt auch nicht mehr viel weiterhilft.«

»Was meinst du denn damit?«

»Ach… nichts.« Ich zähle bis fünf, putsche mich selbst hoch und sage dann: »Hast du schon gehört, dass das Flugzeug deiner Eltern Verspätung hat?«

»Ja, habe ich.« Luke runzelt die Stirn. »Hast du mit ihnen gesprochen? Weißt du, wann sie hier sein werden?«

»Ach, bestimmt bald«, weiche ich aus. »Keine Sorge, sie haben gesagt, sie würden auf jeden Fall rechtzeitig da sein, um dich vor den Altar treten zu sehen.«

Und das stimmt ja auch. Irgendwie.

Luke weiß nichts von meinen Plänen. Er hatte so schon genug um die Ohren. Jetzt bin ausnahmsweise mal ich diejenige, die die Verantwortung trägt.

In den letzten Wochen habe ich einen völlig anderen Luke kennengelernt. Einen jüngeren, verletzlicheren Luke, von dem der Rest der Welt nichts weiß. Nach jenem Treffen mit Elinor war er eine Weile ziemlich still. Es kam zu keinem Gefühlsausbruch, zu keiner dramatischen Szene. In mancher Hinsicht ist Luke einfach zu seinem normalen Leben zurückgekehrt. Aber er war immer noch sehr angeschlagen und erschöpft. Noch lange nicht so weit, wieder arbeiten zu gehen. Zwei Wochen lang hat er fast nur geschlafen – vierzehn, fünfzehn Stunden am Tag. Als würde er all den Schlaf, die Ruhe und die Erholung nachholen, die er sich in den letzten zehn Jahren nicht gestattet hat.

Jetzt ist er langsam wieder der Alte. Er gewinnt sein Selbstvertrauen zurück. Er kann wieder diesen kalten, leeren Blick aufsetzen, wenn er nicht will, dass man ihm ansieht, wie es ihm geht. Und er kann sich wieder richtig geschäftsmäßig geben – immer auf dem Sprung. Letzte Woche war er dann wieder im Büro, ganz wie in alten Zeiten.

Und doch auch wieder nicht. Zwar mag er sein Selbstvertrauen wieder wie einen schützenden Panzer um sich legen – aber ich habe dahinter gesehen. Ich habe gesehen, wie Luke tickt. Wie er denkt, wovor er Angst hat und was er eigentlich vom Leben will. Wir waren schon über zwei Jahre zusammen, bevor all das passiert ist. Wir haben zusammen gewohnt, wir waren ein erfolgreiches Paar. Aber jetzt habe ich das Gefühl, ihn binnen kürzester Zeit noch mal ein erhebliches Stück besser kennengelernt zu haben.

»Ich muss dauernd an das Gespräch mit meiner Mutter denken«, sagt Luke und sieht mit gerunzelter Stirn in sein Glas. »Oben im Rockefeller Center.«

»Ach, ja?«, frage ich vorsichtig. »Und was genau–«

»Irgendetwas daran finde ich immer noch merkwürdig.«

»Merkwürdig?«, sage ich nach einer Weile. »Wieso?«

»Weil ich sie noch nie vorher so hatte reden hören. Es war irgendwie so unwirklich.« Er sieht auf. »Ich weiß nicht, ob ich glauben soll, was sie gesagt hat.«

Ich lehne mich nach vorn und nehme seine Hand.

»Luke, nur weil sie diese Dinge vorher noch nie gesagt hat, heißt das doch nicht gleich, dass das alles gelogen war.« Das habe ich ihm jetzt schätzungsweise jeden Tag gesagt, seit er mit Elinor geredet hat. Ich will, dass er endlich damit aufhört, darin herumzustochern. Ich will, dass er annimmt, was sie gesagt hat, und dass er glücklich wird. Aber dazu ist er zu clever. Er schweigt eine Weile, und ich weiß genau, dass er das Gespräch noch einmal in Gedanken durchgeht.

»Einiges von dem, was sie gesagt hat, klang so wahr und echt. Aber einiges auch falsch und geheuchelt.«

»Und was klang falsch und geheuchelt?«, frage ich unbefangen nach. »Nur so aus Neugier?«

»Zum Beispiel, dass sie auf alles, was ich bisher getan habe, stolz sei – angefangen bei der Gründung meiner Firma bis hin zur Wahl meiner Ehefrau. Ich finde, das war irgendwie … Ich weiß nicht …« Er schüttelt den Kopf.

»Ich fand das eigentlich ziemlich gut!«, entfährt es mir unwillkürlich. »Ich meine … du weißt schon … das liegt doch nahe, dass sie so was sagt –«

»Aber dann hat sie noch etwas gesagt. Sie hat gesagt, seit ich geboren wurde, sei kein Tag vergangen, an dem sie nicht an mich gedacht hätte.« Er zögert. »Und die Art, wie sie das gesagt hat … Also, ich habe es ihr geglaubt.«

»Das hat sie gesagt?«, frage ich überrascht.

Das stand jedenfalls nicht auf dem Zettel, den ich Elinor gegeben hatte. Ich schnappe mir Lukes Gin Tonic, trinke einen Schluck und denke angestrengt nach.

»Ich glaube wirklich, dass sie das auch wirklich so gemeint hat«, sage ich schließlich. »Oder vielmehr … Ich weiß es. Sie wollte dir sagen, dass sie dich liebt. Und selbst wenn das, was sie gesagt hat, nicht alles so wahnsinnig natürlich klang – das war es, was sie dir sagen wollte.«

»Kann schon sein.« Er sieht mir in die Augen. »Aber trotzdem. Meine Gefühle für sie sind nicht mehr die gleichen. Ich kann nicht wieder das Gleiche für sie empfinden wie vorher.«

»Nein«, sage ich nach kurzem Schweigen. »Und … ich glaube sogar, dass das gut so ist.«

Der Bann ist gebrochen. Luke ist endlich aufgewacht. Ich lehne mich zu ihm hinüber und gebe ihm einen Kuss.

Dann trinke ich noch einen Schluck von seinem Drink.

»Dann gehe ich jetzt mal mein Kleid anziehen.«

»Wie, gehst du etwa nicht in diesem atemberaubenden Anorak?«, fragt Luke und grinst.

»Doch *eigentlich* schon. Aber jetzt, wo du ihn bereits gesehen hast, werde ich wohl etwas anderes finden müssen …« Ich stehe auf und will gehen. Doch dann … »Hör mal, Luke. Wenn dir heute zwischendurch das eine oder andere etwas merkwürdig vorkommt, dann … mach einfach mit, ja?«

»Okay«, antwortet Luke überrascht.

»Versprochen?«

»Versprochen.« Er sieht mich schräg von der Seite an. »Gibt es da etwas, das ich wissen sollte, Becky?«

»Äh … nein«, antworte ich unschuldig. »Nein, ich glaube nicht. Bis gleich dann.«

ZWANZIG

Ich kann es kaum glauben, dass ich es wirklich bis hierher geschafft habe. Ich kann nicht glauben, dass all das hier wirklich passiert. Ich trage ein Hochzeitskleid. Ich habe ein glitzerndes Diadem im Haar.

Ich bin eine Braut.

Wie Robyn mich so durch die leeren, stillen Flure des Plaza führt, komme ich mir ein bisschen vor wie der Präsident in einem Hollywoodfilm. »Dornröschen ist auf dem Weg«, murmelt sie in ihr Headset, während wir über den weichen roten Teppich schreiten. »Dornröschen ist gleich da.«

Wir biegen um die Ecke, wo ich in einem großen, antiken Spiegel einen Blick auf mich selbst erhasche. Oh, Gott! Natürlich weiß ich eigentlich, wie ich aussehe. Schließlich habe ich die letzte halbe Stunde vor dem Spiegel in meiner Suite gestanden, Herrgott noch mal. Und trotzdem kann ich kaum glauben, dass die Frau da mit dem Schleier ich sein soll. Das bin ich.

Gleich werde ich im Plaza vor den Traualtar treten. Vierhundert Augenpaare werden jede einzelne meiner Bewegungen beobachten. Oh, Gott.

Oh, Gott. Was mache ich denn?

Als ich die Türen zum Terrace Room sehe, steigt Panik in mir auf, und meine Finger krallen sich fest um den Brautstrauß. Das funktioniert doch nie im Leben. Ich muss verrückt sein. Ich kann das nicht. Ich will am liebsten weglaufen.

Aber wo sollte ich hinlaufen? Nirgends. Mir bleibt nichts anderes übrig, als weiter vorwärts zu gehen.

Erin und die anderen Brautjungfern warten schon, und als wir uns ihnen nähern, höre ich, wie sie alle das Brautkleid bestaunen. Ich habe keine Ahnung, wie die Mädels alle heißen. Sie sind die Töchter von Elinors Freunden. Nach dem heutigen Tag werde ich sie vermutlich nie wiedersehen.

»Die Streicher. Fertig machen für Dornröschen«, spricht Robyn ins Headset.

»Becky!« Ich sehe auf – und da ist Danny. Er trägt einen Gehrock aus Brokat zu Lederhosen und hat ein taupe-bronzefarbenes Zeremonie-Programm in der Hand. »Du siehst fantastisch aus.«

»Wirklich? Sehe ich einigermaßen okay aus?«

»Märchenhaft«, versichert Danny mir. Er zupft an der Schleppe, richtet sich auf, um mich zu betrachten, holt eine Schere heraus und schneidet ein kleines Band ab.

»Fertig?«, fragt Robyn.

»Glaub schon.« Mir ist ein bisschen übel.

Die Doppeltür geht auf, und ich höre, wie sich vierhundert Gäste auf ihren Stühlen umdrehen. Das Streichorchester fängt an, das Thema von *Dornröschen* zu spielen, und die Brautjungfern beginnen ihren Marsch durch den Mittelgang. Und dann, auf einmal, marschiere auch ich. Ich marschiere in den Zauberwald hinein und werde von der anschwellenden Musik getragen. Über mir blinken kleine Lichter. Die Kiefernnadeln unter meinen Füßen fangen an zu duften. Es riecht nach frischer Erde, es erklingt Vogelgezwitscher und das Plätschern eines kleinen Wasserfalls. Mit jedem Schritt, den ich tue, erblühen auf wundersame Weise Blumen am Wegesrand, Blätter entrollen sich, und die Gäste sind nur noch am Staunen. Ganz vorne sehe ich Luke stehen, meinen Märchenprinzen, der auf mich wartet.

Und jetzt endlich fange ich an, mich zu entspannen. Das alles zu genießen.

Mit jedem Schritt fühle ich mich mehr wie eine Primaballerina, die die perfekte Arabeske im Covent Garden tanzt. Oder wie ein Filmstar, der zur Oscarverleihung kommt. Das Orchester spielt, alle sehen mich an, ich trage echten Schmuck im Haar und das schönste Kleid meines Lebens. Ich weiß, dass ich so etwas nie wieder erleben werde. Nie wieder. Ich erreiche das Ende des Mittelgangs, verlangsame meinen Schritt, nehme alles um mich herum tief in mir auf – die Bäume, die Blumen, den wunderbaren Duft. Ich versuche, mir all das für immer ins Gedächtnis zu brennen. Und genieße jede einzelne Sekunde.

Okay, ich gebe es zu.

Elinor hatte recht. Als ich versuchte, diese Hochzeit zu retten, waren meine Motive nicht rein altruistischer Natur. Ich habe das nicht nur gemacht, um Lukes Beziehung zu seiner Mutter zu retten.

Ich wollte diese Hochzeit für mich. Ich wollte einen Tag lang eine Märchenprinzessin sein.

Als ich auf gleicher Höhe mit Luke bin, reiche ich Erin meinen Brautstrauß. Ich lächele Gary, Lukes neuen Trauzeugen, an und nehme dann Lukes Hand.

Er drückt meine Hand ein wenig, was ich meinerseits mit einem Drücken beantworte.

Jetzt tritt Michael hervor, der in einem dunklen, leicht geistlich anmutenden Anzug steckt.

Er lächelt mich kaum merklich verschwörerisch an, atmet dann tief durch und wendet sich an die Gästeschar.

»Liebe Gemeinde. Wir haben uns heute hier versammelt, um die Liebe zwischen zwei Menschen zu bezeugen. Wir sind hier, um dabei zu sein, wie sie sich gegenseitige Liebe versprechen. Und um mit ihnen gemeinsam die Freude über diese Liebe zu feiern. Gott segnet die Liebenden, und Gott wird ganz sicher auch Luke und Becky segnen, wenn sie heute das Eheversprechen ablegen.«

Er wendet sich an mich, und ich höre am Rascheln hinter mir, dass die Leute versuchen, einen möglichst guten Blick zu bekommen.

»Also frage ich dich, Rebecca: Liebst du Luke?«, sagt er.

»Willst du ihm treu sein in guten wie in schlechten Tagen, in Gesundheit und Krankheit? Willst du ihm dein ganzes Vertrauen schenken, bis dass der Tod euch scheidet?«

»Ja, ich will«, antworte ich mit einem unwillkürlichen Beben in der Stimme.

»Also frage ich dich, Luke: Liebst du Rebecca?«, sagt er.

»Willst du ihr treu sein in guten wie in schlechten Tagen, in Gesundheit und Krankheit? Willst du ihr dein ganzes Vertrauen schenken, bis dass der Tod euch scheidet?«

»Ja«, antwortet Luke mit fester Stimme. »Ich will.«

»Möge Gott der Vater Luke und Becky segnen und ihnen ein glückliches gemeinsames Leben schenken.« Michael hält inne und sieht sich um, als wolle er sich jede Kritik aus dem Saal verbitten. Ich umfasse ganz feste Lukes Hand.

»Mögen Luke und Becky erfahren, wie schön es ist, einander zu verstehen, sich von Tag zu Tag mehr zu lieben und auf ewig Freunde zu sein. Einen Beifall für das glückliche Paar.« Er lächelt Luke an. »Du darfst die Braut jetzt küssen.«

Als Luke sich zu mir beugt, um mich zu küssen, fängt Michael sehr entschlossen an zu klatschen. Man kann merken, dass die Gäste verunsichert zögern … doch dann fallen immer mehr von ihnen in den Beifall ein, bis schließlich der ganze Saal applaudiert.

Gary murmelt Luke etwas ins Ohr, worauf Luke sich verwirrt an mich wendet.

»Was ist mit den Ringen?«

»Kein Wort über die Ringe, bitte«, presse ich durch ein festgefrorenes Lächeln hervor.

Mein Herz klopft so heftig, dass mir fast die Luft wegbleibt. Ich warte immer noch darauf, dass gleich irgendjemand aufsteht. Dass irgendjemand sagt: »Moment mal …«

Tut aber keiner. Kein Mensch sagt ein Wort. Es hat geklappt.

Ich sehe Michael eine Sekunde in die Augen, wende den Blick dann aber schnell wieder ab, bevor es jemandem auffällt. Ich kann mich noch nicht entspannen. Noch nicht.

Der Fotograf kommt auf uns zu, ich hake mich resolut bei Luke unter, und Erin kommt mit meinem Brautstrauß und wischt sich eine Träne aus dem Auge.

»Gott, so eine schöne Trauung!«, sagt sie. »Das mit der ewigen Freundschaft und der von Tag zu Tag wachsenden Liebe ist mir echt unter die Haut gegangen. Genau das wünsche ich mir auch.« Sie drückt sich meinen Strauß an die Brust. »Das habe ich mir schon immer gewünscht.«

»Ich bin mir sicher, dass du es auch eines Tages bekommen wirst«, sage ich und umarme sie. »Ganz bestimmt.«

»Entschuldigen Sie, Miss?«, meldet sich der Fotograf. »Wenn ich bitte mal eben Braut und Bräutigam …«

Erin gibt mir meine Blumen und geht aus dem Bild. Ich setze mein bestes, nach frisch verheiratet aussehendes Strahlen auf.

»Sag mal, Becky«, raunt Luke. »Gary meinte –«

»Lass dir die Ringe von Gary geben«, sage ich ohne überhaupt den Kopf zu bewegen. »Sag ihm, dass es dir ausgesprochen peinlich ist, dass wir den Part vergessen haben. Wir holen das nach.«

Einige der Gäste sind nach vorne gekommen, um zu fotografieren, und ich lehne den Kopf an Lukes Schulter und lächele sie alle glücklich an.

»Da ist noch etwas, das nicht stimmt«, sagt Luke jetzt. »Michael hat uns nicht zu Mann und Frau erklärt. Und müssen wir denn gar nichts unterschreiben?«

»Psch!« Es blitzt heftig, und wir blinzeln geblendet.

»Becky, was ist hier los?« Luke zieht mich an sich heran, sodass wir uns direkt ansehen. »Sind wir verheiratet?«

»Prima!«, ruft der Fotograf. »So stehen bleiben!«

»Sind wir verheiratet?« Luke sieht mich forschend an.

»Na ja … okay«, räume ich widerwillig ein. »Nein, sind wir nicht.«

Wieder werden wir von einem Blitz geblendet. Als ich wieder gucken kann, starrt Luke mich entsetzt an.

»Wir sind nicht verheiratet?«

»Luke, du musst mir jetzt einfach nur vertrauen, okay?«

»Dir *vertrauen*?«

»Ja! Genau so, wie du es vor zwei Minuten versprochen hast! Schon vergessen?«

»Ich habe das in dem Glauben versprochen, dich zu heiraten!«

Auf einmal fängt das Streichorchester an, den Brautmarsch zu spielen, und eine ganze Horde von Aufsichtskräften verdrängt die Gäste mit ihren Kameras.

»Los«, erklingt da eine körperlose, knisternde Stimme. »Losgehen.«

Wo kommt das denn her? Können meine Blumen etwa sprechen?

Doch dann erkenne ich in einer der Rosenblüten einen winzigen Lautsprecher. Robyn hat einen Lautsprecher in meinem Brautstrauß installiert??

»Hallo, Brautpaar! Losgehen!«

»Okay!«, spreche ich in die Blumen. »Wir gehen ja schon!«

Ich klammere mich fest an Lukes Arm und marschiere los, zurück durch den Zauberwald.

»Wir sind nicht verheiratet«, sagt Luke fassungslos. »Ein riesiger Zauberwald, vierhundert Gäste, ein traumhaftes Brautkleid, und wir sind nicht verheiratet.«

»Pscht!«, mache ich leicht verärgert. »Nun erzähl das doch nicht jedem! Du hast mir vorhin versprochen, dass du einfach mitmachen würdest, wenn dir gewisse Dinge etwas merkwürdig vorkommen. Na, dann mach jetzt bitte mit!«

Während wir Arm in Arm durch den Zauberwald schreiten, brechen Sonnenstrahlen durch das Geäst über uns und besprenkeln den Boden. Auf einmal ist da so ein komisches Surren in der Luft, und als ich aufsehe, öffnet sich das Blätterdach und macht den Blick frei auf mehrere an die Decke projizierte Regenbögen. Ein himmlischer Chor fängt an zu singen, und es senkt sich eine bauschige Wolke herab, auf der ein Paar fette rosa Turteltauben sitzt.

Oh, Gott. Das ist zu viel. Ich muss kichern. Sind das die winzigen Kleinigkeiten, von denen Robyn vorhin sprach?

Ich sehe zu Luke, dessen Mundwinkel ebenfalls verdächtig zucken.

»Wie gefällt dir der Wald?«, frage ich betont fröhlich.

»Cool, oder? Die Birken sind extra aus der Schweiz eingeflogen worden.«

»Wirklich?«, antwortet Luke. »Und von wo wurden die Tauben eingeflogen?« Er sieht zu ihnen hinauf. »Die sind doch viel zu groß für Tauben. Das sind bestimmt Truthähne.«

»Das sind keine Truthähne!«

»Turteltruthähne.«

»Sei jetzt still, Luke«, brumme ich und kämpfe verzweifelt gegen dieses Kichern an. »Das sind Tauben.«

Reihe für Reihe passieren wir die vielen elegant gekleideten Gäste, die uns alle freundlich anlächeln – bis auf die jungen Frauen, die mich alle der Manhattan-Mini-Musterung unterziehen.

»Wer zum Teufel sind diese Leute alle?«, fragt Luke und lässt den Blick über die uns unbekannte, lächelnde Gästeschar schweifen.

»Keine Ahnung.« Ich zucke mit den Schultern. »Ich dachte, du würdest vielleicht jemanden von denen kennen.«

Wir gelangen an das Ende des Raumes, wo weitere Fotos gemacht werden. Luke sieht mich fragend an.

»Becky, meine Eltern sind nicht hier. Und deine auch nicht.«

»Äh … nein. Stimmt.«

»Keine Familie. Keine Ringe. Wir sind nicht verheiratet.« Er schweigt. »Du magst das verrückt finden, aber – so hatte ich mir unsere Hochzeit eigentlich nicht vorgestellt.«

»Das hier ist nicht unsere Hochzeit«, sage ich und küsse ihn, um den Fotografen einen Gefallen zu tun.

Ich fasse es nicht, dass wir damit wirklich durchkommen. Niemand hat etwas gesagt. Niemand hat etwas gefragt. Ein paar Leute wollten gerne meinen Ring sehen, und da habe ich ihnen einfach ganz schnell meinen umgedrehten Verlobungsring unter die Nase gehalten.

Wir haben Sushi und Kaviar gegessen. Wir haben ein fantastisches 4-Gänge-Menü verzehrt. Wir haben miteinander angestoßen. Und alles läuft nach Plan. Wir haben die Torte mit einem riesigen silbernen Schwert angeschnitten, was allenthalben bejubelt wurde. Dann spielte die Band »The Way You Look Tonight«, Luke führte mich auf die Tanzfläche, und wir eröffneten den Tanz. Und das war einer der Momente, an die ich mich den Rest meines Lebens erinnern werde. Um mich herum ein Schwirren aus Weiß und Gold und Glitzer und Musik, ich in Lukes Armen, und völlig high von dem vielen Champagner und dem Wissen, dass es das jetzt war. Das war der Höhepunkt, und der ist gleich vorbei.

Jetzt ist die Party in vollem Gange. Die Band spielt etwas Jazziges, das ich nicht kenne, und die Tanzfläche ist gerammelt voll. Inmitten der Masse teuer gekleideter Unbekannter entdecke ich ein paar bekannte Gesichter. Christina tanzt mit ihrem Begleiter, und Erin unterhält sich mit einem jungen Mann. Und da ist Laurel und tanzt ziemlich dynamisch mit … Michael!

Also, so was. Gar keine schlechte Idee …

»So. Und jetzt rate mal, wie viele Gäste meine Karte haben wollten!«, erklingt eine Stimme an meinem Ohr. Ich drehe mich um, und da steht ein triumphierender Danny mit einem Glas Champagner in der Hand und einer Zigarette im Mund. »Zwanzig! Mindestens! Eine Frau wollte, dass ich sofort an Ort und Stelle Maß nehme. Die finden das Kleid alle absolut traumhaft. Und als ich denen erzählt habe, dass ich mal mit John Galliano zusammengearbeitet habe …«

»Danny, du hast nie mit John Galliano zusammengearbeitet!«

»Ich habe ihm mal eine Tasse Kaffee gereicht«, verteidigt Danny sich. »Und er hat sich bei mir bedankt. Das war also gewissermaßen ein Austausch unter Künstlern …«

»Wenn du meinst.« Ich strahle ihn an. »Ich freue mich so für dich.«

»Und? Gefällt dir deine Party?«

»Ja, klar!«

»Deine Schwiegermutter ist ja voll in ihrem Element.« Wir drehen uns in ihre Richtung um. Elinor sitzt von eleganten Damen umgeben am ersten Tisch. Ihre Wangen sind ganz leicht gerötet, und ich muss sagen, dass ich sie noch nie so munter gesehen habe. In ihrem langen, schwingenden blassgrünen Kleid und mit den erklecklichen Mengen Diamanten an sich sieht sie aus wie die Ballkönigin. Und das ist sie ja gewissermaßen auch. Das hier sind ihre Freunde. Das hier ist eigentlich ihre Party – nicht Lukes und meine. Es ist eine tolle Show. Und es ist bestimmt eine Ehre, als Gast hier sein zu dürfen.

So wie ich.

Ein Grüppchen Frauen geht an uns vorbei und schnattert so laut, dass ich ein paar Gesprächsfetzen aufschnappe.

»Spektakulär …«

»So einfallsreich …«

Sie lächeln Danny und mich an, und ich lächele zurück. Aber mein Mund wird langsam etwas störrisch. Seit Stunden muss ich Leute anlächeln, die ich überhaupt nicht kenne.

»Eine tolle Hochzeit«, sagt Danny und sieht sich in dem funkelnden Ballsaal um. »Wirklich, Wahnsinn. Obwohl ich sagen muss, dass sie gar nicht so richtig zu dir passt.«

»Echt? Und wieso?«

»Ich will damit nicht sagen, dass die Hochzeit nicht absolut fantastisch ist. Die ganze Sache ist total professionell und feudal. Aber … So hätte ich mir deine Hochzeit einfach nicht vorgestellt. – Jetzt nimm mir das bitte nicht übel«, fügt er schnell hinzu, als er mein Gesicht sieht.

Ich sehe in sein drahtiges, komisches, ahnungsloses Gesicht. Oh, Gott. Ich muss es ihm sagen. Ich kann es Danny doch nicht *nicht* erzählen.

»Danny, es gibt da etwas, das du wissen solltest«, sage ich in bedeutungsschwangerem Ton.

»Was denn?«

»Also, diese Hochzeit–«

»Hey, ihr Süßen!«

Erschrocken breche ich ab und drehe mich um – doch da ist nur Laurel, die ganz erhitzt und rot und glücklich ist vom Tanzen.

»Tolle Party, Becky«, sagt sie. »Tolle Band. Mann, ich hatte ganz vergessen, wie gerne ich tanze!«

Mittelmäßig entsetzt betrachte ich mir ihre Erscheinung.

»Laurel«, tadele ich sie. »Man krempelt doch nicht die Ärmel an einem 1000-Dollar-Kleid von Yves Saint Laurent hoch!«

»Mir war aber so heiß«, sagt sie mit einem sorgenlosen Schulterzucken. »Hören Sie, Becky, so leid es mir tut.« Sie senkt die Stimme. »Aber Sie müssen jetzt mal langsam los.«

»Was, schon?« Instinktiv hebe ich die Hand, um auf die Uhr zu sehen – aber ich habe heute ja keine an.

»Der Wagen wartet schon«, sagt Laurel. »Der Fahrer weiß über alles Bescheid und wird Ihnen am Flughafen genau sagen, wo Sie hinmüssen. Das läuft mit Privatflugzeugen alles ein bisschen anders, aber Sie kriegen das schon hin. Wenn es irgendwelche Schwierigkeiten gibt, rufen Sie mich an.« Dann senkt sie die Stimme zu einem Flüstern, und ich sehe kurz zu Danny, der so tut, als würde er nicht zuhören.

»Sie müssten locker pünktlich in England sein. Ich drücke die Daumen, dass alles klappt.«

Ich nehme sie fest in den Arm.

»Laurel … Sie sind klasse«, murmele ich. »Ich weiß gar nicht, was ich sagen soll.«

»Keine Ursache, Becky, wirklich. Nach dem, was Sie für mich getan haben, hätte ich Ihnen auch zehn Flugzeuge zur Verfügung gestellt.« Sie drückt mich und sieht dann auf die Uhr. »Suchen Sie mal Ihren Luke. Bis gleich.«

Als sie weg ist, herrscht kurzes, interessiertes Schweigen.

»Sag mal, Becky, habe ich da gerade etwas von Privatflugzeugen gehört?«, fragt Danny.

»Äh … ja. Ja, hast du.«

»Ihr fliegt mit einem Privatflugzeug?«

»Ja.« Ich versuche, ganz unbeeindruckt zu klingen. »Allerdings. Das ist Laurels Hochzeitsgeschenk für uns.«

»Ach, dann war sie das also, die den Privatjet gekauft hat!« Danny schüttelt den Kopf. »Mist. Den hatte ich euch ja eigentlich schenken wollen. Entweder den oder den Schneebesen …«

»Du Blödmann! Sie ist Vorstandsvorsitzende bei einer Fluggesellschaft!«

»Wow. Ein Privatflugzeug. Und … wo geht's hin? Oder ist das noch ein Geheimnis?« Ich beobachte ihn dabei, wie er an seiner Zigarette zieht, und empfinde plötzlich tiefe Zuneigung für ihn.

Ich will Danny nicht einfach nur erzählen, was los ist. Ich will, dass er dabei ist.

»Danny«, sage ich also. »Hast du deinen Pass dabei?«

Es dauert eine ganze Weile, bis ich Luke gefunden habe. Zwei seiner Kunden haben ihn in eine Ecke gedrängt, und er springt sofort dankbar auf, als er mich sieht. Wir machen eine Runde durch den Saal und verabschieden und bedanken uns bei den Gästen, die wir kennen. Dauert ja nicht lange.

Zum Schluss gehen wir an Elinors Tisch und unterbrechen ihre Unterhaltung so diskret wie möglich.

»Mutter, wir gehen jetzt«, sagt Luke.

»Jetzt schon?« Elinor runzelt die Stirn. »So früh?«

»Ja. Wir gehen.«

»Vielen Dank für diese wunderschöne Hochzeit«, sage ich aufrichtig. »Das war wirklich einmalig toll. Und das sagen alle hier.« Ich gebe ihr einen Kuss. »Auf Wiedersehen.«

Wieso habe ich auf einmal dieses ganz eindeutige Gefühl, dass ich Elinor nie wiedersehen werde?

»Auf Wiedersehen, Becky«, sagt sie auf ihre übliche, formale Art. »Auf Wiedersehen, Luke.«

»Auf Wiedersehen, Mutter.«

Sie sehen einander an – und einen Moment lang habe ich den Eindruck, dass Elinor noch etwas sagen will. Aber dann lehnt sie sich einfach nur etwas hölzern nach vorn und gibt Luke einen Kuss auf die Wange.

»Becky!« Mir klopft jemand von hinten auf die Schulter.

»Becky, Sie können doch nicht schon gehen!« Ich drehe mich um und stehe einer bestürzten Robyn gegenüber.

»Äh … doch. Wir gehen jetzt. Vielen, vielen Dank für alles, was Sie –«

»Sie können noch nicht gehen!«

»Das fällt doch sowieso niemandem auf«, sage ich und werfe einen ostentativen Blick auf die Festgesellschaft.

»Natürlich fällt das auf! Wir haben doch noch den Auszug auf dem Programm, schon vergessen? Die Rosenblütenblätter? Die Musik?«

»Also … vielleicht könnten wir den Auszug einfach unter den Tisch fallen lassen –«

»Den Auszug unter den Tisch fallen lassen?« Robyn starrt mich an. »Machen Sie Witze? Orchester!«, zischt sie unvermittelt in ihr Mini-Mikrofon. »Überleiten zu ›Some Day‹! Verstanden? Überleiten zu ›Some Day‹.« Dann spricht sie in ihr Walkie-Talkie: »Beleuchtungsteam, an die Blütenblätter!«

»Robyn«, setze ich mich hilflos zur Wehr. »Hören Sie, wir wollten uns eigentlich einfach nur ganz heimlich davonstehlen …«

»Meine Bräute stehlen sich nicht heimlich davon! Einsatz Fanfare«, murmelt sie in ihr Headset. »Beleuchtungsteam, Auszugs-Spot vorbereiten.«

Mit einem Mal erklingt eine sehr laute Trompetenfanfare, sodass die tanzenden Gäste erschrocken zusammenfahren. Die Beleuchtung wechselt von buntem Discolicht zu einem strahlenden, alles übertönenden Rosa, und die Band spielt »Some Day my Prince Will Come«.

»Jetzt können Dornröschen und ihr Prinz gehen«, sagt Robyn und schubst mich leicht an. »Los! *Eins* zwei drei, *eins* zwei drei …«

Luke und ich sehen einander an und machen uns dann auf den Weg über die Tanzfläche, auf der die Gäste eine Gasse für uns bilden. Der Raum ist erfüllt von der Musik, der Lichtkegel eines Scheinwerfers folgt uns treu, und auf einmal fängt es an, Blütenblätter zu regnen.

Das ist eigentlich richtig nett. Die Gäste strahlen selig, und im Vorbeigehen höre ich ein paar »Aaaahs«. Das rosa Licht gibt mir das Gefühl, mich in einem Regenbogen zu befinden, und die Rosenblätter duften herrlich, wie sie so auf unsere Köpfe und Arme rieseln und dann zu Boden fallen. Luke und ich lächeln uns an, er hat ein Rosenblatt im Haar –

»Halt!«

Mir ziehen sich sämtliche Eingeweide zusammen, als ich die Stimme höre.

Die Doppeltür hat sich geöffnet, und da steht sie mitten auf der Schwelle. In einem schwarzen Kostüm und den höchsten und spitzesten schwarzen Stiefeln, die ich je gesehen habe.

Die böse Hexe höchstpersönlich.

Die Gäste drehen sich nach ihr um, und das verunsicherte Orchester verstummt Instrument für Instrument.

»Alicia?« Luke ist mehr als erstaunt. »Was machst du denn hier?«

»Schöne Hochzeit, Luke, ja?«, erkundigt sie sich mit einem bösartigen Lächeln auf den Lippen.

Sie macht ein paar Schritte in den Raum hinein, und mir fällt auf, dass die Gäste regelrecht zurückweichen.

»Komm doch rein«, beeile ich mich zu sagen. »Komm rein, und feier mit. Wir hätten dich ja eingeladen …«

»Ich weiß, was hier gespielt wird, Becky.«

»Ja, eine Hochzeit!«, entgegne ich betont fröhlich. »Das war ja wohl nicht besonders schwer zu erraten!«

»Ich weiß ganz genau, was hier gespielt wird. Ich habe Freunde in Surrey. Und die haben Erkundigungen für mich eingezogen.« Sie sieht mir triumphierend in die Augen, und mir läuft ein eiskalter Schauer den Rücken herunter.

Nein. Bitte, nein.

Nicht jetzt, wo wir schon so weit waren.

»Ich glaube, du hast da ein winzig kleines Geheimnis, das du deinen Gästen nicht verraten willst.« Alicia macht ein pseudotadelndes Gesicht. »Das ist nicht besonders nett von dir.«

Ich bin wie gelähmt. Ich bekomme keine Luft. Wo sind meine guten Feen? Schnell!

Laurel wirft mir einen entsetzten Blick zu. Christina stellt ihr Sektglas ab.

»Alarmstufe Rot! Alarmstufe Rot!«, höre ich Robyns Stimme aus meinem Blumenstrauß knistern. »Achtung. Alarmstufe Rot.«

Alicia schreitet langsam über die Tanzfläche und sonnt sich in der Aufmerksamkeit, die ihr zuteilwird.

»Denn in Wirklichkeit«, flötet sie, »ist das alles hier ja ein riesengroßer Betrug. Stimmt's, Becky?«

Ich sehe kurz zu ihr. Dann bemerke ich zwei kräftige, in Smokingjacken steckende Burschen des Aufsichtspersonals, die über die Tanzfläche auf sie zugehen. Aber sie werden nicht rechtzeitig bei ihr sein. Sie wird alles kaputtmachen.

»Das sieht alles so toll aus hier. So romantisch.« Und dann wird ihre Stimme auf einmal ganz hart. »Aber vielleicht würde es die Leute ja doch interessieren, dass diese sogenannte perfekte Plaza-Hochzeit in Wirklichkeit ein riesiger Besch … *aaaaaah*!« Jetzt schreit sie plötzlich. »Lass mich sofort wieder runter!«

Das glaube ich nicht. Luke!

Luke ist ganz ruhig zu ihr hingegangen und hat sie sich über die Schulter gelegt. Und jetzt trägt er sie wie ein unartiges Kleinkind hinaus.

»Lass mich runter!«, kreischt Alicia. »Würde mir vielleicht mal jemand helfen, verdammt noch mal?«

Aber die Gäste fangen an zu lachen. Sie tritt Luke mit ihren spitzen Stiefeln, worauf er nur die Augenbrauen hochzieht und ansonsten weitermarschiert.

»Das hier ist Beschiss!«, schreit sie, als sie die Tür erreichen. »Der reine Beschiss! Die beiden sind gar nicht –«

Die Tür fällt zu, sodass man die letzten Worte nicht mehr hört, und dann herrscht schockiertes Schweigen. Kein Mensch bewegt sich, nicht einmal Robyn. Und dann öffnet sich die Tür ganz langsam wieder und Luke kommt herein und klopft sich die Hände ab.

»Ich mag es nicht, wenn Leute uneingeladen bei Partys hereinplatzen«, bemerkt er trocken.

»Bravo«, ruft eine Frau, die ich nicht kenne. Luke verneigt sich, womit er allgemeines, erleichtertes Gelächter auslöst – und Sekunden später applaudiert alles.

Mein Herz rast in Überschallgeschwindigkeit, und ich weiß nicht, ob ich mich noch länger auf den Beinen halten kann. Als Luke wieder zu mir kommt, nehme ich seine Hand, und er drückt meine ganz fest. Ich will jetzt einfach nur noch gehen. Ich will hier weg.

Im gesamten Saal wird aufgeregt geplappert, und ich schnappe Gott sei Dank Wörter wie »gestört« und »bestimmt neidisch« auf. Eine von Kopf bis Fuß in Prada gekleidete Frau erzählt sogar fröhlich: »Also, bei *unserer* Hochzeit ist ja genau dasselbe passiert –«

Oh, Gott, und jetzt kommen auch noch Elinor und Robyn auf uns zu, nebeneinander, wie die beiden Königinnen in *Alice im Wunderland*.

»Es tut mir ja so leid!«, ruft Robyn, sobald sie einigermaßen in unserer Nähe ist. »Lassen Sie sich davon bloß nicht den Tag verderben, meine Liebe. Das ist eine ganz traurige, nachtragende Gestalt.«

»Wer *war* denn das?«, fragt Elinor mit gerunzelter Stirn.

»Kanntet ihr die?«

»Eine verstimmte ehemalige Kundin von mir«, erklärt Robyn. »Kommt schon mal vor, dass die eine oder andere durch die Auflösung der Geschäftsbeziehung verbittert ist. Keine Ahnung, was in denen vorgeht! Eben noch die nettesten jungen Geschöpfe, und im nächsten Augenblick verklagen sie einen! Keine Sorge, Becky. Wir machen das mit dem Auszug noch mal. Achtung, Orchester«, spricht sie entschlossen in ihr Mikrofon. »Auf mein Zeichen hin Wiederholung von ›Some Day‹. Beleuchtungsteam, bitte an die Ersatz-Rosenblätter!«

»Sie haben Ersatz-Rosenblätter?«, frage ich erstaunt.

»Liebe Rebecca, ich bin auf alle Eventualitäten vorbereitet.« Sie zwinkert mir zu. »Dafür hat man ja eine Hochzeitsplanerin.«

»Robyn«, sage ich und meine das Folgende völlig ernst. »Sie sind jeden Cent wert.« Ich lege den Arm um sie und gebe ihr einen Kuss. »Auf Wiedersehen. Auf Wiedersehen, Elinor.«

Die Musik schwillt von neuem an, wir schreiten wieder über die Tanzfläche, und es fallen neue Rosenblätter auf uns herab. Das muss ich Robyn lassen. Die Gäste scharen sich um uns herum und applaudieren – und bilde ich mir das bloß ein, oder gucken die seit dem Zwischenfall mit Alicia alle ein bisschen freundlicher? Am Ende des Spaliers steht Erin und beugt sich eifrig nach vorne. Ich werfe ihr den Brautstrauß direkt in die ausgestreckten Hände.

Und dann sind wir draußen.

Die schwere Doppeltür schließt sich hinter uns, und wir stehen in dem stillen, eleganten Flur, in dem sich außer uns nur zwei Türsteher befinden, die stur geradeaus glotzen.

»Wir haben es geschafft«, sage ich und lache vor Erleichterung. Welch ein Hochgefühl! »Luke, wir haben es geschafft!«

»Sieht so aus.« Luke nickt. »Haben wir prima gemacht. Und wenn du jetzt bitte so nett wärest, mir verdammt noch mal zu verraten, was zum Teufel hier gespielt wird?«

EINUNDZWANZIG

Laurel hat alles perfekt organisiert. Das Flugzeug wartet bereits auf uns, und gegen acht Uhr morgens kommen wir in London-Gatwick an, wo schon ein Wagen für uns bereitsteht. Und jetzt rasen wir quer durch Surrey nach Oxshott. Gleich sind wir da! Ich kann noch gar nicht glauben, dass alles so reibungslos geklappt hat.

»Du weißt natürlich, dass du einen großen Fehler gemacht hast«, sagt Danny und streckt sich genüsslich auf seinem Ledersitz in diesem schicken Mercedes.

»Wieso?« Ich sehe von meinem Telefon auf.

»Na, die Sache mit den zwei Hochzeiten. Ich meine, wenn schon mehr als eine, warum dann nicht gleich drei? Oder sechs? Sechs Partys ...«

»Sechs Kleider ...«, fügt Luke hinzu.

»Sechs Torten ...«

»Ach, jetzt haltet die Klappe!«, setze ich mich beleidigt zur Wehr. »Ich habe das alles ja nicht absichtlich getan. Es ist halt ... passiert.«

»Es ist halt passiert«, imitiert Danny mich spöttisch. »Becky, uns brauchst du doch nichts vorzumachen. Du wolltest zwei Kleider haben. Ist doch nicht schlimm.«

»Danny, ich telefoniere –« Ich sehe aus dem Fenster. »Okay, Suze, ich glaube, wir sind in ungefähr zehn Minuten da.«

»Ich fasse es einfach nicht, dass ihr es tatsächlich geschafft habt«, höre ich Suze sagen. »Ich fasse es nicht, dass wirklich alles geklappt hat! Ich würde am liebsten sofort losrennen und es allen erzählen!«

»Das lässt du mal schön bleiben!«

»Aber das ist doch unglaublich! Gestern Abend warst du noch im Plaza, und jetzt –« Sie hält entsetzt inne. »Sag mal, du hast doch wohl nicht etwa immer noch dein Hochzeitskleid an?«

»Natürlich nicht!« Ich muss kichern. »So blöd bin ich dann auch wieder nicht. Wir haben uns im Flugzeug umgezogen.«

»Wie war denn der Flug?«

»Total geil. Ich werde von jetzt an nur noch mit Lear-Jets fliegen.«

Draußen scheint die Sonne, und wie ich so aus dem Fenster sehe und die Felder an uns vorüberziehen, könnte ich platzen vor Freude. Ich kann immer noch nicht glauben, dass sich letztendlich wirklich alles eingerenkt hat. Die letzten Monate waren die Hölle. Und jetzt sind wir in England. Die Sonne scheint. Und wir werden heiraten.

»Also, ich mache mir ja schon irgendwie ein bisschen Sorgen«, merkt Danny mit einem Blick aus dem Fenster an.

»Wo sind denn die Schlösser alle?«

»Wir sind hier in Surrey«, erkläre ich. »Da gibt es keine Schlösser.«

»Und wo sind die Soldaten mit den Bärenfellmützen?« Er kneift die Augen zusammen. »Becky, bist du dir sicher, dass wir hier in England sind? Bist du sicher, dass der Pilot wusste, wo er hinfliegen sollte?«

»Ich bin mir ziemlich sicher«, sage ich und hole meinen Lippenstift heraus.

»Also, ich weiß nicht«, brummt er. »Ich finde, das hier sieht mehr wie Frankreich aus.«

Als wir an einer Ampel halten, kurbelt er die Fensterscheibe herunter.

»*Bonjour*«, ruft er einer völlig verdatterten Frau auf der Straße zu. »*Comment allez-vous?*«

»Ich … Ich weiß es nicht«, antwortet die Frau und eilt davon.

»Wusste ich es doch«, sagt Danny. »Becky, es tut mir ja furchtbar leid, aber … wir sind in Frankreich.«

»Das ist Oxshott, du Idiot«, pariere ich. »Und … oh, Gott. Das ist unsere Straße.«

Ich werde plötzlich ganz nervös, als ich das alte, vertraute Straßenschild sehe. Jetzt sind wir gleich da.

»Okay«, sagt der Fahrer. »Elton Road. Welche Nummer?«

»Dreiundvierzig. Da drüben«, sage ich. »Das Haus mit den Ballons und den Fähnchen … und den silbernen Bändern in den Bäumen …«

Mannomann. Das sieht ja aus wie ein Rummelplatz. In der Kastanie vor dem Haus ist ein Mann damit beschäftigt, bunte Glühbirnen zwischen den Ästen zu verteilen, in der Einfahrt steht ein weißer Lieferwagen, und eine ganze Armada von Frauen in grün-weiß gestreiften Uniformen schwärmt um das Haus herum.

»Na, sieht ja doch so aus, als würdest du erwartet«, sagt Danny. »Ist dir nicht gut?«

»Doch, doch«, sage ich. Wobei meine Stimme peinlicherweise bebt.

Der Wagen hält – und der hinter uns, in dem unser Gepäck befördert wurde, auch.

»Was ich nicht verstehe«, sagt Luke und betrachtet fasziniert, was um unser Haus alles vor sich geht, »ist, wie du eine komplette Hochzeit einfach um einen Tag verschieben konntest. Und das nur drei Wochen vorher. Ich meine, da sind doch Caterer im Spiel, eine Band, und ich weiß nicht wie viele andere Menschen und Firmen noch …«

»Luke, wir sind hier nicht in Manhattan«, sage ich und mache die Tür auf. »Wirst schon sehen.«

Wir sind noch nicht mal ganz ausgestiegen, da fliegt auch schon die Haustür auf – und da steht Mum in einer Schottenkaro-Hose und einem Sweatshirt mit dem Aufdruck BRAUTMUTTER.

»Becky!«, ruft sie, kommt auf mich zugerannt und nimmt mich in den Arm.

»Mum!« Ich erwidere ihre Umarmung. »Alles in Ordnung?«

»Alles unter Kontrolle, glaube ich!«, meldet sie ein bisschen außer Puste. »Kleines Problem mit den kleinen Tischsträußen, aber jetzt müssten sie auf dem Weg sein … toi toi toi! Luke! Wie geht es dir? Wie war die Konferenz?«

»Die lief … äh, bestens«, antwortet er. »Sehr gut sogar, danke. Es tut mir wirklich sehr leid, dass die Hochzeitsvorbereitungen so massiv darunter leiden mussten –«

»Ach, das ist schon okay!«, winkt Mum ab. »Ich muss zugeben, ich war ziemlich platt, als Becky anrief, um uns das zu sagen. Aber letztendlich war es gar nicht so schlimm, alles zu verschieben. Die meisten Gäste wollten ja sowieso übernachten und noch zum Sonntagsbrunch kommen. Und Peter, der Pastor, war ausgesprochen verständnisvoll. Er sagte, eigentlich würde er ja sonntags keine Trauungen vollziehen, aber in diesem Fall würde er mal eine Ausnahme machen –«

»Und was ist mit … den Caterern, zum Beispiel? Das Essen war doch alles für gestern bestellt, oder?«

»Ach, das war Lulu ganz gleich. Stimmt's nicht, Lulu?«, ruft sie einer der Frauen in grünweißen Streifen zu.

»Ja, ja!«, antwortet die fröhlich. »War gar kein Problem!

Hallo, Becky! Wie geht's?«

Oh, Gott! Das ist ja die Lulu, die mich immer mit zu den Pfadfindern genommen hat!

»Hi!«, sage ich. »Ich wusste ja gar nicht, dass du unter die Caterer gegangen bist!«

»Na ja.« Sie winkt ab, als wenn das gar nichts Besonderes wäre. »Irgendwie muss ich mich ja beschäftigen. Jetzt, wo die Kinder älter werden …«

»Lulus Sohn Aaron spielt in der Band mit!«, erzählt Mum stolz. »Er spielt Keyboard! Und die Band ist richtig gut! Sie haben extra für heute ›Unchained Melody‹ einstudiert –«

»Das hier musst du einfach probieren!«, sagt Lulu und holt ein Kanapee aus einer mit Alufolie bedeckten Schale.

»Das sind unsere neuen Filoteigtaschen im Thai-Stil. Auf die sind wir richtig stolz. Filoteig ist nämlich gerade richtig in.«

»Ach, ja?«

»Ja, ja!« Lulu nickt wissend. »Heutzutage macht *niemand* mehr Mürbeteigtörtchen. Und was Vol-au-vents angeht…« Sie verzieht das Gesicht. »Vollkommen out.«

»Wie recht Sie haben!«, stimmt Danny ihr mit leuchtenden Augen zu. »Vol-au-vents sind wirklich absoluter Käse! Regelrecht abgeschmackt sind die. Darf ich bei der Gelegenheit fragen, was Sie von Spargelröllchen halten?«

»Mum, das ist Danny«, schalte ich mich schnell ein. »Mein Nachbar. Weißt du noch?«

»Mrs B., es ist mir eine Ehre, Sie kennenzulernen«, sagt Danny und küsst Mum die Hand. »Ich hoffe, es macht Ihnen nichts aus, dass ich in Beckys Schlepptau mitgekommen bin?«

»Aber natürlich nicht!«, sagt Mum. »Beckys Freunde sind auch unsere Freunde! So, und jetzt müsst ihr euch alle das Festzelt ansehen!«

Ich staune nicht schlecht, als wir durch den Garten gehen. Ein riesiges, silberweiß gestreiftes Festzelt bläht sich auf unserem Rasen im Wind auf. Auf sämtlichen Blumenbeeten sind Stiefmütterchen so angepflanzt, dass ihre bunten Blüten den Schriftzug »Becky & Luke« bilden. Jeder einzelne Strauch, jeder Busch ist mit bunten Lichtern behangen. Ein Gärtner poliert den neuen Springbrunnen aus Granit, irgendjemand fegt die Terrasse, und im Festzelt sitzt ein Haufen Frauen mittleren Alters mit Notizbüchern bewaffnet in einem Halbkreis beisammen.

»Janice macht noch eben eine Teambesprechung«, raunt Mum mir zu. »Diese Hochzeits-Organisiererei hat es ihr wirklich angetan. Sie überlegt, ob sie das in Zukunft nicht professionell machen soll.«

»Also«, hören wir Janice sagen, als wir uns nähern. »Die Ersatz-Rosenblätter sind in einem silbernen Korb neben Säule A. Wenn ihr euch das bitte alle auf euren Grundrissen eintragen würdet –«

»Und ich glaube, dass sie ziemlichen Erfolg damit haben könnte«, sage ich.

»Betty und Margot, ihr seid für die Knopflöcher zuständig. Annabel, wenn du dich bitte um –«

»Mum?« Luke wirft einen ungläubigen Blick in das Festzelt.

Oh, mein Gott. Tatsächlich! Da ist Annabel! Lukes Stiefmutter sitzt da zusammen mit all den anderen Frauen!

»Luke!« Annabel sieht sich um und strahlt über das ganze Gesicht. »Entschuldige mich bitte einen Moment, Janice –«

Sie kommt zu uns geeilt und nimmt Luke ausgiebig in den Arm.

»Da seid ihr ja. Ich freue mich so, euch zu sehen.« Sie sieht Luke prüfend an. »Geht's dir gut?«

»Mir geht es gut, ja«, sagt Luke. »Glaube ich. Ist ziemlich viel passiert …«

»Das habe ich mir bereits gedacht«, sagt Annabel und wirft mir einen strengen Blick zu. »Becky.« Sie streckt einen Arm nach mir aus und drückt mich ebenfalls an sich. »Ich muss mich nachher mal ausführlich mit dir unterhalten«, flüstert sie mir ins Ohr.

»Und du … hilfst hier bei der Hochzeit mit?«, fragt Luke seine Mutter.

»Ja, sicher, hier packen alle tatkräftig mit an«, freut Mum sich. »Annabel ist jetzt eine von uns!«

»Und wo ist Dad?« Luke sieht sich suchend um.

»Der ist mit Graham noch ein paar Gläser besorgen«, sagt Mum. »Die beiden verstehen sich wirklich prächtig! So, und wer möchte jetzt gern eine Tasse Kaffee?«

»Ihr kommt gut mit Lukes Eltern aus?«, frage ich, während ich Mum in die Küche folge.

»Ach, die sind einfach super!«, freut sie sich. »So nette Leute! Haben uns schon zu sich nach Devon eingeladen. Liebe, normale, vernünftige Leute. Nicht so wie … diese Person.«

»Nein. Sie sind ganz anders als Elinor.«

»Die hat sich ja anscheinend überhaupt nicht weiter für die Hochzeit interessiert«, erzählt Mum ein wenig pikiert.

»Hat nicht einmal auf die Einladung reagiert!«

»Was, echt?«

Mist. Sollte ich tatsächlich vergessen haben, für eine authentische Absage von Elinor zu sorgen?

»Habt ihr sie denn in letzter Zeit viel gesehen?«, fragt Mum.

»Äh … nein«, sage ich. »Nicht sehr viel.«

Wir tragen ein Tablett mit Kaffee nach oben in Mums Schlafzimmer, wo Suze und Danny auf dem Bett sitzen und Klein Ernie quietschfidel mit seinen kleinen rosa Füßen strampelt. Gegenüber, an der Tür des Kleiderschranks, hängt Mums Hochzeitskleid, das immer noch genauso weiß und rüschig ist wie beim letzten Mal.

»Suze!«, rufe ich und falle ihr um den Hals. »Und mein süßer kleiner Ernie! Mann, ist der groß geworden!« Ich bücke mich, um ihm ein Küsschen zu geben, was er mit einem breiten, die zahnlosen Kiefer freilegenden Lächeln quittiert.

»Du hast es geschafft.« Suze grinst. »Gut gemacht, Becky.«

»Suze hat mir gerade das Hochzeitskleid-Familienerbstück gezeigt, Mrs B.«, sagt Danny und wirft mir einen undefinierbaren Blick zu. »Das ist ja … wirklich einmalig.«

»Was dieses Kleid schon alles mitgemacht hat!«, freut sich Mum. »Wir dachten ja schon, es sei ruiniert, aber der Kaffee ist wieder ganz rausgegangen!«

»Das grenzt ja an ein Wunder!«, sagt Danny.

»Und dann heute Morgen! Da wollte der kleine Ernie doch tatsächlich Apfelmus darauf verteilen –«

»Ach ja?«, sage ich und sehe zu Suze, die leicht errötet.

»Aber ich hatte es ja zum Glück in Plastik eingepackt!«, erzählt Mum weiter. Sie nimmt das Kleid, schüttelt es, dass die Rüschen wackeln, und bekommt plötzlich so gerötete Augen. »Von diesem Augenblick habe ich so lange geträumt. Davon, dass Becky mein Hochzeitskleid trägt. Albern, was?«

»Gar nicht albern«, sage ich und nehme sie in den Arm.

»Genau darum geht es bei einer Hochzeit doch.«

»Mrs Bloomwood – Becky hat mir das Kleid beschrieben«, erzählt Danny. »Und ich muss schon sagen, sie hat nicht übertrieben. Trotzdem hätten Sie doch sicher nichts dagegen, wenn ich noch ein paar winzig kleine Veränderungen daran vornehme, oder?«

»Überhaupt nicht!«, sagt Mum und sieht auf die Uhr. »So, jetzt muss ich aber weitermachen. Die Sache mit den kleinen Blumensträußen ist immer noch nicht ausgestanden.«

Kaum schließt sich die Tür hinter ihr, sehen Danny und Suze sich an.

»Okay«, sagt Danny. »Was machen wir damit?«

»Du könntest als Allerererstes mal die Ärmel abtrennen«, sagt Suze. »Und die vielen Rüschen am Oberteil.«

»Ich glaube, die richtige Herangehensweise wäre: Wie viel von diesem Kleid wollen wir überhaupt beibehalten?« Danny sieht auf. »Was meinst du, Becky?«

Ich antworte nicht. Ich sehe aus dem Fenster. Luke und Annabel spazieren durch den Garten und unterhalten sich intensiv. Und Mum redet mit Janice und zeigt auf den blühenden Kirschbaum.

»Becky?«, sagt Danny noch einmal.

»Nicht anrühren«, sage ich und drehe mich um.

»Wie bitte?«

»Du sollst das Kleid nicht verändern.« Ich muss lächeln, als ich Dannys entsetztes Gesicht sehe. »Lass es so, wie es ist.«

Um zehn vor drei bin ich fertig. Ich stecke in dem Bratwurst-im-Schlafrock-Kleid. Janice hat mich zur strahlenden Frühlingsbraut geschminkt (das Allergrellste habe ich schnell mit einem Taschentuch und etwas Wasser abgemildert). Mein Haar ziert ein Kranz aus rosa Nelken und Schleierkraut, den meine Mutter zusammen mit meinem Brautstrauß bestellt hat. Das Einzige an mir, das zumindest ansatzweise stylish ist, sind meine Schuhe von Christian Louboutin, und die kann man nicht mal sehen.

Aber es ist mir egal. Ich sehe genau so aus, wie ich aussehen will.

Wir wurden unter dem blühenden Kirschbaum fotografiert, und Mum hat so viel geheult, dass ihr ganzes »Sommereleganz«-Make-up repariert werden musste. Und jetzt sind sie alle schon auf dem Weg zur Kirche. Nur Dad und ich sind noch zu Hause.

»Bist du bereit?«, fragt er, als ein weißer Rolls-Royce in die Einfahrt fährt.

»Ich glaube schon.« Meine Stimme zittert ein klein wenig. Ich heirate. Ich fahre jetzt in die Kirche und heirate!

»Glaubst du, ich habe mich richtig entschieden?«, frage ich nur halb im Scherz.

»Ach, ja, ich glaube schon.« Dad steht vor dem Spiegel im Flur und rückt seine Seidenkrawatte zurecht. »Ich weiß noch, als wir Luke kennenlernten, da habe ich hinterher zu deiner Mutter gesagt: ›Der kann mit Becky mithalten.‹« Er sieht mir im Spiegel in die Augen. »Habe ich recht behalten? Kann er mit dir mithalten?«

»Nicht ganz.« Ich muss grinsen. »Aber … er tut sein Bestes.«

»Gut.« Dad lächelt mich an. »Mehr kann man vielleicht auch nicht erwarten.«

Der Fahrer klingelt, ich mache die Tür auf und blicke in das Gesicht mit der Kappe darüber. Hey, das gibt's doch gar nicht! Das ist ja mein alter Fahrlehrer Clive!

»Clive! Hi! Wie geht's Ihnen denn?«

»Becky Bloomwood!«, ruft er. »Na, das ist ja ein Ding! Becky Bloomwood heiratet! Hast du deine Fahrprüfung denn dann eigentlich doch noch irgendwann bestanden?«

»Äh … ja. Irgendwann.«

»Na, wer hätte das gedacht?« Er schüttelt den Kopf, während er den Erinnerungen nachhängt. »Ich habe damals ja immer zu meiner Frau gesagt, wenn dieses Mädchen die Fahrprüfung besteht, dann fresse ich einen Besen. Und als es dann so weit war –«

»Tja, gut, also wie dem auch sei–«

»Der Prüfer hat gesagt, so etwas hätte er noch nie erlebt. Hat dein zukünftiger Mann dich denn schon fahren gesehen?«

»Ja.«

»Und er will dich immer noch heiraten?«

»Ja!«, antworte ich leicht verstimmt.

Also wirklich. Heute ist mein Hochzeitstag. Da erinnert man mich doch nicht an irgendwelche blöden Fahrprüfungen, die vor hundert Jahren stattgefunden haben.

»Wollen wir dann mal einsteigen?«, mischt Dad sich taktvoll ein. »Tag, Clive. Schön, Sie zu sehen.«

Wir gehen raus in die Einfahrt, und als wir neben dem Wagen stehen, drehe ich mich um und betrachte unser Haus. Wenn ich dieses Haus das nächste Mal sehe, bin ich eine verheiratete Frau. Ich hole tief Luft und setze einen Fuß in den Wagen. In dem Moment schreit jemand:

»Haaaaaalt! Becky! Halt!«

Ich erstarre vor Entsetzen. Was ist passiert? Wer hat

es jetzt doch noch herausgefunden? Was weiß dieser Mensch?

»Ich kann nicht zulassen, dass du das wirklich tust!«

Wie bitte? Was ist denn jetzt los? Unser Nachbar Tom Webster rast in seinem Cut auf uns zu. Was macht der denn hier? Der sollte doch schon längst in der Kirche sitzen!

»Becky, ich kann einfach nicht tatenlos zusehen«, sagt er völlig außer Atem und legt eine Hand auf den Rolls-Royce.

»Es könnte sein, dass du dabei bist, den größten Fehler deines Lebens zu begehen. Du hast dir das nicht gründlich genug überlegt.«

Ach, Herrgott noch mal!

»Doch, das habe ich sehr wohl«, sage ich und versuche ihn wegzuschieben. Doch er packt mich an der Schulter.

»Letzte Nacht ist es mir plötzlich aufgegangen. Wir gehören zusammen. Du und ich. Denk mal drüber nach, Becky. Wir kennen uns schon unser ganzes Leben. Wir sind zusammen aufgewachsen. Es hat vielleicht eine Weile gedauert, bis wir unsere wahren Gefühle füreinander erkannt haben … aber meinst du nicht, wir sollten ihnen zumindest eine Chance geben?«

»Tom, ich liebe dich nicht«, sage ich. »Und ich heirate in zwei Minuten. Wenn du jetzt also bitte aus dem Weg gehen würdest?«

»Du weißt ja gar nicht, worauf du dich da einlässt! Du hast keine Ahnung, wie die Realität einer Ehe aussieht! Becky, jetzt sag mal ganz ehrlich: Kannst du dir wirklich vorstellen, den Rest deines Lebens mit Luke zu verbringen? Tag für Tag, Nacht für Nacht? Stunde für Stunde?«

»Ja!«, blaffe ich ihn an. Jetzt platzt mir aber langsam der Kragen. »Natürlich! Ich liebe Luke über alles, und ich möchte gerne den Rest meines Lebens mit ihm verbringen! Und jetzt hör mir mal zu,Tom. Es hat mich unglaublich viel Zeit und Energie und Nerven gekostet, diesen heutigen Tag zu erreichen. Du kannst dir überhaupt nicht vorstellen, wie viel. Und wenn du jetzt nicht sofort aus dem Weg gehst und mich zu meiner Hochzeit kommen lässt … dann bringe ich dich um.«

»Tom«, schaltet Dad sich ein. »Ich glaube, die Antwort lautet Nein.«

»Oh.« Tom schweigt einen Moment. »Na ja … okay.« Er zuckt beschämt mit den Schultern. »Tut mir leid.«

»Timing war ja noch nie deine Stärke, Tom Webster!«, spottet Clive. »Ich weiß noch, wie du das erste Mal in einen Kreisel reingefahren bist. Wir hätten tot sein können!«

»Schon okay. Es ist ja niemand verletzt worden. Können wir dann jetzt los?« Ich steige ein und sortiere das Kleid um mich herum, während Dad auf der anderen Seite einsteigt.

»Darf ich trotzdem noch mit in die Kirche kommen?«, fragt Tom bedrückt, und ich verdrehe genervt die Augen.

»Sollen wir dich mitnehmen?«

»Ach, danke. Das wäre echt nett. Hi, Graham«, begrüßt er meinen Vater etwas unbeholfen, als er einsteigt. »Tut mir leid, das eben.«

»Schon in Ordnung, Tom«, sagt mein Vater und klopft ihm auf die Schulter. »Wir haben alle mal solche Momente.« Über Toms Kopf hinweg zieht er eine Grimasse, und ich muss ein Kichern unterdrücken.

»So. Alles klar? Alle da?«, fragt Clive und dreht sich nach uns um. »Noch irgendwelche plötzlichen Herzenswandel? Noch mehr Last-Minute-Liebeserklärungen? Noch mehr U-Turns?«

»Nein!«, sage ich. »Nichts mehr. Los geht's.«

Als wir an der Kirche ankommen, läuten bereits die Glocken. Die Sonne scheint, und ein paar späte Gäste eilen durch das Portal. Tom macht die Autotür auf und rennt ohne sich noch einmal umzusehen zur Kirche, während ich unter den bewundernden Blicken der Passanten mein Kleid samt Schleppe aus dem Wagen hieve.

Mann, macht das Spaß, Braut zu sein. Ich glaube, das wird mir fehlen.

»Alles klar?«, fragt Dad und reicht mir meinen Brautstrauß.

»Ich glaube schon.« Ich strahle ihn an und hake mich bei ihm unter.

»Viel Glück«, sagt Clive und nickt dann in Richtung Straße. »Na, da kommen wohl noch ein paar Nachzügler.«

Kaum ist das schwarze Taxi vor der Kirche zum Stillstand gekommen, fliegt auch schon die eine hintere Tür auf. Ich zweifele beinahe an meinem Geisteszustand, als ich Michael in dem Smoking, den er im Plaza anhatte, aussteigen sehe. Er streckt die Hand ins Taxi aus, und gleich darauf erscheint Laurel, die immer noch das Yves-Saint-Laurent-Kleid mit den hochgekrempelten Ärmeln anhat.

»Lasst euch von uns nicht aufhalten!«, ruft sie. »Wir schleichen uns einfach ganz leise da rein –«

»Ja, aber … was zum Teufel macht *ihr* denn hier?«

»Also, was ist das denn für eine Ausdrucksweise?«, tadelt Clive mich.

»Wenn ich schon Herrin über hundert Privatflugzeuge bin, dann will ich doch auch hinfliegen können, wo ich will«, sagt Laurel und umarmt mich. »Wir haben ganz spontan beschlossen, dass wir euch gern heiraten sehen würden.«

»*Richtig* heiraten«, raunt Michael mir ins Ohr. »Hut ab, Becky!«

Als die beiden in der Kirche verschwunden sind, gehen Dad und ich den Weg hinunter bis zu dem Törchen, an dem Suze aufgeregt wartet. Sie trägt ein silbern schimmerndes blaues Kleid und hat Ernie auf dem Arm, der einen zu ihrem Kleid passenden Overall anhat. Ich werfe einen verstohlenen Blick in die Kirche, wo ich meine gesamte Familie sehen kann, alle meine alten Freunde sowie Lukes Freunde und Verwandte. Sie alle sitzen Schulter an Schulter da und strahlen so viel Freude und Aufregung aus.

Die Orgel hört auf zu spielen, und ich werde ganz wackelig vor Aufregung.

Jetzt ist es so weit. Endlich. Jetzt endlich heirate ich. Richtig.

Dann erklingt der Brautmarsch, Dad drückt meinen Arm, und wir marschieren langsam auf den Altar zu.

ZWEIUNDZWANZIG

Wir sind verheiratet.

Wir sind wirklich richtig verheiratet.

Ich betrachte den glänzenden Ehering, den Luke mir in der Kirche angesteckt hat. Dann sehe ich auf und lasse die Szene vor mir auf mich wirken. Das Festzelt schimmert im Dämmerlicht dieses Sommerabends, die Band spielt eine unsägliche Version von »Smoke Gets in Your Eyes«, und die Gäste tanzen. Vielleicht spielt die Band nicht ganz so professionell wie die im Plaza. Und vielleicht sind die Gäste hier nicht ganz so elegant gekleidet. Aber sie sind unsere Gäste. Jeder einzelne davon.

Das Abendessen war köstlich: Brunnenkressesuppe, Lammrücken und Summer Pudding. Dazu wurde reichlich von dem Sekt und Wein getrunken, den Mum und Dad aus Frankreich mitgebracht haben. Und dann klimperte Dad irgendwann mit der Gabel gegen sein Glas und hielt eine Rede auf Luke und mich. Er sagte, dass er und meine Mutter sehr oft darüber geredet hätten, was für einen Mann ich einmal heiraten würde, und dass sie sich dabei in ihren Ansichten niemals einig waren – bis auf den einen Punkt: »Er muss auf Zack sein.« Dann sah er zu Luke, der pflichtschuldigst aufstand und sehr zackig salutierte und die Hacken gegeneinander schlug, sodass alle wieherten vor Lachen. Dad sagte, dass er Luke und dessen Eltern bereits sehr ins Herz geschlossen habe, und dass dies hier darum viel mehr sei als einfach nur eine Hochzeit – es sei die Zusammenführung zweier Familien. Und dann sagte er, er wisse, dass ich eine sehr zuverlässige und loyale Ehefrau abgeben werde – und erzählte quasi zum Beweis dafür die Geschichte von damals, als ich als Achtjährige einen Brief in die Downing Street schickte, mit dem ich meinen Vater für den Posten des Premierministers vorschlug. Als ich eine Woche später noch keine Antwort erhalten hatte, schrieb ich einen weiteren Brief, um zu fragen, warum. Da lachten wieder alle.

Dann hielt Luke eine Rede darüber, wie wir uns in London kennengelernt haben – wie ich ihm bei einer Pressekonferenz aufgefallen war, zu der ich in meiner Funktion als Wirtschaftsjournalistin gegangen war. Damals hatte ich den PR-Chef der Barclays Bank gefragt, ob er schon mal daran gedacht hätte, etwas schickere, auswechselbare Umschläge für die Scheckhefte zu entwickeln, ähnlich den Covers, die es für Handys gibt. Und dann gestand Luke, dass er mir von da an Einladungen zu sämtlichen PR-Veranstaltungen zukommen ließ, ganz gleich, ob diese thematisch in meinen Bereich fielen oder nicht. Er fand einfach, ich würde diese trockenen Veranstaltungen immer ein klein wenig aufpeppen.

(Das hat er mir noch nie erzählt! Aber jetzt, wo ich das weiß, erklärt das natürlich so einiges. Jetzt verstehe ich endlich, wieso ich ständig zu irgendwelchen seltsamen Konferenzen über Rohstoffbroking und die Zukunft der Stahlindustrie eingeladen wurde.)

Und dann erhob sich auch noch Michael, stellte sich mit seiner warmen, rauen Stimme vor und erzählte ein bisschen von Luke. Er sprach davon, wie wahnsinnig erfolgreich Luke sei, und betonte, dass er jemanden an seiner Seite brauche, der ihn als den Menschen liebt, der er ist; jemanden, der dafür sorgt, dass Luke das Leben nicht allzu ernst nimmt. Dann sagte er, es sei ihm eine Ehre, meine Eltern kennengelernt zu haben, die ein paar wildfremde Menschen aus Amerika so herzlich willkommen geheißen hätten. Er könne jetzt völlig verstehen, wo ich das herhabe, was er die »Bloomwood'sche gutherzige Fröhlichkeit« nannte. Und er sagte, ich sei in letzter Zeit wirklich erwachsen geworden. Er habe mich dabei beobachtet, wie ich mit einigen wirklich verzwickten Situationen fertig geworden sei – er wolle nicht ins Detail gehen, aber er könne versichern, dass ich mich so einigen Herausforderungen hätte stellen müssen und dass ich diese alle glanzvoll überstanden hätte.

Und zwar ohne die Visa-Karte zu benutzen, fügte er noch hinzu, worauf das Festzelt fast zusammenbrach vor Gelächter.

Dann sagte er, er sei in seinem Leben ja schon auf vielen Hochzeiten gewesen, aber er habe noch nie eine solche Zufriedenheit erlebt wie auf dieser. Er wisse, dass Luke und ich füreinander bestimmt seien, und er habe uns beide wahnsinnig gern, und wir wüssten ja gar nicht, was wir für ein Glück haben. Und sollten wir einmal Kinder bekommen, dann wüssten die auch nicht, was für ein Glück sie hätten.

Bei Michaels Rede musste ich fast weinen.

Und jetzt sitze ich mit Luke auf dem Rasen. Nur wir zwei, weit weg von all den anderen. Meine Schuhe haben Grasflecken, und die Korsage des Kleides zieren Erdbeerflecken von Ernies Patschehänden. Eigentlich müsste ich mich total unwohl fühlen. Aber ich bin glücklich.

Ich glaube, ich bin noch nie so glücklich gewesen.

»Na«, sagt Luke, stützt sich nach hinten auf seine Ellbogen ab und sieht hinauf in den dunkler werdenden blauen Himmel. »Wir haben es geschafft.«

»Wir haben es geschafft.« Der Blumenkranz rutscht mir langsam, aber sicher über das eine Auge. Ich nehme ihn vorsichtig ab und lege ihn ins Gras. »Und es gab keine Toten oder Verletzten.«

»Weißt du … irgendwie kommen mir die letzten Wochen jetzt wie ein total verrückter Traum vor«, sagt Luke. »Ich war so mit mir selbst und allen meinen Problemen beschäftigt, dass ich überhaupt nicht mehr mitbekam, was im wirklichen Leben vor sich ging.« Er schüttelt den Kopf. »Ich glaube, da bin ich tatsächlich fast durchgedreht.«

»*Fast?*«

»Okay, okay. Dann bin ich eben durchgedreht.« Er dreht sich zu mir um und sieht mich aus seinen dunklen Augen, in denen sich das Licht des Festzeltes spiegelt, an. »Ich stehe tief in deiner Schuld, Becky.«

»So ein Quatsch«, entgegne ich überrascht. »Wir sind jetzt verheiratet. Das heißt … jetzt ist alles unser gemeinsames Konto.«

Vom Haus her höre ich ein Rumpeln, und als ich aufsehe, ist Dad dabei, unsere Koffer ins Auto zu laden. Wir können los.

»Na dann«, sagt Luke, der meinem Blick gefolgt ist. »Unsere berühmten Flitterwochen. Darf ich jetzt erfahren, wo es hingeht? Oder ist das immer noch streng geheim?«

Mein Magen fängt an, nervös herumzuspinnen. Jetzt ist es so weit. Das ist der letzte Teil meines Plans. Das letzte i-Tüpfelchen.

»Okay«, sage ich und atme tief durch. »Also. Ich habe in letzter Zeit ziemlich viel über uns nachgedacht, Luke. Darüber, wie es sein wird, wenn wir verheiratet sind, und darüber, wo wir leben sollen. Ob wir in New York bleiben sollen oder nicht. Was wir überhaupt so machen wollen…« Ich halte inne und wähle meine Worte mit Bedacht. »Und da ist mir eine Sache klar geworden… Nämlich, dass ich noch nicht so weit bin, sesshaft zu werden. Tom und Lucy haben zu früh versucht, sesshaft zu werden, und was daraus geworden ist, wissen wir ja. Außerdem… also, ich finde den kleinen Ernie wirklich total klasse, aber als ich damals mitbekommen habe, wie es Suze in der ersten Zeit erging… Da ist mir klar geworden, dass ich auch noch nicht bereit bin für ein Baby. Wie gesagt, *noch* nicht.« Ängstlich sehe ich zu Luke auf. »Es gibt so viele Sachen, die ich noch nicht gemacht habe, Luke. Ich bin noch nie richtig gereist. Ich habe noch gar nichts von der Welt gesehen. Und du auch nicht.«

»Du lebst in New York«, stellt Luke fest.

»New York ist eine tolle Stadt, und ich liebe sie. Aber es gibt auch noch andere tolle Städte auf der Welt. Die will ich auch sehen. Sydney. Hongkong… und nicht nur Städte!« Ich breite die Arme aus. »Flüsse… Berge… alles, was die Welt so zu bieten hat…«

»Aha«, sagt Luke leicht amüsiert. »Und wenn wir das jetzt alles in unsere Flitterwochen packen …«

»Ja.« Ich schlucke. »Also Folgendes: Ich habe sämtliche New Yorker Hochzeitsgeschenke umgetauscht. Gegen Geld. Die ganzen blöden silbernen Kerzenständer, Teekannen und so weiter. Und von dem Geld habe ich dann … zwei Erste-Klasse-Tickets um die Welt gekauft.«

»Um die Welt?« Damit hatte Luke nicht gerechnet, das sehe ich ihm an. »Im Ernst?«

»Ja! Wir machen eine Weltreise!« Ich verknote meine Finger. »Wir können uns so viel Zeit lassen, wie wir wollen. Von drei Wochen bis zu …« Ich sehe ihn hoffnungsvoll an.

»Einem Jahr.«

»Ein Jahr?« Luke glotzt mich an. »Das ist doch ein Scherz.«

»Das ist kein Scherz. Ich habe Christina gesagt, dass ich nicht weiß, ob ich wieder bei Barneys arbeiten werde. Sie hat damit kein Problem. Danny sorgt dafür, dass unsere Wohnung geräumt und alles gelagert wird –«

»Becky!« Luke schüttelt den Kopf. »Das ist ja eine nette Idee. Aber ich kann unmöglich einfach alles stehen und liegen lassen und –«

»Doch, kannst du. Du kannst! Ist alles schon geregelt. Michael wird sich um das Büro in New York kümmern. Das Londoner Büro läuft sowieso schon von selbst. Luke, du kannst. Und alle finden, dass du es tun solltest.«

»Alle?«

Ich zähle sie ihm anhand meiner Finger auf:

»Deine Eltern … meine Eltern … Michael … Laurel … mein ehemaliger Fahrlehrer Clive …«

Luke starrt mich an.

»Dein ehemaliger Fahrlehrer Clive?«

»Na gut«, sage ich schnell, »der zählt vielleicht nicht. Aber alle anderen, auf deren Meinung du etwas hältst. Sie alle meinen, dass du mal eine Pause brauchst. Du hast jetzt so lange so hart gearbeitet …« Ich lehne mich nach vorn und sehe ihn ernst an. »Luke, das hier ist die ideale Gelegenheit. Jetzt sind wir noch jung. Wir haben noch keine Kinder. Stell es dir doch nur mal vor: wir beiden, wie wir durch die Welt wandern. Uns alles Mögliche ansehen. Von anderen Kulturen lernen.«

Luke schweigt. Er sieht mit gerunzelter Stirn zu Boden.

»Du hast mit Michael gesprochen«, sagt er schließlich.

»Und er wäre wirklich bereit–«

»Mehr als bereit. Er langweilt sich in New York zu Tode, wenn er nichts anderes zu tun hat als Power-Walking! Luke, Michael hat sogar gesagt, selbst wenn du nicht reisen willst: Du brauchst mal eine längere Pause. Du musst mal wieder durchatmen. Du brauchst Urlaub.«

»Ein Jahr«, sagt Luke und reibt sich die Stirn. »Das ist ein bisschen mehr als ein Urlaub.«

»Es muss ja kein ganzes Jahr sein. Aber es kann auch mehr werden … Das können wir uns unterwegs überlegen. Wir können endlich mal tun und lassen, was wir wollen. Keine Verpflichtungen, keine Termine, nichts, das uns irgendwie einschränken würde –«

»Becky, Liebes«, ruft Dad vom Auto zu mir herüber. »Bist du dir sicher, dass du sechs Koffer mitnehmen darfst?«

»Schon okay, wir bezahlen für das Übergepäck –« Ich wende mich wieder Luke zu. »Komm schon. Was sagst du?« Luke sagt erst mal gar nichts – und mir sinkt schon das Herz. Ich befürchte das Schlimmste – dass er nämlich auf einmal wieder der alte Luke ist. Der alte, egoistische, nur an seine Firma denkende Workaholic Luke.

Dann sieht er auf – und es liegt ein leichtes, trockenes Lächeln auf seinem Gesicht.

»Habe ich denn eine andere Wahl?«

»Nein.« Erleichtert schnappe ich mir seine Hand. »Hast du nicht.«

Wir machen eine Weltreise! Wir werden richtige Globetrotter!

»Die letzten beiden sind ziemlich leicht!«, ruft Dad und fuchtelt mit zwei Koffern in der Luft herum. »Ist da überhaupt irgendetwas drin?«

»Nein, die sind leer!« Überglücklich drehe ich mich zu Luke um. »Ach, Luke, das wird so toll! Das ist *die* Gelegenheit für uns, mal ein Jahr aus allem herauszukommen. Ein Jahr ganz schlicht zu leben. Nur wir zwei. Und sonst nichts!« Luke sagt nichts. Doch seine Mundwinkel zucken verdächtig.

»Und wir nehmen zwei riesengroße leere Koffer mit, weil …«

»Na, man weiß ja nie«, erkläre ich. »Vielleicht finden wir unterwegs ja ein paar hübsche Sachen. Touristen sollten stets die Wirtschaft der von ihnen besuchten Gebiete unterstützen –« Ich breche ab, als Luke schallend anfängt zu lachen.

»Was denn?«, frage ich beleidigt. »Stimmt doch!«

»Ich weiß.« Luke wischt sich die Augen. »Ich weiß, dass das stimmt. Ach, ich liebe dich, Becky Bloomwood!«

»Ich heiße jetzt Becky Brandon, ja? Nicht vergessen!« Ich sehe auf meinen wunderschönen neuen Ring. »Mrs Rebecca Brandon.« Aber Luke schüttelt den Kopf.

»Es gibt nur eine Becky Bloomwood. Bitte bleib so, wie du bist!«

»Na dann … okay«, entgegne ich überrascht. »Mach ich.«

»Becky! Luke!«, dringt Mums Stimme über den Rasen zu uns. »Ihr müsst jetzt die Torte anschneiden! Graham, mach doch mal die bunten Lichter an!«

»Yes, Madam!«, antwortet Dad.

»Wir kommen!«, rufe ich. »Ich muss nur eben meinen Kranz wieder aufsetzen.«

»Lass mich das machen.« Luke nimmt den Kranz aus rosa Blumen in die Hand und platziert ihn mit einem Lächeln auf meinem Kopf.

»Sehe ich blöd aus?«, frage ich und verziehe das Gesicht.

»Ja. Und wie.« Er gibt mir einen Kuss, dann steht er auf und hilft mir hoch. »Komm schon, Becky B. Dein Publikum wartet.«

Und während überall um uns herum die bunten Lichter in den Sträuchern und Büschen angehen, laufen wir in der Dämmerung über den Rasen zurück zum Festzelt, und Luke hält meine Hand so fest, als wenn er sie nie wieder loslassen wollte.

EHEVERTRAG

Zwischen Rebecca Bloomwood
und Luke Brandon
22. Juni 2002
(Forts.)

5. Gemeinsames Bankkonto

5.1 Das gemeinsame Bankkonto dient der Begleichung notwendiger, im ehelichen Haushalt anfallender Kosten. Zu »im Haushalt anfallenden Kosten« zählen auch Röcke von Miu Miu, Schuhe sowie andere Kleidungsstücke, die die Braut für erforderlich erachtet.

5.2 Hinsichtlich der endgültigen Kategorisierung von Ausgaben dieser Art hat die Braut das letzte Wort.

5.3 Fragen zu Bewegungen auf dem gemeinsamen Konto darf der Bräutigam der Braut nicht völlig unvermittelt und ohne Vorwarnung stellen. Derartige Fragen sind schriftlich und mit einer Antwortfrist von mindestens 24 Stunden einzureichen.

6. Wichtige Daten

6.1 Der Bräutigam verpflichtet sich, an den Geburtstag der Braut sowie an den Hochzeitstag zu denken und an diesen Tagen stets ein Überraschungsgeschenk* parat zu haben.

6.2 Die Braut verpflichtet sich, sich über die Geschenkauswahl des Bräutigams überrascht und erfreut zu zeigen.

7. Gemeinsame Wohnung

Die Braut wird sich nach Kräften bemühen, die gemeinsame Wohnung sauber und ordentlich zu halten. Sollte sie dieser Klausel nicht entsprechen, gilt dieser Verstoß NICHT als Vertragsbruch.

8. Transport

Dem Bräutigam sind jegliche Kommentare zum Fahrstil der Braut untersagt.

9. Gesellschaftliches Leben

9.1 Die Braut darf vom Bräutigam nicht erwarten, dass dieser sich die Namen und amourösen Abenteuer sämtlicher Freunde und Freundinnen der Braut – einschließlich derer, die er gar nicht kennt – merkt.

9.2 Der Bräutigam verpflichtet sich, einen nicht unbedeutenden zeitlichen Anteil einer jeden Woche für gemeinsame Freizeit- und andere der Entspannung dienenden Aktivitäten zu reservieren.

9.3 Einkaufen wird hiermit als entspannende Freizeitaktivität definiert.

* Beim Kauf dieser Überraschungsgeschenke sind die Dinge zu berücksichtigen, die die Braut diskret in Katalogen und Zeitschriften markiert, welche sie in den Wochen vor den entsprechenden Jahrestagen in der gemeinsamen Wohnung herumliegen lässt.

DANKSAGUNG

Es hat einen Riesenspaß gemacht, dieses Buch zu schreiben – wobei die Recherche offen gestanden fast noch besser war. Tausend Dank deshalb an all die vielen Menschen in Großbritannien und in den USA, die sich für mich Zeit genommen und mir meine unzähligen dummen Fragen beantwortet haben. Sie haben mich auf unglaublich viele Ideen gebracht!

Ich danke Lawrence Harvey vom Plaza Hotel, der ungemein hilfsbereit war, und der wunderbaren Sharyn Soleimani bei Barneys. Außerdem Ron Ben-Israel, Elizabeth und Susan Allen, Fran Bernard, Preston Bailey, Claire Mosley, Joe Dance von Crate and Barrel, Julia Kleyner und Lillian Sabatelli bei Tiffany, Charlotte Curry von *Brides*. Robin Michaelson, Theresa Ward, Guy Lancaster und Kate Mailer, David Stefanou und Jason Antony und der lieben Lola Bubbosh.

Besten Dank wie immer an meine tolle Agentin Araminta Whithley, an Celia Hayley, an die mich unermüdlich unterstützende und ermunternde Linda Evans, und natürlich an Patrick Plonkington-Smythe.

Und schließlich herzlichen Dank an alle, die mich auf diesem Weg begleitet haben. Henry, Freddy, Hugo und die blaue Bande. Ihr wisst, wen ich meine.

Autorin

Sophie Kinsella ist Schriftstellerin und ehemalige Wirtschaftsjournalistin. Ihre Schnäppchenjägerin-Romane um die liebenswerte Chaotin Rebecca Bloomwood werden von einem Millionenpublikum verschlungen. Die Verfilmung ihres Bestsellers »Shopaholic – Die Schnäppchenjägerin« wurde zum internationalen Kinohit. Sophie Kinsella eroberte die Bestsellerlisten aber auch mit Romanen wie »Sag's nicht weiter, Liebling«, »Frag nicht nach Sonnenschein«, »Dich schickt der Himmel«, oder mit ihren unter dem Namen Madeleine Wickham verfassten Romanen im Sturm. Die Autorin lebt mit ihrer Familie in London.

Mehr Informationen zu Sophie Kinsella und ihren Romanen finden Sie unter: www.sophie-kinsella.de

Die Romane mit Shopaholic Rebecca Bloomwood in chronologischer Reihenfolge:

Shopaholic. Die Schnäppchenjägerin. Roman
Shopaholic in New York. Roman · Wedding Shopaholic. Roman
Vom Umtausch ausgeschlossen. Roman
Prada, Pumps und Babypuder. Roman
Mini Shopaholic. Roman · Shopaholic in Hollywood. Roman
Shopaholic & Family. Roman · Christmas Shopaholic. Roman

Außerdem lieferbar:

Sag's nicht weiter Liebling. Roman · Göttin in Gummistiefeln. Roman
Kennen wir uns nicht? Roman · Charleston Girl. Roman
Die Heiratsschwindlerin. Roman · Reizende Gäste. Roman
Kein Kuss unter dieser Nummer. Roman
Das Hochzeitsversprechen. Roman
Schau mir in die Augen, Audrey. Roman
Frag nicht nach Sonnenschein. Roman
Muss es denn gleich für immer sein? Roman
Dich schickt der Himmel. Roman
Erobere mich im Sturm. Roman

(alle auch als E-Book erhältlich)